中國詩學之現代觀

陈伯海 著

图书在版编目(CIP)数据

中国诗学之现代观 / 陈伯海著. —上海：上海古籍出版社,2019.5
ISBN 978-7-5325-9221-0

Ⅰ.①中… Ⅱ.①陈… Ⅲ.①诗学—研究—中国 Ⅳ.①I207.2

中国版本图书馆CIP数据核字(2019)第074219号

中国诗学之现代观

陈伯海　著

上海古籍出版社出版发行

(上海瑞金二路272号　邮政编码200020)

(1) 网址：www.guji.com.cn
(2) E-mail: guji1@guji.com.cn
(3) 易文网网址：www.ewen.co

常熟新骅印刷有限公司印刷

开本 635×965　1/16　印张 27　插页 5　字数 364,000

2019年5月第1版　2019年5月第1次印刷

印数：1—2,100

ISBN 978-7-5325-9221-0

I·3385　定价：128.00元

如有质量问题，请与承印公司联系

目 录

序引 1

总论　一个生命论诗学范例的解读
　　——中国诗学精神探源 1

上编　情志篇：中国诗学的人学本原观

释"诗言志"
　　——兼论中国诗学的"开山的纲领" 21
释"缘情绮靡"
　　——兼及传统杂文学体制中的"文学性"标志 40
释"情志"
　　——论诗性生命的本根 59

中编　境象篇：中国诗学的审美体性观

释"感兴"
　　——论诗性生命的发动 81
释"诗可以兴"
　　——论诗性生命的感通作用 105
释"意象"
　　——论诗性生命的审美显现 123

释"意境"
　　——论诗性生命的精神境界 ……………………… 143
"气"与"韵"
　　——兼探诗性生命的人格范型 ……………………… 170
"味"与"趣"
　　——试析诗性生命的审美质性 ……………………… 190
释"妙悟"
　　——论诗性生命的超越性领悟 ……………………… 211

下编　言辞体式篇：中国诗学的文学形体观

"言"与"意"
　　——诗性生命的语言功能论 ………………………… 235
"文"与"质"
　　——诗性生命的文辞体性论 ………………………… 258
"声"与"律"
　　——诗性生命的音声节律论 ………………………… 278
"体"与"式"
　　——诗性生命的形体组合论 ………………………… 298
释"诗体正变"
　　——中国诗学之诗史观 ……………………………… 323

结语　"生命之树常青"
　　——论中国诗学精神之返本与开新 ………………… 348

附　录

生命体验的审美超越
　　——《人间词话》"出入"说索解 …………………… 359

对话·交流·会通
  ——兼论中国诗学的现代诠释 377
"变则通,通则久"
  ——论中国古代文论的现代转换 387
从古代文论到中国文论
  ——21世纪古文论研究的断想 397

参考引用书目 402
后记 415
新版后记 419

序　引

　　本书题名"中国诗学之现代观",意在用现代人的眼光对传统诗学进行一番审视与解读。按"诗学"一词本有广狭二义,狭义单指有关诗歌的学问(我国传统的理解即如此),广义则或兼括整个文学理论批评在内(西方人常有此用),我们这里取的是狭义。又"中国诗学"一语在理解上亦有广狭之分,狭义专指中国古典诗学(以其与"西方诗学"路径各别、性能殊异),广义则当兼容和囊括现当代中国诗歌理论批评,而本书取的也是狭义。之所以这样做,是因为中国古典诗学作为一种自成统系、自具特色的诗学传统,不仅有自身特殊的表现形式,更有其独特的思想理念和文化底蕴,与现代人的生活方式与观念形态之间常存在一定的张力,不加以现代式的观照与把握,实难以进行消化和运用。而所谓现代式的观照与把握,亦便是对传统予以现代阐释了。

　　传统的现代阐释,不是什么怪异之谈,实乃现实生活中很平常的事象。现代社会本就由传统演变而来,故当前社会生活中必仍保有大量传统因素的积淀,各种古旧的文物、典籍、园林、建筑乃至一些古老的习俗、风情、观念、心态等存留,其实都是"传统"在现代世界里的遗痕。对待这类遗物,可以采取不同的态度,或者把它们当废料、垃圾清除掉,或者当作古董、珍稀储存起来,而若试图予以适当的改造和利用,使之在现实环境里继续发挥活生生的能动作用,则必须破除传统与现代之间的悬隔,便于其真正进入现实生活,这就需要以现代人的眼光来观照、反思和解释传统,从中抉发出那些不曾随既往历史一同逝去,却至今仍葆有其生命力的成分来。本书所采取的,也正是这样的一种视角。

不过要注意,传统的"现代阐释"对我们这样一个后发现代化的民族而言,自有其特殊的艰巨性和复杂性。后发现代化(以亚、非、拉为代表)有别于先行的现代化(以欧美部分国家为代表),它不是社会发展的自然行程,往往是在面临外来挑战和承受巨大压力下的一种特定的选择。我们知道,在先行的西方世界里,从中世纪进入近现代是一脉相承的,中世纪里即寓有近现代的肇端,近现代社会则由中世纪脱胎而来,两者之间的互涵互摄与衔接过渡比较顺畅,传统向现代的转变当不致有过多的障碍。与之相比照,中国社会的现代化却是在全然不同的背景下展开的。传统自身尚未能孕育出足够的现代因子,而民族生存的严重危机已经逼上身来,从而迫使人们不得不汲汲于从域外(主要是西方世界)大力引进现代化的机制(包括其思想理念)以更新和取代固有的传统,以应对外来的挑战和压力,于是造成民族传统与外来现代化潮流间的尖锐的二元对立。从晚清以迄当今,"新学"与"旧学"、"西体"与"中体"、"激进"与"保守"、"开放"与"闭锁"相互间的争议和纷斗绵延不断,恰显示了二者的紧张关系。在这样的情势之下,传统的现代阐释可谓十分艰难,它不像西方社会那样可以由自身的传统来引申和开显出现代,却要在民族固有传统与外来新因子的强烈碰撞中进行"筛选"和"嫁接",用以构建自身的现代。这一"筛选"和"嫁接"的工作不仅困难重重,且常会弄得非驴非马,不成样子。我国学界一度盛行的那种具有强烈实用色彩的"古为今用"作风,尽管在运用的巧妙与拙劣上各有千秋,毕竟不属于学术研究的正道,由此而造成不少人对"现代阐释"印象不佳,是完全可以理解的。

但从另一个角度来看,传统的现代阐释却又是非常必要的。首先是我国现代文明的建设需要这样的"阐释",因为如果没有传统的因子经阐释后参与到现代文明的有机构成中去,则我们的现代文明很容易沦落为外来文明的附庸,它只能片面地接受外来的影响,亦步亦趋地追随外来文明的足迹,却难以将外来形态通过批判、消化以摄入民族文化心灵的内核,更不用说凭借双方的互补互动以生成既富于民族特色而又具有现代性能的新文明形态了。当前学界有所谓"失语症"之一说,指的就是我们在思想文化创新上丢失了话语权,很难与国际学者开展有效的对话交流,说得虽然绝对化了,却并非没有切中病痛。应该承认,我们民族的新文化以及整个民族现代文明的建设至今尚未完型,这跟长时期来偏重外来文明形态的效仿和发扬民族传统精神的不足,自是有关联的,所以需要重视传统的继承与出新。其次,"现代阐释"亦是传统自身存活的需要,这个问题许多人不甚了了,实际上也很重要。前面提到,传统作为历史的遗留,命运将由其自身的活力所缔造。完全丧失了存在价值的,终将归于毁废或干脆被人当垃圾清扫。尚具有历史见证的功能而又难以融入现实世界的,或可被当作文物、古董得到收藏和展览,起到某种知识承传的作用。但这还不算是传统的主要贡献之所在。作为传统,其最大的意义便在于向着现代(更通过现代向着未来)生成。换言之,现代的生命源发自传统,而传统的活力也正体现于融入现代;现代接续传统、变革传统,而又不断地"激活"传统,赋予传统以新的意义,这是一个双向生成、互为轮回的运作过程,值得细心领会。于此看来,我们要让传统保存自身的活力,就需要不断地予以"现代阐释",促使其生命得到持续的开发;而若简单地搁置传统,一任其处在自我封闭与自我孤立的状态,则只能使之成为供人凭吊的历史陈迹,终将归于毁废而已。

然则,究竟该怎样来进行传统的现代阐释呢?这却是一门大学问。20世纪60、70年代之交,台、港等地的比较文学界里曾兴起一股"阐发研究"的热潮。人们意识到中西文学之间不仅有时空的间距,更有文化理念上的异隔,过去惯用的"影响研究"或"平行研究"的方法均不足以跨越这一异隔,所以要尝试"阐发研究",也就是借取西方的理论框架和思维方式来观照与阐释中国文学的现象,使民族传统中暗合现代理念的成分得以凸现出来并得到发扬光大,看来不失为一条可行的途径。但试行下来的结果却是:传统中合乎西方理念的地方固然得到某种程度的彰显,其不合的地方(有的甚至是其精义所在)却有意无意地遭受掩蔽而湮没不彰,于是传统在更新的同时便也遭到消解,它不再是自成统系、自具特色的民族精神的结晶,却成了西方文艺思想的调味佐料,归总来看,其存在的意义除了证实西方理念的普适性而外,并未能给人类文明增添更多的思想养分,这或许便是"阐发"之风刮过一阵而终归消沉的原因。

有鉴于此,本书在传统的现代阐释上试图走一条新的路子,姑名之曰"双重视野下的双向观照和互为阐释"。在我看来,以往"阐发研究"的弊病并非在强调"阐发",乃出自单向阐释,即单纯从西方理念出发来考察和读解异民族的文化,而经过这样一番"移中就西"式的整合工作之后,各种事象材料皆已纳入西方框架之中,传统自身的特色自然会销蚀得无影无踪,"阐释"也就失去了真正的对象。我所主张的"双重视野",是指既要立足于现代,按现代人的眼光(其中必含有大量西方文明的要素)来打量和解析传统,又要置身于传统之中,努力按传统的理路来反观和审思现代(包括审思西方),经过这样反复推移的双向观照与互为阐释之后,传统与现代之间的会通与歧异之处当能较为清晰地呈露出来,供人以全面的把握。这里的会通,固然说明了传统与现代的不可分割性,传统思想中即含有现代的胚芽,现代文明里亦自有古老的因子,古今中外的人群确有其普适性的一面。而发现歧异,则更有研究的价值。通常情况下,这类实质性歧异的造成,不能简单归咎于历史的偏见或谬误,往往要从不同的文明取向、价值观念、社会结构和思想方法上去探索其实在的根源,于是将问题引向了深入。还要注意到,一些表面上的悖论常会隐含着深层次间的互动与互补,一旦打通了它们内在的联结渠道,"悖论"完全有可能转化为更高级也更全面的"合题",这就直接推动了理论思维的发展。所谓让传统参与现代文明的构建,这应该是最具重要性也最富于建设性的一种方式,因亦成为传统的现代阐释中的最有刺激性和挑战性的课题。本书在这方面做了一点实验,不敢说取得多大成效,希望能引起同好的关注和研讨。

不过总的说来,我对"现代阐释"的态度还是谨慎小心的。整个研究工作由古典诗学的独特范畴与命题切入,对所要阐释的范畴和命题

——作了溯源别流式的梳理、解说,全书构架即安置在由这些范畴和命题组合成的系列之上,这些都表明我自觉地选择以传统自身为基点,而不按西方理路来整合传统的倾向。为什么要这样做呢?因为我意识到自己是存身于现代社会生活里的人,无法排除个人头脑中涌动着的各种现代观念和思维习惯,而若更以当代习见的框架来安置所要考察的对象,则阐释的路子必容易流于单向。只有让自身尽可能地置身于传统理路之中,再让脑海里的现代意识自然地掺和进来,才有可能在一定程度上坚持双重视野下的双向观照,而最终达致互为阐释的良好结果。这也可以说是本书结撰上的一个小小的窍门,明达君子幸以教之!

是以为引,2014年暑月补记。

总　论
一个生命论诗学范例的解读
——中国诗学精神探源

　　古老的中国文明,就其精神生活的层面而言,经常焕发出一种诗性智慧的光辉,其突出的标志便在于对生命理念的强调和发扬。如以天地万物为一气化生,视大化流行为生生不息,在价值观念上"重生"、"厚生",乃至将天人及人际间的组合秩序归结为生命和谐等,虽处处带有古代中国宗法式农业社会的烙印,而透过其历史的外衣,仍可窥见内里深藏着的人性本真。这或许是华夏文明历经久远而迄未丧失其动人魅力的重要原因。

　　作为传统诗性智慧的结晶,中国诗学植根于民族文化土壤的深处,不仅积累丰厚,特色鲜明,亦且自成统系,足具精义。清除其历史的杂质,抉发其思想的精微,在现代语境下予以新的阐释,是完全有可能为人类诗学的未来发展作出其重大贡献的。然则,什么是中国诗学的主导精神呢?据我看来,也就在于它从民族文化母胎里吸取得来的生命本位意识。正是这种生命意识,贯串着它的整个机体,支撑起它的逻辑构架,渗透到它的方方面面,从而形成了它独特的民族风采和全人类意义,值得我们仔细探讨。近年来,一些学者已开始注意到这个问题,做了不少有益的工作,但还有深入的余地。本书尝试在此基础上作进一步开拓,这里先就一些基本范畴和命题中蕴含的核心理念稍加提挈。

一、"情志为本"

有悠久历史传统的中国诗学是以"诗言志"的命题为其"开山的纲领"的①,这一点经朱自清先生拈出后,学界几已达成共识,无庸赘言。由"诗言志"生发出六朝的"诗缘情","情""志"互补,共同构成传统诗学的内在根基。它们之间也存在一定的差异,比较而言,"志"侧重在与社会政教伦常相关联的怀抱,"情"则不限于这种关联,有时甚至偏离到一己的私情上去,所以"言志"和"缘情"常要发生龃龉。但从另一个角度来看,置身于古代宗法式社会政治关系下的中国人,其生活领域受政教伦常的覆盖面实在是很宽广的,加以"志"的内涵在历史演化中又不断得到扩展,于是"情""志"相混的状况愈来愈普遍,终于整合成了一个范畴。挚虞《文章流别论》中说到"夫诗虽以情志为本,而以成声为节",刘勰《文心雕龙·附会》述及"夫才量学文,宜正体制,必以情志为神明,事义为骨髓,辞采为肌肤,宫商为声气",表明"情志"这一复合概念已然确立。而孔颖达《左传正义·昭公二十五年》所云"在己为情,情动为志,情志一也",更从道理上揭示了两者的一体关系。后世尽管仍有分用与合用之别,较多的状况则是相互替置。

其实,"志"与"情"确有融通交会之处。无论是与社会政教伦常相关联的怀抱,或者仅属个人生活领域的私情、闲情、自适之情,它们都是人在其现实生命活动中所获得的感受和体验,是一种情感性(当然也包含理解的成分)的生命体验,而诗歌创作的首要任务便在于传达人的这种体验。"诗言志"说以"志"为诗的内核,"诗缘情"说以"情"为诗的根由,内核与根由都有本根的意味,这便是"情志为本"命题的来由。当然,若按中国传统心性之学,"情志"尚非人的精神本体,"心性"才是本体;心之未发曰"性",已发曰"情","心性"乃实体,而

---

① 见《诗言志辨》,上海古籍出版社1981年版《朱自清古典文学论文集》上册。

"情志"不过是它的活动功能。但未发的"心性"是虚静空明、寂然不动的,它不会产生诗;只有当它活动起来,转化为"情志",再用合适的语言意象表达出来,才有了诗。所以《毛诗序》论述诗歌源起,即以"情动于中而形于言"开宗明义,可见"情志"正是诗歌活动的实在的生命本根。立足于人的真实的生命活动和生命体验,便成了中国诗学的基本的出发点。

"情志为本"的观念,拿来同西方文论,尤其是长时期来在西方文论中占主流地位的"摹仿自然"说相比,其特色更为显著。"摹仿自然"一说发端于古希腊哲人赫拉克利特,而展开于亚里士多德的《诗学》专著,它奠定了西方理论观念中以"自然"为文学创作本原的思想传统,《诗学》因亦成为西方文论中的经典。要说明的是,"自然"一词并不等同于今人所谓的"自然界",在西方传统中,它一般用以指称独立于创作主体之外的客观世界,甚且常偏重在社会的人的行为与性格。《诗学》一书就把诗歌艺术摹仿的对象规定为"在行动中的人",并有"喜剧总是摹仿比我们今天的人坏的人,悲剧总是摹仿比我们今天的人好的人"之类说法[①]。不管怎样,艺术创作以客观世界为底本的观念是明确的,客体的"自然"而非主体的"情志"构成诗歌活动的本根,这是西方主流派诗学在出发点上大不同于中国传统诗学之处。"摹仿自然"说后来衍化为"再现生活"、"反映现实"诸说,其侧重写照社会人生的意向更为清晰,而以外在世界为底本的精神则终始不变。

"摹仿自然"与"情志为本"的分途异趋已如上述,那末,西方文论是否另有与"情志"说相当或相近的理论主张可供比照呢?国内一部分学者认为,后起的"表现论"就是这样的一种主张,进而断言"言志"与"缘情"之说即属于"表现论"的思想系统,这个问题不可不稍加辨析。

大家知道,表现论是随着近代欧洲浪漫主义文艺思潮而兴起的理

[①] 见亚里士多德《诗学》第二章,《西方文论选》上卷,上海文艺出版社 1963 年版,第 52—53 页。

论主张,作为对古典美学的反拨,它否认艺术创作应以客观世界为底本,而崇尚"表现自我",于是作家的"自我"便成了艺术活动的本根,宣泄一己的情怀构成文学创作的最高使命。粗粗看来,这样一种主张似与我国传统的"情志"本位观有相通之处,它们都立足于作为创作主体的人,立足于人自身的生命体验,不妨归为一个类型。但是且慢,这里尚有实质性的区别,也就是构成本体的人的生命内涵上的歧异。前面讲到,由"志"与"情"两个概念复合而成的"情志"范畴,是对立统一的二元建构,其中包含着一系列复杂的矛盾关系。首先,"志"作为与社会政教伦常相关联的怀抱,其明确的界定应该是"发乎情,止乎礼义"①,换句话说,它出自情感性的生命体验,却又不能不受"礼义"规范的制约,也就是带上了理性的"镣铐",于是和"缘情"之"情"有了分歧,从而造成"情志"内部常见的情与理的冲突,此其一。其次,专就情感的层面而言,关联到政教伦常的"志",它指向群体的生活,渗透着群体的意愿,当属于一种社会性的情感生命体验,这同"缘情"的"情"可以无关乎政教伦常、囿于一己私情相比,则又有群体生命与个体生命间的差别。其三,我们说过,"情志"的本体是"心性","性"为体而"情"为用。依据传统的观念,"性"受命于天,人性与天理相合,"情"则不免牵于物欲,人情不能等同于天理;但另一方面,人间的"礼义"又是天理的体现,于是以"礼义"为规范的"志"也就成了人的本性的实现。这样一来,"志"与"情"的整合,某种意义上也就是"性"与"情"的统一(故"情志"亦作"情性"),推扩开来看更是"体用"、"理欲"、"天人"之间的结合,而就生命体验而言,则应视为宇宙生命与个体生命间的贯通流注,其涵义是很丰富的。综上所述,"情志"作为中国诗学的生命本根,内蕴着感性与理性、个体与群体、人欲与天道诸层矛盾,其理想境界是要达到天人合一、群己互渗、情理兼容,而仍不免要经常出现以理节情、扬情激志、举性遗情、任情越性以及"一时之性情"与"万古之性情"种种变奏,"志""情"离合因亦成为贯串整个诗学史的一根

---

① 见《毛诗序》,《十三经注疏》本《毛诗正义》卷一。

主轴线。不难看出,这样复杂而多层次的生命内核,确乎为中国诗学所特有,又岂是西方表现论的一味张扬"自我",视个体生命体验为唯一真实所能比拟?实际上,"表现"和"摹仿"两说,一重客体,一重主体,看来针锋相对,骨子里却有其一致性,便是都建基于西方传统的主客二分思维模式,故导致用一方来排斥另一方。而以"情志"为标志的生命体验,原本从民族文化天人合一、群己交渗的理念脱化而出,就不会极端地倾侧在某一头,倒是要以调谐、和合为自己的目标。研讨中国诗学,不可不对它的生命本根有一确切的把握。

二、"因物兴感"

中国诗学以"情志"为诗歌的生命本根,"情志"又是怎样发动起来的呢?这就需要联系到"因物兴感"之说。

上节说过,"情志"根底于"心性",而"心性"本体是虚明静止的,"心性"的发动和"情志"的产生要靠外物(这一点上也甚不同于单纯由内而外的表现说)。《礼记·乐记》有言:"凡音之起,由人心生也。人心之动,物使之然也。"又言:"夫民有血气心知之性,而无哀乐喜怒之常;应感起物而动,然后心术形焉。"说的就是这个道理。东汉王延寿将此观念初步移用于诗学领域,提出"诗人之兴,感物而作"的命题①。刘勰《文心雕龙·明诗》则用"人禀七情,应物斯感,感物吟志,莫非自然"四句话,加以较完整的表述。刘勰所谓的"应物斯感",陆机叫作"感物兴哀"②,傅亮称之"感物兴思"③,萧统谓为"睹物兴情"④,萧纲则云"寓目写心"⑤,基本上一个意思,可见属当时人的共识。我们这里使用"因物兴感"一语,是从梅尧臣《答韩三子华韩五持国韩六玉汝见赠述诗》的开首几句:"圣人于诗言,曾不专其中,因事有

---

① 王延寿《鲁灵光殿赋序》,中华书局影印本《全后汉文》卷五八。
② 《赠弟士龙诗序》,见《四部丛刊》本《陆士龙文集》卷三所附《兄平原赠》。
③ 傅亮《感物赋序》,中华书局影印本《全宋文》卷二六。
④ 萧统《答晋安王书》,中华书局影印本《全梁文》卷二〇。
⑤ 萧纲《答张缵谢示集书》,中华书局本《艺文类聚》卷五八。

所激,因物兴以通"里概括出来的,指诗人的心灵凭藉外物而引起感发的过程,其所感发出来的便是"情志"。

"因物兴感"是一种什么性质的活动呢? 这就牵涉到感发过程中的"心"与"物"的关系问题。过去,在反映论的影响下,人们只承认"心"对"物"的反映作用,以致将"兴感"说里的"感物"、"应物"都理解成了对外在事象的"反映",这是不正确的。反映论的前身乃摹仿说,它们共同立足于以"自然"为本。既以客观世界为底本,艺术品便只能是摹本、映本,后者之于前者,称之为"摹仿"也好,"再现"也好,"反映"乃至"能动地反映"也好,总之须以忠实于原本为主要价值取向,创作的要义就在于显示对象世界的本来面目。西方文论中爱用"镜子"来比喻文艺反映现实的功能,大作家巴尔扎克慨然以充当19世纪法国社会的"书记"自命①,着眼点都在这里。这可以说是一种知识论的取向,文艺即被归结为认知的方式和途径。

"兴感"说则不然。在感发过程中,"心"是主体,"物"只是凭藉,虽"因"于物,实"源"于心(诗学中有"心源"之说),这跟传统观念视"心性"为人的精神本体分不开。"心"接受"物"的感发亦非单纯的影照,"应物"不同于"映物",除感受外,还有应答的作用,是"心"与"物"的双向交流与沟通。这种心物交相为用的关系,不妨借古人用过的乐喻来加领略。苏轼有一首《琴诗》:"若言琴上有琴声,放在匣中何不鸣? 若言声在指头上,何不于君指上听?"寥寥四句,风趣而富于哲理。琴作为乐器,是音声之所从出,但它自身不会奏鸣,就好比寂然无动的"心性";手指作为触击乐器的外物,它本来不是音声之源,而由于指与琴的交相为用,遂使美妙的乐声迸发出来。此处所揭示的心物关系,不是迥然不同于镜喻中的对象(底本)与映象(摹本)的关系吗? 如果说,"摹仿"说侧重在对外在世界的观照,那末,"兴感"说突出的恰恰是人的生命的发动,前者视文艺为认知手段,后者将诗歌当作生命形态,分殊判然可见。

---

① 见巴尔扎克《人间喜剧前言》,《西方文论选》下卷第168页。

西方文论中也有注意到人的生命体验的感发的,那便是由柏拉图开创并经浪漫派诗人发扬光大的"灵感"说,"灵感"与"兴感"或可作一比较。我们知道,按柏拉图的原意,"灵感"有神灵凭附和感应的意思,它能使诗人在特定的瞬间失去清醒的理智,进入迷狂状态,从而激发出异常的创作才能来[1]。后世谈"灵感"者不一定继承柏拉图有关神灵凭附的假说,却大多肯定其突发性和非自觉性,至晚近意志论、直觉论、生命哲学、精神分析诸家,又转向人的本能、直觉、无意识等非理性层面来探究其成因。与此相呼应,国内学界也开始有人从巫术、宗教、神话原型等关联上来追索"兴"的源起,这不失为一种有启发性的思路,但从"兴感"进入传统诗学的视野而言,则已经不带有什么神秘、超验的成分,也没有过多的非理性色彩。其藉以兴发之"物","春风春鸟,秋月秋蝉"等自然景物之外,还包括"嘉会寄诗以亲,离群托诗以怨",以及"楚臣去境,汉妾辞宫"、"塞客衣单,孀闺泪尽"诸种"感荡心灵"的社会事象[2],都是很实际的人生境遇。其兴发的方式虽未必自觉,却不限于瞬间突发,可以有一个"流连万象之际,沈吟视听之区;写气图貌,既随物以宛转,属采附声,亦与心而徘徊"[3]的渐进加深的过程,当然也不排斥"兴会淋漓"式的巅峰状态的呈现。于此看来,"兴感"并不同于许多西方文论家心目中的"灵感",它是一种很现实的生命感发活动,是人与外在世界在情感体验上的交感共振,和那些超验的"神力"或先验的"本能"并不能混为一谈。

现在还有一个问题,就是这种交感共振的基础究竟是什么? 在这个问题上,有人试图引用西方审美心理学里的"移情"说和"同构"说来作解释,应该说,这样的借鉴是有意义的,有助于将"兴感"的研究推向深入。但要看到,双方理论的哲学出发点各自不同,又不容混淆。比如"移情"说认为,物本无情,而人能够在审美活动中见出物的生命跃动,盖出自将自己的情感体验移注于物,所以人感受到的仍是自我

---

[1] 见《伊安篇》,上海文艺联合出版社 1954 年版《柏拉图文艺对话集》。
[2] 见钟嵘《诗品序》,中华书局版《历代诗话》第 3 页。
[3] 《文心雕龙·物色》,范文澜《文心雕龙注》卷一〇。

的生命情趣,这不仅在实际上否定了物我间的交流,亦且从根底上把主体的人与作为对象的物对立起来了,显然属于主客二分的思维态势。又如格式塔心理学标举"异质同构",考察心理场与物理场的共振,意图从人、物形体结构的对应性上来找根据,能说明一部分问题,但对应关系仅限于外在形式,形同而质异,则又不免有形质二元对立之嫌。与此相比照,"兴感"立足于天人合一、群己互渗的民族文化精神,视天地万物为一气化生,人的心灵也是精气所聚,在宇宙生命、人类生命、个体生命之间原本就有信息、能量的传递,无须借助于"移情"或"形体同构"。古代思想家宣扬"天地之大德曰生",叫人从大化流行中去"观生意"①,正是基于这种信念。至于社会生活中的人、事与创作者心灵上的沟通,当更不在话下。这样一种"泛生论"的理念是否合乎现代科学,或有无必要给予新的解说,自可探讨,但它构成"兴感"说乃至整个中国诗学的思想理论基础,是不可忽略的。

三、"立象尽意"

"情志"由"兴感"所发动,它是诗歌的生命本根,但自身还不是诗。"在心为志,发言为诗"②,"情志"要通过适切的话语表达出来,才能转化为诗。这里又出现了一个难题:语言作为概念的符号,它能不能恰切地传达蕴含着活生生的生命体验的"情志"呢?这个问题上一向有两派意见,即"言尽意"说和"言不尽意"说,各执一词。现在看来,两家都有合理成分。若从表达日常生活经验及科学认知中的事理而言,概念符号的语言应该是胜任的,这就叫"言尽意";而若从传达微妙深邃的诗性生命体验和形而上的哲思感悟来说,纯粹的概念逻辑又不够用了,于是称"言不尽意"。"尽"还是"不尽",关键在于所要尽之"意"。诗歌艺术活动领域,自然是以"言不尽意"说为主流了。"言"既然不能尽"意",诗还怎么写呢?于是需要找出一个中介——"象"。

---

① 见《河南程氏遗书》卷一一,《四部备要》本《二程全书》。
② 见《毛诗序》。

"言不尽意"、"立象以尽意"①,或者叫作"意以象尽,象以言著"②。这样一种"言—象—意"的层级结构,原本用于说"卦"解《易》,而由于合乎诗歌艺术的实际,很快为诗学所吸取,"立象尽意"也就成了中国诗学里的一个核心命题。

提起"象",人们便会联想到西方文论中常讲的"艺术形象",其实"象"在中国诗学里有多重涵义,可以是客观的物象、主观的心象或文字构成的语象、艺象。诗中之"象"自属艺术形象,但与西方文论中的"形象"仍有区别。"形象",一般解作"人生的图画",既突出其具象性,也提示着它的再现功能,而具象性正出自再现的需要。俄国批评家别林斯基关于"哲学家用三段论法,诗人则用形象和图画说话"那段名言曾被反复引用,早已耳熟能详,其根据也就在于他认"艺术是现实底复制,是被重复的、仿佛是再造的世界"③。这显然是沿袭"摹仿"说的思路下来的。在我国传统中,"象"固然有摹拟现实事物的一面(所谓"象其物宜"),但着眼点不在这里,"立象"是为了"尽意"。所以古人往往不拘泥在以"形"执"象",反倒倾向于对两者作出一定的界分。《易·系辞上》说:"在天成象,在地成形"。又说:"见乃谓之象,形乃谓之器。"王夫之用"形者质也"、"象者文也"加以解释④,意谓"形"属于事物实体,"象"却是一种显现,"形"实而"象"虚,两者不能等同。确乎如此,诗中之"象"更是一种虚拟的显现,不过不限于形体的显现,乃重在生命的显现,其功能是要在诗歌作品里展呈作为人的生命体验的"情志"。中国诗学不把诗中之"象"叫作"形象",习惯称之为"意象"(表意之象),便是这个缘故。诗歌创作中虽不废"尚形似",但又强调"以形写神",进而宣扬"离形得似",亦是出于这种考虑。"意以象尽","意象"遂构成了诗歌的生命实体。

无独有偶,西方诗学在传统的艺术形象理论外,晚近也兴起了一

---

① 《易·系辞上》,《十三经注疏》本《周易正义》卷七。
② 王弼《周易略例·明象》,《四部丛刊》影宋本《周易》。
③ 见《一八四七年俄国文学一瞥》第一篇,《别林斯基论文学》,新文艺出版社1958年版,第19页。
④ 王夫之《尚书引义·毕命》,中华书局1976年版,第175页。

股标举"意象"的思潮,集中体现在现代主义各诗歌流派中,以意象派、象征派、超现实主义等为代表。意象派有惩于浪漫派诗人为表现自我而无节制地宣泄感情,故主张诗歌应以创造"意象"为主,不容情绪泛滥。他们所谓的"意象",指"在一刹那时间里呈现理智和情感的复合物的东西"①,比较接近于我们所讲的"表意之象",但过分重视瞬间的体验和直接的呈现,又容易停留在直觉式的印象阶段,不免限制其思想感情的深度。意象派运动仅昙花一现,不为无因。与之相区别,象征派却致力于用具体意象去表达诗人体悟中的抽象理念,而且往往是带有超验、神秘性质的形而上的理念,为了使理念表达得可被感知,不得不采用襞绩层深的象喻手法,于是"意象"转化成为"象征"。象征派诗歌意象每每晦涩、含混,盖由于此。至于超现实主义诗歌则以侧重表现无意识心理为特征,其意象更为混杂、破碎,无庸细述。综括以上各派,可以看出,西方现代诗学中的重"意象"倾向,同我国古典诗学中的"意象"说确有相通之处,都把诗歌意象作为诗人生命体验的显现。比较而言,西方现代派诗人似更注重个体生命的独特性体验,或系于偶发,或指向超验,或归之无意识,而中国古典诗人却偏向于日常生活中的现实性体验,其独特性与普遍性、个体性与群体性、超越性与实在性经常是相交融的,这可能是我们接触现代派诗歌意象每觉新奇怪诞,而读古典诗歌常感平淡处有深味的一个重要原因吧。

于此可以谈到中国诗学所提倡的意象浑成。"象"既是表意之象,"意"又是现实生活中带有普遍性的情感体验,"意"与"象"的融会便是顺理成章的了(这也是西方现代派诗歌虽富于创新而难以达到意象浑融的缘由)。唐王昌龄所作的《诗格》,将"久用精思,未契意象"作为诗歌创作中的一道关隘,可见意象的契合是诗思用力之所在。由于我国古典诗歌多抒情写景之作,意象问题又常被简化、归约为情景关系问题,因而情景相生、情景交融也就成了诗学的一个热门课题,有所谓情中景、景中情、融情入景、即景生情诸般讨论,而大要归之于"意象

---

① 庞德《意象主义者的几"不"》,《意象派诗选》,漓江出版社 1986 年版,第 152 页。

具足"①和"意象透莹"②。"意象俱足"即"外足于象,而内足于意"③,指物象和情意的表达都恰到好处,不会给人以欠缺感;"意象透莹"则意味着"意"和"象"的一体化,相互之间无有间隔。两个要求实际上是一致的,因为诗中意象本来就不能两分,"象"是诗的实体,"意"为蕴含于实体中的生命。从"立象尽意"的角度来看,"寻象"的目的就在于"观意",如果出现了意象不能配合的现象,或"意"余于"象",或"象"余于"意",则必然会感到某一方面有所不足,而透过"象"来把握其中的诗性生命体验,就不免要大打折扣了。明王廷相云:"言征实则寡余味也,情直致而难动物也,故示以意象,使人思而咀之,感而契之,邈则深矣,此诗之大致也。"④这段话清楚地揭示了"意象"(表意之象)在中国古典诗歌"言—象—意"结构层次中的中枢位置,也表明了它实在是诗歌生命之所依托。

浑融是意象关系的一个方面,关系的另一方面便是"意"对于"象"的超越。这个说法看来似有矛盾:既云一体,何来超越?仔细想想,还是有道理的。"一体",指"意"和"象"的相互依存,谁也少不了谁;"超越",则是说"意"对于"象"占据主导地位,由"象"上升到"意"乃必然的趋势。最早对言、象、意三者关系作出系统论述的王弼就是这样看的,其《周易略例·明象》明确指出:"言者所以明象,得象而忘言;象者所以存意,得意而忘象。"这正是发挥了《庄子·外物》中关于筌、蹄的喻义,而究明了"向上一路"的修习方法。或以为,王弼谈论的是哲理,而我们研究的是诗学,哲学思考尽可以"得意忘象",诗歌艺术则必须"得意存象",舍弃了"象",便无有诗。此说甚辩,但不尽在理,因为它的着眼点局限在意、象相互依存的一面,而没有考虑到人的审美感受由"象"的层面向"意"的层面的升华。陶渊明《饮酒》诗(其五)后半篇云:"采菊东篱下,悠然见南山。山气日夕佳,飞鸟相与还。

---

① 李东阳《麓堂诗话》,《历代诗话续编》,中华书局1983年版,第1372页。
② 王廷相《与郭价夫学士论诗书》,明嘉靖刻本《王氏家藏集》卷二八。
③ 王世贞《于大夫集序》,文渊阁《四库全书》本《弇州四部稿·文部》卷六四。
④ 见《与郭价夫学士论诗书》。

此中有真意,欲辨已忘言。"虽非论诗,确是一种审美的人生态度。你看他从东篱采菊、悠然远望,将南山、云气、日夕、飞鸟诸般景象尽收眼底,而恍然领略了此中"真意",但一旦进入"真意"层面,则已脱略忘怀所由来的途径,这不正是"得意忘象"、"得象忘言"的最好诠注吗?皎然《诗式》所云"但见性情,不睹文字"①,《二十四诗品》讲的"超以象外,得其环中"②,其实都是这个意思。"不睹文字"、"超以象外",不是不要文字形象,而是超越了外表的"言"和"象",直接面对其中蕴含着的情意空间,便再也感受不到文字和形象的存在了。"立象尽意"不等于"意尽象中",还要争取跨越"象外",这实际上已经接触到我们下一节所要讨论的问题。

四、"境生象外"

"意象"作为诗性生命体验载体的诞生,标志着诗的成形,但成形尚不等于完成,诗歌艺术的更高要求在于超越"意象",实现"意境"。

"意境",亦作"境界",或径称之曰"境",究应作何理解呢?关于"意境"说的来龙去脉,已经有了大量考释成果,暂不赘述。这里想要提请注意的,是前人对"意境"范畴的两个基本的界定:一是"意与境会",二是"境生象外",它们体现了"意境"的两大性能。

"意与境会"出自唐权德舆《左武卫胄曹许君集序》,后来司空图《与王驾评诗书》云"思与境偕",苏轼《题陶渊明〈饮酒〉诗后》作"境与意会",朱承爵《存余堂诗话》谓"意境融彻",署樊志厚《人间词乙稿序》称"意与境浑",说的都是一个意思。这里的"意",自然是指诗人的情意。"境"取自佛家用语"境界",原指人们感知中的世界,移用于诗歌美学,当指审美感受中的世界。"意"与"境"合,更突出情意的主导作用,"意境"也就成了为诗人情意所渗透的艺术世界。这是一个无所不包的概念,几乎囊括了诗歌艺术的全部内容,而其特点正在于标

---

① 《诗式》卷一《重意诗例》,《诗式校注》,齐鲁书社1986年版,第32页。
② 《二十四诗品·雄浑》,《诗品集解》,人民文学出版社1963年版,第3页。

示出诗歌艺术世界的整体性和全局性。如果说,"意象"作为诗的实体,重点表明了诗本身由"象"组合而成,"象"是诗性表达的基本单元,那末,"意境"的存在便意味着各个意象不是孤立分割的,它们会合成一个完整的机体,通体为诗中情意所贯注和照亮。据此,则"意境"和"意象"同为诗歌艺术的本体,它们之间仅有全局性与局部性的差异,故而古人经常"境"、"象"并提,不作严格划分。

"意境"的另一种界说见于刘禹锡《董氏武陵集纪》,文中将"义得而言丧"、"境生于象外"并列为诗的两层精义。同时代诗人戴叔伦也讲到"诗家之景,如蓝田日暖,良玉生烟,可望而不可置于眉睫之前",这里的"景"即同于象外之"境",后司空图曾加引述与阐发①。从"境生象外"这个命题看,"境"与"象"不再是一体,而有了明确的分化,"象"指诗歌作品中直接呈现出来的实体形象,"境"则是指隐藏在实体的"象"背后并由"象"延伸和引发出来的广阔的象外空间。这样一来,诗歌艺术世界便一分为二了,它的可被直接感知的实相的一面归属于"象",而它的不可被直接感知,却需要凭藉想象力和情意体验、感悟能力来把握的虚灵的一面,便称之为"境";前者属形而下的世界,后者具形而上的功能。这自然不意味着它们之间可以分离脱节,实际上,象外世界即由象内世界所生发,回过头来又充实、补足了象内世界。从这个意义上说,或可将"意境"界定为意象结构的象外延伸,或者叫意象艺术的层深建构。

"意境"这两重内涵存在一定的矛盾:依据前者,它应该包容整个诗歌世界,实相与虚灵均在内;而依据后者,它主要指向象外,突出了诗歌艺术的形而上的功能。后世学者往往各执一端加以引申、发挥,于是造成"意境"说的特殊复杂性与多面性,兹不具论。这里要强调的是,两种界说所分别揭示出来的"意境"的整体性和超越性,却有其内在的关联性与统一性,不可不加细察。前曾述及,意象实体是一种多元的组合,多元而要整合为一体,靠什么呢?靠的便是诗中情意,正是

---

① 见司空图《与极浦书》,《四部丛刊》本《司空表圣文集》卷三。

情意的贯通使各单个意象凝结成了生气灌注的生命整体。因此,由局部性的"象"拓展为全局性的"境",同时意味着由"象"的层面向"意"的层面升华,而这一升华便是超越。当然,象外世界的开拓并不限于"意"对"象"的简单超越,其所包含的内容要丰富得多。司空图提过"象外之象,景外之景"①,另外又谈到"韵外之致"和"味外之旨"②,如果我们把前者理解为诗歌意象引发的想象空间,那末后者即可解作内蕴于意象深处的情意空间,包括诗学中常称引的气、韵、味、趣、神、理各种成分在内。这样,由象内世界的感知空间,经象外的想象空间,最终导向最虚灵而邃永的情意空间,便形成了一条逐步上升和超越的通道,"意境"设置的意义也就在于提示了这条通道。

中国诗学以"意境"的超越为追求目标,跟诗歌创作过程中"情志"与"意象"的对立统一分不开。"情志"作为诗的生命本根,需要在"意象"中得到自我显现,"意象化"使"情志"成了生命实体。但二者并不就此等同:"意象"是实相,"情志"是虚灵;"意象"多元,"情志"一体;"意象"固定,"情志"流动;"意象"有限,"情志"却可以向无限生发。因此,"意象化"的结果,亦可能导致对"情志"的限制乃至障蔽。所谓"性情渐隐,声色大开"③,固然是针对南朝片面重物色诗风的贬语,却也揭示出诗歌艺术活动中"情志"与"意象"间的起伏交替,后者对前者的掩抑与汩没。如何来防止和克服这一弊病呢?那便是超越"意象",进入"意境"。"境生象外"的提出,正是为了突破"意象"世界的实体性和有限性,将人的审美感受引向那广阔无垠的想象空间和绵远不尽的情意空间,使得诗思、诗情、诗趣、诗韵、诗味一古脑儿呈现出来,诗的生命意义从而得到完全的释放。从这个角度来看,"意境"构成了"情志"和"意象"在更高层面上的综合,它既是诗歌意象艺术朝着"情志"这一生命本根的复归,而又是"情志"由生命体验形态向诗歌审美形态转化的告成。

---

① 见司空图《与极浦书》,《四部丛刊》本《司空表圣文集》卷三。
② 见司空图《与李生论诗书》,《司空表圣文集》卷二。
③ 沈德潜《说诗晬语》卷上,《清诗话》,中华书局1963年版,第532页。

要提请注意,这里所说的"复归",并非真的返回"情志"的本初状态。"情志"作为诗人的实际生活感受,属于现实生命活动的领域,是与创作者一己当下的生活遭际及情意体验紧密相联系的,它并不必然地具备感受的普遍性和生命内涵的深度。意象化的过程(包括象外世界的生发),正是诗人对自我生命体验进行对象化观照与审美加工的过程,经过这一转化,不仅生命体验获得了可感知的外在形态,其内涵的普遍性和历史深度也得以加强,由一己当下的情绪感受转向了对生命本真境界(即理想境界)的探求,于是生命体验实现了自我超越,转变、升华为审美体验。象外世界的想象空间和情意空间的建立,便是诗人审美体验充分展开的成功标志。到了这个阶段,实体意象世界的拘限固然已经打破,而原初的一己情怀也得到有力提升,个体生命与群体生命乃至宇宙生命发生交感共振,这才是诗歌生命活动的最后归宿。所以古人讲"意境",不限于艺境,亦且是心境(心灵境界)和道境("道"的体现),所谓"超以象外,得其环中"("环中"即"道枢")、"俱道适往,着手成春"[①],都是指的这种境界。这是民族传统审美精神之所系,"意境"因亦成为传统诗学的最高理想和终极目标。

五、中国诗学的生命论特色

以上就中国诗学中的若干基本范畴和命题作了一点解析,目的在于揭示其生命论的真谛。我们看到,发端于"情志",成形于"意象",而完成于"意境",或者说,由"因物兴感"经"立象尽意"再到"境生象外",构成了一个完整的诗歌生命活动的流程。在这里,"情志"即诗歌的生命本根,"兴感"为生命的发动,"意象"乃生命的显现,"意境"则是生命经自我超越所达到的境界;扩大开来看,"气"、"韵"、"味"、"趣"、"神"、"理"皆生命的内在质素与机能,"骨"、"采"、"声"、"律"、"体"、"势"属生命的外在形态与姿容,乃至于心物、形神、动静、

---

① 《二十四诗品·自然》,《诗品集解》,人民文学出版社 1981 年版,第 19 页。

虚实诸关系的把握以及谐和、自然、刚健、灵动等意趣的嗜求,亦莫不贯串着生命的爱尚与肯认,而综合各要素以形成的"意—象—言"诗学系统,实质上便呈现为一种生命机体的构建,这也便是中国诗学的逻辑结构了。由此观之,生命论作为中国诗学的基本取向,是可以成立的。

中国的生命论诗学究竟有什么特色呢? 我们还是拿西方诗学来作一较测。

首先在于它的天人合一、群己互渗的生命本体观。前面说过,西方传统的摹仿说是一种以"自然"为本、具有知识论取向的文艺思想,它不强调生命本位的观念;而近代以来的表现论、意志论、直觉论、精神分析诸说,虽具生命意识,多偏重在个体特殊的感性生命甚至非理性生命活动方面,相对忽略群体普遍性的情感体验与共振,也达不到与对象世界的沟通融会。这样一种张扬主体、凸显自我的态势,固然是当前西方社会精神危机的反映,而亦根底于其一贯的主客二分的思维定式。与之相比照,作为中国诗学生命本根的"情志"或"情性",原本就是一个复合概念,它来自心物交感,经过意象浑融,最终到达"俱道适往"的超越境界,可以说自始至终不离乎天人、群己、情理诸方面的交会。整个中国诗学的逻辑构架便是在这独具一格的生命本体建构上展开的,当然也有其自身的传统文化为底基。这个问题谈论已多,姑且从略。

其次一点,可称之为实感与超越相结合的生命活动观,这从诗歌生命体验发端于"因物兴感"而归趋于"境生象外"即可见出。近人王国维据以概括为"出入"说:"诗人对宇宙人生,须入乎其内,又须出乎其外。入乎其内,故能写之;出乎其外,故能观之。入乎其内,故有生气;出乎其外,故有高致。"[①]说的也就是由实感到超越的过程。在此问题上,西方人的处理方式和我们大不一样。传统的摹仿说和表现论多重实感(一重客观经验,一重主观情绪),不甚强调超越性的体验;少

---

① 王国维《人间词话》第六十则,《蕙风词话・人间词话》,人民文学出版社 1962 年版,第 220 页。

数唯理论者(如柏拉图、黑格尔)以"理念"为世界的本源,要求艺术创作透过感性现象去把握理念,这可以说是一种理性的超越(仍属知识论取向),而非生命的超越。对生命活动的超越性追求,是晚近西方兴起的潮流,从叔本华、尼采、弗洛伊德、海德格尔下而及于意象派、象征派、超现实主义诸家,不同程度地显示出这一新的动向。但要看到,他们的超越观和我们有很大的不同。在多数西方思想家的心目中,精神的超越与日常生活的实感是相对立的,超越即在于扬弃实生活的经验感受。叔本华以审美静观为生命意志的解脱,尼采认"酒神精神"为强力意志的释放,弗洛伊德视艺术创作为被压抑的"性本能"的升华,存在主义者大声呐喊从"此在"的沉沦状态下自我超拔等等,都有以超越性精神体验来否定现实生命活动的鲜明意向,这又是西方现代社会个群分立的征兆。反观我们的民族传统,"超世"与"在世"原本是统一的,前者即寓于后者之中,故而从生命的实感到审美的超越之间并没有一条界限分明的鸿沟,象外世界也只是象内世界的自然延伸与拓展。诗学的最高理想——"意境"指向超越,而又包容实体性"意象"和实生活感发的"情志"在内,不正体现了民族审美思维"即世而又超世"的基本路向吗?这恐怕也是"意境"这一范畴难以在西方诗学中找到其对应物的重要缘由①。

中国诗学的再一个特点,是文辞与质性一体同构的生命形态观。文辞问题本篇未多涉及,但毫无疑义它在诗歌作品"言—象—意"的层级结构中占有一席重要位置。有一种观点认为,中国诗学不重视语言的功能,根据就在"言不尽意"、"得意忘言"之说,恐未必妥当。"言不尽意"的命题重在揭露概念符号的词语与诗性生命体验之间的矛盾,并由此导引出"象"作为沟通"言"、"意"的中介,而由"言"及"象"、由"象"及"意"(亦即"得象忘言"、"得意忘象")的逐层超越遂得以实现。这同时意味着"言"自身的性能也在起变化,由表达日常事理的概念符号转形为足以传达内在生命体验的意象符号,文辞因亦构成了诗

---

① 附带说一句,国内学者常喜欢将"典型"说与"意境"说相比照,实属不伦。"典型"为艺术形象构造问题,和"意境"的超越性指向不在一个层面上。

性生命实体的外在形态。我们可以看到,从《庄子》的"卮言"、"重言"、"寓言"和儒家诗说的"赋比兴"起,诗学中的文辞观便一直是朝着这个方向演进的。它衍生出多种形态,如"辞采"是情性的自然焕发(见"情采"说),"声律"是心气的流注与节律(见"气盛言宜"说),"骨力"作为文辞内在生命力度的表现(见"风骨"说),"体势"构成生命形体的风貌与动势(见刘勰"因情立体,即体成势"说),乃至于明清人爱讲的"格"和"调",亦无非是诗人品格、气格、情调、风调在作品文字音韵上的落实。文辞体式整个地显现为诗歌作品中的"有意味的形式",共同地指向诗的生命内涵。对比西方诗学,基于其"形式"与"质料"二分的观念,一方面有独立演进着的形式主义思潮,另一方面体验论者又容易忽略形式规范,诗学的进程常在重形式与重体验之间作钟摆式的运动,其情况自亦殊异。

　　总合而言,西方诗学的基本特征是多向发展,重客体、重主观、重形式、重生命、重实感、重超越各立门户,彼此分流,演化出一套又一套的理论观念。它们的探讨富于创新性,有助于打开人们的视野,而极端、片面在所难免,相互冲突更是家常便饭。相形之下,我国古典诗学在长时期渐进积累过程中形成了独具一格的生命本位意识,它把天人、群己、心物、体用、情理、意象、出入、形质众多不同的方面扭结在一起,构筑成一个较为圆融通贯的体系,恰足以对那种各执一端、片面引申的现象起弥合作用。应该承认,作为宗法式农业社会文化精神的产物,它的宗法伦理的人格导向、调和折中的思维方式以及空灵淡远的生命情趣,并不尽适合于现时代文明进步的需求,要下一番分解、剥离、转换与重组的改造出新工夫,而其蕴含的生命论的精髓,特别是那种将各对立因素融会贯通地合为生命活动整体的基本思路,仍值得我们建构当代诗学形态时用为参考。大力开展中西诗学的对话、交流,或许是达到这一目的的有效途径。

上 编

情志篇：中国诗学的人学本原观

释"诗言志"
——兼论中国诗学的"开山的纲领"

20世纪40年代,朱自清先生出版了他论述中国诗学的经典性著作——《诗言志辨》,称"诗言志"为中国诗学的"开山的纲领"(见书序),并就这一命题及其相关范畴作了细致的考辨。半个世纪过去了,中国诗学的研究有了多方面的展开,出现了许多新的热门的话题,"诗言志"的讨论虽续有深化,然并不占据视野的焦点。但据我看来,如要确切地把握中国诗学精神的原质,还须回归到这个"开山的纲领"上来。我将尽力在朱先生论述的基础上做一点补充阐发工作。

一、释 "志"

"诗言志"命题的核心是"志","志"乃"诗"之生命本根,也便构成中国诗学精神的原核。所以我们的考察不能不从"志"的涵义入手,当然是指诗中之"志",而非一般词语辨析。

有关诗"志"的解说,现代学者中最有权威性的要数闻一多和朱自清,两家之说互有同异。闻先生的解说见于其《歌与诗》一文,是这样说的:"志与诗原来是一个字。志有三个意义:一记忆,二记录,三怀抱,这三个意义正代表诗的发展途径上三个主要阶段。"[①]这段话朱先生在《诗言志辨》里曾加引用(略去最后一句),但他所强调的是:"到了'诗言志'和'诗以言志'这两句话,'志'已经指'怀抱'了。"[②]这就

---
① 《闻一多全集》第1集,三联书店1982年版,第185页。
② 《朱自清古典文学论文集》,上海古籍出版社1981年版,第194页。

是说,他只认可"怀抱"为诗"志"的确切内涵,而将"志"这一词语所兼有的"记忆"和"记录"的含义放到"诗言志"命题以外去了。另外,闻先生所讲的"怀抱"泛指诗人内心蕴藏着的各种情意,"言志"即等同于言情(周作人先持有这个看法,见其1932年在辅仁大学所作《中国新文学的源流》讲演稿),而朱先生却着重揭示"这种怀抱是与'礼'分不开的"①,也就是专指同古代社会的政教、人伦紧密相关联的特定的情意指向。两种解说实质上是有相当差别的。

我比较同意朱先生的说法。闻先生立说的前提是认上古歌诗为分途,歌的作用在于以声调抒情,诗的职能则在用韵语记事。最早的记事要靠口耳相传,所以"诗"或者"志"的早期功能便在保存记忆。自文字诞生后,记事可以凭借书写,于是"诗""志"的涵义遂由记忆转为记录。再往后,诗与歌产生合流,诗吸取了歌的抒情内容,歌也采纳了诗的韵语形式,这样一来,诗用韵语所表达的便不限于记事,而主要成了情意,这就是"诗言志"一语中的"志"解作"怀抱"的由来了(参见《歌与诗》)。应该说,闻先生对于"志"的涵义的演进分疏得相当明白,且有一定的合理性,但以上古歌诗由分途趋向合流的假设却是不能成立的。歌乃诗之母,人类早期的诗并非独立存在,它孕育于歌谣之中,并经常与音乐、舞蹈合为一体,这种诗、乐、舞同源的现象已为中外各原始民族的经验所证实。据此而言,则歌诗的发展自不会由分途趋于合流,反倒是由一体走向分化,也就是说,诗的因子曾长期隐伏于歌谣之中,而后才分离出来,最终取得自身独立的形态。这也正可用来解释"诗"之一词在我国历史上出现较晚的原因②。诗既然成立在歌之后并为歌所派生,诗的质性便不能不由歌所限定,而若歌的作用在于表情达意(即抒述怀抱),则诗中之"志"自当取"怀抱"之义乃为妥帖。这并不排斥诗可用来记事,但主要职能在于抒述怀抱,记事也

---

① 《朱自清古典文学论文集》,上海古籍出版社1981年版,第194页。
② 据《诗言志辨》考证,甲骨文、金文都不见"诗"字,《周书·金縢》始云"诗",其可靠性亦为人怀疑。《诗经》中十二次说到作诗,六次用"歌",三次用"诵",仅三次用"诗",可见到这时"诗"字的使用尚不普遍。

是为了"言志"。

我们还可以从"志"的文字训诂上来探讨这个问题。"志"字未见于甲骨文和金文,许慎《说文解字》据篆文将"志"分解为"心"和"之"两个部分,释作"从心,之声",而段玉裁《说文解字注》则据大徐本录作"从心之,之亦声"。"之"在甲骨文里有"往"的意思,故"志"亦可解作"心之所往"或"心之所之"。闻一多先生则将"志"分解为"从止从心",取"停止在心上"或"藏在心里"的含义,以证成其以"记忆"训"志"的用意,不过他又说这对于"怀抱"一解同样是适用的。两种诂训皆有一定的根据。取前者,则"志"相当于今天所谓的意向;取后者,则大体相当于所谓的意念。意向和意念都属于"意",所以古人常径直用"意"来训"志","诗言志"有时也说成"诗言意"。而如果我们要将这两种解释结合起来,那只有用"怀抱"一词才能包容,因为"怀抱"既可表示心所蕴集,亦有志向或意向的指称,可见诗"志"的确切内涵非"怀抱"莫属了。

实际上,"诗言怀抱"在上古时期歌诗尚未分家之时即已开始了。众所周知,上古歌谣(包括乐舞)经常是同原始巫术与宗教活动相联系的,其歌辞往往就是巫术行使时的咒语或宗教仪式中的祷辞,不仅表现意念,其意向作用也很鲜明。如常为人引用的《伊耆氏蜡辞》:"土反其宅,水归其壑。昆虫勿作,草木归其泽!"[①]显然便是先民为祈求农作物丰收所作的祝祷或咒言。《山海经·大荒北经》所载驱逐旱魃之辞:"神北行! 先除水道,决通沟渎",亦属明显的咒语。我甚至怀疑一向被视作劳动歌谣的《弹歌》:"断竹,续竹,飞土,逐宍(肉)"[②],其用意也并非在于记录原始人制作弓箭的过程,而实在是附加于弓弩之上的一种咒术,这在其他民族的早期歌谣中并不鲜见。原始歌谣用于巫术和宗教活动,必然要配合着一套仪式,那就是原始人的乐舞。从《吕氏春秋·古乐篇》所记述的"昔葛天氏之乐,三人操牛尾,投足以歌八阕"中,当可依稀看出它的投影;而从八阕歌的题名曰"载民"、

---

① 见《礼记·郊特牲》。
② 载《吴越春秋》卷五。

"玄鸟"、"遂草木"、"奋五谷"、"敬天常"、"达帝功"、"依地德"、"总禽兽之极"来看，更全是颂神祭祖、祝祷丰年的内容。这些都可以说是表达了先民的意向，不过并非后代诗歌里常见的个人抒情，而是具有切实的群体功利性能的情意指向，正代表着那个阶段人们的普遍的"怀抱"。

歌诗之"志"由远古时期与巫术、宗教活动相联系的人们的群体祝咒意向，演化为礼乐文明制度确立后与政教、人伦规范相关联的志向和怀抱，自是顺理成章的事，这也可以说是"志"进入礼乐文明后的定型。对这一点，当时的公卿士大夫阶层是有充分的自觉的。《诗言志辨》一书中列举《诗经》各篇说到作诗意图的十二例，指出其不外乎讽与颂二途，即都与政教相关。今人顾易生、蒋凡所著《先秦两汉文学批评史》将自陈作意的《诗经》篇章拓展到十七例，但也认为"归纳起来，主要是'讽刺'与'歌颂'"，是"有意识运用诗歌来表示自己对人生、社会、政治的态度"①，看来确已构成那个时代的共识，体现着人们基本的诗学理念。当然，人的思想感情是多种多样的，诗的表达功能也决非单纯一律，即使在上古阶段亦仍有像"候人兮猗"②这样纯属个人抒情的歌谣存在，至于"诗三百"里表达男女情爱及其他个人情愫的篇章就更多了。但在强大的史官文化传统的制约下，通过采诗、编诗、教诗、用诗等一系列环节的加工改造，这些原属个人抒情的内容，无一例外地转化成了与政教、人伦相关联的怀抱，以"言志"的方式传递着其本身可能涵有和逐渐生发出来的种种信息。诗中之"志"便是这样广泛地建立起来的(礼乐文明乃其社会基础)，"诗言志"因亦成为中国诗学传统中经久不灭的信条。

不过要看到，"志"的具体内涵在长期的历史变迁中又是不断有伸缩变化的，特别是社会生活愈往后发展，人的思想感情愈益复杂化，个体表达情意的需求愈形突出，于是原来那种偏于简单化的颂美与讽刺时政的功能，便不得不有所调整和转换。第一位以个人名义显扬于世

---

① 《先秦两汉文学批评史》，上海古籍出版社1990年版，第29页。
② 《吕氏春秋·音初篇》载"塗山女歌"，中华书局版《四部备要》本。

的大诗人屈原,写下其不朽的篇章《离骚》,其中反复致意的是自身遭谗被逐的忧愤情怀,尽管不离乎君国之思,而侧重个体抒怀的表达方式,已同既有传统中比较直切的"讽"与"颂"拉开了距离。到宋玉作《九辩》,揭举"贫士失职兮志不平"的主旨,可通篇不正面关涉时政,仅着力摹绘秋意衰飒的景象与本人困顿失意的处境。这类作品班固曾称之为"贤人失志"之作①,朱自清先生谓其"以一己的穷通出处为主"②,都是拿来同《诗经》作者的直接讽、颂时政以"明乎得失之迹"③相区分的。但就古代社会的士大夫而言,其"穷通出处"虽属"一己",而仍关乎时政,所以写个人穷通出处的诗歌亦可归属于"言志",而且这种"志"对于士大夫个人来说有更切身的关系,于是后世诗人的"言志"便大多走到这条路子上去了。

与此同时,古代所谓的"志"还有另一层涵义。《庄子·缮性》篇有这样一段话:"古之所谓得志者,非轩冕之谓也,谓其无以益其乐而已矣。今之所谓得志者,轩冕之谓也;轩冕在身,非性命也。物之傥来,寄者也。寄之,其来不可圉,其去不可止。故不为轩冕肆志,不为穷约趋俗,其乐彼与此同,故无忧而已矣。"这里将"得志"分别为两种不同的类型,一指荣身("轩冕"指代富贵荣华),一指适性。荣身之乐取决于外物,来去不自由;适性之乐决定在内心,穷达皆无所妨害。作者的主意当在以适性为"得志",这样的"志"显然不同于儒家的济世怀抱,而属于道家的超世情趣。超世,是要超脱社会的礼教伦常,当然更不会以时政萦怀,这本来跟"诗言志"中的"志"不相一致。但超世也是一种人生姿态,在实践上又成为独特的人生修养,故不妨与儒家之"志"相提并论;而且后世儒道互补,士夫文人常以"兼济"与"独善"作为立身行事的两大座标,两种不同内涵的"志"便也逐渐融会贯通了。超世之"志"渗透于文学作品,当以《楚辞》中的《远游》、《卜居》、《渔夫》诸章为较早。东汉班固《幽通赋》的"致命遂志"和张衡《思玄

---

① 见《汉书·艺文志》。
② 《朱自清古典文学论文集》第 220 页。
③ 见《毛诗序》。

赋》的"宣寄情志"中,亦能找到它的痕迹。诗歌作品言超世之志的,或可以汉末仲长统《见志诗二首》为发端,得魏末阮籍《咏怀》诗而发扬光大,到东晋玄言诗潮形成巨流,而绵延不绝于后来。

综上所述,"诗言志"中的"志",孕育于上古歌谣、乐舞及宗教、巫术等一体化活动中的祝咒意向,经礼乐文明的范铸、改造,转形并确立为与古代社会政教及人生规范相关联的怀抱,大体上是可以肯定的。这一怀抱的具体内涵,又由早期诗人的用讽、颂以"明乎得失之迹",发展、演变为后世作者的重在抒写"一己穷通出处"和"情寄八荒之表"①,其间分别打上了诗、骚、庄的不同思想烙印,从而使"诗言志"的命题变得更富于弹性,乃能适应后世人们丰富、复杂的生活感受的表达需要。尽管如此,"志"的容涵面仍不是漫无边际的,除了少数误读乃至刻意曲解的事例以外,它所标示的情意指向,依然同带有普遍性的人生理念密切相联系,甚至大多数情况下仍与社会政教息息相关(超世之"志"的产生往往由对时世的失望而导致,故可看作为现实社会政治的一种反拨),这就使"言志"和纯属私人化的情意表现有了分界。朱自清先生将"诗言志"与"诗缘情"定为古代诗学中前后兴起的新老两个传统,并谓"'言志'跟'缘情'到底两样,是不能混为一谈的"②,眼光毕竟犀利(两者之间亦有复杂的交渗关系,兹不具论)。也只有拿"志"同泛漫的"情"区划开来,才能确切地把握中国诗学的主导精神。

但要注意的是,不能因此将"志"与"情"简单地归入理性和感性这两个不同的范畴。"情"固然属于感性(广义的,包括人的全部感受性,不光指感性认知),"志"却不限于理性。作为"心之所之"的意向,且与社会政教、人伦相关联的怀抱,"志"的情意指向中必然含有理性的成分,并对其整个情意活动起着重要的指导与规范作用。但"志"又是"心之所止",是情意在内心的蕴积,其中自然包含大量的感性因素。内心蕴积的情意因素经外物的诱导,发而为有指向的情意活动,这便

---

① 借用钟嵘评阮籍语,见陈延杰《诗品注》,人民文学出版社1961年版,第23页。
② 《朱自清古典文学论文集》第271页。

是"志"的发动,其指向虽不能不受理性规范的制约,而作为情意活动本身则仍具有感性的质素。《毛诗序》用"发乎情,止乎礼义"来概括诗"志"所必具的感性原质与理性规范间的关系,应该说是比较切合实际的。周作人以"言志"为言情,以之与"载道"的文学观相对立,显系误读(用意当在为他所倡导的性灵文学找寻传统支援)。当前学界则有一种片面张扬"言志"说的理性内涵的倾向,忽略了它的感性基质,亦不可取。正确地说,"志"是一种渗透着理性(主要是道德理性)或以理性为导向的情感心理。它本身属于情意体验,所以才能成为诗的生命本根;而因其不离乎群体理性规范的制约,于是又同纯属私人化的情愫区分开来。情与理的结合,这可以说是"志"的最大特点,也是"言志"说在世界诗坛上别树一帜的标志所在。当然,这种结合的具体形态不可避免是会起变化的,从原始歌谣的情意混沌,到早期诗人的情意并著,又经献诗、赋诗、引诗、解诗等活动中的"情"的淡化和理念的突出,再到骚辞、乐论中对"情"的重新发扬,终于在"发乎情,止乎礼义"的表述中取得了其初步的定性。"志"的政教与审美的二重性能构造,便是在这样曲折变化的过程中一步步地建立与巩固起来的。

二、释"言志"

"志"是诗的内核,但并不就是诗本身;"在心为志,发言为诗"[①],"志"要通过"言"的表达才能构成诗。由于许慎《说文解字》中有"诗,志也"的说法,近代学者常以"诗"等同于"志",于是对"诗言志"命题中的"言"以及"言"与"志"的关系便不很关注,其实是错误的。杨树达先生在1935年所著《释诗》一文里,曾据《韵会》所引《说文》文句,发现今本《说文解字》在"诗,志也"的下面脱漏了"志发于言"一句,为之补入[②],这就把诗所兼具的"志""言"两个方面说全了。先秦典籍里也常有以"志"称"诗"或"诗""志"互训的用法,这多半是取"志"所具

---

① 见《毛诗序》。
② 见杨树达《积微居小学金石论丛》(增订本),中华书局1983年版,第25页。

有的"记载"的含义,并不同于"诗言志"中的"志";否则的话,"诗言志"便成了"诗言诗",文意也不顺了。所以"诗"还必须是"言"与"志"的配搭,用一个公式来表示,便是:

志≠诗;志+言=诗。

那末,"志"和"言"之间的关系是怎样的呢?简括地说,"志"是内容,"言"是形式;"志"是"言"所要表达的中心目标,"言"是为表达"志"所凭藉的手段,这大致上符合古代人们的一般观念。《左传》引孔子的话说:"《志》有之:'言以足志,文以足言。'不言,谁知其志?言之无文,行而不远。"[①]说明言语的功能确实在于助成志意的表达,这同《论语·卫灵公》中记述孔子"辞达而已矣"的说法相一致。

然则,"言"是否能恰切地表达"志"("意")呢?这个问题历来是有争议的。后世概括为"言尽意"和"言不尽意"两大派,前者强调"言""意"的统一性,后者着力揭示其矛盾性,两派论辩成为魏晋玄学的热门话题。其实这个分歧在先秦诸子的论说中即已肇始了。儒家如孔子主张"辞达",赞同"言以足志",应该是比较接近后来的"言尽意"派的。但他又说"予欲无言",并引"天何言哉?四时行焉,百物生焉"为同调[②],可见他心目中的至理精义实难以用言语表述,这或许正是子贡要感叹"夫子之言性与天道,不可得而闻"[③]的原因吧。另一方面,道家如老、庄,一般归属于"言不尽意"派。老子有"道可道,非常道"之说[④],认为根本性的大道("常道")不可言说,但同时亦意味着日常生活中的普通道理("非常道")是"可道"的。庄子对"言""意"之间的矛盾有非常尖锐的揭露,而从"可以言论者,物之粗也;可以意致者,物之精也;言之所不能论,意之所不能致者,不期精粗焉"[⑤],以及

---

① 见《左传·襄公二十五年》。
② 见《论语·阳货》。
③ 见《论语·公冶长》。
④ 见今本《老子》第一章。
⑤ 《庄子·秋水》。

"六合之外,圣人存而不论;六合之内,圣人论而不议;春秋经世,先王之志,圣人议而不辩"①等说法来看,其实也未曾全然否定言说,只是把言说的作用局限于有形器物和有限时空的范围内,至于"六合之外"涉及形而上境界的玄思妙理,便是言之所不能及了。由上所述,以儒、道为代表的不同学派在"言""意"问题上存在着一定的共识,就是在日常生活经验的范围内讲辞能达意,而在形而上的哲性思维层面上讲"言不尽意",这一点上似乎并没有根本性的分歧(仍存在某种差异,说详后)。不过儒家所论以人伦日用为主,道家却偏爱形而上的思辨,以其取向各别,遂开出不同的门路,成了后世两派分化的前驱。

这一分化在诗学上的影响又是如何?诗所要表达的"志",当然不全是形而上的思致(亦或含有若干这类成分),但也不同于人们的日常生活经验。作为审美化了的生命体验,诗的情意来自人的生活实践,萌发于诗人的实际生活感受,而又在其审美观照之下得到升华,以进入自我超越的境界,成为一种带有普遍性的可供传达和接受的诗思。这样一种诗性生命体验,就其思理的微妙、机栝的圆活、内蕴的丰富和姿态的多变来说,跟形而上的哲性思维异曲同工,实在是概念化的词语表述所难以穷尽,因亦是一般名理思考所难以把握的。这就是为什么在中国诗学(扩大一点,包括整个古典美学)的领域内,"言不尽意"观念始终占据主导地位,影响远胜于"言尽意"说;而以诗"言志"的一个关键任务,便是要努力协调和解决"志"("意")和"言"之间的这一矛盾。

解决"言""意"矛盾的途径,有儒家的"立象"说和道家的"忘言"说。

"忘言"说提出在先,见于《庄子·外物》篇:"筌者所以在鱼,得鱼而忘筌;蹄者所以在兔,得兔而忘蹄;言者所以在意,得意而忘言。"用筌鱼、蹄兔的关系来比喻言意的关系,说明"言"不过是手段,"意"才是目的,达到目的后,手段尽可以弃舍,充分体现了道家重意轻言的品

---

① 《庄子·齐物论》。

格。但"忘"之一词不仅意味着弃舍,实有超越的含意。捕鱼猎兔先须用筌、用蹄,得意也先须藉言,藉言才可以忘言,可见"忘"是使用后的弃舍,所以叫作超越。为什么要超越言说呢? 当然是因为"言不尽意"的缘故了。言既然不能尽意,要怎样才能获致其意呢? 庄子提出"心斋"和"坐忘"之说:"无听之以耳而听之以心,无听之以心而听之以气。耳止于听,心止于符;气也者,虚而待物者也。唯道集虚,虚者心斋也。"①"堕肢体,黜聪明,离形去知,同于大通,此谓坐忘。"②就是说,要排除一切名理思考,甚至要忘怀自身躯体(包括欲求)的存在,使心灵处于虚静空明的状态,始有可能让自己在精神上回归自然,而与"道"浑然一体。这其实是一种直觉式的体悟,跟日常生活中的名理言说判然二途,也正是道家区分形而上的智慧与形而下的认知的根本着眼点。然而,吊诡的是,人在自身致力于直觉体悟的时候,似乎可以排除名理言说,一旦要将自己所悟传达出来,或者企图进入别人悟到的境界时,仍不得不凭藉言说,此所以老、庄仍要著书立说,而后人亦还要反复读解其文本,也是"得意忘言"说仍须以藉言达意为前提的缘故。那末,言说如何能导入那种直觉式的体悟呢? 当然不能光凭一般的名理判断。庄子自称其书的表达方法是"寓言十九,重言十七,卮言日出","寓言"即虚构假托之言,"重言"谓多角度地反复陈说,"卮言"可能指凭心随口、蔓衍而恣肆的表述风格,三者共同成就其"谬悠之说,荒唐之言,无端崖之辞",而与常见的"庄语"有别③。由此看来,《庄子》书实际上是将言说看作为启发、诱导读者进入体悟的一种手段(《老子》所谓"正言若反"也属同类),言说的意义不在于词语本身(往往"言在此而意在彼"),而在于悟性的激发(后来禅宗标榜"直指本心"、"不立文字"而又要借助机锋、棒喝等禅语、灯录,实为同一机杼),这样一种独特的言语表述方式自不同于普通的名理言说,而能起到筌、蹄之用。但也正因为言说的意义不在言说自身,而在启悟,于是

---

① 《庄子·人间世》。
② 《庄子·大宗师》。
③ 见《庄子·天下》。

一旦悟入，言说自可消解，这便是"忘言"说刻意强调要超越和弃舍言语的用意了，而"言""意"之间的矛盾也便在这凭藉和超越的过程中得到了某种程度的调协。

再来看儒家的"立象"说，见于《易·系辞上》："子曰：'书不尽言，言不尽意。'然则圣人之意其不可见乎？子曰：'圣人立象以尽意，设卦以尽情伪，系辞焉以尽其言，变而通之以尽利，鼓之舞之以尽神。'"《易》是儒家的经典，《易传》中虽然吸收了道家思想的某些成分，基本上仍属儒家的立场。这段话里所引"子曰"，虽未必真是孔子所说，但能代表儒家后学的观念。它所谈论的问题正是由老庄学派的"言不尽意"说引起的，而解决矛盾的途径则是"立象以尽意"以下的几句话。应该说明的是，这里所说的"意"专指卜卦时展呈的天意，天意精微难测，一般言说不易完整地把握，故需要借助"象"来传达；"象"又是通过卦的符号即"阴"（——）、"阳"（———）的交错重叠来表示的（如乾卦象征"天"象，巽卦象征"风"象等），而后再用卦辞和爻辞来说明这些符号的意义，并采取各种灵活变通的办法以竭尽其利用，以达到神妙的境界。我们不妨将这段话里所蕴含的释意系统归结为如下的公式：辞→卦→象→意。其中"卦"和"象"其实都属于"象"的层面，"卦"是表象的符号，"象"则是卦符所指称的意象，如把两者结合起来，则上述公式可简化为：言→象→意。这就是说，"言"如果不能尽"意"，通过立"象"为中介，就有可能尽"意"。后来王弼用"尽意莫若象，尽象莫若言"来概括这三者之间的递进关系①，是切合"立象尽意"说的原意的。

如上所述，"立象尽意"原为占卦所用，但它对中国诗学影响极大。诗歌创作和欣赏（包括各种艺术创造与欣赏），原本是一种意象思维活动，诗意的感受与表达都离不开"象"的承载，于是"立象尽意"便成了中国诗学乃至整个古典美学的一项基本原则，后来有关"形神"、"情景"、"意象"、"境象"诸问题的探讨均围绕着它而展开。与此同时，

---

① 见王弼《周易略例·明象》，《王弼集校释》，中华书局1980年版，第609页。

"象"的提出还涉及"言"的改造问题。在日常生活中,词语是概念的符号,言说从属于名理思考;但在"言—象—意"的结构中,"言"以尽"象",从属于意象的塑造,于是转变成了意象的符号,或者叫作意象语言。意象语言自不同于概念化的词语,需要建立起一套独特的表现形式,这又推动了中国诗学在文辞体式诸层面上的建构。其实这方面的考虑原已开始了。孔子主张"辞达""言文",是要借文辞的修饰以更好地发挥其达意的功能,而修饰之中便有意象化的要求。汉人说诗以"赋比兴"配合"言志",赋、比、兴正是将诗人志意意象化的三种基本的言说方法。再往后,有关风骨、情采、隐秀、虚实、骈偶、声律、体势、法式诸要素的揭示以及清新、俊逸、自然、雄浑、搜奇抉怪、余味曲包、外枯中膏、率然真趣等美学风格与规范的发扬中,也都关涉到意象语言的经营,可见"立象尽意"说笼罩之广。

儒家"立象"说和道家"忘言"说作为解决"言""意"矛盾的两条途径,并非互不相容,庄子的寓言、重言、卮言里便有许多意象化的成分,而《易传》有关"言—象—意"的递进构造中也体现出逐层超越的趋向,但两者毕竟有所差异。就"立象"说而言,"言"虽不能直接尽"意",借助"象"为中介,最终仍能尽"意",所以它的归属是在"言尽意"派。而"忘言"说尽管凭藉言说为筌、蹄,却不承认言说有自身的价值,一力予以超越和弃舍,应该属于道地的"言不尽意"派。两条路线之间是存在对立和冲突的。汉魏之际的荀粲就曾对《易传》的"立象尽意"说提出过质难,认为:"盖理之微者,非物象之所举也。今称'立象以尽意',此非通于象外者也;'系辞焉以尽言',此非言乎系表者也。斯则象外之意、系表之言,固蕴而不出矣。"①荀粲显系站在庄子的立足点上批判《易传》,他发挥了庄子的"言不尽意"说,指出"象"也不能尽意理之微,还特别提出"象外之意"和"系表之言"(即"言外之言")这两个概念,要求人们到"言""象"之外去探求真谛,这就把问题导向了深入。不过究竟怎样超越"言""象",他并未加以说明,而且

---

① 《三国志・魏志・荀彧传》裴松之注引《晋阳秋》所载何邵《荀粲传》,见中华书局校点本《三国志》第 319—320 页。

"象外"、"言外"同"象"、"言"之间是否还存在着某种联系,他也未加认可,所以"言""意"矛盾并未能获得解决。

如果说,荀粲是从相互对立的角度来看待"立象"说和"忘言"说,那末,王弼恰恰致力于两说的调和与融会。王弼之说集中反映于他的《周易略例·明象》,由于此说的特殊重要性,我们将相关内容逐段引录并解说如下:

> 夫象者,出意者也。言者,明象者也。尽意莫若象,尽象莫若言。言生于象,固可寻言以观象;象生于意,故可寻象以观意。意以象尽,象以言著。

这一段基本上复述《易传》的见解,无甚新义,只是"意以象尽,象以言著"的概括将"言—象—意"的递进关系表述得更为明确而已。

> 故言者所以明象,得象而忘言;象者所以存意,得意而忘象。犹蹄者所以在兔,得兔而忘蹄;筌者所以在鱼,得鱼而忘筌也。

这里开始转入庄子的立场,但将庄子的"得意忘言"拓展为"得象忘言"、"得意忘象",显然是接过了《易传》的话题,同时吸取了荀粲对"立象尽意"说的批评。

> 是故存言者,非得象也;存象者,非得意也。象生于意而存象焉,则所存者乃非其象也;言生于象而存言焉,则所存者乃非其言也。

这几句是全文的核心部分,着重说明"忘言"、"忘象"的理由,又分两层:先说"言"的指向是"象","象"的指向是"意",而若执着于"存言"、"存象",就会因手段而忽视目的,于是达不到"得象"、"得意"的要求,这是一层意思。次说"象"原为与"意"相关联而成其为"象",

"言"原为与"象"相关联而成其为"言",现在隔断了这种联系,片面就"象"和"言"自身来考虑"存象"、"存言",则所存者不复是原来意义上的表意之"象"和表象之"言",最终连"象"和"言"也一并失去了。这是另一层申说。两层解说不仅进一步发展了庄子关于"得意"可以"忘言"的主张,更着力突出"得意"必须"忘言"(包括"忘象"),因为"言"和"象"无非是通向"意"的桥梁,而若一心徜徉于桥梁的此端,则必然要丢失目的地的彼端,甚至连桥梁自身的意义也不能保住。这又说明"言"对于"象"、"象"对于"意"各有其二重性的存在,既是媒介,又是蔽障。换言之,胶执于此,即成蔽障;唯不断超越,方能祛弊除障,而顺利实现其通向"意"的媒介作用。最后:

> 然则,忘象者,乃得意者也;忘言者,乃得象者也。得意在忘象,得象在忘言。故立象以尽意,而象可忘也;重画以尽情,而画可忘也。①

这是由上一层论述引出的结论。最值得注意的,是他将庄子的"得意而忘言"改为"得意在忘象,得象在忘言",一个"在"字非常关键。庄子以筌、蹄为喻,意在说明达到目的后手段可以弃舍,按逻辑关系说是"得意"在先,"忘言"在后。王弼强调"在忘象"、"在忘言",则"忘象"、"忘言"反倒成了"得意"的先决条件。这一改动正是由上文不滞执于"言"、"象"的主张而来的,唯不滞执于"言"、"象",始能超越"言"、"象",以进入"言外"和"象外"的境界。这样一来,王弼便将"立象尽意"同"超以象外"(包括"言外")统一起来了。就是说:"立象"是"尽意"的凭藉,而滞于"象"又不能"得意",故须由"立象"转为"忘象",以超越"象"自身的限界,即从有限的象内空间引发出无限的象外空间,同时便是从形而下的"象"世界跃升到形而上的"意"境界。王弼的这一归纳不单给予儒、道两家之说以新的综合,亦是对他以前

---

① 上引均见《王弼集校释》第609页。

的"言""意"矛盾问题探讨的一个总结;对于中国诗学和美学来说,则不仅重新肯定了"立象尽意"的原则,更进而开辟了由"立象尽意"向"境生象外"演变的通道,其影响是十分深远的。至于中国艺术的许多奥秘居然蕴含在"言"和"意"("志")这一对古老的矛盾之中,并随着矛盾的发展而逐渐演示出来,恐怕更是出乎人们的意料了。

三、释"诗言志"

既已释清"志"的内涵以及"志"与"言"之间的关系,现在可以就"诗言志"的命题作一整体把握。

"诗言志"的比较完整的表述,见于《尚书·尧典》的这段话:

> 帝曰:夔,命汝典乐,教胄子。……诗言志,歌永言,声依永,律和声。八音克谐,无相夺伦,神人以和。夔曰:於! 予击石拊石,百兽率舞。

《尧典》编入《虞书》,但这段话显然不可能出自虞舜时代,或以为是周代史官据传闻追记。而据顾颉刚先生等考证,今本《尧典》的写定约当战国至秦汉间[①],于是"诗言志"成了一个晚出的诗学命题。另外,学界也有人将这里的"诗言志"同《左传》上提及的"诗以言志"分作两回事,认为后者专指春秋列国外交场合下的赋诗言志,是借用他人的诗("诗三百"里的诗)来表达自己的"志",并没有自己作诗以抒述怀抱的含义,由此推断"诗言志"的传统起于用诗,而后才转到作诗,并引孔孟说诗都未涉及"诗言志"命题为证。这些说法需要加以辨析。

由我看来,我们不当轻易否定既有的成说。《尚书》的不少篇章确系后人所写,但后代文本中可以含有早先的思想成分,这一点已成为学人的共识。即以上引《尧典》的一段话而言,其中所包含的诗、歌、

---

① 蒋善国《尚书综述》(上海古籍出版社 1986 年版)对各家考证有具体介绍与论析,可参看。

乐、舞一体化的现象和诗乐表演以沟通神人的观念,应该渊源于上古巫官文化,至迟也是周初《雅》《颂》时期庙堂乐舞祷神祭祖活动的写照,而不会出自诗、乐早已分离的战国以后,更不可能是后人的凭空想像。因此,这段文字的写定固然在后,并不排斥其所表述的观念在先,也就是说,"诗言志"的观念完全有可能形成于周代,当然未必会有后来文本中那样完整的界说。我们再看前文讲到的《诗经》作者自陈作意的情形,正如朱自清先生等所归纳的,不外乎颂美与讽刺时政,尽管主题已从沟通神人转向政教、人伦,其观念仍属"诗言志"(抒述怀抱)的范围,而且是自觉地在"言志",虽未使用这个词语。据此,则"诗言志"的传统实际上开创得很早,远在我们能从历史记载上见到这个命题之先。名实之间,当执实以定名,还是仅循名以责实呢?

再就"诗言志"和"诗以言志"两个命题之间的关系来考察。"诗以言志"见于《左传·襄公二十七年》有关晋、郑间君臣交会的一次记载:晋大夫赵孟请求与会的郑国诸臣赋诗言志,郑臣伯有与郑君有宿怨,故意赋《鹑之贲贲》一首,有"人之无良,我以为君"的句子,会后赵孟私下对人说:"伯有将为戮矣。诗以言志,志诬其上而公怨之,以为宾荣,其能久乎?"这段话的主旨是讥评伯有,顺带提及"诗以言志",从口气上看,赵孟不像是这个命题的创立者,无非引用当时流行的说法而已①。因此,"诗以言志"一语在这个特定的场合固然是指赋诗言志,并不等于它在社会流传中只能限于这层含意,绝不包括作诗言志在内。况且从情理上推断,总是作诗人言志在先,读者借诗言志在后,要说当时人们只承认借诗可以言志,却不懂得作诗也能言志,似乎很难叫人信服。

其实,有关的文献资料中已经透露出时人对作诗言志有明确的认识。《国语·周语上》载录召公谏厉王弭谤时,谈到"天子听政,使公

---

① 无独有偶,与《左传》所记年代相当,《国语·鲁语》中亦载有师亥言及"诗所以合意,歌所以咏言"的话,"合意"就是"合志",是"言志"的另一种提法,可见"诗以言志"或"诗以合志"是通行之说。

卿至于列士献诗"的制度,献诗是为了"以陈其志"①,即补察时政,这应该属于作诗言志。朱自清《诗言志辨》里曾从《左传》中举出四个例子:一是《隐公三年》记卫庄公娶庄姜,美而无子,卫人为赋《硕人》;二是《闵公二年》记狄人灭卫,卫遗民拥立戴公于曹,许穆夫人赋《载驰》;三是同篇记载郑高克帅师次于河上,师溃,高克奔陈,郑人为之赋《清人》;四是《文公六年》载秦穆公死,以三良为殉,国人哀之,为赋《黄鸟》。这几则记述的都是诗篇的写作缘由,所谓"赋"当指写成后自己歌诵或由乐工歌诵,所以朱先生认为属于"献诗陈志",至少属作者自陈其志是不会有误的。与此同时,古代另有"采诗观风"的说法②,"采诗"之说虽有人质疑,由诗、乐以观民风则确然不假,这从孔子所谓诗"可以观"③和《左传·襄公二十九年》所记季札观乐的事实皆足以证。观乐观诗,当然是要观诗中的情意(即作诗人之"志"),这才有可能由诗乐以了解民风,所以"观风"说中必然隐含着对作诗言志的认可。至于孔门说诗不涉及"诗言志"的论断,现已为新出土的郭店楚简所推翻,其中《孔子诗论》一篇赫然著录有孔子所说的"诗亡(无)离志,乐亡(无)离情,文亡(无)离言"的话,可以看作为"诗言志"的别称④,且能同《礼记·仲尼燕居》中所引孔子"志之所至,诗亦至焉;诗之所至,礼亦至焉;礼之所至,乐亦至焉;乐之所至,哀亦至焉,哀乐相生"的论述相参证。而孟子提出的"以意逆志"说⑤,主张"以己之意'迎受'诗人之志而加'钩考'"⑥,当亦是以承认诗人作诗言志为前提的。以上材料表明,"诗以言志"之说流行于春秋前后当非偶然,它不仅同列国外交会盟中的赋诗言志相联系,还同周王室与各诸侯国朝政上的献诗陈志,官府的采诗观风以及士大夫的观乐观志,公私讲

---

① 见《诗经·卷阿》毛传。
② 见《汉书·艺文志》、《食货志》及何休《春秋公羊解诂》。
③ 《论语·阳货》。
④ 按:《竹书》整理者释读的"离"字,另有学者释读为"隐"字,但不管"诗无隐志"或"诗无离志",都是讲的"诗""志"合一,原则上同于"诗言志"。
⑤ 见《孟子·万章上》。
⑥ 《诗言志辨·比兴》,《朱自清古典文学论文集》第259页。

学如孔子、孟子的教诗明志,乃至诸子百家兴起后各家著述中的引诗证志等活动息息相关,具有极其广泛的社会基础,而其内涵并不限于外交辞令上的用诗,包括作诗、读诗、观诗(观乐)、引诗为证等多种含义在内,可说是对古代人们的歌诗观念的一个总结,这也正是"诗言志"命题产生的巨大意义。

综上所述,"诗言志"作为中国诗学的原发性传统,从萌生以至告成,有一个逐步演化、发展的过程。如果说,上古的巫歌巫舞中已经孕育着"诗言志"的性能;那末,到《雅》《颂》的庙堂乐章和早期诗人的讽颂时政,便意味着"诗言志"观念的初步形成;再经过春秋前后广泛开展的献诗、赋诗、观诗、教诗、引诗等活动,"诗言志"的命题得以正式建立和得到普遍认可,其内涵及功能得以充分展开;于是到今本《尚书·尧典》以至稍后的《礼记·乐记》和《毛诗序》中,终于获得了完整的归纳与表述,而取得其理论形态的定型。这样一个由性能的萌生到观念的形成再到命题建立和理论完成的过程,大体上符合人的认识规律,当可成立,而"诗言志"作为中国诗学的"开山的纲领"因亦得到确证。

还要看到,"诗言志"既称作"纲领",就不会局限于孤立的命题,而要同那个时代的一系列诗学观念达成有机的组合。"志"乃是情意的蕴集,当附着于心性,而其发动需凭藉外物的诱导,这就是《礼记·乐记》提出"物感"说或"心物交感"说的由来。但"志"作为与社会政教相关联的怀抱,其情意指向又须受群体理性的规范,这又是孔子以"思无邪"论诗[1]和《毛诗序》主张"发情止礼"的根据。"志"的思想规范落实在诗歌的美学风格以及由此美学风格所造就的人格风范上,便是孔子等人倡扬的"中和"之美(如《论语·八佾》中所谓"乐而不淫,哀而不伤")与"温柔敦厚"的"诗教"说[2]。而有此思想规范和审美质素的诗歌所能起到的社会作用,除直接的颂美与讽刺时政外,更有"兴"、"观"、"群"、"怨"等多方面功能,可供士君子立身行事及秉政者

---

[1] 见《论语·为政》。
[2] 《礼记·经解》引孔子说。

教化天下之用①。此外,"志"所涉及的治政范围和等级有大小高低之分(所谓"一国之事"、"天下之事"乃至"盛德""成功,告于神明"),以"言"达志的手段有直接间接之别(或直书其事,或因物喻志,或托物起情),以及"志"的情意内涵因时代变化而不能不有所变异,构成《毛诗序》以至东汉郑玄《诗谱序》中着力阐发的"六义"(风、雅、颂、赋、比、兴)、"正变"("诗之正经"和"变风变雅")之说。至于从读者的角度考虑诗"志"的正确接受,则孟子"知人论世"和"以意逆志"说开了端绪②。由此看来,先秦两汉的主流诗学,确系以"诗言志"为纲领贯串起来的;而"诗言志"传统中的政教与审美二重性能结合,便也奠定了整个中国诗学的基本取向。

从后面这个断语,又可引出一个新的推导,即:"诗言志"构成中国诗学的逻辑起点。这不单指"诗言志"的观念在历史上起源最早,更其意味着后来的诗学观念大都是在"诗言志"的基础上合逻辑地展开的。比如说,由"志"所蕴含的"情"与"理"的结合,可以分化出"缘情"、"写意"(或称"主情"、"主意")的不同诗学潮流,成为后世唐宋诗学分野的主要依据。再比如,由"志"与"言"的矛盾而产生的"言不尽意"的思考③,促成"立象尽意"的美学原则的建立;而"立象"能否"尽意"的论辩,又激发了"境生象外"的新的追索;乃至由"立象"、"取境"拓展为心物、情景、形神、意象诸问题的探讨,超升为气、韵、味、趣、神、理等因素讲求,更落实为辞采、骨力、体势、声韵、法式、格调各种诗歌语言形式规范的设定。可以说,中国诗学的整个系统便是在这"言—象—意"的基本框架里发展起来的,而"言—象—意"的框架在某种意义上即发端于"诗言志"的命题。据此,则"诗言志"作为原生细胞,逻辑地蕴含着中国诗学的整体建构,这或许是它被称作中国诗学的"开山的纲领"的更深一层含义吧!

---

① 参见《论语·阳货》"小子何莫学夫诗"的一段话与《毛诗序》里"经夫妇,成孝敬,厚人伦,美教化,移风俗"的论说。
② 见《孟子·万章》上下篇,又《孟子·告子下》中亦有示例。
③ 按:"言""意"矛盾并不单出自诗学,但包含诗学,且在诗学领域里有充分的展开。

释"缘情绮靡"
——兼及传统杂文学体制中的"文学性"标志

在中国古代两千多年的诗学传统中,就诗的体性问题给予完整、精要而又影响深远的概括的,除了"诗言志"这一"开山的纲领"外,大概就要数到陆机《文赋》中的"诗缘情而绮靡"一语了。不过两者的历史命运很有差异。"诗言志"作为古先圣人的训条,始终稳稳地占据着诗学正宗的位置,即便是心存异见者也不敢公开非议;而"缘情绮靡"说自出现后,便不断陷于毁誉交加的境地,且非毁与赏誉往往都不得其实情。时至今日,有关"缘情绮靡"的确切涵义以及"缘情"说与"言志"说之间的区别和联系,仍是颇有争执的议题;只有厘清这些问题,才能对"缘情绮靡"之说的真实价值和丰富内蕴有一个正确的把握,也才能对传统诗学中的"诗本体"观获得较为全面的了解。

一、释"缘 情"

"缘情"一语,并非陆机首创。司马迁在《史记·礼书》中就有"缘人情而制礼,依人性而作仪"的说法,后来如袁準《袁子正书·礼政》所谓"礼者何也?缘人情而为之节文者也"①,徐广《答刘镇之问》所谓"缘情立礼"②,都是同一个意思的延续。"缘"者,因也,循也;"缘情立礼",是说本乎人情来制定礼仪。陆机以"缘情"说诗,亦是指诗歌作品由人的情感活动而产生,"情"为诗之本根。

---

① 中华书局影印本《全晋文》卷五五。
② 《全晋文》卷一三六。

重视诗中的情感因素,也不是什么新鲜的话题。诗总是同人的情感活动相联系的,"诗三百"的作者对这一点已有足够的自觉,在他们自陈作意的许多诗例中,如"心之忧矣,我歌且谣"(《魏风·园有桃》)、"夫也不良,歌以讯之,讯予不顾,颠倒思予"(《陈风·墓门》)、"岂不怀归,是用作歌,将母来谂"(《小雅·四牡》)、"作此好歌,以极反侧"(《小雅·何人斯》)、"君子作歌,维以告哀"(《小雅·四月》)、"啸歌伤怀,念彼硕人"(《小雅·白华》)、"吉甫作诵,其诗孔硕,其风肆好,以赠申伯"(《大雅·崧高》)、"吉甫作诵,穆如清风,仲山甫永怀,以慰其心"(《大雅·烝民》),均明确地表达了其以歌诗抒述情怀的用心,即使是一些直陈时政得失的篇章里,亦莫不渗透着诗人自身的欢乐、赞美或忧伤、愤怨之情。据此,则"诗言志"的"志",原本就包含"情"的成分在内,抒述情怀乃是传统"言志"说的题中应有之义。

但是,"志"毕竟不等同于"情"。作为一种意向性的心理活动,特别是与社会政教、人伦相关联的怀抱,"志"有着鲜明的理性思维的烙印,换言之,它所包含的情感质素是受社会群体的理性规范(主要是道德理性)所制约的,"情"并不占据主导地位。这也就是为什么到了春秋战国之交,当赋诗、说诗、引诗等活动兴起后,人们常只注意"断章取义"式地引用诗句来表达自己的意向,却忽略了其中的情感成分,于是"诗言志"便同抒述情怀脱了节,这是"言志"传统发展中的一个曲折。

诗情的再度发扬,是战国后期以至秦汉间的事,它沿着两条不同的路线展开:一是由儒家的乐论引向汉人的诗说,显示出"情"向着"志"的复归;再一是由楚骚开辟而在两汉乐府与古诗中得到衍流的趋势,表现为"情"从"志"的统辖下逐步走向分化与独立。两条路线互有交渗而归趋各异,中国诗学的两大传统——"言志"与"缘情"也就在这里开始形成分叉。

先来看乐论对诗学的影响。大家知道,诗歌与乐舞在上古时期原本是合为一体的,这个传统到周代仍然保持着,所以诗教与乐教也一直互为表里,不可分割。但两者又有差异:诗的表达凭藉语言,乐的表达则凭藉曲调;语言可以突出理性思考,而音声曲调却无论如何也不能脱去感性因素,故乐教比诗教要更为注重情感的作用。现存最早的完篇音乐文献——《荀子·乐论》中就曾说到:"夫乐者,乐也,人情之所必不免也,故人不能无乐。"把乐的起源归结为人的情感需要。稍后出现的《礼记·乐记》中更明确指出:"凡音者,生人心者也。情动于中,故形于声;声成文,谓之音。"①这里已经有了情感为音乐本根的思想。于此看来,当春秋战国之交诗学观念里一度淡化诗的情感质素的同时,乐论却始终坚持把人的情感活动置于核心位置予以发扬,这不能不对诗学中"情"的复归产生影响。后来的汉人诗说大多接受了乐论主情的传统,在肯定诗乐同源的前提下,也对诗歌的情感内核予以确认。如《毛诗序》里有关"情动于中而形于言,言之不足,故嗟叹之;嗟叹之不足,故永歌之;永歌之不足,不知手之舞之、足之蹈之也"的一段话,就从情感的发动推导出诗、歌、乐、舞的系列诞生,而其表述方式显然受到《礼记·乐记》的直接启发。至此,"情"在诗中的地位已经确然不移。不过要看到,儒家乐论和诗说中对"情"的肯定,又总是同社会群体的礼义规范紧密相联系的。荀子在承认乐出于"人情之所必不免"之后,紧接着强调:"故人不能不乐,乐则不能无形,形而不为道则不能无乱。先王恶其乱也,故制雅颂之声以道之,使其声足以乐而不流,使其文足以辨而不谞,使其曲直繁省廉肉节奏足以感动人之善心,使夫邪污之气无由得接焉。是先王立乐之方也。"又说:"乐者,乐也。君子乐得其道,小人乐得其欲。以道制欲,则乐而不乱;以欲忘道,则惑而不乐。"②同类话语在《乐记》中也触处可得,表明儒家的乐教、诗教均须从属于礼教。这一点亦为汉人诗说所继承,所以《毛诗序》一方面肯定诗歌创作出自情感的发动,另一方面又极力主张要"发乎情,止乎礼义"。政教、人伦的规范从根底上制约着人的情感活动,于是"情"的因素便无法取得独立的定性,而"诗缘情"的观念便难以从"言志"传统的阴影笼罩下挣脱出来,使自身得到开显。

如果说,儒家乐论到汉人诗说促成了"情"的质素向"言志"传统

---

① 见《乐记·乐本》。
② 均见《荀子·乐论》。

的复归,那末,楚骚所开辟的恰恰是一条由"情"的激化而导致逐渐偏离"言志"传统的道路。以屈原和宋玉为代表的楚辞,本来就以抒述情怀见长,特别是诗人的愤怨激切、忧思萦回的心绪,往往能在骚体形式中得到淋漓尽致的表露。屈原作为第一位大诗人,并没有提出明确的诗学主张,但他在作品中反复申说要表白他的"中情",而且又是那种充满牢骚不平之气的情怀,所以拿他所说的"发愤以抒情"一语①来概括他的诗歌宗旨,应该是比较贴切的。"发愤"为的什么?为的是"君国之思",大范围不出政教伦常,故而屈原的抒情总体上并未脱离"言志"。但"发愤"又是诗人主体精神的突出表现,坚执这种主体精神以与周遭的黑暗世道相抗争,正意味着个体人格在某种程度上的觉醒,这就为诗歌抒情由群体本位向个体本位的转移创造了前提。屈原以后的宋玉,在抗争性上远不如屈原,曾自述其《九辩》的作意是"贫士失职兮志不平",表面与"发愤抒情"相承接,而实际内容多为个人沦落的感慨,缺少社会政教的关怀,但也正因为此,使得他的创作路线多少偏离了政教本位的传统,成为由"言志"向"缘情"过渡的先兆。两汉诗学,除正统的《诗》说以外,另有乐府民歌和文人五言诗兴起。乐府的采集虽然因袭着"观风"的话头,实质上是为了满足宫廷及达官贵人娱乐之需,其政教功能并不明显,而从"感于哀乐,缘事而发"②的提法中,分明可以看出"言志"的淡化和"缘情"的抬头。至于古诗的流传作为下层文人心曲的自然吐露,其"缘情"的色彩更为显著,所谓"荡涤放情志,何为自结束"③,一个"放"字最能体现其作者恣情任性的人生态度和不受现成规范拘束的趣尚。就这样,"缘情"的观念随着楚骚、汉乐府和文人五言诗这些新兴诗体的推移代兴,渐渐孕育成形,它只等待着一个理念上的概括,便可以从传统诗教的压制下破土而出,而陆机《文赋》正提供了这样的契机。

如上所述,"诗缘情"命题的产生经历了长时间的酝酿过程,它是

---

① 见《楚辞·九章·惜诵》。
② 见《汉书·艺文志》。
③ 见《古诗十九首·东城高且长》。

对诗歌表达人的情感生命体验的一个确认。但它正式确立于西晋,又同魏晋之际社会思潮的变迁分不开,尤其是建安时代的个性自觉和魏晋玄学中的任情思想对它的影响至关重要。

两汉大一统王朝解体下的社会变乱与个人的重新定位,是个性意识在建安时期得以树立的基本动因。不必广泛征引曹操"唯才是举"等一系列政治方针和一般士夫文人高自期许的表现,即以文坛习尚而言,那种"慷慨以任气,磊落以使才"①的作风,便已显示出个性力量的巨大作用,曹丕《典论·论文》用"文以气为主"来反映那个时代人们对文学创作的认识,是很有代表性的。曹丕所谓的"气",并非孟子讲过的"集义所生"、"配义与道"的"气"②,属于道德修养范畴,而是个人所具"清浊有体,不可力强而致,虽在父兄,不能以移子弟"的先天气质,它构成作家的才性,从而决定着其作品的风貌。曹丕还特别看重作家拥有的"壮"、"逸"、"遒"、"健"的气质,以之为文章力量的源泉③。姑且不论这样高估人的先天因素是否合适,就其重视个人特有的气质、才性,肯定和发挥其在文学创作中的主导作用而言,正是个性自觉的鲜明标记;而从道德规范的强调转向个人才性的发扬,也正体现出文学领域中个体本位观的初步建立。个体本位同情感本位不是一回事,但情感必须以个人为载体,只有在承认个体的人的能动创造活动的前提下,才有可能将其活生生的情感生命体验视以为诗的本根。因此,建安文人的"主气"说虽有别于六朝诗歌的"缘情"说,却恰恰成为后者的先导;由传统的"诗言志"过渡到新起的"诗缘情","文以气为主"是在其间起着转折枢纽的作用的。

再来看魏晋玄学中的任情思想。玄学的情性观原本于老庄。老子书没有直接谈到"情",但主张"无知""无欲",实质便是"无情"。庄子则明确标榜"无情",他的解说是:"吾所谓无情者,言人不以好恶内

---

① 见《文心雕龙·明诗》。
② 见《孟子·公孙丑上》。
③ 均见曹丕《典论·论文》《与吴质书》。

伤其身,常因自然而不益生也。"①意思是说,人虽有好恶之情,而要努力加以超脱,以求返归自然本性。玄学初起时,基本上承续老、庄的上述观点。何劭《王弼传》里有一段记载:"何晏以为圣人无喜怒哀乐,其论甚精,钟会等述之。弼与不同,以为圣人茂于人者神明也,同于人者五情也。神明茂,故能体冲和以通无;五情同,故不能无哀乐以应物。然则圣人之情,应物而无累于物者也。今以其无累,便谓不复应物,失之多矣。"②这里讲到何、王的分歧,何晏的"圣人无情"大体祖述老子,王弼却承认圣人有情,但能做到不为情所累,显然来自庄子,而记述人的倾向也偏在他一边。不过王弼后来的思想似又有所发展,其《戏答荀融书》云:"夫明足以寻极幽微,而不能去自然之性。颜子之量,孔父之所豫在,然遇之不能无乐,丧之不能无哀。又常狭斯人,以为未能以情从理者也,而今乃知自然之不可革。"③这是以孔子得颜回喜、失颜回悲为例,来说明哀乐之情发自人的自然本性,虽圣人也不可免,于是庄子原先以超脱世情为返归自然的思路,就被改造、转化成了"情性本于自然",从而为"任情"说的出现打开了绿灯。果然,到向秀《难养生论》便公然揭示这一题旨:"有生则有情,称情则自然,若绝而外之,则与无生同,何贵于有生哉?""且生之为乐,以恩爱相接。天理人伦,燕婉娱心,荣华悦志。服飨滋味,以宣五情;纳御声色,以达性气。此天理自然,人之所宜,三王所不易也。"④从"无情"到"忘情"(不累于情)再到"任情",玄学思想的这一演进映现着社会思潮的重大变异,而"诗缘情"之说便也在这样的总体氛围的催化下脱颖而出。

现在可以对"缘情"说的确切内涵作一界定了。"缘情"的"情"并非专指男女之情,"缘情"说的提出更非倡导艳情文学,这是首先可断言的。所以如后世有的论者指责其"一出乎闺房儿女子之思"⑤,"其

---

① 《庄子·德充符》。
② 见《三国志·钟会传》裴松之注引。
③ 同上书注引。
④ 戴明扬《嵇康集校注》卷四附,人民文学出版社1962年版。
⑤ 朱彝尊《与高念祖论诗书》,《四部丛刊》本《曝书亭集》卷三一。

究乃至于绘画横陈"①,要"缘情"说为二百多年后流行的宫体诗负责,实属无稽。至于借"诗缘情"的名义为情诗张目,则亦大可不必。因为"情"在陆机那个时代包罗广泛,喜怒哀乐欲恶各类情感活动都在内,"缘情"一说也只是平平实实地概括诗以达情的基本性能②,是中国诗学的主情倾向的一个延伸。

然则,"诗缘情"的提出是否具有针对"诗言志"的传统并予以颠覆的用意呢?这个问题需作具体分析。陆机《文赋》中,"诗缘情而绮靡"一语是专就诗体特征而言的,诗与其他文体(比如赋之铺陈写物)的区别,就在于其主要用于表达情感,但不等于诗中没有其他成分。各类文体各有其特殊性,而一切文类还有其共通性。《文赋》讲到文章共性的地方,如"理扶质以立干,文垂条而结繁"、"亦禁邪而制放,要辞达而理举",都是将"理"与"文""辞"对举以标示文章的内容和形式,可见"义理"(即思想内容)仍是一切文类的共同要求,诗歌并不例外。另外,《文赋》后半篇论及各种文病时,虽以"言寡情而鲜爱,辞浮漂而不归"所造成的"和而不悲"作为一病,突出了情感因素的动人作用,而同时又将"或奔放以谐合,务嘈囋而妖冶,徒悦目而偶俗,故声高而曲下"当作"悲而不雅"的表征加以批评,说明其论文的准则仍是要取得"情""理"协调。据此而言,则陆机《文赋》固然对文章的政教功能作了淡化处理,却依然给予大致的承认,其论诗取"缘情"而不取"言志",看来只是为了强调诗的特性所在,未必具有否定"言志"说的用心。

尽管如此,"诗缘情"命题的产生仍有其重大的意义在。中国诗学史上,它第一次明确地宣告诗歌出自人的情感体验,"情"乃诗之生命本原。后世有关诗歌本性的一些著名论断,如"诗者,根情、苗言、华声、实义"③,"诗本情性,有性此有情,有情此有诗也"④,"世总为情,

---

① 纪昀《云林诗钞序》,嘉庆刻本《纪文达公遗集》卷九。
② 按:陆机曾多次用到"缘情"一语,如《叹逝赋》中的"乐隤心其如忘,哀缘情而来宅",《思归赋》中的"悲缘情以自诱,忧触物而生端",都涉及情感发而为文思的问题,足资参证。
③ 白居易《与元九书》,中华书局版《白居易集》卷四五。
④ 杨维桢《剡韶诗序》,《四部丛刊》本《东维子文集》卷七。

情生诗歌"①,"情之所至,诗无不至;诗之所至,情以之至"②,皆可溯源于这一命题。"缘情"说的情感本位观并不必然导致对诗的政教功能与道德规范的排斥。人有各种各样的情感活动,有的情感内容天然地适合社会伦常关系或切中世道人心的利弊得失,将这类情感真切地表达出来,既体现了"诗缘情"的性能,而亦符合"诗言志"的传统,两者是可以会通的。但情感本位毕竟有别于政教本位。前者以"情"为主,后者以"理"为主;前者重个人感受,后者重群体规范;前者推崇情之"真",后者显扬情之"正";前者要动人情,后者要正人心:一句话,前者立足于人的活生生的生命体验以求宣发,而后者更强调以社会功利和道德为导向来制引人的情意活动,于是两者之间时有龃龉,亦属难免。陆机讲"诗缘情",还主张"禁邪而制放",到梁萧纲则公然打出"立身先须谨重,文章且须放荡"的旗号③,在"缘情"的道路上走得更远。当然,他所谓的"放荡",并非道德意义上的堕落,而是指情感和才性上的恣纵放任,不受检束,这固然有利于发挥个人的创造性,同时便也意味着"发乎情"而不必"止乎礼义",这样一来,"诗缘情"就自然地走到与"诗言志"相对立的位置上去了,而卫道者们之所以要对"缘情"说大加挞伐,看来亦属事出有因。

总之,"缘情"和"言志"作为古代诗学上先后出现的新老两个传统,是相互承接而又彼此分立的。"言志"说是我们的先民对于诗的本性的初次界定,它着眼于诗歌表达人的群体性意向心理活动的性能,在肯定诗中的情感质素的同时,又设置了各种群体理性的规范加以导引,这在古代农业自然经济的条件下,特别是我们这个宗法式礼制社会的结构里,自有其不可取代的合理性。"缘情"说则是文学创作成熟以后一部分文人才士对于诗的本性的重新界定,它强化了诗的感性生命,弱化了其理性规范,使得诗歌作品纯然成了个人寄情写意的手段,显示出历史演进中的个体自觉性的增长。生命,就其现实的形态而

---

① 汤显祖《耳伯麻姑游诗序》,上海古籍出版社版《汤显祖诗文集》卷三一。
② 王夫之《古诗评选》卷四评李陵《与苏武诗》,岳麓书社版《船山全书》第十四册。
③ 萧纲《诫当阳公大心书》,中华书局版《艺文类聚》卷二三。

言,总是属于个人的,构成诗思的情感体验因亦是独一无二的,从这个意义上说,"诗缘情"似乎更贴近艺术创造的规律。但人又总是社会的人,个体生命不能不与群体生命息息相关,于是理性规范对于情感活动的导引便也不容抹杀。这正是为什么新起的"缘情"说能够充实和修正固有的"言志"说,而终不能给予颠覆和更置的缘故,且亦是"言志"传统的捍卫者能够批判和打压"缘情"说,却并不能从根底上加以消除的道理。"志"和"情"这对范畴共同建构起诗歌生命内核中的最基本的张力结构,"言志"与"缘情"这两条路线便也在诗学发展史上并行不悖了。

二、释"绮靡"

如果说,"缘情"说在古代诗学的进程中产生了一定的歧义,那末,"绮靡"一词引起的误解和招来的批评就更多了。后世评论者们往往将"绮靡"解作华藻虚饰,以之与六朝文风中文浮于质的弊病联系起来加以指斥,其实是不正确的。据今人周汝昌先生的考证,"绮"的本义是一种素白色织纹的细绫,这在秦晋地区的方言中便称作"靡",所以"绮靡"一词实在是用织物来比喻文辞的细而精①。又据王运熙、杨明合著的《魏晋南北朝文学批评史》所言,"绮"和"靡"在当时单用都可表示美好的意思,合成一词当与汉以来常用的连绵词"旖靡"相关,指的亦是美好动人②。据此,则《文选》李善注释"绮靡"为"精妙之言",大体能得其实。再看六朝人对它的引用,如刘勰《文心雕龙·辨骚》所云"《九歌》《九辩》,绮靡以伤情",《时序》篇云"结藻清英,流韵绮靡",王筠《昭明太子哀册文》称萧统的文章"属词婉约,缘情绮靡"③,乃至于唐独孤及《唐故左补阙安定皇甫公集序》中述及沈、宋创制律体,谓其"裁成六律,彰施五色,使言之而中伦,歌之而成声,缘情绮靡

---

① 参看周汝昌《陆机〈文赋〉"缘情绮靡"说的意义》,《文史哲》1963年第2期。
② 见《魏晋南北朝文学批评史》,上海古籍出版社1989年版,第103页。
③ 《梁书》卷八《昭明太子传》所引。

之功至是乃备"①，其中的"绮靡"都是用来形容文辞的精美动人，而不带有任何贬义。可见这个词用于文学批评，原意不过是指有文采，演变为浮艳、侈丽的文风，则是后来的事。

文学作品中讲求文采，亦非陆机新创。溯其远源，当和孔门四科中的"言语"一科有关。先秦时期尚无后来的"文章"概念，所以不怎么讲文辞的修饰，但列国士大夫交往中都要应用言辞，讲究辞令，后来的游说之士更要注重辩说，言语的修饰便成为一门学问。《左传·襄公二十五年》引孔子语曰："《志》有之：言以足志，文以足言。不言，谁知其志？言之无文，行而不远。晋为伯，郑入陈，非文辞不为功，慎辞哉！"这里所说的"文辞"并非指书面语，而是指经过文饰的言辞，郑子产便是靠他的从容应对办成外交，免除晋人对郑的兴师问罪，可见言语修饰的重要，而"言之无文，行而不远"则构成了后世崇尚文采的理论依据。

汉以后，文章勃兴，言辞的修饰便转为字句、篇章的组织推敲，重视文采因亦成为文士的普遍习性。汉代文章中最具代表性的式样是辞赋，文采的讲求也在辞赋创作中表现得最为突出，汉人喜欢用一个"丽"字来标示辞赋的风格，正说明其文采的不可或缺。"丽"的源头可以推到楚辞，故班固《离骚序》称许屈原"其文弘博丽雅，为辞赋宗"，王逸论及后人取法屈原时也是说"嘉其文采"、"窃其华藻"②。但"丽"的作风的充分展示还要数到汉赋，代表作家如司马相如，"作赋甚弘丽温雅"，扬雄早年极力追摹，也是要"极丽靡之辞，闳侈钜衍，竞于使人不能加也"③，即使他到后期表示追悔，有所谓"诗人之赋丽以则，辞人之赋丽以淫"的反思④，而"丽"作为辞赋的定性仍无法更改。诚如皇甫谧《三都赋序》云："引而申之，故文必极美；触类而长之，故辞必尽丽。然则美丽之文，赋之作也。"这里的"美丽"，也就是陆机所

---

① 见中华书局影印本《全唐文》卷三八八。
② 见王逸《楚辞章句》中的《离骚经序》和《楚辞章句叙》。
③ 均见《汉书·扬雄传》。
④ 见《法言·吾子》。

说的"绮靡",可见是文学作品的共性所在。

魏晋以后,文辞不专以"丽"见胜,但"丽"的应用却更广泛。曹丕《典论·论文》首次提出"诗赋欲丽"的主张,把"丽"的范围拓展到了诗的领域,这大概是五言诗成熟后建安文人将古诗的质直转变为发扬才藻的一种反映。诗、赋作为纯文学作品,固当以"丽"为标志,其他实用性文体各有自己的独特功能,不能一味追求藻采,但绝不是不讲文辞之美。比如曹丕《典论·论文》中认为"奏议宜雅,书论宜理",而同时称赞陈琳、阮瑀的章表书记为"今之隽也",其《与吴质书》也谈到阮瑀"书记翩翩"①,"隽"和"翩翩"都有才藻焕发、文辞秀美之意。他为繁钦所作的序文提及繁钦给自己的书笺"其文甚丽"②,这跟曹植《与吴季重书》中所云"得所来讯,文采委曲,晔若春荣,浏若清风"③相同,都是把"文采"的标准用到了书信体类之上。此外像曹植《七启序》称枚乘、傅毅、张衡、崔骃所作的"七"体杂文"辞各美丽"④,傅玄《连珠序》谓班固之制"喻美辞壮,文章弘丽,最得其体"⑤,乃至卞兰《赞述太子赋并上赋表》中誉美曹丕"所作《典论》及诸赋颂,逸句烂然,沉思泉涌,华藻云浮"⑥,则各体文章似乎皆应该有辞采斐然的要求。这样一种重文辞修饰的风气,在六朝文坛上一直延续下去,到梁萧统编《文选》,遂有以"沉思翰藻"来代表"能文"的一个总括⑦,而"绮靡"说自然也成了这整个风气笼罩下的产物。

"绮靡"是风会的结晶,但它在"诗缘情而绮靡"一语中,仍有其独特的含义,不可不加辨析。首先,"绮靡"在这里是作为诗的特殊表征突现出来的,相对于汉人以"丽"称赋和曹丕的统称"诗赋欲丽",可见

---

① 见中华书局本李善注《文选》卷四二。
② 《文选》卷四〇《繁钦与魏文帝笺》李善注引。
③ 见李善注《文选》卷四二。
④ 同上书卷三四。
⑤ 录自中华书局本《艺文类聚》卷五七。
⑥ 同上书卷一六。
⑦ 见萧统《文选序》。按"沉思翰藻"原仅针对史书的赞论序述而发,但不录史篇而又选录其赞论序述,意味将其作文章看待,故"沉思翰藻"便成了区分史书与文章的标记,因亦是"能文为本"的具体体现了。

诗这一文体在时人心目中已经取代了赋的地位,上升为文学创作的主要形态,而文辞美丽动人的基本规定也就非诗莫属了。这一点自不难理解。其次,却又更见得重要的是,"绮靡"并非诗的孤立的属性,在陆机的概括中,"缘情而绮靡"是一个完整的界定,前后两要素之间存在着紧密而不可分割的依存关系。换言之,"情"为诗的内质,"绮靡"只是诗的外形。内质决定着事物的根本性能,故诗必"缘"于情,但内质又须落实和显现于外形,于是"缘情"便导向了"绮靡"。所以说,陆机的文采观并非单纯就文辞修饰而谈修饰,却是将文采与"情"的表达结合起来考虑,因"情"而讲求文采,因"情"而生成"绮靡",其"绮靡"乃诗情外扬的一种表现,并不同于一般绵章绘句式的"丽",这是我们把握其"绮靡"说所特别需加注意的。

那末,"缘情"的诗为什么必然要采取"绮靡"的外形呢?陆机本人未加解说,倒是后人替他作了阐释。《文心雕龙·诠赋》篇云:"原夫登高之旨,盖睹物兴情。情以物兴,故义必明雅;物以情观,故词必巧丽。"这是从情感的抒述必须凭藉物象,来说明言辞表达需要巧妙而藻丽。同篇云:"至于草区禽族,庶品杂类,则触兴致情,因变取会。拟诸形容,则言务纤密;象其物宜,则理贵侧附。"这又是从物态的描摹意在激发情兴,以要求文字刻画的细密与精当。把这两层关系综合起来且说得更为透彻的,是明人顾起元《锦砚斋次草序》里的一段话:"昔士衡《文赋》有曰:'诗缘情而绮靡。'玷斯语者,谓为六代之滥觞,不知作者内激于志,外荡于物,志与物泊然相遭于标举兴会之时,而旖旎佚丽之形出焉。绮靡者,情之所自溢也;不绮靡不可以言情。彼欲饰情而为绮靡者,或谓必汰绮靡而致其情,皆非工于缘情者矣。"①我国古典抒情诗的传统是心物交感、情景融会,情思由物象而兴起,又融入物象之中以形成诗的意境。故而在心物交感、情思发动之际,同时也就产生了情感向意象的转化,这就是刘勰所说的"神用象通,情变所

---

① 《明人文集丛刊》本《懒真草堂集·文集》卷一五,转引自《明诗话全编》,江苏古籍出版社1977年版,第6354—6355页。

孕"①,亦即顾氏文章里讲到的"志与物泊然相遭于标举兴会之时,而旖旎佚丽之形出焉"。由此观之,则"绮靡"不仅在文辞,主要还在意象,是浮现于诗人心目中的"旖旎佚丽之形"(美的意象)在文辞上的反映;而这种"旖旎佚丽之形"又是诗人内心情思受外物兴感发动后的产物,是诗情传达的必要载体,于是"绮靡"的根子便不能不系于诗情,而归之于"情之所自溢"。因此,如果我们将"情"视以为诗之生命本根,则"绮靡"所标示的美丽动人的外形风貌,正是其内在生命情趣的自我焕发,由"缘情"通往"绮靡",也正是诗歌生命自潜藏而渐得实现的过程。质言之,"缘情"赋予"绮靡"以生命,而"绮靡"又使所"缘"之"情"获得具体的审美形态,由诗情转为诗美,同时便由原初的情意体验上升为审美体验。陆机的"绮靡"说在"诗缘情而绮靡"的命题下所蕴有的丰富意义,值得我们深入发掘和认真推究。

三、释"缘情绮靡"

以上就"缘情"和"绮靡"的内涵分别作了解析,又对两者之间的关联给予一定的疏通,于是可以进而讨论"缘情绮靡"作为整体性纲领在古代诗学和文学传统中的地位和作用了。

前曾述及,"缘情绮靡"在陆机《文赋》中是充当诗这一文体的特殊表征而提出来的,《文赋》中举到与诗并列的文体尚有赋、碑、诔、铭、箴、颂、论、奏、说九种,各有自己的特点,故"缘情绮靡"的涵盖面并不很广。但诗体特征同时便是诗性特征,而由于我们的民族文化本身是一种诗性文化,诗在文学传统乃至整个文化传统中长期占据显要的位置,所以体现着诗性特征的"缘情绮靡"说,便也逐渐越出其原初的限界,进入更广阔的领域。

第一个拓宽了"缘情绮靡"的应用范围的,当数齐梁间的沈约。他在《宋书·谢灵运传论》中写道:"自汉至魏,四百余年,辞人才子,文

---

① 《文心雕龙·神思》。

体三变。相如巧为形似之言,班固长于情理之说,子建、仲宣以气质为体,并标能擅美,独映当时,是以一世之士,各相慕习。源其飚流所始,莫不同祖风骚;徒以赏好异情,故意制相诡。"这里叙及汉魏四百年间文体的变迁,而以"赏好异情"为其动因,由"情"的变异推导出文风、体制的更改,正是其"文以情变"观念的具体表述。这种"文以情变"的文学史观同他的"以情纬文,以文被质"的文学观①显然是一致的,从中不难找到"缘情绮靡"说的痕迹,而所论对象则已超轶了诗歌体裁,遍及于各类文章了。

如果说,沈约对"缘情绮靡"的引用还处在朦胧而不甚分明的状态,那末,刘勰对此说的继承与开拓便是充分自觉的了,其正面叙述见于《文心雕龙》中的《情采》篇。该篇主旨是探讨文章的内质与外形问题,刘勰以"情"标示其质,以"采"显扬其形,即相当于陆机所说的"缘情"和"绮靡"。在内质与外形的关系上,刘勰主张以"情"为本根,以"采"为"情"的发露,所谓"五情发而为辞章"、"辩丽本于情性",亦正是"缘情而绮靡"一语的阐发。至于后半篇里提倡"为情而造文",肯定"心术既形,兹华乃瞻",反对"为文而造情",强调"繁采寡情,味之必厌",则更是对"缘情绮靡"说的补充与发挥。所以《情采》篇几乎可以看作为"缘情绮靡"的诗学观的系统总结②。而《文心雕龙》论"文"是取最广义的概念,诗、赋、铭、诔、论、议、书、奏各类文章连同史传、诸子都包括在内,于是"情采"的适用性便相应地扩展到一切文类的普遍质性之上,造成了"缘情绮靡"说的泛化。不仅如此,《文心雕龙》一书还对"情""采"关系作了多方面的引申。如《体性》篇讨论作家风格,处处从情性着眼看文风的差异,所谓"贾生俊发,故文洁而体清;长卿傲诞,故理侈而辞溢;子云沉寂,故志隐而味深;子政简易,故趣昭而事博"等等,这就将"情采"所反映的文章内容和形式的关系转化成了作家人品与其文品的关系。余如《定势》篇论文章体势,宣扬"因情立

---

① 均见《宋书·谢灵运传论》。
② 按:刘勰主张"情""志"合一,其"情"常与"理"相结合,同"缘情"说后来的发展趋势有所差异,兹不具论。

体,即体成势";《风骨》篇谈树立风骨,要求"洞晓情变,曲昭文体";《熔裁》篇讲组织文辞,标举"情理设位,文采行乎其中";《总术》篇谈写作技巧,主张"按部整伍,以待情会";乃至于《声律》篇讲声韵,以为"声含宫商,肇自血气";《丽辞》篇讲对偶,也归之于"心生文辞"、"自然成对":总之处处从以"情"为本的角度来考虑文辞的运用问题,于是"情采"的原则贯串到文章写作的方方面面,而"采"的内涵也就不能以原初的"丽"或"绮靡"为限了。

同样致力于"缘情绮靡"说的泛化而路子稍显差异的,另有晚于刘勰的萧绎。所撰《金楼子·立言》篇探论学问之分途,先区划为"儒"(学术)与"文"(文章)两大类,再从"文"里面析分出"笔"与"文"(狭义的"文")两小类。其解说为:"至如不便为诗如阎纂,善为章奏如伯松,若此之流,泛谓之笔。吟咏风谣,流连哀思者,谓之文。"又说:"笔退则非谓成篇,进则不云取义,神其巧惠,笔端而已。至如文者,惟须绮縠纷披,宫徵靡曼,唇吻遒会,情灵摇荡。"按"文笔"之辨始于南朝刘宋,初起时的说法较为简单,"以为无韵者笔也,有韵者文也"[①],仅仅从韵散或骈散的体制上来作界分,不涉及其更深刻的性能。萧绎则提出了新说,他以章奏之类应用文字归之于"笔",而将无实用功能的美文称之为"文"。"笔"虽然也有文字技巧上的讲求(所谓"神其巧惠,笔端而已"),但既不同于学术著作的重在义理,亦有异于文学篇什的富于情韵;至于"文",则不仅注重文辞的色彩和声韵,更其要能以情感动人。这里举以为"文"的标志的"情灵摇荡"、"流连哀思"以及"绮縠纷披,宫徵靡曼"诸项,不就是"缘情绮靡"的延伸吗?不过陆机仅以"缘情绮靡"说诗,萧绎却推广到其他各类美文之上,范围自亦是拓展开来了。

拿"情采"用为一切文类的普遍质性和单以之为美文的质性,这两种泛化的路子看来存在着矛盾,细究下来,其间却有着内在的一致性,便是共同着眼于文章的审美性能。萧绎严"文笔"之辨,本意即在于区

---

① 见《文心雕龙·总术》。

分实用性文章和美文,他将"情灵摇荡"诸项归属于与"笔"相对举的"文",正是为了凸显美文的独特质性。从另一方面来说,刘勰不很重视"文""笔"的分别,他将一切文类的本原均归因于"道"(人心即道心的体现),于是由情性焕发而生成的文章,便天然地分得了"道"的审美意蕴。换句话说,刘勰认定天地间各类好文章应能普遍地涵有美的质素,所以他以"情采"贯通全局,而不必偏向美文。可以说,美是古代文人的共同追求,诗性又是审美性能的集中表现,因而以"缘情绮靡"为内涵的诗性表征,也就顺理成章地演绎为文章的普遍质性了。

由此可以联系到古代文学研究中的一个重要议题,便是如何确立我国传统杂文学体制中的文学性标志问题。众所周知,在我国古代传统中,并没有今天意义上的"文学"观念;虽有"文学"一词,主要指学术文化①,迥不同于今人心目中的文学创作。约略与今天的"文学"概念相通的,是两汉以后的"文章"之说,它指的是经、史、子书以外的成篇章的文辞组合,同时也标示着那种驾驭文辞以组合成篇章的能力(故亦时或将经、史、子书中的好文辞阑入),这就跟今人所谓的文学创作靠近了。但古代文章毕竟包罗广泛,不仅有诗、赋之类文学作品,亦有论、说、记、传等一般议论文和记叙文,更有章、表、书、启、碑、诔、铭、箴各类应用文字,而今通常不列入文学范围。古人讲求文体辨析,对各体文章的源流、体制、作法、品评均有所考述,偏偏不对文学文本与非文学文本作出界定。六朝"文笔"之辨有那么一点要将美文同实用性文章区划开来的用意,而多停留于韵散、骈散之争,未能切中肯綮,且又为后来唐宋古文复兴的浪潮所掩盖。整个地说,古代的文学传统实际上是在"文章"谱系的笼罩之下衍生和发展起来的,从而导致今人以"杂文学"的称呼加诸其上,其"杂"就杂在文学与非文学界限的混淆不清。

---

① 按:文学之名,始见于《论语·先进》中的"文学,子游、子夏",邢昺《论语疏》释"文学"为"文章博学",并不确切。二人不以"文章"著称,孔门传授中亦无"文章"之目。"博学"庶几近之,但非一般意义上的博闻强记,乃特指文化典籍与文化思想的承传,故云学术文化。两汉时期称"文学"亦复如此。至刘宋立"文学"一科,始有文章之学的含义,但也不同于近世的文学创作。

这种杂文学现象的产生根由,当与礼乐文明制度下的古人特别关注文章的政教功能、坚执"文以载道"的路线有关;既然文章的作用皆不离乎发扬政教、人伦,又何必斤斤计较于其是否算得上美文或究竟含有多少美的成分呢?所以杂文学的传统自有其历史的必然性。但是,时至今日,以学科分立的眼光来看,杂文学的现象毕竟妨碍了我们用科学的态度来从事文学遗产的清理工作,更有碍于古今文学精神的会通。"五四"以后的学者们就是因为采取了近代"纯文学"观念为标尺来衡量古人集子里的文章,而处处感觉扞格难合,一些文学史著作也往往将叙述内容局囿在诗歌、小说、戏曲等纯文学样式上,对古代异常发达的散文和骈文创作视而不见或一笔略过,更不用说向经、史、子各类著作中去收罗和发掘各种文学的因素与渊源关系了。这无疑会丢失古代文学传统中的大量精华,扭曲和损害民族文学的整体风貌。有鉴于此,晚近学界里兴起了"大文学"的口号,要求打破以往"纯文学"观的狭窄视野,从文、史、哲、政、经、教各学科不分家的大背景下来把握我国文学的传统,以期更完整地体现其民族精神,自是有积极意义的事。但"大文学"之"大",其幅度又该如何掌握?是否径直回到传统杂文学体制下那种漫然不分的状态里去呢?据我看来,解决问题的关键在于给传统的杂文学体制确立一个"文学性"的标志,也就是说,对于古人的文章虽不能简单地用今天观念下的文学形态来加衡量,却仍须考察其是否具有相当的"文学性",因为只有这种性能才能将纯文学与非纯文学绾接起来而又不至于陷入"杂"的境地,它突破了纯文学的封闭疆界和狭窄内涵,又能给自己树立起虽开放却非漫无边际的研究领域,这才是"大文学"之为"大"的合理的归结点。

所幸的是,我们的先人在关注文章的政教功能的同时,亦并不忽略其审美功能,因为政教本来就是要通过人心的感化来起作用的,而情意沟通的一条主要渠道便是凭藉审美,这也正是为什么刘勰为代表的古文论家要从"文原于道"的观念中来推考文章的审美性能的缘故,"道"之"文"本身就蕴含着政教与审美的双重机制。我们还看到,文章的审美性能是建立在其诗性表征的基础上的,"缘情绮靡"或者说

"情采",便是作品美感的发源地。"情"作为作家的生命体验,构成作品的审美内质;"采"作为生命的自然焕发,形成作品的审美形体。"情"与"采"的结合,"缘情而绮靡",便生成了完整的审美生命力,同时也是各类文章的"文学性"之所在。诗、赋之类美文自不用说了,《史记》和《庄子》,一为史书,一为子书,原不属于文学创作,但因其中饱含作者的情感生命体验且富于文采,遂具有高度的文学性而为文学史家所必采。后世古文家的一部分文章,尤其像论、议、书、序之类,本亦不该列入文学的范围,而古文名家讲究"气盛言宜"①,能够从字句、声调高下长短的安排中传达出文章内在的情味,于是也有了文学性。下而及于戏曲、小说之类,写人物,演故事,构情节,配声腔,其文学要素当然更为发达,而根本上仍不离乎"情""采"二端。可见"缘情绮靡"作为杂文学体制中的文学性标志,是确乎可以成立的。

然则,"缘情绮靡"或"情采"之说,是否还能起到会通古今文学范畴的作用呢?我以为是可能的。我们知道,古今文学观念上的差异一定程度上来自中西差异,近代的文学观念起于西方,而西方的文学经验和我们有别。比如说,在他们那里,叙事文学一向是大宗,于是形成西方人重视文学想像和虚构的职能,甚至有凭藉艺术概括以超越历史实然性的见解,就跟我们民族的传统大异其趣。我国古代戏曲、小说发展迟晚,抒情诗是主流,情感的要素非常突出,想像和虚构则不占很重要的位置。至于与诗并列的各种文类中,更大多缺乏想像、虚构的成分。一味用西方观念整合我国的文学事象,必然会造成削足适履。但这并不意味着古人和今人无法沟通。一切文学创作都是建立在人的审美体验的基础上的,审美体验以人的真切的生命体验为出发点,而又在生命的意象化观照中达到自我超越,这其实就是一个"缘情而绮靡"的演化过程,所谓"神用象通,情变所孕",或"志与物泊然相遭于标举兴会之时,而旖旎佚丽之形出焉",不正是古今中外艺术创造规律的高度概括吗?据此,则我国文学传统中的诗性特征,或可推扩而

---

① 见韩愈《答李翊书》,蟫影庐影影宋世彩堂本《昌黎先生集》卷一六。

用以为总体文学的文学性的一般标志,这在一部分现代学者的思想中亦能找到回应。如鲁迅在其《汉文学史纲要》一书的开首历述中国文学的起源,涉及各家文学观念,而归结为"必有藻韵,善移人情,始得称文"①,正是对"缘情绮靡"说的肯定。胡适在《什么是文学——答钱玄同》一文中也说:"语言文字都是人类达意表情的工具;达意达的好,表情表的妙,便是文学。"②这里的"情"和"意"显然都是指人的情怀,"好"和"妙"也跟李善释"绮靡"为"精妙之言"大致相当。至于其他作家和评论家们在谈论文学时着重突出其情感因素和美的表现,更是不胜枚举,表明用"情采"来标示"文学性"是具有普遍效应的。当然,现代人所谓的"情",绝非脱离思想的闲情私情,而应是渗透着人生智慧的情意体验,是经过艺术升华后的审美情趣;所谓"采",也不限于"绮靡"、"翰藻"之类古典式样,更重要的,是指传达情意的巧妙而合适的艺术手段,以及由此而生成的具有动人力量的文学形态。经过这样的理解,传统的"缘情绮靡"说当可获得其新的时代内涵,不仅能用以会通古今文学,甚且好拿来同西方文论中的某些观念(如苏珊·朗格的"情感符号"说)开展对话与交流,这也应该是从事古文论现代阐释的旨归所在。

---

① 见《汉文学史纲要》第一篇《自文字至文章》,《鲁迅全集》第 8 卷,人民文学出版社 1957 年版,第 258 页。
② 《胡适文存》第 1 集第 1 卷,上海亚东图书馆 1921 年版。

释"情志"
——论诗性生命的本根

传统的中国诗学是一种生命论的诗学,其诗性生命的本根便是"情志"。"情志"起于心物交感,由于人与外在世界的交流感通,这才形成人自身的种种感受(包括感知、理解、情绪、意向等心理活动在内,而以情感体验为主)。诗歌创作的首要任务在于传达人的这种感受,使之转化为诗,于是,作为人的生命体验的情志,便也转形为诗歌作品的生命内核,神、理、气、味、格、律、声、色等一切诗歌要素均围绕这一内核而展开,整个诗学研究也必须立足于这一诗性生命的本根。但"情志"又是一个历史地形成并具有复杂内涵的概念,源于对它的不同的理解,中国诗学史上先后出现了"诗言志"与"诗缘情"两大传统,既相冲突又相融合,造成五花八门的张力形态。这就迫使我们要去弄清其确切的涵义和内蕴,以把握古典诗歌的生命本原,以揭示中国诗学精神的底蕴。

一、"情志"与"情性"

"情志"作为诗学范畴并非一开始就有,它是由"志"和"情"这两个概念复合而成的。"志"出现较早(甲骨文中已见),其涵义与"意"相当,一般用来指人心中的意向或意念,在古代诗学传统中特指与政教、人伦相切合的怀抱,"诗言志"就是说诗歌要表达诗人有关政教、人伦的意向和怀抱[①]。"情"之一词则出现较晚(甲骨文、金文均未见,

---

① 参看朱自清《诗言志辨》,见上海古籍出版社1981年版《朱自清古典文学论文集》。

《诗经》《尚书》中亦仅1见,《论语》中2见,至《左传》及战国诸子著述中始广泛使用),且其初始的涵义多指事物的情况与情实(尤重在实情,故"情"与"真"常相通),后来才逐渐转向人的情感心理,故"志"与"情"在词语起源上是不相交涉的。

但这并不意味着它们在实际的诗歌传统中不发生关联。作为中国诗歌传统奠基之作的"诗三百篇",其中许多篇章直接间接地表达了诗人对社会政治、人生事理的态度与见解,而又充斥着其活生生的情感体验,便是显明的证据。再看一些诗篇作者自陈作意的表示,如《魏风·葛屦》云"维是褊心,是以为刺",《陈风·墓门》云"夫也不良,歌以讯之",《小雅·节南山》谓"家父作诵,以究王讻",《大雅·民劳》谓"王欲玉女,是用大谏",乃至《大雅·崧高》所谓"吉甫作诵,其诗孔硕,其风肆好,以赠申伯",都在诗篇末尾一一点明讽或颂的主旨,其以诗言志的取向十分清楚;而若《魏风·园有桃》云"心之忧矣,我歌且谣",《小雅·四月》云"君子作歌,维以告哀",《小雅·白华》云"啸歌伤怀,念彼硕人",《小雅·四牡》谓"岂不怀归,是用作歌,将母来谂",以"忧"、"哀"、"伤"、"怀"、"念"来显示歌诗之用心,则又似乎倾向于以诗言情。不过这样的划分仍属表面,细究下来,言情诗中的情怀常跟时政相联系,言情即以言志;而直接表达美刺意向的诗篇里亦不乏情感的流露,言志实含言情。情和意交织一起,难分畛域,可以说是我国古典抒情诗传统的一大特点。

这种情意浑沌的状况到春秋战国之交发生了变化。随着献诗、赋诗、说诗、引诗等风气的盛行,一般士大夫对于诗篇往往只注重其用,而不再关心其本身的含义。为了追求政教功令上的效益,人们经常断章取义式地援引诗句来表达自己所要表述的意向,于是诗成了表意的工具,而跟蕴藏在内的原有的诗人情怀脱了节,志与情遂走向分离。且莫说献诗陈志者以诗为谏书和赋诗言志者拿诗来修饰外交辞令,即以孔门说诗而言,看《论语》上记载的一些例子,如以"如切如磋,如琢如磨"来形容"贫而乐,富而好礼"的人生修养,以"巧笑倩兮,美目盼兮,素以为绚兮"来解说礼仪文饰居后的思想①,不都是孔子师徒们假借诗句陈说自己心中的义理,而跟诗情了无干涉吗?到了战国诸子著述中的引诗,更常是借题发挥,为己所用,"诗以言志"的功能张扬到极端,其情感生命的原质反倒汩没不显了。

然而,诗作为人的生命体验的传达是不会消解的,战国后期以屈原为代表的楚骚的崛起,使得诗情的发扬进入新的阶段。楚辞本以抒情见长,屈原更强调"发愤以抒情"②,这就推动了情感的质素堂皇地凯旋回归于诗的殿堂,而"情"也因此与"志"并列为古典诗歌的本原性标志。值得注意的是,屈原倡扬"情",却并不排斥"志",不但不排斥,还经常"情"、"志"并举,互通互置。如《离骚》中既讲到"屈心而抑志兮,思尤而攘垢",而又说"怀朕情而不发兮,余焉能忍与此终古",这里的"怀情不发"与"抑志"当是同样的意思。《九章》里"情"、"志"并用且上下联结的情形更多,如《惜诵》:"心郁邑余侘傺兮,又莫察余之中情;固烦言不可结而诒兮,愿陈志而无路",《抽思》:"结微情以陈词兮,矫以遗夫美人……羌中道而回畔兮,反既有此他志",《怀沙》:"抚情效志兮,冤屈而自抑",《思美人》:"申旦以舒中情兮,志沉菀而莫达",以及《悲回风》:"夫何彭咸之造思兮,暨志介而不忘;万变其情岂可盖兮,孰虚伪之可长",这些句子上下文里的"情"和"志"皆可互换而通用,可见它们之间已初步建立起一体化的关系。而这种互通互用的现象更由楚辞经汉人骚赋而影响及于后世诗学,如《毛诗序》里即由开宗明义的"诗者,志之所之也,在心为志,发言为诗"直接过渡到下文"情动于中而形于言"的叙述,又如陆机《文赋》讲到"六情底滞,志往神留",《文心雕龙·明诗》所云"人禀七情,应物斯感;感物吟志,莫非自然",皆表明"志"和"情"相互包容、联系紧密,不必也不能强为分割。

由情意混沌经志情分化到情志互容,是一个曲折的发展过程,于此再进一步,便顺理成章地产生了"情志"的复合概念。《尹文子·大

---

① 见《论语·八佾》。
② 见《九章·惜诵》。

道下》有"乐者所以合情志"一语①,可能是"情"、"志"的最早连用,而或出于偶然。《古诗十九首》里《东城高且长》一首亦有"荡涤放情志,何为自结束"的诗句,但谈的是人生态度,而非论诗。汉末郑玄《六艺论》讲到"君道刚严,臣道柔顺,箴谏者希,情志不通,故作诗者以诵其美而讥其过"②,这才将"情志"的概念引入诗学。六朝以后,"情志"一词应用广泛,且常同文艺创作挂钩。如陆机《文赋》云"颐情志于典坟",挚虞《文章流别论》云"诗虽以情志为本,而以成声为节",范晔《狱中与诸甥侄书》云"常谓情志所托,故当以意为主,以文传意",其《后汉书·张衡传》谓张衡"作《思玄赋》,以宣寄情志",沈约《宋书·谢灵运传论》历叙屈、宋、贾、马以下的文学流变,以为"自兹以降,情志愈广",至《文心雕龙·附会》篇还提出"夫才量学文,宜正体制,必以情志为神明,事义为骨髓,辞采为肌肤,宫商为声气"这样一个文章体制规范,充分显示出"情志"作为诗学范畴已得到牢固的确立;而诗"以情志为本"或"以情志为神明"的提法,更突出了"情志"在诗歌作品里的核心地位与作用,为中国诗学生命本原论的建立打下了根基。

谈论"情志",不能不连及与其密切相关的一个词语,即"情性"。与"情志"稍有不同的是,"情性"本非诗学的范畴,它植根于哲学的土壤之中,是从哲学领域引入诗学园地来的。

"情性"一称"性情",由"性"和"情"两个概念组合而成。"性"可指物性,亦可指人性,与"情"相联系的"性"主要指人性。由于我们的先人对宇宙、人生大多持"天人合一"的观念,所以人性问题的思考便经常同"天命"相连结。《左传·成公十三年》记刘康公语曰:"民受天地之中以生,所谓命也,是以有动作礼义威仪之则以定命也。"将人的生成及其礼仪行为的法则皆归之于"命",实已隐含人性来自天命的思想。至《孟子·尽心上》有云:"存其心,养其性,所以事天也;夭寿不贰,修身以俟之,所以立命也",明确地将心性修养与"天命"扯到了一

---

① 《尹文子简注》,上海人民出版社1977年版,第37页。
② 孔颖达《毛诗正义·诗谱序疏》引。

起。《中庸》所谓"天命之谓性"一语,更是高度概括了天人、性命之间的关系,具有外在必然性的"命"转化为人的内在实然性和本然性的"性",由此得到确认。而新近出土的郭店楚墓竹简中有《性自命出》一篇,宣扬"性自命出,命自天降",不仅可以之与《中庸》之说相参照,还表明人性出自天命的思想在先秦时期即已获得普遍认可,并作为一个传统的理念贯串于后世。

"性"和"情"的联结较之"性"和"命"的结合要稍稍迟晚一些,《论语》《孟子》《老子》乃至《庄子》内篇里都不见"情"、"性"对举的字样。《庄子》外杂篇始并言"情"、"性",如《马蹄》:"道德不废,安取仁义!性情不离,安用礼乐。"《则阳》:"遁其天,离其性,灭其情,亡其神。"《盗跖》:"以利惑其真而强反其情性,其行乃甚可羞也。"《缮性》:"文灭质,博溺心,然后民始惑乱,无以反其性情而复其初。"《荀子》一书中亦多"情"、"性"连用,如《性恶》篇:"夫好利而欲得者,此人之情性也","从人之性,顺人之情,必出于争夺,合于犯分乱理而归于暴";又如《儒效》篇:"纵性情而不足问学,则为小人矣","行忍情性然后能修,知而好问然后能才,公、修而才,可谓小儒矣"。至于"性"和"情"的关系,也以荀子的解说为较早,其云:"性者,天之就也;情者,性之质也;欲者,情之应也"①,意思是说,"性"来自天赋,"情"为"性"的实际内涵,"欲"则是"情"对于外物刺激的具体回应。荀子这一"性—情—欲"的三段式分疏被《礼记·乐记》简化成两段:"人生而静,天之性也;感于物而动,性之欲也。"②这里所说的"性之欲"即相当于"情",可见《乐记》是将"情"、"欲"合并为一体,用"天生而静"和"感物而动"来界分"性"与"情"(包括"欲"),为后来的"性体情用"、"已发未发"诸说奠定了基础。其实,郭店楚简《性自命出》一篇中即有"情生于性"和"情出于性"的提法,看来情性关系的探讨似乎要更早一些③,荀

---

① 《荀子·正名》。
② 《乐记·乐本》。
③ 按郭店楚墓一般认为墓葬于公元前四世纪,约当战国中期,而墓中文物的产生年代当更早。

子和《乐记》之说实有其承受的渊源。

"情性"由哲学领域转移到诗学,大约是在汉代。《毛诗序》里关于"国史明乎得失之迹,伤人伦之废,哀行政之苛,吟咏情性,以风其上"的一段话,已为论者广泛引用,无须辞赘。另《汉书·翼奉传》载有西汉经学家翼奉之言,以为"诗之为学,情性而已,五性不相害,六情更兴废"。二说何者在先,因《毛诗序》作者未定,难以判明,而"吟咏情性"一语对后世影响巨大则显而易见。汉以后,刘勰《文心雕龙·情采》讲到"盖风雅之兴,志思蓄愤,而吟咏情性,以讽其上",钟嵘《诗品序》言及"气之动物,物之感人,故摇荡性情,形诸舞咏",萧子显《南齐书·文学传论》有"文章者,盖情性之风标,神明之律吕"之说,萧绎《与刘孝绰书》中亦有"屏居多暇,差得肆意典坟,吟咏情性"之谈①,至唐李商隐谓"人禀五行之气,秀备七情之动,必有咏叹,以通性灵"②,南宋严羽称"诗者,吟咏情性者也"③,明初宋濂云"诗乃吟咏情性之具"④,以及清纪昀所谓"诗本性情者也……天下之凡有性有情者,相与感发于不自知,咏叹于不容已,于此见性情之所通者大而其机自有真也"⑤,实皆从《毛诗序》翻版而来,由此可见"吟咏情性"的命题已成为历代诗人和诗论家的共识,是有关诗歌本性的一个基本的表述。

不过仔细推究一下,我们会发现各家在引用此命题时往往注入了不同的内涵,其根子在于对"性"的把握不一。大家知道,先秦诸子虽然都论及"性",而理解上实有很大的差异。如孟子讲"性善",是指人的道德理性(或称义理人性)而言,故人性本善;荀子讲"性恶",则是就人的气质之性(或称自然人性)而言,所以他将"好利欲得"归之于人的天性,而认定人性本恶。秦汉以至六朝的人不一定接受荀子的"性恶"论,但大多继承他从自然气禀上来看人性的观念。如《乐记·乐言》篇云:"夫民有血气心知之性,而无哀乐喜怒之常;应感起物而

---

① 《梁书·刘孝绰传》引。
② 《献相国京兆公启》,《四部丛刊》本《李义山文集》卷三。
③ 《沧浪诗话·诗辨》。
④ 《答章秀才论诗书》,严荣校刻本《宋文宪公全集》卷三七。
⑤ 《冰瓯草序》,嘉庆刻本《纪文达公遗集》卷二。

动,然后心术形焉。"又如董仲舒《春秋繁露·深察名号》中说:"性之名,非生与?如其自然之资,谓之性;性者,质也。"同书《实性》篇亦云:"性者,宜知名也,无所待而起,生而所自有也。……性者,天质之朴也。"这跟荀子所说的"性者,本始材朴也"①和"不事而自然谓之性"②,乃至告子所言"生之为性"③,不是很相一致吗?自气质言性,则"情"为"性"之自然发动,情、性本贴然无间,所谓"天地之所生谓之性情,性情相与为一瞑"④,"情亦性也"⑤,讲的就是这个道理。而"吟咏情性"也就成了借诗歌以抒述其自然发动之情怀,与"诗缘情"之说没有多大差别了。上举钟嵘、萧子显、萧绎、李商隐、严羽诸人的言论基本上属于这一路,至若梁裴子野《雕虫论》一文用"摈落六艺,吟咏情性"、"淫文破典,斐尔为功"来构成六朝"缘情绮靡"诗风的罪状⑥,恰好从反面印证了"吟咏情性"的上述含义。

但是,由义理之性来看人性的观点,在这个期间同样也是存在的。《中庸》一书讲到"天命之谓性,率性之谓道,修道之谓教",将"教"、"道"、"性"、"命"联成一个系列,则"性"上承天命而下启王道、教化,其所具备的道德理性的质素便不言而喻,这同孟子的"尽心、知性、知天"之说是一脉相传的。义理人性支配下的情性关系,显然不同于气禀之性。在这里,"性"是至善的,应物而起的"情"则有善有不善,于是需要用"性"来加以规范,就是后人所谓的"性其情";也只有经过规范的"情",能够与道德理性合为一体,才够得上称之为"情性"。这样看来,"吟咏情性"便不是一般地抒述情怀,而特指表达那种能体现人的先天理性(即道德良知)的情怀,它必然地具有促进社会政教的功能,这就和"诗言志"走到一个路子上去了。《毛诗序》讲"吟咏情性",紧扣住时政得失与人伦兴废,要求通过这种吟咏取得"以风其上"的效

---

① 《荀子·礼论》。
② 《荀子·正名》。
③ 《孟子·告子上》所引。
④ 《春秋繁露·深察名号》。
⑤ 《春秋繁露·竹林》。
⑥ 见《全梁文》卷五三,中华书局影印本。

果,即属典型的例子。上举刘勰、宋濂、纪昀诸家,亦大体属于这一路。从后面这条思路来把握"情性",便和"情志"说相互融通了。"情志"与"情性"都把"情"看作诗歌的生命原质,"志"作为意向对"情"有导向作用,"性"作为禀性则是情志生成的基础。"志"和"情"同处在"感物而动"的层面,与"生而静"的"性"不是一回事,但就"志"所依据的政教、人伦规范而言,却又出自"性"所承受的天命,故而"志"也就成了"性"的外在显现和直接表征。清人王寿昌云:"志者,情之主,性之迹也。性正而后志正,志正而后思正,思正而后诗正,而后无邪之旨乃可言也。"①尽管正统说教的气息浓重,其阐说志、情、性之间的关系颇为清晰。可以说,"情性"范畴的引入为"情志"二元建构找到了哲学理念上的依托,这也是诗中"情志"本位观得以建成的重要标志。

二、"志""情"离合

"情志"(连同"情性")作为诗学范畴的形成和"情志"本位(包括"情性"本位)在诗学中的确立已如上述,下面要进而考察它的具体演进形态,为此先须对"情志"的复杂内涵及其内在张力作一点解析。

前面说过,"情志"是由"情"和"志"复合而成的,两者的原意都是指人与外在世界交流感通(即心物交感)过程中所产生的情感性的生命体验活动,所以能结合为一体。不过两者之间也有差别:"情"单指人的情感心理体验,"志"则在情感体验外,还具有意向规范与引导的性能,或者可以说,"志"本身便是情感生命原质与意向规范的结合体,而且意向规范在其间起着主导的作用。在早期诗歌如"诗三百"的创作过程中,情意关系还处在较为混沌的状态,诗人言志即寓有言情成分在内。到用诗盛行之后,诗的表意功能突出,表情因素淡化,志、情有了分离,于是需要另立一个"情"字来补充"志"的不足,而"情志"这一复合概念便应运而生。表面看来,"情志"的发扬似乎是对"志"的

---

① 王寿昌《小清华园诗谈·自叙》,《清诗话续编》,上海古籍出版社 1983 年版,第 1852 页。

原初涵义的复归,但实际上,由于"情"作为诗歌生命原质的强化,使得情意之间的内在张力有了新的扩展,从而给"情志"的二元建构带来了种种生机与危机。

"情志"二元建构中的矛盾与张力表现在哪些方面呢?首先,"情"作为人对外物刺激的感应,是一种活生生的感性生命体验,属人的感性心理层面(广义而言,不限于感知,更包括感受),而"志"所具有的意向性规范,尤其是与政教、人伦相切合的怀抱,虽亦可不脱离感性生命,毕竟打上了理性思维的烙印,显示出理性(主要是道德理性)对感性的制导功能,所谓"发乎情,止乎礼义"①,正恰当地反映了"志"的这种二重性,于是情志之间便会产生感性心理与理性思维间的张力,甚至导致严重的情理冲突,此其一。其次,专从情感活动的层面来说,关联到政教伦常的"志",它指向社会人们的群体生活,切合着群体的行为方式,渗透着群体的思想意愿,即使作为一种情感心理,也属于社会性的情感生命体验(如道德情感之类),而同泛言的"情",即包括私情、闲情、狎邪之情、一时兴到之情乃至从个体生存和发展需求出发而为既定社会规范所不容的罪恶之情、叛逆之情等在内的"情",显然又有区别,这又会造成"情志"二元建构中群体本位与个体本位间的张力,促使诗歌的生命原质出现各种变奏。其三,"情志"的生成基础是心性,"性"为体而"情"为用,"性"属未发而"情"属已发。依据传统的观念,"性"受命于天,人性(指义理之性)与天理相合,"情"则不免牵于物欲,人情不能等同于天理;但另一方面,人间的"礼义"又是天理的写照,于是以"礼义"为规范的"志",也就成了人的本性的实现。这样一来,"志"与"情"的整合,某种意义上也就是"性"与"情"的统一(故"情志"说以"情性"说为理论依托),推扩开来看,更是体用、理气、群己、天人之间的交相融会,而就生命体验而言,则应视为宇宙生命与个体生命间的贯通流注,其涵义十分丰富而有待进一步开发。总之,"情志"作为诗歌的生命本根,内蕴着感性与理性、个体与群体、人情与

---

① 见《毛诗序》。

天理诸层矛盾,显形为复杂的张力结构,这就为"情志"说的演进和志情关系的展开提供了广阔的空间。

志情关系又是怎样展开的呢?撇开"志"与"情"各自内涵的具体演变不谈,单就二者之间互涵互动、有离有合的联系方式而言,可以将"情志"的二元建构大致归纳为如下几个范型:

第一种姑且称之为"以志节情",就是注重群体理性规范对于个体感性心理的导向与制约作用,它不抹杀"情"作为诗歌生命原质的重要意义,却更强调诗中之情要合乎礼义规范。《毛诗序》有关"发乎情,止乎礼义"的训诫,当是这类范型的代表。古代诗论中流行颇广的另有"诗者,持也,持人情性"之一说①,更明确地肯定了这种节制关系。其实,"以志节情"观念的发源还要早得多,《荀子·乐论》中所说的"以道制欲,则乐而不乱;以欲忘道,则惑而不乐",《乐记·乐本》篇讲的"人之好恶无节……此大乱之道也,是故先王之制礼乐,人为之节",《中庸》标榜的"喜怒哀乐之未发谓之中,发而皆中节谓之和",以及《礼记·经解》篇鼓吹的"温柔敦厚,诗教也",均体现着这一观念。再往上溯,则孔子提倡的"乐而不淫,哀而不伤"②,乃至于季札观乐时作出的"勤而不怨"、"忧而不困"、"思而不惧"等一系列带有中和色彩的赞语③,实在是"持人情性"说的渊源所自。这一范型特别适合于我国古代宗法式农业社会和宗法伦理人格培养的需要,它演变为"情志"二元建构中的主导模式,当非偶然。

"持人情性"之说后来也有发展,从中引申出"性其情"的命题,二者在理论根据上有所差异。就前者而言,"情"、"性"并无实质性区别,它们都是"持"的对象,都要受礼义规范的节制;而就后者而言,"情"、"性"有了明显的分化,"情"是被规范的对象,"性"却成了规范的主体。这一变化应是来自对"性"的理解的不同,从侧重气禀之性转

---

① 见《文心雕龙·明诗》。《诗纬·含神雾》原作"诗者,持也",孔颖达《毛诗正义》疏解为"持人之行使不失坠"。
② 见《论语·八佾》。
③ 见《左传·襄公二十九年》。

向推尊义理之性,于是情性关系也不能不出现异趋。"性其情"的命题肇端于王弼《周易注》①,至宋程颐始发扬光大,其言曰:"形既生矣,外物触其形而动于中矣,其中动而七情出焉,曰喜怒哀乐爱恶欲。情既炽而益荡,其性凿矣。是故觉者约其情使合于中,正其心,养其性,故曰性其情。愚者则不知制之,纵其情而至于邪僻,梏其性而亡之,故曰情其性。"②这里所谓"性其情"与"情其性"的分野,约略相当于后来朱熹讲的"道心"与"人心"。以体现天道的"性"来主宰"情",则性立而情正;以包容人欲的"情"来冲击"性",则情乱而性亡。理学家把制导情感心理的机制由外在的规范转移到人的内心,将"发乎情,止乎礼义"的戒条改造为出发点上就得要正心养性,其节制情欲的自觉性空前高涨,而"以志节情"的路数终始如一。

与上述模子相比照,"情志"二元建构的另一种常见范型或可称作"以情激志",它也不排斥具有政教、伦理内涵的"志"对于人的情感活动的引导作用,但侧重在情感生命体验自身的关注,以抒述情怀为诗歌创作的基本使命。屈原的"发愤抒情"正式开创了这一传统,经司马迁"发愤著书"说而得到理论的提升。钟嵘《诗品序》突出"嘉会寄诗以亲,离群托诗以怨"这两种诗的性能,并历叙"楚臣去境,汉妾辞宫"、"塞客衣单,孀闺泪尽"种种人生境遇,以为"感荡心灵,非陈诗何以展其义,非长歌何以骋其情",当亦是立足情感本位的告白。至唐韩愈高倡"不平则鸣"之说,鼓吹"有不得已者而后言,其歌也有思,其哭也有怀"③,显然与司马迁讲的"意有所郁结,不得通其道也,故述往事,思来者"的"发愤之所为作"④是一个意思。同时代的孟郊另有"文写心气"之说,其云:"文章者,贤人之心气也。心气乐,则文章正;心气非,则文章不正。当正而不正,心气之伪也。贤于伪,见于文章。"⑤他

---

① 见《四部丛刊》本《周易注》中《乾·文言》王弼注:"不性其情,何能久行其正?……利而正者,必性情也。"
② 程颐《颜子所好何学论》,《二程全书》本《程氏文集》卷八。
③ 见韩愈《送孟东野序》,蟫隐庐影宋世綵堂本《昌黎先生集》卷一九。
④ 见《史记·太史公自序》。
⑤ 孟郊《送任载齐古二秀才自洞庭游宣城》诗序,浙江古籍出版社版韩泉欣《孟郊集校注》卷七。

把文章的正与不正归因于"心气"的写照,并主张写"心气"要去伪存真。所谓"心气",实即人的情感生命体验,故有"心气乐"和"心气非"的分别;不用"情"而用"气",当是为了突出情感生命的创造力量,试联系其"天地入胸臆,吁嗟生风雷,文章得其微,物象由我裁"①的诗句即可了然。像这样一种着眼于情意的郁结不平来把握诗歌创作原动力的见解,在我国诗学史上也构成了源远流长的统系,直至清初黄宗羲宣称"厄运危时生至文"②,仍是这一倾向的直接传承。

"以情激志"的模式与"以志节情"有相当程度的差异,它不重在节情,而重在扬情,就"情志"二元建构而言,体现出情本位与理本位的分殊。不过要看到,"以情激志"并没有否定"志"的存在,不管是屈原、司马迁的"发愤"而作,或韩愈的"不平则鸣",其归结点均为改造社会、修补时政,即使像钟嵘那样偏于从个人情感宣泄来立论,也还是要同"诗可以群,可以怨"的信条挂起钩来,可见"情"和"志"在他们的观念里原本是统一的。当然,立足情感体验与坚守理性规范毕竟有重要区别。在后者,情感的规范化即"情之正",是不可动摇的,为了防范其偏邪,而不惜限制其展陈;在前者,则情感的蕴积即"情之真",居于首要地位,而这种深藏久积的真情实感的宣发,往往会给礼教规范带来某种冲击。汉以后人对屈原作品是否够得上"温柔敦厚"的诗教准则进行了长期的辩论,司马迁的《史记》甚且被目为"谤书",韩愈尽管以卫道者自命,也还是被宋儒讥评为"知道不足"③,皆足以见出两种模式间的悬隔。它们既对立而又互补,共同构成中国诗学史上"情志"本位观的基本形态。

由"以志节情"或"性其情"更偏向性、理的一方面发展,便导致第三种范型的出现,套用明人杨慎的说法,名之曰"举性遗情"④。"举性遗情"在诗学上的具体表现为"咏性不咏情",这一口号乃中唐大诗人

---

① 见孟郊《赠郑夫子鲂》,同上书卷六。
② 见黄宗羲《谢皋羽年谱游录注序》,《四部丛刊》本《南雷文案》附《吾悔集》卷一。
③ 参看《二程语录》及苏轼、张耒《韩愈论》所言。
④ 见杨慎《性情说》,《四库全书》本《升庵集》卷五。

白居易所提①,而为宋代理学家邵雍所发挥。邵雍曾指责"近世诗人,穷戚则职于怨憝,荣达则专于淫佚,身之休戚发于喜怒,时之否泰出于爱恶,殊不以天下大义而为言者,故其诗大率溺于情好也",进而主张"诚为能以物观物,而两不相伤者焉,盖其间情累都忘去尔……虽曰吟咏情性,曾何累于性情哉!"②他还作诗自述:"行笔因调性,成诗为写心。诗扬心造化,笔发性园林。"③"尧夫非是爱吟诗,诗是尧夫尽性时。若圣与仁虽不敢,乐天知命又何疑?"④其《伊川击壤集》中的大部分篇章连同宋明期间流行的性理诗(或可上溯至东晋玄言诗),便属于这类"咏性不咏情"的诗歌实践。

其实,"举性遗情"的主张在唐李翱就曾予以阐发,他称之为"灭情复性",认为"人之所以为圣人者,性也;人之所以惑其性者,情也","情不作,性斯充矣"⑤,其思想渊源实来自佛教,而先秦道家如老、庄学说中已有其萌芽。《老子》未言及情,但他以自然无为之"道"为天地万物的本根,并要求人们复归于无知、无欲、无为的本性。《庄子》多次论情,而结穴处却在宣扬"无情",以为唯超脱世情才能返归性命之本真。佛教更是持"万法皆空"的观念,将诸般烦恼皆归因于"无明",鼓吹断绝情缘以证成佛性。佛、道两家这种遗情、灭情的观点,实与其对人性持超越性的理念有关,因为气禀之性本来就同情感心理分不开,义理之性亦并不需要排除一切情感,只有从超凡脱俗的境界上来看待人性,才会走上情性相对立的道路。比较而言,庄、佛之间仍有一定的差别。庄子在回答惠施"既谓之人,恶得无情"的追问时说:"是非吾所谓情也。吾所谓无情者,言人之不以好恶内伤其身,常因自然而不益生也。"⑥这就是说,他并不否认人有好恶之情,只是认为不该

---

① 见白居易《祗役骆口驿喜萧侍御至兼观新诗吟讽通宵因寄八韵》,《四库全书》本《白香山诗集》卷九。
② 邵雍《伊川击壤集自序》,《四部丛刊》本《伊川击壤集》卷首。
③ 《无苦吟》,同上书卷一七。
④ 《首尾吟》,同上书卷一八。
⑤ 李翱《复性书》,《四部丛刊》本《李文公集》卷二。
⑥ 见《庄子·德充符》。

受好恶的牵累而损伤自身，所以要顺应自然以求超脱情累。有情而不为情所累，可以说是庄子处世哲学的一个基本原则，与佛家的"灭情"相比，称之为"遗情"自更为妥贴。由此来看"咏性不咏情"的口号，其趋近庄（包括受庄学影响的禅宗）而不趋近佛，便很清楚了，设若真的"空诸万有"，情感自灭，那诗歌还有什么用武之地呢？其实严格说来，"咏性不咏情"的说法也是不能成立的，因为"性"属于心之未发，未发的东西不可能成为吟咏的对象。故而"咏性不咏情"实际上咏的还是"情"，不过是咏那种以超脱之心性来观照世情而引起的旷达超逸的情怀，它不像世俗之情那样炽烈，而经常呈现为平和的心境与澹然的情趣，即所谓"虽曰吟咏情性，曾何累于性情哉"，这也构成了"情志"二元建构中的一种特殊的范型。

如果说，由"以志节情"更向性、理的一面倾斜，导致"举性遗情"，那末，由"以情激志"更往情的方面偏倒，便出现了"任情越性"。"任情越性"的思潮也发端于庄子学派①，到魏晋玄学始告成形。玄学早期本持"圣人无情"的观念，而王弼以为圣人之特识在于"应物而无累于物"，其五情具则与常人同②。王弼另有《戏答荀融书》云："夫明足以寻极幽微，而不能去自然之性。颜子之量，孔父之所豫在，然遇之不能无乐，丧之不能无哀。又常狭斯人，以为未能以情从理者也，而今乃知自然之不可革。"③这是以孔子得颜渊乐、丧颜渊哀为例，说明哀乐之情发自人的自然本性，虽圣人亦不免，于是庄子原先以超脱世情为返归自然的思路，就被改造、转化成"情性本于自然"，从而为"任情"说的流行开辟了道路。稍后如嵇康、向秀等便正式揭起"任情越性"的旗帜，所谓"有生则有情，称情则自然"④，正是"任情"说的公开表白，而"越名教而任自然"也就成了"任情越性"的具体实践了。"任情越性"在诗学领域内的反映，便是"诗缘情"说的产生。前曾述及"诗言

---

① 按《庄子》书中关涉到"任情越性"的，如《山木》云"形莫若缘，情莫若率"，《渔父》云"法天贵真，不拘于俗"，均见于外杂篇，是否代表庄子本人的观点未可断言。
② 见《三国志·钟会传》裴松之注引何劭《王弼传》。
③ 同上书注引。
④ 向秀《难养生论》，见戴明扬《嵇康集校注》卷四附。

"志"的命题里原本含有言情的成分,故"缘情"说的提出未必具有颠覆"言志"传统的用意,观陆机《文赋》中时有"情""志"或"情""理"并提处即为明证。但"缘情"毕竟有情感本位的倾向,沿着这条路子发展下去,一任情感荡逸而脱却礼义规范,便走向了"任情越性",梁萧纲倡扬的"文章放荡"说①和萧绎鼓吹的"流连哀思"、"情灵摇荡"②即其具体表现,正如纪昀所批评的属"发乎情而不必其止于礼义"了③。

六朝这股"缘情"诗潮延续并不太久,至隋唐大一统王朝重建后即受到阻遏,宋明理学盛行时期更遭打压。但到明中叶以后,随着社会商品经济的活跃、市民阶层的成长和个性思潮的兴起,情感作为生命本原又重新得到张扬。汤显祖云:"世总为情,情生诗歌。"④徐渭亦云:"人生堕地,便为情使。"⑤明末张琦在其《衡曲麈谈·情痴寱言》中,针对庄子宣扬的"至人无情"说加以驳斥道:"彼之忘情,割河而斩筏者,人之至焉者也。我非至人,第求其至于人夫! 人,情种也。人而无情,不至于人矣,曷望其至人乎?"话说得多么痛快,"至人"不可求,现实的人总离不开情感活动,抛开情感去追慕"至人"境界,结果只能失落人的本性而"不至于人"了。而"人,情种也"的大胆宣言,正是晚明社会主情思潮的独特标记。由注重情感,便会对情志、情性诸问题作新的思考。汤显祖《董解元西厢题辞》中讲到:"志也者,情也,先民所谓'发乎情,止乎礼义'者是也。嗟乎! 万物之情,各有其志。"⑥将"志"消纳于"情"的范畴之中,虽仍套用"发乎情,止乎礼义"的话头,而又宣称"万物之情,各有其志",则"止乎礼义"的规范也就不必非遵循不可了。李贽《读律肤说》中亦谈到:"自然发于情性,则自然止乎礼义,非情性之外,复有礼义可止也。"⑦这也是从任情的观念出发,导向礼义规范的自然消解。至于情性关系问题,程允昌《南九宫十三调

---

① 见萧纲《诫当阳公大心书》,中华书局版《艺文类聚》卷二三。
② 见《金楼子·立言》,知不足斋本《金楼子》卷四。
③ 见《云林诗钞序》,嘉庆刻本《纪文达公遗集》卷九。
④ 《耳伯麻姑游诗序》,上海古籍出版社《汤显祖集·诗文集》卷三一。
⑤ 《选古今南北剧序》,中华书局1983年版《徐渭集·徐文长补编》。
⑥ 《汤显祖集·诗文集》卷五〇。
⑦ 中华书局排印本《焚书》卷三。

曲谱序》里记载了汤显祖的一段对话："张洪阳谓汤若士曰：君有此妙才，何不讲学？若士答曰：此正是讲学。公所讲者性，我所讲者情。盖离情而言性，一家之私言也；合情而言性，天下之公言也。"他反对"离情言性"，即不把"性"看作"情"以外并制约着"情"的先验本体，主张"合情言性"，就是要以"情"为本位，从人的现实的情感生命活动中来确立和把握人的本性，无疑是对传统心性观的一个重要突破。至清中叶性灵诗家袁枚所谓"性无可求，总求之于情耳"，"盖有至情而后有至性，情既不至，则其性已亡"[①]，当亦是"合情言性"说的继续发挥。由此也可看出晚明以下的这股主情思潮与六朝"缘情"说的差异：后者只是自发地关注情感的抒述，由纵任情感而不自觉地荡逸出礼教的范围；前者则明确地设定了情感本原，而对性、理之类桎梏人情的规范提出公开挑战。"任情越性"发展到这一步，传统的"情志"二元建构已面临根本性蜕变，一种新的诗歌生命内核亦将追随历史变革的进程缓慢而逐渐地孕生出来。

三、"情志"本位的诗学意义

既已讲清"情志"作为诗性生命本根的形成与流变过程，当可对"情志"本位观的诗学意义作一总括了。诗"以情志为本"、"以情志为神明"，是得到历代诗家一致认可的。情志的发动来自心物交感，是人对于外在世界刺激（包括景物、人事、境遇、风会各种因素）的一种生命感应，这一点亦已经由古代诗歌创作和诗学理论而阐说分明。诗人将内心的情志转化为意象，通过诗的语言表达出来，于是有了诗歌作品。情志作为诗的内核，贯注生气于整个作品，将其各方面的要素组合起来，凝结为一个有机整体，所以说，它是诗的生命本根，有情志斯有诗的生命。这些道理虽已成为常识，却是讨论"情志"本位观的基本前提。

---

① 《牍外余言》卷一，江苏古籍出版社1993年版《袁枚全集》。

"情志"为本有什么独特的意义呢？这就需要联系其他民族的诗学传统尤其是西方诗学,作一比较参照。众所周知,西方文论中长期占主导地位的是"摹仿自然"说,此说发端于古希腊哲人赫拉克利特,而展开于亚里士多德的《诗学》一书,后来还衍化出"再现生活"、"反映现实"诸种说法,其思想实质始终未变。"摹仿自然"说以"自然"（指客观世界,非限于自然景物）为文艺创作的底本,认为艺术家（包括诗人）的职责便在于如实地写照自然,力求使自己的作品成为逼肖自然的忠实摹本。画家达·芬奇说过："画家的心应当像一面镜子,将自己转化为对象的颜色,并如实摄进摆在面前所有物体的形象。"①虽属论画,而实与其他艺术样式相通。当然,这所谓"如实",后世亦颇有争议,或云细节的真实,或曰本质的真实,或指关系的真实,或取典型化的真实。但不管怎样,以自然为底本、以艺术为摹本的观念不变,主体向客体靠拢,呈现为知识论的取向（即以艺术为认知的手段）,这和我们的诗学传统以情志为本根,重视人的内在生命的发动与传达,显然构成了不同的路子。

　　那末,西方传统中有没有偏重主观性一面的诗学主张呢？有,近代浪漫主义文艺思潮中的表现论美学即属一例。表现论不承认客观世界的本原作用,它把文艺创作归因于作者情感的自我表露,主体的心灵主宰一切,"自我"因亦成为作品的本根。表面看来,这样一种由内而外的发动过程很接近于古人所说的"情动于中而形于言",所以学界常有人将中国诗学归属于表现论,并以重表现和重再现作为中西诗学的分野,其实并不确切。首先,我们所讲的情志发动是以心物交感为前提的,心为基因,物为诱因,缺一不可,由此而产生的情志是一种活生生的生命体验,即人对世界的实在的感受,而并不同于西方浪漫主义者所崇奉的纯靠天才与灵感相激发的主观心灵。其次,就情志的内涵而言,正如上文所作的论析,它是感性与理性、个体与群体、体与用、天与人交相为用的综合物,形成了复杂的张力,显现为多样化的形

---

① 《芬奇论绘画》,人民美术出版社1979年版,第41页。

态,也决非表现论者以为本根的单一的"自我"所能涵盖。另外,正因为情志来自现实的生命活动,情志里又包含着许多人所共通的东西,故而我们的先辈特别关注诗歌感发人心、泄导人情的作用,念念不忘突出其社会功能,这更属"自我表现"说所无暇顾及。总之,情志为本不等于自我为本,两种生命观在内在精神上是很有歧异的。

以情志为诗性生命本根的观念建基于我国古代特有的天人合一的理念之上,是以天人合一的道气论和心性论为哲学根据的。按照这一理念,宇宙万物乃一气化生,"气"为一切事物共有的生命原质(人心亦为精气生成),"道"便是气化运行的基本理则(所谓"一阴一阳之谓道"),两者相搭配而组建了整个宇宙(包括人类社会)。人为自然的精华,人性禀受于天,其气质之性与义理之性正分别反映着"气"和"道"的关系。气禀有清有浊,故气质之性可纯可杂;"道"无偏颇,故义理之性至善无恶。在心性未经发动时,这种善与恶的倾向是潜藏不露的,既经外物感召而发动,则善恶自见。所以"情"总不免有善有恶,放纵情欲更容易趋向于恶,于是要靠代表天理的礼义规范以及人内在的道德良知来加以调控,而体现这一调控意向的"志"就必须居于领导地位了。据此而言,则作为诗歌生命本原的情志二元建构模式,从根底上来自道气二元和心性二元;从道气经心性到情志,整个地贯串着一条天人合一的理路,这跟西方的摹仿说与表现说,或立足自然,或立足自我,而皆取主客二分的思维态势,实判然有别。

再从民族文化心理渊源来看,情志二元建构实际上是我国古代宗法伦理人格的显影。古代社会是一种宗法式的农业社会,农业经济以顺应天时为准则,人与自然被要求处在和谐状态,而家族血缘关系作为社会的基本纽带和国家政权模拟家族机制运行,又使得社会内部的群体组合与人际交往成为重要的关节,道德规范与道德情感占据突出的位置,这些都会在人的心理习惯上留下印记。情志二元建构,特别是其"以志节情"的主导范型,正适合于宗法伦理人格的养成,所谓"温柔敦厚,诗教也",即表明通过诗所传递的心理模子以铸造宗法式农业社会所需要的人的性情。当然,人的气性与情感活动是多种多样的,不能硬纳入一个模子,社会状况也有常有变、有盛有衰,其投影于人的心理不能不有所差异,所以情志二元建构会形成不同的范型,在主导型态以外出现各种变奏。但不管怎样,情志的二元组合总还是根本性的,它在情理、群己、体用、天人间构成的张力结构渗透着我们这个古老民族的文明精髓,实具有普遍的意义。

尚须提及的是,情志本位的确立亦与我国古典诗歌以抒情为主流的传统有关。人们常说,神话与诗是文学创作的两种最原始的样式,世界各民族概莫能外。但同样是诗,古希腊和古印度均以史诗、剧诗见长,而我们的传统却以抒情独擅。抒情必然要强调内在生命的发动,于是"言志"和"缘情"成为不可替代的取向,这跟叙事文学重在世态人情的写照,以"摹仿自然"为首要任务自有差别。即使如印度古典诗学那样列"情"为主要范畴,而注重"常情"(情感的基本类型)、"不定情"(情感随境遇而变化)、"情由"(情感产生的根由)、"情态"(情感的表现形态)等界分与结合关系的讨论,实质上是从戏剧表演的角度来把握情感的摹拟与传达问题①,也并不类同于我们的"情志为本",于此尤可见民族特色之所在。

这样一种特色鲜明而又植根于深厚的民族土壤中的诗歌理论,它究竟又能为我们提供什么样的诗学经验呢?这是探讨情志本位观最终不能不回答的问题。我以为,它所给予的启示是十分重要的。最根本的一条,它认定诗歌的生命来源于情志,以诗人内心体验的生成和发动为创作的原动力,这个观念值得我们深思。人们通常说,生活是文艺创作的源泉,这话不假,因为生活就是人的生命活动,离开了生命活动哪还有诗!但生命活动不仅是接触外界事象,艺术创作也不限于如实地记录事象,还必须凭借心灵对事象进行感受,也就是要将外在的生命活动转化为内在的生命体验,这才能写出情意真切的好诗。可是我们在谈论文艺反映现实时,往往忽略了生命体验这一中心环节,于是艺术创造(包括审美)便只剩下认知的功能,至多也只是一种特殊

---

① 参看黄宝生《印度古典诗学》一书中对《舞论》等梵文诗学专著的阐说,北京大学出版社1993年版。

的认知活动(所谓"在形象中思维")而已,这正是我们的一些艺术作品显得生气匮乏、干枯无力甚且陷于照搬生活、图解思想的根本原因。"情志为本"的观念或可从原理上帮我们找到解决问题的途径。

与此同时,我们还需要关注情志二元建构的主张。情志二元建构来自特定的历史环境,带有那个时代的精神烙印,自无必要将它原封不动地继承下来,尤其是它把诗歌的志意导向归属于宗法式的礼义规范,限制和束缚了个体生命的发扬,更与现代文明的前进步伐背道而驰。但要看到,情志二元组合中所容涵的情理、群己、体用、天人等各种张力,却是实实在在地存在着的。人除了个体生命之外,只要他还生存和活动于社会之中,还需要与他人、与群体乃至与客观世界打交道,便少不了面对这些张力。他的生命体验中饱含这些张力,诗歌创作自亦不应回避这些张力。以当下的风气而言,"私人化"写作似乎已成时尚,诗歌"表现自我"更是天经地义。我们自无须反对"表现自我"和"私人化",私情、闲情、自适之情和一时兴到之情亦属人的生命体验,也有在文学作品中留下影像的权利。但作为严肃的作者,不能不思考生命中具有更重大意义的问题,也就是不能不正视各种张力的存在(更何况私情、闲情等有时亦会触及这类张力,如由儿女之情通向人伦关系,由自适之情提升为理趣玄思,这些都有古人的实践为证),而要予以恰切的艺术掌握,则古代诗学的经验自亦是可借鉴的。当然,较之于古代传统,我们今天或许更应该重视情感性体验作为生命原质的奠基作用,明确地建立起情本位的观念,并在充分肯定个体生命探索的前提下来寻求合理的社会导向,以逐步形成一体而又多元、互涵而又互动的理性规范。"万物之情,各有其志",交相为用,和而不同,当是我们的努力方向。

中 编

境象篇：中国诗学的审美体性观

释"感兴"
——论诗性生命的发动

前面的篇章围绕着"志"、"情"、"情志"这一组范畴展开,重点考察诗性生命中的人本内核。这一人本内核又是怎样转化为诗歌艺术审美形态的呢?下面就要进入这个议题,让我们先从"感兴"入手。

"感兴"是中国诗学传统中的一个独特的范畴,在它身上凝聚着我们民族特有的诗性智慧与审美体验方式。作为一种生命论的诗学,我们的先辈历来将诗歌创作和欣赏视以为人的生命活动。如果说,"情志"构成了这一生命活动的本根,那末,"感兴"便是诗性生命的发动。正是由于"感兴"的发动,"情志"得以向意象和意境转化,人的审美体验和诗的审美内核才得以生成。所以讨论中国诗学,不能不给予"感兴"以特殊的关注。

一、"感兴"说的源起

"感兴"亦作"兴感",是"兴"和"感"两个概念复合而成的,两者之间有一个由分而合的过程,须稍作提挈。

据当代学者考证,"感"的本字为"咸","咸"为会意字,从"戌"从"口",意指两性交合,引申为天地万物之间的感通交会。《周易》"咸"卦的卦象即为艮(象征少男)下兑(象征少女)上,表示婚娶吉利,后来的解释也都用阴阳交感、刚柔相济来加推衍阐说,传统的"天人感应"之说便是从这里生发出来的。

"感"进入文艺领域当以荀子《乐论》为最早,其云:"凡奸声感人,而逆气应之,逆气成象而乱生焉;正声感人,而顺气应之,顺气成象而治生焉。"这是从音乐与人心相通的角度来说明社会治乱的成因,属于艺术功能论的见解。稍后的《礼记·乐记》对这一点有所发挥,但《乐记》更着重于从艺术创作的角度来应用感应说。《乐本》篇云:"凡音之起,由人心生也。人心之动,物使之然也。感于物而动,故形于声;声相应,故生变;变成方,谓之音;比音而乐之,及干戚羽旄,谓之乐。"又云:"乐者,音之所由生也,其本在人心之感于物也。"这是把音乐的生成归之于外物对人心的感触,后来人们将这一感发作用推扩到诗、书、画等一切艺术形态上,形成影响深远的"物感"说,由此而奠定了古代感兴论美学的基础。

值得注意的是,古人所说的"物感",并不限于物对人的单向作用,而是心与物的双向沟通和交流,一般称之为"心物交感"。这是从"感"的本义"交合"而来的,"物感"说只是将它应用于心物关系罢了。《乐记·乐言》篇里谈到:"夫民有血气心知之性,而无哀乐喜怒之常;应感起物而动,然后心术形焉。"《乐本》篇也说到:"人生而静,天之性也。感于物而动,性之欲也。物至知知,然后好恶形焉。"这就是说,"心"自有其内在的本性(所谓"性"),它本身处在虚静空明的状态,外物的刺激作用在于将它发动起来,由此产生喜怒哀乐好恶种种情绪感受,外现而成为语言、声音、动作乃至诗歌乐舞等艺术。因此,"感"不仅仅是物对心的叩击,同时也是心对物的应答;心与物双向交流才产生了"感",故云"交感"。这样一种"心物交感"学说的建立,自是以我们民族思维传统中固有的"天人合一"的理念为支撑的。

另一点须加说明的是,"物感"说中的"物",也并非纯然指自然景物或其他实物,而是泛指一切外在的物象,尤其侧重在社会的民情风俗以及造成各类民情风俗的政治与教化状况。所以《乐记·乐本》篇要强调指出:"凡音者,生人心者也。……是故治世之音安以乐,其政和;乱世之音怨以怒,其政乖;亡国之音哀以思,其民困。声音之道与政通矣。"又谓:"郑卫之音,乱世之音也,比于慢矣。桑间濮上之音,亡国之音也,其政散,其民流,诬上行私而不可止也。"古代传统里的由诗、乐以观民风乃至审音以知政之说,便是由此而形成的。剔除其中以圣王为教化本源的思想糟粕,仍不能不承认它从社会生活环境的影响来说明人的生命感受及艺术生命体验的发动,是有其合理性的。

如果说,《乐记》里的"物"的概念多少显得有点大而无当的话,那末,到汉人诗说中提出"事"的概念,其涵义就更加明白而具体化了。班固《汉书·艺文志》里谈到汉代乐府民歌的搜采,用"感于哀乐,缘事而发"来概括民间歌谣的创作成因,虽仍因袭"观风俗,知薄厚"的话头,而"缘事"显然比"感物"来得贴切。稍后,何休在《春秋公羊传解诂·宣公十五年》里述及上古歌谣的流传,也用"男女有所怨恨,相从而歌,饥者歌其食,劳者歌其事"来加解说,其中"食"指生存,"事"指劳作,总合起来还是一个"事",即个人的生活。班、何之论局限于民间歌谣,魏晋南北朝以后文人诗作大兴,"缘事"便也推扩到了文人诗的领域。最突出的是钟嵘《诗品》开首的一段话,它虽然也从"气之动物,物之感人"说起,而具体展开时的论述,除"春风春鸟,秋月秋蝉"四句属自然景物外,余如"嘉会寄诗以亲,离群托诗以怨"乃至"楚臣去境,汉妾辞宫"、"负戈外戍,杀气雄边"、"塞客衣单,孀闺泪尽"、"士有解佩出朝""女有扬蛾入宠"等等,无不属于人事范围,且皆切合个人的经历。至此,"事感"已然宣告确立。

"事感"的传统至后代续有衍流。唐杜甫作新题乐府诗,元稹称其"即事名篇,无复依傍"①。白居易《与元九书》中标榜"文章合为时而著,歌诗合为事而作"②,其《策林六十九》"采诗以补察时政"条亦讲到"人之感于事,则必动于情,然后兴于嗟叹,发于吟咏,而形于歌诗"③。他们所讲的"事",特指与时政相关联的事件,但也离不开个人的见闻阅历。至于唐孟棨著《本事诗》,将诗的写作与文人逸事挂钩,其注重个人经历就更明显了。后来的各种诗话、笔记以及诗作的纪事、系年,都跟这种"缘事而发"的观念有关,是"事感"说在中国诗学传统中的

---

① 《乐府古题序》,《四部丛刊》本《元氏长庆集》卷二三。
② 《四部丛刊》本《白氏长庆集》卷四五。
③ 同上书卷四八。

一大应用。尽管如此,"事感"并没有正式取代"物感",这不仅因为在古人心目里"事""物"本属一体,物象中原来就包含事象的成分在内,更由于"物"的内涵远较"事"为广阔,各种自然景物、人工产品、艺术作品甚至于形而上的天、道、理、气等皆可归之于"物",它们与主体心灵之间的沟通交会便不能称作"事感",而只能统称为"物感"。所以"物感"说仍然是感兴论诗学的正宗,"事感"从属于"物感"。

释"感"已毕,进而释"兴"。"兴"在甲骨文里呈众手执物上举的图形,今人有从集体劳作来理解的①,也有从上古巫舞的角度加以考证的②,不管怎样,其协力上举的意义是比较确定的,故《尔雅·释言》训"兴"为"起也",这个涵义一直保存了下来。

以"兴"说诗殆始于孔子,《论语》中七处提及"兴",与诗直接关联的有两处,即《泰伯》篇的"兴于诗"和《阳货》篇的"诗可以兴"。前者指人对诗的接受,后者属诗对人的影响,但都是从诗歌引发人的思想感情的功能上着眼的。从诗的功能转向诗的写作,当以"赋比兴"的"兴"为标志。"赋比兴"与"风雅颂"合称"六诗",载《周礼·春官·大师》,其义不明。至《毛诗序》改称"六义",仍未作明晰疏分。孔安国以"三体三用"来判解,多为后人沿袭。此说虽不见于《毛诗序》,但《毛诗》以风、雅、颂分别立体,又在小序中屡用赋、比、兴标示作法,故以《毛诗序》为"三体三用"说的肇端,亦未尝无据。郑玄为《毛传》作笺,即以"见今之美,嫌于媚谀,取善事以譬劝之"来释"兴",又引郑众"兴者,托事于物"之说③,可见"兴"作为诗歌的特定表达方式已得到确认,不过这还不是感兴论意义上的"兴"。

用为诗歌表达方法的"兴"究竟指的什么呢?汉儒多从譬喻的角度来解说(后人亦常如此),于是"兴"和"比"便缠夹不清,至多认为"比显兴隐",即一为明喻、一为暗喻而已。朱自清先生独具只眼地拈

---

① 参见杨树达《释兴》,载中华书局1983年版《积微居小学金石论丛》(增订本)。
② 参看陈世骧《原兴:兼论中国文学的特质》,载叶维廉编《中国现代文学批评集》,台北联经出版公司1976年版。
③ 语出《周礼注疏》卷二三。

出"兴"兼具发端和譬喻双重涵义①,这就为区分比、兴指明了道路。当然,严格说来,还不算精确,因为"兴"固然是发端,却不一定非譬喻不可。兴辞与所兴之物之间可以是类比关系,亦可以是他种联系,甚且有可能像帕里-洛德理论所说的那样,仅只是民间口头歌谣里不具有任何意义的"套语"。所以,与其说"兴"为发端兼譬喻,不如说它是发端兼联想,而前人所谓"触物以起情谓之兴"②、"兴者,先言他物以引起所咏之词也"③,于此也得到了确解。这样来说"兴",则"兴"虽属诗歌表达方式,却仍然保有原来"起也"的涵义,而且从"触物以起情"的提法中,分明显示出由表达方法朝着诗歌生命感受的生成方式转移的趋向,这也正是"赋比兴"的"兴"演化为"感兴"之"兴"的具体途径。

依据现有资料,第一个将"兴"与"感"相联系的人,是东汉末年的王延寿,其《鲁灵光殿赋序》中说到:"诗人之兴,感物而作"④,这就把"兴"看成了由心物交感而生成的诗性生命体验。三国时杨修作《孔雀赋序》,致慨于孔雀目为珍禽而久后遭人漠视的命运,并谓:"临淄侯感世人之待士亦咸如此,故兴志而作赋"⑤,亦是将由感而兴视以为创作的动因。此二例尚是就具体赋篇的写作而言,西晋挚虞《文章流别论》中的"兴者,有感之辞也"⑥,则不仅专就诗歌创作立论,论断也更富于概括性。两晋以后文人述作中"兴""感"连用的情形就更普遍了,如陆机《赠弟士龙诗序》云"感物兴哀"⑦,孙绰《三月三日兰亭诗序》云"物触所遇则兴感"⑧,王羲之同题诗序云"每览古人兴感之由,若合一契"⑨,傅亮《感物赋序》云"怅然有怀,感物兴思"⑩,其"感"、

---

① 参看《诗言志辨·比兴》,《朱自清古典文学论文集》,上海古籍出版社1980年版,第239页。
② 胡寅《与李叔易书》引李仲蒙语,见《四库全书》本《斐然集》卷一八。
③ 朱熹《诗集传》卷一,上海古籍出版社1958年版。
④ 见中华书局影印本《全后汉文》卷五八。
⑤ 同上书卷五一。
⑥ 中华书局影印本《全晋文》卷七七。
⑦ 见《四部丛刊》本《陆士龙文集》卷三所录《兄平原赠》。
⑧ 《全晋文》卷六一。
⑨ 同上书卷二六。
⑩ 中华书局影印本《全宋文》卷二六。

"兴"二字合成一体的趋势已逐渐明朗。至唐王昌龄《诗格》列"感兴势"一体[①],鲍防著《感兴诗》十五首[②],表明"感兴"作为复合词语确然成立,而诗歌审美的"感兴"说因亦臻于成熟。

二、从一度感兴到二度感兴

"感兴"说将诗歌生命的发动归因于心物交感,但心物交感并不必然地具有审美的意义。比如古代"天人感应"之说将祥瑞和灾变视以为上天对执政者的嘉奖或谴责,从而引起君主内心的自勉或怵惕,这是宗教神学意义上的心物交感,却非审美的感兴。又比如日常生活里人们受外界的刺激,引起自身的心理反应,产生喜怒哀乐各种情绪感受,这也是一种心物交感,而亦不属于审美感兴。如果我们将心物交感而生成体验统称之为"感兴"的话,那就有审美感兴与非审美感兴之别。其实质性区分在于:实际生活中的感受总是同一己当下的利害关系紧相联接,而审美体验却要超乎实用功利之上,这才能成为一种超越性的生命体验,也才是可用以为普遍传达和接受的生命体验。

那么,审美感兴又是怎样形成的呢?应该说,它并非远离人的实际生活的另一种体验,它的根子就在人的现实生命活动之中,是人的现实生命感受的转型与超越。为要实现这一超越,必须将自己的实生活感受推开一步,即努力摆脱它与一己当下的实际利害关系的牵连,而拿它作为纯生命体验来加以观照和品味,从中领略生命的本然情趣和本真意蕴。换句话说,就是以审美的超功利态度对原有的体验进行再体验。原有的体验这时已转成再体验的对象,与审美主体发生新的交流,这又一次的心物交感便是审美感兴,其结果则是审美意象和审美意境的生成。由此可见,审美感兴是建基于实生活感受之上的,它

---

① 见《诗格》卷上"十七势"条,《全唐五代诗格校考》,陕西人民教育出版社1996年版,第133页。
② 白居易《与元九书》所引。

是一度感兴之后的二度感兴;研究诗歌生命活动不能停留于一般地谈论感兴,而必须着重把握其由一度感兴向二度感兴飞跃的关键。

首先要问:是什么力量推动着人们由一度感兴转向二度感兴的呢?我以为,中国诗学传统里的"发愤抒情"说为我们提供了打开迷宫的钥匙。"发愤以抒情"一语出自《楚辞·九章·惜诵》,是大诗人屈原陈述其创作动因的表白,司马迁据以推衍为著名的"发愤著书"说,影响后世深远。今人探论此说时,多关注于其中的"愤"字,以为显示了古代文人可贵的批判精神,诚然不错。但我觉得其"发"字亦相当重要。为什么要"发"?"发"的前提是"意有所郁结"。而"郁结"着的"意",不正是人们在其现实生命活动中长期积累下来的感受吗?所谓"西伯拘"、"孔子厄"、"屈原放逐"、"左丘失明"、"孙子膑脚"、"不韦迁蜀"、"韩非囚秦"等,便是这类愤怨之"意"的来由①,通属于一度感兴。由一度感兴造成的"郁结"长期得不到发泄,会导致精神疾病,故需要"发愤"。但"发愤"也有不同的方式,上述作者没有选择大哭大叫或逢人倾诉的办法来宣泄内心的愤懑,而是以"著书"或"抒情"作为宣发手段,有如清沈德潜所讲的"郁情欲舒,天机随触,每借物引怀以抒之"②,这就由实生活感受转向了超越性的审美感兴。所以,"发愤抒情"说的意义不仅在于对"愤怒出诗人"的肯定,其"长歌当哭"式的抒发还意味着生命活动的转型,即由实际的生活斗争转向审美生命的创造,而抒郁结便成了转型的直接动因③。这不禁使我们联想起流行于国外的"苦闷象征"说,它以"苦闷"作为艺术生命的根底,并从"苦闷"借取艺术意象使自己得到释放与升华来解释创作的成因,岂不跟"发愤抒情"有异曲同工之妙吗?不过细细辨析起来,我们先辈的愤怨似多出于忧患意识,属"忧世"的表现,而现代西方人的苦闷则常来

---

① 见《史记·太史公自序》。
② 《说诗晬语》卷上。
③ 必须说明,需要发舒的"郁结"并不限于愤怨之类负面性感情,亦包括欢乐、兴奋的感受,韩愈讲"不平则鸣",便兼顾到两方面,因均属于心理上的不平衡。但韩愈又以为"夫和平之音淡薄,而愁思之音要妙;欢愉之辞难工,而穷苦之言易好"(《荆潭唱和诗序》),可见毕竟以发抒愤怨为主。

自虚无意识和荒诞意识,或近于"忧生",于此亦可窥见时代风气与民族传统的差异。

既已检讨了审美感兴发生的动力,便可进一步来推问其所赖以生成的条件,也就是说,它是通过什么样的方式使自己建构起来的。我们说过,任何感兴的发动皆源于心物交感,审美感兴更当如此。我们又说,审美感兴作为二度感兴,是对原有生命体验的再体验,即将原来处于内心的实生活感受转化为被体验的对象,这一转化是怎样实现的呢?从心物交感的关系来说,被体验的对象属于"物"的方面,而且它之所以能成为对象,也必须具有"物化"的形态,因此,原有的体验在审美观照下不能仅只以原来那种流动不居的心理活动状况出现,而必须进行改装,也就是要幻化为具体的物象(包括心象)姿态。这一点在我们的诗学传统里亦得到了反映。

应该承认,我们这个民族的惯性是特别关注现实的,即使是超越性的追求也往往不尽脱离现实人生(所谓"在世中超世"),这就造成人们对审美超越的意义估计不足,而审美感兴与非审美感兴的界分亦常不甚明晰。如《乐记》以"物感"来解说乐舞的成因,从人心的萌动一脚便跨进了艺术的殿堂,其间并无一度感兴到二度感兴的转化痕迹。审音知政、观乐观风诸说,亦是一力将时政风俗与艺术活动直接打通,看不到任何审美的超越性。这自然是自古以来的政教本位观念对人的审美眼光的限制。尽管如此,艺术审美的实践毕竟为人们提供了丰富的经验,而情感的发扬也使得政教本位的拘限有所突破。

最早体现出审美意识的觉醒的,还得数到屈原,其"发愤以抒情"一语中内在地孕育着审美感兴由实生活感受分化而出的胚胎。如前所述,其"发"和"抒"均含有转型的意味,故所发所抒之情已然不同于原来郁结深心的愤怨,而成了审美的情怀。这种审美情怀的树立,是跟诗人以其如椽之笔为我们营造的色彩斑斓的神奇梦幻世界图像分不开的。王逸曾高度赞扬屈原的诗歌艺术,以为"《离骚》之文,依《诗》取兴,引类譬喻。故善鸟香草,以配忠贞;恶禽臭物,以比谗邪;灵修美人,以媲于君;宓妃佚女,以譬贤臣;虬龙鸾凤,以托君子;飘风云霓,以为小人"①,虽处处不离汉儒以比兴说诗的套子,而对于屈骚特具的以美人香草、云龙迂怪等形象来寄托孤愤的抒述方式,算是有了体认。这其实便是诗人将其原有的实生活感受转变为审美再体验对象的不二法门。

如果说,屈原对于审美感兴的建立多少还带有自发性的话,那么,魏晋南北朝时期的诗人就有了更大的自觉性,他们在"缘情""体物"思潮的鼓动下,对诗人情趣的意象化和景物意象的情趣化获得了较为真切的体会。代表性人物可以举出陆机,他在好些篇什里自陈写作缘起,足资参证。如《怀土赋序》所云:"余去家渐久,怀土弥笃。方思之殷,何物不感? 曲街委巷,罔不兴咏。水泉草木,咸足悲焉。"②这段话分明告诉我们,离乡怀土是他郁结于心头的实生活感受,带着这种感受去接触曲街委巷、水泉草木,则无一不成为其投射内心郁结的物化意象,而这些物化意象又成了他再体验的对象,并引起他"何物不感"、"咸足悲焉"的新的生命体验,从而宣之于"兴咏"。像这样一种心物双方循环往复的交流呼应,正是审美感兴逐步酝酿生成的具体方式。陆机文集里谈到这类心物交感的例子不少,如"伊我思之沉郁,怆感物而增深"、"悲缘情以自诱,忧触物而生端"③,"矧余情之含瘁,恒睹物而增酸"④,以及诗作中的"载离多悲心,感物情凄恻"⑤、"悲情触物感,沉思郁缠绵"⑥、"感物百忧生,缠绵自相寻"⑦、"踟蹰感节物,我行永已久"⑧等等,都是情物对举、交感共振,恰好成为审美感兴发动的表征。

陆机及其同时代的人的审美经验在刘勰《文心雕龙》一书中得到

---

① 见《离骚经序》,《四部丛刊》本《楚辞》卷一。
② 见《四部丛刊》本《陆士衡文集》卷二。
③ 《思归赋》,同上书卷二。
④ 《感时赋》,同上书卷一。
⑤ 《赴洛二首》其二,同上书卷五。
⑥ 《赴洛道中二首》其一,同上书卷五。
⑦ 《赠尚书郎顾彦先二首》其一,同上书卷五。
⑧ 《拟明月何皎皎》,《四部丛刊》本六臣注《文选》卷三〇。

初步的理论总结。《明诗》篇云:"人禀七情,应物斯感,感物吟志,莫非自然。"这里所说的内在于人的"七情",显然不同于《乐记》里"生而静"的先天之"性",而属于"感于物而动"的"性之欲",是经过现实人生一度感兴后的心理体验,于是"七情""应物"便构成了审美的二度感兴,而"感物吟志",发为诗歌创作,自是顺理成章的事。《文心》中谈到"情""物"关系的地方很多,像"情以物兴""物以情观"①、"物以貌求,心以理应"②、"目既往还,心亦吐纳"、"情往似赠,兴来如答"③,实际上皆是就审美感兴而言的。以后萧绎《金楼子·立言篇》所讲的"内外相感",宋苏洵《仲兄字文甫说》提出的"风水相遭"④,苏轼《琴诗》中的"指""琴"之喻⑤,也都是循着这个思路下来的。明人李梦阳在《梅月先生诗序》一文中更把这个论题展开了。文章开首说到:"情者,动乎遇者也",并谓"遇者,物也;动者,情也",这似乎是认同于一般的"物感"说。但讲到后来,却归结于"天下无不根之萌,君子无不根之情,忧乐潜之中,而后感触应之外,故遇者因乎情,情者形乎遇"⑥。这就是说,在审美活动中,"忧乐潜之中"是更为根本的,有了内心的郁结,才会生发出外在的感触,所以"情"成为"遇"(所感触物象)的凭藉,而"遇"则是"情"的表现。这样一来,"情"与"物"的关系恰恰倒转过来,不是物感而后情动,却成了情借物象以自现了。其实,不管是一度感兴或二度感兴,都建立在心物交感的基础之上,主客体之间本无先后本末之分。但依据传统的理念,一度感兴的主体乃是"生而静"的"性",故物动而后心动是合理的;到了二度感兴即"发愤抒情"的阶段,内在的郁结必须转化为外在的意象,于是心动较之物感就显得更为根本。李梦阳的见解意味着我们的先辈对于审美感兴的特质有了更深刻的认识,二度感兴便也从一度感兴中确

---

① 《文心雕龙·诠赋》。
② 《文心雕龙·神思》。
③ 《文心雕龙·物色》。
④ 见《四部丛刊》本《嘉祐集》卷一四。
⑤ 见《四库全书》本《东坡诗集注》卷三〇。
⑥ 见《明代论著丛刊》本《空同先生集》卷五〇。

然分立出来了。

以上解说了审美感兴的生成动因和建构方式,从而揭示出由一度感兴向二度感兴转化的关节,剩下一个问题还须稍作解析。有一种观点认为,人的实生活感受与审美感兴之间的差别,主要在于所感发的对象不同,即前者属社会人事,而后者为自然景物。这个说法似是而非。不错,产生人的实际生活感受的,大半属于社会人事,因为人总是活动在一定的社会环境里,各种社会事象对于人的心灵的刺激亦较为直切,但这并不排斥自然界的因素(尤其是灾变)直接干预人的生活,给人带来现实的生命体验。所以笼统说实生活感受来自社会人事,是片面的。另一方面,自然景物经常对诗人的感兴起激发作用,自然物象似乎天然地适合于古典诗词寄托情怀,这也是不争的事实,但依然不全面。杜甫在其《观公孙大娘舞剑器行》一诗的小序中,谈到张旭因观赏公孙大娘之舞,"自此书法长进,豪荡感激"[1]。潘之淙《书法离钩》中也说到"张旭见担夫与公主争道……而悟草法"[2]。郭若虚《图画见闻志》里更记述了画圣吴道子看将军裴旻舞剑后画兴大发,一气挥成东都天宫寺鬼神壁画的故事[3]。这一类兴感的发动皆非来自自然景物。文学创作中感兴的生发就更为复杂了,屈原借男女情爱说君臣遇合,左思借咏史以咏怀,白居易从琵琶女的沦落致慨于本身的遭贬谪,李贽甚至认为《水浒传》的作者是假借梁山好汉的故事以寄托自己的一腔孤愤[4],即所谓"夺他人之酒杯,浇自己之垒块"[5],这里起感发作用的不都属于社会人事吗?可见一度感兴与二度感兴的分野并不在于感发对象的类别,根底上源于感发性质的不同,即主客体双方结成实用性功利关系还是超乎实用的审美关系,这也是区分审美感兴与非审美感兴的根本性标志所在。

---

[1] 见中华书局版《杜诗详注》卷二〇。
[2] 见《四库全书·子部·艺术类》。
[3] 同上。
[4] 参看《忠义水浒传序》,明万历刻本《李氏焚书》卷三。
[5] 《焚书·杂述·杂说》。

三、虚静、神思、兴会——审美感兴活动的基本环节

我们还要就审美感兴活动的过程作进一步论析。依据中国诗学传统的提示,这一活动的进程主要地是由"虚静"、"神思"、"兴会"几个环节构成的,现分别加以考述。

(一) 虚静

"虚静"的概念源于先秦道家。《老子》书中有"致虚极,守静笃,万物并作,吾以观复"的话①,可以看作为"虚静"说的源头。"虚静"是什么意思呢?《老子》三章说到:"圣人之治也,虚其心,实其腹……常使民无知无欲,使夫智者不敢为也。"撇开其中可能存在的愚民倾向不论,"虚"就是要做到"无知无欲",即排除各种智能和欲求,使心灵呈现为空明的状态。《老子》书中还说:"道常无为而无不为,侯王若能守之,万物将自化。……不欲以静,天下将自正。"②可见"静"就是要"无为","无为"了才能"无不为",这种"无为"并非真的什么也不干,而是指循其自然,任其自化,不要刻意营求。合而观之,"虚静"指的是一种无知、无欲、无求的心理状态,进入这种状态,就有可能透过万物纷生的杂乱景象,而把握到宇宙运行周而复始的根本原理。"观复"的"复"实际上便是"道"的别称,"虚静"以"观复",表明这正是"体道"的境界,实现了最高的人生修养。故而先秦道家竭力鼓吹"虚静",老子的"涤除玄鉴"、庄子的"心斋""坐忘"诸说,其实都是"虚静"主张的发挥。与此同时,荀子亦有"虚壹而静"之说③,但那是指平心静气、专神致志,是求知的态度和方法,跟老庄的"体道"不是一路。

将"虚静"说正式引入文艺创作领域的,是齐梁间的刘勰。在他之

---

① 见《老子》十六章。
② 《老子》三十七章。
③ 见《荀子·解蔽》。

前,宗炳论画已有"澄怀观道,卧以游之"之说①,"澄怀"有"虚静"的寓意,但未用这个字眼。刘勰则公然标举"陶钧文思,贵在虚静,疏瀹五藏,澡雪精神"②,把"文思"的调理同"虚静"心态的培植联系起来了;其"疏瀹五藏,澡雪精神"的提法亦来自老庄③,确含有"涤除玄鉴"、使心地空明的意味。但刘勰本人是儒家学说的宗奉者,《文心雕龙》又是一部有关文章作法的书,所以标举"虚静"心态之后,紧接着便用"积学以储宝,酌理以富才,研阅以穷照,驯致以怿辞"来补充申说"陶钧文思"的条件,这显然同老庄的"无知"、"无欲"、"无为"的要求相距甚远,而转向了荀子"解蔽"的路子。可以说,"虚静"说在刘勰手里并未充分发挥其潜力。

真正继承并发展了老庄"虚静"精神的,是六朝时期的佛门弟子。佛教以虚空为万物的本性,视"涅槃"为人生至境。故僧肇《涅槃无明论》云:"夫众生所以久流转生死者,皆由著欲故也。若欲止于心,则无复于生死。既无生死,潜神玄默,与虚空合其德,是名涅槃矣。"又云:"夫至人虚心冥照,理无不统。怀六合于胸中,而灵鉴有余;镜万有于方寸,而其神常虚。至能拔玄根于未始,即群动于静心,恬淡渊默,妙契自然。"④把"止欲"、"息动"以跻于"与虚空合其德"作为追求目标,较之道家的"无为而无不为",似又深入一层。至此,老庄学说中的"应帝王"色彩始剥落殆尽,"虚静"便成了纯粹超越性的精神境界。当然,这只是佛门修炼的境界,与审美尚无关涉。

唐代佛教大盛,释子与诗人的交往也日见增多,"虚静"说更由佛门转销而再次应用于诗歌创作。德宗时权德舆与僧灵澈唱和,著《送灵澈上人庐山迴归沃州序》,盛赞"上人心冥空无而迹寄文字","其心不待境静而静","深入空寂,万虑洗然",故所作"语甚夷易,如不出常境,而诸生思虑,终不可至"⑤,初步揭示了"虚静"心境对于诗境生成

---

① 见《宋书·宗炳传》。
② 《文心雕龙·神思》。
③ 见《庄子·知北游》:"老聃曰:汝齐戒疏瀹而心,澡雪而精神。"
④ 见《中国佛教思想资料选编》第一卷,中华书局1981年版,第157、162页。
⑤ 见中华书局本《全唐文》卷四九三。

的重大意义。稍后,刘禹锡在《秋日过鸿举法师院便送归江陵序》一文中,就此更加以发挥道:"梵言'沙门',犹华言'去欲'也。能离欲则方寸地虚,虚而万景入,入必有所泄,及形乎词。词妙而深者,必依于声律。故自近古而降,释子以诗名闻于世者相踵焉。因定而得境,故翛然以清;由慧而遣词,故粹然以丽。"①这段话就把讨论的问题展开了:心地能虚能静的关键在于"去欲",也就是摆脱实用性功利关系的束缚;摆脱了这层关系,心灵空彻明净,才能向审美对象开放,以引发诗的感兴。"因定而得境"的"定"便是"静",静到无为无求,始能进入审美境界;"由慧而遣词"的"慧"并非在世的小聪明,而是超世的大智慧,能懂得离欲虚心以作超越性的追求,掌握诗歌艺术便也不在话下。这里表现出来的"虚静"观,已经完全脱开了荀子求知解蔽的套路,而跟诗歌审美感兴活动的超越功能紧相联系了。其后苏轼流传甚广的诗句:"欲令诗语妙,无厌空且静。静故了群动,空故纳万境"②,实亦是这种审美虚静观的一脉相承。

从上面的论述可以看出,由老庄"虚静"说演化而来的审美虚静观倡扬的是一种"去知"、"去欲"即非名理、非功利的审美态度,树立了这种心态,人才有可能从实生活境界转向审美境界。因此,"虚静"可以说是诗歌审美生命发动的前提,因亦构成审美感兴活动的准备阶段,或可视以为进入审美的必由门户。这里需要提请注意的是,有一种意见将"虚静"与"发愤"对立起来,以为"发愤"便不能"虚静","虚静"则不会"发愤",两者不并立,于是只好将它们归属于两类不同的创作心态,而"虚静"也就失去了其普遍的效应。其实,如上所述,"发愤"讲的是创作动力来自郁结于心的实生活感受,"虚静"则关系到审美感兴发动时的具体心态,两者本不在一个层面上,也就无所谓相冲突、不并立的困难了。质言之,诗歌审美活动正是要将人的内在生活激情提升为超越性的生命体验,所以"发愤"和"虚静"不但可以统一,且必须得到统一。于此更可联系到西方美学中有所谓"距离"说,主张

---

① 上海人民出版社校点本《刘禹锡集》卷二九。
② 《送参寥师》,《四部丛刊》本《集注分类东坡先生诗》卷二一。

艺术家跟实际人生之间拉开一定的心理距离,便于进行审美观照,取向上颇与"虚静"说相通。不过我们的"虚静"说渊于老庄哲学,根本上属于"体道"的心境,其最终目的亦是要将人带入"道"的境界,这又远非"距离"说所能包容的了。

(二) 神思

由虚静的心态引发审美感兴,到感兴心理活动的持续开展,便进入"神思"。"神思"的名称最早见于三国时韦昭《吴鼓吹曲辞·从历数》中的"聪睿协神思"句①,即指精妙的艺术构思。后来宗炳《画山水叙》谓"万趣融其神思"②,亦是指艺术思维包融万有。至刘勰《文心雕龙》一书,更立专篇系统讨论"神思",而在这之前,陆机《文赋》已就此问题展开论述而未立"神思"名目。

"神思"的内涵究竟包括哪些方面呢?刘勰用"神与物游"一语作概括,确实抓住了它的核心。这里的"神"指审美主体,即艺术家的心灵;"物"指审美对象,即心灵所感受的物象;"游"则用以标示审美主客体之间的关系,是一种相融相摄、周流往复的活动功能。正因为处在"游"的关系之中,作为审美主体的"神"便不是恒定不变的,它可以"寂然凝虑,思接千载;悄焉动容,视通万里"、"登山则情满于山,观海则意溢于海"③,充分显示出其主观能动性和创造性。同样,处在"游"的关系中的"物"也并非死物、静物,它在神的调动下纷陈杂错、变幻莫居,所谓"诗人感物,联类不穷,流连万象之际,沉吟视听之区"④,这样的"物"自然不限于眼前的实物,而是艺术运思中的物化意象,它才是通常所讲的审美感兴的对象。"神"与"物"之间的相互作用构成了心物交感,但不是一般意义上的交会,而常呈现为持续运动方式的"游",《物色》篇以"写气图貌,既随物以宛转;属采附声,亦与心而徘徊"来加形容;并且在这种周流往复的交互作用之下,审美主体与客体均得

---

① 见中华书局版《先秦汉魏晋南北朝诗·魏诗》卷一二。
② 《画论丛刊》,人民美术出版社1962年版,第1页。
③ 《文心雕龙·神思》。
④ 《文心雕龙·物色》。

到不断的提升,亦即《文赋》中说到的"情曈昽而弥鲜,物昭晰而互进"。而到了"神"与"物"完全打通、融为一体之时,则文思已然成熟,便可以"笼天地于形内,挫万物于笔端"、"函绵邈于尺素,吐滂沛乎寸心"①,一气生成式地将内在的审美感受宣发于辞章了。这就是"神思"一说的基本内容,虽然其所涉及的具体问题尚多。

对"神思"作了简要阐释后,我们可以发现,"神思"与审美感兴属于同样性质的活动,二者都建立在心物交感的基础上,且皆为超越性的精神活动。稍有不同的是,"感兴"作为生命的感发,词义重点似乎落在感触、发动上面,而"神思"作为"神与物游"的运思方式,则必然有一个持续发展的过程。但这个界限是很不分明的,因为艺术家的审美生命一经感发,便立即进入持续运行之中,而且运行中的"神与物游",也依然是心物之间的继续感发和不断感发,所以并不能将感兴和神思截然分开。再就"感兴"的涵义来说,正如"兴"之一词可以兼指"起情"和"所起之情","感兴"连用也包括了审美体验的发动和由发动而生成的审美体验两层意思,两者互通。而若我们更侧重于从生成的审美体验来理解"感兴",并将感发生成视以为持续发展、不断深化的过程,则"神思"亦可包含在感兴的范围内,它就是感兴的持续开展方式。

由此也可说明"神思"的概念并不等同于现代人所说的"艺术想象"或"形象思维"。作为艺术创造的心理活动,想象无疑要在"神思"中占据重要位置,这从陆机和刘勰的论述里都反映得很鲜明。但"神思"不仅有想象,还有感知、情感、直觉、领悟乃至掌握语言表达技巧的能力,是一种综合性的心理活动方式,较之艺术想象要复杂得多。"神思"更不能混同于"形象思维",后者是被当作与逻辑思维相并列的思维形态提出来的,实质上仍然属于认知世界的手段,其哲学基础为反映论,而"神思"立足于心物交感,属审美体验的方式,其理论前提乃是生命论。可见同样是艺术创造的心理活动,从不同的观念上予以把

---

① 陆机《文赋》。

握,就会凸显其不同的品质与姿态,这是我们研究传统诗学所不可忽略的。

(三) 兴会

审美感兴在虚静心态中酝酿、发动,经神思的运行不断深化,达到其巅峰状态,便称之为"兴会"。"兴会"的"兴"指"情兴","会"即会合、相遇,故"兴会"乃情兴所会或情兴所到。日常用语中讲"兴会",多指兴到之时,如《世说新语·赏誉下》记述王恭与王建武原有交,后虽生嫌隙,"然每至兴会,故有相思时"。文学用语中的"兴会"则标举一种文思勃发、灵性高扬的状态,如沈约《宋书·谢灵运传论》称赏"灵运之兴会标举",颜之推《颜氏家训·文章篇》主张"文章之体,标举兴会,发引性灵"。但首先在文艺领域内论及"兴会"的,尚非沈、颜二人,而是晋代陆机,其《文赋》中谓为"应感之会",实即"兴会"。

"兴会"是怎样的一种心理状态呢?《文赋》临近结尾处有一大段集中的描述,每为人所称引。就这段描述看来,兴会应是诗歌艺术生命发动的高潮,到了这个境界,天机骏利,无往不达,所谓"思风发于胸臆,言泉流于唇齿"、"文徽徽以溢目,音泠泠而盈耳",真是文思腾涌、挥洒自如;而一旦退潮,便会"六情底滞,志往神留,兀若枯木,豁若涸流",再也找不回那样的灵机了。据此,《文赋》总结了兴会的几个特点:一是"来不可遏,去不可止",即偶发性;二是"藏若景灭,行犹响起",即瞬时性;归总起来则"虽兹物之在我,非余力之所勠",也就是非自觉性(非人力所能营构)。这几个特点多为后来论家首肯,无怪乎陆机最终要感叹"吾未识夫开塞之所由也"[①]。

那末,对兴会就真的一点办法也没有了吗? 是又不然。我们的先辈从自己的艺术实践里提炼出"伫兴"、"养兴"、"触兴"等方法,作为引发兴会的手段。"伫"即等候,兴会未到时不要性急、勉强,要耐心等待。梁萧子显《自序》中述及自己"每有制作,特寡思功,须其自来,不以力构"[②]。唐王昌龄《诗格》也谈到:"看兴稍歇,且如诗未成,待后有

---

① 均引自陆机《文赋》,《四部丛刊》本《文选》卷一七。
② 《梁书》卷三五《萧子显传》。

兴成,却必不得强伤神",还说:"凡神不安,令人不畅无兴,无兴即任睡,睡大养神"、"睡觉即起,兴发意生"①。这都是说的仼兴。"养兴"指对兴会的培养,较之仼兴似更要积极一些。《文心雕龙》设《养气》一篇,宣扬"吐纳文艺,务在节宣,清和其心,调畅其气,烦而即舍,勿使壅滞。意得则舒怀以命笔,理伏则投笔以卷怀,逍遥以针劳,谈笑以药倦,常弄闲于才锋,贾余于文勇,使刃发如新,凑理无滞",实际上便是指的养兴。王昌龄《诗格》里的"养神",亦含有养兴的意味。清人王昱《东庄论画》云:"未作画前,全在养兴。或睹云泉,或观花鸟,或散步清吟,或焚香啜茗。俟胸中有得,技痒性发,即伸纸舒毫;兴尽斯止,至有兴时续成之,自必天机活泼,迥出尘表。"②这就谈得更为全面了,虽云论画,亦通于诗艺。再看"触兴",意指借外在物象以触发和感召自己的兴会。郭若虚《图画见闻志》记载了五代时画家景焕一次触兴作画的逸闻:"焕与翰林学士欧阳炯为忘形之友。一日,联骑同游应天,适睹(孙)位所画门之左壁天王,激发高兴,遂画右壁天王以对之。二艺争锋,一时壮观。"③前引张旭见担夫与公主争道而悟草书法则,吴道子观将军裴旻舞剑而画兴大发等,皆为触兴的表现。触兴与养兴亦难以截然分割,睹云泉、观花鸟、散步清吟、焚香啜茗之时都有可能触兴。不过触兴似更偏重于动态的感触,与养兴的注重静养稍有不同,所以清人归庄要强调指出:"夫兴会,则深室不如登山临水,静夜不如良辰吉日,独坐焚香啜茗不如高朋胜友飞觥痛饮之为欢畅也。于是分韵刻烛,争奇斗捷,豪气狂才,高怀深致,错出并见,其诗必有可观。"④

综观上述仼兴、养兴、触兴几种招致兴会的方法,可以认识到,兴会的酝酿首先需要有安定的心神,也就是前面所说的虚静心境,而焚香啜茗、散步清吟等正是为了培养虚静心境。其次,兴会的产生有赖

---

① 见《诗格·论文意》,《全唐五代诗格校考》,陕西人民教育出版社1996年版,第141、147页。
② 《画论丛刊》,人民美术出版社1962年版,第260页。
③ 《四库全书》本《图画见闻志》卷六。
④ 《吴门唱和诗序》,《归庄集》,中华书局1962年版卷三。

于外界物象的感发,所以观赏自然景物、艺术作品、社会事象乃至参与友朋交往、诗艺斗胜等均足以激发灵性。虚静的心境和在此基础上出现的心物交感,是生成兴会的基本条件,其原理与审美感兴并无二致,可见兴会即属于审美感兴,它是审美感兴上升到白热化的那个极点。正因为是极点,它与神思也就有了区分:神思的"神与物游"往往呈现为盘旋上升的持续运动,而兴会则只是刹那间一纵而逝的事,故亦可将兴会视以为神思的高潮阶段,就心理状况而言,大致相当于近人所讲的"高峰体验"。

作为整个审美生命活动的高峰,兴会不同于神思那样多停留于与物象的盘游周旋,它是"神"的境界,通常讲"兴会神到"正表明了这一点。大诗人杜甫对此深有体会,经常用"神"来形容诗兴高扬的状态,如"读书破万卷,下笔如有神"①、"感激时将晚,苍茫兴有神"②、"醉里从为客,诗成觉有神"③、"挥翰绮绣场,篇什若有神"④、"挥洒动八垠……才力老益神"⑤、"草书何太苦,诗兴不无神"⑥等等,也便是皎然所云"意静神王,佳句纵横,若不可遏,宛如神助"的意思⑦。"神"在这里并非真指神灵,而是表示诗兴发动的神妙莫测。"神"的另一层涵义乃物象内在的神理和主体内在的精神。从这个意义上讲"神到",意谓主体之"神"与物象之"神"的交会,故亦称"神会"或"神遇"。考"神遇"一词早见于《庄子·大宗师》,"神会"则由宗炳《画山水叙》中"应会感神,神超理得"二句概括而来。王昌龄《诗格》始有"神会于物,因心而得"的说法⑧,皎然《诗式》亦谈到"于其间或偶然中者,岂非神会

---

① 《奉赠韦左丞丈二十二韵》,中华书局版《杜诗详注》卷一。
② 《上韦左相二十韵》,同上书卷三。
③ 《独酌成诗》,同上书卷五。
④ 《八哀诗·赠太子太师汝阳郡王琎》,同上书卷一六。
⑤ 《寄薛三郎中璩》,同上书卷一八。
⑥ 《寄张十二山人彪三十韵》,同上书卷八。
⑦ 见《诗式》卷一"取境"条,《全唐五代诗格校考》,陕西人民教育出版社 1996 年版,第 210 页。
⑧ 《诗格》卷中"诗有三思"条,《全唐五代诗格校考》,陕西人民教育出版社 1996 年版,第 150 页。

而得也"①，都是讲的主体精神超越物象而把握其内在神理，是一种"象忘神遇"的境界②。到达这个境界，则己之"神"与物之"神"合为一体，状物即所以写心，于是提笔操觚，七纵八横，无不如意了。苏轼《书晁补之所藏与可画竹三首》其一云："与可画竹时，见竹不见人。岂独不见人，嗒然遗其身。其身与竹化，无穷出清新。庄周世无有，谁知此凝神。"③说的就是这个境界。他自述创作经验，有所谓"随物赋形"之说，实质上也是指掌握了物象的内在神理，故可"常行于所当行，常止于不可不止"④。于此看来，兴会的神妙莫测亦并非全然无可测度，"神妙"正是建立在"神会"的基点上的，而如何从神思阶段的"神与物游"进升到"象忘神遇"，这才是审美感兴的终极目标，也便是诗歌审美生命发动的圆成。

总起来说，审美感兴由确立超越性的审美态度为肇端，经心物交感、"神与物游"而不断深化，最后实现"神会于物"而进入兴会淋漓的状态，这就是它的全过程。虚静、神思、兴会在这一生命发动进程中各自占据不同的位置，因而构成审美感兴活动的几个基本的环节，必须合而观之，才能对"感兴"说有一全面的理解。

四、走向感兴论诗学与美学

依照上面的论述，中国诗学传统对于诗歌生命发动的认识，有一个逐步演化的过程，即由最初混沌地讲心物交感，演变为注意到双向交流中的再度感发，更进而对审美感兴的过程、特点、主客体关系及组成环节予以深入地考察，其内涵渐趋丰富，形态也愈益完整，终于形成别具一格的感兴论诗学和美学。研究这一感兴论的传统，对于我们今

---

① 《诗式》卷五"立意总评"条，《全唐五代诗格校考》，陕西人民教育出版社1996年版，第321页。
② 见皎然《奉应颜尚书真卿观玄真子置酒张乐舞破阵画洞庭三山歌》："盼睐方知造境难，象忘神遇非笔端。"《四部丛刊》本《皎然集》卷七。
③ 见中华书局1982年版《苏轼诗集》卷二九。
④ 见《自评文》，中华书局1986年版《苏轼文集》卷六六。

天的理论思维建设有什么意义呢？

应该看到，这种别具一格的感兴论诗学观与审美观，是与我们民族特有的"天人合一"的思想理念和思维方式紧相关联的。"感兴"说将诗性生命的发动归因于"心物交感"，"心物交感"的依据便在于天人同源，即认为天地万物包括人的心灵皆由"一气化生"，而"气"的分化与交会则造成天人、物物以及心物之间的种种感应，审美感兴亦属于这类感应。心物交感有不同类型，实用世界里带功利性质的冲突与调协的心理感受属一类，审美乃至"体道"时的超越性精神活动属另一类。人生在世，其实际生活感受的积累是无可避免的，而若想越出自己狭小的利益圈子，对生命的本真意义重加审视，那就必然要将心头的郁结以审美的方式予以释放，也就是进入审美感兴。审美感兴所要发动的诗性生命，是解除了一己当下利害关系的本然的生命，它渴求回归生命的本源，即作为生生不已的大化流行的宇宙生命——"天"。通过虚静、神思、兴会诸环节，审美感兴活动的功能也正是要将审美主体的心灵逐步提升到与周遭物象的内在神理相贯通的境界，这样的物我同一实即"天人合一"，因为其间贯串着个体小生命与宇宙大生命的交感共振，而个体生命便也在这向着"天人合一"境界的复归里找到了自己的精神家园。由此看来，审美是一种超越，同时也是还原：超越功利的自我，还原于本真的自我；超越主客二分，还原于天人合一。这并不意味着我们要否定和取消功利性活动和在功利活动中采取主客二分态势的必要性，只是说，感兴论诗学为我们开拓了一条由审美以超越自我并复归于"天人合一"的道路值得重视，它集中体现了东方民族的生命意识和诗性智慧。

与"感兴"说相比照，西方自古以来的文艺学传统是摹仿说，相沿而为再现说和反映论。但不管叫摹仿自然也好，再现生活也好，反映现实也好，其实都是将文艺当作认知世界的手段，而作家的职责便是给面对的各种事象写真。这可以称之为以知识论为取向的文艺理论，有别于我们传统中以生命发动为宗旨的诗歌美学。知识论和生命论哪一个更合理呢？应该承认，知识论亦自有其价值，因为人的生命体验中本来就含有认知的成分,文艺作品(尤其是写实的戏剧、小说)确也能帮助人们认识世界,不能一概抹杀。但就总体而言,用生命体验来概括文艺的本性似更全面。我们常说:文学是人学。这是什么意思呢?这不仅意味着文学作品是写人的,更其重要的是,文学是人写的,是人写给人看的。人凭什么来写文学?凭靠的就是他的生命体验,就是要通过文学创作来传达自己的生命体验并藉以感发他人的生命体验。当然,光有生命体验,未必能成为好文学,还要讲求传达的技巧;而若没有或缺少生命体验,那一定不能成为好文学,甚至不成其为文学,至多也只是以假乱真的艺术赝品。所以从生命体验生成与发动的角度来把握诗歌艺术自身的生命力,当不失为比较合理的尝试,这也正是"感兴"说理论价值之所在。

然则,西方学界还有没有类似我们这样的生命论取向的诗学主张呢?有的。至少从十八、十九世纪的浪漫主义文艺思潮开始,经尼采、柏格森、狄尔泰诸人的生命哲学和意志哲学,以至当代海德格尔等为代表的存在主义哲学与美学,都具有高扬生命体验和审美体验的倾向,某种意义上和我们的传统诗学同趋,但两者之间亦有重大的分歧。我们的理念立足于"天人合一",故从心物交感谈诗性生命的生成与发动,并将审美的超越归结为向宇宙生命的复归。西方理念的出发点是个体本位、主客二分,于是诗人的体验多来自天才、灵感的激发或生命意志的扩张,而文艺创作也就成了纯粹的自我表现。两相比照,西方生命论诗学在发扬个体生命的主观能动性(如天才、激情、意志、想象等)方面,似较为胜长,但因缺少"天人合一"理念的支撑,则不仅生命体验的发动有类于无源之水,其归趋更难以落实。如果说,浪漫主义时期的诗人还常将超越的自我投向上帝的怀抱,以构建其诗学及诗歌创作中的"形而上"层面的话,那末,当尼采宣布"上帝死了"之后,审美生命活动的归趋便只能是自我意志、生命原欲、生存选择之类非理性意识的膨胀,往往貌似强悍,实则漂浮无根,终难找到切实可靠的家园。这一点上我们的传统或可资以借鉴。

这当然不是说我们的感兴论没有自身的缺陷。且莫说古典诗学

因其逻辑形态的疏散而不易探索它的理路,即以基本观念而言,古代"感兴"说亦有明显的不足,主要表现为以下几个方面:

首先,感兴论诗学整个地建立在心物交感的基础之上,而心物交感是以天人、物我同源为依据的,作为宇宙生命原质的"气"沟通了天地万物,气化运行便是心物交感的来由。用这个道理来说明感兴的生成,自有其理论思辨力,但这只是形而上的哲思,而非对心物交感作用方式的科学论证。由此我们想到西方现代审美心理学用移情、内模仿、格式塔诸说来解释审美过程中的心物同构现象,有比较切实的考察与分析,但西方人的基本理念是主客二分,故执着于主客异体、心物异质,同构只能在形式层面上进行,这就不如我们用生气、生意、生理作通贯来得圆融。能否以我们的生命论为底子,从内在生命感通的需求出发,来吸取、运用现代心理学的成果,将心物交感的原理推进一步呢?

其次一点,即前面曾经谈到的,尽管我们的先辈在审美经验上有丰富的积累,而对于诗性生命发动中二度感兴(审美感兴)与一度感兴(实生活感触)的界分,始终不够明晰。"知人论世"常被用为从作者经历的实事中去直接推考其作意,于是审美的超越性多被忽略了,诗歌审美与政教功能的分化亦难以实现。这自然跟我们民族的生存方式有关。作为宗法式农业社会里的中国人,小农经济、家族关系和大一统的集权政治是牢牢包裹着人们生活的三重网络,它迫使人们究心实在,而无暇去作过于超远的玄思。中国人在人生态度上有入世(淑世)与出世(避世)之分,但生存方式上却大多将实用世界与灵性世界搅合一起。儒家重视道德实践,讲求纲常伦理,这本来属于实用世界之事,而儒者却将其上升为"天理",以为安身立命之道。佛门弟子皈依空门,念佛修行,这原是内心的信仰、超世的追求,却又往往同降福消灾、果报来生的现实祈愿相结合。"道不离器"、"体用一源"解除了西方人固有的"此岸世界"与"彼岸世界"的悬隔,但"形上"与"形下"的混杂则使得哲思、审美之类超越性的精神追求未能得到独立而充分的展示,这也是造成传统感兴论诗学与美学在理论思维上见得薄弱的重要原因。

末了要看到，审美感兴活动的最终目的是要将审美者引入"天人合一"的境界，而依据传统的理念，其实质是"以人合天"，让"天"吞并了"人"。儒家虽肯定人为万物之灵，有参赞天地、辅育万物的职能，却又将人的活动限定为奉行和实现那亘古不变的"天道"（即纲常伦理）；道家更是采取天道自然无为之说，"以人合天"便完全消解了人的能动性。感兴论美学观受老庄哲学影响很深（如虚静、神遇诸说皆来自老庄），不免处处带上这种静观无为的色彩，大大降低了生命感发的原创精神与力度。其实，"天道"是有为与无为的统一。就其创化万物、生生不已的功能而言，属有为（故《易》云"天行健"）；而就其遵循自然、依自不依他的活动方式而言，则又可称无为。人与天的关系也是这样：个体小生命需要融入人类群体生命以及宇宙大生命活动中以求得交感共振，而个人的主动性亦不容抹杀。我以为，我们不妨吸取西方生命论美学中张扬个体生命创造力的合理因素，以之与"天人合一"的理念相融和，从而在天人、群己乃至有为与无为之间构筑起一种张力，使之互涵互动，或许更能体现人对宇宙万物参赞辅育的职能。

感兴论诗学和美学出自我们民族的古老传统，但它的意义没有成为过去，也未必仅限于我们这个民族。从人的本真的存在方式，即"天人合一"状态下的生命发动来把握诗性思维的建构原则，看来是一条打开艺术创造活动的奥秘之门的通道。但传统观念里的杂质须加剥离，传统的思维形态须作提炼，而中西诗学观、美学观以至哲学观的相互撞击与交会，可能是改造与出新传统的有效途径。所以我们不能停留于清理、总结既有的成说，还需要努力走向感兴论的新阶段，也就是建设具有当今时代精神及未来发展远景的感兴论诗学和美学。希望这能为今后的理论研究开辟远大的航程！

释"诗可以兴"
——论诗性生命的感通作用

"诗可以兴"是"诗兴"论的有机组成部分,其感发生命的作用与通常所讲的"因物兴感"在原理上并无二致,所以人们常将其归并在"感兴"说的大题目下叙说。不过细细推敲起来,"因物兴感"讲的是诗歌创作的发生,而"诗可以兴"则关联到诗歌作品的功能,一为"诗兴"的引发,一为"诗兴"的归趋,二者应用范围不同,涉及的问题自有差异。这便是为什么本书在专题讨论"感兴"问题之后,还要尝试对"诗可以兴"下一番阐释工夫的缘由,这里将尽量避免重复前篇已经谈过的话头。

一、"兴"义溯源

"诗可以兴"的命题出自孔子给其门人弟子所作的教言,是孔子对于"诗三百"的社会功能的一种提示,后世多有引申发挥,以之为诗歌艺术的普遍功效。那末,在孔子之先,有没有以"兴"来标示诗歌之类艺术活动的社会功能的呢?这就要追溯到"兴"的初始涵义了。

考"兴"字在甲骨文里写作𦥑,其中的𠂇为"手",𠙴乃"凡",即"槃"(盘)的初文,故"兴"字"象四手各执盘之一角而兴起之";又甲骨文里"兴"的写法更有在𠙴下增口的,"则举重物邪许之声也"①。为

---

① 均见商承祚《殷契佚存考释》第62页,李孝定《甲骨文字集释》第829页所引,台湾中研院历史语言研究所1960年版。

什么要众手执盘上举呢？原来"盘"在古代是一种礼器，多作祭祀供享之用。《周礼·天官·凌人》中有"大丧共夷盘冰"一语，郑玄注曰："汉礼器制度，大盘广八尺，长丈二尺，深三尺，漆赤中。"①近人马叙伦亦云："盘者，丰之形大者，并盛饮食之器。"②可见"兴"作为众手举盘，实为古代祭礼活动中的仪式，甲骨卜辞常用"兴"某人指称祭享某人即本于此。另据郭沫若的考释，"盘"又有盘旋、盘游之意③，陈世骧引入其《原兴：兼论中国文学的特质》一文中，推断"兴"也包含盘旋、盘游的动作成分，加上𦥑下的口表示呼叫，则"兴"不仅意味着上祭时的礼仪，同时包括祭祀活动中的歌舞表演在内④。按诸《周礼·地官·乡大夫》中述及的乡射之礼，其五项礼事之一名曰"兴舞"，以及《周礼·地官·舞师》所谓"凡小祭祀，则不兴舞"⑤，足证"兴"与祭祀、乐舞之间确有着某种内在的联系。据此，群体性的举盘牲、旋游、呼叫构成"兴"的初始涵义的基本内容，这正是上古时代乐舞用于祭礼活动的真切写照，因亦是"兴"的内涵之所由来了。

然则，祭祀中的乐舞活动究竟具有什么样的重要功能呢？《尚书·尧典》的一则记载对此问题作了简要的概括：

> 帝曰："夔，命汝典乐，教胄子。直而温，宽而栗，刚而无虐，简而无傲。诗言志，歌永言，声依永，律和声；八音克谐，无相夺伦，神人以和。"夔曰："于！予击石拊石，百兽率舞。"

这段话里就乐的功能表露了这样几层意思：一、乐的直接作用在于感发生命，甚至能使"百兽率舞"⑥。二、通过生命的感发可以起到陶冶情性、培养人格的作用，这就是"直而温，宽而栗，刚而无虐，简而

---

① 《十三经注疏》本《周礼注疏》卷五。
② 见《读金器刻词》第44页，周法高《金文诂林》第1476页所引，香港中文大学1974年版。
③ 见《卜辞通纂考释》"般"、"凡"诸条，中国社会科学出版社1983年版。
④ 见《中文大学中国文化研究所学报》第3卷第1期。
⑤ 均见《周礼注疏》卷一二。
⑥ 按："百兽"有人解作图腾，即指各部族的人们共同起舞，其生命感发的作用不变。

无傲"几句话所表达的意思。三、乐舞的最终目的在于"神人以和",亦即沟通天人之际,让个体小生命得以回归于宇宙生命的大本大原,个人也就有了精神上的依托。这可以说是古人对艺术活动功能的一个初步而又较完整的表述,虽尚未能将艺术活动与宗教活动明晰地界分开来。

有关乐舞感发生命的现象,古代典籍里曾多处加以阐说。《尚书·皋陶谟》另有一段记述:"夔曰:戛击鸣球,搏拊,琴瑟以咏,祖考来格,虞宾在位,群后德让。下管鼗鼓,合止柷敔,笙镛以间,鸟兽跄跄。箫韶九成,凤凰来仪。"这里所展示的乐舞场面更为盛大,有各种乐器的伴合奏鸣,其达成的效果则不仅迎来祖先的神灵,还使得宾客、头人们雍雍熙熙地群聚一堂,"鸟兽"、"凤凰"也都来凑兴。其实,感发作用亦不单限于祭祀性乐舞,《诗·小雅·伐木》述及主人公邀集亲朋故旧来家相叙,酒酣耳热之余,奏乐起舞,从"坎坎鼓我,蹲蹲舞我"的情景中同样能感受到生命活力的洋溢,至于《楚辞》各篇经常铺写的歌舞活动则更不用说。为什么乐舞会给生命带来这样的感发呢?《乐记·乐本》篇的解说是:"凡音者,生人心者也。情动于中,故形于声;声成文,谓之音。"同书《乐化》篇亦云:"夫乐者,乐也,人情之所不能免也。乐必发于声音,形于动静,人之道也。"这就是说,乐音的生成实乃人的情感生命活动的表征,情感寄寓于声音、动作,而这声音、动作反过来又成了激发情感生命的手段。《乐记·师乙》篇还对这种感发的过程作了具体描述:"故歌之为言也,长言之也。说(悦)之,故言之;言之不足,故长言之;长言之不足,故嗟叹之;嗟叹之不足,故不知手之舞之、足之蹈之也。"这就将情感生命的感发由内心外现于言说,再由言及歌及舞的逐步演化,一一揭示出来了。这自然是歌者舞者自身的生命感发,而实际上,由聆听、观赏歌舞到自动参与歌舞,所经历的也是同样的感发过程。于此看来,"兴"作为乐舞活动中的生命感发状态,其要义还不仅仅在于躯体动作上的腾举、盘游和呼叫等,更其在这一系列动作所显示出来的情感生命的升腾与发扬,这才是"兴"之为"兴"的特质所在。

乐舞作用于人的情感生命,经过潜移默化,久而久之,便会影响人的情性。孟子有言:"仁言不如仁声之入人深也。"①他还说:"仁之实,事亲是也;义之实,从兄是也;智之实,知斯二者弗去是也;礼之实,节文斯二者是也;乐之实,乐斯二者,乐则生矣,生则恶可已也,恶可已则不知足之蹈之、手之舞之。"②这是从乐音的感发人心推论其于道德人格建树的关系。荀子认为:"夫声乐之入人也深,其化人也速,故先王谨为之文。乐中平,则民和而不流;乐肃庄,则民齐而不乱。民和齐,则兵劲城固,敌国不敢婴也。如是,则百姓莫不安其处,乐其乡,以至足其上矣。"③这又是从声乐的化民立俗来探讨其于国家治政建设的功效。到《乐记》一书更将问题深入地展开了。《乐言》篇曰:"夫民有血气心知之性,而无哀乐喜怒之常,应感起物而动,然后心术形焉。是故志微噍杀之音作,而民思忧;啴谐慢易繁文简节之音作,而民康乐;粗厉猛起奋末广贲之音作,而民刚毅;廉直劲正庄诚之音作,而民肃敬;宽裕肉好顺成和动之音作,而民慈爱;流辟邪散狄成涤滥之音作,而民淫乱。"虽不免夸大了音乐在构建人心上的作用,而指出其能将易感受的心灵塑造成特定的秉性,却是很中肯的。由此推进一步,便有"乐者,通伦理者也"的判断出现,从而导致"审声以知音,审音以知乐,审乐以知政,而治道备矣"的结论④。这一思想发展的逻辑表明,古代艺术传统里的审美从属于政教的观点,实质上来自艺术活动本于人心的理念。将人心的感发作用纳入政教的轨道,自是宗法社会礼教文明制度兴起后的产物;而从情感生命的发动进入情性与人格的培养,则仍是乐舞以兴情的题中应有之义。

由生命的感发,经情性的陶冶,便引向了生命本原的回归,这就是《乐记》里反复渲染的"天地之和"的境界了。其实荀子早已提出"乐合同,礼别异"的思想,并作了这样的阐释:"故乐在宗庙之中,君臣上

---

① 见《孟子·尽心上》。
② 《孟子·离娄上》。
③ 《荀子·乐论》。
④ 见《乐记·乐本》。

下同听之,则莫不和敬;闺门之内,父子兄弟同听之,则莫不和亲;乡里族长之中,长少同听之,则莫不和顺。故乐者,审一以定和者也,比物以饰节者也,合奏以成文者也;足以率一道,足以应万变,是先王立乐之术也。"①如果说,荀子的"和"还局限在君臣父子之类人伦关系之中,那末,《乐记》便将"和"的范畴推向了整个宇宙。所谓"大乐与天地同和"、"和故百物不失"、"和故百物同化",便是以天地化生万物的功能归因于"和",而乐则成了"和"的象征。也正因为乐代表着天地之和,故"论伦无患,乐之情也;欣喜欢爱,乐之官也",其"施于金石,越于声音,用于宗庙社稷,事乎山川鬼神","则四海之内合敬同爱矣"②。人世的和谐导源于宇宙生命的和谐,乐舞作为"和"的精神的体现,其感发人心的作用,归根结底是为了让人感受这宇宙生命的和谐,从而让个体小生命暂时地摆脱现实世界的各种羁绊,重新融入宇宙生命的大化流行中去获取精神上的动力,这就叫作"神人以和",也便是通常所说的"天人合一"的境界了。上古祭祀乐舞能叫人在迷狂的心态下达到这个境界,后世的审美鉴赏亦能使人在陶醉的情怀中领略这个境界,艺术活动之"兴"的功能原本是一脉相承的。

综上所述,在孔子提出"诗可以兴"的命题之前很久,"兴"的概念早已产生。"兴"起源于古代的乐舞祭祀活动,它标志着这一活动过程中的生命感发状态(即呈现于腾举、盘游、呼叫等形体动作中的情感生命的升腾与发扬),并意图凭藉这一感发的力量以沟通天人,而实现生命回归本原的目标指向。"兴"所昭示的这一性能并不专属于诗(诗乐舞尚属一体而未分化),甚且不纯属于艺术活动(乐舞结合巫术、宗教),但诗作为歌词亦是整个活动中的一个因子,所以追溯"诗可以兴"的来由,仍不能丢开其最初的源头,这才有可能从这一命题的历史演进中发现其偏离以至复归源头的种种印迹。

---

① 见《荀子·乐论》。又《乐记·乐化》中亦有相同说法,而结末缀以"所以合和父子君臣、附亲万民也"一句。
② 均见《乐记·乐论》。

二、"诗可以兴"的提出及其演化

现在来看"诗可以兴",这个提法初见于《论语·阳货》里的一段话:"子曰:小子何莫学夫诗?诗可以兴,可以观,可以群,可以怨。迩之事父,远之事君,多识于鸟兽草木之名。"有几点须加注意:一是孔子所谓的"诗"专指"诗三百",即后来的《诗经》,并不包括一切诗歌作品。"诗三百"在当时用为士君子的必修教材,且多从修身立人的角度进行教育,这就决定了孔子对诗的性能的取向不同于后世借诗歌以娱情遣兴。二是孔子讲到的"兴"专指诗的功能,"可以兴"谓读诗可兴起人的感悟,亦不同于"赋比兴"、"因物兴感"诸说多从创作方法或创作动因立论。孔子另有"兴于诗,立于礼,成于乐"之说①,从士君子的人格教养上谈诗的作用,倒可以拿来与"诗可以兴"相互发明。再一点,是孔子列举的诗的功能有兴、观、群、怨众多方面,且都归结到"事父"、"事君"("多识于鸟兽草木之名"只是顺带提及,显非主旨所在),那为什么要将"诗可以兴"放在首位,"兴"与其他诸功能之间的关系又是如何?这个问题此处先提一下,留待下节再作分疏。

回到"诗可以兴"的命题上来,孔子的"兴"究当作何理解呢?《论语注疏》引孔安国语云:"兴,引譬连类。"②这是最早对"兴"的涵义作出解释的,但有人认为其将"诗可以兴"的"兴"同"比兴"之"兴"相混淆了。后朱熹《论语集注》释"兴"为"感发志意"③,得到多数人的认可,而对所感发的"志意"属情感心理还是认知意向,则仍有争议,迄未达成一致。检视一下《论语》中记载的孔子说诗的范例,如《八佾》篇述及子夏问孔子"巧笑倩兮,美目盼兮,素以为绚兮"三句诗的意思,孔子用"绘事后素"(彩色要加在洁白的底子上才好看)作解答,子夏更从而引申出"礼后乎"(礼节文饰后于人的自然质性之美)的见解,大

---

① 见《论语·泰伯》。
② 见《十三经注疏》本《论语·阳货》注文。
③ 见巴蜀书社影印本《四书集注》。

得孔子赞赏。又《学而》篇言及子贡以"贫而无谄,富而无骄"的行世风度叩请孔子,孔子答以"未若贫而乐,富而好礼者也",子贡即引"如切如磋,如琢如磨"的诗句为证,孔子亦肯定其能够"告诸往而知来者"。从这些事例看出,孔门诗教的特点在于借用现成诗句以启发人们对人生事理的感悟,其达意方式与春秋时代列国士大夫交往赋诗时的"断章取义"是一个路子,可见孔安国以"引譬连类"释"兴"并不错误,它确是"诗可以兴"的具体途径。由此也可见出其所"兴"的内涵偏向于义理的领会,而不重在情感的激发(义理修养亦属人的精神生命的有机组成,况且人生事理的领悟中常带有特定的情趣在内,故不能将二者截然分割),这又跟《诗经》作为启蒙教育的手段(所谓"兴于诗")分不开。

"诗可以兴"的提出,传递了什么样的信息呢?首先意味着诗、乐的开始分离。前曾述及,在上古乐舞祭祀活动中,诗、乐、舞合为一体,"兴"的功能由整个乐舞活动产生,"诗可以兴"的命题就不会单独出现。到孔子的时代,尽管雅乐尚未失坠,诗以合乐的现象依然存在,而从西周以至春秋间的献诗、赋诗、教诗、引诗等活动中,诗脱离音乐而单独应用的情况已十分普遍,于是"诗可以兴"得以顺理成章地表述出来,这在诗学史的发展上是有着重大意义的。但就另一方面说,正由于"诗可以兴"出现在诗、乐分离之际,则诗的功能便也同乐舞有了分化。如果说,乐舞仍重在保留其兴发人的情感生命的作用,那末,脱离乐舞而被单独引用的诗,则更倾向于意理的传达,因亦具有启悟人生、修养人格的功效了,"断章取义"之所以可行也在于此。我们只要看《论语》中讨论到乐的场合,如《八佾》篇称《关雎》"乐而不淫,哀而不伤",《泰伯》篇谓"《关雎》之乱,洋洋乎盈耳哉",以及《述而》篇记孔子"在齐闻《韶》,三月不知肉味,曰:不图为乐之至于斯也",皆从情绪感受着眼,就可以明了诗与乐在孔子心目中的分野。至于上引"兴于诗,立于礼,成于乐"之说,将原本一体化的诗乐划为人格教养上的两个阶段,更可显示出孔子对诗教取义理启蒙并对乐教取情感化成(中间还有以礼教为行为规范)之别。所以,从总体上说,"诗可以兴"的提出实乃对传统的乐舞兴发功能的一个拓展,当然也构成某种偏离。由乐舞兴情到诗以启悟,体现着巫官文化向史官文化的转折,而后者尚未能充分吸纳和消化前者所蕴有的精髓。

不过就在"诗可以兴"的命题成立之时,亦即春秋战国期间"断章取义"式地引诗、赋诗、教诗、说诗之风大盛之际,乐舞兴发人的情感生命的功能却并未遭到忽视,不仅不忽视,还从理论上得到阐发与加强(见前引《荀子·乐论》、《礼记·乐记》等),且与史官文化所追求的道德人格的树立相结合,而成为原始"兴"义的另一种演化形态,这不能不对"诗可以兴"的内涵发生影响。再加上屈、宋为代表的楚辞的兴起和"发愤以抒情"的新的诗歌原则的表露①,遂使诗以兴情的特质逐渐为人所体认。到《毛诗序》用"在心为志,发言为诗。情动于中而形于言,言之不足故嗟叹之,嗟叹之不足故永歌之,永歌之不足,不知手之舞之、足之蹈之也"来表述诗兴的发动,就完全是承袭《乐论》的话头了。《毛诗序》还将诗的功能归结为"经夫妇,成孝敬,厚人伦,美教化,移风俗",并宣称"正得失,动天地,感鬼神,莫近于诗",固然与孔子讲"兴观群怨"而归宗于"事父"、"事君"并无二致,但亦看得出其较为强调诗歌的情绪感发作用,且有将政教人伦引向天人之际的意图,这都是从乐舞兴情的传统延续下来的。至此,我们可以认为,以《毛诗序》为代表的汉人诗说综合了孔子诗教与先秦乐教这两方面的内容,使得"诗可以兴"的内涵更为丰富起来,尽管其并未明确采用这一提法。

魏晋以后,个体生命的自觉意识增强,触物生情的诗歌创作原理得到确认,"诗以兴情"的观念开始深入人心。西晋傅玄《蜉蝣赋序》自陈作意云:"读《诗》至《蜉蝣》,感其虽朝生暮死,而能修其羽翼,可以有兴,遂赋之。"②这里的"兴"既是赋作的发端,而又是读诗的结晶,用以标示诗歌作品感发人心的效应是合适的,这或许是最早将诗兴的概念用于兴情的例子,虽然也包括了启人思悟的内容。傅玄另有《连

---

① 见屈原《九章·惜诵》。
② 中华书局影印本《全晋文》卷五一。

珠序》一文,称扬班固、傅毅、蔡邕、张华诸人之作"辞丽而言约,不指说事情,必假喻以达其旨,而贤者微悟,合于古诗劝兴之义"①,亦是明确肯定诗歌的兴发作用,尽管同样打上孔门诗教的烙印。与此同时,谈论诗歌兴情而不涉及义理的风气也抬头了。陆云《与兄平原书》中说到:"文章既可自羡,且解愁忘忧。"②陶渊明《饮酒二十首》诗序亦云:"既醉之后,辄题数句自娱……以为欢笑耳。"③钟嵘《诗品序》更是举"嘉会寄诗以亲,离群托诗以怨",以及"使穷贱易安,幽居靡闷,莫尚于诗"④,作为诗能娱情遣兴的明证,虽未明言"兴"字,其兴情的功效自是不言而喻。像这样撇开义理的规范,专注目于诗歌寄情、娱情或动情效应的,亦构成诗兴论中的一个流派,自六朝沿唐而下承传不绝。

然而,真正能将"诗可以兴"的命题提升到新的理论高度的,还要数宋以后的儒者文人。众所周知,宋儒的特点是特别重视人的情性修养,遂亦关注诗歌感发志意、陶冶情性的功能,"诗可以兴"的传统便由此发扬光大。宋儒论"兴",并不忽视其情感作用,理学家程颐认为:"诗者……其发于诚,感之深,至于不知手之舞、足之蹈,故其入于人也亦深,至可以动天地,感鬼神。"⑤还说:"诗发于人情,止于礼义,言近而易知,故人之学,兴起于诗。"⑥文人张耒更强调指出:"夫诗之兴,出于人之情。喜怒哀乐之际,皆一人之私意,而至大之天地,极幽之鬼神,而诗乃能感动之者……要之必发于诚而后作。"⑦但要注意,他们所讲的情感作用并非一般的动情,亦非六朝文人式的娱情,而是同人的道德生命关怀紧相联系的。二程曰:"夫子言'兴于诗',观其言,是兴起人善意,汪洋浩大,皆是此意。"⑧张载亦云:"兴己之善,观人之志,群而思无邪,怨而止礼义。入可事亲,出可事君;但言君父,举其重

---

① 中华书局影印本《全晋文》卷四六。
② 见《四部丛刊》本《陆士龙文集》。
③ 《四部丛刊》本《笺注陶渊明集》卷三。
④ 人民文学出版社 1961 年版《诗品注》卷首。
⑤ 见《诗说》,中华书局 1981 年版《二程集·程氏经说》卷三。
⑥ 见《论语解》,同上书卷六。
⑦ 见《上文潞公献所著诗书》,《聚珍版丛书》本《柯山集拾遗》卷一二。
⑧ 《二程集·遗书》卷一一。

者也。"①这就是他们对"诗可以兴"的理解。为什么兴情必须同兴起善意相结合呢？原来按照理学的观念，情乃是性的表现，而人性的本原来自天理，其原初的性能即为善，而后在外物牵引之下，所表现出来的情感活动则有善有不善。故诗以兴情，不应该不加区别地兴任何一种情，却是要通过兴情来昭显人的本心，即人性之善了。所谓"学者取《三百篇》中之诗而歌之咏之，其本有之善心，亦未始不兴起也"②，说的便是这个道理。孔子谈"兴"的功能，本只是就悟得事理、服务政教的角度而言，宋儒却转进一层，借"兴"的感发而直指人心之本原，在抉发其内涵上自是更深入了。

不过宋儒对情性本原的设定，却引起了后人的争议，因为他们所讲的性善，无非是宗法礼教制度下的纲常伦理那一套，将这套外在的规范导入人的内心，说成是人性的本原，难免造成情与性之间的矛盾，或者用他们自己的说法，叫作"情之真"与"情之正"之间的歧异。较早接触到这个问题的，如真德秀《问兴立成》中的一段话，其云："古之诗，出之性情之真。先王盛时，风教兴起，人人得其性情之正，故其间虽喜怒哀乐之发，微或有过差，终皆合于正理。故《大序》曰：'变风发乎情，本乎礼义。发乎情，民之性也；本乎礼义，先王之泽也。'三百篇诗唯其皆合正理，故闻者莫不兴起其良心，趋于善而去于恶，故曰'兴于诗'。"③这里严格界分了"性情之真"与"性情之正"，"发乎情"只能算"性情之真"，"本乎礼义"才够得上"性情之正"，而且"喜怒哀乐之发"会有"过差"，必须矫之以礼义，使"终皆合于正理"，方能激发人心趋善去恶，也才称得上"兴于诗"。这样来把握诗兴的职能，自不免会以既定的规范来压制人的活生生的情感生命，而所谓直指本心，探究情性本原的说法也就落了空，尽管它代表着正宗儒家的思想理念，并在宋以后文坛上占据统治地位。

与这种一味讲求"情性之正"的观点相抗衡，发扬"情性之真"便

---

① 见《正蒙·乐器》，中华书局1978年版《张载集》。
② 见杨简《诗解序》，《四库全书》本《慈湖遗书》。
③ 《四部丛刊》本《真西山文集》卷三一。

成了重要的武器,尤其是明中叶以后个性思潮涌起,"情真"更作为崇尚个性者的一面旗帜。陆时雍宣称:"诗之可以兴人者,以其情也,以其言之韵也。夫献笑而悦,献涕而悲者,情也;闻金鼓而壮,闻丝竹而幽者,声之韵也。是故情欲其真,而韵欲其长也,二言足以尽诗道也。"①冯梦龙也谈到:"文之善达性情者无如诗,《三百篇》之可以兴人者,唯其发于中情,自然而然故也。自唐人用以取士,而诗入于套;六朝用以见才,而诗入于艰;宋人用以讲学,而诗入于腐。而从来性情之郁,不得不变而为词曲。"②下而及于清人袁枚,更干脆下断语道:"圣人称'诗可以兴',以其最易感人也。"③他甚至扬言:"无论贞淫正变,读之而令人不能兴者,非佳诗也。"④这股唯"情真"为尚的思潮,对于明清诗坛上高抬义理规范的主流诗学起了不小的冲击作用,在坚持诗以兴情的路向上是有贡献的。但诗歌感发生命的功能是否就光限于人的情感心理活动呢?且是否任何一种情感心理活动均有助于揭示人的生命本原呢?这类问题主情思潮是难以解答的。

明清之交的黄宗羲在经历家国巨变后,提出了他个人对情性的独特看法,其云:"诗以道性情,夫人而能言之。然自古以来,诗之美者多矣,而知性者何其少也!盖有一时之性情,有万古之性情。夫吴歙越唱,怨女逐臣,触景感物,言乎其所不得不言,此一时之性情也。孔子删之以合乎'兴观群怨'、'思无邪'之旨,此万古之性情也。吾人诵法孔子,苟其言诗,亦必当以孔子之性情为性情。如徒逐逐于怨女逐臣,逮其天机之自露,则一偏一曲,其为性情亦末矣。"⑤单从这段文字表面看,似乎黄宗羲瞧不起"吴歙越唱"、"怨女逐臣"之情性,一力要回归孔子诗教,是站在宋儒的立场上反对主情思潮,实不尽然。且看他写在《黄孚先诗序》中的另一段话:"情者,可以贯金石、动鬼神。古之人情与物相游,而不能相舍,不但忠臣之事其君,孝子之事其亲,思妇

---

① 见《诗镜总论》,《历代诗话续编》,中华书局1983年版,第1415页。
② 见《太霞新奏序》,江苏古籍出版社1993年版《冯梦龙全集》第十四册。
③ 见《随园诗话》卷一二,人民文学出版社1960年版。
④ 同上书卷一六引万应馨语。
⑤ 见《马雪航诗序》,耕余楼本《南雷文定》四集卷一。

劳人结不可解,即风云月露、草木虫鱼,无一非真意之流通,故无溢言曼辞以入章句,无谄笑柔色以资应酬,唯其有之,是以似之。今人亦何情之有？情随事转,事因世变,干啼湿哭,总为肤受,即其父母兄弟,亦若败梗飞絮适相遭于江湖之上。劳苦倦极,未尝不呼天也；疾痛惨怛,未尝不呼父母也。然而习心幻结,俄顷销亡,其发于心著于声者,未可便谓之情也。由此论之,今人之诗非不出于性情也,以无性情之可出也。"①拿这段话与前引文字相比照,可见其所谓"一时之性情",是指那种偶然引发且又俄顷销亡的肤浅的情意活动,因其不生根于人性之深处,故"未可便谓之情也"；而所谓"万古之性情",则是指植根于人的本心并流通于其各个方面的那种本真的情意体验,是"结不可解"的"情至之情",这才有"贯金石,动鬼神"的巨大精神力量。据此以推断,则孔子删诗的本意是要删除那些仅只表露"一时之性情"的歆唱,而保留下来的便是能体现至情真意的篇章了,这也才是以"兴观群怨"论诗的宗旨所在。像这样以真情、至情、"万古之性情"来把握情兴关系的见解,既是对主情思潮的直接继承,也构成了某种程度上的补正。

黄宗羲标举的"万古之性情",又是跟时代剧变下生命元气的勃发与激宕相联系的。在《谢皋羽年谱游录注序》一文中,他指出:"夫文章,天地之元气也。元气之在平时,昆仑旁薄,和声顺气,发自廊庙,而鬯浃于幽遐,无所见奇。逮夫厄运危时,天地闭塞,元气鼓荡而出,拥勇郁遏,坌愤激讦,而后至文生焉。"②他在《缩斋文集序》里也称扬其弟黄宗会所写的感怀家国之痛的诗文为"天地之阳气",并谓"阳气在下,重阴锢之,则击而为雷"③,这跟他论诗独致赏于"变风""变雅",以为变乱的时代环境及生活遭遇更能激发人的情性,使其内在的甘苦辛酸得以充分展现,从而产生强烈的撼动人心的力量④,意思实相一致。无独有偶,这一以生命元气来界定情性本原的主张,在僻处一隅的王

---

① 《四部丛刊》影初刻本《南雷文案》卷二。
② 《南雷文案》附《吾悔集》卷一。
③ 耕余楼本《南雷文定》卷一。
④ 参见《陈苇庵年伯诗序》,《南雷文案》附《撰杖集》。

夫之那里得到了有力的回响。其《俟解》一书中说道："能兴即谓之豪杰；兴者，性之生乎气者也。拖踏委顺，当世之然而然，不然而不然，终日劳而不能度越于禄位田宅妻子之中，数米计薪，日以挫其志气，仰视天而不知其高，俯视地而不知其厚，虽觉如梦，虽视如盲，虽勤动其四体而心不灵，唯不兴故也。圣人以诗教以荡涤其浊心，震其暮气，纳之于豪杰，而后期之以圣贤，此救人道于乱世之大权也。"[①]生当变乱之际，王夫之目睹一班士大夫们仍镇日劳心力于个人琐屑的利害得失计较之中，全无奋发之举措与超越性的精神追求，故大声疾呼要"兴"起人的生命元气，宣称正是这生命的元气构成人的本性，而诗教的作用也就在于将人的情性从"浊心"与"暮气"中解脱出来，恢复其生命的原初活力，使之显露出豪杰气性，更进而期之以圣贤怀抱。这实在是对诗兴功能的又一新的阐发，较之于宋儒单纯用义理之善来设定情性本原和主情论者片面扬情而不涉及人性之本，立足于人的生命元气乃至天地元气来解说诗性生命的感发原理，领会上自然要周全得多。

简要地回顾了"诗可以兴"的命题自提出后的演化历史，我们发现，从孔子的启人思悟，经汉儒的感动天人，以至宋儒的兴起本性之善和明清之际思想家们的激发生命元气，是一个探讨逐步深入而把握愈益精微的过程。联系"兴"义的源起，即上古祭祀仪式中乐舞兴情的现象，更可以认定，"兴"作为诗歌等艺术活动的基本功能，其要义乃在于感发生命。感发的凭藉便是生命与生命的感通，即一方面表现为作者与读者、表演者与观赏者相互间的情意沟通，另一方面又体现出每个人的个性生命与他所从属的群体生命乃至整个宇宙生命"大化流行"之间的渗合交会。因此，其所感发的生命内涵，亦不光限于人在实际生活中的种种施行，更着眼于精神领域的飞腾超升，换言之，感发的目的是要催唤、警醒、激励和振奋人的心灵，使其从世俗的桎梏与自我的禁闭中自觉地解放出来，焕发其原初的生命活力，以寻求超越性的生

---

① 岳麓书社 1996 年版《船山全书》第十二册。

命存在，并最终指向与"天地元气"相周游的境界。这既是人的原初生命的感召，而又是超越性的诗性生命的感发。"诗可以兴"的命题正建立在这一充满灵心和睿智的诗性生命感发的基础之上，其丰富的审美意蕴与深刻的哲理容涵，值得细心品味。

三、"兴观群怨"诸功能与"兴"的主导地位

上一节里提到，孔子讲诗的功用，不限于"兴"之一途，而是"兴观群怨"相并列，且归结为"事父"、"事君"。然则，"兴"为什么要列在首位，"兴"与其他诸功能之间的关系又是如何，这些问题我们将在这一节里展开讨论。

先说"观"。"观"的涵义为"观风俗之盛衰"①，或曰"观风俗，知得失，自考正也"②，有《左传·襄公二十九年》所载季札观乐的事例及《礼制·王制》关于周天子"命大师陈诗以观民风"的说法作证，故历来并无歧见。但先秦典籍里又常有通过赋诗、诵诗以"观志"、"知志"的记述，似乎构成"观"的另一种理解，其实是一致的。"观风俗"云云就"观"的整体功能而言，"观志"则是就各别对象立论，只有对每一篇诗的作意或赋意有了领会，才谈得上了解总体的风俗民情。"观"与"兴"又是不可分割的。要观照、领会诗篇与乐章里蕴含的情志，必须先被它所兴起。季札聆听各国风谣的演奏时，常有"美哉，思而不惧"、"渊乎，忧而不困"、"荡乎，乐而不淫"、"沨沨乎，大而婉，险而易行"之类赞语，既是乐曲给他带来的感受，而亦是他通过观赏所作出的心解，至于接下去讲到"其周之东乎"、"以德辅此，则明主也"等话头，则更是就已有的领会加以申说了③。据此，"兴"实乃"观"之前提，只有凭藉诗篇的兴发作用，"观"才能成为一种富于艺术情味的体察与鉴赏，而不致流于纯知性的解析。不过从另一方面来看，"观"也并非亦步亦

---

① 何晏《论语集解》引郑玄注。
② 见《汉书·艺文志》。
③ 均见《左传·襄公二十九年》。

趋地受"兴"所支配。"兴"的主体是作品,重在诗作对人的影响;"观"的主体是读者,重在人对诗歌的领悟,而领悟之中便有读者的能动性在。朱熹论诗很重视人的活解,以为"读之无所感发者,正是被诸儒解杀了,死着诗义,兴起人善意不得"①。他对"诗如何可以兴"的回答则是:"见其不美者,令人羞恶;见其美者,令人兴起"②,即"善可为法,恶可为戒"的意思③,其至谓"彼虽以有邪之思作之,而我以无邪之思读之,则彼之自状其丑者,乃所以为吾警惧惩创之资"④。这样一来,"兴"便不纯然是诗对人的作用,同时包含了人对诗的活用(孔门诗教即以活解为特色),其中自有从主体的需求出发进行观照与领悟的成分在。于此看来,"兴"与"观"确是紧密联系的,"兴"导引着"观","观"拓展了"兴",相互生发,诗的功能才得以充分发挥出来。

次说"群"。"群"曾被解作"群居相切磋"⑤,这自是汉代经生相聚探讨《诗》义的写照,虽也能同孔门说诗的情景相印证,毕竟不能概括诗以合群的广大功效。后钟嵘以"嘉会寄诗以亲"来释"群"⑥,较能反映后世诗歌创作用为社交手段的普遍状况,而与原先的"群"义尚有间隔。按"诗"在西周与春秋之交,用途十分广泛,不仅各诸侯国之间的会盟聘问常须凭"诗"来沟通情意,就是士大夫之间的日常交往,亦多有借"诗"以陈说怀抱的。"诗"作为社会政治活动中必备的交际语言,形成两周礼教文明制度下的一道景观,这应该是诗"可以群"的本初涵义,所以孔子要讲"诵诗三百,授之以政,不达,使于四方,不能专对,虽多,亦奚以为"的话⑦。待到战国以后"礼崩乐坏"的形势下,诗的这种独特的社会职能便告失落,代之而起的,是文人学士们以诗会友、唱酬应答,借以联络感情、发扬才藻的做法,这也可算是诗以合群的一种表现。不管是原先用于礼节应对或后来用于交往应酬,诗都要

---

① 见《朱子语类》卷八〇《诗一》,中华书局1986年版。
② 同上书卷四七《论语二十九》。
③ 同上书卷八〇《诗一》。
④ 见《读吕氏诗记桑中篇》,《四部丛刊》本《晦庵先生朱文公集》卷七〇。
⑤ 《论语集解》引孔安国注。
⑥ 见《诗品序》,人民文学出版社版《诗品注》卷首。
⑦ 见《论语·子路》。

起到沟通情意的作用,这里就有一个相互感发的要求。换言之,有了"诗可以兴",方才谈得上诗"可以群","群"的功能是建筑在兴起情意的基础之上的。当然,反过来看,又正是"群"的作用使得"兴"成了一种双向的感发:你以诗"兴"我,我也以诗"兴"你,于是实现了"群","兴"与"群"同样构成互补互动的关系。

再来说"怨"。汉儒将"怨"解释为"怨刺上政"①,这是汉人用《诗经》作谏书的传统,对后世诗人借诗歌创作以批评时政起了很大的影响。考之"诗三百",其中确有一部分标明刺意的篇章,孔子不可能无视于这类表白,所以孔门诗说中的"可以怨"当含有怨刺的成分,但未必是"怨"意的全部内容。另钟嵘《诗品序》谓"离群托诗以怨",并举"楚臣去境,汉妾辞宫"、"塞客衣单,孀闺泪尽"等不幸遭遇的事象为证,以为"凡斯种种,感荡心灵,非陈诗何以展其义,非长歌何以骋其情",且归结到"使穷贱易安,幽居靡闷,莫尚于诗矣",则"怨"似乎又成了诗人内心苦闷的自我宣泄。这自然是魏晋以来个体精神抬头后的产物,恐不能代表孔子的原意。那末,孔子所讲的诗"可以怨",究竟指的什么呢?他本人未加解说,倒是孟子的一段言论可供参考。《孟子·告子下》里记述了其与公孙丑有关《诗·小弁》的谈话,孟子不赞成因《小弁》中表达了怨望之情而称之为"小人之诗",认为"《小弁》之怨,亲亲也;亲亲,仁也",并打比方说:"有人于此,越人关弓而射之,则己谈笑而道之;无他,疏之也。其兄关弓而射之,则己垂涕泣而道之;无他,戚之也。"意思是说,当一个人受到自己亲爱的人的误解和敌意时,产生怨望之情是合理的,怨正显示了他对亲人的爱,不怨反倒见得生分了。这种"怨"或可称之为怨慕,是以怨忧的方式来表达恋慕之情,以感动对方消除敌意、重归和好。孔子所谓诗"可以怨",看来主要指的这种怨慕心情的表达,而诗要能通过怨慕来打动对方,则"兴"的作用决不可少。即使像后人理解的那种"怨刺上政",其"怨刺"的出发点也还是关爱和维护,故而情意的感通仍属先决条件。无论从哪方

---

① 《论语集解》引孔安国注。

面讲,"兴"对于"怨"的主导意义均不可忽视,而"怨"的提出自亦丰富了"兴"的内涵。

总之,孔门诗教以"兴观群怨"标示诗的社会功能,这"兴观群怨"其实是一个整体,不要轻易割裂。"兴观群怨"的发端在"兴",因为诗的首要职能便是感发生命,只有凭靠生命与生命的感通,诗才能行使它的其他社会功能。王夫之有言:"诗之泳游以体情,可以兴矣;褒刺以立义,可以观矣;出其情以相示,可以群矣;含其情而不尽于言,可以怨矣。"①虽对"兴观群怨"的具体解说上不尽合乎孔门原旨,而以"泳游以体情"释"兴",则"兴"作为诗情(即诗性生命)之所系,且为观、群、怨之所本,殆无疑义。王夫之还讲到:"于所兴而可观,其兴也深;于所观而可兴,其观也审。以其群者而怨,怨愈不忘;以其怨者而群,群乃益挚。出于四情之外,以生起四情;游于四情之中,情无所窒。作者用一致之思,读者各以其情而自得。"②这又是将兴、观、群、怨四者加以会通,而着力阐说其相互生发、相互补充的作用了。

除此之外,更须注意的是,孔子将兴、观、群、怨诸功能的归结点定立在"事父"、"事君"的宗旨之上,这自然是出于宗法社会礼教文明制度的需求,不具有普遍而永恒的价值。但若透过一层来看,它也表明了兴、观、群、怨作为诗歌艺术的社会职能,连同发挥着这些机能的诗歌活动本身,都是不能脱离整个社会人生而存在的;面向社会人生和服务于社会人生,是其最终落脚点所在。不错,我们说过,诗所感发的情意是一种超越性的生命体验,它能帮助人们摆脱各类实用性功利关系的羁绊,复归于生命的本原。但生命的本原不就在个体小生命与群体大生命、宇宙大生命的交渗融会吗?其中自亦包括了自我与他人之间的生命感通。诗兴的功效正在于借助情意的感发以促成生命的感通,并由此感通以推进人们之间的相互了解与齐心协力,进而造就和谐、合作的社会群体与整全、充实的人类生活。从"诗可以兴"的命题中推导出来的艺术与人生在更高层次上的这一联结,是西方艺术论

---

① 见《四书训义》卷二一,岳麓书社版《船山全书》第七册。
② 见《姜斋诗话》卷一,《船山全书》第十五册。

中的"宣泄"、"补偿"、"解脱"、"快乐"诸功能说所不具备的,或许可视以为审美与政教一体化的民族诗学传统留给我们的又一点重要启示吧!

释"意象"
——论诗性生命的审美显现

我们曾经说过,"诗言志"和"诗缘情"均属古代诗学传统中的奠基性命题,它们提供了诗歌活动得以成立的根据,"情志"因亦成为诗性生命的本根。但"情志"自身还不是诗,作为深藏于诗人内心的思想感受,不仅旁人无从捉摸,连作者本人也往往不易清晰把握。要让"情志"呈现为可供观照和传达的对象,必须赋以"物化"的形态,使之转化为"意象";"意象"通过语言文字的载体而得到表现,便是诗。由此看来,"情志"虽然构成诗歌生命的内在灵魂,而"意象"才是诗歌生命的实体;离开了这一实体,也就无所谓诗。这也正是中外古今的诗学传统都要关注"意象",视以为诗歌审美的核心范畴加以考察的缘由。我们这里主要从本民族的实践经验出发。

一、"意象"溯源

"意象"本名曰"象",最初的涵义是指某类特殊的动物,即大象,后亦泛用于指称各类物象,包括虚拟的图像在内。将"象"跟表意的功能相联系,当起于《周易》的卦象。传闻中伏羲氏造八卦之说虽不足凭信,而周人借用卦象来占卜吉凶,则无可置疑,于是卦象遂成为表意的工具,这"意"自然指的天意。为什么天意要通过卦象来显示呢?《易传》是这样解释的:"圣人有以见天下之赜,而拟诸其形容,象其物宜,是故谓之象。"又说:"子曰:书不尽言,言不尽意。然则圣人之意,其不可见乎？子曰：圣人立象以尽意。"①这就是说，天意幽深精微，难以用普通的语言文字来表述，只有凭藉虚拟的"象"，采用比拟、象征的手法，才能加以领会和传达。这样一来，"象"便具有了"形而上"的意味，而"立象尽意"也就成了"意象"说的导源。

其实，从"形而上"的角度来看待"象"的，并不始于《易传》，之前的老庄学说中已见端倪。《老子》书以"道"为世界的本原，"道"化生出天地万物，所以"道"自身不能等同于任何一种实物，它必然是无形无质、无可名状的。但以"无"为体的"道"又决非虚无，虚无不能产生万有，故又云："道之为物，惟恍惟惚。惚兮恍兮，其中有象；恍兮惚兮，其中有物。窈兮冥兮，其中有精；其精甚真，其中有信。"②"道"虽然无形无质，但它能化生出天地万物，其中定然蕴含着化育万物的功能与信息，也就是这段话里所说的"有象"、"有物"、"有精"、"有信"，不过这些功能与信息并不以实物的形态展现，而只能通过人的意想来加以把握，所以见得"恍惚"、"窈冥"，似有若无，这也正是《老子》书中反复宣称的"大音希声，大象无形"③和"无状之状，无物之象"④的来由。"象"或"大象"在这里都是指"道象"，体现"道"的功能，传递"道"的信息，亦属虚拟、想象中的表意之"象"。

《庄子》书中谈"象"的地方不多，而有关"象罔"的著名寓言则发展了《老子》的"道"、"象"关系论。其云："黄帝游乎赤水之北，登乎昆仑之丘而南望，还归，遗其玄珠。使知索之而不得，使离朱索之而不得，使喫诟索之而不得也。乃使象罔，象罔得之。"⑤这里的"玄珠"喻指"道"，"知"指名理认知，"离朱"喻感官认识，"喫诟"喻言语辩说，三者均不能达道。"象罔"一作"罔象"，《国语·鲁语》有"木石之怪夔罔两，水之怪龙罔象"之说，贾逵注云："罔两、罔象，言有夔龙之形而无实

---

① 均见《易·系辞上》。
② 今本《老子》第二十一章。
③ 同上书第四十一章。
④ 同上书第十四章。
⑤ 《庄子·天地》。

体"①,可见"象罔"属传说中的怪物,是一种虚拟想象之"象"。"象罔"能索得"玄珠",意谓人要进入"道"的境界,必须排除名理思考、言辞辩说乃至感官印象的干扰,一力凭靠直觉式的冥想领悟,也便是《庄子》书中另一处所说的"以神遇而不以目视,官知止而神欲行"的意思②。晋人支遁《咏怀诗五首》(其二)有云"道会贵冥想,罔象掇玄珠"③,从冥想入道来解说象罔掇珠的寓意,能得其实。据此,庄子将《老子》书中"道"包孕"象"的说法改造为由"象"以观"道"的思路,"象"的地位便更形突出了。

老、庄所论之"象"皆为体道之"象",这对《易传》所谓的"言不尽意"、"立象以尽意",显然有直接的启发作用。但老庄的"象"似乎又过于恍惚窈冥了一点,跟现实世界终有隔离,《易传》则将其向现实性方面大大推进了一步。上引《系辞传》里的"象其物宜"之说,已经点出了"象"与"物"的关联,同传下篇更有"仰则观象于天,俯则观法于地,观鸟兽之文与地之宜,近取诸身,远取诸物,于是始作八卦,以通神明之德,以类万物之情"的大段叙说,表明"象"的产生端有赖于取法天地万物。这其实也该是《老子》书的题中应有之义:"道"既然构成宇宙生命的本原,那末由"道"所化生的天地万物及其发展变化,不正是宇宙生命活动的运行吗?而从宇宙生命活动的运行中来反观和体认那作为生命本原的"道",不也是顺理成章的吗?所以《易传》将"立象尽意"同"观物取象"联系起来,使"象"成为沟通"形上"与"形下"世界的中介,是很有建设性的。当然,"象"之"象其物宜",并非简单的摹拟,而要"拟诸其形容",即通过虚拟的手段以显示事物的理则("物宜"即"物之义")。这样一种虚拟之"象"当更适宜于用为"天意"或"天道"的表征,因为它超脱了具体物象在形、质诸方面的拘限,也就有可能将宇宙万物的生机和生理更集中、更概括也更生动地揭示出来,而"象"作为生命的显现于此便也得到确认。

---

① 《十三经注疏》本《左传·宣公三年》孔颖达疏引。
② 见《庄子·大宗师》。
③ 《先秦汉魏晋南北朝诗·晋诗》卷二〇,中华书局1983年版。

上述《易》《老》《庄》之"象"属于玄理之"象",它构成了诗歌审美意象的一个源头。另有一个源头多为人所忽略,那便是先秦两汉之间出现的"乐象"说,须得在这里稍稍展开论述。

"乐象"说发端于《荀子·乐论》,其云:"君子以钟鼓道志,以琴瑟乐心,动以干戚,饰以羽旄,从以磬管。故其清明象天,其广大象地,其俯仰周旋有似于四时。故乐行而志清,礼修而行成,耳目聪明,血气和平,移风易俗,天下皆宁。"这里所讲的乐之"象",并非音乐形象,而是指乐音效法天地四时的象征意义,而且在荀子看来,这种象征的作用最终要归结到心气和平、移风易俗的教化功能上来。故而"乐象"作为表意之"象",所表的不限于幽深精微的玄理,更其注重在现实人生的导向上;相对于前面所说的玄理之"象",似可称之为人文之"象",这也是后世"意象"说的一个重要来源。

荀子的"乐象"说经《礼记·乐记》得到大力发扬。《乐施》篇云:"乐者,所以象德也……故先王著其教焉。"这是直接从道德意义上来规范"乐象"。《乐言》篇云:"律小大之称,比终始之序,以象事行,使亲疏贵贱长幼男女之理皆形见于乐。"这是从礼制推行的角度来阐扬"乐象"。《宾牟贾》篇亦云:"夫乐者,象成者也",并列举"武王之事"、"太公之志"、"周召之治"来加说明,这又是从治政功业的成就上来推演"乐象"。可以说,"象"所表征的人文内涵,在此已有了广泛的展示。特别需要引起注意的,是《乐象》篇里的一段文字:"乐者,心之动也;声者,乐之象也;文采节奏,声之饰也。君子动其本,乐其象,然后治其饰。"这里谈到音乐构成的三要素:"心"为乐之本,"声"为乐之象,"文采节奏"饰"声"为乐之形。按常理推断,"文采节奏"(即音乐旋律)方是乐曲呈现于外的形象,故此处的"乐象"仍不属于审美意象,它只是人心发动后的声音表征。但这种具有表意功能的"声",同时也就成为向乐音过渡和转化的中介,这就分明显示了由人文之"象"朝向审美意象发展的痕迹,而"乐象"说在审美意象建构中的地位和作用,于此亦得到了证明。

与"乐象"相并列而同属人文之"象"的,尚有东汉王充的"意象"

说,其《论衡·乱龙篇》云:"天子射熊,诸侯射麋,卿大夫射虎豹,士射鹿豕,示服猛也。名布为侯,示射无道诸侯也。夫画布为熊麋之象,名布为侯,礼贵意象,示义取名也。"又云:"礼,宗庙之主,以木为之,长尺二寸,以象先祖。孝子入庙,上心事之……虽知非真,亦当感动,立意于象。"这两处的"意象"(或作"立意于象"),一指用画布上的野兽图像作射箭的靶子以显示君王对无道臣子的威服,一指宗庙里为祖先立牌位以供孝子礼拜,都含有宣扬礼教的用意,与前所谓"乐象"相比照,或可称之为"礼象",其内涵当亦属人文。人文之"象"较之玄理之"象"更切合人的现实生命活动,其与艺术创作的关联可能更为贴切,而上引王充的第一段话又是"意象"这一词语的最早合成,这都表明在追溯"意象"说的源头时,人文之"象"的这一侧面是不应轻易放过的。

末了,还要提一下魏末王弼对传统"意象"观念(主要是玄理之"象")的总结性阐发。他的《周易略例·明象》可算是第一篇集中探讨意、象、言三者关系的专论,常为后人称引,兹不具列。我们只需指出其中三点:一是"象生于意",这是从"象"的表意性能出发而作出的推断,表面看来同《易传》将"象"的创造归因于"象其物宜"有所差别,实际上正是"象"之所以生成的两方面动因,要互补互用而不当相互对立。二是"寻象观意",这是对《庄子》书中"象罔"故事的理论概括,但放在"言—象—意"三者相互推移的结构中予以考察,则又多了一层文本阐释的意义。三是"得意忘象",这又是对庄子的"得意忘言"说[①]的补充发挥,同时亦包含了对《易传》"立象尽意"的追问,并暗示着"意象"说自我超越的趋向与途径。这三点虽非讨论艺术问题,而于艺术审美意象理论的发展有深远的影响,不可不加重视。

二、由玄理、人文之"象"到审美意象

如上所述,有关"意象"问题的研讨,在很长一段历史时期是处在

---

① 见《庄子·外物》。

艺术审美活动范围之外的。这个阶段里的诗歌创作以"诗言志"为指导思想,注重发掘诗歌的政教功能,而对其审美形态不免有所忽略;虽有"赋比兴"作为"诗之用",多少触及诗歌的形象表达方式,而着眼点仍在于比德式的喻象思维,所谓"称名也小,取类也大"①、"辞约而旨丰,事近而喻远"②,其政治、道德的指向远远盖过了审美的要求。这种情况下,审美意象观之不得发育成形,自无足为奇。

文艺领域内的意象思维,是跟魏晋之际"人的自觉"与"文的自觉"同步出场的。个性的觉醒和个体生命价值的肯定,促使文人将写作视以为保持自己生命不朽的手段,于是普遍重视在作品里抒述个人的情怀与感受,不再强调其政教内涵,那种建基于比德方式的喻象思维便转向了立足个人情思的意象思维。与此同时,"缘情"、"体物"思潮在文学领域中的涌动,也推动作家将注意力投向"情""物"关系的把握,情思和物象自然地在他们的艺术构思中交织成片,这也正是"意象"生成的途径。据此,"意象"审美功能的揭示当无可避免,由玄理、人文之"象"向审美意象的转化势在必行。

第一个从文学角度接触"意象"问题的,要数西晋的挚虞。其《文章流别论》开宗明义说道:"文章者,所以宣上下之象,明人伦之叙,穷理尽性,以究万物之宜者也。"③这显然是将《易传》的"观物取象"模式搬用到文章写作上来,文章便也像卦象一样,成了"象其物宜"的工具。如果说,这段话里的意思表达得还不够鲜明的话,同篇另一段文字讲得就更清楚了。其云:"古之作诗者,发乎情,止乎礼义。情之发,因辞以形之;礼义之旨,须事以明之。故有赋焉,所以假象尽辞,敷陈其志。"④好一个"假象尽辞,敷陈其志",不就是"立象尽意"说的文学翻版吗?文艺创作活动中的意象观首先在赋体文学范围内诞生,大概与赋体的偏重铺陈物象,情思与物象的交会更见凸显有关,无足云怪。

---

① 《文心雕龙·比兴》。
② 《文心雕龙·宗经》。
③ 见中华书局影印本《全晋文》卷七七。
④ 同上。

将"意象"从赋体文学推扩到整个文学创作领域去的,是陆机《文赋》。《文赋》重点探究为文之用心,其中心概念是"意"(运思),尚非"意象"。但据作者自述,其写作的针对性在于"恒患意不称物,文不逮意",所以"物"、"意"、"文"三者的互动构成了通篇的贯串线索,这里自然包含了情物、意象间的关系。如谈到文思发动时的"遵四时以叹逝,瞻万物而思纷",意象运作时的"情曈昽而弥鲜,物昭晰而互进",放言措辞时的"笼天地于形内,挫万物于笔端",铺陈描绘时的"纷纭挥霍,形难为状",乃至变化出新时的"虽离方而遯员,期穷形而尽相"①,皆关涉到意象的创构。尤其是"期穷形而尽相"一语,明白提出"形"、"象"("相"即"象")的塑造和刻画尽致乃是作家运思时所刻意追求的目标,"意象"在文学创作里的中心位置已经呼之欲出了。

从《文赋》再推进一步,正式标志审美意象观念告成的,是刘勰《文心雕龙》一书。其《神思》篇里明确出现了"意象"这一复合词,所谓"玄解之宰,寻声律而定墨;独照之匠,窥意象而运斤",是将"意象"和"声律"并列为文章构思的两大要素,从此,"意象"的范畴在文论中得到广泛应用,而其核心地位也就牢不可破了。实际上,刘勰对"意象"说的贡献决不限于提出"意象"这个术语,《神思》篇谈文章构思,用"神与物游"作概括,指的是情意与物象的交会与互动,这正是意象思维的根本性表征。从意象关系上来把握艺术思维运行的通则,较之《文赋》单纯以"意"为枢纽,其思考上当然又深了一层。更有甚者,《文心》一书有关创作理论和方法的探讨,具体展示于下编二十五篇之中,《神思》列为下编之首,实有笼罩全局的作用,故意象思维又构成其整个创作论中的一条红线,渗透于其理论的方方面面,审美意象说至此臻于成熟,殆无疑义。

那末,中国诗学传统里的审美意象说,究竟包括哪些基本的内涵呢?

---

① 均引自《文赋》,见《四部丛刊》本六臣注《文选》卷一七。

首先是意象的性质问题,即如何确切地界说这一概念。《文心雕龙》使用"意象"这个术语,是把它作为"意中之象"(作家构思中的内心图像)来看待的,这层意思唐人多加沿用,如王昌龄《诗格》所云"久用精思,未契意象"①,《二十四诗品》所云"意象欲出,造化已奇"②,皆就心内之象而言。与此同时,"意象"一词进入书画界,却被移用来指字画的形象,如张怀瓘《文字论》中讲到"探彼意象,入此规模"③,杜本论书法所说"倘悟其变,则纵横皆有意象也"④,便都是指的书法艺术形象。后一种用法至宋以后比较流行,如唐庚批评吕延济注《文选》时将谢朓诗"平楚正苍然"中的"楚"字解作树丛,"便觉意象殊窘"⑤,刘克庄指斥江西诗派的末流"不善其学,往往音节聱牙,意象迫切"⑥,也都是从诗歌形象立论的。另外,我们说过,"意象"的本名曰"象",因此,即使在"意象"一词通行后,单用"象"来指称"意象"仍属常见。"象"的涵义很复杂,兼指物象、心象和艺象,但只有在后两种情况里,它才能与"意象"相通。于此看来,不妨将艺术审美领域中的"意象"界定为审美者意匠经营之"象",包括其尚处构思心理活动和落实于作品文本这样两种形态在内。

正因为意象是意匠经营之象,它必然具有表意的功能,这跟传统"立象尽意"说将意象定为"表意之象"是一脉相承的。和传统"意象"说的区别在于:审美意象所表之意,既非玄妙的天意、天道,亦非宗法社会的礼教、人伦,而是创作者个人的情意,是他从自己的生命活动中感发出来的生命体验和审美体验。这样的"意"不属于精深的义理,也不属带有普遍性的规范,而是具体的、活生生的感受与体验,故而表达方式并不必像卦象、乐象或礼象那样采用象征手段,却可以选择多姿多彩的物象来自由地展现其内在的生命情趣。那种把意象思维仅限

---

① 见《诗格》卷中"诗有三思"条,《全唐五代诗格校考》,陕西人民教育出版社1996年版,第150页。
② 见《二十四诗品·缜密》,《诗品集解》,人民文学出版社1963年版,第26页。
③ 见《四库全书》本《法书要录》卷四。
④ 《四库全书》本《书史会要》卷九所引。
⑤ 见强幼安《唐子西文录》,《历代诗话》,中华书局1981年版,第447页。
⑥ 见中华书局1983年版《后村诗话》后集卷二。

于象征式地表达方法的推断,是不符合魏晋以后人的艺术审美实践的。当然,这并未改变意象作为生命形态的根本属性,何况按照我们民族的传统,个人的情志跟群体规范乃至天理性命是相互依存的,个体生命的振动中常会交响着群体生命和宇宙生命的乐音,所以意象作为生命显现,也就具有这种群己、天人相交渗的二重性,这又是我们把握审美意象这个概念时所不得不加关注的。

其次,关于意象的生成,传统审美理论采取"心物交感"之说,恰好是《易传》的"象其物宜"与王弼"象生于意"的综合。"心物交感"并不限于意象触发的那一瞬间,而有一个往返交流、不断生发的过程,刘勰所讲"神与物游"正是指的这一过程。当这一过程展开之时,"神居胸臆,而志气统其关键;物沿耳目,而辞令管其枢机"①,即一方面是心志对情意的调控,另一方面是感官对物象的摄取。但这两个方面,即心与物很快便进入交会状态,所谓"写气图貌,既随物以宛转;属采附声,亦与心而徘徊"②。于是情意得物象的赋形而渐觉鲜明,物象亦经情意的提炼而更见条理,也便是《文赋》所说的"情曈昽而弥鲜,物昭晰而互进"了。意象就在这样一个循环往复的酝酿过程中逐步生成。需要补充说明的是,这一"心物交感"的过程并不等同于通常讲的对外界事物的认知,它是艺术家灌注自己的生命于物象之中,也是诗人借外物的生命形态来寄寓自己的生命情趣,意象作为表意之象,正是在这一双向建构的活动中产生的。

意象的生成有多种途径,皎然《诗式》将其概括为"假象见意"和"貌题直书"两大类型③。"貌题直书"的名字取得不好,不如改用"寓目辄书"④,取其"直寻"⑤之义。"直寻"指的是诗人在外物的直接感发下进入艺术构思状态,这样构造出来的意象往往带有比较鲜活的自然物象的色彩,而附着于物象上的诗人情意亦多呈现为直感式的生命

---

① 《文心雕龙·神思》。
② 《文心雕龙·物色》。
③ 见《诗式》卷一"'团扇'二篇"条,《全唐五代诗格校考》第222页。
④ 钟嵘《诗品》卷上评谢灵运语。
⑤ 见钟嵘《诗品序》:"观古今胜语,多非补假,皆由直寻。"

体验,汉魏以至盛唐的主情诗潮基本上走的这条路。另一种构思方式则是让生活中获得的感受先积淀下来,经过反思的加工提炼,冷却、凝定为某种意念,再选取合适的意象加以表达,所以叫作"假象见意"。朱熹那首有名的《观书有感》诗,借池塘清澈因有源头活水的事例,来喻指自己从读书穷理中求得明心见性的体会[1],便是"假象见意"的典型,宋人及其主意诗学亦常走这条路。主情和主意(即古人爱讲的唐音与宋调)代表古典诗歌的两大范型,其分野不光在于所表达的内容重在情或重在意,同时表现于其感受生活和构造意象的方式取"寓目辄书"还是"假象见意"。前者偏向"物感",后者注重"心力",各自突出了"心物交感"一头的主导作用,从而形成两种类型的创作路线。不过心、物的双向建构总是不可缺少的,唐音与宋调也就难以截然划分。

再一点,涉及意象的构成原则。意象既然是"意"与"象"的结合,则结合得好与坏自然是最关紧要的。明人何景明云"意象应曰合,意象乖曰离"[2],说的就是这个道理。诗学观念上自然不会有人公开主张意象乖离,但因偏重"象"或偏重"意"而导致意象脱节,则确实是存在的。六朝文学创作中便出现过一种"尚形似"的风气,自陆机《文赋》倡言"穷形尽相"开其端绪,至南朝山水、咏物、宫体诸流派而愈演愈烈,所谓"近代以来,文贵形似……体物为妙,功在密附"[3]、"情必极貌以写物,辞必穷力而追新"[4],确切地反映了这种风气。钟嵘《诗品序》更以"指事造形,穷情写物,最为详切"作为诗篇"有滋味"的标志,《诗品》评论作家也常将"巧构形似之言"、"尚巧似"、"善制形状写物之词"用作赞语[5]。延续至唐初、盛间,此风犹存,如李峤《评诗格》、王昌龄《诗格》以及殷璠《河岳英灵集》等著述中,都还有对"形似"的肯定。应该说,"尚形似"的风气推动作家去精密地观察事物并提高其表

---

[1] 见《四部丛刊》本《晦庵先生朱文公文集》卷二。
[2] 《与李空同论诗书》,赐第堂本《何大复先生全集》卷三二。
[3] 《文心雕龙·物色》。
[4] 《文心雕龙·明诗》。
[5] 见《诗品》卷上评张协、谢灵运,卷中评颜延之、鲍照语。

现能力,对于文学意象的塑造起过积极的作用,但做过了头,也会产生因专注物象而忽略情意表达的弊病,后人谓"性情渐隐,声色大开"①,便是对六朝文学中物象掩蔽情思而造成意象分离的有力针砭。实际上,不满的呼声当时已然出现。较早如挚虞明确反对"以事形为本,以义正为助",提倡"以情义为主,以事类为佐"②。稍迟如裴子野指摘当世文章"深心主花卉,远致极风云,其兴浮,其志弱"③。至隋代,更有李谔上书隋文帝,痛斥这类作品"连篇累牍,不出月露之形;积案盈箱,唯是风云之状",致使"遗理存异"、"损本逐末"④。这些言论都是从表意的立场出发来抨击"尚形似"的作风的,其用心未可厚非,而若将"意"与"象"对立起来,不懂得"立象"才能"尽意"的道理,亦会走向干枯、裸露式的直陈情意,有类钟嵘批评东晋玄言诗的"理过其辞,淡乎寡味"⑤了。

　　重象轻意和重意轻象都会导致意象乖离,正确的构造原则该当是两者的兼顾与交会。王昌龄《诗格》中便说到:"诗一向言意,则不清及无味;一向言景,亦无味。事须景与意相兼始好。"又云:"凡景语入理语,皆须相惬","其景与理不相惬,理通无味"⑥。这里所讲的景与意、景与理的关系实即意象关系,要求"相兼"、"相惬",反对偏胜与脱节,可算是唐人对于历史经验的初步反思。至唐后期,又有署名白居易所撰《金针诗格》提出"诗有内外意"之说,以为"内意欲尽其理,理谓义理之理……外意欲尽其象,象谓物象之象","内外意皆有含蓄,方入诗格"⑦,其紧扣诗歌意象更为清晰。这两个"欲尽",到明人笔下改称作"意象俱足"⑧,或云"外足于象,而内足于意"⑨,即两头均要得到

---

① 见沈德潜《说诗晬语》卷上,《清诗话》,中华书局1963年版,第532页。
② 见《文章流别论》。
③ 见《雕虫论》,中华书局影印本《全梁文》卷五三。
④ 《上隋高祖革文华书》,见中华书局校点本《隋书》卷六六《李谔传》。
⑤ 见《诗品序》。
⑥ 均见《诗格》卷上"十七势"条,《全唐五代诗格校考》第135页。
⑦ 同上书第326页。
⑧ 见李东阳《麓堂诗话》,《历代诗话续编》,中华书局1983年版,第1372页。
⑨ 王世贞《于大夫集序》,《四库全书》本《弇州四部稿·文部》卷六四。

充分展示;而"内外皆有含蓄"亦被归结为"意象透莹"[①]和"意象浑融"[②],也就是意与象达到一体化,相互之间不再有任何间隔。比诸王昌龄所讲的景意相兼、相惬,在把握意象构成原则上当更为深入了。

三、由"意象"到"兴象"

"意象"发展到唐以后,又出现了"兴象"这个概念。"兴象"亦属于"象",显然是从"意象"引申而来的。"兴象"说的产生跟诗在唐代的特盛有关。在此之前,诗属于"文"的范围,与各类文体并列。南北朝时曾有"文笔"之说,以有韵者为"文",无韵者为"笔","文"的范围仍包括诗、赋、铭、颂等各种韵文。唐人开始有"诗笔"对举之称,后又演变为诗文对称,于是诗从各类文体中脱颖而出,俨然取得独立的姿态。"意象"在《文心雕龙》一书中原是普泛用于各类文章的,唐以后更推广到其他艺术门类,并不专用于诗。唐人造作"兴象"一词,专指诗歌意象,于此可见诗的地位的提高。

"兴象"的采用初见于殷璠《河岳英灵集》,作者序言中批评流俗之辈讥议古人不辨声律、词句质素,而反斥他们的作品"理则不足,言常有余,都无兴象,但贵轻艳"[③]。此书对所选诗人各有评语,评陶翰诗谓"既多兴象,复备风骨"[④],评孟浩然诗句云"无论兴象,兼复故实"[⑤]。从这几处用法来看,"兴象"都还是指的诗歌意象。然则,"兴象"的特点又何在呢?关键当从这个"兴"字上去追寻。

"兴"在古代原是"起也"的意思,特指由感触而起情。孔子谓"诗可以兴",是指读诗可以引发情意。汉儒讲"赋比兴","兴"作为表现手法,亦是指托物以起情。但是,在后来的词义演化中,"兴"逐渐由

---

① 王廷相《与郭价夫学士论诗书》,《王氏家藏集》卷二八。
② 胡应麟《诗薮》内编卷五。
③ 见《河岳英灵集序》,《唐人选唐诗新编》,陕西人民教育出版社1996年版,第107页。
④ 《河岳英灵集》卷上,同上书第142页。
⑤ 《河岳英灵集》卷下,同上书第172页。

"起情"转为兼指所起之情。挚虞所云"兴者,有感之词也"①,正是取的这后一种涵义。至托名贾岛所撰《二南密旨》中,更干脆说:"兴者,情也,谓外感于物,内动于情,情不可遏,故曰兴。"②通常使用的"情兴"一词,亦表明了二者的紧密关联。《河岳英灵集》里多处言及"兴",如评常建诗云"其旨远,其兴僻,佳句辄来,唯论意表"③,评刘眘虚诗云"情幽兴远,思苦词奇"④,评贺兰进明诗云"《行路难》五首,并多新兴"⑤,评崔署诗云"言词款要,情兴悲凉"⑥,这几处的"兴"都有情味的意思。类似的用法在唐人甚为普遍。王昌龄《诗格·论文意》便说到:"凡诗,物色兼意下为好,若有物色,无意兴,虽巧亦无处用之。"⑦"意兴"即指情意。皎然《诗议》论及古诗,以为"旨全体贞,润婉而兴深,此其所长也"⑧,又评正始诗风,谓"嵇兴高逸,阮旨闲逸"⑨,此二"兴"亦皆同于情。"兴"既然作"情兴"解,"兴象"便是"情兴之象"或"表情之象"了。我们知道,"意象"作为审美意象,其所表之"意"本就含有"情"的成分在内,但"意"比"情"宽泛,其中亦自有意理的内容,对于一般叙事、说理的文章来说,意理的表达更不可缺少。诗歌则以抒述情感见长,即使有理性的因素,其意理亦当溶解于情感活动之中,无须特别显露出来。因此,用"情兴之象"来标示诗歌意象的特质,是比较切当的,"兴象"便意味着诗歌意象建基于情兴与物象的融彻。

但"兴象"一词还可能有另一层涵义,那就是人们常说的"兴在象外"。此说见于清人冯班论隐秀,其《正俗》云:"诗有活句,隐秀之词也。……隐者,兴在象外,言尽而意不尽者也;秀者,章中迫出之词,意

---

① 见《文章流别论》。
② 见《二南密旨》"论六艺"条,《全唐五代诗格校考》第348页。
③ 见《河岳英灵集》卷上,《唐人选唐诗新编》第115页。
④ 《河岳英灵集》卷上,同上书第133页。
⑤ 《河岳英灵集》卷下,同上书第189页。
⑥ 《河岳英灵集》卷下,同上书第191页。
⑦ 见《诗格》卷上,《全唐五代诗格校考》第143页。
⑧ 同上书第186页。
⑨ 同上书第179页。

象生动者也。"冯班在《严氏纠谬》中还谈到"兴在象外"一语出自唐人刘禹锡①,考今传刘氏文集,未见此语,而有"境生于象外"之说②,不知是否冯氏误记。不管怎样,"兴在象外"的涵义是清楚的,就是指诗人的情兴隐藏在诗歌意象的背后,要透过意象去领会其言外之意、弦外之音。"兴象"的这层涵义跟前面所说的那层意思,其实是有联系的。"兴"作为情兴,本来就不像意理那样清晰可辨,情兴必须借物象来传达,而传达时情兴又总是渗透于物象之中,难以明确地分析出来。于是情兴之象便往往给人以蕴藉深厚的印象,观赏、品味之后仍有余意未尽的感觉,而情兴也就成了"有余意"的别称了。唐以前,钟嵘《诗品序》里已经有了"文已尽而意有余,兴也"的说法,直接将"兴"解作"有余"之"意",看来殷璠的"兴象"说是吸取了钟嵘论"兴"的精义的,所以"兴象"又可理解为"情兴有余之象"。唐人对于诗歌意象表达上这种有余不尽的功能特别重视,皎然鼓吹"文外之旨"③,刘禹锡宣称"境生于象外",司空图标举"象外之象,景外之景"④和"韵外之致"、"味外之旨"⑤,实质上都与"兴象"说相通。至宋梅尧臣谈诗歌至境,用"状难写之景如在目前,含不尽之意见于言外"两句话作概括⑥,正是给"兴象"下了个全面的界定。

从上面所说的表情兴之象和有余意之象这双重涵义来看,"兴象"不仅体现了诗歌意象的特质,抑且是唐诗艺术高度发展的产物。中国古典诗歌的演进,自摆脱先秦两汉时期喻象思维的束缚之后,便走上了以抒述个人情怀为主的道路,经汉魏古诗的直抒胸臆和南朝新体的借景传情,至唐代,终于达到情景交融的艺术高峰,而诗歌意象的层深建构(即所谓"象内"与"象外"的二重世界组合)亦由此形成。"兴象"说的出现,显示出唐人对自己的诗歌艺术实践的自觉的理论归纳,

---

① 均见《常熟二冯先生集》本《钝吟杂录》卷五。
② 见《董氏武陵集纪》,上海人民出版社 1975 年版《刘禹锡集》卷一九。
③ 《诗式》卷一"重意诗例"条:"两重意以上,皆文外之旨。"见《全唐五代诗格校考》第 210 页。
④ 见《与极浦书》,《四部丛刊》本《司空表圣文集》卷三。
⑤ 《与李生论诗书》,同上书卷二。
⑥ 见欧阳修《六一诗话》所引。

具有划时代的意义。殷璠《河岳英灵集》正是通过选唐诗(主要是盛唐人诗)体会到这一艺术特点,故而在宣扬唐诗荟萃前人之长,"风骨"与"声律"兼备的同时,特地拈出"兴象"作为唐人独创之功,其眼光可谓犀利。而后人评说唐诗,亦常以"兴象"为标帜。上举梅尧臣关于诗歌至境的那两句断语,便建立在他对严维、温庭筠、贾岛诸诗评析的基础上。宋末严羽高倡"唐音",其根据乃是"盛唐诸人唯在兴趣,羚羊挂角,无迹可求。故其妙处透彻玲珑,不可凑泊,如空中之音,相中之色,水中之月,镜中之象,言有尽而意无穷。"①"兴趣"实属"兴象"。更往后,如元杨维桢《卫子刚诗录序》称许卫子刚诗"音节兴象皆造盛唐有余地"②,明高棅《唐诗品汇总序》以"声律兴象、文词理致"品第唐诗③,胡应麟《诗薮》赞扬"盛唐绝句,兴象玲珑,句意深婉"④,许学夷《诗源辩体》谓"唐人律诗以兴象为主,风神为宗"⑤,乃至清纪昀特标"兴象之深微,寄托之高远"为唐人胜长⑥,翁方刚也强调"盛唐诸公之妙,自在气体淳厚,兴象超远"⑦,可说无一不从"兴象"着眼来体认唐诗的佳妙,"兴象"确系中国诗歌艺术形象发展成熟的表记。附带说一句,学界有人将"兴象"解作"兴发感动之象"或"比兴寄托之象",似可商榷。"兴"确有"兴发感动"之意,但"兴发感动"乃诗歌艺术的普遍功能,"诗三百"就曾被定为"可以兴",以此说"兴象",则"兴象"不免太泛。同样,"比兴寄托"说诗乃汉儒的特长,而非唐人本色⑧,唐诗里被许为有"兴象"的作品未必皆采用比兴寄托方式。由此看来,以情兴与物象的融彻和"兴在象外"来反映"兴象"的内涵,当更能得其真谛,这也是"兴象"的概念产生在唐以后,而不早见于先秦两

---

① 《沧浪诗话·诗辨》,人民文学出版社1983年版《沧浪诗话校释》第26页。
② 见《四部丛刊》本《东维子文集》卷七。
③ 见上海古籍出版社《唐诗品汇》卷首。
④ 上海古籍出版社1962年版《诗薮》内编卷五。
⑤ 人民文学出版社1987年版《诗源辩体》卷一六。
⑥ 见《瀛奎律髓刊误序》,清嘉庆刊本《纪文达公文集》卷九。
⑦ 人民文学出版社1981年版《石洲诗话》卷一。
⑧ 按:唐人用"比兴寄托"论诗的,从陈子昂以下,经杜甫、元结、白居易以至晚唐皮日休诸人,确有一个系统,但只是唐诗传统的一个侧面,且上述诸家的胜长也不全在"比兴寄托"。

汉的缘由。

总的说来,"兴象"说的提出,将六朝以来的审美意象说又大大推进了一步,不仅表现为其突出了诗歌表情兴的特点,使得艺术审美活动中作为意象思维根底的人的生命体验与审美体验的内在质素更形明晰,同时还在于它提示了情兴凭藉意象而又超越意象,即由"象内"向"象外"延伸的发展趋向。"立象尽意","象"的创设本是为了表"意",但并不等于意尽象中。"象"总是具体、实在而有限的,"意"则较为虚灵、弥散,具有多向生发和无限生发的可能性。为此,"象"要真正尽到表意的功能,便不能局限于表达象中之意,更要为"意"的弥散与生发提供广阔的空间,这就是"象外"世界的建构,也便是对"象"自身的超越。王弼既肯定"寻象观意",又提倡"得意忘象",正是对意象关系上这种二重性("意"凭藉"象"而又超越"象")的重要揭示。而诗歌"兴象"论的出现,也正意味着人们对艺术审美活动中意象思维的运行机制有了更完整的认识。据此而言,则"兴象"的生成体现了"意象"表意功能的全面实现,"兴象"说也就成了审美意象说得以完成的标志。

完成亦便是蜕变的开始。自唐中后期起,意境说在诗学领域正式展开,"意与境会"和"境生象外"构成意境说的两大主题,经宋元明清而不断深化拓展①。于是"兴象"恰恰成为由"意象"向"意境"过渡的中介,在沟通意象说与意境说之间尽自己的历史使命,这也许便是"兴象"一词虽仍为后世保留而沿用,但"兴象"说终未能像意象说和意境说那样引起广泛注意的原因吧!

四、开掘意象说的诗性生命本体内涵

以上介绍了意象说的来龙去脉,可以看出,意象在中国诗学传统里实据有核心的位置。从诗歌文本构成的"言—象—意"系统来看,

---

① 关于意境的概念和意境说的内涵见下篇,兹不具论。

"寻言以观象"、"寻象以观意"①,"象"在联结整个系统中起着承上启下的枢纽作用,它确是诗歌作品的内核。再从诗歌创作活动的流程来看,则诗人的情志转化为意象,又由意象生发出"象外之象"(意境),意象亦居于这一生命活动之链的中段。因此,如果说情志是诗性生命的本原,那意象就是诗性生命的实体,因亦构成诗歌艺术的审美本体;离开了意象,便无从把握诗歌的内在生命情趣及其审美意蕴,故意象实可视为诗歌艺术生命之所系。

这里涉及一个问题或许需要辨明一下,即是否存在不具有任何意象的诗歌。答案应当是否定的。提出这一质问的前提,是将意象等同于诗中的景物描写,于是那些直抒其情的篇章往往被认作不凭意象。实际上,物象、事象、乃至情态和意理的展呈,都有可能构成意象。王昌龄《诗格》中以"物境"、"情境"、"意境"为诗之"三境"②,云"境"而实通于"象",这就说明物、情、意的表现皆可成象。王夫之论情景组合,有"情中景"、"景中情"之说:后者含情入景,"如'长安一片月',自然是孤栖忆远之情;'影静千官里',自然是喜达行在之情",其意象鲜明固不待言;前者直言其情,但也间接地传达出诗人自身的情态,"如'诗成珠玉在挥毫',写出才人翰墨淋漓、自心欣赏之景",亦并非无意象③。即以通常举作不假意象的代表性诗篇——陈子昂《登幽州台歌》来看,从那痛切的陈诉、沉重的慨叹、激昂的语气和跌宕不平的音节中,不也分明可以窥见诗人在登高凭眺时,面对悠悠时空而瞻前顾后、思绪万千、发愤啸歌、怆然涕下的孤独而坚挺的身影吗?情感本身是难以捉摸的,不加以意象化便不能观照和传达;读诗者要能领略诗人的感受,也只有通过诗篇所提供的意象。故意象作为诗性生命本体(即诗歌审美实体),是不容否认的,没有意象便没有诗。

正因为意象在文学创作中具有如此重要的地位,中西古今的文论都要论及它。我们民族的诗学传统讲情志,讲感兴,讲意境,讲风骨,

---

① 见王弼《周易略例·明象》。
② 见《诗格》卷中"诗有三境"条,《全唐五代诗格校考》第 149 页。
③ 见《姜斋诗话》卷二,《姜斋诗话笺注》,人民文学出版社 1981 年版,第 72 页。

讲神、韵、气、味,这些概念在西方文论里几乎找不到对应物,唯独讲意象可以直接沟通。意象实在是中西诗学的一个交会点,这也说明中西艺术本体观的互联互容。但决不要因此就给中西意象观划上等号,它们之间仍然存在着许多实质性的差异和冲突,不可不加审视。

首先要看到,西方文论中用为艺术本体的范畴,通常是"形象"而非"意象"。就艺术作品而言,"形象"和"意象"都是指的艺象,这一点上似乎没有什么区别,但当我们进一步追问其实质时,分歧便显露出来了。"形象"一般理解为"人生的图画",是从反映客观世界事象的角度给予界定的,这跟"意象"作为表意之象自非一例。前者以"自然"(客观世界)为本,后者以情性为本;前者的形成在于"模仿"和"再现",后者的构造则为"象生于意";前者的职责是替社会人生作写照,后者的功能在于传达作者的生命体验,以引起读者的生命交流与共振:一句话,前者是认知世界的手段,后者乃主体内在生命的显现,这正是中西诗学立足点上根本分野之所在。

再从发展趋向上看,西方文论家并不以简单地摄取客观事象为满足,而寄期望于文艺作品借助形象的描绘以进入对象世界的内在本质,故亚里士多德有"诗是一种比历史更富哲学性、更严肃的艺术"的论断,因为历史仅记述实然性的事件,而诗却"根据可能或必然的原则"来"表现带普遍性的事"[①]。那末,诗怎样来表现客观世界的普遍性和必然性呢?主要凭靠作品人物形象(西方的诗以史诗、戏剧为大宗)的类型化与典型化来实现。亚里士多德已经有"喜剧倾向于表现比今天的人差的人,悲剧则倾向于表现比今天的人好的人"之说[②],实开类型化之先声。至古典主义文艺思潮兴起,更将塑造各种类型性人物作为基本的创作方法。现实主义作家比较重视人物个性的刻画,但个性中要体现共性,于是成为典型。典型化和类型化均着眼于人的共性的显现,再通过代表性人物之间的关系以展示客观世界的普遍性,像这样一种对普遍性的追索,不是很容易让人联想起柏拉图哲学所开

---

① 见《诗学》第9章,陈中梅译注本,商务印书馆1996年版,第81页。
② 见《诗学》第二章,同上书第38页。

创的理念论思路吗？要说是超越事象的实然性，这显然属于理性的超越，它决定着西方文艺的基本路向，而其根子仍在于视文艺为认知世界的手段。与之相比照，我们的意象说注重诗歌表意的功能，并由表"象内"之意，延伸到表"象外"之意，于是意象提升为意境；相对于西方文艺的理性的超越，这应该属于生命的超越，或者叫生命的自我超越。超越性追求是艺术审美活动的必然归趋，但由于重知识和重生命的歧异，中西艺术本体出现了朝向典型和朝向意境的分流，这又是双方艺象观的一大分野。

当然，西方文论不仅讲"形象"，也有谈"意象"（image）的。image 在心理学上称表象，指感知印象在人的意识里的遗留物（记忆的表象）或加工品（想象的表象），跟我们所讲的表意之象相距甚远。西方审美和艺术理论也常将审美意象归诸想象活动的产物，想象（imagination）一词便是从 image 变化而来的，但又往往将想象局限于感性认识（故审美研究被称为"感性学"），与我们传统中建基于"心物交感"、"神与物游"的意象思维亦有差距。二十世纪初，意象派诗潮崛起，主张诗歌以展呈"意象"为主，不应放任情感宣泄，并将 image 界定为"在一刹那时间里呈现理智和情感的复合物的东西"[①]，这就跟表意之象的观念稍稍接近了。但意象派特别强调瞬间的感受和直接的呈现，容易停留于直觉式的印象阶段，内含的意蕴不免见得单薄而狭窄，不像我们的诗歌意象那样丰富多彩。稍后的象征派诗人借意象来传达他们内心特有的思想理念，意象的内涵遂获得相应的拓展，甚且带有某种形而上的意味，但一味采用象征，则意象仅相当于喻象，亦不能真正代表我们的意象观。倒是当代符号学派的艺术理论家苏珊·朗格把意象看作"情感的符号"，进而指明"艺术品作为一个整体来说，就是情感的意象"[②]，最为贴近我们的传统，不过我们所表的"意"（情志）乃是情理、群己、天人诸方面的交渗，又不是单一化的"情感"所能涵盖的。况且"情感符号"说只突出了意象关系中"象"用为"意"

---

① 庞德《意象主义者的几"不"》，《意象派诗选》，漓江出版社 1986 年版，第 152 页。
② 见《艺术问题》，中国社会科学出版社 1983 年版，第 129 页。

的形态(所谓"寻象观意")的一面,并未涉及"意"对"象"的超越(即"得意忘象")的另一面,也还不能与我们的意象说等量齐观。

从上面的比较中可以大致看出,尽管用"意象"或"形象"指称艺术作品的审美本体,中西双方似无歧见,而对其实质的领会却很有差异。立足于"天人合一"的"道象"观和"目击道存"的具象思维方式,我们的传统不仅把诗歌意象视以为诗人生命体验和审美体验的具体显现,而且要将这一生命活动的根子追溯到宇宙生命的本原,因亦将这一生命活动的归趋努力导向超越性的"道"的境界。这一整个生命流程是要通过"情志—意象—意境"诸环节以全面展开的,而"意象"作为其间的有机构成与核心环节,自不能不打上这一生命观的深刻烙印。这就是为什么我们的意象说不单与西方知识论取向的形象论分途异趋,即使同属生命论取向而偏重在表现个人独特生命体验的西方意象派、象征派诸家,亦常与我们貌同心异,不可不加辨析。虽然如此,意象问题毕竟是中西诗学的一个交会点,中西意象观上也确有许多可供比照和相互补充的东西(如西方文艺心理学、文化人类学以及新批评、原型批评、结构主义、符号学等对意象的心理机制、文化内蕴、历史传播、原型流变、语言表现、结构组合诸方面的研究成果,均可为我们吸取)。在开掘与阐扬民族传统意象说的诗性生命本体内涵的基础上,综合运用这些成果,定能将诗歌意象的研究推上一个新的台阶。

释"意境"
——论诗性生命的精神境界

阐说"意象"已毕,可进而谈论"意境"。"意境"无疑是古典诗学中最具魅力的一个词语。提起诗歌意境,便会使人想起那在和谐的韵律中传送出来的真切的画面、天然的色调、浓郁的氛围、不尽的遐思乃至那富于生命情趣的悠永而深沉的意蕴,总之是一种为灵性的光辉所照亮的艺术审美境界,令人心醉神驰。这大概就是现代文论兴起后,许多传统的名词术语皆弃置不用,独有"意境"仍频繁出现于今人笔下的缘故①。然而,"意境"又是最难以解说明白的。现代的学人不满足于古人那种可意会而不可言传的表达方式,一力要用逻辑的语言给予清晰的界定,甚且常引西方文论的概念、学理作比附,结果是歧见杂出,愈说愈叫人摸不着边际。依我之见,"意境"作为我们民族审美传统中特有的范畴与理念,是不宜于拿来同西方文论作比附的;要对它有确切的了解,还必须放回到我们自身传统的整体结构中去加以考察和领会,尤其要关注它在传达与体现中国诗学的生命论精神上所处的特殊地位和发挥的作用。只有搞清了这些问题,才谈得上在新的时代条件下如何发扬其精粹,拓展其功能,使之真正融入现代文论的有机构成,为人类未来的美学大厦的建构添砖加瓦。

---

① 另"意象"一词亦属习见,却并非直承传统,系取自英美意象派诗歌,似有"出口转内销"之嫌。

一、境・境界・意境

"意境"在中国诗学里亦称作"境"或"境界",三者之间究竟是什么关系,须作一点辨析。

考"境"的本字为"竟"。许慎《说文解字》云:"乐曲尽为竟。"段玉裁注曰:"曲之所止也,引申之凡事之所止,土地之所止,皆曰竟。"可见"竟"原指乐曲终了,引申为事情的终结和土地的限界,而在后一个意义上,"竟"便演化成了"境"。"境"指空间范围,相当于疆界、领域的意思(有时亦可包含在此疆界、领域内的物事),初起时意义较实在,多用于实物的限界(如国境、境土),后逐渐扩展与虚化,亦用于生活的领域(如人境、境遇)乃至精神的界域(如《庄子·逍遥游》中的"辨乎荣辱之境"以及常人感受中的"佳境"、"妙境"等)。佛教传入中土后,"境"开始具有学理上的涵义。佛学主张"万法唯心",将一切感知到的现象都归因于心所造作,故有"心之所游履攀援者,谓之境"的说法①,"境"便成了人的内心感受及意识的对象化呈现。就佛教而言,其本意是要揭示"境"的虚妄,破除人们对外境的执着,却无意中给人以审美心理上的启示,于是诗人将自己在审美活动中所感受并表现出来的对象化世界亦称之为"境",这便是"诗境"说的由来。据此,则诗境之"境"并非原来意义上的实物之境,乃专指诗人意中之境,即被诗人情意所渗透的艺术境界,这是我们在讨论意境说时首须辨明的。

再看"境界"。"境界"一词由"境"与"界"合成,二者本属同义。《说文》释"界"为"竟也","竟"即是"境"。"境界"连用亦比较早,刘向《新序·杂事》中就有"守封疆,谨境界"的说法,稍后班昭《东征赋》里亦有"到长垣之境界,察农野之居民"的句子。佛经翻译中常借用"境界"一词,将它从原来实指疆土界限的涵义提升到精神的层面,而亦有多种用法,可以指西方极乐世界的风光景物,也常指人生和宗教

---

① 见丁福保《佛学大词典》释"境"。

修养所达到的境地,还可用来与"六根"(眼、耳、鼻、舌、身、意六种感知器官)、"六识"(六种器官的不同感知作用)相对待,作为感知功能所依托的对象。《俱舍论颂疏》云:"功能所托,名为境界。如眼能见色,识能了色,唤色为境界,以眼识于色有功能故也。"①这就跟前面所讲的佛学术语之"境"相一致了,故《佛学大词典》释"境界"为"自家势力所及之境土",这"势力"当指人的心力。"境界"进入审美活动领域,充当诗学的专用名词,其意义亦与"境"相当,指诗人情意所寄寓的艺术世界。南宋蔡梦弼引张九成《心传录》语云:"读子美'野色更无山隔断,山光直与水相通',已而叹曰:子美此诗,非特为山光野色,凡悟一道理透彻处,往往境界皆如此也。"②这是较早应用"境界"于诗歌评论的例子,其"境界"即指诗人的识见、器度在诗歌景物描写中的呈现。

　　与"境"、"境界"相比照,"意境"一词最为晚出。唐王昌龄《诗格》里初见"意境"之说,而其"意境"是与"物境"、"情境"相并提,分别指以写物、写情或写意为主要内容的三种不同类型的诗境③,跟后来具有普遍涵盖性的"意境"说尚不能混为一谈。诗学中普泛性的"意境"概念出自权德舆的"意与境会"④,指诗人情意与其表现对象结合为一体,而非王昌龄心目中的写意之境,不过权氏并未将"意"与"境"合成一个词语。五代时孙光宪《白莲集序》中用"骨气混成,境意卓异"来评述贯休诗⑤,托名白居易而实为宋初人所作的《文苑诗格》里亦设有"杼柳入境意"和"招二境意"之类名目⑥,"境"和"意"似乎趋于合成,但《文苑诗格》里又有"先境而入意"、"入意而后境"之类分拆开来的用法⑦,可见"境""意"并举连用尚不等于合成。真正创立了"意境"

---

① 见圆晖《俱舍论颂疏论本》卷二,《大正藏》第四十一册"论疏部"。
② 见《杜工部草堂诗话》卷二,中华书局版《历代诗话续编》第 208 页。
③ 见《诗格》卷中"诗有三境"条,《全唐五代诗格校考》,陕西人民教育出版社 1996 年版,第 149 页。
④ 见《左武卫胄曹许君集序》,中华书局影印本《全唐文》卷四九〇。
⑤ 见中华书局影印本《全唐文》卷九〇〇。
⑥ 见《全唐五代诗格校考》第 340 页。
⑦ 见《文苑诗格》"杼柳入境意"条,同上书第 340 页。

这个术语的,或许要数明人朱承爵,其《存余堂诗话》里谈到"作诗之妙,全在意境融彻"[①],这里的"意境"虽仍有并用的痕迹,但既然说到"融彻",则显然已经一体化,不再存在先意后境或先境后意的问题了。这种整体性的意境观,至清代便广泛流传开来。由此看来,"意境"范畴的建立,并非如一些人主张的那样是佛教"意境界"一词的省略,而是起于诗学内部对意、境关系的探讨,再经过二者的并举连用,终于达成一体。它一开始便是诗学的专用名词,虽然有"境"、"境界"诸说为之先驱。

"境"、"境界"、"意境"来源不一,进入诗学领域亦有先后,而究其实质,并无根本性差异。诗学里的"境"和"境界"原本就是指的诗人意中之境,故"意境"概念的提出只是起了强化与深化意境关系研讨的作用,实未曾改变诗境说的内涵。所以对"意境"的把握也就不能局限于这一词语的应用范围,而应该将"境"与"境界"的有关内容包容进来,本文谈"意境"便是取的这一广角。当然,也应看到,"境"与"境界"的涵义颇杂,它们不光是诗学术语,同时还是佛学名称乃至日常生活用语,即使诗学著述中用到这两个词,亦往往有取其诗学意义或日常涵义的不同,需要细心辨析。相比之下,后起的"意境"因专属诗学用语,在概念内涵上就显得较为纯粹与明晰,或许便是今天的论者宁愿选择这一称谓用以概括诗境说的理由,而亦是本文所采取的策略。

二、"意境"的生成及其基本内涵

意境说正式成立于唐代,在这之前则经历了相当长时期的酝酿和准备的过程,甚至可以说,中国诗学自诞生之日起,便已具有向"意境"发展的趋势,"意境"的建立标志着诗学观念的全面成熟。

众所周知,中国诗学的开山纲领为"诗言志",后来又出现了"诗缘情"的提法,两者结合而产生"情志"的概念,"情志"便构成诗歌的

---

① 中华书局版《历代诗话》第792页。

生命本根。但依据传统的理念,"情志"的根基又在于"心性","心性"则来自"天命"和"天理",所以"情志"作为诗性生命本根,其内涵实包含了天人、群己、情理、体用诸方面关系的交织,这样一种复杂而又独特的精神素质,正是诗歌意境所赖以发育和构建的种因。"情志"的发动要通过"感兴","感兴"乃是心物交感,是诗人内在情意与外在物象之间的交流互动,并由这种互动而形成诗歌意象,这也便是意境生成的途径。意象作为诗歌生命的实体,它以"立象尽意"的方式荷载着"情志","象"实而"意"虚,"象"凝定而"意"流动,"象"有限而"意"无限,这种虚实相涵、即小见大的表达方式,又为意境的创造提供了模型。这一模型的粗胚早在汉儒以比兴说诗中即已见到端倪,因为比兴作为象喻,本就具有以小称大、言近旨远的特点,这些特点后来在意境的建构中得到了充分的展开,所以比兴亦可视以为意境的最初胚芽。

　　魏晋以后,原始的比德式的喻象思维演进为较为成熟的意象思维,意境的展呈便也有了更为开阔的空间。但促使意境生成的最直接的动因,还在于六朝文学"尚形似"的风气所造成的"情志"与"意象"之间的脱节。意象作为"表意之象",本是用来显现情志的,而因过于侧重在写形,反倒疏略乃至淹没了情志的传达,从而背离了诗歌创作的原旨。但情志又不能不凭藉意象作表达,故而只能采取不即不离的态度,即一方面仍须通过意象,另一方面则试图超越意象,也就是要努力打开由"象内"向"象外"延伸的通道,使意象由封闭的实体转化为虚实相涵的开放性结构,这就演化成了"意境"。六朝后期在这条道路上进行认真探索的,首先可举出刘勰的论"隐秀",其云:"情在词外曰隐,状溢目前曰秀"[①],虽是讲的两种不同类型的意象,恰恰体现了意境构造的两个基本的方面。稍后,钟嵘《诗品序》里也是既强调"指事造形,穷情写物,最为详切"为"有滋味",而又倡扬"文已尽而意有余"的"兴"。刘勰论"隐秀"和钟嵘论"兴""味",便成为意境说的两

---

　　① 《文心雕龙》中《隐秀》一篇有脱佚,现存文本系经后人补撰,此二句乃张戒《岁寒堂诗话》卷上所引,当系原篇之佚文。

个最切近的源头,再经由唐人殷璠的"兴象"说对"兴"与"象"两方面的综合①,"意境"遂宣告脱胎而出,"兴象"因亦构成由"意象"过渡到"意境"的转折枢纽。

那末,"意境"的基本内涵究竟有哪些方面呢?撇开各种枝叶,单就其主干而言,突出地体现为两大特征,可以概括为"意与境会"和"境生象外",分别表述如下。

前面说过,"意与境会"的命题是唐中叶权德舆所提出来的,其实,观念的萌生还要更早。王昌龄《诗格》卷上"论文意"一节里谈到:"夫置意作诗,即须凝心,目击其物,便以心击之,深穿其境。如登高山绝顶,下临万象,如在掌中。以此见象,心中了见,当此即用。"② 就是说,诗人要以自己的心意去穿透外物,才能视境象"如在掌中",这不正是指"意"与"境"相交会吗?卷中"诗有三境"条也讲到,要"处身于境,视境于心,莹然掌中,然后用思,了然境象"③,说的是同一个意思。与权德舆同时而稍早的诗僧皎然,在其《诗式》中亦着重讨论了"取境"的问题,主张"取境之时,须至难至险,始见奇句;成篇之后,观其气貌,有似等闲,不思而得,此高手也"④,实际上便是要求通过刻意精心的"取境",以达到"意"与"境"的浑然无间,阐说又进了一步。他在此书"辨体有一十九字"一节里辨析诗歌的各类体式,对"静"的解释是"非如松风不动,林狖未鸣,乃谓意中之静",对"远"的解释是"非如渺渺望水,杳杳看山,乃谓意中之远"⑤,"静"和"远"都是指的意中之境,不同于实物景象,更可见"意境"说的基本精神。据此,则"意与境会"命题的提出,正是对于诗境说的这方面内容的一个总括,故而成为"意境"构成的一大标志。

"意与境会"关涉到审美主客体之间的关系,从诗歌创作的进程来

---

① 见殷璠《河岳英灵集序》及书中评语。按"兴象"之"兴"当取自钟嵘《诗品序》"意有余"之义,故后人释"兴象"为"兴在象外",乃得其解。
② 《全唐五代诗格校考》第139—140页。
③ 同上书第149页。
④ 见《诗式》卷一"取境"条,同上书第210页。
⑤ 均见《全唐五代诗格校考》第220页。

看,它发端于心物交感,实现于意境融彻,而常借情景交融以得到表达。我们知道,中国诗学传统是以心物交感为诗歌生命的动因的,诗歌意象由心物交感而产生,所以在意象基础上生成的意境,也离不开主体情意和客体物象之间的交流感应,这就是"意与境会"建基于心物交感的缘由。但意境的生成并不局限于心物之间的交流感应,它是这种交流感应作用的一个结晶,故"意"与"境"的相融相摄乃至合为一体,方是意境成立的表征。在这种一体化的建构之下,"境"不再是孤立的"境",而成为意中之境;"意"也不再是原来形态上的"意",而转形为含蓄、深藏于境中之意,即境即意,莫分畛域。要达到这一步,一个基本的前提是改变物我双方的对立状态。在日常生活里,主体和客体之间经常地形成着一种功利性的关系,客观事象以其对主体的利害价值刺激主体,主体亦以自身的利益需求对客体作出反应,两者的相生相克不可避免,物我同一便无从谈起。只有当我们摆脱这种实用性的功利需求,"物"不再是使用价值上的物品,而成了体现生命情趣的物象;"我"也不再是追求实际利益的我,而成了观照和品味自己的生命体验,进而领略、体悟宇宙大生命意蕴的我,这时候才算进入"物我两忘"(忘乎利害得失)与"物我同一"(同于生命本真)的境界,才有实现意境融彻的可能。这个道理我们的先辈是懂得的。诗学传统有所谓"虚静"之说,便是要求作者排除各种意念的干扰,以臻于审美的超越境界。前举权德舆《左武卫冑曹许君集序》文中,也是将许诗能做到"意与境会"归因于"得之于静,故所趣皆远"①。稍后,刘禹锡就此问题更有所发挥,其《秋日过鸿举法师院便送归江陵序》一文谈到:"梵言'沙门',犹华言'去欲'也。能离欲则方寸地虚,虚而万景入……因定而得境,故翛然以清;由慧而遣词,故粹然以丽。"②点明了心地能虚能静的关键在于"离欲",即解除实用性功利关系的束缚;去除了这层束缚,内心空明净彻,才能向审美对象开放,以进入"翛然"、"粹然"的审美境界,这也正是诗歌意境生成的根本性条件。

---

① 见《全唐文》卷四九〇。
② 见上海人民出版社校点本《刘禹锡集》卷二九。

意境生成之后，还有一个表达于诗歌作品的问题。由于古典诗歌绝大部分为抒情诗，其表现手段不外乎情、景二端，情相当于"意"，景相当于"境"，故"意与境会"又常被理解为情景交融，实未必尽然。因为"意与境会"是就诗人审美感受过程中的主客体关系而言的，情景交融则是指的诗歌表现的方式，它可以体现意境中的审美主客体关系，而亦可不涉及这一关系，如作诗技法中通常讲到的情语与景语的种种安排，便属于意象组合的具体方法，而无关乎意境的实质。不过话说回来，意境在表达上确也需要借助情景交融，因为"意与境会"式的审美体验往往要透过情景交融的表达方式始得以呈现，这便是为什么情景关系的讨论在唐宋以后的诗学著述里经常成为一个热点的原因。质言之，只要我们不把情景交融约化为某种定式（即情与景的具体搭配方式），而是视以为诗歌表现的美学原则，它作为意境说的有机构成，自亦是不可缺少的。

再来谈"境生象外"，这个命题是刘禹锡在《董氏武陵集纪》一文中提出来的，其云："诗者，其文章之蕴耶！义得而言丧，故微而难能；境生于象外，故精而寡和。"[①]诗歌作为文章的精粹，其特点被归结为"义得言丧"与"境生象外"。"义得言丧"便是庄子说的"得意忘言"[②]，它建立在"言不尽意"的判断之上，既然言语不能充分显示哲人或诗人的内心体验，那就只有超越语言的外表去追索其深藏着的言外之意。刘勰讲的"情在词外"，钟嵘所云"文已尽而意有余"，乃至皎然提倡的"文外之旨"和"但见情性，不睹文字"[③]，都是就这一点立论的。"象外"之说则起源于三国时荀粲对《易传》"立象尽意"说的质疑，他认为"理之微者，非物象之所举"，故还须"通于象外"，去求得"象外之意"[④]。这样一种超越物象以探求真意的倾向，被王弼归纳为"得意忘象"[⑤]，成为魏晋玄学的重要观念。东晋以后，佛教大盛。佛家以现象

---

① 见上海人民出版社校点本《刘禹锡集》卷一九。
② 见《庄子·外物》。
③ 《诗式》卷二"重意诗例"条，《全唐五代诗格校考》第210页。
④ 见《三国志·魏志·荀彧传》裴松之注引《晋阳秋》所载何邵《荀粲传》。
⑤ 见《周易略例·明象》。

界为虚妄,主张破除妄念,返归真如,故有"穷微言之美,极象外之谈"之说①,其"象外"即指涅槃之道和般若之论。玄、佛的推崇"象外",对艺术创作发生了影响,刘宋宗炳《画山水序》里便讲到"旨微于言象之外"②,南齐谢赫《古画品录》亦谈到"若取之象外,方厌膏腴"③。唐人开始将这个观念引入诗学领域,皎然《诗议》中有"绎虑于险中,采奇于象外"的说法④,而戴叔伦所谓"诗家之景,如蓝田日暖,良玉生烟,可望而不可置于眉睫之前也"⑤,其实也还是对诗歌象外境界的一种描述。不过诗画家的驰神"象外",并不同于佛门弟子那样将现象界与本体界相对立,倒是要透过和穿越具象的描绘以打开通向象外世界的门户,这跟庄子以至王弼提倡的"寻言""寻象"而又"忘言""忘象",其实是一个路子,所以刘禹锡要将"境生象外"与"义得言丧"并提,其趋向皆归之超越。

然则,这超越性的象外世界又包括了哪些内容呢?荀粲系从玄学家的立场出发,他说的"象外之意"乃指"理之微者",即玄理。刘禹锡、戴叔伦则是从诗人的角度出发,所以更看重"境"和"景"。他们谈得都比较简略,把这个问题进一步展开的,是唐末的司空图。他不仅提出"思与境偕"的命题以与"意与境会"相呼应,还着重探讨了诗歌的"象外"追求,有所谓"象外之象,景外之景"⑥以及"韵外之致"、"味外之旨"⑦多种表述。这些提法的共同点是将诗人关注的焦点由象内导向象外,而对象外世界内涵的揭示则互有侧重。"象外之象,景外之景"重在"象"和"景"的营造,尽管不同于作品里直接展示的"象",而表现为由实象引发的虚拟之象、想像之象(也就是戴叔伦所讲的"可望而不可置于眉睫之前"的那种景象),但毕竟属于"象"的范畴。这实

---

① 见僧肇《肇论·涅槃无名论》,中华书局1981年版《中国佛教思想资料选编》第一卷第157页。
② 见《历代论画名著汇编》,文物出版社1982年版,第14页。
③ 同上书第18页。
④ 见《全唐五代诗格校考》第185页。
⑤ 司空图《与极浦书》所引,《四部丛刊》本《司空表圣文集》卷三。
⑥ 见《与极浦书》。
⑦ 见《与李生论诗书》,《司空表圣文集》卷二。

际上指的由诗画空白处所生发出来的想像空间,一首诗、一幅画愈能在其提供的字面、画面空间以外开拓出更多的想像空间,它的蕴含量就愈加丰富与深厚,其逗人遐想的魅力也愈见强大,这在我们的艺术传统里称之为"以少总多"和"计白当黑"。至于"韵外之致"的"致",当意谓着情致、情趣,它并不同于诗中抒述的情感(那叫"情语",跟"景语"一起构成诗歌的意象成分),乃是指透过具体的喜怒哀乐之情所反映出来的对生命本身的体验(所谓生命情趣),故称"韵外之致"("韵"为曲调,此处指代诗歌)。而"味外之旨"有如司空图本人的解说,意指咸、酸诸般口味以外的那种适得其妙的"醇美"。这当然是个譬喻,而若我们将咸、酸等口味理解为诗中写到的各类情事,则超乎各类情事之上的"醇美"之"旨",便只能是对人的生命乃至宇宙生命意蕴的感悟了。这正是"道"的境界,不过不是用玄言述说的"道",而是经由生命的体验和审美的超越之后所把握的"道";象外世界的追求也恰是要引导人们超越自我生命体验以跻于"道"的境界,所谓"超以象外,得其环中"[①]、"乘之愈往,识之愈真"[②],讲的便是这层道理。由此看来,"境生象外"命题的提出,实质上是将诗歌艺术世界归结为一种层深的建构,由"象"(诗歌意象)和"象外"(即"境")两部分组成,象外世界又可区分为想像空间和情意空间。艺术审美活动(亦即诗性生命活动)由象内的感知世界起步,经象外想像空间的拓展,而超拔于最高层的情意空间,是一个从具体的生活感受逐步提升为对生命本真的情趣和意蕴作领略的过程。这样一种领略,又是以天人、群己、人我、物我之间的生命沟通为标志的,故而审美的超越同时便是还原(复归),还原于天人合一(包括群己互渗)的生命本真状态,这也正是诗歌意境创造的主要功能之所在。

通过以上两个方面的考察,现在可以对诗歌意境下一界定了。意境作为意中之境,是指为诗人情意(生命体验和审美体验)所灌注和渗透的艺术世界,它呈现为一种层深的建构,从而开启了生命自我超越

[①] 《二十四诗品·雄浑》,中华书局版《历代诗话》第38页。
[②] 《二十四诗品·纤秾》,同上书第38页。

的通道，并最终指向生命的本真状态。"意境"一词在具体使用中又有广、狭二义：广义指整个艺术形象体系，连同象内和象外空间一起；狭义则专指象外世界，不包括具体的意象在内。但不管哪一种涵义，意境都应具有开拓象外世界的功能；诗歌作品若是只能"意尽象中"，而不能将人的审美生命活动引向超越，就算不上有意境。据此而言，则意境实在是诗性生命体验经自我超越后所达到的最高境界，它是审美的境界，也是精神的境界乃至生命的境界；意境的讲求体现了我们民族的生命追求，一种既超越而又复归，或者说在超越中力求复归于生命本真的取向。

还有一个问题需要稍作交代，那便是意境与意象的关系。应该说，古人在这个问题上并没有作明确的界分，尤其是意境说初起之时，"境"、"象"两个概念经常并置而混用。王昌龄《诗格》中讲"取思"，用"搜求于象，心入于境，神会于物，因心而得"来表示①，这里的"象"、"境"、"物"都是指的审美感受的对象，并未见明显的差别。皎然《诗议》中也有"夫境象非一，虚实难明：有可睹而不可取，景也；可闻而不可见，风也；虽系乎我形，而妙用无体，心也；义贯众象，而无定质，色也。凡此等，可以偶虚，亦可以偶实"的说法②，他把景、风、心、色各类物象均归诸"境象"，却未曾给"境"与"象"作区划。这样的用语习惯，后人也大体保持下来。今天的论者喜欢概念明晰，往往将"意象"解作单个实体的"象"（有"意象为诗歌最小单位"之说），于是"意境"便成了意象的总和或意象系统。此说不无可取，然非古人原意。不过古人谈意象，确也常偏重在诗歌的局部。如宋人唐庚批评吕延济注谢朓诗"平楚正苍然"，将"平楚"（平野）的"楚"解作树丛，"便觉意象殊寡"③，就是指一句的意象。清方东树评论韦应物诗学陶渊明，以为"多得其兴象秀杰之句"④，也是从句意上谈论兴象。至于诗法中所讲

---

① 见《诗格》卷中"诗有三思"条，《全唐五代诗格校考》第150页。
② 见《全唐五代诗格校考》第181页。
③ 见强幼安《唐子西文录》，中华书局版《历代诗话》第447页。
④ 见《昭昧詹言》卷一，人民文学出版社1961年版，第42页。

的"夺胎换骨"、"点铁成金"之类改造、翻新前人诗歌意象的工夫,则全是从局部性意象上着眼的。与之相比照,谈诗境时,这类紧扣一字一句的情况便较为少见,所以从整体性和局部性来区别意境与意象,大致可以成立。但两者之间更重要的差异,或许还在于象内与象外的界分,这有"境生象外"的论断作根据。当然,"意境"一词的应用上可宽可窄,故不能排斥其中或包含有实象的成分,而虚实相摄、互涵互动乃其精义所在,这跟以实象姿态呈现的意象终究有别。因此,我们似可将意境视以为在意象的基础上向着整体化与超越化的生成,换言之,意象为意境的基础,而意境乃意象的延伸。如果我们将意象当作诗歌作品的诗性生命本体(审美实体),则意境便构成其终极性本体,或者叫作诗性生命的圆成。反观当前学界有所谓意象与意境孰为古典美学核心的争执,实际上,在传统诗学的理念中,从情志到意象再到意境,是一个完整的诗性生命的流程。情志作为诗歌生命的本原,意象作为诗歌生命的实体,意境作为诗歌生命的归趋,形成环环相扣的有机组合,少了任一环节便见得残缺而不完美,故正须从其相互依存、相互转化的关系上来把握各自的意义,而不必为其作用的大小和地位的高下强作解人。

三、"意境"的思想渊源与民族根基

意境说既然在中国诗学传统中占有如此重要的位置,它的根子便必然会进入民族文化的底基,而与整个思想文化传统发生千丝万缕的联系。过去一些论家因着眼于佛学谈"境"与"境界"的直接关联,多将意境的生成归因于佛教的传入,而忽略了其民族的根基。当今的学者则从思想渊源上追溯其根子至于老庄和玄学,探讨有所深入。但实际上,意境并非哪个学派的专有物,它是整个传统文化的结晶,对后世有着深远影响的儒、道、佛三家均参与了它的建构。

儒家对意境说的奠基作用首在它的天人观。天人合德,人性与天命相贯通,是它的基本信念,所谓"天命之谓性"①,或者说"性自命出,命自天降"②,讲的便是这个道理。人性既来自天命,其中便涵有天理,而儒家认可的天理又是同亲亲、尊尊这一套礼教人伦规范相一致的,所以天人、群己、情理诸要素的结合便构成了人的本性,而"诗以言志"的"志"(即"情志")无非是这一本性的发露和运作。不仅如此,人性既然上达天命,便也可以由人心以返求天理,这正是孟子提倡的"尽心"、"知性"以"知天"的修养途径③,后来理学家所讲的"主静"、"居敬"、"致良知"等,皆属于这类内向超越的工夫。将这种内向的超越转移到审美活动中来,由审美以超越世俗的功利,超越一己之我,回归天人合一的生命本真,便走向了意境。意境作为生命本真境界的呈现,是离不开天人合德理念的支撑的。儒家天人观的另一个方面是天人感应,其表现形态之一为心物交感。我们已经谈过心物交感作为审美主客体之间的交流融会对于意境生成的重大作用,不必再作重复。需要补充的是,心物交感同时也是诗歌比兴乃至意象建立的依据,因为那种比德式的象喻本来就是以自然物象与社会人事间的某种同构效应为前提的,而"立象尽意"说的原初涵义也是指物象(以卦象的形式出现)的象征表意功能,这些都脱不了人与物之间的比附关系。于此看来,儒家学说虽未必对意境的建构提供直接的资源,却是在根本性理念上为意境的产生起了奠基作用,其积极意义不当被忽视。

　　意境说在思想领域的最初发端,似可上溯《老子》书中的"大象无形"④。"大象"不是普通的物象,而是"道"之象;"道"以"无"为体,故"道"之象也是无形的。但"道"又并非绝对的"无"(虚无),它化生万物,"无为而无不为"(即通常讲的以"有"为用),这些实实在在的功能与信息都蕴含于"道"体之内,虽看不见、摸不着,却可以想像和意会,故老子又有"道之为物,惟恍惟惚。惚兮恍兮,其中有象;恍兮惚兮,其

---

① 见《礼记·中庸》。
② 见文物出版社 1998 年版《郭店楚墓竹简》中《性自命出》篇。
③ 见《孟子·尽心上》。
④ 见今本《老子》第四十一章。

中有物"之说①。有人将这里的"物"和"象"理解为实在的物象,把"恍惚"解作依稀可辨,则"道"的本体不再是"无",显然不符合老子的宗旨。只有将似恍似惚的"物"、"象"看作"道"的以"有"为用的一面,可意想而仍不可把捉(老子所谓"无状之状,无物之象"②),"大象"的观念方得以成立。"大象"充当玄理之象,其性能自然不同于审美意象;但作为超乎物象的象,又是体"道"的象,倒是跟构成诗歌象外层面的意境有点接近。事实上,"大象无形"的观念对传统美学确有影响,《二十四诗品》里的"超以象外,得其环中"、"遇之匪深,即之愈希"、"不着一字,尽得风流"、"离形得似,庶几斯人"等提法③,均带有"大象无形"的印迹,甚且可以说,这无形而有象的"大象",便是诗歌审美意境的早期范型。

《庄子》继承了《老子》的思想,其《天地》篇里有关"象罔"的寓言同样表露了由虚拟、想像之象进以窥测大"道"的倾向。不过庄子对中国诗学的最大启示,恐怕还在于他的"得意忘言"之说。"忘言"不是不要言语,正如同筌、蹄之于鱼、兔,先要凭借筌、蹄以得鱼、得兔,达到了目的才能舍弃手段。所以"忘"只是一种超越,是不粘执于手段而奔赴最终目的的姿态。庄子此说到玄学家王弼手里,便发展成"得意在忘象"、"得象在忘言"④,这一"意—象—言"的三段式组合,恰好适应诗歌文本的总体建构,于是由言至象再至意的不断超越,遂成为诗歌审美活动的基本取向,而象内向着象外世界的拓展延伸,因亦是顺理成章的了。如果说,老子的"大象无形"为诗歌意境的构建提供了范本,那末,庄子以至玄学有关言意关系的探讨,则是给意境的超越性生成指示了具体途径。至此,意境形成的哲学基础已然具备,而它的美学酝酿也便在六朝文学的实践经验中发酵、露芽。

我们不能忘记佛教的催生作用。这不光指佛经的翻译中频繁使

---

① 见今本《老子》第二十一章。
② 同上书第十四章。
③ 见《二十四诗品》"雄浑"、"冲淡"、"含蓄"、"形容"诸品,中华书局版《历代诗话》第38、40、43页。
④ 《周易略例·明象》。

用了"境"和"境界"的字眼,并将它们由日常用语提升为学理性名词,从而为诗境说的出现创造了契机,更其重要的,还在于佛教思想对艺术审美活动的浸润。佛家以虚空为本旨,将大千世界的种种事象都归之于心的投影,即所谓"万法唯心"。但心的这种功能又必须依托于对象化了的"境"始能呈现,故又有"心不孤起,仗境方生;境不自生,识变方起"之说①,这样一来,心与境便紧密地联系在一起,因心造境,由境观心,这不正是审美意境说中"意与境会"的构建模式吗?另外,佛家虽以万象皆空,亦只是就其因缘凑合、无自性而言,属于"幻有真空",而非绝对地空荡荡;佛门修炼也便是要人看破这"幻有",以复其"真空"本性,即所谓"即色悟空"。所以佛学对世间事物常持"非有非空"之说,以免执着于"有"或单陷于"空"的弊病。这样一种似有若无、既虚又实的人生境界,不又恰好成为诗歌艺术境界的写照吗?在传统的佛学中,由各种心识所构成的"心境"与妙智所感受的"法境"是根本不同的,破除心识之幻觉,方能进入真如"法境"。但到禅宗兴起后,强调在世与出世的统一,于是"青青翠竹,尽是法身;郁郁黄花,无非般若"②,幻境中即寓有真境,这就更逼近意境的审美功能了。佛教及其禅宗将儒、道、玄诸家为意境打造的理论基础,从哲学思维向着艺术思维方面大大推进了一步,其功绩自亦是不可抹杀的。

综上所述,意境在我们民族传统的思想文化土壤中确有着深厚的根子。就总体而言,中国哲学不同于西方传统的实体论哲学,而属于境界论哲学。也就是说,西方的哲人常悬一实体(物质性的或精神性的)作为世界的本原,哲学思辨的归结点是要把握这一"形而上"的本体,于是"形上"与"形下"的世界每被割裂开来,而由"此岸世界"向"彼岸世界"的飞跃不得不凭借理性或信仰的超越。中国的思想家则多持"天人合一"的理念,天与人本属一体,人的心性中即可展呈天理,也就不存在什么"此岸"与"彼岸"的悬隔了。这不等于说中国人不懂

---

① 见《宗镜录》卷四,《大正藏》第四十八册"诸宗部"。
② 见《荷泽神会禅师语录》,《中国佛教思想资料选编》第2卷第4册,中华书局1983年版,第91页。

得超越。中国式的超越是在世中的超世,不离"此岸"而登达"彼岸",具体表现为致力于改变当下的人生态度,将自己从世俗功利关系中解脱出来,同时便是从与他人及外物相对峙的封闭的"小我"中解脱出来,以进入群体生命乃至宇宙生命的交感共振之中,以感受生命大洪流(大化流行)的本真情趣与创化功能。这是一种生命境界的超越,或者叫作生命的自我超越,中国哲学思维便是以揭示这类超越性境界为目标的,故称境界论哲学。在我们的传统里,境界的设立要以"天人合一"为前提,儒、道、佛各有自己的人生境界,而归诸"天人合一"则是共同的。诗歌意境说作为境界论哲学的美学翻版,其以"天人合一"为终极性思想根基,亦属不言而喻,即此也可见出意境说与传统文化的血肉联系。

由此当可回答一个问题,即何以"意境"成为我们民族传统中特有的诗学范畴,而在西方美学与文论中却找不到相应的概念。这并不意味着西方人的审美活动中没有超越的精神指向,而是因为在实体论思维的导引下,其超越的趋向往往归诸形而上的实体,未必构成饱满而富于情趣的生命境界。比如黑格尔美学将美界定为"理念的感性显现"[1],本意是要通过审美活动将人的心智由感性现象导向作为绝对精神的"理念",但导引成功后,人也就脱离了感性界,于是审美的超越转变为对审美自身的超越(即理性对审美的超越),而人类艺术就只能充当通向思辨哲学的一个阶梯了。这正是为什么他要预言艺术的时代已经成为过去。同理,中世纪教会也曾采用各种艺术手段来宣扬上帝的荣耀,宗教艺术亦能将人的目光与心灵引向上苍,而其最终结果也仍然是信仰的超越和对艺术自身的超越,并不像我们的意境说那样将人的内心体验安顿在审美境界而同时亦是生命的本真境界之中。至于晚近西方哲学鼓吹的"高峰体验"、"酒神精神"之类,虽非专论艺术,倒有点接近我们的审美意境,均属于生命的境界。不过西方以个人为本位,以自我实现为最高境界,较之我们的传统恰恰要超越自我,

---

[1] 见朱光潜译本黑格尔《美学》第 1 卷,商务印书馆 1979 年版,第 142 页。

以回返天人合一下的生命本真,在意趣与旨归上终有实质性差异。这或许便是意境说在我们民族的传统里拥有深厚的基础,却长时期来未曾正式进入西方视野的缘由;意境的传播看来是要跟"天人合一"理念的传播同步而行的了。

四、"意境"的历史发展与近代变革

意境说的建构在唐代已经粗具规模,唐以后,它的应用范围不断扩大,宋人以之入画,明人引入戏曲,清人用以论词,近人更借以论小说、论散文、论书法、论园林,但"意境"的基本内涵并未有明显的变化,因亦不必赘述。需要给予关注的,是"意境"在历史发展中的推陈出新,这又可以分两个阶段来作考察:一是宋元明清时期意境的古典形态的演变,二是晚清以后意境说的近代变革。

宋元以降,诗歌审美的追求上有一个突出的表现,便是意境的虚化。这一倾向在晚唐诗人身上已经显露苗子,司空图论诗大谈"象外"即其征兆,不过他依然重视"近而不浮,远而不尽"[1],要求在虚实之间把握适度,则仍属唐人的作风。宋代开始,随着内敛型人格的发育成长,诗歌审美中的寻虚逐微的风气也日益抬头。较早如苏轼论诗致赏于司空图的"辨味"说,将其概括为"得味于味外"[2];他还主张诗画创作不要拘执形迹,有"论画以形似,见与儿童邻;赋诗必此诗,定非知诗人"之句[3],跟《二十四诗品》中的"离形得似"是一个意思。其后,范温谈艺标"韵"为"美之极",并用"有余意"来解释"韵"[4],更可体现宋人的美学情趣。至南宋严羽独倡"兴趣"说,以"羚羊挂角,无迹可求"及镜花水月诸种譬喻来形容盛唐诗的妙处,而归之于"言有尽而意无穷"[5],这种超越形迹的美便发挥到了极致。与此同时,宋诗讲理趣,

---

[1] 见《与李生论诗书》。
[2] 见《书司空图诗》,中华书局版《苏轼文集》卷六七。
[3] 《书鄢陵王主簿所画折枝二首》(其一),中华书局版《苏轼诗集》卷二九。
[4] 见《潜溪诗眼》,中华书局版《宋诗话辑佚》第372—375页。
[5] 《沧浪诗话·诗辨》,中华书局版《历代诗话》第688页。

讲禅趣,讲谐趣,元人散曲求真趣、童趣、俚趣等,都可看作这一倾向的延续,其流风余韵直至清王士禛的"神韵"说。

这样一种以神、韵、味、趣为美的好尚,跟意境的创造有什么关系呢?应该看到,意境作为诗人情意所渗透的艺术世界,本来就包含象内和象外两个层面,即使是象外世界,也有想像空间与情意空间之分。而若将"象"的成分从意境里剔除,不仅不重视实象(诗歌意象),甚且不关注虚拟、想像之"象"(即"象外之象"),那末,意境还剩下什么呢?不就是"韵外之致"和"味外之旨"了吗?这种空灵的情致或意趣,正是宋以后人倾心追求的神、韵、味、趣,或者也可以说是"离形得似"观念支配下的产物吧,它促成了诗歌审美的超越性追求更向纵深发展并趋于精细化(如禅趣、理趣并不同于兴趣、神韵,而亦有别于元人的真趣、俚趣),但也给诗歌意境的形神分离与脱节埋下祸根。于是一方面,意境的空灵化容易导致艺术形象的单调贫弱,而形象的生气不足,反过来又会造成神、韵、味、趣的缥缈无根;而另一方面,由于诗歌意象构造被排除在意境的审美视野之外,从而失去了它的形而上的质素与意味,于是便堕落为机械的法式讲求,这从宋以后人喜欢将情景关系规范化为先情后景、先景后情乃至四虚四实、半阔半细诸般陈套上,即可窥见一斑。意境的虚化与意象的程式化,不过是一件事情的两个方面而已。

"象外"与"韵外"的偏嗜既已引起弊端,不免遭到纠弹。金人王若虚率先起来对苏轼脱略形迹的主张实行纠偏,其谓:"论妙在形似之外,而非遗其形似,不窘于题,而要不失于题,如是而已耳。"[1]王氏的语气还比较委婉,明人李贽则公然针锋相对,他在《诗画》一文中应答苏轼云:"画不徒写形,正要形神在;诗不在画外,正写画中态。"[2]在强调不能忽略"形似"的同时,又坚持了形神兼备,看法较为全面。至于对严羽"兴趣"说和王士禛"神韵"说的批评就更为严厉了。清初冯班甚至写了《严氏纠谬》一书专力指谪严说,虽流于苛细,亦自有见地,尤

---

[1] 《滹南诗话》卷中,人民文学出版社1962年版。
[2] 见万历刻本《李氏焚书》卷五。

其是引证刘禹锡"兴在象外"之说①与严氏"兴趣"说相比照,以见出"兴"与"象"的不可偏废,有相当的说服力。后来朱庭珍《筱园诗话》中亦谈到:"近代诗家,宗严说而误者,挟枯寂之胸,求渺冥之悟,流连光景,自矜高格远韵,以为超超元著矣,不知其言无物,转坠肤廓空滑恶习,终无药可医也。"②这是将王士禛和严羽捆在一起捶打,"其言无物"正谓其不从实境上用力,是切中病痛的。近人许印芳更明白指出:"盖诗文所以足贵者,贵其善写情状","其妙处皆自现前实境得来",待到"功候深时,精义内含,淡语亦浓;宝光外溢,朴语亦华。既臻斯境,韵外之致,可得而言"③。所指示的这条由实而虚的路径,大体符合意境创造的规律,可视以为历史上这场争议的一个小结。

在反对意境虚化的同时,明清两代诗家普遍重视诗歌艺术形象的虚实两个方面的重新整合,"意象"、"兴象"之类宋元时罕用的词语又频频出现在文人笔下,情景关系的探讨亦更多地从相融相摄的角度来立论。不过他们并不忽视意境的超越性的一面,如王世贞在评论张籍、王建的乐府诗时说道:"乐府之所贵者,事与情而已。张籍善言情,王建善征事,而境皆不佳。"④何以"境皆不佳"呢?当然是因为其诗叙写人情务求其尽,"专以道得人心中事为工"⑤,而缺乏那种耐人品味的深情远意所致,可见实境中仍然需要涵寓深一层的韵味。这种古典形态的意境说,到王夫之和叶燮手里发展到了极致。王夫之不常用"意境"这个术语,他讲的"情景妙合无垠"⑥实即意境,而所云"景生情"、"情生景"、"景中情"、"情中景"、"乐景写哀"、"哀景写乐"以及"大景中小景"、"小景传大景之神"之类,皆为构建意境的具体方法。他的独特贡献还在于将意境的生成与"兴"相联系,提倡"即景会心",

---

① 考今传刘禹锡文集未见"兴在象外"一语,而有"境生于象外"之说,意相通,或系冯氏误记。
② 《筱园诗话》卷一,《清诗话续编》,上海古籍出版社1983年版,第2328页。
③ 《与李生论诗书跋》,《诗法萃编》卷六下。
④ 《艺苑卮言》卷四,《历代诗话续编》第1015页。
⑤ 张戒《岁寒堂诗话》卷上评元、白、张籍诗,同上书第459页。
⑥ 见《姜斋诗话》卷下,中华书局版《清诗话》第11页。

有所谓"现量"之说。据其自己的解释："现者，有现在义，有现成义，有显现真实义。现在不缘过去作影；现成一触即觉，不假思量计较；显现真实，乃彼之体性本自如此，显现无疑，不参虚妄。"①则"现量"不仅指当下即兴的审美直觉，亦且包含真境呈现之义，这就将意境创造的艺术思维导向了深入。至于他从"天人合一"的高度上来把握情景关系，并由情、性的统一，以发扬诗歌的"兴观群怨"功能，就更属于意境问题的探本之论了。另一位诗论家叶燮将天地万物的存在归结为理、事、情三个方面，理指事物运行的规律，事指事物运行的过程，情指事物运行中所呈现的各种情状，对以往单纯用情、景来概括诗歌表现范围是一种突破。但叶燮又认为："作诗者，实写理、事、情，可以言言，可以解解，即为俗儒之作。惟不可名言之理，不可施见之事，不可径达之情，则幽渺以为理，想像以为事，惝恍以为情，方为理至事至情至之语。"②换言之，诗歌创作虽植根于实生活中的理、事、情，所要表达的却是人的诗性生命体验中的理、事、情，这才能做到"理至事至情至"，而表达的方法固然要"呈于象，感于目，会于心"，"划然示我以默会想像之表"，其归趋却在于"泯端倪而离形象，绝议论而穷思维，引人于冥漠恍惚之境，所以为至也"③，这就把诗歌意境创造的原理解说得很透辟了。王夫之和叶燮不愧为古典意境说的殿军。

"意境"的进一步推陈出新始于晚清，梁启超、王国维等均参与了这场变革。梁启超倡导"诗界革命"，主张"以旧风格含新意境"④，对近代诗歌意境的创新起了推波助澜的作用。但从学理上对传统意境说加以改造翻新的，仍当以王国维为主要代表。

讲到王氏的意境说，不能不就其反复交替使用的"意境"和"境界"二词先作一点说明。这个问题上发表的见解甚多，依我之见，两者似并无实质性的差异。这只要看王氏在《人间词话》里以"能写真景

---

① 见《姜斋诗话笺注》卷二引《相宗络索》语，人民出版社 1981 年版，第 53 页。
② 《原诗》内篇下，《清诗话》第 587 页。
③ 均见《原诗》内篇下，同上书 584—585 页。
④ 见《饮冰室诗话》第 63 则，人民文学出版社 1959 年版，第 51 页。

物、真感情,谓之有境界"①,拿来同《宋元戏曲史》里"写情则沁人心脾,写景则在人耳目,述事则如其口出"用为"有意境"的界说②,两相比照,在真切为本这一点上不是如出一辙吗?再细心推究其具体用法,可以看出,大凡讨论到艺术审美创造活动,需要涉及审美主客体关系时,王氏多用"意境",而若仅从艺术作品的本体立论,着眼于其一体化的建构,便常用"境界"。如此,则"意境"与"境界"的区分不过是使用上的方便而已,正不必过于钻求。我们这里谈王氏的意境说,自然也包括了他的境界说。

首先一个问题是关于意境的创造,这还要从王氏论情景谈起。在他早期写的《文学小言》中说到:"文学中有二原质焉:曰景,曰情。前者以描写自然及人生之事实为主,后者则吾人对此种事实之精神的态度也。"③按以情景说诗,本属常套,值得注意的是,王氏将"景"由传统的自然物象扩展到"人生之事实",则"景"代表了整个对象世界,而"情"作为与此相对待的"精神的态度",显然指人的主观心理,情景遂由一般的表现方法上升到审美主客体关系上来。不仅如此,王氏还初步察觉到日常生活里的情景关系与审美活动中的情景关系的差异,所以紧接下去他又讲:"自一方面言之,则必吾人之胸中洞然无物,而后其观物也深,而其体物也切;……自他方面言之,则激烈之感情,亦得为直观之对象、文学之材料,而观物与其描写之也,亦有无限之快乐伴之。"④从这段话语看,原先属于主体的"情",已悄悄地转移到"直观之对象、文学之材料"方面去了;而占据主体位置的,却换上了"胸中洞然无物"、专一"观物""体物"的"吾人"。也就是说,审美静观的"我"取代了情意的"我",并将后者转变为自己审美观照的对象,这实在是王氏对传统审美理论的一大突破。

这个见解到一年后托名樊志厚撰写的《人间词乙稿叙》里有了进

---

① 北岳文艺出版社《王国维文学美学论著集》第350页。
② 见《元剧之文章》,《宋元戏曲史》第99页。
③ 《王国维文学美学论著集》第25页。
④ 同上。

一步的申说,而且"情景"已经换成了"意境",其云:"文学之事,其内足以摅己而外足以感人者,意与境二者而已。上焉者意与境浑,其次或以境胜,或以意胜;苟缺其一,不足以言文学。原夫文学之所以有意境者,以其能观也。出于观我者,意余于境;而出于观物者,境多于意。然非物无以见我,而观我之时,又自有我在。故二者常互相错综,能有所偏重,而不能有所偏废也。"①这是王氏首次集中地阐释他的意境说,其中的意、境相当于原来的情、景,所谓"意与境浑"相当于前人的"意与境会"或"意境融彻",而"境胜"或"意胜"亦大体接近于以往讲的"想高妙"和"意高妙"②。但王氏又将"意胜"与"境胜"分别归之于"观我"、"观物",并谓"观我之时,又自有我在",这样一来,分明出现了两个自我:一是"观我"之"我",即作为被观照对象的"我",也便是原来担任情意主体的"我";另一是"自有我在"之"我",即后起而现在担任观照主体的"我",审美的"我"。于是,原来的"我"与"物"(即情与景)的对待关系,现在整个地转化成了审美主体重加观照的对象,这就促成了主体生命由实生活体验向审美体验的转变,审美活动的超越性(生命的自我超越)因亦得到实现。这可以说是王氏借鉴西方文论(主要是叔本华的理论)对传统心物交感说的重要发展,也是他在意境生成观念上的独特创新。

其次要看他对意境内涵的界定,在谈这个问题时,他通常用的是"境"和"境界"。前面曾引述他以"能写真景物、真感情"为"有境界"的说法,这也是公认的王氏境界说的基本涵义。不过"真感情"好理解,"真景物"又是什么意思呢?当然不是指实在的景物,甚至并非讲写得逼真。《人间词话》里举到宋祁"红杏枝头春意闹"和张先"云破月来花弄影"的例子,以为著一"闹"字或一"弄"字,词的境界便显现出来了③。其实,"闹"的不是红杏,是词人面对烂漫春光所激起的热烈感受;"弄"的也不是花枝,是目睹云月掩映下花影闪烁而产生的逗

---

① 《王国维文学美学论著集》第397页。
② 见姜夔《白石道人诗说》,中华书局版《历代诗话》第682页。
③ 《王国维文学美学论著集》第350页。

人情怀的联想。说它有境界,说它真,无非指真切地表达了人的审美感受,与景物自身真假浑不搭界。于此看来,"真景物"与"真感情"是一个意思,即指感受之真,当然也包括真切地传达感受,做到"语语都在目前,便是不隔"①。

　　王氏主张写真情实感,有什么重要意义呢?我们知道,自古就有"言为心声"的训条,要求诗歌抒述真情亦非王氏首创。但古人常将"情之真"与"情之正"联系在一起,甚且多用后者来压倒前者,正是在这一点上,王氏对传统观念作出了大胆的挑战。早在《文学小言》里,他就一力提倡"感自己之感,言自己之言",批评文学上的模拟者"但袭其貌而无真情以济之"②。到《人间词话》里,他更鲜明地反对"游词"和"儇薄语",主张"艳词可作,唯万不可作儇薄语"③,甚至认为一些被目为"淫鄙之尤"的作品,因其情真意切而读来"但觉其精力弥满"、"亲切动人"④。这个看法显然已越出传统"温柔敦厚"诗教的匡范,而带有近代个性解放的色彩了。讨论王氏的境界说,如果忽略这一点,只注意他讲的"意与境浑",从而将其与一般的情景交融说等同起来,可说是未抓住王氏思想的核心。

　　但真情实感(感受与表达的真切)亦并非王氏"境界"内涵的全部,他以之为有无境界的表征,可见属最基础的界定,单执定这一项,便会失落其"境界"的超越性。《人间词话》里的另一则文字值得注意:"尼采谓:'一切文学,余爱以血书者。'后主之词,真所谓以血书者也。宋道君皇帝《燕山亭》词亦略似之。然道君不过自道身世之戚,后主则俨有释伽、基督担荷人类罪恶之意,其大小固不同矣。"⑤ "以血书"是指用生命来书写,符合真情实感的要求,但同属真切的感受,宋徽宗《燕山亭》词只限于一己身世之痛,却未能像李后主词那样提升到人生之苦的普遍性理念上来加以反思和体认,于是境界之大小高低遂

---

① 《王国维文学美学论著集》第359页。
② 同上书第27页。
③ 同上书第382页。
④ 同上书第367页。
⑤ 同上书第353页。

判然而分。应该说,这样一种由个体生命体验以上升到普遍性理念的指向,是王氏一贯坚持的(当亦受自叔本华哲学)①。他从李璟词"菡萏香销翠叶残,西风愁起绿波间"的景物描写中读出"大有'众芳芜秽,美人迟暮'之感",又以晏殊"昨夜西风凋碧树,独上高楼,望尽天涯路"为近于"诗人之忧生",以冯延巳"百草千花寒食路,香车系在谁家树"为近于"诗人之忧世"②,虽皆属个人心解,而关注诗歌意境的超越性指向则十分明显。稍后写成的《清真先生遗事》一书中,他更提出"诗人之境界"与"常人之境界"的划分,以为前者"惟诗人能感之,而能写之,故读其书者,亦高举远慕,有遗世之意",后者则"悲欢离合,羁旅行役之感,常人皆能感之,而惟诗人能写之,故其入于人者至深,而行于世也尤广"③。实际上,两者的区分便在于常人所感多不离乎一己的身世遭遇,而诗人独能从超世的角度来观照诸般人生事象,藉以提炼出具有普遍涵盖性的意蕴来。据此,则王氏的"境界"说虽以"能写真景物、真感情"为基点,而仍须上升到"忧生"、"忧世"之类理念上以为圆成,这固然是"境生象外"传统的沿袭,而在其生命本真境界的体悟中实增添了若干理性超越的成分,自亦属王氏借鉴西方理论的结果。

　　王国维的意境说还有许多新的创获,如论"有我之境"与"无我之境"、"造境"与"写境"、"主观之诗人"与"客观之诗人"、"入乎其内"与"出乎其外"、"内美"与"修能"等等,不遑一一展开。仅就以上所讲的两个根本性问题来看,足证王氏对传统意境观念的更新。作为古典意境说的集大成而又是近代意境说的开创者,王氏实得力于他对中西哲学与美学的综合贯通,尽管仍时有生硬牵凑之迹,而筚路蓝缕之功终不可没,其给后人留下的启示亦将是深远而丰富的。

---

① 参见其《叔本华之哲学及其教育学说》一文中所谓"诗歌之所写者,人生之实念(按即理念)"(上书第89页)和《人间嗜好之研究》文中谓诗人"不以发表自己之感情为满足,更进而欲发表人类全体之感情"(上书第45页)诸论。
② 均见《人间词话》,上书第351、355页。
③ 见《清真先生遗事·尚论》,上书第425页。

在意境说的历史发展与王国维作出革新的背景下,来检讨现代文论中对"意境"的各种引用,当可有一基本的参照视野。我们看现代人谈"意境",举其大略,不外乎这样几种含义:其一是朱光潜先生用"情趣与意象的融合"作界定①,大体相当于传统的情景交融,而将情、景提升到审美体验中主客体关系上来阐说,脱出了旧有的表现方法的窠臼。此说因贴近意境说的原意,容易为众人认可,流行最为广泛,而相对忽略意境构造中"象外"世界这一根本性标志,不免是其缺陷。其二为宗白华先生提出的"层深创构"说,这是由"境生象外"演化过来的,宗先生并根据蔡小石《拜石山房词序》里的提示,将意境分解为"直观感相的模写"、"活跃生命的传达"和"最高灵境的启示"这样三个层面②。此说最得传统意境说的精髓,三个层面的建构亦清晰可循,惜其对王国维的创新未能有所反应。其三乃"真情实感"说,此说直承自王氏论境界,特别突出诗歌生命对人的生命的兴发感动力量,在推动诗歌意境向现代人生靠拢上有积极意义,而又丢失了意境说自身的丰厚积累以及王氏论境界的超越性一面。其四或可称之为"典型形象"说,起自当代论家拿西方文论中的"典型"来同"意境"相比照,由此引申出"意境"实具有典型性,诗、画等抒情艺术的典型形象或典型情景即为意境等说法。此说力图沟通中西文论,但未曾注意两者在思想立足点上的实质性差异,虽一时风行,后来终归消歇。其五则晚近兴起的"读者参与"说,以为意境的实现不在诗歌文本自身,却要凭靠阅读者审美体验的参与建构,因为只有在阅读过程中其象外世界才得以呈现,而诗歌意境因亦得到完成。此说的依据是西方接受美学,在提醒我们要重视读者的能动作用,承认其对诗歌意境的再创造功能上,无疑有启发性,而若径自认为意境只能存在于读者头脑,不在作品自身,则显然不符合古代意境说的传统。按照一般的理解,意境率先是由作者的审美体验生成的,转化为诗歌作品后,便也潜藏于由作品语言符号所构成的诗歌意象系统里,读者通过阅读,将其在自己的审美体验

---

① 见《诗论》第三章"诗的境界——情趣与意象",三联书店1984年版《诗论》第58页。
② 见《中国艺术意境之诞生》,《美学散步》,上海人民出版社1981年版,第63页。

中复现出来,而这一复现同时亦是再创造的过程。由于作者、文本、读者三者之间的差距,意境的每次生成都会有所差异,甚至可以有"作者之用心未必然,而读者之用心何必不然"①的情况出现,但总不能否认意境原已在作者及其作品里生成的事实。那种以意象符号归属文本,而以象外空间归属读者的两分法处理方式,是经不起仔细推敲的。

现在回过头来再作一综合的审视:各种现代的意境观除"典型形象"说稍显牵强外,其余均触及意境的某一方面实质,而亦皆有明显的不足。用"情景交融"解说意境,虽能保存意境的民族特色而获得广泛认可,却也因此限制了意境的开拓功能,因为"情景交融"最贴合的便是我国古典抒情诗(尤其是律绝短章),若用以衡诸近现代中西浪漫派的放畅抒怀、写实派的唯重实景、象征派的襞绩隐晦乃至现代派的荒诞组合,则多有扞格难合之处,更不用说推向叙事诗和戏剧作品了。有人断定意境将会趋于消亡,便是针对它的这种古典形态而言的。另一方面看,用"真情实感"、"典型形象"、"意象系统"或"读者参与"等来诠释意境,虽能使意境适应现代诗歌活动,却又失去了它的本色,于是"意境"一词不再需要,而意境说同样归于消解了。比较合理的还是王国维式的推陈出新,他在继承传统有关"意与境会"和"境生象外"等观念的基础上,参照现代学理,对意境的生成方式(审美主客体之间关系)、它的基本内涵与情感尺度、意象化的表达原则、超越性理念的指向乃至意境的各种类型等,多作了新的阐发,将古老的意境说初步推向了新生。吸取他的经验,在发扬古典精义的同时,适当注入新的时代精神(如将传统"天人合一"境界里的以人合天、以己合群的规范改造为在天人、群己之间保持适度的张力,又如在纯感悟式的诗性生命自我超越的指向中融入某些理性超越的成分,等等),完全有可能使意境说重新焕发其青春的魅力,并以新的姿容向全世界展呈。当然,意境要走出其土生土长的民族文化生活土壤,到其他民族的诗

---

① 见谭献《复堂词话·复堂词录序》,中华书局版《词话丛编》第 3987 页。

学和美学中去安家落户,恐怕还需要相当长的准备时间,如上所述,是要以我们的"天人合一"理念以及在此理念导向下的生命本真境界的建构得到世人广泛认可与深心共鸣为前提的,而我对此有充分的信心。

"气"与"韵"
——兼探诗性生命的人格范型

在古代诗学与美学传统中,"气"和"韵"这一对范畴,要算是最能体现民族精神的生命论取向的了,它们直接来自宇宙生命和人体生命的律动,展示着人的精神生命的气质与姿容,从而构成艺术品全体生机之所在。所谓"万物之生,俱得一气"①,"有韵则生,无韵则死"②,恰切地反映了我们的先辈对于"气""韵"关乎生机的观念,这大概便是绘画、书法等艺术以讲求"气韵"为第一要义以及诗、文批评中主气、尚韵诸说盛行的缘由吧!不过"气"与"韵"又都是十分玄虚的概念,既不像情、志可以归属作家主体,也不像形、象作为艺术表现的实体,甚至不同于意、境之类虽属形而上的层面,终究有个范围可供指认。"气""韵"跟上述概念都不一样,因为它们不属于艺术品有机构成中的具体要素,却显现为作品内在的一种生命机能,故居无定所而又流贯全局,难以指实而又能处处感受其存在。致力于这一机能的揭示,有助于深入地领会古典诗歌的诗性生命内涵。我们将从这对范畴的分别考察入手,进而探讨其相互合成的诸种形态。

一、释"气"

"气"的概念来自自然界,本义是指气体的自然物。许慎《说文解

---

① 王充《论衡·齐世篇》。
② 陆时雍《诗镜总论》,中华书局版《历代诗话续编》第1423页。

字》云:"气,云气也,象形。"甲骨文、金文中的"气"字也都作烟气缭绕之状。由于"气"体状之精微,逐渐被移用来解说各种事象变化的动因,有所谓"阴气"、"阳气"、"冲气"、"和气"、"六气"诸说,至《庄子·知北游》中提出"通天下一气耳"的命题时,"气"已经确然成为天地万物的本原,亦便是宇宙生命的原质了。这个意义上的"气",后人称之为"元气"。元气能化生万物,当然也就成为人的生命本原,所以《知北游》里又讲到:"人之生,气之聚也;聚则为生,散则为死。"另外,《管子·心术下》还谈到:"气者,身之充也",跟孟子所说的"气,体之充也"①一个意思,是讲"气"与形体的关系。"气"作为生命的原质,固然要依附于形体,但它能够从内部充实形体,赋予形体以生命的活力,故而又具有超越形体的性能。就这种超越的性能再推进一步,"气"便由躯体的生命活力升华为人的精神活力。《管子·内业》篇云:"精也者,气之精者也。气道(导)乃生,生乃思,思乃知。"这里的"精"即指精神,它是由"气之精者"凝聚而成,不仅有生命力,亦且能思、能知。与此相应,孟子所谓"集义所生"的"浩然之气"②,显然也属于精神的力量,虽然侧重在道德的内容上。于此看来,"气"的涵义的演变是由自然云气逐渐引申为宇宙元气、人的生命体气以至其内在生命的精气(精神),而后通过人的艺术创造活动,将其内在的精气注入文学作品之中而构成"文气",自亦是顺理成章的了,这也正是"文气"说的生命渊源。

但是,"气"的应用并不始于评文,而首在乎品人,其品鉴人物的发端又在于先秦两汉之间流行的相术。相术乃方术之一种,即通过相面以占卜人的命运。相面要察看骨形,也要鉴别气貌。梁陶弘景为《相经》作序时说到:"相者,盖性命之著乎形骨,吉凶之表乎气貌。"③后汉王符亦有"骨法为主,气色为候"之说④。之所以重视辨气,因为当时

---

① 见《孟子·公孙丑上》。
② 同上。
③ 见《相经序》,中华书局影印本《全梁文》卷四七。
④ 见《潜夫论·相列》。

人们多持有"气禀为性"的观念①,认为人的资质才性来自所承受的天地之气,其承受的好与坏自然要制约着他的命运。这一观念同样反映在汉魏之际与察举、征辟制度相联系的品评人物的活动中。刘劭著《人物志》专门讨论人的才性鉴别问题,其《九征》篇云:"凡有血气者,莫不含元一以为质,禀阴阳以立性,体五行而著形;苟有形质,犹可即而求之。""元一"、"阴阳"、"五行"均为天地之气,人的质、性、形便由此而来。《九征》还提出要从神、精、筋、骨、气、色、仪、容、言九个方面来征知人的质性,其中的神、精、气皆属人的精神气质,而色、仪、容、言的省察亦常与气性有关,可见辨气的重要。更值得注意的是,品鉴人物时的辨气是要从观察人的形貌入手的,即所谓"苟有形质,犹可即而求之",若然,"气"便不限于人的内在生命,而须表见于外在形体,形与气有了密切的关联,这一认识对后来的"文气"说也产生了深远的影响。

"文气"说的正式建立,当以曹丕《典论·论文》揭橥"文以气为主"的宗旨为标志②。"文以气为主"在这里有两层意思。一是指作家的才性、气质受自天赋,它决定着作品的体性和风貌,也便是《典论·论文》中所讲的"气之清浊有体,不可力强而致,譬诸音乐,曲度虽均,节奏同检,至于引气不齐,巧拙有素,虽在父兄,不能以移子弟"那段话的内容;该文还对当时文坛上的代表性作家进行品评,逐一指明其个性风格上的特点。应该看到,这一先天才性的论调实际上承自传统的"气禀为性"说,对"文气"说的后来发展关系并不大,倒是包含于其中的作家个性气质制约文风的观点,颇能显示建安时代个体自觉的精神,并对古文论的文章体性说起了奠基的作用。后世论家谈文体,更将这种气性导引体性的模子加以推衍扩大,如从气运的转移看时代风格的变迁,从风土的比照看地区风格的异同,从阴阳刚柔之气的屈伸看文章风格类型的建立等等,又不限于专从个人气质上立论了。这方

---

① 参见董仲舒《春秋繁露·深察名号》所云:"身之名取诸天,天两有阴阳之施,身亦两有贪仁之性。"又王充《论衡·无形篇》亦云:"人禀元气于天……用气为性,性成命定。"
② 见中华书局影宋刻本李善注《文选》卷五二。

面的研究成果甚多,我们不拟展开论述。

曹丕"文气"说的另一重内涵每每被人忽略,那就是他崇尚壮盛之气,而贬抑柔弱不振的文风。《典论·论文》中赞扬孔融的文章"体气高妙,有过人者",参照刘桢所说的"孔氏卓卓,信含异气"[①]以及刘勰所云"孔融气盛于为笔"[②]之类意见,这"体气高妙"不是一般的妙,是指那种卓尔不群、气劲神旺的风概,这是曹丕所肯定的。文中批评徐幹"时有齐气",据《文选》李善注,"齐气"指舒缓松散的文风,舒散则无力,是他所不满的。其评论应场"和而不壮",刘桢"壮而不密","不壮"、"不密"当亦是指的舒缓和松散,于是成了缺点。另外,他在《与吴质书》中谈到陈琳"章表殊健,微为繁富",刘桢"有逸气,但未遒耳",惋惜王粲"善于辞赋,惜其体弱,不足起其文"[③],将这些评语联系起来看,其推重壮、逸、遒、健的作风,反对松、缓、繁、弱之类足以损伤气势的表现,不是显而易见的吗?如果说,"气禀为性"构成了曹丕文学创作论的基本出发点,那末,"气盛为美"正是他从事文学批评的主要准则,两者在"文以气为主"的导向上是共同的,而对"气"的理解上不免有所差异。前者侧重在"气"作为生命的原质,由天地经人传递给"文";后者强调的是"气"的生命活力,故倾倒于壮盛之气的一边。就宇宙生命本原的元气而言,质与力是完全统一的,但具体分化到万事万物上,则气禀各异,其活动机能也就大相径庭了。曹丕论"文气"从"气禀为性"出发,却走向了"气盛为美",这同样有时代精神为支撑,而那种重视发扬生命活力的见解,则随着"文气"说的流传而延续下来了。

"气"既然是文学作品的内在生命活力(体现人的精神活力),它和同处于作品内在层面的情、志、意、神诸要素,便不能不发生沟通交会。

先说"情"。"情"起于人在生活实践中的感受,经艺术审美活动

[①] 《文心雕龙·风骨》引刘桢语。
[②] 见《文心雕龙·才略》。
[③] 见中华书局影宋刻本李善注《文选》卷四二。

而转化为作品里的诗性生命体验,它构成了艺术品的内在生命,从这个意义上讲,"气"和"情"是最为贴近的。故前人常将"情""气"并举,如《乐记·乐象》篇所说的"情深而文明,气盛而化神",以及《文心雕龙·风骨》所谓"情与气偕,辞共体并",皆是。皎然《诗式》干脆以"风情耿耿曰气"[1],"耿耿"有躁动不宁之意,则"气"无非是"情"的流动,"情""气"本属一体。不过"气"多用来指生命的活力,以壮盛为美,又不能混同于一般的"情"。钟嵘《诗品》评张华诗:"恨其儿女情多,风云气少"[2],便是从力度着眼谈"气","气"与"情"遂有了分野。大体上看,以"情"为艺术生命的内在质素,而以"气"标示其流动、活跃、力度与壮盛诸种机能,应该是说得过去的。

继说"志"与"意"。"志"是中国诗学中最古老的范畴之一,在它的"意向"、"怀抱"等内涵中本就蕴有情感生命体验的成分,故"志"与"气"也是相互贯通的。但"志"又有理性规范的要求,在"志""气"对举时,往往意味着对生命活力进行理性调控,于是"志"又成了"气"的主宰。孟子在宣扬自身"浩然之气"的修养时,除了指明其"配义与道"的内容外,特别突出了"志,气之帅也"的关系,主张"持其志,无暴其气"[3],这个见解大抵为后世文论家所宗奉。而由于"志"的理性规范曰"理"、曰"道",故"志""气"关系又常表述为"理"、"道"对"气"的统摄,如宋吴可所谓"主之以理,张之以气"[4],王柏所云"知道为先,养气为助"[5],便都是从"志,气之帅也"转化而来的。至于"意",其初始涵义即可与"志"互训,后来转生出文意的概念,亦属作家心志在文中的表露,所以杜牧有关"文以意为主,以气为辅"的说法[6],也还是上述观念的一脉相承。总之,"文以气为主"的命题在后来的演进中逐渐转变为志、意对气的调控,宋以后更直接表述为理、道对气的主宰,于

---

[1] 见"辩体有一十九字"条,《十万卷楼丛书》本《诗式》卷一。
[2] 见人民文学出版社版《诗品注》卷中。
[3] 见《孟子·公孙丑上》。
[4] 见《为文大概有三》,《宝颜堂秘笈》本《荆溪林下偶谈》卷二。
[5] 《题碧霞山人王公文集后》,《金华丛书》本《鲁斋集》卷五。
[6] 见《答庄充书》,上海古籍出版社版《樊川文集》卷一三。

此也可见出时代风气的推移。

再来看一看"神"。前曾述及,古人以"气之精者"为神,而"文气"又是人的精神气质在文中的自然流露,据此,则"气"与"神"本当是一回事,都是指艺术品内含的作家的精神生命。然而,在"气盛为美"的观念形成后,"气"更多地用来指内在生命的活力,是生命的机能而非生命本身,于是需要更换一个词来表达精神生命的本体,那就是"神"。"神"进入艺术审美领域较"气"为晚。东晋顾恺之论画有"传神"之说①,仅是指画中人物的风神;刘宋宗炳《画山水序》谈到"感神"与"畅神"②,始涉及审美者主体之"神"。文学评论中正式用到"神"的,首推《文心雕龙·神思》一篇,但从其"神居胸臆,而志气统其关键"的陈述来看,这"神"仍泛指一般的精神活动,而非精神本体,所以"志气"反倒成了统辖它的关键。对"神"的深层内涵的进一步展开,大概要到唐以后。殷璠《河岳英灵集序》有"神来、气来、情来"之说③,"神"的地位似已抬高到"气"与"情"之上。杜甫论诗主"气",更看重也讲得更多的却是"神",王昌龄《诗格》和皎然《诗式》里亦有类似反映。《二十四诗品》多处提到"神"与"气",而从其"行神如空,行气如虹"一语中④,分明见出二者分化的迹象,即"神"主空灵而"气"属气势,空灵以形容诗性生命的本体,气势则显示其活动的功能。在此基础上,遂有后人作出"神者,气之主;气者,神之用"、"气随神转"、"无神以主之,则气无所附"等判断⑤,"气"与"神"的关系至此得到确定。

从上面的论述可以看出,"气"应用于文学批评后,先是同"情"结成紧密的联系,而后受到"志"、"意"、"理"、"道"的规范,最终定格为"神之用"。在这一发展过程中,"文以气为主"的命题虽已悄悄地变换为"以气为辅",但"气"作为艺术品内在生命活力的机能则受到普遍重视,"气盛为美"的功能也愈益深入人心,况且归根到底,"神为

---

① 见《诗说新语·巧艺》记顾恺之语:"传神写照正在阿堵中"。
② 见宗炳《画山水叙》,《画论丛刊》,人民美术出版社1962年版,第1页。
③ 见陕西人民教育出版社版《唐人选唐诗新编》第107页。
④ 见《二十四诗品·劲健》,中华书局版《历代诗话》第40页。
⑤ 见刘大櫆《论文偶记》第3、第7则,人民文学出版社版第3—4页。

主"而"气为用","神""气"不可分割,"气"属于诗性生命本体的一个侧面,亦仍是确然不移的。不过,"气"充当生命的机能与"神"作为生命本体毕竟有所区别,那就是"气"必须显现于作品外在的形体,要让形体也充满活力,而不能像"神"那样一味空灵,这方面问题前人亦多所涉及。

首先是文气和声律的关系。齐梁间沈约制新体诗,倡言"四声八病",主张用和谐的声韵以求得顺畅的文气,并批评前代一些著名作家因不懂声律,"虽清辞丽句,时发乎篇,而芜音累气,固亦多矣"[①]。沈约的见解得到刘勰的响应,故《文心雕龙·声律》篇里也出现了"声画妍蚩,寄在吟咏,滋味流于下句,气力穷于和韵。……韵气一定,故余声易遣;和体抑扬,故遗响难契"的说法。但这种以人工声律讲气调的做法,却遭到钟嵘的反对,谓为"使文多拘忌,伤其真美",而他所要求的"但令清浊通流,口吻调利"[②],实际上也还是一种文气,属自然"真美"之气。循着这个思路往前推进,便有韩愈"气盛言宜"之说,所谓"气盛则言之短长与声之高下者皆宜"[③],基本上是从文章声调着眼来探求文气的,成为唐宋古文家掌握文字技巧的独得之秘。这一倾向至清桐城派更加发扬光大,刘大櫆便极力鼓吹从字句、音节求神气,其云:"音节高,则神气必高;音节低,则神气必下,故音节为神气之迹。一句之中,或多一字,或少一字;一字之中,或用平声,或用仄声;同一平字仄字,或用阴平、阳平、上声、去声、入声,则音节迥异,故字句为音节之矩。积字成句,积句成章,积章成篇。合而读之,音节见矣;歌而咏之,神气出矣。""学者求神气而得之于音节,求音节而得之于字句,则思过半矣!"[④]可以说将文气和音节的关系谈得很透彻了。

气在文章形体上的另一重表现,便是与文辞的关系。在这个方

---

① 见《宋书·谢灵运传论》,中华书局点校本《宋书》卷六七。
② 见《诗品序》。
③ 见《答李翊书》,蟫隐庐影印宋刻本《昌黎先生集》卷一六。
④ 《论文偶记》第14、29则,人民文学出版社版第6、12页。

面,刘勰倡导的"风骨"论,对后世影响很大。"风骨"是什么意思呢?"风"即是"气","意气骏爽,则文风生焉",是得到学界公认的。"骨"的涵义在理解上颇有分歧,但从"结言端直,则文骨成焉"的语句看来,则"文骨"的形成必有赖于端直的言辞①。因此,"风骨"的实质当是指作品内在的健朗、高旺之气体现于质实、刚健的文辞风格之中,"风骨"论因亦成为"文气"说的直接衍申。唐代论家推扬"风骨"(亦作"风力"、"气骨"、"骨气"等)的甚多,"风骨"成为唐诗的一大表征。宋人更注重技法,有所谓"健字"、"响字"、"活字"、"拗句"、"拗律"、"险韵"之属,亦皆是从言辞的应用中来构筑文气。下而及于清人,这方面的探讨尤为具体。如所谓"未有字不古雅而句能古雅,句不古雅而气能古雅;亦未有字不雄奇而句能雄奇,句不雄奇而气能雄奇者"②,便是从选字选句来求文气。至谓"为文全在气盛,欲气盛全在段落清。每段分束之际,似断不断,似咽非咽,似吞非吞,似吐非吐,古人无限妙境难于领取。每段张起之际,似承非承,似提非提,似突非突,似纡非纡,古人无限妙用亦难领取"③,则又是从章法结构上讲行气了。"气"与文辞、声韵密不可分,它是沟通作品内在神理与外在形体的枢纽,其为艺术品整全生机之所在,由此便得到了确证。

二、释 "韵"

如果说,"气"的范畴是从哲学思考转向艺术审美活动领域的,那末,"韵"的概念便直接起自音乐,由音乐移入诗歌及其他艺术部门。按"韵"的本字为"均"(古"钧"字),"钧"乃乐调。目前所见最早用到"韵"字的,如《尹文子》中"韵商而舍徵"④,其"韵"显然也是乐曲声

---

① 参见《文心雕龙·风骨》。
② 曾国藩咸丰十一年正月初四日家书《谕纪泽》,岳麓书社1985年版《曾国藩全集·家书一》第629页。
③ 曾国藩辛亥七月日记,台湾文海出版社1974年影印光绪二年传忠书局刊本《曾文正公全集·求阙斋日记类钞》卷下"文艺"。
④ 见《尹文子·大道上》,上海人民出版社1977年版《尹文子简注》第10页。

调。稍后如蔡邕《琴赋》所云"繁弦既抑,雅韵复扬"①,曹植《白鹤赋》云"聆雅琴之清韵"②,嵇康《琴赋》谓"改韵易调,奇弄乃发"③,均指曲调。但"韵"字从"匀","匀"有均匀、匀和之意,故"韵"又可指音声之和。《广韵》释"韵"为"和也",《玉篇》谓"声音和曰韵",《文心雕龙·声律》则云"异音相从谓之和,同声相应谓之韵",其实"相从"、"相应"亦皆为"和"的意思。"和"建立在音调的基础上,但不同于具体的音调,是一种超越音声而又须凭借音声以传达的美质,这就是"韵"之一词后来演变为韵度、风度、情韵、韵味诸般含义的契机,也是它从音声曲调脱化而出的关键。

"韵"义引申后的应用,亦由品藻人物肇端。范温曾指出:"三代秦汉,非声不言韵;舍声言韵,自晋人始。"④这就是说,晋以后人开始将"韵"的概念予以拓展,用到人物品评上来,这从当时典籍的记载里可以找到足够的例证。徐复观统计过《世说新语》及刘孝标注文中用"韵"字共十九处(话语重复者不计),仅四处与音声相关,其余十五处均属人物风姿气度的鉴评⑤,这个"韵"实乃风韵之"韵",是一种不离乎形貌而又超乎形表之上的人的内在风神。然则,"韵"的内涵究竟是什么呢?众所周知,六朝玄学盛行,人物鉴评受玄风影响很深,故特别致赏于清、雅、淡、远的一路,如所谓"风韵迈达"⑥、"雅有远韵"⑦、"道韵平淡"⑧、"玄韵淡泊"⑨、"风韵清疏"⑩、"神韵冲简"⑪等,即可以窥见当时好尚之一斑。这种玄学的风韵大致又可区分为两个方面:清、雅标示其品格,简淡、冲和、通达、玄远则代表其作风。就品格而言,清

---

① 中华书局影印本《全后汉文》卷六九。
② 中华书局影印本《全三国文》卷一四。
③ 同上书卷四七。
④ 《潜溪诗眼·论韵》,中华书局版《宋诗话辑佚》第 373 页。
⑤ 参见《释气韵生动》,春风文艺出版社 1987 年版《中国艺术精神》第三章。
⑥ 见《世说新语·雅量》刘孝标注引《王澄别传》。
⑦ 中华书局点校本《晋书》卷五〇《庾峻传》。
⑧ 见《晋书》卷六七《郗鉴传》。
⑨ 《晋书》卷九二《曹毗传》。
⑩ 中华书局点校本《南史》卷四九《孔珪传》。
⑪ 中华书局点校本《宋书》卷六六《王敬弘传》。

与浊相对,雅与俗相对,不浊、不俗意味着人品超拔乎流俗之上,有自己的特立独行,而按照玄学崇尚自然的旨归,这类超拔的节行显然又是同自然适性的情趣联系在一起的,这是一个方面。再从另一方面看,玄学风韵讲求平淡、玄远,不喜欢剑拔弩张,于是超群的品性往往要以随俗的姿态展现,至少不故作惊世骇俗之举。这样一种深藏不露的作风同中有所蕴的品质相结合,便构成了六朝人崇尚的"韵"[①],它所显示的是人的内在生命的容涵,或者说是一种从平淡、简易的外表风貌下透露出来的深沉而悠久的精神涵量,所以能给人以有余不尽的回味。

"韵"用于艺术品评,是在两个不同的涵义上展开的:一指诗文的声韵、韵律,取的是"韵"的本义;另一指艺术品的风神韵味,则从品鉴人物发展而来。后一种涵义的"韵"较多地见于论画与论诗,大抵论画兴起在先,论诗发达于后。前者如谢赫《古画品录》中即有"气韵生动"、"体韵遒举"、"力遒韵雅"、"情韵连绵"等话语[②]。稍后姚最《续画品》以及唐人画论里亦常用到"韵"字。论诗则六朝言"韵"多还是指的诗歌声韵,仅梁沈约《宋书·谢灵运传论》所云"缀平台之逸响,采南皮之高韵"[③],以及裴子野《雕虫论》云"高才逸韵,颇谢前哲"[④]数例,其"韵"或可表示风韵。唐人主气,诗文评论中谈气甚多,"韵"也附属于"气",未见单列突出。至晚唐司空图倡扬"韵外之致"和"味外之旨"[⑤],这种淡远的风神方变得显眼起来,不过司空图本人并未以"韵"作表征,他讲的是"辨味",而"韵外之致"的"韵"只是用以指代诗章而已。

宋代是以韵为尚的观念趋于全面成熟的时期。自欧阳修、梅尧臣开始即标榜诗贵有"不尽之意"[⑥],他们还极力鼓吹"平淡"或"古淡"

[①] 按:五代荆浩论画,以"隐迹立形,备仪不俗"释"韵"(见《笔法记》),能得其实。
[②] 见《古画品录》引言及评陆绥、毛惠远、戴逵语,《历代论画名著汇编》,文物出版社1982年版,第17—19页。
[③] 见《宋书》卷六七。
[④] 中华书局影印本《全梁文》卷五三。
[⑤] 见《与李生论诗书》,《四部丛刊》本《司空表圣文集》卷二。
[⑥] 见《六一诗话》,中华书局版《历代诗话》第267页。

的诗风①,均体现出"韵"的要求。王安石的诗,人称其"少以意气自许","不复更为涵蓄","晚年始尽深婉不迫之趣"②,走的也是一条以"韵"。为归依的道路。苏轼更是深表同情于司空图"得味于味外"之说③,其赞扬魏晋人的书法"萧散简远,妙在笔画之外",称许韦应物、柳宗元诗作"发纤秾于简古,寄至味于淡泊"④,爱重陶渊明诗"质而实绮,癯而实腴"⑤和陶、柳诗风的"外枯而中膏,似澹而实美"⑥,乃至赏鉴吴道子画能"出新意于法度之中,寄妙理于豪放之外"⑦,都属于尚韵的表现。至黄庭坚,则鲜明地揭示"凡书画当观韵"的谭艺主旨,并谓"此与文章同一关纽"⑧,其品画、品书法、品诗文甚至品人物每常以"韵胜"为准的。在他的带动下,以"韵"论诗、论艺一时蔚为风气,而范温有关"韵"的专题论述出现于这一形势之下,也就无足为怪了。

　　范温论"韵"原载《潜溪诗眼》,长期不为学者所注意,经钱钟书先生于《永乐大典》中拈出,并补入郭绍虞主编的《宋诗话辑佚》里,现已为学界所共知。全则文字洋洋洒洒千五百余言,以主客答问的形式展开,从辨析"韵"的各种界定入手,进而追溯这一范畴的演变历程,阐释其具体内涵和在不同艺术门类中的表现,再归结到其与人生的关联,这样完整而严密的专题论述古代罕见,若非"韵"的观念全然成熟且深入人心,是不可想像的。论说中,范温曾提出"韵者美之极"的判断,未见对手有任何诘难,可见已成为宋人的共识。至于范温个人的创见,则不仅在于他所下的"有余意之谓韵"的定义,更其在他将"韵"的生成归结为"生于有余"。他还具体探讨了"生于有余"的几种情况:

---

① 参见梅尧臣《读邵不疑学士诗卷》"作诗无古今,唯造平淡难"(《四部丛刊》本《宛陵先生集》卷四六)、欧阳修《再和圣俞见答》"子言古淡有真味,大羹岂须调以齑"(《四部丛刊》本《欧阳文忠公文集·居士集》卷五)诸作。
② 见叶梦得《石林诗话》卷中,《历代诗话》第419页。
③ 见《书司空图诗》,中华书局版《苏轼文集》卷六七。
④ 均见《书黄子思诗集后》,同上书卷六七。
⑤ 录自苏辙《子瞻和陶渊明诗集引》,《苏辙集·栾城后集》,上海古籍出版社1987年版卷二一。
⑥ 《评韩柳诗》,《苏轼文集》卷六七。
⑦ 《书吴道子画后》,同上书卷七〇。
⑧ 见《题摹燕郭尚父图》,《津逮秘书》本《山谷题跋》卷三。

一是"备众善而自韬晦,行于简易闲澹之中,而有深远无穷之味";其次是"一长有余,亦足以为韵",如"巧丽者发之于平淡,奇伟者行之于简易";再一种是"识有余者",即懂得如何由"韵"悟入,其"知见高妙"、"超然神会",故"无往而不韵也"①。三者的共同点都建立在己身有余的基础上,也就是确有内在的生命容涵(或备众妙,或有一长,或具识见),而又不尽情发露出来,反倒以简易闲淡、行若无事的姿态展呈,从而给人以深远无穷的回味,这便是"韵"得以生成的根由。这样来理解"韵"之"有余意",那就不会是刻意为之的吞吐含茹、忸怩作态,也不限于表达技巧或作风上的一波三折、婉曲达意,实已构成主体人格精神的一种境界和风度了。果然,该文收结处即将艺术与人生打通,从德行、学问、功业、智谋、器度诸方面的"有余"来谈论"韵"的生成,足证艺术之"韵"决非孤立的现象,它来自整全的人生,是艺术家精神生命涵量在其作品中的反映。这正是范温论"韵"的深刻之处,而"韵"作为美学范畴的生命底蕴,亦由此得到了有力的抉发与阐扬。

让我们回过头来看一看"韵"与"气"的关系。如上所述,"气"作为诗性生命的内在机能,是经作家的精神生命创造活动传递给作品的,同样,"韵"亦来自艺术家的精神气度,它也构成艺术品的内在生机,两者之间有着什么样的区别与联系呢?一般说来,"气"属阳刚之美,而"韵"属阴柔之美;"气"以壮盛取胜,而"韵"以厚实见长;"气"欲其头角峥嵘,而"韵"欲其含藏不露;"气"不妨五色绚烂,而"韵"务求平易简淡,这是大家都承认的。五代时荆浩论画,以"气""韵"列为"画有六要"的首二项,并谓"气者,心随笔运,取象不惑;韵者,隐迹立形,备仪不俗"②,主要从显与隐的角度着眼。金元好问论诗,有"邺下曹刘气尽豪,江东诸谢韵尤高"之句③,则又从豪壮与清远的作风上立论。透过这些外表上的征象而究其实质,根据我们前面的论述,是否可以将"气"界定为艺术品内在的诗性生命活力,而将"韵"理解为诗

---

① 均见《潜溪诗眼·论韵》,《宋诗话辑佚》第372—375页。
② 见《笔法记》,人民美学出版社版《画论丛刊》第7—8页。
③ 见《自题中州集后五章》(其一),《四部丛刊》本《遗山先生文集》卷一三。

性生命的容涵呢？既是活力，就要讲力度，讲流动，讲发扬；而作为容涵，则重涵量，重凝聚，重收敛。二者在表现方式上的种种差异，便都是由其根本性的规定派生出来的。当然生命的活力和生命的容涵并非绝然对立，毋宁说它们在诗性生命的本原上实相贯通一体，只不过具体表现有所侧重罢了。正因为这样，"气"和"韵"亦常要求得互补。皎然论诗主张"气高而不怒，怒则失于风流；力尽而不露，露则伤于斤斧"，还讲"要力全而不苦涩，要气足而不怒张"①，便属以"韵"补"气"的方案。至于王士禛论诗独标"神韵"，追慕"清远"，而更倡言寓"沉着痛快"于"古淡闲远之中"②，则又出于以"气"全"韵"的考虑了。"气"与"韵"对立而又统一，即此可见。

这里附带要谈一谈"气""韵"与"神"的关系。"神"、"气"、"韵"三者均为作品内在的形而上的质素，也都标示着诗性生命自身的性能，是无疑问的，"气""韵"初起时还多有指代"神"的功能。那末，为什么又需分立三个概念呢？这是因为"气"和"韵"在演进中分别走向了生命机能的一个方面，即一偏重力度而一趋向涵量，于是作为生命本体的"神"便不可或缺了。本体是最为内向的，机能则必须呈现于外，而呈现的方式可以有所不同。"气"重活力，其呈现的姿态便是生命的外扬，这从"气盛言宜"等说法中皆能反映出来；"韵"讲容涵，于是呈现的方式为生命的内敛，也同样体现在其淡、远、清、雅的风貌上。不过外扬与内敛只是姿态的差别，而所呈现的主体则同为诗性生命本身，故而"气"与"韵"亦皆归结于"神"，谈"气""韵"便是谈"神"，这是我们把握古典诗学与美学传统时不可不加关注的。

三、释"气 韵"

现在可以对"气韵"来一番综合检讨了。"气"与"韵"既然同属诗性生命的机能，同归于诗性生命的本体，彼此之间又常有互补互动的

---

① 见《诗式》卷一"诗有四不"和"诗有二要"条，齐鲁书社版《诗式校注》第13—17页。
② 见《芝廛集序》，乾隆刊本《带经堂集》卷六五。

关系,人们将它们联系起来考察,甚至结合为一体加以阐释与应用,自是顺理成章的事。所以"气""韵"除用作单独概念外,亦多以复合词的身份出现,尽管在其复合之中仍带有某种分离的倾向。

稽诸典籍,"气""韵"连用也还是以品藻人物为先。初起时尚停留在对举,如东晋庾亮《翟征君赞》所云"禀逸韵于天陶,含冲气于特秀"①,刘宋张畅《若耶山敬法师诔》有谓"冲独之韵,少岁已高;绝岑之气,早志能远"②;随后便趋于合成,如北魏《高道悦墓志》云:"气韵苕遰,与白云同翻",《郑道忠墓志铭》谓"气韵恬和,姿望温雅"③,"气韵"乃风神之意。转向艺术领域,"气韵"首见于评画,南齐谢赫《古画品录》以"气韵生动"为绘事"六法"中的第一条,人所熟知。这"气韵"仍指风神,不过是画中人物的风神,"气韵生动"便是要求写人物神采能做到栩栩如生,后来杨维桢用"传神者,气韵生动是也"来作解说④,大致中肯。谢赫之后,画论中谈"气韵"的甚多,内涵亦有所拓展,由人物的风采推向自然山水以及花鸟等动植物的内在生气,由审美对象的生机活力转向审美主体的气质精神,但风神的基本涵义未变,通过表现"气韵"以求得画面艺术形象生气盎然,仍是中国画一贯的旨趣。至于文学批评中采用"气韵"一词,则可能要以梁萧子显《南齐书·文学传论》中"气韵天成"一语为最早,约略同时,北齐魏收《魏书·文苑传》里亦有"气韵高艳,才藻独构"之说⑤,这已是直接指作家主体之风神了。

"气韵"作为"气"与"韵"的合成,由品人进而品画、品文,其旨归究竟落在哪一边呢?总体上看,应该说是"气"为主而"韵"为辅,这从"气韵生动"、"气韵天成"之类用语中不难看出,因为生动、天然都属于"气"的习性,跟淡远之"韵"尚有间隔。至唐代,主气之风尤盛,如

---

① 《全晋文》卷三七。
② 中华书局影印本《全宋文》卷四九。
③ 均见《汉魏南北朝墓志汇编》,天津古籍出版社1992年版。
④ 见《图绘宝鉴序》,《四部丛刊》本《东维子集》卷一一。
⑤ 见中华书局点校本《魏书》卷八五。

李延寿《北史·文苑传序》称赞魏孝文帝元宏的文章"气韵高远"[1],李嗣真《续画品录》推许郑法士的画"气韵标举"[2],皎然《诗式》论诗歌风格列出"风韵朗畅"[3],乃至荆浩《笔法记》评张璪所绘树石"气韵俱盛"[4],都有"气盛为美"的含义在。流风及于后世,如宋敖陶孙《臞翁诗评》云"魏武帝如幽燕老将,气韵沉雄"[5],清方东树《昭昧詹言》谓韩愈诗"造境造言,精神兀傲,气韵沉酣"[6],亦皆有从力度上来肯定气韵的意味。所以方薰《山静居画论》要强调指出:"气韵生动""必以气为主,气盛则纵横挥洒,机无滞碍,其间韵自生动矣"[7],这可以说是古人品艺的经验之谈。

"气"为主,不等于"韵"就毫无意义。尽管"气韵"的总体趋势偏于外扬而不偏于内敛,但"韵"的存在必然要对"气"起补充和调节的作用,使它不至于过分飞扬跋扈,以致筋骨毕露。这一点前引皎然论诗已见分疏,而在唐人成熟的诗篇中则体现得格外明显。唐诗为要从六朝末年的颓靡文风中振拔出来,于一开始便以发扬风骨、复兴古道自任,经过几代人不懈的努力,成熟后的唐诗却并不是"汉魏风骨"的再版,而成了"既多兴象,复备风骨"[8]这样一种新型的诗歌。如果说,"风骨"代表"气",那末,"兴象"(兴在象外)中便有"韵"。"风骨"和"兴象"相结合而产生的那种浑成、博大的诗风,或者用严羽的说法叫作"既笔力雄壮,又气象浑厚"[9],便是通常所说的"盛唐气象",而这"盛唐气象"也便是"气韵"的高度结晶了。后世论者每以盛唐为古典诗歌艺术的典范,就因为盛唐诗风所蕴含的这一诗性生命的范型,恰足以显示传统审美理想对"气韵"的追求。

---

[1] 见中华书局点校本《北史》卷八二。
[2] 见《丛书集成初编·艺术类》。
[3] 见《诗式》卷一"辩体有一十九字"条,齐鲁书社版《诗式校注》第53页。
[4] 文物出版社版《历代论画名著汇编》第51页。
[5] 引自中华书局版《诗人玉屑》卷二。
[6] 人民文学出版社版《昭昧詹言》卷九。
[7] 《山静居画论》卷上,人民美术出版社版《画论丛刊》第433页。
[8] 见殷璠《河岳英灵集》卷上评陶翰语,陕西人民教育出版社版《唐人选唐诗新编》第142页。
[9] 见《答出继叔临安吴景仙书》,人民文学出版社版《沧浪诗话校释》第253页。

然而,历史又总是处在不断地发展、演变之中。随着大唐帝国的夺目光辉逐渐趋于消褪,特别是中国的封建社会开始由前期向后期过渡,这一"气韵俱盛"的理想也就难以保持下去了。晚唐年间出现的以司空图为代表的尚韵倾向,便是"气""韵"分离而"韵"得以独立凸显的征兆。进入宋代,谈艺尚韵成风,"韵者美之极"的论断脱颖而出,"韵"取代"气"作为诗性生命的主导机能已成定局。由主气而尚韵,正展示了时代精神转换的轨迹。与此相应,"气"自身的内涵也悄悄地在发生变化,具体表现在由"气"向"格"的推移上。按以"格"论诗,兴于唐代,唐人所作大量《诗格》即其明证。"格"有体格与品格二义,前者指各种形体规范,后者多指品类与品第,且常与诗篇的内在精神有关。唐人诗格以讨论形体规范为主,亦有涉及诗之品格者,如王昌龄《诗格》中讲到:"凡作诗之体,意是格,声是律。意高则格高,声辨则律清,格律全,然后始有调。"①又云:"诗意高谓之格高,意下谓之格下。"②这里的"格"即指品格。由于品格之"格"关系到人的内在精神,于是"格"与"气"便发生沟通,甚至出现"气格"这一用词。皎然《诗式》里有"不由作意,气格自高"的说法③,裴度《寄李翱书》亦谓:"故文之意,在气格之高下,思致之浅深。"④"气格"一词流传到宋代,成为宋人论文的常用语,并由此衍生出意格、格力、格致、格韵诸概念。不过细细辨察一下,"气"与"格"仍自有区别。"气"偏重在"气质",主要指个体生命的精神质性与能力,"格"则着眼于人品,往往跟人的道德修养密切相关。所谓"气有清浊厚薄,格有高低雅俗"⑤,大体上给它们作出了界分。就文艺创作活动而言,气质多呈现于作家的才情,发而为作品中的情感生命体验;人品则给予创作以理性规范,并落实于作品中的意理内涵。王昌龄称"意是格",以"意高"、"意下"定"格

---

① 《诗格》卷上"论文意"条,《全唐五代诗格校考》,陕西人民教育出版社1996年版,第138页。
② 《诗格》卷中"诗有二格"条,同上书169页。
③ 见《诗式》卷一"邺中集"条,《诗式校注》第84条。
④ 见《全唐文》卷五三八。
⑤ 刘熙载《艺概·诗概》,《艺概》,上海古籍出版社1978年版,第82页。

高"、"格下",正是看到了人品与文品之间的一致性。唐人论文原本重气,重生命体验,经中唐儒学复古运动后,逐渐转向重意、重理。杜牧有关"意为主"、"气为辅"的言论我们已加引述,至唐末齐己撰《风骚旨格》,更提出"上格用意"、"中格用气"、"下格用事"之说①,意理高于文气的地位确然无疑,这就开启了宋人以理、道统摄文气的先声,而文气、风力等范畴的重要位置便也逐步让渡给格、格力诸概念了。

尤须值得重视的,是宋人开始以"格""韵"对举来代替传统的"气""韵"并用。张表臣《珊瑚钩诗话》里讲到:"以气韵清高深眇者绝,以格力雅健雄豪者胜"②,其"气韵"实质上指的是"韵","韵高"与"格健"相并论,"格韵"遂取代了"气韵"。陈善《扪虱新话》更明确地宣告:"诗有格有韵,故自不同,如渊明诗,是其格高,谢灵运'池塘生春草'之句,乃其韵胜也。格高似梅花,韵胜似海棠花。"③"格高"与"韵胜"对置,有如后来王士禛的解说:"格谓品格,韵谓风神"④,这里已不再有"气"的位置。"格"与"韵"既然关系密切,再往前靠拢一步,就有了"格韵"的提法。苏轼赏鉴黄庭坚的诗文"格韵高绝"⑤,批评李建中的书法"格韵卑浊"⑥,邵雍诗有"既贪李杜精神好,又爱欧王格韵奇"之句⑦,《漫叟诗话》评论曹希蕴诗"虽格韵不高,然时有巧语"⑧,朱熹辨析毛诗大序的文风"格韵极轻,疑是晋宋间文章"⑨,乃若张戒《岁寒堂诗话》里所说的"咏物者要当高得其格致韵味,下得其形似"⑩,均显示出将"格""韵"合成一体的倾向。"格韵"代替"气韵"而兴,两者有什么区别呢? 我们说过,"气"代表生命活力,"气"与"韵"相结合,必然要以"气"为主导,在生气蓬勃的前提下来讲求"韵"。"格"则标示

---

① 《风骚旨格》"诗有三格"条,《全唐五代诗格校考》第393页。
② 《珊瑚钩诗话》卷一,中华书局版《历代诗话》第455页。
③ 见《宋人诗话外编》,国际文化出版公司1996年版,第427页。
④ 见《师友诗传续录》所引,中华书局版《清诗话》第154页。
⑤ 见《书黄鲁直诗后二首》,中华书局版《苏轼文集》卷六七。
⑥ 见《评杨氏所藏欧蔡书》,同上书卷六九。
⑦ 见《首尾吟》组诗之一百二十四,《四部丛刊》本《伊川击壤集》卷二〇。
⑧ 见《宋诗话辑佚》第360页。
⑨ 见《朱子语类》卷七八。
⑩ 见《岁寒堂诗话》卷下,中华书局版《历代诗话续编》第471页。

道德人格，它也可以有力度，亦足以自立自守，但往往呈现为内向的力量，与"气"偏重外扬迥然有别。因此，"格"与"韵"的合成便不像"气""韵"之间形成一种张力，"气"为主宰而"韵"以济之，反倒成了以"韵"来摄"格"，即将道德力量涵藏于平易简淡、行若无事的风度之中，这正是宋人所标榜的圣贤人格或道学人格，也是他们论诗论艺所极力追慕的"平淡"和"有余意"的境界。于此看来，"气韵"向"格韵"的转变，既体现出唐宋诗风及艺术精神的演变，而从深层次上来看，则更反映了整个社会风气由重事功向重德行，也就是士人精神由豪杰人格向道学人格的演化，其意义是十分深刻的。

不过"格韵"这一诗性生命范式并没有能维持住很长的时间。明清以后，社会危机加深，专制主义加强，理学成为官方统制思想的正宗手段，以义理性命为导向的道德自律转化为道德他律，"格韵"便也失去了其生命力。"格韵"的解体是从"格"的蜕变开始的。"格"本有体格、品格二义，宋人重品格，亦不废体格，尤其是黄庭坚开创的江西诗派大谈诗歌法式，力图将"格高"、"韵胜"的美学要求落实到下字遣句等体格要素上来，实际上已为"格韵"的蜕化作了准备。明人祧宋祖唐，创作方法上却接受了江西诗派"技以进道"的路子，即由诗文体格入手来追索和营造其高远境界。所以明人谈"格"多指体格，体格与声调结合为"格调"之说，形成明代文论的主流。当然，明代的"格调"并不等同于唐人的纯形体规范。"格"指体格，而亦包含人格、气格在内；"调"指声调，同时寓有情调与风调的成分。"格调"充当"有意味的形式"，这才能成为学诗的门户和通道，并藉以进入诗性生命的内在堂奥。但形式毕竟是形式，特别是割断了诗性生命体验的生活源泉，一味从体格、声调上摹习前人，是难以切实把握诗性生命的内在精神的，明格调论者鼓吹的"体正格高，声雄调鬯"[①]，适足以成为优孟衣冠而已。于是，由"格韵"向"格调"的演变，恰恰构成了中国士大夫道德自律精神坠失的表记。

---

① 胡应麟《诗薮》卷五，中华书局1958年版，第97页。

再从另一方面看,失落了"格"的"韵",便只有向情韵、神韵的方向蜕化了。晚明陆时雍大力宣扬"情韵",以为"情欲其真,而韵欲其长也,二言足以尽诗道矣"①。这是将悠永的韵味建立在真情实感的基础上,与那个时代的性灵思潮正好合拍,不过陆时雍并不以"独抒性灵"为满足,在"情真"的前提下还要求"韵长",便又成了由性灵通向神韵的桥梁。因此,真正能树立起一种范型的,还要数清初王士禛的"神韵"说。"神韵"一词本是风神韵度之意,六朝期间早已用来品鉴人物与绘画。唐宋时人用得不多,但在"韵外"、"味外"的提倡以及略去"形似"以求得"神似"的好尚中,均已埋下后来"神韵"说的种因。明代格调论诗学的主潮以外,亦时有人企图越过这"形而下"的体格与声调的束缚,直接窥入诗的神情,因亦产生某种趋近"神韵"的倾向。王士禛的"神韵"说则不仅总结并发扬了诗歌神韵超越性的一面,还着重从清远的风神上来界定"神韵",于是"神韵"成了"不食人间烟火"的高人逸士人格情趣的象征,其诗性生命的容涵也就大有别于唐人的"气韵"与宋人的"格韵"了。"神韵"说虽未构成清代诗学的主流,其创立别具一格的诗性生命范型的功绩是不可低估的。

综上所述,"气韵"一词来自建安文人主气与魏晋玄谈尚韵这两个方面的综合,但"气韵"的内涵重在"气",以生命的活力充实生命的容涵,所以能发展成唐代以"大济苍生"为怀抱的豪杰型士子文人的人格范型,其审美理想的结晶便是各门类艺术中的盛唐气象。晚唐以后,时代精神由主气转为尚韵,至宋代,更与道学家倡扬的"内圣"功夫相结合而成为"格韵"。格韵要求将道德修养含藏于平淡的外貌之下,其立格与尚韵趋向一致,显现为生命的内敛而非外扬,由此构成两宋道学人格与宋型文化的表记。再经元明清的历史推移,士大夫的道德自范能力下降,"格"、"韵"趋于分离,"韵"便独立演化为"神韵",标志着逸士人格风范及其艺术风味的成熟②。"气韵"、"格韵"、"神韵"作为

---

① 见《诗镜总论》,中华书局版《历代诗话续编》第 1415 页。
② 按:魏晋玄学人格与晚唐风味实开其端,但不如"神韵"说行于封建社会晚期更具典型意义。

古典艺术诗性生命内涵的三种基本的范型,同时便是古代士大夫在不同历史阶段上的人格精神的表露,其演变的轨迹不又正好透露了历史更新转换的消息吗?这或许是本课题的研究所能给予人的最大的兴趣了。诚然,不管是豪杰人格、道学人格或逸士人格都已成为过去,但古代审美传统中关注生命的活力与容涵,以及通过诗性生命机能以揭示时代精神流变的经验,不也还能为我们提供启示并值得我们认真借鉴吗?

"味"与"趣"
——试析诗性生命的审美质性

在中国诗学的一系列基本范畴中,有一类显得比较实在,如情、理、象、境、声、色、格、律等,它们作为诗歌作品的构成要素,大致能给予明确的指认和切实的把握,姑且称之为实体性范畴。另一类则颇为虚灵,如气、韵、味、趣之列,它们不属于诗篇组建上的任一元件,却是由多要素综合运行而形成的一种机能,或可称之为功能性范畴。后者比前者更难辨析与领会,但亦往往更能显示中国诗学的独特精神,因为在诗的构成原则上,古今中外大同小异,而其综合运行的性能却可以"差之毫厘,失之千里",所以也更值得我们去深究。即以气、韵、味、趣而言,似又可大别为两组:"气"和"韵"直接来自人的精神气质与风神韵度,是主体内在的生命活力与生命容涵透过艺术品诸要素的综合作用所得到的反映;"味"和"趣"却更多地关联到人的审美需求与审美活动,是主体审美理想与情趣在诗歌文本有机构成中的落实。审美活动本身亦属于生命活动,故而以"味""趣"为标志的审美机能,实质上便是诗性生命的审美质性,我们将从这个角度上展开论述。

一、释 "味"

"味"的概念起于饮食,是众所公认的,但在我们民族的传统里,饮食之味实蕴有审美的因子在内,这一点仍需加以强调。《说文解字》训"味"为"滋味也","滋味"不仅指咸、酸、苦、辣诸般味道,还特指能引起人的愉悦心理的味感(俗称可口为有滋味),其中即包含美感的成分。高诱注《吕氏春秋·适音》中"口之情,欲滋味"句,径直将"滋味"解作"美味"①。这之前,《荀子·王霸》篇已有"人之情,口好味而臭味莫美焉"的话语,稍后,《史记·礼书》云"口甘五味,为之庶羞酸咸以致其美",扬雄《解难》亦讲到"美味期于合口",都曾将"味"与"美"相联系。而若遵从"羊大则美"的说法②,"美"字的本义便在口味,"味"与"美"更不可分割了。当然,口味之美并不能等同于今人所谓的审美,它主要表现为感官上的愉悦,而非精神上的陶醉,但也不能说与后者全无交涉。恰恰因为我们的先辈认定口味之美中即含有一份精神的享受在,"味"这个词才能由单纯地品尝食物拓展为对精神领域的各种事象进行品味与领略,也才能循此而转向对艺术美以及自然美的欣赏、品评,并顺理成章地演变为诗学与美学中的特定范畴。口味、品味与诗味,本来是一脉相承的。

不过,以"味"论诗仍经历了一个相当长的酝酿和准备的过程。先秦时期,诗与乐尚未正式分家,时人有将口味与乐音相提并论者,便可视作"味"通于诗的前兆。这样的例子甚多,如《左传·昭公元年》载医和语云:"天有六气,降生五味,发为五色,征为五声",《国语·郑语》录史伯语云"和五味以调口,刚四肢以卫体,和六律以聪耳",《左传·昭公二十年》记晏婴语云:"先王之济五味,和五声也,以平其心,成其政也,声亦如味",以及《管子·宙合》篇所云"左操五音,右执五味","夫五音不同声而能调……五味不同物而能和",皆是。最著名的如孔子在齐国闻《韶》乐而"三月不知肉味"的传说③,其"味"虽仅限于口味,而味美能与乐美作比较,亦可见出二者之相通。至于《礼记·乐记》所谓的"清庙之瑟,朱弦而疏越,一唱而三叹,有遗音者矣;大飨之礼,尚玄酒而俎腥鱼,大羹不和,有遗味者矣"④,更是明显地将味与乐作并比。这样一种口味与音声相通的观念,后世续有衍流。

---

① 见《吕氏春秋校释》,学林出版社1984年版,第274页释文第8则。
② 见许慎《说文解字》:"美,甘也。从羊,从大。羊在六畜主给膳也。美与善同意。"徐铉注云:"羊大则美,故从大。"
③ 见《论语·述而》。
④ 见《乐记·乐本》。

魏晋以降,诗章勃兴,"味"开始同诗歌等文学创作发生了直接关联,而其发展的线索亦是从以"味"喻诗演进到以"味"品诗。最早借"味"来比况诗文的,见于三国时卞兰所撰《赞述太子赋并上赋表》,其称扬曹丕"所作《典论》及诸赋颂,逸句烂然,沉思泉涌,华藻云浮,听之忘味"①,显然脱胎于孔子的"三月不知肉味",而比况的对象已由乐曲转向了文章。西晋初年,夏侯湛著《张平子碑》,盛赞张衡所作诰颂辞赋"与雅颂争流,英英乎其有味与"②,则是从正面来譬托文章之美。而陆机《文赋》中以"阙大羹之遗味"来喻指和批评那种"既雅而不艳"的文风③,更为人所熟知并屡加引用。但这些都还属于以"味"喻诗。倒是陆机之弟陆云在《与兄平原书》中讲到"兄前表甚有深情远旨可耽味"一语④,将"味"的对象直接用到了文章上面,算是开了以"味"品文的先声。而后刘宋时的范晔在其《狱中与诸甥侄书》中谈到"吾杂传论,皆有精意深旨;既有裁味,故约其词句"⑤,王微《与从弟僧绰书》中述及"文词不怨思抑扬,则流澹无味"⑥,亦皆属以"味"论文。至若袁昂《古今书评》谓"殷均书如高丽使人,抗浪甚有意气,滋韵终乏精味"⑦,以及宗炳《画山水序》中所云"圣人含道映物,贤者澄怀味象"⑧,则是进一步将品味应用于书法与绘画领域了。于此看来,以"味"品诗、品文、品艺的风气在晋宋之际当已形成(非如一般学者认为的要迟至齐梁),而经齐梁间刘勰、钟嵘等人的发扬光大,尤其是钟嵘以"滋味"论诗观念的正式提出,诗味说便进入了初步成熟的境地。

然则,诗味说的内涵究竟是什么呢?考诗味之"味",有多层涵义:当其用作动词时,乃是指的品味,相当于通常所说的审美鉴赏活动;而当其用作名词时,则既可以指由品味、鉴赏所获得的精神上的感受即

---

① 见中华书局版《艺文类聚》卷一六。
② 见中华书局影印本《全晋文》卷六九。
③ 见《四部丛刊》本六臣注《文选》卷一七。
④ 见《四部丛刊》本《陆士龙文集》卷八。
⑤ 中华书局点校本《宋书》卷六九《范晔传》引。
⑥ 见《宋书》卷六二《王微传》。
⑦ 见程允兆编《天都阁藏书》。
⑧ 人民美术出版社版《画论丛刊》第1页。

美感,亦可以指艺术品自身具有的能引起人的美感的那种性能即审美质性。总的说来,审美意义上的"味",其涵义的演化是由审美活动与感受而逐步转向对象的审美性能的,但也正是这后一种涵义最需要我们去细心辨析。

作为诗歌审美质性的"味",其内涵亦是随历史而发展的,大致经历了前后两个阶段:前期可举钟嵘以"滋味"说诗为典型,后期当以司空图揭示"韵外之致"与"味外之旨"为标志,两者之间又有承传与转化的关系。

钟嵘的"滋味"说见于《诗品序》中有关五言诗比四言诗优胜的一段话,其云:"夫四言文约意广,取效风骚,便可多得,每苦文繁而意少,故世罕习焉。五言居文词之要,是众作之有滋味者也,故云会于流俗,岂不以指事造形、穷情写物最为详切者耶?"①大意是说,四言诗由于语句简短,难以充分达意,写的人就少了;增扩为五言后,便于将诗中的情、事、物、象详尽而真切地展示出来,这才让人感到够"味"而群加仿习。两种诗体的短长暂不去说它,值得注意的是,钟嵘将"指事造形、穷情写物最为详切"作为诗歌"有滋味"的界定,这跟陆机《文赋》中所讲的"虽离方而遁员,期穷形而尽相",基本上一个意思,都是要求诗歌形象刻画上的精细切当,看来属于那个时代普遍的审美好尚,所以也有人将"滋味"说的旨趣归结为"尚形似",其实是不够全面的。同时代的刘勰在《文心雕龙·物色》一篇里亦曾谈到"自近代以来,文贵形似"、"体物为妙,功在密附"的写作风气,但他并不赞成一味地雕镂刻画,却主张"四序纷迴,而入兴归闲;物色虽繁,而析辞尚简;使味飘飘而轻举,情晔晔而更新",以做到"物色尽而情有余"②,实际上便是要用情意来统帅物象,让诗歌形象的塑造服从于表情达意的需要。他在《体性》篇里还讲到"志隐而味深",在《隐秀》篇里讲到"深文隐蔚,余味曲包",在《情采》篇里讲到"繁采寡情,味之必厌",在《风骨》

---

① 人民文学出版社《诗品注》卷首。
② 见人民文学出版社《文心雕龙注》卷一〇。

篇里讲到"若丰藻克赡,风骨不飞,则振采失鲜,负声无力"①,都是从情意表达的深度上着眼来品论文章之"味",反对专注于表面辞采的铺陈藻饰以致掩盖了作品内在生气的流露。这跟钟嵘的见解是否相矛盾呢?不然。我们知道,生当齐梁文学新变的潮流之中,钟嵘的思想里确有尚形似、崇文采的一面,这从他在诗歌品评里多次将"尚巧似"、"巧构形似之言"、"善制形状写物之词"用为赞语②,以及批评东晋玄言诗作"理过其辞,淡乎寡味"③,即可见出。但他决非单纯地重形式,在论及曹植这位最受他推崇的诗人时,所下的评语为:"骨气奇高,辞采华茂,情兼雅怨,体被文质"④,突出的乃是情与理、文与质、词采与骨气的完美统一。他倡扬诗歌的"滋味",也恰是从四言诗体"文约意广"、难以尽意的缺陷引发出来的,故而其"指事造形、穷情写物最为详切"的取向中,即包含着借生动真切的形象以充分展示情意的企望在内,所以接下去要讲到参用赋、比、兴的手法,在"直书其事"的同时更取得"文已尽而意有余"的效果,还要"干之以风力,润之以丹彩"(也就是刘勰提倡的风骨与文采相结合),这才能"使味之者无极,闻之者动心"⑤。这样全面地来考察,当能看出钟嵘所讲的"滋味",实质上来自诗人情意与诗歌形象的贯通一致,情意贯注生气于形象,形象即作为情意的显现,于是读诗的人便可凭藉对形象的感知,进入其内在情意的感受与品味,这就叫作"有滋味",也就是诗歌审美质性之所系了。后来唐人论诗味,如王昌龄所云"诗一向言意,则不清及无味;一向言景,亦无味。事须景与意相兼始好"⑥,以及皎然所云"以情为地,以兴为经,然后清音韵其风律,丽句增其文彩……味益深矣"⑦,亦皆从情景、意象、文质相交相融的角度上立论,大体未越出钟嵘"滋味"说的范

---

① 见人民文学出版社《文心雕龙注》卷六、卷七、卷八。
② 见《诗品注》卷上评张协、谢灵运,卷中评颜延之、鲍照语。
③ 见《诗品序》。
④ 见《诗品注》卷上。
⑤ 均见《诗品序》。
⑥ 见《诗格》卷上"十七势"条,《全唐五代诗格考》第135页。
⑦ 见《诗议》,同上书第186页。

围,这可以看作诗味内涵演进的第一个阶段。

诗味说的更新是以"滋味"过渡到"韵味"为表记的,唐末司空图即其代表。严格说来,司空图本人并未提出"韵味"的概念,他主张"辨于味,而后可以言诗",其所致力辨索的乃是"韵外之致"和"味外之旨"。也许正是因为这"韵外"与"味外"的并提,使人们将其诗味说标以"韵味"的名目,其实这里的"韵"只是表示乐曲词章,"韵外之致"则指诗歌语言背后所传递出来的情致或情味(相当于钟嵘所说的"文已尽而意有余"),重心在"致"而不在"韵",标以"韵味"系出于误解。不过从另一方面来看,"韵味"之说亦并非没有道理。"韵"在宋代被奉为"美之极","韵"的涵义被解作"有余意"①,而司空图的"韵外之致"、"味外之旨"则被宋人归结为"味外味"②。"味外味"作为超越诗篇本来意义上的"味",实即因"有余意"而产生的"味",故亦就是"韵"之"味"了。"韵味"这个复合词不当理解为"韵"和"味"的并列相连,而要看作"韵"(有余意)所创造的"味",是较之"滋味"更深一层的"味",这才是"韵味"说的精义所在。

"韵味"起自诗歌象外境界的探求,唐殷璠的"兴象"说实开其端绪③。"兴象"之"兴"有情兴之意,亦包含钟嵘所说的"文已尽而意有余,兴也"的意思④,所以"兴象"即指情兴有余之"象",这正是对唐诗艺术特点(所谓"形象的层深建构")的概括。循着这条思路,唐人多喜欢谈论"象外",如皎然云"采奇于象外"⑤,刘禹锡云"境生于象外"⑥,戴叔伦谓"诗家之景,如蓝田日暖,良玉生烟,可望而不可置于眉睫之前"⑦,以至司空图本人倡扬的"象外之象,景外之景"⑧,皆是。

---

① 均见《潜溪诗眼·论韵》,中华书局版《宋诗话辑佚》第371—372页。
② 《四部丛刊》本洪迈《容斋随笔》卷一〇引苏轼语:"司空表圣自论其诗,以为得味外味。"
③ 见殷璠《河岳英灵集序》及集中评陶翰、孟浩然语。
④ 故后人有"兴在象外"之说,见冯班《严氏纠谬》。
⑤ 见《诗议》,《全唐五代诗格校考》第185页。
⑥ 见《董氏武陵集记》,上海人民出版社本《刘禹锡集》卷一九。
⑦ 司空图《与极浦书》所引,《司空表圣文集》卷三。
⑧ 见《与极浦书》。

"象外"的境界乃是由诗歌形象所生发出来的,是一种虽未经直接描绘却可以通过暗示、烘染、虚拟、悬想而营造起来的想像空间,其中自亦包容了各种未曾说出的情思与意趣,这后一方面内容便构成了司空图所谓的"韵外之致"和"味外之旨"。据此而言,则"韵味"之"味",并不同于诗中情意显现于形象而能让人直接感受到的那种"滋味",却是一种需要越过形象的表层到其背后深藏的象外境界里去追索与玩绎而得的意味,故称作"味外味"。如果说,"滋味"属于诗歌的意象美,那末,"韵味"便属于其意蕴(意境)美;"滋味"相当于"以形写神","韵味"便相当于"离形得似";"滋味"的品鉴有赖于感知和感受的结合(从形象感知进入情意感受),"韵味"的领略则立足于感受对感知的超越(经过形象而又穿越形象以跻于象外境界)。由"滋味"到"韵味",是古典诗歌审美质性的一个升华,也是主体审美能力的一次飞跃,不过它们都依存于人的诗性生命的感受性,前后之间自有一脉相承的关系,于是皆纳入诗味说的总体框架中来了。

司空图之后的宋代,是"韵味"大行的时期,宋人对"韵味"说更有所发展,便是提出了"至味"、"真味"与"道味"等概念,而且常要与"平淡"、"古淡"之类诗歌风貌相联系。较早如梅尧臣《依韵和王平甫见寄》诗有言:"今又获嘉辞,至味非咸酸"①,率先以"至味"品诗,而他心目中这种非咸非酸的"至味"便是"淡"。所以他又一力鼓吹"平淡",如云:"作诗无古今,唯造平淡难"②、"因吟适情性,稍欲到平淡"③、"中作渊明诗,平淡可拟伦"④、"方闻理平淡,昏晓在渊明"⑤,以及称赏林逋的诗作"平澹邃美"、"趣尚博远"⑥,等等。梅尧臣的倡言立即得到欧阳修的响应,他在《再和圣俞见答》诗中说道:"嗟哉我岂敢知

---

① 见《四部丛刊》本《宛陵先生集》卷四六。
② 《读邵不疑学士诗卷杜挺之忽来因出示之且伏高致辄书一时之语以奉呈》,同上书卷四八。
③ 《依韵和晏相公》,同上书卷二八。
④ 《寄宋次道中道》,同上书卷二五。
⑤ 《答中道小疾见寄》,同上书卷二四。
⑥ 见《林和靖先生诗集序》,同上书卷六〇。

子,论诗赖子初指迷。子言古淡有真味,大羹岂须调以饛"①,明确透露出他接受前者影响的消息。他特别推重梅诗"以闲远古淡为意"②,谓其"近诗尤古硬,咀嚼苦难嚼,初如食橄榄,真味久愈在"③,以至移用来品文如"辞严意正质非俚,古味虽淡醇不薄"④,均属这一观念的表现。欧、梅的言谈都还嫌简略,至苏轼便从理念上予以充分展开了。其《送参寥师》诗云:"欲令诗语妙,无厌空且静。静故了群动,空故纳万境。阅世走人间,观身卧云岭。咸酸杂众好,中有至味永。"⑤这里所讲的"至味",是从"空""静"的境界中得来的,但"空""静"并非绝对的虚空寂静,而是"阅世"与"观身"的结果,是人的生命体验的一种反照与提升,其中包罗着万象群动的信息,却又超越了世事纷纭的局面,所以能感受到深永的"至味"。而且,正因为这"至味"是从现实生命体验中提炼出来的,它便不是一味的"淡",却是在"咸酸杂众好",亦即五味纷呈中品味出来的"淡",是超越了表层的风味以窥入生命之真谛而感受到的淡泊宁静。这其实便是"道"的境界,"至味"实质上乃是"道"之"味"(姚勉《汪古淡诗集序》里干脆称之为"道味",并有"道味古而淡"、"淡则欲心平"之说⑥,元人虞集亦述及"道味",见其《会上人诗序》)。明乎此,便不难理解苏轼为什么要极力倡扬那种"外枯而中膏,似淡而实美"的艺术品格⑦,而对他高度称许陶渊明、韦应物、柳宗元诸人"发纤秾于简古,寄至味于淡泊"⑧、"质而实绮,癯而实腴"⑨的诗风,亦找到了答案。可以说,从苏轼开始,"绚烂复归于平淡"⑩便构成传统士大夫的一种审美祈向,由它所标示的"至味"便也

---

① 见《四部丛刊》本《欧阳文忠公文集·居士集》卷五。
② 见《六一诗话》,中华书局版《历代诗话》第265页。
③ 《水谷夜行寄子美圣俞》,《欧阳文忠公文集·居士集》卷二。
④ 《读张李二生文赠石先生》,同上书卷二。
⑤ 见中华书局版《苏轼诗集》卷一七。
⑥ 见《四库全书》本《雪坡集》卷三七。
⑦ 见《评韩柳诗》,中华书局版《苏轼文集》卷六七。
⑧ 《书黄子思诗集后》,同上书卷六七。
⑨ 见苏辙《子瞻和陶渊明诗集引》,上海古籍出版社版《苏辙集·栾城后集》卷二一。
⑩ 周紫芝《竹坡诗话》引苏轼语:"大凡为文,当使气象峥嵘,五色绚烂,渐老渐熟,乃造平淡",中华书局版《历代诗话》第348页。

取得了深入人心的效果。

"至味"与"韵味"又是什么样的关系呢？首先应该看到，"至味"作为超越诗歌表层风味以进入其诗性生命内核而产生的"味"，本身就是一种"味外味"，也就属于"韵味"的范围。但"至味"又不同于一般的"韵味"，特指能展示"道"的境界的那种"韵味"。"道"在宋人侧重于其"内圣"的一面，即圣贤人格（或曰道学人格）的追摹与树立，这样一种道德品格的衡量常用"格高"、"格下"来表示，而能体现这一品格的风神韵度便称之为"格韵"或"格致"，再由诗歌等艺术审美活动将此种道学的胸怀与器度传达出来，即是宋人追求的"至味"、"真味"、"道味"了。也正因为"至味"的核心是"道"，它所注重的是"以思悟人"，而非"以情动人"，故收敛文采、示以淡泊，反倒更能起到发人深省的作用。钟嵘以"淡乎寡味"批评玄言诗，司空图虽倾向于清淡、清远的风神而仍致赏于"澄澹精致"①，宋人却一力标举"平淡"乃至"枯淡"，职是之故。南宋魏了翁甚至提出"无味之味，至味也"的主张②，其哲学渊源来自《老子》书中"道之出言，淡兮其无味"和"为无为，事无事，味无味"③，更可见出"至味"与"道"的联系。不过"无味之味"是无从品尝的，所以人们多还用"淡"来标示"至味"的风貌，这"淡"里面自然蕴藏着有余不尽的回味，这才能成为"至味"，成为"道"的美感效应。

尽管如此，这种以平淡来体现"至味"的好尚也并不能长久不变。宋室南渡之后，出于对宋诗主理而缺乏情韵的反拨，一些人中间开始出现了回归唐人"韵味"说的动向。南宋初年的张嵲在《读梅圣俞诗》一文中说到："圣俞诗长于叙事，雄健不足，而雅淡有余。然其淡而少味，令人无一唱三叹之意。"④这就是以唐人韵味来衡诸宋诗的表现。稍后的张戒明确揭示"情真"、"味长"、"气胜"为诗之"本意"，强调"诗人之工，特在一时情味"⑤，则"情"与"味"重新建立了牢固的联

---

① 见《与李生论诗书》。
② 见《跋胡文靖公晋臣橄榄诗真迹》，《四部丛刊》本《鹤山先生大全文集》卷六一。
③ 今本《老子》第三十五、六十三章。
④ 《四库全书》本《紫微集》卷三三。
⑤ 见《岁寒堂诗话》卷上，中华书局版《历代诗话续编》第450、453页。

系。杨万里好谈诗味,尤致赏于晚唐诗的微婉含蓄,以为独得"诗三百篇"之"遗味"①。下而及于姜夔亦主张"句中有余味,篇中有余意,善之善者也"②,不过他以黄庭坚诗为"有余意"的典范,其诗味的旨趣介乎晚唐与北宋之间。至南宋后期,严羽标榜诗之"兴趣",高倡"法盛唐",抨击苏黄,而"兴趣"的主要表征为"透彻玲珑,不可凑泊,如空中之音,相中之色,水中之月,镜中之象,言有尽而意无穷"③,实质上与司空图的"味外味"如出一辙。这样一种回归唐音、高扬情韵的取向,与宗奉宋调、推重"道味"的传统分流并驰而又交相为用,构成了宋以后诗味说发展的基本景观,不复赘述。

二、释 "趣"

现在来谈"趣"。"趣"不像"味"那样天生地与审美有血缘关系,它演变为诗学、美学范畴很经历了一番曲折。"趣"的本字当为"趋",是疾行的意思。《说文》解"趣"曰:"疾也,从走,取声。"承培元《广说文答问疏证》更明确指出:"趣,疾走也,凡言走之疾速者,皆以趣为正字。"由疾走之义,"趣"后来便发展出趋向之义,更由行为上的趋向转化成精神上的取向,于是有了旨趣、志趣、趣向、趣尚等概念;这种精神的取向又逐渐引申为内心的关注、爱好和愉悦之感,遂有兴趣、乐趣、趣味、情趣诸般说法。诗学中的"趣"即诗趣,当属"趣"的最后一层涵义,而又同旨趣、趣尚的意思分不开。而且以"趣"论诗也有主客两方面的归属,既可指审美主体的一种独特的心理感受与感悟,亦常指审美对象中能引起主体这种独特感受与感悟的性能。对象之"趣"实来自主体之"趣"的投影,所以我们在探讨诗趣这一美学质性的构成时,仍不能不紧密联系主体的心理机能。

"趣"进入诗学领域并得到独立发展,较之于"味"更要显得迟缓

---

① 见《颐庵诗稿序》,《四部丛刊》本《诚斋集》卷八三。
② 见《白石道人诗说》,《历代诗话》第 681 页。
③ 《沧浪诗话·诗辨》,《历代诗话》第 688 页。

一些。《列子·汤问》篇述及俞伯牙与钟子期相"知音"事云:"曲每奏,钟子期辄穷其趣",这"趣"虽用于乐曲,看来是指乐中旨趣,亦非其审美性能。诸葛亮《诫外生》书有云:"虽有淹留,何损于美趣"①,初次将"趣"与"美"并提,但非出于品艺。东晋顾恺之开始以"趣"品画,其《论画》中述及当时流传的一些图像,如谓《孙武》画像"骨趣甚奇",《醉客》画像"多有骨俱"、"生变趣",《嵇轻车诗》一画配以林木,"雍容调畅,亦有天趣"②。其后宗炳《画山水序》讲到"万趣融其神思"③,姚最《续画品》评沈粲"专工绮罗屏障,所图颇有情趣"④,皆为这一传统的延伸。以"趣"论文则似乎要到刘勰《文心雕龙》才正式揭开端绪,其《明诗》篇讲到"辞趣一揆,莫与争雄",《哀吊》篇述及"体旧而趣新",《檄移》篇批评"曲趣密巧,无所取才",《章表》篇称许"应物制巧,随变生趣",《体性》篇有涉"风趣刚柔"和"危侧趣诡",《定势》篇发扬"自然之趣"⑤,可见"趣"的应用已相当广泛。同时的钟嵘以"滋味"说诗,而在具体品评中亦时有用到"趣"的,如云郭璞游仙诗"乃是坎壈咏怀,非列仙之趣也",谓谢瞻诗"殊得风流媚趣"等⑥,后来唐人以"趣"品诗多受其影响。还有值得注意的,是王昌龄论"诗有三得:一曰得趣,二曰得理,三曰得势"⑦,"趣"与"理"、"势"并列而构成诗的一种基本性能,表明它作为诗学范畴已然确立。但也要看到,"趣"这一概念在整个六朝以及隋唐期间尚不显眼,不仅应用上不如"味"来得普遍,其具体内涵亦未有能超轶诗味说之处,如王昌龄解说"得趣"为"理得其趣,咏物如合辙,为之上也"⑧,仍是情意与物象相交合的意思,跟他自身论"味"无甚差别。故时人有将"趣""味"连用者,如司空

---

① 见中华书局影印本《全三国文》卷五九。
② 见张彦远《历代名画记》卷五所引。
③ 人民出版社 1962 年版《画论丛刊》第 1 页。
④ 见《四库全书·子部·艺术类》。
⑤ 见《文心雕龙注》卷二、卷三、卷四、卷五、卷六。
⑥ 见《诗品注》卷中。
⑦ 见《诗格》卷下"诗有三得"条,《全唐五代诗格校考》第 174 页。
⑧ 同上。

图所云"趣味澄夐,如清沇之贯达"①,"趣味"便是指的诗味。

宋代是"韵味"说广为流行的时期,也是以"趣"论诗开始发达的阶段,诗趣的特色逐渐显露出来。苏轼有"诗以奇趣为宗,反常合道曰趣"之说②,虽然谈的是"奇趣",而"反常合道"一语恰恰将"趣"的独特性能初步揭示了出来。这之前,刘勰在讨论文章对偶句的应用时,亦曾以"理殊趣合"来解说"反对"的构成方式,并认为"反对"优于"正对"的道理即在于此③,这"理殊趣合"也就有"反常合道"的意思,不过只是及于对偶,尚不具备普泛的意义。苏轼将其作为诗趣的普遍性原则提了出来,这才取得人们的重视。为什么"反常合道"能形成"趣"呢?首先在于它有新意,即通常所谓"陌生化"的效果,容易引起人们的关注和兴趣;当然"反常"还须以"合道"为条件,若一味求生求新、无理取闹,亦只能叫人感到荒谬和可笑。其次在于它有深意,因为违反常情的现象能让人觉出其有理,内里必有某种深刻的意味在,不能光看表面热闹,草草带过。有新意而又有深意,这就不仅叫人注目,更需要读者用脑子去想一想,便于参透其中的奥秘,所以领略诗趣不能像感受诗味那样专凭感性体验,而必须参以悟性。"趣"是建立在诗性生命的感性机制与悟性机制协同作用的基础之上的,感知与感受(包括想像)虽仍不可少,而悟性的开启则更重要;没有悟性的穿透功能,诗趣便难以自动呈现,这也可以说是"趣"与"味"的基本分野。

"趣"在宋人诗作中有多样化表现,经常提到的如"风趣"、"谐趣"、"理趣"、"禅趣"、"天趣"、"真趣"等,尤以"风趣"为主要形态。"风趣"是什么呢?决非故作姿态的卖弄风情,而要植根于诗人自身的高远而脱俗的情怀。苏轼的诗是最富于风趣的。比如他的朋友章粢托人送六瓮酒并带信给他,信收到却不见酒,他在答诗中写下"岂意青州六从事,化为乌有一先生"之语④,此联的妙处不光在于用典浑化无

---

① 见《与王驾评诗书》,《司空表圣文集》卷一。
② 惠洪《冷斋夜话》所引,岳麓书社1985年版《中国历代诗话选》第367页。
③ 见《文心雕龙注》卷七《丽辞》。
④ 见《章质夫送酒六壶书至而酒未达戏作小诗问之》,《四部丛刊》本《集注分类东坡先生诗》卷一五。

迹和对仗精工自然,更其在他将生活中遭遇的事故用极轻松而逗趣的笔调反映出来,足以见出胸襟的豁达与气度的超逸,而那种严肃事故幽默化的处理方式便成了"反常合道"之"趣"。他那首名闻遐迩的《琴诗》:"若言琴上有琴声,放在匣中何不鸣?若言声在指头上,何不于君指上听?"①也是通过极无理的质问来表达对至理精义的玩索,在逗人发噱之中而又引人深思。南宋杨万里有言:"从来天分低拙之人,好谈格调,而不解风趣,何也?格调是空架子,有腔口易描;风趣专写性灵,非天才不办。"②杨万里自己的诗亦是很讲风趣的,风趣发自性灵,乃是指那种自由自得的心态与脱落常套的颖悟能力,这样写出来的诗,才能在新奇多变的外貌中寓有深沉的内涵,而给人以"趣"的享受。

风趣向着谐谑、机巧的方向发展,便成了谐趣。黄庭坚是宋诗人中明确鼓吹谐趣的人,他说道:"作诗正如作杂剧,初时布置,临了须打诨,方是出场。"③其《子瞻诗句妙一世乃云效庭坚体……》一诗,着力颂扬苏轼诗风的博大精强,表白自己的倾心相慕,结尾处忽然转到"小儿未可知,客或许敦庞。诚堪婿阿巽,买红缠酒缸"④,戏言自己的儿子或许可同苏轼的孙女匹配(暗含自己决不敢与苏轼并比之意),即属"打诨出场"的手法,通篇的颂语也就在一笑中作结,不显过分矜张。谐趣自未必仅限于收结,像苏轼《琴诗》通体皆含谐谑,其"青州从事"一联在风趣中亦有诙谐成分,均资参鉴。另外,风趣如果同表达某种意理或禅机相结合,便成了理趣或禅趣。苏轼《题西林壁》诗以"不识庐山真面目,只缘身在此山中"写照"当局者迷,旁观者清"的人生哲理⑤,深含理趣,人所共知。前举《琴诗》既蕴哲理,又带机锋,亦可说是理趣兼禅趣的样板。宋人好谈理,亦爱参禅,弄不好即成"理障",失却诗情,故理趣与禅趣的讲求是必不可少的,构成宋人诗趣的一个重

---

① 见《四库全书》本《东坡诗集注》卷二〇。
② 袁枚《随园诗话》卷一所引,见人民文学出版社本《随园诗话》第2页。
③ 《王直方诗话》所引,中华书局版《宋诗话辑佚》第14页。
④ 见《四部丛刊》本《豫章黄先生文集》卷二。
⑤ 见《四部丛刊》本《集注分类东坡先生诗》卷七。

要方面。其余如风趣出自天然,不见造作痕迹,可称"天趣"或"自得之趣",风趣内含情意纯真而不加矫饰,可称"真趣",诸如此类,不遑列举。总之,宋人论诗虽以"至味"、"道味"为最高目标,而实际诗作则很少达到那种悠永深沉的境界,多以风趣、奇趣、谐趣等见长,后人评论东坡诗"风趣多,情韵少"①,或谓其"趣多致多,而神韵却少"②,足以代表宋诗的一般作风。这跟宋诗主意、主理和求新、求变的创作路线分不开,甚或可以说,"味"与"趣"的分野,一定程度上便是唐诗与宋诗分流的表征,体现着古典诗歌传统的转型。当然,又不能将这种界分绝对化,特别是"趣"的概念内涵长时期来一直同"味"相交渗,即使在苏轼提出"反常合道曰趣"之后,也仍有人继续沿用原来的诗味涵义来指称"趣",严羽"兴趣"说便是突出的例子。像这样以"趣"混同于"味"的情形,后世亦常出现,是我们研究诗趣时不能不加留心的。

　　进入明清,诗趣说又有了新的发展。明人高度重视"趣"的性能。高启《独庵集序》谈到:"诗之要,有曰格、曰趣、曰意而已。格以辨其体,意以达其情,趣以臻其妙也。"③这里的"格"指诗歌体制,"意"指诗中情意,"趣"便是诗的审美性能了;三者并列,"趣"实居于核心。李开先《塞上曲后序》则云:"诗在意趣声调,不在字句多寡短长也"④,干脆用意趣、声调两项来概括诗的特性,其"意趣"的地位显然又在声调之上。至明袁宏道更鲜明地揭示"诗以趣为主"的论诗宗旨,并谓"致多则理诎"⑤,主张用诗趣来消除"理障",则诗篇的艺术魅力全在于"趣"。同时代的钟惺在《东坡文选序》里则云:"夫文之于趣,无之而无之者也。譬之人,趣其所以生也,趣死则死。"⑥而王思任在《袁临侯先生诗序》中也公开宣言:"弇州论诗,曰才曰格曰法曰品,而吾独曰:一趣可以尽诗。"⑦他们都把"趣"抬高到诗性生命的主导位置上来,无

---

① 见袁枚《钱竹初诗序》,《四部备要》本《小仓山房续文集》卷二八。
② 见施补华《岘佣说诗》,中华书局版《清诗话》第 998 页。
③ 《四部丛刊》本《高太史凫藻集》卷二。
④ 中华书局上海编辑所 1959 年版《李开先集·闲居集》之四。
⑤ 见《西京稿序》,上海古籍出版社版《袁宏道集笺校》卷五一。
⑥ 《中国文学珍本丛书》本《隐秀轩文虞集》。
⑦ 《中国文学珍本丛书》本《王季重十种·杂序》。

"趣"便不能成诗,这种前所未有的嗜"趣"之风,实带有晚明文学中性灵思潮涌动的痕迹。

与此相应,"趣"的形态亦有新的变化。明人较少讲理趣与禅趣,他们爱谈的是天趣、真趣、生趣乃至于俚趣,其"趣"的内涵也不像宋人那样偏重在人生事理的智慧洞彻,却更多地倾向于天机灵性的发动与纯真情思的表露。前引王思任"一趣可以尽诗"之语,而他对"趣"的解说便是:"以激吐真至之情,归于雅含和厚之旨,不斧凿而工,不橐籥而化,动以天机,鸣以天籁,此其趣胜也。"①袁宏道认为:"夫趣,得之自然者深,得之学问者浅。当其为童子也,不知有趣,然无往而非趣也。……迨夫年渐长,官渐高,品渐大,有身如梏,有心如棘,毛孔骨节俱为闻见知识所缚,入理愈深,然其去趣愈远矣!"②这简直是用李贽的"童心"说来释"趣"了。其弟袁中道亦云:"凡慧则流,流极而趣生焉。天下之趣,未有不自慧生也。山之玲珑而多态,水之涟漪而多姿,花之生动而多致,此皆天地间一种慧黠之气所成。"③则又是将"趣"的生成由人的灵性上溯至天地间的灵气(慧黠之气),意图在"天人合一"的框架下为"趣"张目。据此而言,明代文人论"趣",虽同样注重于其所包含的悟性机制,却偏向于将这种颖悟能力归诸人的性灵,并多从天生的慧心与灵机着眼来阐发性灵,这跟宋人论"趣"重在智慧的穿透力与襟怀的超越显有差异,于此亦可见出时代风气之转移。

还有一点须加注意的,便是明人对"俚趣"的发扬,它反映了文学世俗化的总体趋向。其实这一趋向早在宋代已显露苗子,"谐趣"的提倡即其征兆。不过宋人的口号是"以俗为雅"④,也就是用俗事为雅意服务,所以谐趣多半成为展示士夫文人高雅情怀的手段,并未将文学创作真正导向俗化。元人散曲可以说是诗歌世俗化的重要发端,但还缺乏自觉的意识。至明代,尽管复古的潮流占据文坛正宗,而"真诗乃

---

① 《中国文学珍本丛书》本《王季重十种·杂序》。
② 《序陈正甫会心集》,上海古籍出版社版《袁宏道集笺校》卷一〇。
③ 《刘玄度绝句诗序》,上海古籍出版社1959年版《珂雪斋集》卷一〇。
④ 见黄庭坚《再次韵杨明叔并序》,《四库全书》本《山谷内集诗注》卷一二。

在民间"①的观念已深入人心,文人学士搜集民间歌谣并加仿作蔚然成风,"俚趣"之说遂应运而生。明人倡"俚趣"甚有力者如陆时雍,其《诗镜总论》一则云:"古乐府多俚言,然韵甚趣甚。后人视之为粗,古人出之自精,故大巧者若拙。"再则云:"晋人五言绝,愈俚愈趣,愈浅愈深。"三则云:"古歌《子夜》等诗,俚情亵语,村童之所赧言,而诗人道之,极韵极趣。"四则云:"汉《铙歌》乐府,多媭人乞子儿女里巷之事,而其诗有都雅之风。"②倡扬"俚趣"可谓不遗余力。后张谦宜《絸斋诗谈》中论及唐人《竹枝词》,主张"意取谐俗,调宜鲜脆,然俚有媚趣,质带润色为佳"③,亦属这一观念的继承。"俚趣"虽用于品评前代歌谣,其审美经验实来自当代。如陈所闻《南宫词纪》里所收《汴省时曲·锁南枝》一曲,以女子自诉的口吻,将己身与情郎比作两个泥捏人,续云:"将泥人儿摔碎,着水儿重和过,再捏一个你,再捏一个我。哥哥身上也有妹妹,妹妹身上也有哥哥。"④可真够得上"俚情亵语"而又"极韵极趣"了。从这首小曲更可看出,俚趣之所以为"趣",纯出于情思之天真与大胆,其异想天开处正体现着情之痴绝,由痴情生发出痴语,于是能产生打破常情常理的震撼力量。清贺裳在《皱水轩词筌》中将这类情况称之为"无理而妙"⑤,亦属"反常合道"的表现。沈雄《柳塘词话》解释道:"所谓无理而入妙,非深情者不办。"⑥可见,"无理"就是反乎常理,而反常所合之"道",恰恰便是人的深情。有如汤显祖所言:"第云理之所必无,安知情之所必有邪!"⑦越出常理,以显真情,这就是"俚趣"为趣、为妙之所在,不过这样的一种"反常合道",与宋人原初的理解恐怕已有相当距离了。

明代为诗趣说的鼎盛时期,入清后,专制主义加强,复古思想盛

---

① 见李梦阳《诗集自序》,明万历刻本《李空同全集》卷五〇。
② 中华书局版《历代诗话续编》第 1404、1406、1411 页。
③ 见《絸斋诗谈》卷二,上海古籍出版社版《清诗话续编》第 808 页。
④ 见《续修四库全书》第 1741 册《新镌古今大雅南宫词纪》卷六。
⑤ 中华书局版《词话丛编》第 695 页。
⑥ 《古今词话·词评》下卷所引,同上书 1044 页。
⑦ 《牡丹亭记题词》,上海古籍出版社版《汤显祖诗文集》卷三三。

行,带有异端色彩的"趣"论不免有所收敛。但"趣"的各种形态大体还保存了下来,以灵心慧舌为"趣"的美质亦时有人鼓吹,尤其是清中叶以"性灵"说诗的袁枚,不仅重新张起"味欲其鲜,趣欲其真,人必知此,而后可与论诗"①的大旗,且从多方面加以阐说,称得上古典诗趣说的殿军。此后以"趣"论诗的传统虽续有衍流,均无甚新义,无庸饶舌。

三、释"趣 味"

"味"与"趣"标示着古典诗歌诗性生命的两种独特的审美机能已如上述,但二者亦时有交会融合之处,它们共同组成中国诗学的审美质性观,可以概括为"趣味"说。在分别考察了"味"和"趣"这两个范畴之后,有必要对"趣味"说作一整体的归纳。

首先,我们看到,中国人的审美观念由品尝食物发端,辨口味乃是"趣味"说的最早源头,这一点上与西方各民族的传统显有差异。西方人谈审美,虽亦用到"趣味"一词,但只属比况的说法,在理念上他们是明确排斥味觉有审美功能的。早在古希腊时代,柏拉图就曾借苏格拉底的名义讲过:"我们如果说味和香不仅愉快,而且美,人人都会拿我们做笑柄。……美只起于听觉和视觉所生的那种快感。"②近代德国哲学家黑格尔说得更明白:"艺术的感性事物只涉及视听两个认识性的感觉,至于嗅觉、味觉和触觉则完全与艺术欣赏无关。因为嗅觉、味觉和触觉只涉及单纯的物质和它的可直接用感官接触的性质,……这三种感觉的快感并不起于艺术的美。"③所以西方人很难理解东方民族以"味"论诗的传统(印度古典诗学中亦有"味论"),甚至会产生某种神秘感。那么,为什么东西方之间会有这样的歧异呢?有人用农业社会注重食物养生(所谓"民以食为天")来揭示中国人重"味"的起

---

① 见《随园诗话》卷一,人民文学出版社版第20页。
② 见《大希庇阿斯篇》,《柏拉图文艺对话集》,上海文艺联合出版社1954年版,第261页。
③ 见《美学》第一卷"艺术美的概念",商务印书馆1979年版,第49页。

源,也有人从"通感"的作用上来说明品尝美味和欣赏美的形象与音响的关联,都有启发,但还不足以解释何以西方人在审美上要拒斥味觉。依我之见,中西诗学与美学在辨"味"问题上的对立,根底上来自其生命论或知识论取向上的不同。西方传统以文艺为认知的手段,审美的最终目的亦是要上升到"理念",于是只有视觉和听觉这两种高级的感官功能才具备向理性认识转化的条件,而味觉、嗅觉、触觉之类低级官能自要排除于外了。东方民族则不然。在我们的传统中,诗歌、艺术与审美均属于人的生命体验活动,味感也是一种生命体验,虽以满足口腹之欲为主,仍含有某种精神愉悦的成分,也就难以同审美截然划开。当然,味觉的美感与艺术的审美毕竟是有区别的,但生命论的特点恰恰是要从整体生命活动中来观照人生,其侧重在味感与审美相通,自亦是无足为奇的,况且这种相通观有助于让味、嗅、触之类"低级官能"参与审美活动的建构,说不定能使我们对人的审美机能抱有更新也更全面的理解。这是"趣味"说给我们提供的第一点借鉴。

其次,"趣味"论诗是将审美主体与审美客体贯通起来考虑的,"味"与"趣"既指人的审美感受,亦指诗歌及其他艺术品的审美质性,主客双方相互依存、相互转化,并没有不可逾越的分畛。而且一般说来,"味""趣"多起自人的感受,立足于人的诗性生命结构中的感性与悟性的机能,再由人的审美创造与欣赏活动将这一机能传递并落实于作品之中,构成作品的审美质性,便是通常所谓的诗味与诗趣了。从"趣味"这一生成方式来看,不正好印证了美是人的感性生命(或曰生命体验,并可导向生命体悟)的对象化显现吗?这并不意味着将美归结为纯主观的表现,因为在我们的传统里,人的禀性承受自天,天人、群己、人我之间多有相通之处,"趣味"也就有了客观性与普遍性。孟子有言:"口之于味也,有同嗜焉;耳之于声也,有同听焉;目之于色也,有同美焉。"[①]荀子亦云:"故人之情,口好味而臭味莫美焉,耳好声而声乐莫大焉,目好色而文章致繁、妇女莫众焉。"[②]再联系前曾引述的

---

① 《孟子·告子上》。
② 《荀子·王霸》。

明人由"童心"以及天地灵气来探索"趣"的根由,则"趣味"的普遍效应自不难断定。这也应该说是中西审美观念上的一大分歧。西方人由于不具备我们先辈的"天人合一"的理念,多从主客二分的思维态势来考察问题,其论述美的客观质性或就宇宙本体精神、或就物体形式法则着眼,往往同审美者主体了无关涉;而一旦转向主体的研究,又会出现"趣味无争辩"[①]之类将审美归诸纯主观心理的判断,则为我们所不取。

再其次,要对"趣味"说中"味"与"趣"这两个范畴的异同作一总括,这仅是就其主导倾向而言,因为两者在发展中互有交渗,而各自演进时亦常显出阶段性的差异,难以一刀切地作出判断。大体上说,"味"是同人的感性生命机能紧密相联的,感知与感受在审美意义上的结合构成了"味"美的基本内涵。这一结合的方式可以有所不同:在"滋味"说的阶段较多地显现为感受对感知的凭附,即通过形象的观照以进入诗中情味的领略;而在"韵味"说的阶段则经常表现为感受对感知的超越,即越过形象的表层到象外世界里去探究其潜在的意蕴和情味。不管哪一种方式,感受与感知的结合总是不可少的,经过审美感知以上升到审美感受,乃是以"味"品诗的必由之途,而诗味也就成了诗歌作品所具有的那种足以引起味感的审美性能了。至于说到"趣",正如上一节所谈,是不能单纯用感性生命体验来概括的,还必须有人的悟性生命机制的参与。"趣"作为以悟性直接切入并穿透事物表象的思维活动方式,其或来自洞彻的智慧,或来自天机灵性,甚或来自纯真而放任的情思,皆源于主体自由自在和自得自娱的本心,故常呈现为活泼泼的无拘无束的生命境界和自然天成、生机勃发的美学风格,这也就是艺术作品里的"趣"了。如果说,"滋味"属于诗歌的意象美,"韵味"属于意蕴美,那末,"诗趣"便属于性灵美。意象之美在于生气贯注于形象,意蕴之美在于神韵流宕于象外,而性灵之美则在灵心穿透事象。第一种美立足于情与理、意与象、文与质之间的谐调,第二种

[①] 康德《判断力批判》上卷第56节所引,宗白华译文为"关于鉴赏,是不能让人辩论的",商务印书馆1964年版,第185页。

美常显现为理对情、意对象、质对文的超越,而第三种美则又可能意味着情对理、意对象、质对文的突出。突出也是一种超越,即悟性生命对感性生命的超越,这正是"趣"从诗味中分化出来并得到独立演化的关键,也是"趣"不须假借诗歌意象的绚烂或平淡以展示其内含的感性魅力,却要通过拆解事象的矛盾与反常以突出自身的悟性与灵机的缘由。当然,超越并不同于抹杀,灵性的突出仍要以感知和感受事象间的矛盾反常为前提,所以诗趣的形成仍离不开感性生命与悟性生命机制的协同作用。诗性生命体验永远是美和美感的基本来源,尽管在此基础上会发展并构筑起多样化的审美质性与形态。

末了,还要说一说"趣味"内涵的演化与古典诗歌审美质性流变的关系。我们已经看到,"趣味"说的重心存在着由"滋味"到"韵味"、再由"味"到"趣"的推移转化过程,这其实也就是古典诗歌审美质性演变的历史轨迹。先秦两汉时期,中国诗歌传统的形成虽有一个高的起点,而由于政教功能的突出和审美意识的不自觉,诗中"趣味"并未得到公开的发扬。魏晋南北朝以后,随着"人的自觉"和"文的自觉"的兴起,诗歌创作活动有了广泛的展开,诗学中"味"与"趣"的概念逐步建立,"滋味"说也正式提出。这一时期的诗歌发展正处在大力营造各类诗歌意象的阶段,故而以"指事造形、穷情写物最为详切"的"滋味"说来标示其美学取向,是很有理由的。唐代进入诗歌艺术高度成熟的时期,诗歌形象的层深建构,即包含象内与象外二重世界组合的艺术意境的出现,推动了"滋味"向"韵味"过渡,而在司空图对"韵外之致"与"味外之旨"的阐扬中得到归结。宋人重视道德人格修养,在诗歌主意的原则指引下,将唐人的情韵、气韵转化为格韵,诗中"韵味"也就成了"至味"与"道味",这是传统诗味说的继续深化,同时又是诗歌审美质性的初步转型。宋诗另有发扬悟性以超越感性的一面,遂使诗趣说得以从诗味说中脱化出来,"趣"的讲求更明显地体现了审美机能的转变。循此而下,历经元人散曲、明清歌谣以及晚明至清中叶的性灵文学思潮,"趣"在诗歌审美活动中的地位不断提升,其内涵亦由宋代士大夫的高情雅意蜕变为明清性灵文学家的天机灵性乃至市井小民的童心稚趣,为我们鲜明地勾画出传统审美好尚朝着个性化与世俗化方向不断演进的轮廓。这样一个由"味"到"趣",或者说由"滋味"、"韵味"、"至味"到"风趣"、"谐趣"、"真趣"乃至"俚趣"的交替生发的过程(非直线式的),也正是古典审美理想的发展、成熟、转型与蜕变在诗歌艺术领域内的反映。更其值得注意的,是诗歌审美质性由情理谐和经悟性超越而转向"无理而妙",实质上象征着传统天人关系上的一大变化,即由人情从属天理(以人合天)移向了人情即天理,或者说合乎人情的便是天理(以天合人)。这实在是传统审美人格上的一大蜕变,其意义又远远逸出诗歌"趣味"说范围之外了。

释 "妙 悟"
——论诗性生命的超越性领悟

中国诗学的审美体性观是由诗性生命本体的建构与诗性生命活动的开展这两个方面同时反映出来的,两者之间互有交渗。如果说,以"情志"为诗性生命的本根,从"情志"到"意象"再到"意境"的演化,体现着诗性生命本体的建构过程,那末,以"感兴"为诗性生命的发动,从"感兴"到"神思"再到"妙悟"的逐步升华,便显示出诗性生命活动的发展轨迹。"妙悟"作为诗歌艺术思维发展的最高阶段,跟诗歌"意境"的把握与领会有着密不可分的联系,有如"感兴"之于诗人"情志"的发动,"神思"之于诗歌"意象"的生成一样。所以探讨中国诗学的审美体性问题,不能不归结到"妙悟"这一诗性生命的圆成方式与途径上来,也恰恰是在这一点上高度凝聚着我们民族传统的审美经验与生存智慧。

一、原 "悟"

"妙悟"一词,由"妙"与"悟"两个词素组合而成。"妙"有精妙、玄妙之意,不过在这里它是用来形容"悟"的,"悟"才是词的本根,我们也要从"悟"谈起。

"悟"的本义同"寤",原指睡眠后的觉醒。《说文解字》训"悟"为"觉也",训"觉"为"寤也",又云:"寐觉而有信曰寤",可见"悟"、"寤"、"觉"三者涵义相通。"悟"字最早见于《尚书·顾命上》里的"今天降疾殆,弗兴弗悟",孙星衍注云:"悟与寤通,《诗传》云'觉也',

觉犹知"①,故"弗悟"便是沉迷不醒之意。另屈原《离骚》中有"哲王又不寤"一语,王逸注云:"寤,觉也",又谓"不寤"指"不能觉悟善恶之情"②,亦可用为佐证。

由生理上的觉醒引申为精神上的觉醒,"悟"就有了后来通用的觉悟、晓悟乃至领悟的意思。《庄子·田子方》里讲到东郭顺子"清而容物,物无道,正容以悟之",这"悟"便是指的使人醒悟。《荀子·成相》有云:"不觉悟,不知苦,迷惑失指易上下。"《孔子家语》述及"季孙色然悟曰:吾诚未达此义"③,以及陶渊明《归去来辞》中的"悟以往之不谏,知来者之可追"④,几处的"悟"均指精神上的觉醒。觉醒包含觉知与觉晓的作用,但决不能单纯归结为认知心理,也就是说,它不只是获取新知识而已,更主要地表现为一种人生态度上的转变,一种思想境界上的飞跃,从而使"悟"之一词具备了某种超越性的内涵,这也正是它得以提升为学理性名词的根据。

将"悟"由日常用语初步引入哲理性思考的,是佛教的兴起。佛教以皈依空门为宗旨,认世间万有为心造的幻影,为使信徒们接受这套理念,迫切需要他们在人生态度上有一个根本性的转变,"悟"正好用来充当这一转变的标志。于是从佛教开始,"悟"便同人生至理与至境的领会发生了关联,如晋释支道林所言"悟群俗以妙道"⑤,慧远所云"即有以悟无"⑥,都是把"道"("无")规定为"悟"的对象,"悟"这一精神觉醒的形态也就从一般意义上的超越性追求上升到终极意义上的超越性关怀。这样的一种"悟",自可称之为"妙悟"。东晋僧肇所撰《肇论》中便有"玄道在于妙悟,妙悟在于即真"之说⑦,"妙悟"特指把握与领略"玄道"(即支道林所云"妙道")的思悟方式,它不再是日

---

① 《清十三经注疏》本《尚书今古文注疏》卷二五上。
② 见《四部备要》本洪兴祖《楚辞补注》卷一。
③ 见《四部丛刊》本《孔子家语》卷九《正论解》第四一。
④ 《四部丛刊》本《笺注陶渊明集》卷五。
⑤ 见《大小品对比要钞序》,《中国佛教思想资料选编》第一卷,中华书局1981年版,第60页。
⑥ 见《阿毗昙心序》,同上书第一卷第96页。
⑦ 见《肇论·涅槃无名论》,同上书第一卷第162页。

常用语，而属专门性的哲学范畴了。不过佛学著述中并未严格区分"妙悟"与"悟"，倒是更习惯于用"悟"来指称对佛理妙道的领会，故而这两个词语在后来的诗学与美学领域也经常混用。

佛学创建了"妙悟"的范畴，但真正将"妙悟"说推上有影响地位的，是唐以后由惠能所开创的佛教禅宗（南宗）。禅宗在教义上有两大特点：一是即心即佛，二是顿悟成佛。就前者而言，禅宗认定佛即在人的本心，人人身上皆有佛性，所以信佛无须外求，关键在于自明本性（明心见性）。就后者而言，正因为悟道的取向在于直指心源，于是各种修持、斋戒、念经等手段均视为不重要甚且不必要，开启觉心乃第一要义，而觉心又是完整和不可分割的，故启悟的方式只能是顿悟（顿时了悟），一悟便跻于佛境。这一点在惠能的《坛经》里说得很明白，其云："故知万法尽在自心，何不从自心中顿见真如本性"，又谓"若起正真般若观照，一刹那间，妄念俱灭；若识自性，一悟即至佛地"[①]。禅宗后学还特地用"顿悟成佛"作为本教派优胜的表记。《景德传灯录》中记载着这样一段界说："禅则有浅有深，阶级殊等：谓带异计欣上厌下而修者，是外道禅；正信因果亦以欣厌而修者，是凡夫禅；悟我空偏真之理而修者，是小乘禅；悟我、法二空所显真理而修者，是大乘禅；若顿悟自心本来清净，元无烦恼无漏智，性本自具足，此心即佛，毕竟无异，依此而修者，是最上乘禅，亦名如来清净禅。"[②]这里将禅修分成高下不等的五个层次，而以"顿悟自心本来清净"的"如来清净禅"（即禅宗修行方法）为最上乘，可见禅宗所理解的"悟"实即"顿悟"，它不仅突出了超越性精神追求中的那种直觉式的领悟方式，亦且肯定了"悟"的对象与主体之间的同一关系（自性即佛性），正是这两点认识给古典诗学与美学中的"妙悟"说奠定了基础。

再从另一个角度来看，禅宗的"顿悟"之说也并非空穴来风，而与先秦道家学说有着直接的渊源关系（禅宗思想本就是庄、佛的混血

---

① 见《六祖大师法宝坛经·般若品第二》，中华书局版《中国佛教思想资料选编》第二卷第四册第 39 页。
② 见《景德传灯录》卷一三"圭峰宗密法师"，《四部丛刊三编》本。

儿)。《庄子·大宗师》里讲了一个庖丁解牛的故事,将庖丁出神入化的解剖技巧归之于"以神遇而不以目视,官知止而神欲行",与此书另一处所说的"无听之以耳,而听之以心;无听之以心,而听之以气"①一个意思,都是指用超越感官(耳目)和思维(心)的内在精神(神、气)来把握对象的内在神理,这就叫作"神遇"。"神遇"(亦作"神会")其实就是一种直觉式的领悟方式,除应用于对至理妙道的体认外,亦曾引入艺术审美活动中,用作审美直觉心理机能的表征。如唐张彦远《历代名画记》中评析顾恺之画艺"思侔造化,得妙物于神会"②,宋沈括《梦溪笔谈》里论及"书画之妙,当以神会,难可以形器求也"③,均意味着那种脱略于形迹之外的艺术心灵的直接揳入,这跟禅宗宣扬的"顿悟"不是显得如出一辙吗?当然,"顿悟"作为佛学用语,与道家的"神遇"在内涵上毕竟有所区别。"神遇"强调的是主体之"神"与对象之"神"的交会融合,所依据的理念乃"天人合一"、"万物一体",而"顿悟"的出发点为"自性即佛性",其根本的观念在于"万法唯心",这是立足点上的不同。其次,正因为"神遇"着眼于主客的双向交会,从主体心理活动来说,就有一个由"凝神"经"丧我"而达于"物化"(与物同化)的演进过程④,它虽然也属于直觉式的心理体验,却未必显现为觉心开启时的那种"一刹那间,妄念俱灭"、"一悟即至佛地"的心态,这又是两者在活动方式上的差异。而归根结底,"神遇"是要将人导入道家的自然境界,即与天地万物俱生同化的境地,"顿悟"则指向佛教的涅槃境界,也便是要破除对世间万有的妄执,以跻于不生不灭、超脱轮回的解脱境地,这更是它们在归趋宗旨上的分野了。尽管如此,作为对超越性精神境界的直觉式体认方式,两者之间仍有着一脉相承的关系,这就是为什么诗学中的"妙悟"说虽然承接着佛教禅宗的话头,而又处处带有传统道家乃至某些儒家思想痕迹的缘由。"妙悟"和"意

---

① 见《庄子·人间世》。
② 见《四库全书》本《历代名画记》卷五。
③ 《梦溪笔谈》卷一七,中华书局1957年版。
④ 参见《庄子》中《达生》、《齐物论》诸篇论述。

境"一样,乃是整个民族文化土壤中结出的果子,并不能简单归结为某一宗派学说的产物。

二、由禅悟到诗悟

"妙悟"论诗是由宋人正式发轫的,在这之前,"悟"的概念与思维方式已初见于艺术活动。东晋顾恺之品画,有"一象之明昧,不若悟对之通神也"的说法①,是较早以"悟"谭艺的例子。唐初书法家虞世南提出:"书道玄妙,必资神遇,不可以力求也;必须心悟,不可以目取也。……学者心悟于至道,书则契于无为,苟涉浮华,终惛于斯理也。"②晚唐张彦远论画,也主张"凝神遐想,妙悟自然,物我两忘,离形去智"③。诗歌创作中涉及"悟"的,可能以谢灵运《从斤竹涧越岭溪行》一诗为先,其云:"情用赏为美,事昧竟谁辩?观此遗物虑,一悟得所遣。"④讲的是由观赏美景而排遣思虑,进入宠辱得失皆忘的精神超越境界,这可以说是禅悟结合诗悟的具体表现。唐代佛教盛行,唐人诗里关涉到"悟"的就更多了。诗论中虽未公开打出"悟"的旗号,但诗禅并提在王昌龄《诗格》和皎然《诗式》中已见端倪,至如戴叔伦《送道虔上人游方诗》所云"律仪通外学,诗思入禅关"⑤,齐己《寄郑谷郎中》言及"诗心何以传,所证自同禅"⑥,乃至徐寅《雅道机要》有谓"夫诗者,儒中之禅也,一言契道,万古咸知"⑦,皆是以诗思、诗心来会通禅思、禅理,可见"悟"作为禅的思维方式已悄悄渗入诗学领域,从而为宋人以禅悟论诗作好了准备。

宋代禅悟论诗的开风气者,当推苏轼与黄庭坚。苏轼题李之仪诗

---

① 《历代名画记》卷五所引。
② 见《笔髓论·契妙》,《四库全书》本《书苑菁华》卷一。
③ 见《历代名画记》卷二。
④ 《四部丛刊》本六臣注《文选》卷二三。
⑤ 见上海古籍出版社版《戴叔伦诗集校注》卷二。
⑥ 《四部丛刊》本《白莲集》卷三。
⑦ 见《雅道机要·叙题目》,《全唐五代诗格校考》,陕西人民教育出版社1996年版,第418页。

卷有"暂借好诗消永夜,每逢佳处辄参禅"一联①,一般认为是宋人以禅喻诗的肇端,而其《送参寥师》诗所标榜的"欲令诗语妙,无厌空且静。静故了群动,空故纳万境"的"空"、"静"心态②,也正是悟心开启时的最好表白;至李之仪明言"得句如得仙,悟笔如悟禅"③,或即受其影响。黄庭坚精通禅理,他本人虽未显倡禅悟,而在《奉答谢公静与荣子邕论狄元规孙少述诗长韵》中讲到"无人知句法,秋月自澄江"④,实际上是借佛学中常用的水月之喻,以解说诗歌句法的原理⑤;以他为宗主的江西派诗人多有以禅、悟论诗者,不能说和他没有干连。苏、黄是当时诗坛的盟主,开的这种风气自然流传深远。

苏、黄之论尚不明晰,公然揭示禅悟论诗主旨的,或可以范温《潜溪诗眼》中的这段话为代表:"识文章者,当如禅家有悟门。夫法门百千差别,要须自一转语悟入。如古人文章直须先悟得一处,乃可通其他妙处。"⑥范温曾追随黄庭坚学诗,《潜溪诗眼》多转述山谷语,所论重在字眼句法,这里讲的"悟"亦是指对各种"法门"的领悟,由悟入一法再开通他法,总的说来不出技巧层面。

与范温约略同时或稍后的江西诗人中述及"悟"的还有不少,侧重点也不完全一样。曾季狸《艇斋诗话》谈到:"后山论诗说换骨,东湖论诗说中的,东莱论诗说活法,子苍论诗说饱参,入处虽不同,然其实皆一关捩,要知非悟入不可。"⑦后山即陈师道,其《答秦少章》诗云:"学诗如学仙,时至骨自换"⑧,是讲学至工深而自然脱化,以形成自己的风格。东湖即徐俯,他曾教人"作诗法门",以为"即此席间杯样果

---

① 见《夜直玉堂携李之仪端叔诗百余篇读至夜半书其后》,《四部丛刊》本《集注分类东坡先生诗》卷二五。
② 同上书卷二一。
③ 见《赠祥瑛上人》,《粤雅堂丛书》本《姑溪居士文集》后集卷一。
④ 《四部丛刊》本《豫章黄先生文集》卷二。
⑤ 按:唐释玄觉《永嘉证道歌》有"一月普现一切水,一切水月一月摄"之句,后来禅宗亦有"应物现形,如水中月"的说法(《五灯会元》卷八所记),以月映水中、分形多变喻指本体与现象的关系,黄庭坚则用以说明诗歌创作中变化出奇而又归自然的原则。
⑥ 见中华书局版《宋诗话辑佚》第328页。
⑦ 中华书局版《历代诗话续编》第296页。
⑧ 《四部丛刊》本《增修诗话总龟》前集卷九所引。

蔬,使令以至,目力所及,皆诗也。君但以意剪裁之,驰骤约束,触类而长,皆当如人意,切不可闭门合目作镂空妄实之想也"①,这是主张以眼前事象用为诗料,并通过刻意摹写与剪裁以构成诗,可能便是其"中的"说的内容。东莱为吕本中,其"活法"指"规矩备具,而能出于规矩之外;变化不测,而亦不背于规矩"的那种灵活应用的本领②,他更举"张长史见公孙大娘舞剑,顿悟笔法"的事例,来说明由专精所业、一刻不忘以至"遇事有得,遂造神妙"的"悟入"之理③,可见"活法"与"悟入"均立足于熟练地掌握技法,以求得触类旁通。另子苍乃韩驹,他有《赠赵伯鱼》诗云:"学诗当如初学禅,未悟且遍参诸方。一朝悟罢正法眼,信手拈出皆成章。"④,则又是要求从多方学习中得到启发,最终领会诗歌写作的规律。以上诸说,除徐俯稍稍接触到诗歌写实的功能外,基本上属于如何从学习前人中变化出新的问题,着眼点亦始终未越出文字技巧和语言风格,这可以说是江西派诗人谈"悟"的一个通例。

江西派以外的诗论家,对"悟"的理解有所不同。受苏轼较多影响的吴可,在所著《藏海诗话》中言及:"凡作诗如参禅,须有悟门。少从荣天和学,尝不解其诗云:'多谢喧喧雀,时来破寂寥。'一日于竹亭中坐,忽有群雀飞喧而下,顿悟前语。自尔看诗无不通者。"⑤同是借禅悟喻诗,但偏重在诗歌意象上的感悟,自有别于江西诗派的注目于字句争胜。再如叶梦得论诗推崇王安石,《石林诗话》谈"悟",曾以谢灵运"池塘生春草,园柳变鸣禽"的名联为例,指出诗家妙处"正在无所用意,猝然与景相遇,借以成章,不假绳削,故非常情所能到"⑥,其情景猝合之说亦属意象领略的范围。

宋室南渡后,社会生活的巨大震荡,促使诗歌创作日益冲破江西

---

① 曾敏行《独醒杂志》卷四述徐俯语,《中国历代诗话选》,岳麓书社1985年版,第624页。
② 见《夏均父集序》,《四部丛刊》本《后村先生大全集》卷九五《江西诗派》引。
③ 见《与曾吉父论诗第一帖》,人民文学出版社版《苕溪渔隐丛话》前集卷四九所引。
④ 见《四库全书》本《陵阳集》卷一。
⑤ 中华书局版《历代诗话续编》第340—341页。
⑥ 见《石林诗话》卷中,中华书局版《历代诗话》第426页。

诗派片面注重形式、格律的限制,人们对诗歌艺术的探讨和领悟,亦有更多方面的开展。大诗人陆游早年曾处在江西派门墙下,后来踏上了独特的道路。他在晚岁所作《示子遹》一诗中,系统回顾自己一生的创作,从"我初学诗日,但欲工藻绘",到"中年始少悟,渐若窥宏大",以至最终领会到"汝果欲学诗,工夫在诗外"的过程①。他所"悟"到的究竟是什么呢?《九月一日夜读诗稿有感走笔作歌》中形象地描述了他的一段从军生活对诗风转变的关键性影响:"我昔学诗未有得,残余未免从人乞。力孱气馁心自知,妄取虚名有惭色。四十从戎驻南郑,酣宴军中夜连日。打毬筑场一千步,阅马列厩三万匹。华灯纵博声满楼,宝钗艳舞光照席。琵琶弦急冰雹乱,羯鼓手匀风雨疾。诗家三昧忽见前,屈贾在眼元历历。天机云锦用在我,剪裁妙处非刀尺……"②从军南郑,是陆游请缨报国的一次实践。他在军中担当过北伐的实际准备工作,也曾参与演武出猎,甚至在猎场亲手刺死过一头猛虎。沸腾的军事生活为他的诗思提供了丰富的素材,开拓了广阔的源泉,这就是他所见出的"诗家三昧",也是"功夫在诗外"一语的最好注脚。宋人论"悟",当以陆游领悟到的这条打开诗性生命源泉的创作途径,最能激发诗歌艺术的生命力。

和陆游同属由江西派入手而终于走出江西藩篱的杨万里,则从另一个角度触探到"悟"的问题。其《诚斋荆溪集序》里自述学诗经历:"予之诗,始学江西诸君子,既又学后山五字律,既又学半山老人七字绝句,晚乃学绝句于唐人。学之愈力,作之愈寡。……其夏之官荆溪,既抵官下,阅讼谍,理邦赋,唯朱墨之为亲,诗意时往日来于予怀,欲作未暇也。戊戌三朝时节,赐告,少公事,是日即作诗,忽若有寤。于是辞谢唐人及王、陈、江西诸君子,皆不敢学,而后欣如也。……自此每过午,吏散庭空,即携一便面,步后园,登古城,采撷杞菊,攀翻花竹,万象毕来,献予诗材,盖麾之不去,前者未雠,而后者已迫,涣然未觉作诗

---

① 中华书局版《陆游集·剑南诗稿》卷七八。
② 同上书卷二五。

之难也。"①杨万里解除了规摹前人的束缚,凭自己日常生活中的感兴作诗,达到了"万象毕来,献予诗材"的欣如境地。他的这种"悟",开了后世"性灵"派的先声,既不同于江西诗派的从学古中求新变,亦有异于陆游的投身社会生活实践以汲取创作的源泉。

从吴可、叶梦得到陆游、杨万里,尽管取径各别,其共同趋向是把江西诗派关于文字技巧方面的"悟入",转换成对诗歌意象生成的感悟,但还不算"悟"的极致。比陆、杨年辈稍晚的姜夔,将这个问题更向前推进了一步。

姜夔也有一段关于学诗经过的自白:"近过梁溪,见尤延之先生,问予诗自谁氏。余对以异时泛阅众作,已而病其驳如也,三薰三沐,师黄太史氏。居数年,一语噤不敢吐,始大悟学即病,顾不若无所学之为得,虽黄诗亦偃然高阁矣。"②这番论调几乎和杨万里一模一样,看来他亦是倾向于"性灵"论的,不过其所追求的并不止于"万象毕来"的境界。《白石道人诗说》云:"文以文而工,不以文而妙,然舍文无妙,胜处要自悟。"这里着重区分了文章的"工"和"妙":"工"只限于语言文字的工力,"妙"则超越语言文字之外,而又不能不寓于语言文字之中,这样的一种胜长才需要凭藉"悟"。然则,所"悟"之"妙"究竟指的什么呢?《白石道人诗说》谈到"诗有四种高妙"——"碍而实通,曰理高妙;出自意外,曰意高妙;写出幽微,如清潭见底,曰想高妙;非奇非怪,剥落文采,知其妙而不知其所以妙,曰自然高妙。"③大致说来,"理高妙"属意理超胜的问题,"意高妙"属构思新巧的问题,"想高妙"指形象刻画的精切而生动,"自然高妙"则越出一切文字意象之表,体现了艺术整体美的极致。显然,作者属意的"妙",尤在于这最后的一种。再联系《诗说》中极力推许苏轼"言有尽而意无穷"一语为"天下之至言",称道"句中有余味,篇中有余意,善之善者也"④,表明姜夔一心向

---

① 《四部丛刊》本《诚斋集》卷八〇。
② 《白石道人诗集自叙》,《四部丛刊》本《白石道人诗集》卷首。
③ 均见中华书局版《历代诗话》第682页。
④ 同上书第681页。

往的"自然高妙",正是诗歌作品从文字到意象各个方面配合得恰到好处所产生的那种浑成的境界和深长的韵味。将"悟"的对象由文字、意象提升并导入诗歌内在的意境与韵味,便直接通向了宋末严羽所倡导的"妙悟"说。但姜夔毕竟是个"性灵"论者,他所鼓吹的"无见乎诗"的审美态度,是"其来如风,其止如雨,如印印泥,如水在器"的自然兴会式的颖悟①,近乎今人所谓的灵感,则又跟《沧浪诗话》之强调由熟读、涵泳前人好诗以立"识"开"悟"异趣。

总的说来,宋人以禅悟论诗,起自苏、黄及江西诗派,而后引用渐广,亦有谈"悟"而不联系"禅"的;至于"悟"的对象和方法更有种种不同,可说是各悟所悟,悬解歧纷。但禅悟论诗的进展又有一条大致的线索贯串其间,即从侧重于文字技巧的把握,转移到诗歌意象的感受,更进为诗篇内在意境与韵味的体悟,是一个由外而内、逐层升华的过程。严羽的"妙悟"说正是在这样的背景下建立起来的,而"妙悟"作为诗性生命活动的圆成亦由此而得到奠定。

三、"妙悟"的基本内涵及相关问题

探讨"妙悟"的基本内涵,不能不以严羽的"妙悟"说为考察重点,这不单因为严羽最终确立了"妙悟"这一诗学和美学的范畴,也由于他对"妙悟"的内容,作了比较细致而深入的开掘,是我们讨论问题时所不可略过的。当然,严羽之说并不能包罗诗学传统里的"妙悟"说的全部精义,所以讨论中还必须联系其他方面的资料作参照。另外,严羽谈"妙悟"亦未如今人著作那样以逻辑的形式展开,我们也只能就各个相关的角度进行检视。

首先要注意"妙悟"和"兴趣"的关系。"兴趣"是严羽论诗的基本着眼点,他认为好诗"唯在兴趣"②,而"妙悟"的功能便在于领会"兴趣"。什么是"兴趣"呢?考严羽之"兴趣"实与唐殷璠的"兴象"有密

---

① 见《白石道人诗集自叙二》,《四部丛刊》本《白石道人诗集》卷首。
② 见《沧浪诗话·诗辨》,人民文学出版社版《沧浪诗话校释》第 26 页。

切联系。"兴象"之"兴",非"赋比兴"的"兴",亦非"感兴"之"兴",乃是六朝和唐人通用的"情兴"之"兴",即随感而起之情。《沧浪诗话》言"兴"每取"情兴"之意,如谓"南朝人尚词而病于理;本朝人尚理而病于意兴;唐人尚意兴而理在其中;汉魏之诗,词理意兴,无迹可求"①,几处的"兴"皆为情兴。"兴象"之"兴"还承接了钟嵘《诗品序》里有关"文已尽而意有余,兴也"的涵义,特指诗歌语言表达之外的那种含蓄不露的情意,故"兴象"又被后人表述为"兴在象外"②,意指诗歌艺术形象的层深建构,即由"象内"与"象外"二重世界组合而成的诗歌意境,以及由此而产生的那种余不尽的情味。"兴趣"也正是这样的一种情味,是"兴象"(意境)所特具的空灵、悠远之韵味,《沧浪诗话》以"羚羊挂角,无迹可求,故其妙处透彻玲珑,不可凑泊,如空中之音,相中之色,水中之月,镜中之象,言有尽而意无穷"来加描述③,算是把握住了其"超以象外"而又"得其环中"的美学特征④。一句话,严羽所讲求的"兴趣",实即唐人诗中虚实相涵的艺术意境及其所产生的韵味,而"妙悟"乃是对诗歌意境与韵味的独特领悟。

其次,来谈"妙悟"与"学力"的关系,这是后人评判严羽"妙悟"说时的争议焦点。由于《沧浪诗话·诗辨》中鲜明地提出了"夫诗有别材,非关书也;诗有别趣,非关理也"的诗学观念,又有"大抵禅道唯在妙悟,诗道亦在妙悟。且孟襄阳学力下韩退之远甚,而其诗独出退之之上者,一味妙悟而已。唯悟乃为当行,乃为本色"的阐说⑤,故后人多指斥沧浪以"别才"(即"妙悟")废学,实未切中要害。按"才学相济"为古人论文的习套,才与学常被理解为先天才性与后天学养的关系,两者不可偏废,但这不属于严羽论诗的话题。严羽倡"妙悟",却从未放弃学养,相反,他正是主张人们要从熟读、广参历代名家的诗作,尤其是具"最上乘"、"第一义"价值的作品中去开启悟性,形成并发展

---

① 《沧浪诗话·诗评》,同上书第 148 页。
② 冯班《严氏纠谬》引刘禹锡语,《常熟二冯先生集》本《钝吟杂录》卷五。
③ 《沧浪诗话校释》第 26 页。
④ 参见《二十四诗品·雄浑》,中华书局版《历代诗话》第 38 页。
⑤ 《沧浪诗话校释》第 26、12 页。

诗歌艺术的感悟能力,怎能说是以才废学呢?实际上,"非关书"、"非关理"云云别有所指,乃是针对宋人好"以议论为诗"、"以才学为诗"的作风而言,严羽反对的恰是这种在诗歌创作中掉书袋、发议论的习气。再深入一步看,搬弄道理与学问都属于逻辑思维的运作,严羽并不绝对排斥逻辑思维(所以在"非关书"、"非关理"之后要紧接着说"然非多读书、多穷理,则不能极其至"),但始终认为"不涉理路,不落言筌"的艺术感悟能力是把握诗歌意境与韵味的主要凭藉[1],这便是他一力强调"唯悟乃为当行,乃为本色"的依据;于此亦可见出其所标榜的"悟",实乃不假思维的审美直觉心理。

再来看"悟"和"法"的关系。正如严羽不反对后天学养,他也不反对钻研技法,《沧浪诗话》里还专列《诗法》一章来讨论各种字、句、章法问题。不过严羽对江西诗派中存在着的刻意炫弄技巧的倾向是不满的,斥之为"以文字为诗",而他所倡导的"妙悟"正是为了超越技法层面以探入艺术的灵府。问题在于这形而下的"法"与形而上的"悟"究竟有没有关联。江西诗人重"法",亦讲"悟",企图由"法"入"悟",结果多只悟到了一点"活法"(对技法的活用)。严羽重"悟",亦讲"法",但空灵的"悟"与着迹的"法"之间总有间隔,黏合不到一处。后来的"明七子"力求打通这一隔阂,由"格调"入手,上窥"兴象风神",却徒然袭得优孟衣冠,最终不能不承认"法所当先,而悟不容强也"[2]。于是"悟"便真的成了虚无缥缈、不可捉摸的东西,高胜卓绝而难以攀援了。但是,对"悟"与"法"的关系似还可作另一种思考,即不以"法"为纯粹的技法,而将其扩大并提升为诗歌艺术创造的一般法则乃至包容艺术在内的整个自然法则,这样的"法"同"悟"之间便息息相通了。《沧浪诗话·诗辨》讲到"诗之法有五:曰体制,曰格力,曰气象,曰兴趣,曰音节",更以诸法相配合而达成的诗歌艺术的极致状态为"入神"[3],这里的"法"便不同于《诗法》章讨论的各种技法,而属于

---

[1] 《沧浪诗话校释》第26页。
[2] 见胡应麟《诗薮》内编卷五,中华书局上海编辑所1958年版。
[3] 见《沧浪诗话校释》第7—8页。

诗歌艺术的一般原理。其《诗评》中还述及："唐人好诗,多是征戍、迁谪、行旅、离别之作,往往能感动激发人意。"①这个断语中实蕴含着诗性生命的感发来自生活实践的认知,跟陆游言"悟"归本于"工夫在诗外"一个路子,当亦属艺术感悟的基本法则,可惜严羽本人并没有自觉地意识到这一点。严羽之后,清人叶燮对"悟"与"法"的关系发表过更为通达的见解。他把天地万象归结为理、事、情三个方面,以"当乎理,确乎事,酌乎情"为"自然之法",诗歌要表现理、事、情,就必须立足于"自然之法",所以他有"妙悟天开,从至理实事中领悟"之说②。至于具体的诗法,他也认为有"死法"与"活法"之分。"死法"如起承转合、结筭照应之类,是相对固定的一套程式,人人可以学得,但未必能用好;要使之成为"活法",出之于"辞达",则又须"通乎理,通乎事,通乎情",且取决于"作者之匠心变化"③。据此,则"妙悟"实出自诗人对"自然之法"的感悟,而诗人又常凭藉自己的"悟",来驾驭和活用各种技法以表达其诗性生命体验,这样一来,"法"和"悟"始有了合理的连接,"妙悟"亦不至于显得漂浮无根了。

还可讨论一下"悟"与"识"的关系问题。严羽的"妙悟"说是建立在其辨体立识的基础上的,《沧浪诗话》一书开宗明义便云:"夫学诗者以识为主,入门须正,立志须高;以汉魏晋盛唐为师,不作开元天宝以下人物。"④为什么将"识"看得如此重要呢？因为在严羽看来,"识"是"悟"的先决条件,有了正确的"识",才有可能产生"妙悟"的心理活动;而若"路头一差,愈骛愈远","则是野狐外道,蒙蔽其真识,不可救药,终不悟也"⑤。然则,"识"又从何而来？那就是我们前一节里谈到的"遍参"与"熟读",即从广泛接触前人艺术作品来获取修养了。不过严羽所讲的"遍参",是跟"辨体"相结合的,他不赞成不加选择的广

---

① 见《沧浪诗话校释》第198页。
② 见《原诗》内篇上、下,中华书局版《清诗话》第574—575、586页。
③ 同上书第575—576页。
④ 《沧浪诗话校释》第1页。
⑤ 同上书第1、12页。

采博收,要求"从最上乘,具正法眼,悟第一义"入手①,也便是开篇所云"入门须正,立志须高",这才能形成正"识"。而所谓"熟读",又是指的讽诵、涵泳、朝夕把玩、久久酝酿胸中,总之属艺术欣赏活动,而非知性的辨析。由这样的方式建立起来的"识",亦只能是一种直观的艺术感悟能力和鉴别能力,而非抽象的理念或博通的见解。它有点类似于康德所说的鉴赏力或审美判断力,能起到导引和制约审美心理活动("妙悟")的作用,不过康德从其理性主义哲学观念出发,努力尝试将审美判断力会通于人的认知理性和实践理性,而严羽则始终局限于艺术审美的领域来谈论"识"与"悟"(这从他将"学力"与"妙悟"分割开来的做法上亦有反映),致使他所主张的"妙悟"多停留在对诗歌内在情趣的领会与把玩上,未能明确上升到艺境即"道境"的高度。从这个意义上讲,倒是宋代理学家和一部分文人所提倡的"观物"说,更能充分揭示审美的形而上的内涵。如邵雍《伊川击壤集序》里谈到"因闲观时,因静观物"②,便是指以"道心"来烛照万象,进而从万象中发露天机。程颢亦曾教人从鸢飞鱼跃、草长水流的自然景物中去领悟宇宙的生机和生理③,更是将审美与悟道打成了一片。江西派诗人晁冲之在《送一上人还滁州琅琊山》一诗中有言:"世间何事无妙理,悟处不独非风幡",能从实事中悟出"妙理",并以此为"作诗三昧门"④,其见解似有高出于严羽之上者,可用为"妙悟"说的补充。不过这样的"悟"又非严羽之"识"所能拘囿,而要从根底上重开心源了。

　　总合以上四方面的考察,当可看出,严羽倡扬的"妙悟",乃是指对诗歌内在意境与韵味的直觉式的领悟活动,它以诗人的审美心灵("识")为主导,并遵循艺术创造的原理而展开。严羽的突出功绩在于明确地界划了艺术直觉心理与读书穷理式的逻辑思维的分野,更将审美的超越性领悟同文字技巧层面的讲求作了严格的剖解。他的主

---

① 《沧浪诗话校释》第11页。
② 见《四部丛刊》本《伊川击壤集》卷首。
③ 见《四库全书》本罗大纲《鹤林玉露》乙编卷三所记。
④ 见《四库全书》本《石仓历代诗选》卷一五八。

要缺陷是未能紧扣诗性生命的源泉来揭示审美心理产生的根基,致使"妙悟"以及"兴趣"均有坠入玄虚、空廓的危险,而其纯艺术的立场也限制了他从更高的境界上来把握审美心灵的内涵并拓展"妙悟"的功能,这是我们总结传统经验时所当给予关注的。至于《沧浪诗话》谈"悟"还有不少具体的话头,如"悟"与"不假悟"、"透彻之悟"与"一知半解之悟"、"悟入"与"妙悟"诸概念之间的区别和联系等,不遑一一论列。

现在可以回过头来看一看诗悟与禅悟的异同。如上所述,诗学中的"妙悟"说原本是由禅宗论"悟"转化而来的,援禅入诗者大都一力鼓吹禅思与诗思的相通。这样说也确有道理,因为尽管禅家的宗教式体悟与诗人的审美体悟内容不一,而趋向于那种超越性的精神境界则属共同,况且凭直觉式的心理体验以进入悟境的途径与方式亦无二致,这大概就是以禅悟喻诗长时期来盛行不衰的缘由。不过细细分析一下,诗悟与禅悟毕竟有很大的差异。一是出发点不同,即诗、禅所由生发的心性本体各异。明清之际的陈宏绪曾指出:"诗与禅相类,而亦有合有离。禅以妙悟为主……诗亦如之,此其相类而合者也。然诗以道性情,而禅则期于见性而忘情。"①这里所说的"道性情"和"见性而忘情",正是诗家与禅家的在心性观上的重大分歧。禅以空寂为本心,故"见性"必"忘情";诗以"情志"为本原,诗思的发动就是要"吟咏情性"。这出发点上的歧异便决定了诗悟与禅悟的不同质性。二是归结点不同,即悟入所实现的境界各异。明人胡应麟有言:"禅则一悟之后,万法皆空,棒喝怒呵,无非至理;诗则一悟之后,万象冥会,呻吟咳唾,动触天真。"②也就是说,禅悟将人导入我法皆空的涅槃境界,而诗悟引人进入的却是物我同化的审美境界,二者在目标上也有根本性分殊。三是证悟后的传达方式与手段不同,即通常所讲的"不落言筌"与否的问题。众所周知,禅宗向来以"直指心源"、"教外别传"为标榜,

---

① 见《与雪崖》,周亮工编《尺牍新钞二集》(《藏弆集》)卷一二,《中国文学珍本丛书》第一辑。
② 《诗薮》内编卷二。

忽视经典传授,其开启悟性的方法亦多用手势、动作、呵喝乃至棒打,尽可能少用言辞说解,目的是令人自悟。审美活动中的诗性生命体验自亦是不可说解的,故诗家也有"不落言筌"之说,但写诗的目的就是为了传达这种体验,诗歌文本又必须由语言文字构成,所以语言的作用在诗中决不能低估。金元好问说得好:"诗家所以异于方外者,渠辈谈道不在文字,不离文字;诗家圣处不离文字,不在文字。唐贤所为,情性之外不知有文字云耳。"①表明了禅宗传道不立文字而仍须借文字为辅助,诗人写作不离文字而力求超越文字的事实,论析较为辩证。总起来看,禅悟与诗悟虽然在以直觉体验的方式从事超越性精神追求上有相似处,但前者系由性空走向境空及言语道断,后者则由情性的发动经万象冥会而表见于诗歌语言艺术,它们之间的差距是不小的,于此亦可见出我们的诗学传统对各种思想资源的大胆吸取和积极改造的精神。

四、"妙悟"与诗性生命的流程

"妙悟"充当诗性生命的活动方式,是相对后起的范畴。早在先秦两汉时期,我们的先辈曾用"物感"或"感兴"来表示诗性生命的发动,那是一种心物交感的心理作用过程。六朝以后,"神思"、"兴会"诸概念陆续产生并广泛流行。"神思"指艺术构思的心理活动,以"神与物游"为主要标志②,可见也立足于心物交感,当视以为"感兴"式生命发动的延伸。"兴会"则是指艺术思维活动进入到白热化的那个瞬间,天机骏发,灵感突现,"来不可遏,去不可止"③,具有极大的随意性与偶发性,它实际上是"神思"运行的巅峰状态。"感兴"、"神思"、"兴会"构成一个系列,显示出唐以前人对诗性生命流程的整体性把握。

"妙悟"论诗确立于宋代,作为禅宗思想的产物,与"感兴"诸概念

---

① 《陶然集序》,《四部丛刊》本《遗山先生文集》卷三七。
② 见《文心雕龙·神思》。
③ 见陆机《文赋》,《四部丛刊》本《文选》卷一七。

不属同一个系列。它们之间的差别何在？首先可看到，"感兴"诸说反映诗性生命活动，是以心物交感为基础的，尤其重在外物对心灵的感发，而"妙悟"虽也不排除外界启悟的因素，更强调的却是自性心悟，其重视心源的作用远远胜过外物。其次一点，"感兴"与"神思"等既然以心物交感为主要内容，其"神与物游"的结果必然是生成意象，而"妙悟"的悟入对象却并非诗歌意象，乃是建基于意象而又超越意象的诗歌意境及其韵味。再一则，心物交感是一个动态的过程，"神与物游"更需要往返交流，所以"感兴"、"神思"、"兴会"都落实在一个"动"字上，表现为诗性生命的发动、活动乃至涌动，而"妙悟"作为心悟，尽管亦有其悟入的过程，却是以静观的方式来实现的，故特别需要建立宁静淡泊的心境以便进入超越性的观照，于是主动与主静遂也成为其活动方式上的区划标志。质言之，"感兴"诸概念属诗歌艺术创造中的意象思维的范围，而"妙悟"则已超轶了意象经营的阶段；从"感兴"、"神思"转入"妙悟"，正体现出民族审美心理能力由象内向着象外世界的拓展与提升。刘宋宗炳在总结自己的绘画艺术经验时，曾以"澄怀味象"和"澄怀观道"两句话作概括①，本来是一个意思——"味象"即以"观道"，"观道"通过"味象"。但我们不妨借用来标示诗性生命活动的两种类型，那就是以"感兴"诸概念为表征的"澄怀味象"和以"妙悟"为代表的"澄怀观道"，它们既是诗性生命活动的两种方式，而又构成诗性生命流程的两个阶段，不可不加辨察。

"味象"与"观道"的区别我们已经作了分析，它们之间的内在联系该如何来理解呢？简括地说，"味象"是一种诗性生命的体验方式，它来自人的实际生活感受，但已经过纯化处理，即去除了那些与一己当下的利害得失紧相关联的成分，从直接的生命体验（实生活感受）过渡到体验生命（审美感受），故而称之为诗性生命体验。诗性生命体验是对原初体验的再体验，同时也是将既有的体验加以意象化和对象化的过程（内在体验只有转化成意象形态，方能用为审美再体验的对

---

① 见宗炳《画山水序》："圣人含道映物，贤者澄怀味象。"又《宋书·宗炳传》记宗炳语："老病俱至，名山恐难睹，唯当澄怀观道，卧以游之。"

象),所以诗人的感兴和神思活动必然伴随着诗歌意象的生成,意象思维与诗性生命体验纯然是一回事。至于"观道",则应该属于诗性生命的体悟方式,它的目标不是"象",而是象外之"境"以及在诗境和艺境中所含之"道"。"道"是"超以象外"的,故"观道"之心不必奔忙于与物象相周旋,反倒要让自己超脱于物象之上,保持一分空明澹静的质地。但"观道"又是由"味象"中来的,生命的体悟便不能从根本上脱离感性的体验,况且诗性生命之"道"原本就不是什么抽象的理念,而是蕴含于诗歌意象之中的那种生命本真的境界,也就是由意象所展示、所渲染乃至所感发而得的宇宙生命和人的生命的内在生机、生气、生趣、生意及生理,这样的"道"又怎能离开具体的生命体验,光凭静观冥想去作领悟呢?因此,"妙悟"仍要以实生活的感兴为源泉,丢失了这个源泉,它就有走向凿空、玄虚的危险,这也是叶燮主张"妙悟天开,从至理实事中领悟"和陆游宣扬"工夫在诗外"的合理性所在。

不过"味象"与"观道"毕竟属于诗性生命活动的两个不同的层面,二者之间的转折与联结又是怎样实现的呢?我以为,关键便在一个"观"字,由"感"而"观",由"观"而"悟","观"实在是从"感兴"通向妙悟的一项桥梁。且看前引苏轼《送参寥师》一诗,其于"静故了群动,空故纳万境"二句陈述悟心开启时特具的"空"、"静"心理功能后,接下去便以"阅世走人间,观身卧云岭"一联追溯所以如此的原因①。原来这"空"和"静"并非一味地"空"、"静",而是涵纳万有群动在内的"空"、"静",当然同"阅世"时的各种感受分不开。但光有"阅世走人间"还不够,尚须继之以"观身卧云岭",于是万有群动的事象、信息才会纳入"空"、"静"的心境中加以领略,因为"观身"正是对"阅世"经历的一种反照,有此一"观",人的心灵始能从纷繁事象的包围中解脱出来,上升到超越的层面,这也就是"悟"了。苏轼的这一提示在近人王国维的《人间词话》里得到了进一步展开。其云:"诗人对宇宙人生,须入乎其内,又须出乎其外。入乎其内,故能写之;出乎其外,故能

---

① 见《四部丛刊》本《集注分类东坡先生诗》卷二五。

观之。入乎其内,故有生气;出乎其外,故有高致。"①又云:"诗人必有轻视外物之意,故能以奴仆命风月;又必有重视外物之意,故能与花鸟共忧乐。"②这里所说的"入乎其内"和"重视外物",相当于苏轼的"阅世","能写之"实乃"能感之",而"有生气"、"与花鸟共忧乐"亦便是"心物交感"、"神与物游"的境界了。至于"出乎其外"和"轻视外物",当指审美心灵的超悟倾向,"能观之"即苏轼所云"观身",乃超悟的必备条件,而"有高致"、"以奴仆命风月"则是对悟后心态的一种描述。由"入"到"出",其转折点也在"观"字上。为什么"观"会具有如此重要的作用呢?王氏在托名樊志厚所写的《人间词乙稿叙》里谈到:"原夫文学之所以有意境者,以其能观也。出于观我者,意余于境;而出于观物者,境多于意。然非物无以见我,而观我之时,又自有我在。"③"观我"与"观物"的区别暂不去说它,值得注意的,是这段话末了所讲的"非物无以见我"和"观我之时,又自有我在"。我们知道,在"感兴"与"神思"的阶段,"心物交感"、"神与物游",诗人的情意与所感受的物象汇合成一片,情意即寓于物象之中,故云"非物无以见我"。但当诗人从体验转向体悟之时,他要对原有的体验进行反观,于是"观物"也就成了"观我",而所观之"我"与能观之"我"遂有了分化。前一个"我",即作为观照对象的"我",是原先与物象打成一片("与花鸟共忧乐")的起情意活动的"我";后一个"我",即作为观照主体的"我",则是此时此刻采取超然静观态度("以奴仆命风月")的空灵心境的"我"。情意的"我"由感兴主体转为被观照的客体且受静观的"我"所涵摄,这正是诗性生命体验转入超越性生命体悟的关捩,"观"便是掌握这一关捩的调控者。实际上,由"观"入"悟"本是佛教禅宗的一贯教义,所谓"若起正真般若观照,一刹那间,妄念俱灭;若识自性,一悟即至佛地",讲的便是这个道理。"观"在佛家有"离相破执"之用,故能灭妄念、识自性。诗人的观照自然不是为了消解万象以求得我法皆

---

① 见《王国维文学美学论著集》,北岳文艺出版社1987年版,第367页。
② 同上。
③ 见《人间词话附录》,同上书第397页。

空,但同样具有超越形下以跻于形上的功能。于是,经"观"的转折过渡,"味象"便正式超升为"观道","感兴"、"神思"、"妙悟"作为贯通的诗性生命流程,亦于此而得以完形。

应该看到,艺术审美活动中的体道观念,并非全然由"妙悟"说开其端绪,庄子谈"神遇"已为它提供了契机,六朝及唐初书画理论中讲"神会",诗歌批评中讲"兴会神到",均含有体道的成分在内,不过那个时期的艺术创作正处在意象思维盛行的阶段,"尚形似"和"以形写神"成为时代关注的焦点,超越形体以上的追求尚非当务之急。盛唐以后,诗歌作品的意境艺术趋于成熟,象外世界的探索便提到议事日程上来。初起时,人们还习惯于从原有的意象思维角度来把握这艺术形象二重世界的层深建构,故殷璠仅只改"意象"为"兴象"(情兴有余之"象"),其以"神来、气来、情来"解说诗歌内质的生成[1],也仍然带有传统感兴说的浓重色彩。盛、中唐之交,意境的概念初步形成,因心悟境的思想逐渐抬头,诗禅并提亦开始出现,这在王昌龄《诗格》、皎然《诗式》及权德舆、刘禹锡诸人谈禅论诗的文章中皆有反映,至晚唐更为流衍。宋人好言道,艺境即道境的观念始趋于明朗化,讨论诗法、诗格也常联系艺道文理乃至道德人格来加阐说,禅悟论诗遂蔚为风气。于此看来,诗学领域中的"妙悟"说虽直接承自禅家论"悟",实际成因则来自诗歌艺术自身的发展,是诗性生命活动重心由艺象向艺境演化的结晶。由于诗性生命活动的进程有其自身的规律,诗学观念的承传亦有其前后相因,故诗家的"妙悟"在内涵上并不能等同于禅悟,比如其以"情性"为本原,以"万象冥会"、"物我同化"为归趋,以"不离文字,不在文字"为佳胜,以至由感物、味象以入于悟境等,都跟禅宗思维有距离,反倒和道家的虚静、凝神、物化、忘言乃至儒家诗教的感物、言志、观象、达意等有着千丝万缕的联系,"妙悟"之不能归结为禅学即此可证。当然,佛教禅宗的思想影响自亦不容低估,特别是其以直觉式的"顿悟"来表达超越性精神追求的心理活动方式,以"反观入悟"来

---

[1] 见《河岳英灵集序》,《唐人选唐诗新编》,陕西人民教育出版社1996年版,第107页。

解释因象悟道的转折关键,乃至以"直指本心"、"明心见性"来突出主体心性的能动力量和进入悟境时的澄明心态,均对古典审美理论的发育成长起了重要的催化作用,不能忘记。

综上所述,"妙悟"说的出现适应了诗歌艺术的发展趋势,标志着诗性生命活动的圆成,它把审美与悟道紧密结合起来,艺境与道境的一体化遂于此确立。正如我们反复申述过的,这"道"并非抽象的信条,乃是实实在在的人生境界,或者叫生命的本真境界。它是现实的,而亦是超越的;是审美的,而亦是哲思的;是形而上的,而亦是具体可感知的——即世而超世,目击而道存,这便是我们民族的生存智慧,其意义又不限于审美而已。"妙悟"的功能恰在于沟通了艺术审美活动与人的整体生存,或者说,它通过艺术审美活动将人的整体生存提升到了"俱道适往,着手成春"①的精神超越的境界,这实在是对人的审美心理潜能的很大开发。它的这一特性容易使人联想起西方体验论诗学和美学所鼓吹的以"审美体验"接通生命本体的主张,不过"妙悟"并不带有西方"审美体验"的非理性色彩和神秘主义气息,亦不将"生命本体"悬挂于"彼岸世界",它只是让人切切实实地从眼前事象中去感受与领悟人生的至情至理和那"大化流行"生生不已的自然之道、之妙。剥离了佛教禅悟附加其上的性空、境空诸般宗教唯心的成分,对"妙悟"说的精义重加阐发,将是我们民族给予世界的又一贡献。

---

① 见《二十四诗品·自然》,中华书局版《历代诗话》第40页。

下 编

言辞体式篇：中国诗学的文学形体观

"言"与"意"
——诗性生命的语言功能论

人生存于社会之中不能不进行交往,交往时又常要凭藉言说以沟通情意,于是言意关系,即言语能否及如何充分地传达情意,便成了历代哲人关注的焦点。诗歌作为语言的艺术,更离不开用独特的言说方式来表达诗人的情意;而读者要感受诗中的情意,也必须通过诗歌文本的阅读与解析。"言"与"意"相结合而构成诗,这在中国诗歌的开山纲领——"诗言志"的命题里早已有了明确的提示。所以我们在把握诗学精神时,自不能停留于情志、境象、气韵、趣味之类较虚的层面上,还要进一步将其落实于语言文辞,也就是要着重探讨诗歌创作与欣赏中的言意关系问题,不过得从它的哲学渊源谈起。

一、"言尽意"与"言不尽意":言意关系溯源

在中国哲学思想的传统里,言意观的滥觞似可追溯至先秦诸子的争鸣,而后世的两大分派——"言尽意"和"言不尽意"论,亦皆于此时萌生。一般认为,《左传》引孔子所云"言以足志,文以足言"[1]以及《论语·卫灵公》中记述其"辞达而已矣"之说,将言辞的功用归之于"足志"与"达意",实开"言尽意"的端绪;而《老子》书中"道可道,非常道;名可名,非常名"[2]以至庄子讲的"可以言论者,物之粗也;可以意致

---
[1] 见《左传·襄公二十五年》。按:这可能是孔子引述前人成说,但得到他本人的首肯。
[2] 见今本《老子》第一章。

者,物之精也;言之所不能论,意之所不能致者,不期精粗焉"①,认至理大道为言说、思维所不可企及,乃"言不尽意"论的肇始,大致是不错的。但两者之间并不像后世的争议那样走向对立。孔子主张"辞达",赞同"言以足志",系就语言表达日常生活经验而言,至于超轶日常生活经验之外的形而上的哲思,他不仅很少述及②,还曾引"天何言哉? 四时行焉,百物生焉"的自然现象作为"予欲无言"的佐证③,可见他心目中的"天道"、"天命"之类玄虚的理念,是只能身体力行而难以言辞解说的。另一方面来看,老庄所谓的不可名言乃至不可意致的对象,亦是指宇宙人生的根本性原理("常道"),而不属于这种恒常之道的普通的事理、物理(包括"物之粗"与"物之精"),则又是可以名言、可以意致的了。据此,先秦言意观中"言尽意"与"言不尽意"的分流,实际上是在两个不同的层面上展开的,看似反向而实有互补的作用,不可胶执一端。当然,两者的侧重点毕竟有所歧异,而先秦诸子中除老庄一派好谈玄理外,其余儒、墨、名、法诸家皆究心世务,在其有关名实问题的辩难中多表达了名与实、言与意相一致的祈尚,说明"言尽意"乃是当时学术思想的主流,"言不尽意"的观念尚待进一步开发。

战国后期至秦汉之交产生的《易传》,初步改变了上述局面。《易传》的任务是演绎《易经》的义理,它必然要以探测和阐说那形而上的天意、天理为旨归,而天意、天理又是很难用言辞表白的,该如何来解决这一矛盾呢?《易·系辞上》有这样一段集中的论述:

> 子曰:书不尽言,言不尽意。然则圣人之意其不可见乎? 子曰:圣人立象以尽意,设卦以尽情伪,系辞焉以尽其言,变而通之以尽利,鼓之舞之以尽神。

---

① 见《庄子·秋水》。这里的"意"指名理思维,不同于"言不尽意"的"意",后者乃指对"道"的体认。
② 故子贡有"夫子之言性与天道,不可得而闻"之叹,见《论语·公冶长》。
③ 见《论语·阳货》。

这里先假托孔子之口提出"言不尽意"之说,反映世人对形上之理难以名言把握的基本认识。但作者没有止于这一步,而是再次借用孔子的名义发表了"立象尽意"的观点。"立象尽意"是针对"言不尽意"而来的,正因为一般的言说难以揭示那幽玄的天理,所以要使用具有隐喻、象征意味的卦象来显示天理,"象"于是取代言辞而成为形而上的哲思的合格载体。不过《易传》的作者并未彻底废弃言辞,他仍主张"系辞焉以尽其言",亦便是将言辞的功能限制在为卦象、爻象作解说或提示的范围内,这样一来,由"言"以导入"象",由"象"以导入"意",再加上变、通、鼓、舞诸般灵活的运用,那精深、奥秘的天意似乎也不难窥测了。应该看到,《易传》作为《易经》原理的阐释,主要谈的是占卜之理,故此处的"言"(系辞)、"象"(卦象)、"意"(天意或圣人之意)均属特指,但《周易》充当儒家的经典,其占卜的形态中经常焕发出思辨的光辉,于是"言—象—意"的框架也就被拓展为以"立象"为中介以求得言、意通达的普遍有效的途径,在哲思与审美活动的领域里得到广泛的应用。

如果说,《易传》对先秦言意观的探讨作出了初步总结,那末,论争的再度掀起则同魏晋玄学清谈的盛兴分不开。较早在这个问题上发难的可能要数三国时的荀粲。何劭《荀粲传》记述了他与兄长荀俣的一场辩论:

> 粲诸兄并以儒术论议,而粲独好言道,常以为子贡称夫子之言性与天道不可得闻,然则六籍虽存,固圣人之糠秕。粲兄俣难曰:"《易》亦云:圣人立象以尽意,系辞焉以尽言,则微言胡为不可得而闻见哉?"粲答曰:"盖理之微者,非物象之所举也。今称立象以尽意,此非通于象外者也;系辞焉以尽言,此非言乎系表者也。斯则象外之意、系表之言,固蕴而不出矣。"①

---

① 见《三国志·魏志·荀彧传》裴松之注引。

糠秕六经本乃庄子学派对儒家典籍的权威性的一种挑战,其根据即在于"言不尽意"①,而《易传》之倡言"立象尽意",亦可视以为这一挑战的回应,荀𫖮便是站在这个立场上批驳荀粲的。但荀粲不仅没有退缩,更进而对"立象尽意"提出质疑,以为至理精微,非"象"所能概括,实质上是对汉代流行的象数《易》学的否定。而他所刻意标举的"象外之意"和"系表之言",也就是要在卦象与系辞之外另辟道路,直接用精言妙论以阐发至理,恰恰宣告了魏晋玄学清谈的诞生。我们知道,"玄学"因发扬《易》《老》《庄》"三玄"的义理而得名,但它走的不是象数解《易》的路,而是清言达道之途,其言说方式亦不同于一般的逻辑推理或章句训读,乃是言者凭自己的心解神会对有关的意理进行阐说,这样的言说方式或许可称之为"寄言出意"②,尽管其中仍少不了辩名析理乃至象喻等成分。于是我们发现,传统的言、象、意之间的关系在玄学兴起后变得复杂化了,言、象究竟能不能达意和怎样达意重新成了问题,这便是"言意之辩"在魏晋之后以更大势头掀起波澜的学术文化背景。

荀粲提出了问题,惜其英年早逝,未能作进一步展开。在他之后,言意关系的讨论开始热烈起来。当今学者中有人将争议意见归纳为"立象尽意"、"微言尽意"、"微言妙象尽意"、"妙象尽意"和"忘象尽意"五大派③,由于历史资料的缺佚,难以遽下断语。但从残存文献资料以及零星记载的著作目录来看,既有嵇康的《言不尽意论》,亦有欧阳建的《言尽意论》,既有孙盛的《易象妙于见形论》,亦有殷融的《象不尽意论》,加以各种场合里的口头争鸣与往返辩难,可见这个题目下的争辩相当激烈而持久。且因此一时期有关言、象尽意与否的谈论都是在如何进入形上世界的前提下开展的,故不至于重复先秦诸子的话头,却是接续老庄"言不尽意"和《易传》"立象尽意"的思路往下讲,其

---

① 参见《庄子·天道》。
② 按:"寄言出意"的提法出自魏晋玄学,见郭象《庄子·山木注》:"夫庄子推平于天下,故每寄言以出意。"
③ 参看王葆玹著《正始玄学》第八章,齐鲁书社1987年版。

探讨当更见深度。另有值得注意的是,时人在阐发"立象尽意"的观念时,已开始将着眼点从卦象移向了种种自然物象乃至艺术形象,如晋人谈玄有"玄对山水"一说①,便是主张由观照山水以悟得玄理,而乐论、画论、书论中也各各出现了以音乐、绘画、书法等形象替代言说以表达妙理精思的动向②,这些都对诗学言意观的形成起了积极的推动作用。

但总的说来,将这场论辩提升到一个新的理论高度并对后世产生重大影响的,仍属王弼的"忘言""忘象"之说。其《周易略例·明象》一篇依据新的时代经验就言、象、意三者的关系做了全面的论述,要点如下:一、"象生于意"、"言生于象",或者叫作"意以象尽,象以言著",这是从目的与手段的相互作用上来界定言、象、意的基本性质与对待关系,原则上同于《易传》的见解,而概括更为明晰;二、"寻言以观象"、"寻象以观意",是从前一点认识推导出来的由言入象、由象入意的演化途径,也便是"言—象—意"作为解释学框架的再度确立,至此,王弼的论述仍未越出《易传》原有的范围;三、"存言者非得象"、"存象者非得意",这里开始转出新意,即强调指出不能因拘执手段而忘怀目的,目的既然是"得象"、"得意",那就不能停留在"言"、"象"的层面上,否则会中断其转化过程而导致最终目标的失落;四、"得意在忘象,得象在忘言",这是针对前面所讲"存言"、"存象"现象的反拨,亦是王弼考察言、象、意整体关系后所得出的结论③。按王弼此论实承自庄子的"得意忘言"说。《庄子·外物》篇里曾引筌、蹄与鱼、兔的关系为喻,以为筌、蹄之用在于捕鱼猎兔,一旦鱼、兔到手,自可弃筌、蹄而不顾,这也便是"言者所以在意,得意而忘言"一语的具体解说。依据这个观念,"忘言"之"忘"自非全盘否定,而是利用后的舍弃,或曰经过后的超越;凭藉言说而又须超越言说,正是"得意忘言"的精义所

---

① 见孙绰《太尉庾亮碑》,中华书局影印本《全晋文》卷六二。
② 如晋人卫恒论书法云:"睹物象以致思,非言辞之可宣"(见《晋书·卫恒传》),又王羲之亦云:"须书意转深,点画之间皆有意,自有言所不尽"(见《法书要录》卷一)。
③ 上引文字均见《周易略例·明象》,《王弼集校释》,中华书局1980年版,第609页。

在。王弼对这一命题作了创造性的发挥,不但表现于他将"得意忘言"拓展为"得意忘象"、"得象忘言",以与《易传》所建立的"言—象—意"架构相配合,更其重要的是,他把庄子原命题中的"得意而忘言"改为"得意在忘象,得象在忘言",一个"在"字非常关键。庄子筌、蹄之喻,意在说明达到目的后手段可以放弃,按逻辑关系是"得意"在先,"忘言"在后;王弼突出"在忘象"、"在忘言",则"忘象"、"忘言"反倒成了"得意"的前在条件。这一改动当是由前面所下的"存言者非得象"、"存象者非得意"的判断而来的,既然"存言"、"存象"成为"得意"的障碍,那么,"忘言"、"忘象"当然就是"得意"的先决条件了。这样一来,王弼的理论重心便由原初的"寻言观象"、"寻象观意",悄悄地转移到"忘言得象"、"忘象得意"的基点上来了,或者说得更确切些,他是用"忘言"、"忘象"来统摄"立言"、"立象",试图在"立言"与"忘言"、"立象"与"忘象"之间获得一种张力,以便引导"言"、"象"不断地超越自身,以通向"言外"和"象外"的境界——那形而上的"意蕴"。由此建立起来的新的言意系统,既是对《易传》原有的"言—象—意"构架的充实与改造,而亦综合了道家的"忘言"说和荀粲有关"象外之意"、"系表之言"的追求,成为古典哲学言意观的一个范本。诗学中的言意关系探讨,也正是在这样的基础上逐步发展起来的。

二、从"言不尽意"到"寄言出意":
中国诗学的"达意"观

中国哲学传统里的言意观有"言尽意"和"言不尽意"二说已见上述。然则,诗歌达意又是取的什么样的途径呢?诗思自不同于哲思,它无须将自己限制在形而上的思辨领域之内,相反,作为自然与人生的写照,诗情的歌唱植根于诗人的实际生活感受,其中包含着大量日常生活经验的积淀(所谓"饥者歌其食,劳者歌其事"①),把这些经验

---

① 见何休《春秋公羊传解诂·宣公十五年》。

传达出来,是完全有可能做到"言尽意"的。但诗歌的主要职能并不在于传达日常生活经验,其核心当为人的诗性生命体验,这种体验来自人的现实生命活动及其感受,而又不能等同于实际的感受,乃是经过提炼、加工、纯化之后,去除其中杂有的只关涉到一己当下利害得失的种种意念,使之成为纯粹的生命体验,亦即对生命本身的体验,这才具有普泛的意义并值得加以传达。因此,诗歌抒情绝非仅仅抒述个人的喜怒哀乐,换言之,这喜怒哀乐如果专属个人,旁人就不会理解也不必理解,必须是在具体的人的喜怒哀乐之中显示生命的共感和生命的本真,才会引起广泛的共鸣。这样一种含有生命本真意义在内的情意体验,便称之为诗性生命体验(通常讲的审美体验,也就是指这种排除了一己功利目的的纯生命体验),它构成了诗歌生命的本原,诗人的言说即是为了传达这一体验。

我们讲过,诗性生命体验有别于哲理性思考,它同人的日常生活经验密切相关,但两者决不能等量齐观,不仅因为情意体验的心理活动中有许多飘忽不定而微妙莫测的因素很难用日常经验来概括,更由于诗性生命体验内含的生命本真境界实质上也具有形而上的意味,这正是审美与哲思同样能成为人的超越性精神追求活动的缘由。于此看来,诗歌达意与哲思的表达上既有区别也有联系。要传达形而上的哲思,通常须凭藉"言不尽意"的手段,而诗歌在达意方式上却有"言尽意"和"言不尽意"两个层面。就诗歌题材所涉及的日常生活事象与事理作表述而言,应该是"言尽意";但若就诗歌形象内蕴的诗性生命体验与生命本真境界的传达而言,又必然是"言不尽意"。前一个层面的"意",乃诗歌文本的指意,或称"言内之意";后一个层面的"意",则为诗歌形象的蕴意,或称"言外之意"。诗歌的达意便是要通过文本的指意以传达文外的蕴意,或者说,是要将诗人内心的蕴意转化并落实为文本的指意。在这样的表达过程中,蕴意(即诗性生命体验)经常地占据着主导地位,所以"言不尽意"成了诗人言说的主要方式,当然这种"不尽意"的言说同时又具有其能"尽意"(对指意来说)的一面,故亦无妨将这一表达方式归之于"寄言出意",即借用有指意的言辞来传达那不可意指的诗性生命体验,"寄言出意"于是成了"言不尽意"的必要手段。

古代诗学又是怎样来把握这一言意关系的呢?有一个逐步演化与发展的过程。先秦两汉时期,尽管"诗言志"的命题早已提出,"情动于中而形于言"①的诗歌发生学原理亦已成为社会共识,但在政教功能观的强大压力下,人们的注意力多集中在诗歌作品与具体政事的关联上,文本的指意较为突出,而言意之间的张力便不很明显。所以这一时期的诗学主张中很少正面论及诗歌的言意关系问题②,也可以说是诗歌言意观的自觉性尚未形成。不过,从创作实践来看,文学语言的独特表现功能已开始受到关注。且莫说《老子》书中揭示的"正言若反"、"大辩若讷"③和庄子自我标榜的"以卮言为曼衍,以重言为真,以寓言为广"④等话语策略给他们的哲理性思考平添了诗性的光辉,即以孔、孟、荀、韩诸家的论说文字而言,也都包含着丰富的意象和动人的情韵在内,确实体现出对"言之无文,行而不远"⑤的观念的领会。至于汉人诗说中对"赋""比""兴"三义的发挥以及司马迁等人赞扬屈原的辞作"称文小而其指极大,举类迩而见义远"⑥,更是直接关联到诗歌语言的达意方式,诗学言意观即从这里得到酝酿和萌发。

六朝以下,随着文学创作中个性意识的增强和诗歌作品愈益成为文学的主导样式,诗学言意观遂得以正式确立。首开风气者当推晋人陆机,其《文赋》一篇专题讨论才士为文之用心,开宗明义举"恒患意不称物,文不逮意"为讨论宗旨,这"文不逮意"的提法中便含有文学语言究竟能否达意和怎样达意的问题。就陆机的意图而言,是为了克服"文不逮意"的矛盾,尽量做到文意相符,他用"辞程才以效伎,意司契而为匠"来表明意与辞之间的主从关系,并对辞意前后不协、繁简不

---

① 见《毛诗序》。
② 孟子所云"不以文害辞,不以辞害意"(《孟子·万章上》)可算一个例外,但那是从释意学的角度而谈的,详见下节。
③ 见今本《老子》第78、45章。
④ 见《庄子·天下》。
⑤ 《左传·襄公二十五年》引孔子语。
⑥ 见《史记·屈原贾生列传》。

当、轻重不匀、雅俗不分、美媸混杂乃至剿袭雷同诸种弊病逐一指陈，亦皆是为了最大限度地实现言以达意，可见其文学言意观偏重在"言尽意"的一面，虽然他也认为文意的"因宜适变，曲有微情"非言说之能穷尽。更值得注意的是，从他提出的"恒患意不称物，文不逮意"这个中心命题来看，"意"的指向是"物"，包括各种自然物象和社会人事，大体上相当于庄子所说的"物之粗"和"物之精"，而未能上升到"不期精粗焉"的形而上的层面，所以在言辞达意上特别重视的也必然是如何曲尽其妙地写照人情物理，所谓"体有万殊，物无一量，纷纭挥霍，形难为状……在有无而僶俛，当浅深而不让，虽离方而遯员，期穷形而尽相"，便成了运用文字技巧时着力追求的境界，其最终目标殆即是"笼天地于形内，挫万物于笔端"了①。应该说，陆机对言意关系的这一把握基本上属于《易传》"言—象—意"框架在文学创作上的反映，尚未进入"象外之意"和"得意忘言"的领域，这跟那个时代的艺术思维仅停留于意象思维的阶段以及《文赋》谈论对象属一般文章的构思问题有关，并不能因此而贬低其于文学言意观上的开创之功。

陆机之后，齐梁间的刘勰便将问题深入推进了一步。《文心雕龙》虽亦是泛论文章写作原理之书，其中有关文辞技巧的各种应用也还是为了解决"文不逮意"的问题，但在某些方面有了新的突破。《神思》篇集中论述文章的构思，涉及言辞能否达意。作者尽管认为"物沿耳目，而辞令管其枢机；枢机方通，则物无隐貌"，但同时指出："方其搦翰，气倍辞前，暨乎篇成，半折心始。何则？意翻空而易奇，言征实而难巧也。"不仅突出了言意之间的矛盾，且将矛盾的成因归结为二者性质上的差异，即意想空灵而言辞质实，故差距不可避免，看法上较为深刻。"至于思表纤旨，文外曲致，言所不追，笔固知止。至精而后阐其妙，至变而后通其数，伊挚不能言鼎，轮扁不能语斤，其微矣乎！"②这段表述更是鲜明地揭示出在文章指意之外另有潜藏的蕴意（"思表纤旨"、"文外曲致"）存在，是言辞、文笔所不能直接追摹与刻画的，从而

---

① 上引均见《文赋》，《四部丛刊》本《文选》卷一七。
② 均见人民文学出版社版《文心雕龙注》卷六《神思》。

将文学达意的问题提到了一个新的理论高度。那末,怎样来传达这种内在的蕴意呢?《隐秀》篇专门探讨了这个问题,其云:"文之英蕤,有秀有隐。隐也者,文外之重旨者也;秀也者,篇中之独拔者也。隐以复意为工,秀以卓绝为巧。"这里讲到言辞达意的两种独特的方式:"秀"大体相当于文章里的警句,起着醒人眼目和带动全篇的作用,亦即《文赋》所讲的"立片言而居要,乃一篇之警策";"隐"则是指那种表达多重涵义("重旨"、"复意")的语言技巧,它能借助文辞明白说出的指意来曲折地透露那未曾表白的蕴意,所谓"隐之为体,义生文外,秘响傍通,伏采潜发"和"深义隐蔚,余味曲包,辞生互体,有似变爻"①,讲的就是这个道理。"隐"的概念的提出,也就是用"重旨"、"复意"的手段来解决"思表纤旨"和"文外曲致"在传达上的困难,为诗歌达意开辟了新的方向。

如果说,刘勰还只是在一般地谈论文章作法时触及诗歌达意的特殊问题,那末,钟嵘便把诗学言意观自觉地纳入其视野中心了。《诗品序》述及五言诗的特长,虽仍以"指事造形、穷情写物最为详切"为表征,同时又创造性地作出"文已尽而意有余,兴也"的论断,这不仅是将"象外之意"、"系表之言"的说法明确地引进了诗学,更对传统的"兴"的观念加以重要的改造。汉人论比兴,除充当引譬连类、触物起情之类修辞手法外,特指在比兴物象中寄托讽喻之旨,所谓"称名也小,取类也大"②,说的便是这类情形,六朝以后因袭未变。比兴用为讽喻,当然就有喻体和喻指二重涵义,亦可看作"重旨"或"复意"的特定形态,不过这样的"文外重旨",其意指仍比较着实而不够灵活,难以令人长久玩味。而钟嵘所提出的"文已尽而意有余",则显然指超脱于语言文字之外的那种空灵的意味和情趣,是诗歌形象背后的含藏不露的蕴意,实质上也正是诗人的诗性生命体验及其内含的生命本真境界在诗歌文本上的开显,所以能"使味之者无极,闻之者动心",而成为"诗之

---

① 均见《文心雕龙》卷八《隐秀》。
② 见《文心雕龙注》卷八《比兴》。

至"①。从这样的角度来把握诗歌作品的言意关系,则"意"对"言"的超越当不可避免。钟嵘的"兴"后来衍流为殷璠的"兴象"和严羽的"兴趣",影响及于皎然"情在言外""旨冥句中"②、刘禹锡"义得而言丧""境生于象外"③乃至司空图"象外之象,景外之景"④、"韵外之致""味外之旨"⑤诸种提法,从根底上说,均来自"意"对"言"、"象"的超越作用,溯其渊源,或可视以为王弼的"得意忘象"、"得象忘言"说在诗学中的结晶。

经过陆机、刘勰、钟嵘等人的阐发,诗歌达意的基本原则终于确定下来,后世续有发展,大体不离其宗。总的看来,在他们的思想里,"言尽意"和"言不尽意"这两个方面都是存在着的,而后一方面的认识则不断有所深化,因此,如何在"言不尽意"的前提下做到"寄言出意",便成了诗学言意关系研讨的中心任务。陆机等人究竟总结出了什么样的经验呢?归纳起来有如下几点:

一是语词的具象化,即努力增强诗歌言说中的表象功能,使得诗中情意有可能借助具体生动的形象展现出来,不致流于概念化的表述,这也便是陆机鼓吹"穷形尽相"和钟嵘倡言"指事造形、穷情写物最为详切"的原因。语词具象化的最简单的手段是摹状,从楚辞、汉赋以至南朝山水、咏物、宫体等诗作中都有广泛的应用,确实大大拓展了诗歌表现的范围。但一味地铺陈描写,也会造成呆板堆砌和了无生气的弊病,所以刘勰要针对当世文风提出"物色虽繁,而析辞尚简"、"比类虽繁,以切至为贵"的劝告,期望做到"以少总多,情貌无遗"⑥。而这样做的诀窍便在于抓住物象的最具典型性的特征,予以强化和突出,从一个点上带起全局,以形成整体画面的生动感。陆机所谓"警

---

① 见《诗品序》,人民文学出版社版《诗品注》卷首。
② 见《诗式》卷二"池塘生春草 明月照积雪"条,《诗式校注》,齐鲁书社1986年版,第115页。
③ 见《董氏武陵集纪》,上海人民出版社版《刘禹锡集》卷一九。
④ 见《与极浦书》,《四部丛刊》本《司空表圣文集》卷三。
⑤ 见《与李生论诗书》,同上书卷二。
⑥ 见《文心雕龙注》卷八《比兴》、卷一〇《物色》。

策",刘勰所云"秀句",唐宋以后人津津乐道的"炼字"、"句眼"及"响字"、"活字"、"健字"、"虚字"诸般法门,直至王国维所讲"'红杏枝头春意闹',著一'闹'字,而境界全出。'云破月来花弄影',著一'弄'字,而境界全出矣"①,也还属于诗歌语言的这种表象功能。

二是语义的多重化,即刘勰所说的"文外之重旨"和"复意为工"。为什么要追求这类"重旨"与"复意"呢?不单因为诗歌文本的篇幅有限,须尽可能采用最精炼的语言来表达更多的内容,尤在于诗性生命体验是一种微妙而复杂的心理活动,它自身就建立在多方面感受与联想相交会的基础之上,而亦需读者凭藉自己的具体感受和丰富想像来加以领会,这就少不了诗句及文本之间意义的相互生发与转换了。在诗歌作品里,语义的多重化通常是通过语词意象的组合来实现的。传统的比兴手法以联想的作用将喻体和喻指结合在一起,便是一种意象的叠加;古代诗人喜欢使事用典,典故与成语所起的作用亦是在不同文本之间实行意象链结,这类做法促成诗歌涵义的复杂化与深刻化是显而易见的。意象组合还有较为隐蔽的形态,即利用语句的间隔与跳跃以形成张力空间,来传达象外的思致,这在近体诗的上下联之间用得特别频繁。如司空曙脍炙人口的律句:"雨中黄叶树,灯下白头人"②,将两个原本不相关联的意象并列在一起,却能生发出无穷的遐想与意味,便属显例。古代诗法中讨论对仗形式,以为反对优于正对,异类胜过同名,又有所谓远意相合、情景相对、半阔半细、一虚一实诸种变体,亦皆着眼于建构张力,这又是一条语义多重化的有效途径。

再一种方式可称之为意蕴的空灵化,也便是不用言辞指实诗中所要表达的情意,却留下空白任读者去揣摩与领悟,甚至由读者自立胜解,别有会心。钟嵘所讲的"文已尽而意有余",以及后人常说的"意在言外"、"义得言丧"和"但见情性,不睹文字"③、"不著一字,尽得风

---

① 见《人间词话》,人民文学出版社版《蕙风词话·人间词话》第193页。
② 《喜外弟卢纶见宿》,中华书局版《全唐诗》卷二九三。
③ 见皎然《诗式》卷一"重意诗例"条,《诗式校注》第32页。

流"①等,都是指的这个境界。这样做的理由亦在于诗性生命体验本就是不可言说与指实的,一加执实并予以概念化,必然会失却其丰富的内涵与动人的感性生命力,而诗性生命体验自身便也不复存在。然则,诗歌创作的目的毕竟是要将不可言说的东西言说出来,若真的"不著一字",又何来"尽得风流"呢?所以"意在言外"并非废弃言说,其实际的形态当为"言在此而意在彼"②,或者套用常见的说法,叫作"言近而旨远"③。"近"指的是切近人的感知与感受,即所谓"语语都在目前"④;"远"意味着能引起人的无穷遐思,藉以生发出令人盘桓与玩索不已的情意空间。司空图曾以"近而不浮,远而不尽"来形容诗歌艺术的这一二重世界⑤,梅尧臣则将其概括为"状难写之景如在目前,含不尽之意见于言外"两句话⑥,意指更为清晰。由上述的理解似可得出结论:诗歌意蕴的空灵化,其实是建筑在语词具象化和语义多重化的基础之上的。质言之,先由语词的具象化把人带入诗歌的意象世界;再由意象间的组合和由此生发的"重旨"与"复意",给人打开通向象外的想像空间;而后更由象内与象外的相互沟通与往复交流,使人逐步体悟并进入那空灵微妙的情意空间,也正是诗性生命体验及其内含的生命本真境界之所在了。这样一个"言—象—意"逐层超越的过程,同时便是诗歌文本由指意向蕴意不断转化的过程,而诗人凭言说以传达那不可言说的诗性生命体验的奥秘,就潜藏在这一转化过程之中了。

三、从"寄言出意"到"寻言观意":
中国诗学的释意观

诗人凭言说以达意,称之为"寄言出意",读者据文本以释意,不妨

---

① 《二十四诗品·含蓄》,中华书局版《历代诗话》第40页。
② 见叶燮《原诗》内篇下,中华书局版《清诗话》第584页。
③ 按:"言近而旨远"的提法初见于《孟子·尽心下》("旨"作"指"),是指由切近的事象引申出远大的意理,后移用作诗歌语言的表征。
④ 见王国维《人间词话》,《蕙风词话·人间词话》第211页。
⑤ 见《与李生论诗书》。
⑥ 欧阳修《六一诗话》所引,中华书局版《历代诗话》第267页。

唤作"寻言观意"。前一节研究了中国诗学的达意观,这一节再来探讨其释意观,当然同样离不开对言意关系的考察。

正如同中国诗学的开山纲领是"诗言志",诗歌释意学的开山纲领当推"以意逆志"说,这是孟子从《诗经》的解释实践中总结并提炼出来的。"以意逆志"系针对"断章取义"而发。据《孟子·万章上》的记载,当咸丘蒙向孟子请教"普天之下,莫非王土;率土之滨,莫非王臣"这几句诗的确解时,孟子便以"说诗者,不以文害辞,不以辞害志;以意逆志,是为得之"相告诫,意思是不要拘执字面,望文生义,而应凭自己的体认来正确地把握诗人的本意。这段话里最引起后人争议的,便是"以意逆志"的"意"究竟指读者之意,还是显现于文本中的作者之意。取前一种解释,似乎容易导致夸大读者的主观性;取后一种解释,则文本之意又成了需要推究的前提。其实,承认读者的能动性与重视文本的作用,在孟子的观念里未必不能兼容。细心推考"以意逆志"话头的由来,即前所云"不以文害辞,不以辞害志"的提法,"文"、"辞"、"志"在孟子的心目中显然构成一个系列,由文入辞、由辞入志当为解读诗歌的必由路径①,这里并无须也无由另插入一个"文本之意",所以"以意逆志"的"意"还是解作读者的心意体认为好。但读者并不能凭空地"以意逆志",他必须遵循由文解辞、由辞释志的路线,而且还须贯通上下文句来作理解(孟子解读那几句诗便是联系下文"此莫非王事,我独贤劳也"的意思来讲的),这不正显示了文本在解读中的地位吗?于此看来,"以意逆志"说的内涵实具有二重性:一方面,它肯定作者本意(诗人之"志")的存在,并要求通过文本的解读来正确地把握诗人之"志";而另一方面,它又承认读者的能动作用,容许读者凭自己的体认("意")来领会作品。由前者,会导致诗学释意观中的还原论倾向;由后者,又可能引申出多重解释合理性的主张。后世诗歌阐释学的分流,便是从这里开始形成的。

还原作者本意的释意观,由"以意逆志"与"知人论世"相结合而

---

① 按:"文"或作文饰解,或作文字解,兹不加辨析,总之是说不因"文"的形式而妨害对辞意的确切了解,也不因具体的言说而妨害对诗人本意(志)的把握。

得到确立。"知人论世"说亦是孟子提出来的,所谓"颂其诗,读其书,不知其人可乎?是以论其世也"①。这本来说的是"尚友"古人的方法,即通过"论世"以"知人",便于和古人沟通心意,后来却多用作解读文本的手段,要求在"知人论世"的前提下追索文本所体现的作者意图。于是,当"知人论世"与"以意逆志"相结合后,便出现了两条相交会的解释学通道,一是由论世到知人再落实到释意,二是由观文到解辞更进到释意(两者都需要往返推考,实际上构成两个解释学循环),前者属文本的外部研究,后者属文本的内部研究,内外交相配合,作者的本意似乎也就在掌握之中了。

将上述这套原则初步应用于诗歌解读的,可以汉人《诗》说为代表。就汉代诗经学中存在最完备的"毛诗"读本(其余三家诗亦大同小异)而言,其序、传、诂训乃至笺文共同组成了一个解释系统:小序交代诗篇的作意,并提供写作背景(包括本事),正是由知人论世以释意的样板;诂训注明字音、字义,传文解说语句,两者合在一起,亦构成由解读文本而释意的范例;笺文则是对传注的补充与发挥,进一步丰富了文本的解读。不仅如此,还要看到传、笺对文本的解说经常有意地迎合小序的说法,可见汉儒是很自觉地将两条解释学通道搭配使用的。汉人《诗》说在后世也遭遇到一些批评,主要因为其政治功利性太强,一丁一点都要牵引到颂美或讽喻时政上去,不免附会,而它那套内外结合的释意方法却原封不动地保留下来,并由说《诗》推广到了说诗。

不过,真正将汉儒解释学传统予以发扬光大的,还要数宋、清两代的诗学家。宋人明确地建立了"诗史"的观念②,并以编纂诗人年谱、诗作系年和记述诗本事来实践这一观念,为"知人论世"提供了大量足资参考的凭藉。清代学者更以精深的考据工夫对有关史料进行钩稽与辨伪,使得"诗史互证"成为诗歌文本与历史文本双向解读的最佳选择。再从文本内部研究来看,从宋人开始有意识、大规模地开展诗作

---

① 见《孟子·万章下》。
② 按:"诗史"之说起于唐孟棨《本事诗》,用以评说杜甫,宋人多加承袭并予进一步展开。

辑佚、校勘、编集、笺校等，经元、明以至清代，亦获得了空前的业绩；而清人最拿手的编年笺校工作，更是将知人论世与文本考订、辞意说解打成一片，把还原论的诗歌释意学推上了高峰。但也正是在这里显露了它的局限。不光是那种比事索隐的方法容易陷于捕风捉影，看似坐实而实质牵强，即使推考信而有据，解读明白无误，亦往往只能释出文本的指意，而难以充分揭示诗歌形象背后含藏着的丰富的情味和玄妙的意趣，因为诗性生命体验（蕴意）只能凭感受与想象来捕捉，决非史料考证、文辞注释所能获致。于此看来，还原作者本意的释意方法乃是在"言尽意"论枝条上结出的果实，它能为我们理解诗歌作品提供必要的基础，但对于诗歌达意中"言不尽意"的那一面，在把握上终是力不从心的。

"以意逆志"的另一个发展趋向，便是朝着"见仁见知"和"诗无达诂"说转化。"见仁见知"的提法见于《易·系辞上》："一阴一阳之谓道，继之者善也，成之者性也。仁者见之谓之仁，知者见之谓之知。百姓日用而不知，故君子之道鲜矣。"这是讲《易》"道"的广大精微，包罗万象，各人就各自的禀性来加领悟，见到的乃是合乎自己禀性的那方面内容，而亦不脱出《易》"道"的整体范围。这个观念后来用来解说对复杂事理的看法上各执一端，也包括对诗歌等艺术作品的领会上各有心解，于是文本的阐释便开始走向多元化。至于"诗无达诂"之说则是西汉今文经学家董仲舒提出来的，其《春秋繁露·精华》篇讲到："《诗》无达诂，《易》无达占，《春秋》无达辞。"今文经学的特点之一是通过解经的办法来表达对时政的意见，所以同样的经文在不同条件下常被赋予不同的含义，以便因时制宜地向执政者作出劝谕或针砭。董仲舒以《诗经》、《易经》、《春秋》三者为代表，强调对它们的理解和解释没有贯通不变的说法[①]，正是出于这种考虑。后人把"《诗》无达诂"引申为"诗无达诂"，将其转变为阐释学的普遍原则，而诗意的多重理解又有了一个精当的概括。

[①] 按："达"即是"通"，故刘向《说苑·奉使》引用此语云："《诗》无通故，《易》无通占，《春秋》无通义。"

"见仁见知"与"诗无达诂"都是对读者的主观能动性的发扬,在它们的拉力作用下,"以意逆志"的内涵有了新的变化。按孟子原来的表述,"以意逆志"的落脚点在于"志",即如何凭藉读者的体认来确切地把握诗人的本意,故还原作者意图仍是题中应有之义。但在接受"见仁见知"和"诗无达诂"的影响之后,"以意逆志"的侧重点已悄悄地转移到读者之意的方面来了,人们更感兴趣于读者如何对诗意作感受与领悟,后世所提出的心解、活参、涵泳、妙悟诸般法门,均循着这条思路而展开。这样走下去是否会失落原先的目标,即对作者本意的探究呢?中国诗学传统里确有丢开原意另生别解的比较极端性的意见,如李贽所云"夺他人之酒杯,浇自己之垒块"①以及谭献标榜的"作者之用心未必然,而读者之用心何必不然"②,也就是通常所谓"六经注我"的态度,但多数情况而言,还是寄希望于读者心解与作者本意的会通,有点类似于西方接受美学倡扬的"视界交融"。刘辰翁讲"观诗各随所得,别自有用"③,这"各随所得"里便寓有相互沟通的意思。清人沈德潜说得更为明白:"古人之言,包含无尽,后人读之,随其性情浅深高下,各有会心"④,可说是代表了一般人对诗歌欣赏的期望。这样来理解"以意逆志",既不会完全背离诗人之"志",也无碍于伸张个人之"意",当属于协调较为合理的一种主张。

　　那末,又有什么办法可以保证这种协调式的理解取得成功呢?古人开出的方案:一是置心平易,不带偏见;二是反复咏读,细心品味。这也就是沈德潜所说的"读诗者心平气和,涵泳浸渍,则意味自出;不宜自立意见,勉强求合也"⑤。值得注意的是,这里所鼓吹的"涵泳浸渍",虽亦是在文本上下功夫,却不同于前面那种笺校的工作,它不注重在言辞指意的认定,而企图通过由言辞感发的直觉式的心理领悟,以进入诗歌内在的"意味"层面。这一凭藉言说而又超越言说的解读

---

① 中华书局版《焚书》卷三《杂说》。
② 见《复堂词话·复堂词录序》,中华书局版《词话丛编》第3987页。
③ 见《题刘玉田选杜诗》,《豫章丛书》本《须溪集》卷六。
④ 见《唐诗别裁》卷首"凡例",中华书局1964年版。
⑤ 同上。

路向,正是"言不尽意"和"得意忘言"说在诗学释意观上的表现。古代诗歌批评活动中常用的选诗、摘句、圈点、旁批以及种种印象式和象喻式的评语,其实皆是为这样的解读提示门径。还要看到,直觉式的领悟心理亦非无源之水,前人曾用"亲证"和"设身处地"来加说明。"亲证"指的是读者亲身经历过诗中所描写的境界,故读诗时别有会心。苏轼有言:"'两边山木合,终日子规啼',此老杜云安县诗也。非亲到其处,不知其工。"①类似的话语,宋人诗话、笔记中甚多,惠洪将其归纳为"亲证其事然后知其义"②。而若读者尚缺乏这类亲身经历,那也不要紧,可以尝试用"设身处地"来作替代。叶燮在论及杜甫"碧瓦初寒外"、"月傍九霄多"的诗句时,一再叫人"设身而处当时之境会"和"试想当时之情景",因为非此不能领略其佳妙。当然这种设想也要有事理依据,这又是叶燮所讲的"妙悟天开,从至理实事中领悟,乃得此境界也"③,可见超越性的精神活动还是要从实地上起步的。

还原作者的意图和意会式的解读,构成了古典诗歌释意学的两翼,既有区别,亦有联系。前者对落实诗篇指意作出了重要的贡献,后者就领会诗中蕴意指点了可行的门路,两相配合,当可促成诗歌释意由指意向蕴意的转化与提升。但须看到的是,诗人的本意实际上是无法还原的,因为那并不是某种概念化的创作意图,而是植根于其全部生命活动中的活生生的诗性生命体验。读者自可凭藉文本的悉心解读,参以历史的考证和切身的体会,以进入其内在的境界,悟得其部分意趣,而未必能穷尽其全部情味。明人谢榛谈到诗有"可解、不可解、不必解"④,清末况周颐更谓"填词固以可解不可解,所谓烟水迷离之致,为无上乘"⑤,都是基于他们对诗歌"言不尽意"特点的体认。再从另一方面来看,"以意逆志"的命题中本来就包含有发挥读者主观能动性的成分,循此前进,当可导致创造性的释意活动,所谓释意即创意。

---

① 见《书子美云安诗》,中华书局版《苏轼文集》卷六七。
② 《四库全书》本《冷斋夜话》卷六。
③ 均见《原诗》内篇下,中华书局版《清诗话》第585—586页。
④ 见《四溟诗话》卷一,中华书局版《历代诗话续编》第1143页。
⑤ 见《蕙风词话》卷一,《蕙风词话·人间词话》第11页。

这在"六经注我"式的"诗无达诂"中已开了端绪,后世标举的心解、活参等方法中都有它的影子,至"作者之用心未必然,而读者之用心何必不然",更是公开打出了释意即创意的旗号。这样一种趋向跟"以意逆志"的原定目标固然有所偏离,但作者本意既然不可还原,创造性的释意也就不必避忌了,甚且可以说,正是创造性的释意活动使得诗歌文本成为一个开放的体系,其意蕴不断有所生发,而诗歌的生命力亦将无穷尽地延续下去。不过创意与本意之间最好能维持适度的张力,不即不离,方有助于"视界交融";若背离太甚而造成断裂,实质上是对原有诗性生命体验的抹杀。所以创造性的释意也仍然需要走"寻言观象"、"寻象观意"的路线,在超越言说与凭藉言说之间找到合适的支点。

四、"逻各斯"本位与生命本位:中西诗学言意观比较

言意关系在中国诗学与哲学传统中占据着十分重要的位置,无独有偶,它在西方哲学、美学与文论的领域里亦扮演着活跃的角色。中西诗学言意观上有什么可供比较和参照的经验呢?

首先是如何看待语言的性质,在这个问题上,中国人的传统比较一贯,而西方古代和现代则颇有差异。西方人以往多视语言为思想的载体,或称之为"思维的外壳",语言从属于思想,其职能便在于表述思想,跟孔子所说的"辞达而已矣"很相类似。但经过现代哲学的"语言学转向"之后,语言在西方人心目中的地位大为提高,它对思维的规范与制约作用得到肯定,有如索绪尔所云:"思想离开了词的表达,只是一团没有定形的、模糊不清的浑然之物"[1],甚且像维特根斯坦所断言:"我的语言的界限就意味着我的世界的界限"[2],这样一来,语言便提升为思想的组织者乃至人的存在方式,一种语言本体观亦由此而确

---

[1] 见《普通语言学教程》,商务印书馆 1985 年版,第 157 页。
[2] 见《逻辑哲学论》,商务印书馆 1996 年版,第 149 页。

立。相形之下,我们的传统观念,无论是孔子的"辞达"说还是庄子的"筌蹄"说,始终将言说当作表意的工具和手段,似乎显得落后了,但这只是皮相的论断。深入一步考察,我们会发现,西方人谈语言的性质,不管用为载体或本体,都是从其与人的逻辑思维的关联上着眼的,言说基本上成了理性的表记;而中国传统的语言观,特别是从"言不尽意"的那个方面来说,言说所要表达的是人的诗性生命体验(形而上的哲思亦属生命体验,是对生命体验的反思与感悟),它自己不过是通向生命境界的一个阶梯。我们知道,构成语言的语词总是概念化的,所以语言与逻辑思维会天然地融为一体,语言自身由载体升格为本体也便是顺理成章的事。但诗性生命体验是完全拒绝概念化的,故言说并不能充分展示它的内涵,凭藉言说还须超越言说,于是语言作为工具和手段的性能就无法改变。于此看来,中西民族对语言性质的不同认定,实来自其以生命为本位还是以理性为本位的不同立足点,这也是中西诗学言意观上一系列分歧的由来。

其次是对言意关系的把握,主要是言意双方在何种程度上具有一致性的问题。按照西方人的理念,言意问题既然被归结为语言与逻辑思维的关系,则言意在根底上的一致性自不容否定,其"载体"说或"本体"说亦皆隐含着对这种一致性的确认。西方人也看到言意之间会有矛盾,言不及义即其通常的反映,但他们认为这是可以克服的,逻辑学、语言学、修辞学乃至辩论术等都为解决这个问题而设立。即便是现代语言观因强调语言对思维的限制作用,而有"语言是思想的牢笼"之说①,看似将矛盾提到十分尖锐的地步,其根底上仍认为言意必须一致,不过这次是以"意"从属于"言"罢了。反观我们的传统,"言尽意"说也是以言意的一致性为前提的,但主要应用于人们的日常生活交流与一般的认知思维活动,至于诗性生命体验的传达和形而上的哲思,则多持"言不尽意"之说,也就是言意的不一致性能得到彰明,这当然同我们的先辈习惯于从生命本位上体认言意关系分不开。"言不

---

① 参看詹姆逊《语言的牢笼》一书所述,百花洲文艺出版社1995年版。

尽意"的提法表面上看来没有"思想的牢笼"那样激烈,实际上蕴含的矛盾更为深刻,因为它意味着言说与所要传达的意蕴之间的根本性差距。而这一内在性能上的矛盾的揭示,不仅可以促使我们更多地关注于诗歌言说的达意方式与释意路向,尤为重要的,是将"意"作为人的生命体验的地位与作用给予充分的突出,从而使人的存在获得了新的意义,这也许可说是中国诗学言意观置于现代观照之下所能提供的可贵启示。

再一个问题是解决言意矛盾的途径,中西双方亦有不同的落脚点。西方以理性为本位,较多地从辨析概念、调整言辞上来考虑问题,传统的逻辑学、修辞学以至当代分析哲学都是这么做的。晚近兴起的后现代主义思潮对理性的统一性提出大胆质疑,但仍不离其语言本体(实即理性本体)的立场,如现代解释学提倡多重解释以打破文本的封闭状态,解构主义借助于结构的破缺以实现其对中心意义的消解,均属从语言符号入手以协调言意关系的表现,言和意在根底里的血肉相连依然保持不变。我们的思路便有所不同:既然言说不能尽意,唯一的出路在于超越言说。超越言说的办法:一是设立中介,那就是"立象",以便由"言"经"象"而过渡到"意";再一个是不要停留于"言"和"象",要努力做到"得意忘象"、"得象忘言",简言之即"得意忘言"。超越言说自亦须通过言说,所以"寄言出意"和"寻言观意"都是不可少的,但"寄言"、"寻言"的目的不是要"存言",恰恰是为了"忘言",这跟西方现代解释学及解构主义者的一力在语言符号上做手脚是很不一样的,更不用说分析哲学之类以语义辨析为最高任务了。总之,借言说为踏板而跳出言说的限界,以进入并直接面对生命的本真,这是中国人在诗歌艺术与哲思领域内解决言意矛盾的传统智慧,其来源当亦在于我们的生命本位观。

以上论析了中西诗学言意观上的几点分歧,根子都归结到以生命为本位还是理性为本位的观念上来。理性本位与语言本体的说法又是息息相通的。西方哲学传统中有"逻各斯"一语,既可指理性,也可指言说,可见在他们的观念里理性思维与言说本就是一体,理性本位改称"逻各斯"本位似更为贴切。凑巧的是,中国哲学传统中"道"之一词亦有意理与言说双重涵义,故有人认为可与"逻各斯"相匹配,这个比照很有意思。不过要看到,两者之间存在着实质性区别。"逻各斯"一语确然可将理性思维与言说合成一体,而在"道可道,非常道"的提法中,分明把"可道"与"常道"看成了不相容的东西。这就是说,在我们的传统里,"道"被认为是不可言说的,言说与"道"的性质恰恰相反,因为我们的"道"并不属理性思维的范畴,它其实就是生命的本真境界。中国人讲求人生至道,其哲思、审美与习行都是为了趋向于这一生命本真境界,这跟西方人奉"逻各斯"为神明,意趣大相径庭。"逻各斯"本位还是生命本位,给中西文化带来很大的差异,也是中西诗学言意观上诸种分歧的成因,当然其背后又有历史、社会、文化、心理等多重渊源在。

最后要说明的是,中西诗学言意观上的歧异既然根源于"逻各斯"本位与生命本位,则它们所谈论的言意关系在内涵上实非一回事,乃分别侧重于言说同逻辑思维或生命体验之间的联系,因此,所呈现的差别与其说构成对立,毋宁说利于互补。换言之,吸取西方有关语言与思维一致性的观念以及缩小言意差距的种种办法,当有助于我们澄清文本的指意并学会精确的达意;而阐扬中国传统的"言不尽意"、"得意忘言"之说,总结其应用于诗歌达意和释意中的具体经验,也有可能推动西方人重新审视他们的语言本体观并发展其对言意关系的认识。"逻各斯"本位与生命本位虽取向各异,但理性与生命决非势同水火,在理性中容涵生命和在生命中发扬理性,正是中西文化交流与融通的理想前景。更要看到,中西诗学言意观上的歧异亦只是相对的,实际的情况必然是"你中有我,我中有你"。我们的诗学传统尽管以"言不尽意"为主导,而"言尽意"说亦占据着相当位置,从作者的下字用语力求精当到解读者倾其心力于笺校考证,均可找到后一方面的痕迹。同样,西方人固然执着于语言与思维的统一性,但在艺术实践之中又会体认到言说与意蕴之间的反差,所谓隐喻、象征、反讽、张力、含混、复义之类技巧的讲求以及文本不确定性和言说自指性的宣扬等,都不同程度地映现出言意关系的不调和。这些问题上的对话与交流,将大大丰富各自的言意观与诗学经验,使诗歌语言功能的探讨能有一全新的展开,我们可以预期。

"文"与"质"
——诗性生命的文辞体性论

"文"与"质"、"言"与"意"是贯串于中国诗学之全局的两对基本的范畴,也是涉及文学作品内容与形式关系的两个主要问题。如果说,"言意"关系偏重在诗歌语言功用的推究,即诗人的言说能否达意和如何达意,那末,"文质"关系便突出了对作品文辞体性的把握,即什么样的文辞才能适应文学内在的审美质性。"言意"和"文质"的讨论最终都要落脚到文学语言形体的建构上来,而又都不能脱离其内在意理与质性的制约作用,这亦可视以为中国诗学的一大精神。"言意"之谈前已述及,本章集中研讨"文"与"质"的关系。

一、"文之为德也大矣":文质关系探原

"文质"问题在文学审美领域里占据着十分重要的位置,但它的肇端却不在于审美,初起时也并不构成一对矛盾。

"文"的概念发生较早,甲骨文和金文里已多次出现。甲骨文的"文"作"夌"、"夌"、"夌"等字样,据专家的意见,"象正立之人形,胸部有刻画之纹饰,故以纹身之纹为文"①,这个判断是可信的。《说文解字》释"文"为"错画也,象交文",只看到其以线条交错构形的一面,而未能追溯到纹身的源头,似还略隔一层。我们知道,纹身是原始社会

---

① 见《甲骨文字典》,四川辞书出版社1988年版,第996页。

许多部落民族常见的习俗,它的用意本不在于妆饰美化身形,乃是为了行使巫术与宗教的职能,即借助人体上刻画的图形作为沟通天人的符码,以获得某种神秘的力量来充实自身,这才是"文"的真实起因。据此,"文"的实质决非单纯的构形,从一开始起,它就属于"有意味的形式",且具有的是一种"形而上"的意蕴。甲骨卜辞多用"文"加在殷王室先祖的名号前以示崇敬,周人立八卦为"文"来占卜人事天命,乃至"文"之一词后来能衍化出"天文"、"地文"、"人文"诸多事象,其实皆导源于其与生俱来的那种"形而上"的意蕴。

时移事推,殷周鼎革,重巫鬼的信仰逐渐让渡于礼教人伦的宗尚,"文"的内涵也起了明显的变化。周代文献中的"文"已不限于用为对先人的美称,而有了礼仪、制度、文明、教化、典籍、修养、文采、文饰等多重涵义,"文"作为符码的形态大大拓展了,而其内含的意蕴重心亦从宗教形上学转向了道德形上学。西周末年史伯在与郑桓公谈及"物一无文"时,就把它同"和实生物"的理念联系起来,所举的例证不仅有"土与金木水火杂以成百物"的自然现象,还包括了羹和五味、协调乐律、建立礼制、婚聘异性、求财有方、择用谏臣各种人事措施在内①,于是物象交错之"文"便成了"和实生物"原则的体现,也就是"中和"道德理想的象征了。尤可注意的是,两周金文里的"文"有一部分采取了新的写法,将甲骨卜辞著于人胸部的错画改为"心"的字符,构成"文"、"文"、"文"等字样,表明在人们的意识中,"文"作为身之纹已确然转变为德之符,所谓"文以君子之容……则实以君子之德"②,便显示了文以饰德的用意。

"文"的观念由文身移向文德是一大进步,但还算不上审美意义上的"文",跟文学创作似乎更不搭界。不过就在这看来不相交涉的现象中,实已孕育着人类审美活动的因子。前面讲到,纹身的习俗起因于巫术、宗教的功能,但既已成为习俗,久而久之,其妆饰人体的作用自会显露出来,这也正是"文"之一词生发出文采、文饰诸般含义的来由。

---

① 见《国语》卷一六《郑语》。
② 见《礼记·表记》。

再就"文德"而言,古代的宗法伦理关系是要靠礼乐教化的手段来维系的,士君子的修身过程中亦少不了仪容、服饰、学养与言辞等准备,这些方面的实践活动里常带有审美感性的成分。尤其是言辞这一项甚为古人重视,在春秋战国期间,外交辞令的好坏和人际应对的当否直接关系到国家、家族和个人的存亡,无怪乎孔门设教要特立"言语"一科,并谆谆然以"言之无文,行而不远"来劝谕后学了①。孔子所说的"言文",自仍属于一般的修饰辞令,尚不同于文学创作。但恰是这隶从于修身的"言文",将"文"的内涵往文学审美的方向大大推进了一步,后世有关作品语言文采的种种论述,便是从"言文"之说引申开来的。总之,文身、文德、文言,可说是"文"之一词由始发义向着文学审美领域演进的三部曲;到了"文言"的阶段,"文"的内在意蕴中已积累了相当的文学审美的要素,只等待"文质"关系的建立及其向审美质性的转化,便当有一新的突破。

　　释"文"已毕,进而释"质"。"质"的概念起源稍迟,甲骨卜辞中未见,金文亦只偶尔一例。《说文解字》训"质"为"以物相赘",又训"赘"为"以物质钱","质"大体相当于后人所谓的抵押,当是商品交换发展到一定程度的产物。由抵押之义,"质"便引申出担保、盟约、信物、诚信乃至质实诸种涵义,更由质实之义过渡为事物的质材、质体与质性。故段玉裁《说文解字注》径谓:"质、赘双声,以物相赘,如春秋交质子是也。引申其义为朴也、地也,如有质有文是。"按"朴"在《说文》中训作"木素也",段注云:"素犹质也,以木为质,未雕饰,如瓦器之坯然。"可见这里的"质"、"朴"、"素"是一个意思,均指未经加工的木材("素"的原义为未经染色的生丝,意指相通),而"地"亦有本底、底子的意思。段氏以"朴"、"地"释"质",指明了"质"作为原材料的意谓,这就同"文"(文饰、修饰)相对待了,所以注文中引"有质有文"为例证。于此看来,"质"和"文"在起始义上虽了不相干,而当"质"义引申为质材、质性,"文"义引申为文饰、文采之时,它们之间便生成了紧密

---

① 《左传·襄公二十五年》引孔子语:"《志》有之:'言以足志,文以足言。'不言,谁知其志? 言之无文,行而不远。"

的联系,并从而构成一对矛盾。现代文论家每喜欢用"内容"与"形式"这对范畴来概括"质"与"文"之间的关系,其实并不确切。"质"作为事物的原质,与朴野、厚实、自然乃至古拙等习性相关联,并不同于一般的内容;而"文"作为"有意味的形式",亦有其自身的意蕴需求,不能归之于单纯的形式。"文"与"质"在文学审美的历史发展中经历了长时间的磨合,形成具有民族特色的文辞体性观,留待下文再作分疏。

现在回过头来看"文质"关系的发轫。根据既有的文献资料,"文质"并提始见于《论语·雍也》中的一段话:"子曰:质胜文则野,文胜质则史;文质彬彬,然后君子。"正如人们通常的理解,孔子这里所讲的并非文章性能或文辞修饰的问题,而是谈士君子的素养,"文"与"质"皆是就人而言,要求将内在的材质与外在的习养调适到恰到好处,质盛而文亦茂,这就叫作"文质彬彬"。当然,"质"与"文"在孔子和儒家学派眼里又各有其具体的内涵。《论语·卫灵公》述及:"君子义以为质,礼以行之,孙以出之,信以成之。"就是说,士君子当以仁义为质性,礼仪为文饰,谦逊的外表出自内在的诚信,方能事业有成,这显然跟周人以文饰德的传统是一脉相承的。而在德与礼、质与文的关系上,孔子虽然倡言两头兼顾,表里相符,根底却设在德性的一边,所以又会有"人而无仁如礼何,人而无仁如乐何"之慨叹①。这样一种文质调协、质本文末的指导思想,反映于言辞的应用上,便有"志足言文"、"情信辞巧"之类命题的提出②,既肯定了言辞修饰的功能,而又归因于其所表达的情志的内在价值,构成儒家文质观的通用模式,给予文学审美活动以持久的推动力量。

儒家就"文质"问题形成了自己的观念,先秦其他学派亦多有各自的文质观,旨趣非一,而皆流衍于后世。其中作用较显著的,要数老、庄为代表的道家。道家不认同于儒家的"文质彬彬",而采取了尚质弃

---

① 见《论语·卫灵公》。
② 见前注《左传·襄公二十五年》引孔子语,又《礼记·表记》有"情欲信,辞欲巧"之说。

文的姿态,这跟《老子》书中一力宣扬的"道法自然"的学说主旨①分不开。在老子看来,既然宇宙万物皆归本于"自然",这未经雕琢的"自然"便是人生的最高境界,一切人为的加工与文饰都只会损害其本来面目,而降低生活的情趣。所以他要提倡"见素抱朴"和"复归于朴"②,并进而发出"五色令人目盲,五音令人耳聋"这样反文采的警告③;在言辞表达上,他也有"信言不美,美言不信,善者不辩,辩者不善"之说④,完全否定了语言修饰的功能。继承老子的庄子在废弃文采上表现更为激烈,他把"文灭质,博溺心"指认为"民始惑乱"的根由⑤,公然宣称要"擢乱六律,铄绝竽瑟,塞瞽旷之耳,而天下始人含其聪矣;灭文章,散五色,胶离朱之目,而天下始人含其明矣"⑥,这种极端崇尚自然的取向,正显示了道家文质观的特色所在。但切莫因此误以为道家是美的否定者。道家非毁文饰,不等于它不承认有美。相反,庄子就郑重揭示出"天地有大美而不言"的事实,主张"原天地之美而达万物之理"⑦。"大美"究竟指的什么呢?参照老子所谓的"大音希声,大象无形"⑧,这充盈于天地之间而又无声无影的"大美",应该就是"道"的别名,而其实际的内涵便是自然。自然乃宇宙万物之所以为美的本因,故称之为"大美"。"大美"体现在人身上,便是人的那种未经雕琢的自然本性。《庄子·德充符》里用寓言的手法塑造了一批外貌丑陋而内在质性美好且富于吸引力的人物形象,称其为"德充之美",同书《渔父》篇里鼓吹"真在内者,神动于外"、"功成之美,无一其迹",都是将本真的情性视以为美的表征。据此而言,则道家的废弃文采,只是为了去除人工修饰之伪美,而返归于自然质性之真美,这种尚质弃文的审美观,也对后世文学创作产生了深刻的

---

① 见今本《老子》第二十五章。
② 同上书第十九、二十八章。
③ 同上书第十二章。
④ 同上书第八十一章。
⑤ 见《庄子·马蹄》。
⑥ 见《庄子·胠箧》。
⑦ 均见《庄子·知北游》。
⑧ 今本《老子》第四十一章。

影响。

先秦诸子之中另一类重质轻文的倾向,来自墨家和法家为代表的"尚用"说。墨子有"非乐"之论①,他也不赞成耗心力于文采修饰,理由是缺乏实用价值,无益于国计民生。法家乃是将耕战与法治悬为富国强兵的不二法门,既反对空言误事,更担心文以乱政②。墨、法与老庄均对儒家重礼乐、讲文饰的做派持批评态度,而出发点不同。老庄是以自然为美,故尚质弃文;墨、法则从根本上看轻美,以美为无用,而重质轻文。老庄的"质"实即人性的自然,由肯定自然之"质",有可能生发出与讲求文饰不相类似的另一种形态的美;而墨、法之"质"实际上便是"用",以实用的功利眼光作衡量尺度,不仅贬低了文饰,连带也贬低了美本身。这便是为什么墨、法两家的"尚用"说在文学审美活动中反响微弱,只在一部分抱有极端功利态度的政治家和道学家那里得到某种回应的缘故。

总起来看,文质关系在先秦各家学说中已经有了相当规模的展开,且形成了几种不同的范式,虽尚未正式进入文学审美领域,而已为向着审美的转化蓄势待发。值得注意的是,各家的文质观在文质关系上皆以"质"为体而"文"为用,就"文"而言固有重其用、轻其用甚或弃其用之别,以"质"为本、以"文"从"质"的基本立场大致相通。为什么会有这样的共通取向呢?根底里来自"文"的古老传统。因为"文"在发源上就不限于简单的文饰,而是含藏着丰富意蕴的文化符号,所以当它转变为与"质"相对待的范畴并取文采、文饰为限定的涵义时,它也仍要为自己的合法存在寻求超越性的意义,于是将归趋投向了所依附的"质"。"质"为体而"文"为用,实即"文"自身作为"有意味的形式"的重新展示,从这个角度来看,文质关系原已包含在"文"的潜藏性能之中。由沟通天人经发扬德性而通向审美,"文之为德也大矣"③洵非虚誉。

---

① 见《墨子·非乐》。
② 参见《韩非子·五蠹》。
③ 见《文心雕龙·原道》。

二、"文采出于自然": 审美文质观的确立

先秦时期,文学创作尚未从一般的学术文化中分化出来,"文质"问题的探讨也仅能停留于"文德"和"文言"的阶段。两汉以后,辞赋大盛,五七言诗定型,作为杂文学体类总括的"文章"概念亦已生成,审美的文质观便开始提上议事日程。预示着这一发展新动向的,乃是汉以后人习用的以"丽"评文。

按"丽"字在先秦即已出现,多用以形容人和物在外观上的美好动人。将其引用于文学批评,专指文辞之美丽,首见于扬雄论赋,有所谓"诗人之赋丽以则,辞人之赋丽以淫"之说①。这里虽然区分了辞赋的两种形态,但"丽"的要素却是必不可少的,它已构成赋体文学的统一表记。扬雄之后,东汉班固在评论作家风格时广泛地使用到"丽"字,如称屈原"其文弘博雅丽"②,称司马相如"作赋甚弘丽温雅"③,称扬雄之赋"极丽靡之辞,闳侈钜衍,竟于使人不能加也"④,以及总叙宋玉、唐勒、枚乘、司马相如、扬雄诸人"竞为侈丽闳衍之词,没其风谕之义"⑤,尽管口气上有褒有贬,而"丽"作为辞赋作品的共性则确然无疑。辞赋是汉代最发达的文学样式,以"丽"标示辞赋的体性,实质上便宣告了美文意识的诞生。

魏晋以降,各类文体竞相繁荣,"丽"的应用范围也逐渐扩大。建安时代的曹丕率先提出"诗赋欲丽"的主张⑥,将"丽"的标志推广到了诗。西晋陆机进一步作出"诗缘情而绮靡,赋体物而浏亮"的界定⑦,"绮靡"固然指文辞精美,"浏亮"一般解作清朗,可能跟赋篇诵读时音节的流畅响亮有关,则"丽"的内涵更由形体、色泽拓展到音声节奏。

---

① 见《法言·吾子》。
② 见《离骚序》,《四部丛刊》本《楚辞》卷一。
③ 见《汉书·扬雄传》。
④ 同上。
⑤ 见《汉书·艺文志》。
⑥ 见《典论·论文》,中华书局影宋本李善注《文选》卷五二。
⑦ 见《文赋》,《四部丛刊》本六臣注《文选》卷一七。

诗赋属纯粹的美文,其他文类不专为审美而设,然亦须有美的因素。如曹丕《典论·论文》谈到"奏议宜雅,书论宜理",这是就它们各自的实用功能而言的,但同篇又称许陈琳、阮瑀"章表书记,今之隽也"①,其《与吴质书》也肯定"元瑜书记翩翩"②,在为繁钦集作序时还提及繁钦的书笺"其文甚丽"③,可见诗赋以外的文章同样需要讲求文采。这一注重文辞修饰的风气,在六朝文坛上不断蔓延开来,到梁萧统编集《文选》,遂有以"沉思翰藻"来代表"能文"的一个总括④,"丽"或者叫"藻采",于是成了文章的普遍性能。唐人陈子昂用"采丽竞繁"来表述文学审美形态的这段发展历史⑤,大体符合实情。

"丽"构成文学审美的重要方面,却并非审美的全部。它仅及于文辞形式之美,而未能探得其内蕴的精神素质,且由于过度发挥文辞外表的修饰功能,反容易导致扭曲和失落内在情意的本真。这类弊病于六朝文学创作中亦不鲜见,"采滥忽真"即为有识之士对它所下的针砭⑥。所以,就在丽藻风行之时,对"丽"的制约与补正也已展开。扬雄最早提出"丽以则"的原则,"则"就是法则、法度,要求"丽"而有度,"丽"而得法。《法言·吾子》篇还写下这番对答:"或曰:君子尚辞乎?曰:君子事之为尚。事胜辞则伉,辞胜事则赋,事辞称则经,足言足容,德之藻矣。"明眼人一看就知,这是从《论语》中孔子有关"文质彬彬"的一段话语套过来的,不过话题有了转移。孔子谈修身,"文"与"质"皆就人而言;扬雄讲的是为文,"辞"与"事"乃是从文章表达的角度立论。"事"即事实、事理,是文辞所包容的内核;"事之为尚"或"事辞称",就是说文辞表达当以内容为准,修辞须切合事理,这正是采丽藻饰运用时所要遵循的法则。后来王充讲"实诚在胸臆,文墨著竹帛,外内表里,自相副称,意奋而笔纵,故文见而实露也"⑦,说的也是这个

---

① 均见中华书局本李善注《文选》卷五二。
② 同上书卷四二。
③ 上书卷四〇繁钦《与魏文帝笺》李善注引。
④ 见《文选序》,同上书卷首。
⑤ 见《与东方左史虬修竹篇序》,《四部丛刊》本《陈伯玉文集》卷一。
⑥ 见《文心雕龙·情采》。
⑦ 见《论衡·超奇篇》。

道理。扬雄、王充将孔子评人的文质观初步应用于评文,为文学审美文质观的建立创造了前提。

从扬雄、王充的文质观再向审美方向推进的决定性步骤,在于文学作品审美质性的认定。扬、王二人将"事"与"实"设定为文章的内核,虽无讹错,不免泛漫,尚未能突出美之为美的独特性能。我们知道,文学审美的特殊作用在感发人的情思,这固然要凭借其外在的美的形式,尤须立足于作品内在的美的情愫,无采不足以达情,无情更难以动人。这个问题人们早有所觉察,但长时期未能提到文学审美质性的高度上来认识。大诗人屈原最先以"情""质"并提,如云"恐情质之不信兮,故重著以自明"①、"情与质信可保兮,羌居蔽而闻章"②,这仅是诗人情怀的自我披露,并无涉乎文学审美。《毛诗序》里始有"情动于中而形于言"的说法,将情感的发动与诗歌创作挂上了钩,而诗情仍不能等同于诗美。汉大赋的作者们致力于铺采摛文、竞为闳丽,虽建构起美文的形态,却又忽略了它内在的美质,终贻人以"文丽用寡"之讥③。只有待到魏晋之际因人的情感生命的发扬而带来"文的自觉"之时,才会在文学批评领域出现"诗缘情而绮靡"的提法,将情性与文采联成一体,完成了诗情向诗美的转化。"缘情绮靡"说的产生绝非偶然。比陆机生年稍早的张华在《答何劭》诗中即已说到:"是用感嘉贶,写心出中诚。发篇虽温丽,无乃违其情。"④挚虞《文章流别论》亦指出,诗赋当"以情意为主,以事类为佐","辩言过理,则与义相失;丽靡过美,则与情相悖"⑤。他们不约而同地注意到文学创作中情与文的内在关联,表明确系时代风尚之使然。还要看到,"缘情绮靡"的界说原本仅限于诗歌,而后却日益扩张其势力范围。沈约《宋书·谢灵运传论》中提出"以情纬文,以文被质"的文学理念,显然是就各体文章而言,并不局限于诗。刘勰《文心雕龙》特立《情采》一篇,全面论

---

① 《九章·惜诵》。
② 《九章·思美人》。
③ 扬雄《法言·君子》评司马相如语。
④ 见《答何劭诗三首》(其二),中华书局版《先秦汉魏晋南北朝诗·晋诗》卷三。
⑤ 《全晋文》卷七七。

述情文相生的原理,也是从广义的"文"着眼的。"诗缘情而绮靡"晋格为一切文类普遍以"情采"相贯通,意味着美文的意识已渗入整个杂文学的体制。

"缘情绮靡"或"情采"之说的提出,不仅使文学的审美质性得以确立,还对审美活动中的文质关系予以推陈出新。如上所述,孔子论"文质"系就士君子的仪容风度与内在德性的相互配合上着眼,扬雄、王充谈"文质"乃是讨论文辞修饰与文章意理的适切性,但他们皆从"饰"的角度来看待"文"的作用,"饰"与"质"呈现为二元对待关系,于是"重质轻饰"或"重饰轻质"便都有了存在的依据,而"文质彬彬"亦不过是两者之间的一种合理的调协。"情采"则有所不同。"诗缘情而绮靡"是说诗因于情性而达成绮靡,文辞的美好动人正是诗情焕发的表现,换言之,内在的情感生命(即诗性生命体验)为因,绮靡(精美动人的形态)为果,"缘情"故而"绮靡",其本末体用之间的一贯性便得到了凸显。这个问题更由于刘勰引进老庄和玄学的自然观而得到深入一步的阐发。《文心雕龙·原道》明确地揭示了"文"原于"道"的规律,它把各种自然物象和人文现象都归本于"道之文",并以"夫岂外饰,盖自然耳"来解释其成因。落实到文学创作,它也用"心生而言立,言立而文明,自然之道也"来加说明,参以《明诗》篇所云"人禀七情,应物斯感,感物吟志,莫非自然"以及《情采》篇讲到的"五情发而为辞章"、"辩丽本于情性",则文章、文辞、文采之发乎情性,实即"文"原于"道"(自然)的具体体现,这样的一种文质观不妨概括为"文采出于自然",或曰"自然文采"说。按儒家讲求文饰,但不很看重自然;老庄标举自然,却又一力排斥文采。能将二者相互结合,自然为体,文采为用,当属玄学思维方式①。《文心雕龙》论文虽以儒家经典为旨归,而其倡扬"自然之道"且立"自然文采"之说,实受老庄与玄学思维的影响。也正因为它综合地吸取了儒道两家的文质观,亦才能有效地破除传统"文质"说难以消解的"质""饰"二元对立的构架,并使

---

① 魏晋玄学的基本倾向为综合儒道,有"名教出于自然"之说,与"文采出于自然"如出一辙。

"文"作为"有意味的形式"能在文学审美领域获得其再生。当然,"自然文采"说在刘勰那里也只是个发端,经钟嵘以"自然英旨"评诗①,到唐人手里又有新的展开。唐人如李白鼓吹"清水出芙蓉,天然去雕饰"②,其属意的"自然文采"是一种洗去铅华后的本色美,并不同于六朝人以文采雕饰为自然。这或许是六朝与唐代文风之差异使然,而亦可视以为"自然文采"说自身的完善化,文采发乎情性、由乎自然的观念,确是到唐人的文学实践(尤其是盛唐诗歌)里才臻于成熟的。

三、"绚烂之极,乃造平淡":审美文质观的演进

六朝至唐前期是中国诗学传统中审美文质观的形成期,它由美文形式的发现,经美质(情感生命)性能的探求,而达致"辩丽本于情性"的"自然文采"说,使文学创作活动中的文质统一问题有了明确的解答,也为审美文质关系的继续发展奠定了基础。但人的审美趣味是经常在变化着的,所以审美的观念,包括其内在的文质关系,也不能不随之而起变化。中唐以至北宋就是一个明显的演变阶段,而变中又有某种不变的因素存在,姑称之为审美文质观的演进。

变化的先兆初见于王昌龄的诗论。王昌龄为盛唐人,其《诗格》卷上《论文意》中有"自古文章,起于无作,兴于自然,感激而成,都无饰炼,发言以当,应物便是"之说③,与李白的"天然去雕饰"仍属一个路子。但王昌龄又特别强调"作意",《论文意》云:"夫作文章,但多立意,令左穿右穴,苦心竭智",还说:"凡属文之人,常须作意……不能专心苦思,致见不成"④,这就同自然为文有了距离。其后的皎然则大力宣扬"苦思",在论及"取境"时,他着重批驳了"诗不假修饰,任其丑

---

① 见《诗品序》。
② 见《经乱离后天恩流夜郎忆旧游书怀赠江夏韦太守良宰》,中华书局版《李太白全集》卷一一。
③ 见《全唐五代诗格校考》,陕西人民出版社1996年版,第137页。
④ 同上书第139、141页。

朴"和"不要苦思,苦思则丧自然之质"等说法,认为"取境之时,须至难至险,始见奇句;成篇之后,观其气貌,有似等闲不思而得,此高手也"①,实际上是主张通过人工琢炼以进入泯灭琢炼痕迹的化境。《诗式》"诗有七至"条所说的"至丽而自然"、"至苦而无迹"、"至难而状易"②,也便是指的这种化境。重视作意、苦思和琢炼工夫,正是中晚唐诗风有别于盛唐的一大特色。韩愈标榜"搜奇抉怪,雕镂文字"③,李贺高唱"笔补造化天无工"④,以及晚唐五代诗格中常见的"炼意"、"炼句"、"炼字"诸般论说⑤,均足以显示文学风尚的这一转变。颇足玩味的是,尽管中晚唐人在审美趣味上有刻意求工乃至追新逐异的爱好,其理念原则上却未曾抛弃"自然"。发扬韩愈矜奇尚怪作风的皇甫湜甚至宣称:"夫意新则异于常,异于常则怪矣;词高则出于众,出于众则奇矣。……非有意先之也,乃自然也"⑥,将"怪"、"奇"亦归之自然。其实,中晚唐人追求的"自然",并不同于"文采出于自然"的"自然",而属于"妙造自然"⑦,即凭借人工造作以复归自然,这一新的思路对宋人的审美文质观发生了重要的影响。

北宋诗文复古是由转变晚唐五代骈丽藻饰的习气起步的,故宋代文坛的主流宗旨不尚华采,而尚平淡,这跟中晚唐人有所区别。但宋人的"平淡"并非"理过其词,淡乎寡味"式的"淡"⑧,而是淡而有味,淡中有深意存,所谓"外枯而中膏,似淡而实美"⑨,或曰"平淡而山高水深"⑩。这样一种平淡的风貌亦非率意而成。首倡平淡之美的梅尧臣即有"作诗无古今,唯造平淡难"的表白⑪,元人王沂用"诗造于平

---

① 见《诗式》卷一,同上书第 210 页。
② 同上书第 203 页。
③ 见《荆潭唱和诗序》,蟫隐庐影刻宋本《昌黎先生集》卷二〇。
④ 见《高轩过》,上海人民出版社版《李长吉歌诗汇解》卷四。
⑤ 参见徐寅《雅道机要·叙磨炼》,《全唐五代诗格校考》第 424 页。
⑥ 见《寄李生第一书》,汲古阁本《皇甫持正集》卷四。
⑦ 见《二十四诗品·精神》,中华书局版《历代诗话》第 41 页。
⑧ 钟嵘《诗品》评东晋玄言诗语,见《诗品序》。
⑨ 见苏轼《评韩柳诗》,中华书局版《苏轼文集》卷六七。
⑩ 见黄庭坚《与王观复书二》,《四部丛刊》本《豫章黄先生文集》卷一六。
⑪ 见《读邵不疑学士诗卷》,《四部丛刊》本《宛陵先生集》卷四六。

淡,非工之至不能也"①,对此作了解释。大文豪苏轼更有一段精彩的议论,其云:"大凡为文,当使气象峥嵘,五色绚烂,渐老渐熟,乃造平淡"②,葛立方也说:"大抵欲造平淡,当自组丽中来,落其华芬,然后可造平淡之境"③,清彭孙遹则将其概括为"绚烂之极,乃造平淡"④,说明宋人心目中的"平淡"乃是一种人工锤炼到炉火纯青的境界,是艺术高度成熟的标记。"绚烂归于平淡"的文学取向固然可以上溯到老子的"大巧若拙"⑤和庄子的"既雕且琢,复归于朴"⑥,但直接的思想渊源当来自唐人"至丽而自然"、"至苦而无迹"之类构想,属"妙造自然"的表现,由此亦可见出中晚唐以至北宋间审美文质观演进的线索。

然则,"妙造自然"与"由乎自然"究竟有什么差别呢?应该说,两种提法都着眼于归本自然,也就是在肯定自然质性的前提下来安排文质关系问题,但落脚点有所不同。"文采出于自然"的归趋在文采,因情而生文,缘情而结采,为了贴切地传达内心的感受,美好动人的文辞是必不可少的,纵使是"天然去雕饰",亦须有发自自然真情的藻采。"绚烂归于平淡"的结穴点却是要剥落文采,是要努力泯除一切人工造作的痕迹,使文辞修饰看起来不像修饰,而又不同于任情的直率或"理过其辞"的质木,乃是将深情远意隐藏在平淡自然的外貌之下,让人透过这平淡的表面去细细咀嚼其内在的深长韵味,这才是宋人的理想境界。明乎此,则宋人所要达致的"自然",实际上是一种更精致的人为,去除人为的人为;而"平淡"实质上也是另一种形态的文采,剥落文采的文采。"文"与"质"的内涵都起了变化,但文采从属于自然的关系依然存在。

为什么宋人的审美观念会与盛唐以前的人有如许差别呢?根子还在于对文学内在的审美性能的不同理解。盛唐以前的人把人的情

---

① 见《鲍仲华诗序》,《四库全书》本《伊滨集》卷一六。
② 周紫芝《竹坡诗话》引,中华书局版《历代诗话》第 348 页。
③ 《韵语阳秋》卷一,同上书第 483 页。
④ 见《金粟词话》,中华书局版《词话丛编》第 721 页。
⑤ 今本《老子》第四十五章。
⑥ 见《庄子·山木》。

感生命视以为文学的内质,要显扬真情,必须讲气、讲骨、讲形、讲象、讲声、讲色,于是造成了气骨高翔、才思焕发、形象生动、文采斐然的艺术世界,总用一个"文"字来加以概括,也就是刘勰所谓的"情文"或"情采"。宋代学术昌明,理学盛兴,士夫文人特重品行操守,文学的内核遂偏向于人的道德生命的一边。道德人格之中亦有情有意,亦可通过文辞加以传达,但德性自身是内敛的,不像才性那么发露,君子的风度须让人在淡然无事中细心品味,不必像才士的情思那样多所张扬,而且愈是收敛外表的光泽,愈容易见出其内在道德力量的淳厚,这或许便是宋人选择剥落文采的"平淡"为审美归结点的缘由,"平淡而山高水深"呵!质言之,宋人在盛唐以前人标举"文采出于自然"的基础之上,进一步探索并发现了平淡的美,一种剥落文采的文采,并以这种表面淡然无奇的文辞风貌来昭显自己骨子里坚执着的道德生命,从而推动"自然"与"文采"相结合的审美文质观跃进到一个新的历史阶段,"绚烂之极,乃造平淡"的意义是不可忽视的。

四、"独抒性灵,不拘格套":审美文质观的新变

中国文学的审美理念由讲求文采而复归平淡,由发扬才情而推重德性,体现着青春浪漫向着成熟老境的转化,但这只是就文人雅士的诗学精神而言。宋元以后,俗文学兴起,市民群众的审美趣味渗入文学领域,至晚明更形成一股性灵文学的潮流,促使传统的审美观出现分化,而文质关系的新变亦由此而孕生。大体说来,元明清三代的审美文质观是沿着复古与新变两条路线同时展开的。复古派在诗学上或宗唐,或宗宋,基本不脱原有的思维模式,但长期居于文坛正宗位置。新变的萌芽似可溯及元人散曲里的本色、谐俗以及明清歌谣重真趣、俚趣的作风,虽只有零星而不成系统的提示,却为审美文质关系的重构提供了新的参照。待到晚明性灵思潮的出现,文学审美观念的新变遂得以实现。

考"性灵"一词始见于南北朝,如刘勰云"两仪既生矣,惟人参之,性灵所钟,是谓三才"①,沈约云"业习移其天识,世服没其性灵"②,颜之推云"文章之体,标举兴会,发引性灵"③,大抵指人的灵性、才性及情性,无甚深义。晚明文学界的"性灵"观则有所不同,它来自李贽的"童心"说,而又跟阳明心学有着千丝万缕的联系。心学本属宋明理学的一枝,其鼓吹"存天理,灭人欲"亦与程朱理学无异,但王阳明不赞成理学家们将"天理"高悬于人心之上,主张人人皆有"良知","良知"即是"天理"。按"良知"在阳明那里指人的先天本心,用人心来涵盖天理,表明儒家的那套礼教伦常发自内心,非由外铄,其意图显然是要加强道德规范的自律性,却不自觉地动摇和削弱了"天理"的权威性。李贽的"童心"说即由"良知"翻出,他说:"夫童心者,真心也……绝假纯真,最初一念之本心也",可见"童心"作为人的本心与"良知"相当。但他紧接下去便强调"童心"的丧失在于后天的"道理闻见",所谓"闻见从耳目而入","道理从闻见而入",而"道理闻见"又"皆自多读书识义理而来",于是"童心既障,而以从外入者闻见道理为之心也","盖其人既假,则无所不假矣"。这样一来,"童心"与读书明理就处在对立的地位了,要保持纯真的本心,必须解除外来"闻见道理"的蔽障,所以他把"六经、《语》、《孟》"都称作"道学之口实,假人之渊薮也,断断乎其不可以语于童心之言明矣"④。李贽跟着王阳明否定外在的权威,高扬人的本心,但他抽掉了"良知"所具有的先验道德的内涵,将其改造为不杂任何"道理闻见"的"童心",遂使其转变为揭露和批判道学虚假性的武器,而带有个性自由的叛逆色彩了,"童心"说的思想解放性能当在于此。

晚明文学的性灵观直承"童心"说而来。性灵派的主将袁宏道有言:"诗何必唐,又何必初与盛? 要以出自性灵者为真诗尔。夫性灵窍

---

① 见《文心雕龙·原道》。
② 见《宋书·颜延之传》。
③ 见《颜氏家训·文章篇》。
④ 均见《童心说》,明万历刻本《李氏焚书》卷三。

于心，寓于境。境所偶触，心能摄之；心所欲吐，腕能运之……则性灵无不毕达，是之谓真诗。"①可见"性灵"论诗的要义即在于"真"，"性灵"也就是人的本真的情性。从诗贵"性灵"的观念出发，袁宏道严厉批评了明代文坛风行的摹拟复古的习气，却盛赞乡野流传的民间歌谣，"或今闾阎妇人孺子所唱《擘破玉》、《打草竿》之类，犹是无闻无识真人所作，故多真声"②。他还谈到做童子时常有自得之趣，"殆夫年渐长，官渐高，品渐大，有身如梏，有心如棘，毛孔骨节俱为闻见知识所缚，入理愈深，然其去趣愈远矣"③，表明他所认可的真性情实即不受闻见知识所缚的"童心"。当然，"性灵"用于文学创作，比之"童心"在涵义上要稍宽一些，不仅指本真的情性，亦包括灵巧的才性，但真性情仍是第一位的，才性只是用于表达情性。将这样的一种自由纯真的个性确立为文学审美的内质，必然要给文质关系带来新的变数。

那末，性灵论者又是怎样来看待文质问题的呢？袁宏道标榜的"独抒性灵，不拘格套"④，大致反映了他们的审美文质观。既然文学的价值植根于其内在的"性灵"，而"性灵"的实质又是那种不加修饰的"真"，于是将这内在的"真"给予实实在在的传达，就必定会产生动人的效果，所谓"情至之语，自能感人"⑤，正无须计较采用什么样的方式套路。性灵派作家推尊"自然之韵"、"自然之趣"，重视创作时的"兴会"与"灵机"，其创作风格偏向于直率、浅露、本色乃至通俗，都跟这种以性灵之真为美的信念有关。所以，性灵论者的文质观又必然是重质的。袁宏道曾说："物之传者必以质，文之不传，非曰不工，质不至也。……行世者必真，悦俗者必媚，真久必见，媚久必厌，自然之理也。"⑥将"质"与真与美合为一体，一味地崇尚自然质性，不讲求文辞修饰，这一主张最接近于老庄的文质观，不过老庄以"无为"为"自

---

① 江盈科《敝箧集引》引袁宏道语，明万历刻本《雪涛阁集》卷八。
② 见《叙小修诗》，上海古籍出版社版《袁宏道集笺校》卷四。
③ 见《叙陈正甫会心集》，同上书卷一〇。
④ 见《叙小修诗》。
⑤ 同上。
⑥ 见《行素园存稿引》，《袁宏道集笺校》卷五四。

然",性灵派的"自然"却有突破传统规范、伸张自由个性的叛逆因素,这又是不同时代精神的显影了。

由于古代社会传统势力之强大,性灵文学的思潮仅昙花一现,晚明以后即归消歇,清代依然是复古路线占统治。清中叶虽有袁枚、赵翼等人复张性灵论的旗帜,而锋芒已不如前。性灵文学观对后世的作用倒是有两个方面需要提及:一是由发扬个性之"真"而趋于肯定人性之"完",二是因强调本色的表现而导致文辞的通俗化与口语化,两方面的作用都在清后期的文学创作中显现出来。前者可以龚自珍为代表,他论文持"囿情"、"尊情"之说①,本就具有重"性灵"的倾向,在此基础上又提出一个"完"字,即要求个性的不受扭曲,天然完好。其《病梅馆记》一文以梅花为喻,着重揭露世俗人为的治理戕害事物的天然生机,使其"无一完者",并大声疾呼要"解其棕缚","复之全之"②。《书汤海秋诗集后》更以人的精神面貌完整地呈现于其诗歌作品为"完",即所谓"诗与人为一,人外无诗,诗外无人"③。于此看来,"完"不仅是一般意义上的性情之真,它标示着一种完好无损的精神人格与艺术人格,乃是近现代社会个性全面发展观的雏形,以"完"为美因亦成为由性灵论通向新时代审美观的一座桥梁。再从另一个方面来看,性灵文学注重真率、自然的表现,宣扬"冲口出常言"式的心手相应,其必然的趋势便是用语的浅显、明白、通俗化以至口语化。袁宏道之兄袁宗道在其《论文》上篇里就曾提出"口舌代心"、"文章又代口舌"的观点,赞同"改古语从今字"④,这对晚清的文学改良运动有直接的影响。黄遵宪便公然倡言:"我手写吾口,古岂能拘牵?即今流俗语,我若登简编,五千年后人,惊为古斓斑。"⑤其《人境庐诗草自序》也谈到要"举今日之官书会典、方言俗谚,以及古人未有之物、未辟之境,耳目

---

① 见《长短言自序》,上海人民出版社 1975 年版《龚自珍全集》第三辑。
② 同上书第三辑。
③ 同上书第三辑。
④ 明刻本《白苏斋类集》卷二〇。
⑤ 见《杂感》(其二),古典文学出版社 1957 年版《人境庐诗草笺注》卷一。

所历,皆笔而书之"①,虽还不同于后来的白话文学,而已构成由古文学向新文学的过渡则无疑。总之,从性灵派"独抒性灵,不拘格套"的纲领中,分别脱化出具有近代气息的人格范型与文体风格,充分体现了审美文质观新变的意义所在。

五、小结:"质文代变"观念之检讨

以上简要地叙述了中国诗学领域里审美文质观的历史发展,从中可以总结出什么样的经验来呢?

首先,我们看到,文质关系不是一成不变的,"文"与"质"交相为用,形成了一个相互推移而又共同生发的演变过程,古人称之为"质文代变"。"质文代变"的提法首见于《文心雕龙·时序》,强调的是文辞体性随时代而变异,所谓"歌谣文理,与世推移"。《文心雕龙·通变》篇则具体勾画了这一变化的轨迹,将其基本的趋势归结为"从质及讹,弥近弥澹",即愈来愈丧失其淳厚的内质而转向华丽新巧。刘勰对此是不满的,故提出"矫讹翻浅,还宗经诰,斯斟酌乎质文之间,而櫽括乎雅俗之际"②,也便是要努力克服这一偏颇,使文质关系重新得到协调。但同时代的萧统却认为它代表着事物的进步,用"踵其事而增华,变其本而加厉,物既有之,文亦宜然"给予肯定③。萧统和刘勰均局限于上古至六朝期间文学风格的演变,尽管评价各异,并不妨碍他们同样认定由质及文乃是"质文代变"的主要势态。唐以后人的看法就有所不同。古文家李华谈到:"先王质文相变以济天下。易知易从,莫尚乎质。质弊则佐之以文,文弊则佐之以质。不待其极而变之,故上无暴,下无从乱。"④显然是站在文教复古立场上讲的话。确实,相对于六朝文学创作的"采丽竞繁",唐代诗文复古算得上"复之以质",这就

---

① 见《人境庐诗草笺注》卷首。
② 均见《文心雕龙·通变》。
③ 见《文选序》。
④ 见《质文论》,中华书局影印本《全唐文》卷三一七。

为"质文代变"提供了新的取向。像这样一种由"踵事增华"到"复之以质"的交替往复,后来的文学史上亦屡有发生,如从中晚唐人的"搜奇抉怪,雕镂文字"转向宋人的宗尚"平淡",从明前期复古派的"体正格高,声雄气昌"①变为晚明性灵派的"不拘格套"皆是。清人章学诚指出:"事屡变而复初,文饰穷而反质,天下自然之理也"②,算是触探到了"质文代变"的通则。

其次,我们要注意,"文胜"与"质胜"的反复交替还只是"质文代变"的外在表现,就实质而言,质文关系的演变并不能归结为简单的循环,而是一个逐步发展、不断出新的过程,"质"与"文"的内涵经常在起变化,它们之间的内在联系也需要一再地重新构建。大致说来,盛唐以前的文学创作以人的活跃的情感生命为"质",由情性焕发而成藻采,文生于情,由乎自然,故曰"自然文采"。宋代士夫文人则比较重视人的实沉的道德生命,多以德性为"质",讲求容涵器度,偏于内敛,于是要剥落文采,归于"平淡"。晚明性灵论者却是从"绝假纯真"的"童心"出发,以人的自由而本真的个性为"质",强调言辞文章"从自己胸臆中流出"③,不拘于任何套式,更无所谓藻丽与平淡的营求了。情性、德性乃至本真的性灵,应用于文学审美活动,其实都属于人的诗性生命体验,但在具体内涵上很有差异,由这些不同的生命境界所构建起来的文学体貌,自然也就各有千秋。所以,不要将文质关系的复变单纯归之于一文一质的盛衰交替,要认识到,正是在这往返推移的过程中,孕育着文质内涵的变化,并从而促成文质关系的更新,这应该是我们对"质文代变"的更深一层的体认。

末了,还须指明,尽管"质文代变"的事实不容抹杀,但变化之中自有不变者存,那便是我们的诗学传统强调以本末体用来看待质文关系,这个观念在文学审美领域里一直起着主导的作用。"本"与"末"即根干与枝叶的关系,枝叶由根干而派生,好比"文"由"质"而生成。

---

① 见胡应麟《诗薮》内编卷五,中华书局1958年版。
② 《文史通义》内篇一《书教下》,中华书局1956年版。
③ 见袁宏道《叙小修诗》。

"体"与"用"可看作实体与功能的关系,实体的质性在其运作功能中方得以呈现,相当于文学作品的内质有待文辞而展示。一方面,"文"从属于"质";另一方面,"质"又显形于"文"。"质"与"文"相统一,"文"不能离开"质"而独立存在,或者说,"文"在其自身展开的过程之中即包容着一定的"质",它不同于西方形式主义美学所鼓吹的那种"纯形式",而是体现着某种特定意蕴的形式("有意味的形式"),这是我们民族在审美文质观上的固有的信条。前面所讲的"情采"、"平淡"、"自然之韵"以及诗歌艺境之"完",也都属于这类"有意味的形式",跟"文"的始源义一脉相承。更须说明的是,"质"在我们的审美传统里通常与"自然"的崇尚相切合,可能跟"质"的概念起自"质材"(未经加工的原材料)有关。按"自然"的崇尚本出自道家,经玄学推演后,已为众人普遍接受,用以标示事物的本来面目。故文学审美的各种质性,不管是情性、德性或性灵,均可说成体现自然,而文采发自情性、绚烂归于平淡以及独抒性灵、不拘格套等,亦皆归本于自然。换言之,不同时代不同人们对审美文质关系的把握会有千差万别,其以文辞从属自然的理念则基本一致。"自然"在老庄那里乃是"道"的别名,"道法自然";儒者虽以仁义为"道",而亦承认"天道自然"。这样一来,"自然"又具有某种形而上的本原意义,文辞从属于自然,也就是"文原于道"或"文以明道"了。从审美的角度来看,这含藏于文辞里的"道"不是别的,实即各人情性、德性或性灵中内蕴的生命本真境界。正是这一生命本真的境界照亮了个人的诗性生命体验,发为文辞,才会有那种感动人意的美的效果;而文辞作为诗性言说方式,亦便是人的诗性生命体验及其内含的生命本真境界的审美显现,中国诗学的文辞体性论当作如是观。

"声"与"律"
——诗性生命的音声节律论

诗歌作为语言艺术的独特形态,其生命的活力常呈现于由语音起伏变化所形成的声韵节奏之中,这是大家都承认的。这一音声律动的现象,在我们民族的诗学传统里称之为"声律",它被视以为诗歌作品的构成要素,亦已是不争的事实。与此同时,我们却又见到了一种将"声律"概念狭隘化的倾向,具体说来,就是把它的内涵混同于齐梁以至唐初的"声律"说,这样一来,诗歌声律的讲求便基本局限在四声平仄之类调声术上,而声律也俨然成了五七言律体的专有品。但这并不能真正反映我国诗学声律观的全部内容,甚且未能包容其思想精髓在内;执此以成说,会导致传统声律说蜕变为一爿丢失了灵魂的躯壳。本篇的撰写是要在全面考察古典声律说的基础之上,恢复其本来的面目,以发扬其内在的精义。

一、"歌诗"与"诵诗":诗歌语言声律的源起

诗歌语言声律是怎样产生的呢?这个问题的回答可以扯得很远,一直上溯到人类生命乃至宇宙生命的律动上去,但我们先不忙于做这种漫无边际的推考,仅就其实际的演变过程来看,则应该说是歌与诗相分化的结果。

众所周知,上古时代诗乐舞合为一体,人心中的诗并非写出来或念出来的,而是唱出来和演出来的,所以那个时候尚未有"诗",而只有

"歌",或者说,诗存在于歌之中,也便是后人所讲的"歌诗"了。这样的习俗在进入文明之后仍延续了很久,我们今天读到的《诗经》三百首,在当时便都是合乐可歌的,楚辞里的相当一部分(至少像《九歌》、《招魂》等)亦皆供演唱之用。诗乐合一体制下谈音声节奏,自不能不以乐曲的声律为主要着眼点,先秦典籍里有关音声律吕的探讨全属这一类,即使是《尚书·尧典》所引"诗言志,歌永言,声依永,律和声"之说,似乎将诗与声、律初步联系起来,讲的也依然是歌曲的声律,而非诗的语言声律。

这并不意味着诗在当时根本不存在任何语言上的声律追求,而是说,语言作为歌词当应合曲调,其音声的律动亦须受乐曲支配。比如说,《诗经》各篇以四言句为主体而又有大量杂言,句尾用韵却并无定则,多用双声叠韵等联绵词语,又多重章叠句、回环复沓的表现,这些声律因素恐怕不单纯出于修辞的考虑,而跟其所应合的乐曲旋律密不可分。又比如,楚辞惯用"兮"字句("兮"读如"呵"),"兮"或在句中,或在句尾,其所起的调控与舒缓诗歌音节的作用,当亦是由配合曲调变化而生发的。于此看来,诗的语言声律这个阶段尚处在对乐曲的从属地位,未曾取得独立的定性,这或许正是后人读先秦诗歌而感觉其韵律丰富多变的缘由。

诗乐一体的局面毕竟不能长久维系下去,诗自身的发展必然要求从乐曲的附属地位中解放出来,这也有个逐步演化的过程。春秋年间列国士大夫在盟会聘问时的赋诗言志和晚周诸子著书立说时的引诗、说诗,实已显示着诗乐分离的先兆。待到屈原、宋玉等一批辞赋家出现(班固称赋为"古诗之流"[1]),这一分化的迹象更从用诗开始推扩到作诗的领域。汉人立乐府,意图恢复诗以应歌的传统,但"采诗入乐"[2]的做法本身便意味着诗、乐原已分家,须经"采"与"入"方能重新结合。清沈德潜以为"汉时诗乐始分,乃立乐府"[3],其"始分"的提法

---

[1] 见《两都赋序》,《四部丛刊》本六臣注《文选》卷一。
[2] 《汉书·艺文志》所记。
[3] 见《古诗源·例言》,中华书局1984年版《古诗源》卷首。

虽稍有不妥,而将立乐府作为诗乐相互独立后的应变措施,则皎然可信。也正因为诗、乐已经分开,时人对诗与歌的区别遂有了新的认识,所谓"诵其言谓之诗,咏其声谓之歌"①,确切地体现了诗的性能的转变,即由上古的"歌诗"转成了汉以后的"诵诗"。当然,"歌诗"的统绪并未断绝,不仅是汉乐府,以后历代王朝均有以诗合乐的现象流传,但并非为合乐而写的"诵诗"显然构成诗的主流,诗用于诵较之应歌有其更为广阔的活动空间。

那末,"诵"对于诗歌语言声律的建构究竟起着什么样的影响呢?"诵"一作讽诵,按照"倍(背)文曰讽,以声节之曰诵"的说法②,则讽诵诗篇时是很注重其声韵节奏的,不光要抑扬顿挫,朗朗上口,尤须"静气按节,密咏恬吟",这才能"觉前人声中难写、响外别传之妙,一齐俱出"③。换言之,是要通过高声朗读和潜心吟味来把玩诗歌语言音节的妙用,以领略其内在的情意,这对于语言声律美的发扬自然有其重要的促进作用。汉代"诵诗"初立,汉人对"诵"也特别关注。楚辞在两汉期间广为传播的一条通道便是凭靠讽诵,故史书记载上有汉宣帝召九江被公诵读楚辞之举④,其余赋、颂各体文章的诵习更为常见。即令用以应歌合乐的乐府诗,在配以曲调的同时,也还有"采诗夜诵"的需要⑤,以便语言声律与乐曲声律取得协调。在这样的社会风气鼓励下,诗歌语言声律从乐曲声律的遮蔽状态中凸显出来,以获得其自身的定性,无乃是顺理成章的了。

语言声律正式建立的一个主要标记,便是五七言诗体的形成。前面说过,以"诗三百"为代表的周代诗歌是以四言为主干的,但句式韵式以至章法都不规范,在很大程度上要受曲调变化的制约。而汉以后形成的五七言诗体,则句有定字(五七齐言)、字有定节(二字一音组,末尾单音收节)、两句一联(一联表达一个完整的意思)、隔句押韵(转

---

① 见《汉书·艺文志》。
② 《周礼·春官·大司乐》郑玄注。
③ 见沈德潜《说诗晬语》卷上,中华书局版《清诗话》第524页。
④ 见《汉书·王褒传》。
⑤ 见《汉书·礼乐志》。

韵亦有规则),用为通则①,表明诗歌语言声律已彻底摆脱乐曲的羁绊,走上了独立发展的道路。还要看到,诗句由四言到五言和七言的演变,不仅是多了几个字或表意功能有所拓展的问题,从根底上说,也是诗歌语言音声节奏的重大改造。汉语的特点是一字一音,单音节和双音节词特多,这就自然地造成诗句组合上两字一顿(拍)的习惯。以四言诗而言,每句二顿,每顿二音节,再加上二句一联,四句成章,整个地都是"二·二"式地排列,在合乐歌唱时兴许觉不出什么,一改为"诵诗",其音节的单调平板便显而易见。相比之下,五七言句式则要灵活生动得多,其句内音节的组合为"二·二·一"(或曰"二·三")和"二·二·二·一"(或曰"四·三"),成奇偶相生的关系,而单句的奇字数又与各联各章的偶句数构成反差,加以用韵的间隔与转韵的变化,遂使它成为古典诗形中最适合于吟诵的一种声律结构,它的长盛不衰是有理由的。事实上,在它取得定型之前,人们也已做过多方面探索。我们看今天流传下来的汉代诗歌,数量并不多,形态却五花八门,有接续四言与骚体的,有采用五言、七言的,更有尝试用三言、六言和各种杂言体的,这个现象的产生固然跟音乐体制的变化(由雅乐到清乐)有关,亦不能不视以为确立诗歌语言声律的必要前奏。据此而言,则语言声律的探求实已成为汉代诗歌创作上的一大课题(虽尚无理论上的自觉),它显现为各种诗形的运用与建构,并以五七言诗体的定型化宣布了自己的告成②。汉以后诗坛上仍有各种诗体流行,亦各有自己的音声节奏,而五七言诗体的主导地位一直未曾动摇过。

二、"天籁"与"人籁":从自然声律到人为声律

五七言诗体的定型化标志着诗歌语言声律的初步成立,不等于它

---

① 七言诗有数种变体,兹不具论。
② 严格说来,汉代只实现了五言诗的定型化,七言的成熟要迟至鲍照以及齐梁,但两者在音声节奏上属一个系列,故不再细分。

的完成,声律的完善化有待人的自觉意识的参与。古人谈论音声之美,有所谓"天籁""人籁"的界别,前者指发自自然的音响,后者指人为造作的声韵。在天人合一、以人从天的理念指导下,人们多以为"天籁"高出于"人籁",但也不能不承认由前者向后者的转变,体现着历史演进的趋势。将这个观念应用于诗歌创作,便有了自然声律与人为声律的分判。北宋沈括有言:"古人文章,自应律度,未以音韵为主。自沈约增崇韵学……自后浮巧之语,体制渐多。"①明人林希恩亦云:"诗之贵声也,而声必有律。……无其律,不足以和声哉!故声之有律,非特近体为然也。……夫诗之声也,岂曰平而平、仄而仄焉已哉?即平之声,有轻有重,有清有浊,而仄之声亦有轻有重,有清有浊,此天地自然之声也,而唐以后鲜有知之者。"②这里讲到的"自应律度"和"声必有律",都是指的自然声律,论者将其与沈约主张的"四声八病"乃至唐人手里完成的近体诗律区划开来,则显然以后者归属人为造作的声律。两种声律不在一个层面上,其转折的关键即在于人的自觉意识的参与营构,而"声律"说的提出正足以充当这一自觉意识的昭显。

诗歌语言声律的自觉究竟发端于何时呢?目前学界的一般看法多认同于沈括,即以齐永明年间沈约倡扬"四声八病"为标界,其实并不确切。与沈约同时代的陆厥在其《与沈约书》中曾举出曹丕论"文气"、刘桢明"体势"、陆机讲"律吕"诸种事例为证,用以说明"声律"之说有其渊源③,值得我们认真对待。当然,陆厥的话也并不十分准确,像"文气"、"体势"诸说虽有可能引申到语言声律上来,毕竟不是直接谈论诗歌的音韵节奏,故不能径自归入"声律"说的范围,至多说给后者的出现作准备而已。倒是曹丕的兄弟曹植,有记载说他"深爱声律,属意经音"④,且"制转读七声升降曲折之响,世之讽诵咸宪章焉"⑤。

---

① 见《梦溪笔谈》卷一五《艺文二》,中华书局1957年版。
② 见《诗文浪谈》,宛委山堂本《说郛》续集卷三三。
③ 中华书局版《南齐书》卷五二《陆厥传》引。
④ 见慧皎《高僧传》卷一三,《大正藏》第五十册"史传部"。
⑤ 见道世《诸经要集》卷四《呗赞部》,《大正藏》第五十四册"事汇部"。

这里的"经音"当指佛经的唱诵,不完全是语言声律问题,但通过唱诵佛经有可能领悟语言的声韵,这才谈得上"制转读七声升降曲折之响"。据此,则声韵的探究起于汉魏之交,大体可以成立。

如果说,建安时代对声韵的探讨还多停留于语言文字的领域,进入两晋后,诗文创作上的声律意识便正式抬头。西晋挚虞在《文章流别论》中强调指出:"夫诗虽以情志为本,而以成声为节"①,音声节律被明确界定为诗体的表征。同时代的陆机在《文赋》里鼓吹:"暨音声之迭代,若五色之相宣",要求文句音节能组织得交替变化,像不同色彩相互映衬那样富于情致,对声律的认识似更为深入了。其弟陆云《与兄平原书》中亦多次涉及诗文用韵的问题,在讨论陆机所作的《九悲》辞时还说:"《九悲》多好语,可耽咏,但小不韵耳。"②这"小不韵"自然不限于押韵的错失,当是指文句声律推敲上的不够精纯。这些都表明两晋文人对于文章声律的讲求已达到相当自觉的程度,由此而引发出刘宋时范晔自称"性别宫商,识清浊"③以及齐梁间沈约诸人倡"永明体",实乃不足为奇。于此看来,齐梁"声律"说的诞生绝非一朝一夕之功,过分张扬沈约个人的发明权,而将魏晋以来众多人士的认真研讨尽归之于自然声律的范畴,不免有失偏颇。

话说回来,沈约的功绩自亦是不可抹杀的。陆机诸人虽已建立起自觉的声律意识,在诗歌语言的音声构造上也作出很大的努力,而理论的阐发终嫌欠缺,"音声迭代"云云只是一条抽象的原则。相比之下,沈约的解说便要具体得多。其云"五色相宣,八音协畅,由乎玄黄律吕,各适物宜",还可以说是接续陆机的话头,而紧接下去的"欲使宫羽相变,低昂互节,若前有浮声,则后须切响。一简之内,音韵尽殊;两句之中,轻重悉异"④,则显然将"音声迭代"的原理充分地展开了,如此方有了操作的可能。这段话里最值得注意的,乃是有关"一简"(即

---

① 中华书局影印本《全晋文》卷七七。
② 《四部丛刊》本《陆士龙文集》卷八。
③ 见《狱中与诸甥侄书》,中华书局版《宋书》卷六九《范晔传》引。
④ 均见《宋书·谢灵运传论》,中华书局版《宋书》卷六七。

五言诗的一句)和"两句"(五言诗的一联)之中的字音规定。沈约要求做到单句之内声韵不相犯复,而上下联之间又能达成音调互衬(著名的"四声八病"之说就是为实践这一规定而制订的),这便可以保证"音声迭代"在诗歌进程中的持续贯彻,而诗篇语言的韵律也便会像乐曲旋律那样构成一片金石交响之音了。以今天的眼光看来,对诗歌声律的这种构想嫌理想化了,所制订的法则亦常流于苛细,弄得不好,便会束缚诗人的口舌,戕害其才情的发露。但就语言声律自身的建构而言,正是这一方案的出现,才使其落到实处,并有了继续改进与发展的余地。据此,将永明"声律"说的提出看成魏晋以来文人才士对声律的自觉意识的一个结晶,是不为夸大其词的。

考察齐梁声律之说,还不能忘了刘勰,不仅因为《文心雕龙》设有专篇讨论声律问题,更在于他对沈约的学说有重要的补充发挥。《声律》篇开宗明义讲到:"夫音律所始,本于人声者也。声含宫商,肇自血气,先王因之,以制乐歌。故知器写人声,声非学器者也。"这里联系乐曲的制作来谈论语言声律,将乐音的生成归本于人声,而又将人声的发动推原于"血气",也就是人的内在情性了。由情性以定声律,自是为"声律"说的倡扬寻找理论根据,但同时也就把声律问题提升到了哲理的高度,突破了专就技法构筑声律的狭隘眼界,此其一。其次,有关声律的内涵,刘勰没有从"四声八病"的具体规定上详加论述,而谈到了调声、押韵和双声叠韵诸问题,涉及面似稍宽;尤其是"异音相从谓之和,同声相应谓之韵"以及"滋味流于字句,气力穷于和韵"等提法中[1],突出了一个"和"字("韵"的实质也是"和")作为讲求声律的归趋,则调声属韵皆为了构建音声之和美,声律说的意义亦由此而得到彰显。再有一点,便是刘勰重视人为声律的锻造,却并不看轻自然声律的应用。他谈到:"若夫宫商大和,譬诸吹籥;翻回取均,颇似调瑟。瑟资移柱,故有时而乖贰;籥含定管,故无往而不壹。陈思潘岳,吹籥之调也;陆机左思,瑟柱之和也。概举而推,可以类见。"[2]这段话里用

---

[1] 均见《文心雕龙·声律》。
[2] 同上。

籥有定音来比喻自然声律的随遇适听，又以瑟须调弦来譬况人为声律的精心造作，并认为曹植、潘岳的作品多体现自然声律，而陆机、左思的文章偏重在人为声律，由此可以类推其余。其比譬是否恰当姑且不论，仅就对待两种声律不妄加轩轾的态度而言，是值得称赞的，较之于沈约自矜"妙达此旨，始可言文"①，识见远为通达。总之，刘勰论声律已经超越了技法的层面，而迫近其形而上的境界；他企图沟通自然声律与人为声律的分畛，将声律现象归原于内在的"血气"，实已开启唐代古文家"气盛则言之短长与声之高下者皆宜"说②的先声，那就更非"四声八病"式的封闭型声律框架所能局限的了。

刘勰与沈约从不同的角度对声律作了阐发，但在齐梁时期诗歌新变风气炽盛的形势下，"四声八病"的倡导更切合构建人为声律的需要，自是不言而喻的。故而沈约在当时被奉为张扬声律说的一面旗帜，刘勰之论反倒湮没无闻。与此同时，沈约也就成了批判声律论者的一个靶子，从当时代的钟嵘到唐代的段璠、元结、皎然、李德裕诸人，均集矢于其"声病"之说，谓为"使文多拘忌，伤其真美"③。批评者们亦并非不要声律，他们讲的是自然声律，而非人为声律。但自然声律又是难以操作的，有没有办法改进沈约的设计，使之简便易行，更贴近语言的自然，而仍能保持其"音声迭代"之美呢？这就是齐梁陈隋以至唐初二百年间诗家共同努力的方向，归总起来有两方面的工作：一是四声的二元化，也便是将原有的四种声调归并为平仄两类，音声调控遂显得简易可行；另一条乃是黏对规则的突出，着眼于从整体上把握声韵交替的原理，而一些苛细的病犯规定便可以忽略不计了。两方面的改造工作相互配合，永明声律说逐渐演变为唐人声律说，其成果即为唐代新型的五七言近体律诗（包括律绝）。律体代表着诗歌语言声律的完善化，从而给自然声律到人为声律的演进历程划出了一个段落。

---

① 见《宋书·谢灵运传论》。
② 见韩愈《答李翊书》，蟫隐庐影宋本《昌黎先生集》卷一六。
③ 见钟嵘《诗品序》，人民文学出版社1961年版《诗品注》卷首。

三、"源"·"流"·"派"：从一体声律到多元声律

诗歌语言声律的构筑到讲求平仄黏对而体制完备的律体告一段落，并不意味着它就此不再发展，实际上，唐以后人对声律的探究与出新仍在继续之中，不过主要是横向的开拓，即给不同的诗体营造不同的音声结构。明末许学夷在所撰《诗源辩体》一书中回顾古典诗歌的历史进程，用"源"、"流"、"派"三个字加以概括，即："以'三百篇'为源，汉魏六朝唐人为流，至元和而其派各出。"[①]许氏所讲的由源及流而分派的演进线索，自不限于诗歌声律的变化，但对声律也是适用的。诗歌声律起源于乐曲声律，这是它的源；离开乐曲后，由自然声律向着人为声律演化，这是它的流；待到律诗成熟，古近体诗开始分流，古体又分化为律化的古诗与反律化的古诗，律体中再分衍出拗律，加以曲子词、散曲等更新型的诗歌体裁陆续出现，这不就进入"其派各出"的阶段了吗？所以我们在追溯了一体化声律的演变流程之后，还须进一步来考察它从一体转向多元的轨迹。

声律的多元发展当以古近体的分流为肇始，这是在唐初武后、中宗年间方见得明显起来的，以陈子昂为代表的诗文复古和以沈、宋为代表的律诗定型正昭示着这一分化的格局。古近体分流初起时也比较单纯，无非是近体律诗讲求平仄黏对，而写古体的人更注重自然声律而已。但近体既已成立，自不会不对原有的古体诗风发生影响，或促使其向自身靠拢，或将其推向逆反，于是有了律化和反律化两种倾向出现，王力《汉语诗律学》中以"入律的古风"与"不入律的古风"来加表述。"入律的古风"，顾名思义是将律体的特点引入古诗，故句联多用平仄黏对，符合声律，甚且讲求对仗，给人以和谐齐整、音声宛转

[①] 见《诗源辩体》卷一，人民文学出版社 1987 年版。

的感觉。但古诗毕竟不能写成律诗,所以又常采取逐节转韵乃至平仄韵脚交替使用的做法,与律体的一韵到底和只押平声韵示异,盛唐高、岑一般人的七言歌行以及后来元、白诸家的"长庆体"便多采用这类体式。另一种"不入律的古风",更确切地说是反律化的古诗,则有意与律体对着干,不仅尽可能破偶句为单行,还特别在律诗声律规定需要平仄交替或黏连的音节上反其道而行之,尤其是五七言句尾三音节上常用"三平调"(平平平)和"三仄调"(仄仄仄),使人一听就感觉其生拗而不合律度。唐代杜甫、韩愈喜欢写这类古诗,宋人写的也多。如果说,律化的古诗因其吸纳了律体的声律要素,而使古诗原有的自然音韵中增添了人为的和美与流转的话,那末,反律化的古诗便因其有意破除律体声律,而使自身音节趋于拗峭生硬。两种不同的音声结构适应于两类不同情思的表达,但都不再属于古诗原有的自然声律,却杂入大量人为声律的成分,以致后人多有"古诗声调谱"或"古诗平仄论"等撰著。不过古诗的声调是应律体的反拨而形成的,可以从中找到其顺应或逆反律体声律的种种印记,终难以形成一整套完备而人工化了的音声组合模式。

　　古近体的分流以及古诗内部律化与反律化的对立,构成诗歌声律多元化的第一波,其第二波便是由古诗的反律化而达致拗体律诗的生成。所谓"拗",在诗歌声律说上是相对于"律"而言的,不合律便称之为"拗"。有"拗"的成分,不等于"拗体"。古人写近体诗,常有因达意的需要而不得不违背声律的地方,这种不尽合乎声律的句子叫作"拗句"。一处有拗,可以在相关的部位再拗一下以示补救,这叫"拗救"。"拗救"有具体规定,不能任意而为,但也可以拗而不救,这些局部的技法处理一般不算作"拗体"。拗体是指刻意改变律诗声律,以营造一种拗峭生硬或激越不平的音响效果,用以传达独特的情韵风味,其原理正是从古诗反律化的导向而来的。拗体律诗的开创多归之于杜甫,晚唐人用拗者渐多,有所谓"丁卯体"(因许浑惯用而得名)的构建,至宋黄庭坚及江西诗派更以拗为作律诗的重要法门。诗学探讨上较早注意到拗的现象数唐末王叡,其《炙毂子诗格》列有"玄律体"、"背律体"、"讦调体"三节,全属律诗中的拗调①。但真正起到张扬拗体律诗作用的,仍不得不归功于黄庭坚,他不单有"宁律不谐,而不使句弱"的表白,且身体力行,光七律拗调就写了150余首。其友人张耒曾说:"以声律作诗,其末流也,而唐至今谨守之。独鲁直一扫古今,直出胸臆,破弃声律,作五七言,如金石未作,钟声和鸣,浑然天成,有言外意。近来作诗者颇有此体,然自吾鲁直始也。"②这就把黄庭坚改造律体的重要性点明了。在黄氏的影响之下,宋代诗家纷纷总结用拗的经验,宋人诗话笔记亦多有述及拗体的。如惠洪提出"换字对句法","于当下平字处,以仄字易之,欲其气挺然不群"③;吴沆也认为"诗才拗,则健而多奇;入律,则弱而难工"④;胡仔宣扬"时用变体,如兵之出奇,变化无穷,以惊世骇目"⑤;范晞文则指出"五言律诗固要贴妥,然贴妥太过,必流于衰。苟时能出奇,于第三字中下一拗字,则贴妥中隐然有峻直之风"⑥。综括他们的见解,用拗体一是为了求新奇,二是为了得劲健,总之是要形成那种矫然不群的气概,这正是宋代士大夫的人格精神在诗歌音声节奏上的反映,与唐代诗人为发扬才情而力求声韵的和美流畅分途异趋。陈岩肖《庚溪诗话》谈到"本朝诗人与唐世相亢","自有妙处","不拘声律"就是其中一条,且引黄庭坚为代表,但也承认后学者"或未得其妙处,每有所作,必使声韵拗揆,词语艰涩,曰'江西格'也"⑦,持论较为辩证。至元代,方回《瀛奎律髓》甚至以"拗字类"作为其选诗的重要栏目。

我们还有必要稍稍涉及词曲兴起所带来的诗歌声律的又一波分流。这个问题牵涉面广,难以充分展开。须加说明的是,词作为"长短句",其音声构造的特点不光在于一般意义上的长句与短句参用(七言歌行亦常有这类现象),尤在于奇字句型(五七言为代表)与偶字句型

---

① 见《全唐五代诗格校考》,陕西人民教育出版社 1996 年版,第 364—365 页。
② 《王直方诗话》所引,中华书局版《宋诗话辑佚》第 101 页。
③ 见《天厨禁脔》,《苕溪渔隐丛话》前集卷四七引。
④ 见《环溪诗话》卷中,上海涵芬楼 1920 年刊《学海类编》本。
⑤ 《诗人玉屑》卷二引。
⑥ 见《对床夜语》卷二,中华书局版《历代诗话续编》第 418 页。
⑦ 见《庚溪诗话》卷下,《历代诗话续编》第 182 页。

（四六言为代表）的交替嫁接。四六言偶字句本乃辞赋、骈文和一部分俪偶化的散文常用的句式，宜于叙述与铺陈，跟担负抒情与咏叹使命的五七言奇字调走的是两条路。曲子词的写作却把它们结合到了一起，再用领字加以统摄或斡旋，遂使词的声调在流走之中又带有绵密之势，有助于曲折尽情地表达人情物理。王国维所云"诗之境阔，词之言长"①，亦包含其音韵特点在内。像柳永《八声甘州》词的开首："对潇潇暮雨洒江天，一番洗清秋。渐霜风凄紧，关河冷落，残照当楼。"在点出清秋暮雨之后，以一个"渐"字领起一串排比句，从多方面来渲染秋意的萧条，词调常用的这类铺排在诗句中就比较少见。又如李清照《永遇乐》的结尾："如今憔悴，风鬟霜鬓，怕见夜间出去。不如向帘儿底下，听人笑语。"将垂老落寞的心态以参差错落、接近口语化的语句娓娓道来，更是古近体诗所无法做到的。至于词的韵脚有平有仄，韵位有疏有密，声调有协有拗，体制有整有散，从而产生出和谐与拗怒等不同的声情，则不遑详述②。

词以后又有新的抒情样式散曲诞生。曲亦属长短句，就语言体式而言，"曲和词的最大分别就在于有无衬字"③。衬字多用于句首，不能用在句末，句间的衬字一般也不用在节拍顿宕之处。衬字对于句子说来是添加的音节，根据文情的需要，可以添少添多，少至一二字，最多有增衬到十几、二十余字的。像关汉卿〔南吕·一枝花〕《不伏老》套曲煞尾的头两句："我是个蒸不烂、煮不熟、捶不匾、炒不爆响当当一粒铜豌豆，恁子弟每谁教你钻入他锄不断、斫不下、解不开、顿不脱慢腾腾千层锦套头"，按曲谱每句原仅七字，现增衬均达二十字以上。这诚然是较为极端的例子，但衬字一多，音声必促，语气显得放畅而跌宕，自亦是必不可免的。任二北《散曲概论·作法》中有"词静而曲动，词敛而曲放，词纵而曲横，词深而曲广，词内旋而曲外旋"的说法，跟散曲借衬字构筑文句声律是分不开的。另外，衬字的使用也不限于

---

① 见《人间词话删稿》，《蕙风词话·人间词话》，人民文学出版社1962年版，第226页。
② 可参看龙榆生《词曲概论》下编第一、三、四、五章，上海古籍出版社1980年版。
③ 见王力《汉语诗律学》第四十八节《曲的概说》，上海教育出版社1979年版，第715页。

传统诗句的二字一顿,上例中"蒸不烂"、"煮不熟"、"响当当"、"慢腾腾"乃至"恁子弟每"、"谁教你"等皆为三音节或四音节拍,这就彻底打破了文言诗词的固有节奏,为诗歌口语化的方向提供了发展前景。故而散曲又常有谐俗和贴近日常生活的特点,成为由古典诗词通往新诗的一顶桥梁。

以上概略地回顾了诗歌声律从一体向多元演化的行程,多元不仅是诗体发展的需要,更其是诗情传达的需要。人的情思本来就是多种多样的,光凭一种固定的音声构造模子来映呈,不是显得太单调了吗?所以要有近体有往体,有谐律有拗律,有齐言有长短句,有领字有衬字,这才利于"拟容取心"、"写气图貌"①。不过这样一来,诗歌声律的考察已经越出了就声律谈声律的范围,而进入声律与人的内在情性关系的探讨了,这正是我们下一节里所要展开的。

四、"才生思,思生调,调生格":从外在声律到内在声律

本篇开首讲到,语言声律是从乐曲旋律中脱化出来的,而乐曲旋律则是用来表现人的情感活动的,那末,语言声律是否也有这种表现情感的功能呢? 一般认为,诗歌作品中的情意表达主要是通过语词的意义来实现的,语音不过是语词概念的物质符号,它构成作品的外观要素,与内在情意没有直接关联,这就是外在声律说的理念。沈约以至唐人致力的"四声八病"、"平仄黏对"等,皆属这类外在的声律。但从另一方面来看,既然乐音能直接表现情感,语言声律也是一种音声节奏,那它在用为概念符号之余,是否亦有可能起到某种传情达意的效果呢? 这就是内在声律说的思路。前引刘勰关于"声含宫商,肇自血气"的提法,即倾向于内在声律说;而声律多元化发展中的声情配合现象,亦蕴含着内在声律观的萌芽。不过内在声律观的基本成熟,还

---

① 见《文心雕龙》中《比兴》、《物色》诸篇。

要以明人的"格调"说为标志。

明代诗坛的主流风气,一是主情,二是复古。主情为针对宋诗主理而发,复古则将一部分主情者的眼光引向了古代诗乐合一的传统。这个问题的明确揭示见于明初李东阳的一段言论,其云:"诗在六经中别是一教,盖六艺中之乐也。乐始于诗,终于律。人声和则乐声和,又取其声之和者以陶写情性,感发志意,动荡血脉,流通精神,有至于手舞足蹈而不自觉者。后世诗与乐判而为二,虽有格律而无音韵,是不过为排偶之文而已。使徒以文而已也,则古之教何必以诗律为哉?"①他肯定诗教的特点在通过乐律,由音声之和以陶写情性,故而诗乐分离造成音声失坠,便导致诗歌演变为徒具躯壳的"排偶之文"。值得注意的是,他强调指出后世诗歌"虽有格律而无音韵",可见他所理解的"音韵"不同于平仄黏对之类外在的声律,而应是发自情性的音声节奏,也便是内在的声律了。在诗乐合一的时代,乐曲即属于这种表情性的内在声律;离开了音乐,只能从语言上去讲音韵,所谓"歌吟咏叹流通动荡之用则存乎声,而高下长短之节亦截乎不可乱"②,说的就是这个道理。

正因为崇尚音声之用,李东阳提出了诗歌"格调"之说,尤重在"调"。"调"指的是诗歌语言声调,也兼有情调、风调之意味,较能体现内在声律的涵义。唐王昌龄曾说:"凡作诗之体,意是格,声是律。意高则格高,声辨则律清;格律全,然后始有调。"③将"调"视以为意格与声律相结合的产物,则"调"显然具有沟通情意与声韵的性能。元刘绩亦云:"唐人诗,一家自有一家声调,高下疾徐皆合律吕,吟而绎之,令人有闻韶忘味之意。宋人诗,譬诸村鼓鸟笛,杂乱无伦。"④其扬唐抑宋、崇雅贬俗的取向暂不去管它,就"一家自有一家声调"的提法来看,这声调当与诗人的才情紧相关联,而与"村鼓鸟笛"的徒发噪音不

---

① 见《麓堂诗话》,《历代诗话续编》第1369页。
② 见李东阳《春雨堂稿序》,清嘉庆刻本《怀麓堂全集·文后稿》卷三。
③ 见《诗格》卷上,《全唐五代诗格校考》第138页。
④ 见《霏雪录》,《学海类编》本。

相类似。李东阳讲的"调",也属于这样一种情感化了的音声。《麓堂诗话》里写道:"陈公甫论诗专取声,最得要领。潘祯应昌尝谓予诗宫声也,予讶而问之,潘言其父受于乡先辈曰:诗有五声,全备者少,唯得宫声者为最优,盖可以兼众声也。李太白、杜子美之诗为宫,韩退之之诗为角,以此例之,虽百家可知也。"①还说:"刘长卿集凄婉清切,尽羁人怨士之思,盖其情性固然,非但有迁谪故。譬之琴有商调,自成一格。"②这里虽然拿乐曲的宫、商、角调来打比方,但讲的是语言的声情殆无疑义,足证格调说的立足点正在于诗歌的内在声律。

然则,内在声律又该如何来掌握呢? 有两方面的工作要做。首先,内在声律的重点为"内在"(情性),也即是诗歌音声所由发的本原。后七子的领袖王世贞有句名言,叫作"才生思,思生调,调生格"③,意思是说,诗人的才情形成了诗篇的构思,构思产生了音调,音调高下又决定着作品的形体规格,这就把音声结构由内而外的生成关系讲清楚了。格调论者虽常标举格调,却无一例外地将情性看作诗歌的本原,就因为他们所讲的音调属内在声律,声与情不可分割。但另一方面,格调之"调"毕竟是一种音声节奏,必然有见形于外在的一面,所以格调论者又要把注意力放到诗歌外形上来,对声调的运用加以细致辨析。如李东阳谈到:"长篇中须有节奏,有操有纵,有正有变,若平铺稳布,虽多无益。唐诗类有委曲可喜之处,唯杜子美顿挫起伏变化不测、可骇可愕,盖其音响与格律正相称。回视诸作,皆在下风。然学者不先得唐调,未可遽为杜学也。"又云:"诗用实字易,用虚字难。盛唐人善用虚,其开合呼唤、悠扬委曲皆在于此。用之不善,则柔弱缓散,不复可振,亦当深戒。"又:"五七言古诗仄韵者,上句末字类用平声,唯杜子美多用仄,如《玉华宫》、《哀江头》诸作概亦可见。其音调起伏顿挫,独为遒健,似别出一格。回视纯用平字者,便觉萎弱无生

---

① 《历代诗话续编》第 1373 页。
② 同上书第 1379 页。
③ 见《艺苑卮言》卷一,《历代诗话续编》第 964 页。

气。自后则韩退之、苏子瞻有之,故亦健于诸作。"①何景明则认为:"唐初四子者……虽工富丽,去古远甚,至其音节,往往可歌。乃知子美辞固沉著,而调失流转,虽成一家语,实则诗歌之变体也。"②谢榛亦以为:"律诗重在对偶,妙在虚实。……实字多则意简而句健,虚字多则意繁而句弱。"③"实字叠用,虚字单使,自无敷演之病。……凡多用虚字便是讲,讲则宋调之根。"④他们的这些讨论显然已大大超轶出平仄黏对或拗而当救的范围,进入活用声情的领域,从而将古典诗歌声律说提升到了一个崭新的层面。

但要看到,明代格调论者都是复古派,他们所宣扬的情感属于群体规范化了的情性,而这种情性又必须凭藉带有规范性的形体音调方得以呈现。所以王世贞在肯定了"才生思,思生调,调生格"的本末关系之后,紧接着便强调:"思即才之用,调即思之境,格即调之界。"⑤主张用特定的形体规范来给诗歌音调立界,更以形体与音声的规范来制约诗人的才思,这就给格调说本身带来了不可克服的内在矛盾,即:既当本于情思去创制格调,却又须以规范好了的格调来限定情思。格调论者宗唐贬宋,固然与宋诗偏重意理而弱化才情有关,也跟论者先天地抱有"高古者格,宛亮者调"⑥的范型框架分不开,于是有所谓"唐诗有调有格,而调适,而格隽;五代以下,调不协而格不纯,未见其有诗也"⑦以及"诗至唐,古调亡矣,然自有唐调可歌咏,高者犹足被管弦。宋人主理不主调,于是唐调亦亡"⑧之类说法流行。其实宋诗的善用拗,亦何尝不能构成独特的声情?只是不符合格调论者心目中的音声规范罢了。但刻意循守既定的规范,必然导致尺尺寸寸上去模拟前人的音调,遂使音容宛然而真情流失,内在声律也终于落了空。

---

① 均见《麓堂诗话》,《历代诗话续编》第1373、1376、1386页。
② 见《明月篇序》,清咸丰三年重刊本《何大复先生集》卷一四。
③ 《四溟诗话》卷一,《历代诗话续编》第1147页。
④ 同上书卷四,《历代诗话续编》第1224—1225页。
⑤ 《艺苑卮言》卷一,《历代诗话续编》第964页。
⑥ 见李梦阳《驳何氏论文书》,明万历刻本《空同先生集》卷六一。
⑦ 胡缵宗《刻唐诗正声序》,明刻本《唐诗正声》卷首。
⑧ 李梦阳《缶音序》,《空同先生集》卷五一。

有鉴于格调说的弊端,晚明性灵论者便着重发扬声情关系上内在情性的一头,而置形体音声于不顾。李贽的这段话很有代表性:"声色之来,发于情性,由乎自然。……故性格清彻者音调自然宣畅,性格舒徐者音调自然舒缓,旷达者自然浩荡,雄迈者自然壮烈,沉郁者自然悲酸,古怪者自然奇绝。有是格便有是调,皆情性自然之谓也。莫不有情,莫不有性,而可以一律求之哉!然则所谓自然者,非有意为自然而遂以为自然也。若有意为自然,则与矫强何异?"①李贽的观点得到性灵派诗人的热烈响应。袁宏道标榜"独抒性灵,不拘格套"②,这"格套"中自亦包括音调的成分。后来袁枚也讲到:"须知有性情,便有格律,格律不在性情外。"③还说:"七子击鼓鸣钲,专唱宫商大调,易生人厌。"④他们共同突出了情性主体,尤其重在各人的个性;个性不一,风调有别,诗歌的音调也就不能划一了。这诚然是探本之论,但过分偏重在情性自然的方面,无形中也就取消了音调构建的工作,所以性灵派的声律观在很大程度上回到了自然声律说的原点上去,未能真正解决声与情的统一问题。倒是清中叶一些带有调和、折衷倾向的论家对此作出新的概括,如乔亿主张"性情,诗之体;音节,诗之用"⑤,以及李重华宣称"诗有三要,曰:发窍于音,征色于象,运神于意","意主而象与音随之"⑥,从体用主从的关系上来把握声情的统一性,是较为切中肯綮的,惜未有足够的阐说。

五、声律——诗性生命的音声律动

我们快速地追踪着中国诗学声律观的演进步伐,发现人们对声律的体认是由乐曲通往语言,由自然转入人为,由一体走向多元,更由外

---

① 见《杂述·读律肤说》,明万历刻本《李氏焚书》卷三。
② 见《叙小修诗》,上海古籍出版社版《袁宏道集笺校》卷四。
③ 见《随园诗话》卷一,人民文学出版社1960年版。
④ 同上书卷五。
⑤ 见《剑谿说诗》卷下,《清诗话续编》,上海古籍出版社1983年版,第1098页。
⑥ 见《贞一斋诗说·论诗答问三则》,《清诗话》第921页。

在提升到内在。这样一个充满着变化与发展的流程,为诗歌音声节奏的构建提供了丰富的经验,也为了解声律的原理打开了思考的大门。从古典声律说的发展中可以提炼出一些什么样的理念来呢?

首先,我们注意到,古人将诗歌的语调与曲调共同归之于人声,又将人声推本于"血气"。这"血气"指的是什么呢?"气"在古代意指生命的原质,所谓"人之生,气之聚也;聚则为生,散则为死"①。"血"谓血液,血液流动于周身,亦是生命的表征。"血气"连用,既是生机之所在,也代表着其内含的灵明。《素问·八正神明论》云:"血气者,人之神"②,便是取的后一种涵义。《文心雕龙·声律》曰:"声含宫商,肇自血气",《体性》篇亦云:"才力居中,肇自血气;气以实志,志以定言",都是将"血气"看作为与人的情志、才性紧相联系的内在生命;"血气"的鼓动意味着情志的充实与才力的发扬,显形于外,就成了话语的言说和音声的律动。由此看来,诗歌语言的声韵节奏并非外在于人的纯物理现象,它实质上即是人的内在生命活动的反映,是诗性生命律动在音声结构上的表现,这也正是内在声律说得以成立的根据。更进一步看,"气"与声律的关联尚不限于人的生命活动。"气"在古代指天地之元气,即宇宙生命的本根。《左传·昭公元年》记述医和之言,有"天有六气,降为五味,发为五色,征为五声"之说;又《昭公二十五年》记子大叔转述子产之言,亦讲到"气为五味,发为五色,章为五声",并称世人制礼作乐,"为九歌、八风、七音、六律以奉五声"。可见声与律的根本还在于宇宙生命的律动,由宇宙生命传递给人的生命活动,再由人的诗性生命的发动而显现于诗歌乐曲的音声节奏,这是传统诗学声律观的一个最基本的信念。

其次,声律的性能何在? 就总体而言,可以归结为一个"和"字。率先讨论诗歌声律问题的《尚书·尧典》,在"诗言志,歌永言,声依永,律和声"的界说之后,接下去便讲到"八音克谐,无相夺伦,神人以和"。"八音克谐,无相夺伦"是指诗歌音声律吕之和,由音声之和而

---

① 见《庄子·知北游》。
② 《四库全书》本王冰注《黄帝内经素问》卷八。

感发志意,沟通精神,遂得以实现"神人以和"(也包括人与人之间的和同)。所以说,声律的最大的效用即在于营造生命的和谐,当然是以调协与传达声情之和为手段的。我们看诗歌声律史上由自然声律到人为声律的演进,其贯串线索便在于讲求语言声韵的和美,故外在的声律也并非纯然外在,仍有其合乎天理人心的一方面依据存在。律体的建立恰是将这种外在声韵的和谐发挥到了极致,但也正由于它只顾及外在的、一般化的音声构造,未能考虑到内在情感表达的不同需求,易于导致声情脱节,于是又有从一体到多元、从外在声律到内在声律诸种新趋向的出现。新的音声建构打破了外在声韵谐和流畅的一统天下,或拗怒激越,或工细熨帖,或繁声促节,或沉吟宛转,音韵不尽平和,而声情更见调协。加以诸种新的调子均属人为的音声建构,多有定则可循,故拗怒之中自饶和婉,生涩之间亦留余味,总体上并不违背声韵之和的大原则。正像音乐能触发人的各种激情,而宣泄之余,归之平和,语言声律在调节人的情感生命的作用上亦复如此。

末了,要谈一谈自然声律与人为声律相统一的问题。古典诗歌语言声律的发展是从自然声律向人为声律演进的。自然声律阶段,音声节奏的形成多出于无意,由人的内在情感活动自发而产生。人为声律的构筑则改变了这一状况,将调声协律作为有意识的追求,终至建立起一整套完备的体制格律;这套体制格律经各种变形处理,又分流为古近体诗及词曲的多元化声律。凡诸诗律、词律或曲律均属外在声律,亦皆为人为声律。这不等于说这个阶段的诗歌创作中完全不存在自然声律和内在声律,实际上,有才能的诗人应用格律时总有匠心独运之处(包括诗律用拗和词曲选调),于是在遵循一般化声律定则之中也就出现了个人独特的音调,且往往同人的才性以及诗的情思紧密相关。明清格调说的出现正是为了将这种带有自发性的内在声律上升到理论自觉的高度,使之与外在的人为声律结合起来,以便更好地促成声情的融洽,所以格调之"调"实乃自然声律与人为声律在更高层次上的统一。可惜的是,复古的倾向使他们走上以既定之"格"来限制"调"的不求创新的保守道路,导致最具个性化的"调"蜕变为千篇一律的高腔大调,声情合一也就不复存在。性灵论者回过头来重新发扬情性的自然,但又仅停留于自然声律,忽略了内在声律的建构还须有人工营造的一面。因此,在声律问题上,如何将自然与人为较完美地加以协调,既以情性自然为本,亦不轻视人工的运作,使声与情相得益彰,仍需进行深入的探究,而古典诗学的声律观及其创作实践无疑能为我们提供有益的经验。联想到"五四"以后的新诗运动,不也是从打破传统的诗律,提倡"语气的自然节奏"和"用字的自然和谐"①为发端,中经自由诗、现代格律诗、十四行体、楼梯式及新民歌体等多种人为体式的实验,而正在走向新的综合吗?新诗所依据的白话节律与旧体诗词所凭附的文言节律不同,故新诗要像旧体诗词那样形成一整套严密的格律恐怕不容易,而若能以内在声律为主要着眼点,适当辅以外在声律(亦应是多元化的),则自然与人为的统一还是有可能的。这是现代诗学所要着力研讨的课题,但不妨以古典诗学的声律观为其借鉴。

---

① 见胡适《谈新诗》,《中国现代文论选》第一册,贵州人民出版社1982年版,第18页。

"体"与"式"
——诗性生命的形体组合论

在古文论研究的领域里,"文体"问题是论述得比较多的,论者或以体裁释"体",或以风格释"体",各就相关内容作了系统的梳理,有好几部专著问世,还有什么可议的呢?但我以为,"文体"的内涵绝非体裁与风格所能穷尽。比如说,唐人诗格中常见"式"与"势"的阐说,这"式"与"势"皆属于"体"的范围,但既不能归入体裁,亦难以算作风格。再比如,明代"格调"说盛行,诗歌的"体格"和"声调"极受人重视,其中均含有体裁与风格的成分,却也并不等同于体裁或风格。可见"体"作为诗学范畴,内容相当丰富,大有开拓余地。更进一层思考,我们或许要问:把这么许多复杂的现象都归之于"体","体"究竟是个什么东西?它为何能起到连结各种现象的作用?甚且会想到:"体"既然具有如此巨大的涵量,则"文体"问题在古典诗学传统中又该占据着什么样的位置呢?本篇试图以"体式"为中心,就上述问题作一番探讨。

一、原"体":文本范型观念的界说

谈论"文体",须得从"体"的概念入手。"体",原指人的躯体。许慎《说文解字》训"体"为"总十二属也",语焉不详。段玉裁注谓指人体的十二个部位,即属首的顶、面、颐,属身的肩、脊、尻,属手的肱、臂、手,属脚的股、胫、足,十二部分总合构成人的躯体,故云"总十二属"。"体"作为人体的总称,后亦引申指事物的形体,但仍保留着其整全与综合的含义。刘熙《释名·释形体》曰:"体,第也,骨肉毛血、表里大小相次第也。"表明"体"乃是按一定的秩序组合起来的形体,并不同于杂乱拼凑的外观。

依照对"体"的这种理解来看"文体",则"文体"当指按特定原则与规范组合而成的文章形体,它属于作品的外在形式,而又有其内在结构与组合原则为根据,且正是这内在的组合方式与规范,构成了"体"之为"体"的主要标志。由此便可懂得,为什么像体裁与风格这样形态各异的现象可以统称之为"体",就因为它们都提供了一种形体规范,或者说,都呈现出按特定原则、规范以组合文本的方式。我们常说,一部作品之有风格,是由于它显现了独特的文体组合方式;一个作家之有风格,在于他具备着较稳定的个人创作特色与规范。扩大开来看,一个流派、一股思潮甚或一种时代风格与民族风格,其落实于文本,也必须形成某种具有共通性的文学规范与表现方式,否则算不上统一的流派、思潮乃至时代与民族风格。至于各类文学体裁之必须遵循一定的体则、律令,自更不待言。以此观之,文体的实质就在于文本的范型;形形色色的文学现象皆可纳入文体范畴,正因为它们都要依存于一定的文体组合方式及其规范。

进一步分析,似还可将文体的内涵剖解为体貌、体式、体格等不同的层面。

"体貌",指文体的外在风貌,其基本特征便构成作品的风格。外在风貌是由内在结构派生出来的,但它呈现于文体的表层,往往同文体给人的直观印象相联系。如谓李白诗体"飘逸",杜甫诗体"沉郁"①,谢灵运诗如"芙蓉出水",颜延之诗如"错彩镂金"②,均属这类外在风貌的描述。我国诗学传统中,体貌的辨析十分发达,好处是细致、生动且多入味,缺点是停留于直观印象,不免浑沦,这也是仅就体貌谈文体的不足。

深入一层的,便是"体式",亦即文本形体的组合方式,它形成了作

---

① 见严羽《沧浪诗话·诗评》,《沧浪诗话校释》,人民文学出版社1983年版,第168页。
② 钟嵘《诗品》卷中引汤惠休语,《诗品注》,人民文学出版社1961年版,第43页。

品的内在结构,属文体的里层。体式本身又有不同的层次,像文章体裁亦可归入体式的范围,但那只是比较浮泛与一般化的体式规定,同一类体裁的作品中,仍可因其表现方式的不同而区分出各种不同的体式来。较早的例子如以"赋比兴"说诗:赋者,直书其事;比者,托物言志;兴者,触物起情。这本是诗人感物吟志的三种基本的方式,从而构成古典抒情诗建构上的三类不同的体式,所以古代之与"风雅颂"各体类等列,并称"六诗"①,实即诗之六体。后儒不明白这个道理,改作"三体三用"②,赋比兴遂降格为表现手法或修辞手段,诗歌体式的研究便也未能沿着这条路子深入下去。殆至唐宋诗格、诗话中兴起诗歌法式的讨论,始重新获得大力推动。

由"体式"更往内里探掘,便引出了"体格"。"格"者,规格也,"格"与"式"本来相通,故"体格"与"体式"亦常混用。但"格"的重心毕竟在规范上,它不限于具体的组合方式,而更多着眼于一定组合方式所依据的内在规范,于是体格与体式有了区别。所谓"文自有格,不祖其格,终不足以知文"③,正是讲的文章规范的问题,规范从原则上制约着具体的表现方式,故而"格"也就成了文体的核心层。规范同时又是衡量事物的尺度,"格"作为文体规范,因亦具有衡量文本价值的功能。明清格调说者常喜欢议论某诗"格高"或"格卑",乃至用以辨别文体的正伪雅俗,即是以他们心目中规范化的文本模子(所谓"正格")为尺度的。这样一来,体格便又通向了品格,含有品第的意味,而在析貌辨体之外更多了一层价值判断的涵义。不过总体说来,体格与体式共同构成文本形体的内在结构,作为作品的组合方式及其规范,它们也必然是相互包容与相互渗透的,这又是本篇因讨论文本范型而将它们合在一起考察的缘由。

---

① 见《周礼·春官·大师》。
② 按:"三体三用"之说首见于唐孔颖达《毛诗正义》,实际上在《毛诗序》的分别解说中已然肇端。
③ 见李梦阳《答吴谨书》,《明代论著丛刊》本《空同先生集》卷六一。

二、体类·体貌·体式：文本范型论的萌生

既已厘清文体的概念，当进而探究其演化的轨迹。一般说来，我国文论传统中的文本范型观要到六朝后期方得以正式确立，但在此之前亦有一个逐步酝酿和生成的过程，这又跟文体观念由体类向体貌再向体式的推移分不开。

按文体之说，首见于文章体类的界分。前引《周礼·春官·大师》中的"教六诗：曰风，曰赋，曰比，曰兴，曰雅，曰颂"，以及《周礼·春官·大祝》所云"作六辞以通上下亲疏远近：一曰祠，二曰命，三曰诰，四曰会，五曰祷，六曰诔"，这"六诗"与"六辞"便是现存最早有关诗文体类的区划，而尚未提及"体"的概念。汉代文体大备，班固在刘歆《七略》的基础上撰写《汉书·艺文志》，除六艺、诸子、兵书、术数、方技各类图书外，特立"诗赋"一略，并序诗赋为五类。另蔡邕在其《独断》一文中，亦将朝廷应用文体归纳为策、制、诏、戒、章、奏、表、驳议八类，且直接用了"文体"的名称[1]。至建安时的曹丕，便总其成概括为奏议、书论、铭诔、诗赋四大类，将文艺性与实用性的文章一起包罗在内，以为"文非一体，鲜能备善"，"唯通才能备其体"[2]。至此，文章体类之学已粗具规模，而后更有充分的发展。

与体类研究相并起的，便有文章体貌的辨析。《汉书·地理志》述及齐地诗风，举齐诗"子之营兮，遭我虖嶩之间兮"及"竢我于著乎而"诸句为证，谓"此亦其舒缓之体也"，这是用"体"来标示文学风貌的先例，仅偶尔一见。至曹丕论文体，则不仅区分了文章的四大体类，还用"雅"、"理"、"实"、"丽"四个词来标明不同体类文章所应具备的基本风貌，于是体貌的内涵得以明确的揭示[3]。其后，陆机《文赋》中用"诗

---

[1] 《四库全书》本《蔡中郎集》卷一。
[2] 见《典论·论文》，中华书局影宋刻本李善注《文选》卷五二。
[3] 同上。

缘情而绮靡,赋体物而浏亮"等十句话来分述十种文类的写作风格①,文体风貌的辨析进一步具体化。下而及于沈约《宋书·谢灵运传论》所云"自汉至魏,四百余年,辞人才子,文体三变"②,萧子显《南齐书·文学传论》谓"今之文章,作者虽众,总而为论,略有三体"③,乃至鲍照诗集里标题《学刘公幹体诗五首》、《学陶彭泽体诗》和江淹《杂体诗三十首》广泛模拟各家诗风并自称"效其文体"④,则"体"的称呼更由文章体类的风貌推广到文学的时代风貌、流派风貌和作家个人的创作风貌上去,体貌的观念遂告大成。

较之于体类、体貌的论析,文章体式的研讨要相对滞后一些。早期的文类说(如"六诗"、"六辞"及班固所序诗赋五类)仅提出文体分类的名目,全未涉及其写作要求。曹丕标举的"奏议宜雅,书论宜理,铭诔尚实,诗赋欲丽"和陆机宣扬的"诗缘情而绮靡,赋体物而浏亮"等,在文体风貌的揭橥中隐含着写作规范的提示,亦甚为概略,表明从体类、体貌到体式的由表及里的观察需要有一段逐步深入的过程。但这并不意味着人们对文本的内在建构毫无认识。最早如《礼记·曾子问》中的一段话述及诔文,提出"贱不诔贵,幼不诔长"的原则。又《礼记·祭统》谈到铭文,亦有"铭之义,称美而不称恶"之说。它们的着眼点当在于彰明礼制,而多少触及相关文体的写作规定。其后,如蔡邕《独断》对所举八类文章的格式与功能一一加以说明,桓范《世要论》中有《序作》、《象》、《铭诔》三篇文字专题讨论三类文体⑤,另傅玄《连珠序》说连珠,《七谟序》说"七"体⑥,亦带有独体专论的色彩。在此基础上出现的挚虞《文章流别论》,便对各类文体作了初步的总括。其中如以"假象尽辞,敷陈其志"来释赋,以"虽以情志为本,而以成声为节"来释诗,以"哀痛为主,缘以叹息之辞"来释哀辞,以及对颂体与

---

① 见《四部丛刊》本六臣注《文选》卷一七。
② 中华书局版《宋书》卷六七。
③ 中华书局版《南齐书》卷五二。
④ 见中华书局版《先秦汉魏晋南北朝诗》中《宋诗》卷九、《梁诗》卷四。
⑤ 见《四部丛刊》本《群书治要》卷四七。
⑥ 均见中华书局影印本《全晋文》卷四六。

雅体、赋体异同的辨别等①，均属文本体式问题的探究。挚虞作为古典文本范型论的开风气者，是当之无愧的。不过《文章流别论》的重心尚不在体式，而在于流别，也就是各体文章的源流正变，所以对体式的讨论并未能充分展开。接过这个任务，给体式以足够的关注，并真正为文本范型的研究奠定基础的，还要数《文心雕龙》的作者刘勰。

刘勰有关文章体式的论述，集中反映于三个方面：其一是结合文章体类的界分来考察各类文章的体式。《文心雕龙》上编《明诗》以下二十篇分述各种文体，对每一体皆从"原始以表末，释名以章义，选文以定篇，敷理以举统"四个角度上来加诠释②，其中"敷理举统"正是讲的各体文章的写作原理，当然关系到文本范式。第二个方面是结合文学风貌的辨析来讨论文章体式。如《明诗》篇论及建安诗风，用"慷慨以任气，磊落以使才；造怀指事，不求纤密之巧，驱辞逐貌，唯取昭晰之能：此其所同也"来概括当时诗坛的共同取向，不仅突出其风格特点，且联系诗歌创作中的抒情、运思、遣辞、造形等表现方法以说明其风格的构成，遂使文学风貌所依据的文本内在组合方式得以展陈。又如《物色》篇评述"近世以来，文贵形似"的作风，也以"窥情风景之上，钻貌草木之中。吟咏所发，志惟深远；体物为妙，功在密附。故巧言切状，如印之印泥，不加雕削，而曲写毫芥"来加解说，"形似"的具体作风因亦得到显现。至于《体性》篇区分八种风格类型，各附以简要提示，则更是将风貌与范型打成一片了。不过刘勰在文本范型论上的最大贡献，还在于他鲜明地揭示了文章体式构建的基本原则。《附会》篇谈到："才量学文，宜正体制，必以情志为神明，事义为骨髓，辞采为肌肤，宫商为声气。"这是借人体为喻来表白文章体式的有机构成，情志、事义、辞采、声律四个层面，由内及外，合成一个整体，可视以为各种语言文本的普遍范型；在这个普遍范型的基础上来探讨各类文章乃至各个作家、作品的创作特色与成败利钝，便有了基本的理论依据。与此

---

① 均见《文章流别论》，中华书局影印本《全晋文》卷七七。
② 见《文心雕龙·序志》。

同时，刘勰更对文章体式的建构活动有一原则性的把握，那就是《定势》篇里提出的"因情立体，即体成势"的规律，即根据情意表达的需要来构造文章的形体，并在形体建构的过程中自然生成文章的体势。"势"作为显现于文章形体上的一种生态活力，实质上正是文章体式的动感效应，所以定势的原则同时便是构筑文章体式的原理，文本范型的观念至此而正式确立，殆无疑义。

刘勰之后的钟嵘，则将体式问题导入诗歌领域，建立起他的诗体范型观念。《诗品》一书专论五言诗，开宗明义指出四言诗的缺点为"每苦文繁而意少，故世罕习焉"，而五言的特长恰在于"指事造形，穷情写物，最为详切"，并要求诗人取赋比兴"酌而用之"，再"干之以风力，润之以丹采"，便能做到"使味之者无极，闻之者动心"[①]。这不啻是对五言诗写作规范的一个总结。《诗品》全书的重心在品评诗人，而品评之中实有其理想的模子在。于汉魏六朝各家诗，钟嵘最推崇的乃是曹植，比之于"人伦之有周孔，鳞羽之有龙凤"，赞誉无以复加，而他称许的着眼点即在于"骨气奇高，词采华茂，情兼雅怨，体被文质"[②]。这四句话里，"骨气"与"词采"二句可作为"体被文质"的具体说明，故实际上的主张便是"雅"与"怨"的结合、"文"与"质"的统一。考《诗品》品第诗人，必先追溯其渊源所自；整部书将诗歌源流归结为《国风》、《小雅》、《楚辞》三大系统，而源出《小雅》的仅阮籍一人，于是《风》与《骚》便成了两大主干。《风》的特质在"雅"，《骚》的特质在"怨"，所以"情兼雅怨"实乃指《诗经》与《楚辞》传统的结合。又《诗品》评语中特重"气骨"与"文采"的评比，如谓刘桢"气过其文，彫润恨少"，谓王粲"文秀而质羸"，谓陆机"气少于公幹，文劣于仲宣"等等[③]，与序言所标榜的"干之以风力，润之以丹采"遥相呼应。通观全书，涉及的问题虽多，而"情兼雅怨，体被文质"确系其论诗的宗旨所在，这也便构成了论者的诗体范型观。从刘勰确立文本范型到钟嵘提出诗体

[①] 见《诗品序》，人民文学出版社版《诗品注》卷首。
[②] 见《诗品注》卷上评曹植语。
[③] 均见《诗品注》卷上。

范型,古典诗学的文本范型论终经长时期酝酿而达于告成。

三、诗格与诗式:文本范型论的演进

刘勰与钟嵘确立了文章和诗歌文体的文本范型之说,但体式研究的广泛开展,特别是诗歌体式问题的普遍受人注目,则要等进入唐代以后,其典型的样式便是唐人诗格类著作中的有关探讨。唐代诗格的兴盛,是跟律体的形成以及科举取士采用试律分不开的。律诗作为一种新型诗体,有较为严密的格律规定,不仅声律、对仗的应用必须合式,还讲求血脉流贯、通体完整,这就需要在诗歌文本的建构上精心打磨,细细推敲,而科举考试采用五言十二句长律,更助长了这一钻研诗歌格律、体式的风气。诗格类著作正是为适应指导学诗门径的社会需求而产生的,它之能构成唐代诗学领域内的一道景观,决非出于偶然。这也可以说明为何诗格类著作中涉及的体式问题,大多局限在纯文本范围之内,较少联系诗人的才性、风格和时代的风会、习气,因为这类著作(不是全部)的编撰本就是为了讨论诗歌(特别是近体诗)的技法,故罕有上升到创作原理的高度上来作会通的。我们或许会感觉其卑之无甚高论,却不得不承认,正是这种纯形式的探究,拓开了我国诗学传统中的形而下的一翼,丰富了我们对古典诗歌形体的体认。

大致说来,唐人诗格类著作中有关诗歌体式的研讨,经历了初唐、盛中唐和晚唐五代三个阶段的演进过程,每个阶段各有其讨论的重心,而亦互有交渗。

唐初诗格类著作的重点在声律与对仗,其发端可上溯齐梁间的沈约。沈约倡永明声律说,其"四声八病"虽只限于调声,而所追求的"欲使宫羽相变,低昂互节,若前有浮声,则后须切响"[①],实质上便是诗歌语音层面上的体式结构问题。将永明声律说的基本构想看作纯文本体式论的肇始,是完全有理由的。唐人律体的声律建构正是在永

---

① 见《宋书·谢灵运传论》,中华书局版《宋书》卷六七。

明声律说的基础之上,去除其苛细的病犯规定,将四声本位改造为平仄二元,再拓展出一套黏对规则而成。唐初诗格类著作中,从上官仪的《笔札华梁》,经佚名《文笔式》、元兢《诗髓脑》以至盛唐王昌龄《诗格》的"调声"部分,可以清晰地见出由永明声律一步步向唐人声律转移的印迹[1],这也就是律诗声韵体式形成的轨迹了。唐初诗格的另一主题为对仗研究,由上官仪的"八对"、"十对"演化出后来的多种形态。这也是一种体式,即上下联之间的对应关系。《笔札华梁》中除列举各类对句形式外,更就对偶构成的一些原则问题和注意事项作了分析,涉及属对的根据、义类、组合方式、匹配原则以及变通掌握的技巧等[2],可算是对近体诗联句体式的一个基本规定。其所提出的对偶形态,如正名对、异类对、双声对、叠韵对等,多还属于比较规整的对句,至后人发展出所谓意对、字对、声对、侧对、假对、偏对以及当句对、交络对、流水对、蹉对等,则愈益趋于灵活多变了。

对仗与声律都只是诗歌文本的局部性体式,因其关涉到律体的格律定则,故率先得到人们关注。待到初盛唐之交,近体诗律既已成熟,诗格类著作的注意点便转向了文本体式的整体性观照。在这方面首开风气的,有崔融《唐朝新定诗格》中的"十体"说,将诗歌体式归为形似、质气、情理、直置、雕藻、映带、飞动、婉转、清切、菁华十类,各附简要说明与例句[3],但解说过略,难以切实把握。王昌龄《诗格》则进一步提出"十七势"之说,其中第一至六势(直把入作势、都商量入作势、直树一句第二句入作势、直树两句第三句入作势、直树三句第四句入作势、比兴入作势)为诗歌开篇的各种方式,第十(含思落句)与十七(心期落句)势为诗篇收结的方式,第八(下句拂上句)、十一(相分明)、十四(生杀回薄)诸势为诗句的承接、映带与呼应,第十二(一句中分)、十三(一句直比)势为句内意脉分疏,第七"谜比势"指诗意含蓄的表达方法,第九"感兴势"指心物交感的情态写照,而第十五"理

---

[1] 参见《全唐五代诗格校考》所录,陕西人民教育出版社1996年版。
[2] 见《笔札华梁·论对属》,上书第42—44页。
[3] 同上书第109—112页。

入景势"和十六"景入理势"则又是诗中情景成分的搭配关系。各条均引例句,并多有具体解说①,表明唐人对于诗篇的组合方式确已作了精心研究。王昌龄的"十七势"为纯文本的体式分析提供了范例,后来齐己《风骚旨格》云"诗有十势",徐寅《雅道机要》列"八势",神彧《诗格》亦"论诗势",佚名《诗评》谓"诗有四势"以及桂林僧景淳《诗评》所列各种格法②,实皆衍其流波,总体上并未能超过他的水平。值得注意的,倒是皎然《诗式》中有关体势问题的一些阐说。皎然没有像王昌龄那样疏列各种体势,但《诗式》中列有"明势"一则,着重讲"文体开阖作用之势"对表达主体精神气概的功能,其"诗有四深"条亦将"气象氤氲,由深于体势"列为首位,而"邺中集"条更以"语与兴驱,势逐情起"作为"气格自高"的表现③,跟刘勰所云"因情立体,即体成势"遥相应合。这意味着他对"势"的理解已突破了纯文本体式的限界,朝着人本与文本汇通的方向提升了。

王昌龄和皎然都很重视诗歌意象的创造,到晚唐五代诗格类著作,便把意象关系纳入文本体式的构架中来。托名白居易而实为晚唐人所作的《金针诗格》提出了"诗有内外意"的观点,即:"内意欲尽其理,理谓义理之理","外意欲尽其象,象谓物象之象","内外含蓄,方入诗格"④。这是将诗中意象分解为"意"(内意)和"象"(外意)两个方面来考察它们之间的关系(相互"含蓄"),显然是从作品内在结构的角度上着眼的。《金针诗格》另立"诗有三本"之说:"一曰有窍,二曰有骨,三曰有髓。以声律为窍,以物象为骨,以意格为髓。"⑤将整篇诗由外及内划分为声、象、意三个层面,一体通贯,论说更为周全。至于意、象之间的关系,在"诗有物象比"一则中说:"日月比君臣,龙比君位,雨露比君恩泽,雷霆比君威刑,山河比君邦国,阴阳比君臣,金石

---

① 见《诗格》卷上"十七势",同上书第 129—136 页。
② 均见《全唐五代诗格校考》所录。
③ 均见《诗式》卷一,上书第 200、202、206 页。
④ 见《金针诗格》"诗有内外意"条,上书第 326 页,末句文字据《苕溪渔隐丛话》后集卷三十四所引校改。
⑤ 同上书第 327 页。

比忠烈,松柏比节义,鸾凤比君子,燕雀比小人;虫鱼草木,各以其类之大小轻重比之"①,完全是汉儒解经的路子,不免迂执,而其坚持象以达意、由象观意,则仍有其合理性。《金针诗格》之外,托名贾岛所撰《二南密旨》也提出了"物象是诗家之作用"的命题,以为"造化之中,一物一象,皆察而用之,比君臣之化。君臣之化,天地同机,比而用之,得不宜乎?"②这又是将义理与物象看成了体用关系,君臣之类纲常伦理为体,物象为用,"比而用之"遂成了解读诗歌文本意象的不二法门。书中还设有"论引古证用物象"、"论总例物象"、"论总显大意"数则,反复举例说明"比而用之"的方法,而"体以象显"一语③更鲜明地总括了以本末体用说诗歌意象的宗旨。《二南密旨》与《金针诗格》所论,不仅在晚唐五代有代表性,影响直接于宋人。

从上述诗格类著作对诗歌体式的研究情况看来,我们发现,其对文本体式的领会是由局部(声律、对仗)拓展到通篇("体"与"势"),更由偏重语句和语象的分析("十七势"所论多属语句、语象间的关联),深入到文本内在意象关系的探究(尽管所持观念迂执),是一个逐步演进和提高的过程。这一研究虽还比较粗浅,却将前人有关体式的原则性看法在诗歌文本范围内予以充分地形式化了,这才有了可供把捉的入手处,于文本范型的建构是不可或缺的。宋元以后诗家更有所谓"情景相生"、"虚实相涵"乃至"四虚四实"、"起承转合"等法式的讲求,亦皆沿着唐人诗格开拓的路子继续往下走。当然,这种纯形式的研究也会带来弊病,容易导致文本与表现对象、创作主体之间的脱节,使体式的内涵流于空洞化和贫乏化;特别是当这类形式规范与所表现的内容分割开来之后,形式凝固为定式,便会转变为一套死的规则,对活生生的情意表达起束缚作用。这也就是为什么宋代的主流诗学要扬弃唐人诗格,另辟"活法"论诗之途的缘故。

---

① 《全唐五代诗格校考》第334页。
② 见《二南密旨》"论物象是诗家之作用"条,上书第354页。
③ 见《二南密旨》"论裁体升降"条,上书第357页。

四、定式与活法：文本范型论的转形

宋代诗学的开局是承晚唐五代而来的,所以唐人诗格在宋代(特别是宋初)仍有相当影响。北宋仁宗年间出现的李淑《诗苑类格》中,便收采了一部分唐人诗格;南宋初年刊行的《吟窗杂录》,更以十八卷的篇幅大量载录唐五代人诗格。宋人自己亦曾仿效唐人创立诗格,今存宋初人所撰诗格类著作见于《吟窗杂录》的,便有僧保暹《处囊诀》、僧景淳《诗评》、王玄《诗中旨格》、王梦简《诗格要律》及署名梅尧臣的《续金针诗格》多种,而从末一种的题名看来,其受唐人诗格的启示自显而易见。但是,宋代诗家又往往对唐人诗格采取批评态度。《蔡宽夫诗话》讲到:"唐末五代,流俗以诗自名者,多好妄立格法,取前人诗句为例,议论锋出,甚有'师子跳掷'、'毒龙顾尾'等势,览之每使人拊掌不已。大抵皆宗贾岛辈,谓之贾岛格,而于李杜特不少假借。李白'女娲弄黄土,抟作愚下人,散在六合间,濛濛若埃尘',目曰'调笑格',以为谈笑之资。杜子美'冉冉谷中寺,娟娟林外峰,栏干更上处,结缔坐来重',目为'病格',以为言语突兀,声势蹇涩。此岂韩退之所谓'蚍蜉撼大木,可笑不自量'耶?"[①]这里所讲的"师子跳掷"、"毒龙顾尾"诸势均出于齐己《风骚旨格》,"调笑格"则出于皎然《诗式》,引以为说,固然反映着其在宋初诗坛的流行,而亦体现了宋人鲜明的否定倾向。

宋人对唐人诗格的否定,跟北宋诗文复古之扬弃宋初"白体"与"晚唐体"有关,而从根底说来,则与宋诗与唐诗在创新发展上所取的不同途径分不开。唐代是诗的时代,社会生活的繁荣与变革给了诗歌创作以巨大的推动力,所以唐人多从生活实践中去汲取创新的灵感,重视风骨、兴寄、兴象、韵味之类形而上的境界,对诗歌体式(包括声律、对仗)的讲求只不过看作学诗的初阶;入门与超诣是两回事,尽可

---

① 见《宋诗话辑佚》,中华书局1980年版,第410—411页。

并行不悖,无须操此攻彼。宋代则是学术文化昌盛的时代,文人以书斋生活为主,欲从学问高胜处开拓新的路子,加以唐诗的辉煌成就悬在眼前,无形中自有一股压力,故而宋人的求新更多地表现为推陈出新,即是从翻造与拓展前人诗意、诗语中来实现个人的独创性,这就必然要求突破既有的定式,采取灵活变通的技法,甚且要努力泯灭采用技法的痕迹。宋诗创作中爱讲"法",而不喜论"式",职是之故。

宋人谈论诗法,自欧阳修与梅尧臣即已开始。欧阳修《六一诗话》曾转述梅尧臣语云:"诗家虽率意,而造语亦难。若意新语工,得前人所未道者,斯为善也。必能状难写之景如在目前,含不尽之意见于言外,然后为至矣。"①这里虽未提出"诗法"的名目,谈的恰是诗法的内容,尤其是"意新语工"四个字所提示的目标,正是宋世一代诗人活用技法所要达成的境地,视以为宋诗法的肇端是不为牵强的。《六一诗话》里还述及杜诗"身轻一鸟过"的"过"字为众人百思而不得到,述及晚唐周朴诗的"月锻季炼","务以精意相高",乃至谓韩愈诗"工于用韵","得韵宽,则波澜横溢,泛入傍韵,乍还乍离,出入迥合,殆不拘以常格","得韵窄,则不复傍出,而因难见巧,愈险愈奇"②,应该都属于诗法范畴,跟文本体式亦有关联。

不过大力开展诗法问题讨论的,仍要数到宋诗的典范作者苏轼与黄庭坚。比较来说,苏轼重才更甚于法,他所标榜的"冲口出常言,法度法前轨"③,似将才性的自由发挥放在首位,但从心所欲而不逾矩,仍体现了尊重法度的倾向。把他的这种意向表达得更完整的,是其《书吴道子画后》文中所云"出新意于法度之中,寄妙理于豪放之外"的主张④,意思是说,创新并不导致背离法度,而妙理恰恰要在豪放之余才得以实现。这"妙理"(即妙法)当然不是指一般的法式,恐怕有点接近于他所说的"如行云流水,初无定质,但常行于所当行,常止于

---

① 《历代诗话》,中华书局1981年版,第267页。
② 同上书第266、267、273页。
③ 周紫芝《竹坡诗话》引,见《四库全书·集部九·诗文评类》。
④ 中华书局版《苏轼文集》卷七〇。

不可不止,文理自然,姿态横生"的那种境界①。不管怎样,这还是一种为文之法,是超越常法之法。

与之相比,黄庭坚对法的讲求要严格得多。他一向认为"百工之技亦无有不法而成也者"②,所以评诗说文时一再强调"左准绳","右规矩"③,尽量贴近"古人绳墨",做到"有宗有趣,终始关键,有开有阖"④。范温《潜溪诗眼》中便记述了多则有关他讲论诗法的话,如引用"文章必谨布置"的命题,借以分析杜甫《赠韦见素》诗的全篇立意与章法,以为"布置最得正体,如官府甲第厅堂房室各有定处,不可乱也",更谓"变体如行云流水,初无定质","然要之以正体为本,自然法度行乎其间","若不知正而径出于奇,则纷然无复纲纪,终于败乱而已矣"⑤。这段发挥充分显示了黄氏讲论诗法的用意,也对苏、黄用法的奇正各别作了很好的分解。但黄氏本人亦并非一味谨守法度者,守法是他论诗的第一步,变化出奇则是其进一步的要求。前引《答洪驹父书》在肯定绳墨布置的必要性后,又指出:"至于推之使高,如泰山之崇崛,如垂天之云;作之使雄壮,如沧江八月之涛,海运吞舟之鱼,又不可守绳墨令俭陋也。"⑥不过这种变化出奇仍属有意为文,最高的境界还在于无意为文,所谓"不烦绳削而自合者"⑦,黄氏认为陶渊明诗和杜甫晚年的诗作达到了这个境界。这里所讲的"不烦绳削",自意味着不有意去迎合法度,但"不烦绳削而自合",则仍然归于合乎法度,是一种自然而然地文成法立,于是同苏轼的"妙理"也就相通了。

正因为黄庭坚论法中有这变化超越的一面,故而当江西派的后学逐渐走上墨守成规的道路时,就有吕本中出来倡扬"活法"。"活法者,规矩备具而能出于规矩之外,变化不测而亦不背于规矩也。是道

---

① 见《答谢民师推官书》,《苏轼文集》卷四九。
② 见《论作诗文》,清光绪刻本《宋黄文节公全集·别集》卷一一。
③ 见《跋柳子厚诗》,《津逮秘书》本《山谷题跋》卷二。
④ 见《答洪驹父书》,《四部丛刊》本《豫章黄先生文集》卷一九。
⑤ 《潜溪诗眼》"山谷论诗法"条,《宋诗话辑佚》第323—325页。
⑥ 《豫章黄先生文集》卷一九。
⑦ 见《题意可诗后》,《豫章黄先生文集》卷二六。

也,盖有定法而无定法,无定法而有定法。知是者,则可以与语活法矣。"①看来这主要是指的那种灵活运用法度的技巧,似尚未能到达无意为文的境界,但既然将"活法"理解为"有定法"与"无定法"的统一,则对于长时期来拘守法度、不敢移易的保守习气确系一种突破,"活法"论因亦成为后期江西诗派说诗的一个纲领。其实,"活法"的观念早已容涵在苏、黄论诗的主张之中,苏所强调的以才运法,黄所指明的由正而变,皆含有"活法"的因子在,所以"活法"亦可视以为宋人讲诗法的一个基本的传统。事实上,在"活法"之说通行后,宋人便将此前已有的各种写诗诀窍如"夺胎换骨"、"点铁成金"、"打诨出场"、"语断意连"、"工拙相半"、"远意相合"乃至于用响字、健字、活字、拗字和十字一意的流水对等都归入"活法"的范畴,"活法"几成为诗法的代名词了。

然则,"活法"在诗歌文本体式的建构上究竟起了什么样的作用呢?这似乎又可从"破"与"立"两个方面来考察。就"破"的方面而言,"活法"的积极意义便在于破除唐人的定式。唐人诗格类著作中对诗歌的体势作了很详尽的辨析,建立起一整套模式,这对于指点学诗门径有一定的参考价值。但模式毕竟是固定且有限的,执此不知变通,必死于定式之下,不能适应多种情景的表达需求。"活法"的提出就在于打破这一拘束,叫人从灵活变通上来重新考虑诗歌体式的构建,于是文本范型的不断变化出新也才有了可能。比如律诗中的对仗问题,唐人有过很充分的讨论,也拟定了好些求变通的法式,而总的取向是求其工整精切。但宋人偏以为:"凡诗切对求工,必气弱;宁对不工,不可使气弱"。② 他们提出的原则是:"律诗中间对联,两句意甚远,而中实潜贯者,最为高作。"③宋末元初的方回进一步主张:"以一句情对一句景,轻重彼我,沉着深郁,中有无穷之味。"④这正是要打破

---

① 见《夏均父集序》,《四部丛刊》本《后村先生大全集》卷九五《江西诗派》引。
② 见吴可《藏海诗话》,中华书局版《历代诗话续编》第331页。
③ 见葛立方《韵语阳秋》卷一,《历代诗话》第489页。
④ 见《瀛奎律髓汇评》卷二六评陈后山《次韵春怀》语,上海古籍出版社1986年版。

对句但求上下称合的公式,而力求在表面的不相称合之中形成张力,以充实与丰富其内在的涵量,亦即"远意相合"之作为"活法"的功能所在了。又比如,诗歌的篇章讲求连贯,注重前后呼应,这也是作诗的常识,唐人立下的各种体势有许多均关切到这一点。而宋人却以为:"事不接,文不属,如连山断岭,虽相去绝远,而气象联络,观者知其脉理之为一也","此最为文之高致耳"①。所以他们写诗喜欢大跨度的跳跃或穿插,所谓"作诗断句,辄旁入他意,最为警策"②,乃至收结处每用"打诨出场"的手法③,求得从原有的语境下拓开一步,以开启带有超越性的人生领悟。这些都属于用"活法"破定式后所产生的艺术效果。

那末,破了定式之后,诗歌还要不要关注体式问题呢?这就牵涉到"立"的方面了。前面讲到,宋人创新的途径主要在推陈出新,故提倡"活法"的重心必然在"破",唯有不断破除陈规,方能求得不断出新;要通过"活法"来建立一套新的定式,既无必要,亦无可能。但"活法"既属于活用技巧,它也就不可能丢开诗歌的体式,其改造和翻新陈规的结果,仍必然要落实到文本建构上来。上文引述的"远意相合"、"工拙相半"、"语断意连"、"打诨出场"等,其实均属于文本的范型,不过不像唐人讲体势那样固定而机械,却显现为一种较灵活的原则和大致的安排罢了。金人王若虚在所作《文辨》中记述了一段有关文体的对白:"或曰:文章有体乎?曰:无。又问:无体乎?曰:有。然则果何如?曰:定体则无,大体须有。"④这段话的用意不就是吕本中所谓的"有定法而无定法,无定法而有定法"吗?用"定体则无,大体须有"加以概括,似更为明确,它表明了"活法"所要建立之"体"与唐人定式的不同,同时也便意味着由唐人定式向宋人"活法"的转变,实乃古典文本范型论的一个转形。

---

① 见苏辙《诗病五事》,《栾城集》第三集卷八,上海古籍出版社 1987 年版。
② 见陈长方《步里客谈》,《宋人诗话外编》,国际文化出版公司 1996 年版,第 555 页。
③ 《王直方诗话》引黄庭坚语:"作诗正如作杂剧,初时布置,临了须打诨,方是出场。"见《宋诗话辑佚》第 14 页。
④ 《四部丛刊》本《滹南遗老集》卷三七。

更须注意的是,这个转形的意义不尽在于由"定"向"活"的解脱,尤在于由纯文本体式向超文本体式论的过渡。如上所述,宋人的诗法(包括"活法")基本上仍属于技法层面的事,归诗歌创作中的形而下的领域,但用好这个技巧却要靠人的领悟,所以宋人常将"活法"与"悟"联系起来谈①,始有了超越文本的趋向。与此同时,宋人论法另有无意为文、文成法立的崇尚自然的一面,这就更不是纯文本范型所能框范得了的。"活法"说在创立时原指活用技巧,后来的演变中逐渐有了超轶技法的意味。如张元幹《跋苏诏君赠王道士诗后》一文中便是这样理解的:"文章盖自造化窟中来,元气融结胸次,古今谓之活法。所以血脉贯穿,首尾俱应,如常山蛇势。又如风行水上,自然成文。又如优人作戏,出场要须留笑,退思有味。非独为文,凡涉世建立,同一关键。"②以"活法"的应用同人的胸襟相结合,形而下的技法中遂寄寓了形而上的意蕴。我们看宋人在诗歌体式建构上经常着眼于"气"的贯注、"格"的树立以及"韵味"的包容与流宕,其实便是力图将人的内在气质与情趣注入文本形式,使形式成为"有意味的形式",使文本成为人的生命的活生生的呈现。当然,这个努力在宋人还只是个开端,因其过于注重形式的翻新,又不免会陷入炫弄技巧、"以文字为诗"③的盲区,超文本体式论的发扬要进入明清"格调"说方得以实现。

五、体格与声调:文本范型论的升华

明人写诗重模拟因袭,品诗却多精微独到之处,两方面的表现均与其诗学上的"格调"说紧密相关。"格调"者,体格与声调之合称也。体格的概念近于体式,而更突出其规范的作用与品格的内涵。声调实

---

① 参见吕本中《与曾吉甫论诗第一帖》所云:"此事须令有所悟入,则自然越度诸子。悟入之理,正在工夫勤惰间耳",《苕溪渔隐丛话》前集卷四九引。又,曾季狸《艇斋诗话》亦云:"后山论诗说换骨,东湖论诗说中的,东莱论诗说活法,子苍论诗说饱参,入处虽不同,然其实皆一关捩,要知非悟入不可。"见《历代诗话续编》第296页。
② 《四库全书》本《芦川归来集》卷九。
③ 严羽《沧浪诗话》批评江西诗派语,《沧浪诗话校释》,人民文学出版社版,第26页。

乃体格的有机组成部分,就像唐人诗格类著作中谈声律而归于体式一样。故"格调"之说总起来看还是诗歌体格问题①。

"格调"说是怎样产生的呢?则又同元明以来诗歌创作中祧宋祖唐的风气分不开。我们说过,宋人的立意在于打破唐人陈规,其好处是能出新,缺点是容易丢失唐人诗风的圆转流美,特别当其一力走向翻新之路时,为求新奇而不避生涩拗峭,各种弊病便会出现。南宋以后就不断有人指摘宋诗作风生硬,不近人情,永嘉"四灵"起而复倡"唐音",至宋末严羽更高标"以盛唐为师",宗唐与宗宋遂成为后期中国诗歌史上的两大分趋。明代是宗唐之风最炽盛的时期,但明人看重的并非唐人诗格类著作中那些定式,而是诗歌作品里显露出来的唐人的风神情韵,不过风神情韵又不能独立地存在,而必须展示在具体的文本体式之中。如何通过辨析唐诗的格调以领会其内在的风神情韵,进一步如何纯熟地掌握与运用这类格调,以使唐人的风标转化为今人的情性,这就是明代诗家给自己提出的课题,因亦是"格调"说的基本出发点了。

"格调"说在文本范型观上提供了哪些新的理念呢?

首先当可注意其重视法式与超越法式相结合的取向。"格调"作为体格与声调,当然属于诗歌形体的范畴,是不能离开特定法式的规范与组合的,所以需要讲求法式,学习前人的规范。但"格调"又不仅仅是体格声调,它还寄寓着人的精神风貌,体格同时是人的品格与气格,声调亦即人的情调与风调,故学习与掌握格调不能单从形体着眼,更须超越形体的法式以进入精神的层面,也便是何景明所谓的"富于材积,领会神情,临景结构,不仿形迹"的路子了②。前七子中的徐祯卿还鲜明地喊出"因情立格"的口号③,后七子中的王世贞也有"出之

---

① 按明人对体格与声调的关系有不同的解说:在"眼主格,耳主声"的提法中(见李东阳《麓堂诗话》),两者相并列,分属诗歌形体与音声两个方面;在"才生思,思生调,调生格。格即调之界,调即思之境,思即才之用"的提法中(见王世贞《艺苑卮言》卷一),格从属于调,成为诗歌声调的规范;但在多数情况下,体格仍为形体规范的总称,而声调乃其有机合成。造成这样的情况,大概由于明人以声教说诗,特别重视声调在文体构成诸因素中的作用的缘故,兹不具论。
② 见《与李空同论诗书》,明刻本《何大复先生全集》卷三二。
③ 见《谈艺录》,《历代诗话》第767页。

自才,止之自格"的提法①,他们都把情性或才性视为格调的本源,主张由人的内在精神出发以创立格调,于是诗歌体式不再是纯文本、纯形式,而成为人本与文本相合一,成为灌注生命的形式了。这可以说是"格调"说在诗学理论上的重大贡献,是对于唐人体势论乃至宋人"活法"说的根本性的改造与提高。

但要看到,明人这种以情性为本的理念又是不彻底的。明代统治者极为强调诗歌的教化功能,明人所认可的情性实质上属于群体规范化了的情性,故主情与复古经常并行不悖。加以明人好尚唐诗,而明代社会环境与唐人那种开放性的生活方式实相距甚远,于是爱好与宗尚便多表现为外形上的学习仿效,这就更导致复古之风的盛行。主情论立足于情性为本,复古论着眼于摹形绘声,看来是个矛盾。明代诗坛的主流派既主情又复古,其解决办法乃是通过模拟前人诗歌的体格声调以掌握其内在的神情。尽管这不失为一条体认前人诗歌作品的有效途径,而要藉以转化为自己的创作活动,则往往会在既有格调的束缚下迷失了自家的本性。王世贞所说的"出之自才,止之自格",就有以格调来限制才性的倾向。至于他进一步倡言"夫格者,才之御也;调者,气之规也",呼吁"抑才以就格,完气以成调"②,更显然将才情与格调的主从本末关系颠倒过来,而格调也便由灌注生命的形体蜕变为桎梏生命的躯壳了。这又构成了"格调"说文本范型观内蕴的最深刻的冲突。

其次可留心"格调"说有关辨体立本与破体为用相结合的思考。格调论者既然将"立格"放在诗歌创作的首要位置上,他们就必然要注意辨体,通过辨别体制来确立他们所认可的"高格"。严羽当年强调的"作诗正须辨尽诸家体制,然后不为旁门所惑"③,可说是开了格调论之先河,至有明一代诗家便将这一提示积极地付诸实践。他们不仅要严格区分各种体类,不使混杂,如云"古诗与律不同体,必各有其体,乃

---

① 见《方鸿胪息机堂集序》,明崇祯刻本《弇州山人续稿》卷四四。
② 见《沈嘉则诗选序》,同上书卷四〇。
③ 见《答出继叔临安吴景仙书》,《沧浪诗话校释》第252页。

为合格"①,还特别致力于把握各时代风格,不容淆乱,如谓"拟汉不可涉魏,拟魏不可涉六朝,拟六朝不可涉唐","凡为某体,务须寻其本色,庶几当行"②。这种辨析的工作可以做到十分细致的地步,如从唐诗中再分辨出初唐、盛唐、中唐、晚唐不同体格,从盛唐中再分辨出一般人的"唐调"和特殊作者的"杜调"(杜诗格调)。经过这样的辨析,学诗者要为自己树立什么样的风范,可谓了然于心,而人们对于诗歌体式的领悟,也确然不再停留于浮泛的表面了。不过这自是走的规模前人的路径,于创新变化仍是有距离的。

可能正是考虑到这一点,"格调"说在其后来的演变中逐渐放宽了取材的范围,即:不再把自己简单封闭于"正格"、"高格"的狭窄范围之内,而尝试向其余的文本范型开放,广泛借鉴和吸取有用的成分,这就叫"破体为用"了。"破体"是相对于"辨体"而言的。"辨"者着眼于严格的区划,不使淆杂,以保证体制的精纯;"破"者恰恰要将不同的体式参合起来使用,相互生发,以丰富诗歌表达的手法。"破体为用"对打开学习的视野,促进诗风的更新,显然是有好处的。但须注意的是,在明格调论者的心目中,"破体"又并不否定"辨体"。"辨"而求其体正,依然是诗歌创作的立足点;"破"而得其用广,只不过起补充发挥的作用罢了。顾而行说得好:"文有本,亦有用。体欲其辨;师心而匠意,则逸辔之御也。用欲其神;拘挛而执泥,则胶柱之瑟也。……神而明之,会而通之,体不诡用,用不离体。"③这跟王世贞所讲的"师匠宜高,捃拾宜博"④一个意思,都是要在坚持辨体立格的基础上来"破体为用",其所"破"当然是有限的。尽管如此,格调论者关于辨体与破体相结合的经验仍有其价值,若能去除其复古主义的限制,以我为主体,真正做到"因情立格"、广参其用,则神明变化亦是可期待的。

---

① 见李东阳《麓堂诗话》,《历代诗话续编》第 1369 页。
② 见胡应麟《诗薮》内编卷一,中华书局上海编辑所 1958 年版,第 15、20 页。
③ 见《刻文体明辨序》,《文章辨体序说·文体明辨序说》,人民文学出版社 1962 年版,第 75 页。
④ 见《艺苑卮言》卷一,《历代诗话续编》第 960 页。

再一点,便是"格调"说对于诗歌文本范型的总体构架的揭示。我们一再讲到,格调论者虽以学习前人诗歌格调为先务,但他们决非格调至上论者,学习格调的目的是为了领会神情;他们对"格调"的理解也不限于单纯的形体,而是看作为灌注生命的形式。这就决定了他们在讲求格调的前提下,还要努力进入诗歌文本的内层,以期对文本体式有一整体的把握。前七子的领袖李梦阳宣称:"夫诗有七难:格古、调逸、气舒、句浑、音圆、思冲、情以发之,七者备而后诗昌也。"①这里提到的"七难",便是诗歌体式建构上的七项条件,"格"与"调"只占其中的两项;而且七者之中最居主导地位的乃是"情","情"为动力,得"情"发动之后,才谈得上"格古""调逸"等等,于此可见格调论者的文本范型观之一斑。

在这个问题上概括较完整的,可举胡应麟的一段话为代表,其云:"作诗大要,不过二端:体格声调、兴象风神而已。体格声调有则可循,兴象风神无方可执。故作者但求体正格高、声雄调鬯,积习之久,矜持尽化,形迹俱融,兴象风神自尔超迈。"②这里所强调的由体格声调入手而逐步求得"形迹俱融",自是格调论者的老套,但它将诗歌作品归结为"有则可循"的体格声调与"无方可执"的兴象风神两大方面,则比较切合实情。前者属诗歌的外在形体,后者构成其内在生命,内在生命自未必能像外在形体那样——予以辨析执实,而仍须附见于外在形体方可指认。所以胡应麟接下去便以镜花水月取譬,以为"体格声调,水与镜也;兴象风神,月与花也。必水澄镜明,然后花月宛然;讵容昏鑑浊流,求睹二者"③,讲得有一定的说服力。不过胡氏站在复古的立场上,只看到体格声调可学而兴象风神难描,不懂得活泼泼的兴象风神要靠诗人从自己的生命活动中去提取和烁炼,所以在区分了两个方面之后,只能说一句"法所当先,而悟不容强也"④,轻悄悄地将

---

① 见《潜虬山人记》,《明代论著丛刊》本《空同先生集》卷四七。
② 见《诗薮》内编卷五,中华书局1958年版,第97页。
③ 同上。
④ 同上。

构建诗歌内在生命的要求放到悬而未决的状态中去了,文本的内外贯通也就未能真正实现。

综上所述,明清两代的诗学"格调"说是一个复杂而充满矛盾的思想体系。它以体格声调为考察诗歌文本的切入口,力图由体格声调上溯兴象风神,并通过对内在神情的领会与消化,回过头来再灌注生命于诗歌形体。这样一种在内外流贯之中将生命与形体合而为一的思路,无疑是有启发性的,而作为形体结构的文本范型(即"格调")亦由此而获得了内在的生机,成为生命的结构。"格调"说的文本体式观之高出于前人,即在于此。遗憾的是,在复古思想的制约之下,格调论者未能将内在生命的建构当作诗歌创作的首要任务,却走上了由形体求生命的"倒学"之途,而由于自身诗性生命的匮乏,终导致摹拟习得的形体亦脱落其原有的活力,坠为徒具音声的空腔。后来的性灵论者指责"格调"说桎梏性灵[1],不为无因。但"格调"说的妨害性灵并不在于其讲求格调,而在于它没有从人的真性情出发来创立自身的格调,它的失误反倒证明了情性与格调的不可分割,由情性以求格调,在格调中展示情性,正是构建诗歌文本范型的不二法门。这还属于比较粗糙的说法,更细致一点,当如胡应麟的提示,将诗歌文本分解为格调(形体声调)、兴象(包括"象内之象"与"象外之象")和风神(即内在情性所具备的风姿神韵)三个层面,内在生命与外在形体贯通一气,共同组成诗歌体式的生命结构,也就是中国诗学的"言—象—意"总体构架于诗歌文本上的体现了。

六、体式——诗性生命在形体结构中的开显

以上就中国诗学传统中诗歌体式论的演化轨迹作了简要的历史回顾,我们看到,体式的观念由文章体类与体貌衍生而来,观念生成后,又由纯文本形式的展开经定式的破除而走向形体的自我超越,总

---

[1] 如袁枚断言"格调是空间架,拙人最易藉口","但多一分格调者,必损一分性情",见所著《赵云松瓯北集序》《引杨诚斋、周栎园语》,《四部备要》本《小仓山房续文集》卷二八。

的说来,显现为由形体向生命境界的提升,而又始终未脱离其对形体自身的依存。实际上,这一发展的趋势早已潜伏在体式观生成之际,刘勰当年用"情志为神明,事义为骨髓,辞采为肌肤,宫商为声气"来界定文章体制的基本构成,即已孕育着后来格调论者"因情立格"的理念,而跟胡应麟以格调、兴象、风神来概括诗歌文本范型,亦称得上异曲同工。可以认为,从情感生命的表达需求出发来观照和把握体式的建构,是民族诗学的一贯传统,也是我们的文本范型观的特色所在。

由此便决定了体式在人们心目中的二重性能,即:既是形体的结构,而又是生命的结构;综合地说,乃是诗性生命体验在文学形体组合中的开显。我们的先辈对这个问题有着非常清晰的认识,他们经常从人本与文本相统一的角度来探讨文体的构成。刘勰《文心雕龙》中的《体性》篇便对作家才性与文体的关系作过具体论述,如云"贾生俊发,故文洁而体清;长卿傲诞,故理侈而辞溢;子云沉寂,故志隐而味长;子政简易,故趣昭而事博;孟坚雅懿,故裁密而思靡;平子淹通,故虑周而藻密;仲宣躁锐,故颖出而才果;公幹气褊,故言壮而情骇"等等,文与人是紧密连成一体的。至如《时序》篇叙及建安文学,以为"观其时文,雅好慷慨,良由世积乱离,风衰俗怨,并志深而笔长,故梗概而多气也",则又将时代变乱及其在士人心灵中的投影同文风联系起来,文体之折射世道人心更显而易见。

正因为文本体式具有这样一种综合的功能,它就成了从事文学活动的一个落脚点,因亦是文学作品各构成要素的整体连结点。文学创作最终要落实于文本,是人所共知的;文学批评和研究其实也应该在文本体式上得到最后的验证。比如说,古代风习十分重视政教对文艺的影响,于是有"治世之音安以乐,其政和;乱世之音怨以怒,其政乖;亡国之音哀以思,其民困"的说法产生[1],甚或提出"诗之正经"与"变风变雅"的概念区分[2],这正是从文体变迁上来显示政教的兴衰。再

---

[1] 见《礼记·乐记·乐本》。
[2] 见《毛诗序》及郑玄《诗谱序》。

比如,魏晋以后的人士关注作家才性的发扬,遂有像曹丕《典论·论文》、《文心雕龙·体性》篇以及钟嵘《诗品》之类联系人的才性谈文体的现象,文体又成了论证才性的依据。唐以后人广泛开展诗歌艺术的研究,有关意象组合关系乃至意境的领会亦常通过文本范型的形态展现出来(前者如王昌龄的"十七势",后者如《二十四诗品》)。至于明清格调论者将辨体析格作为其诗学观的基础,则愈见得体式在考察文学现象上的不可或缺。于此更进一层,乃有将文学的发展变化归结为文体演变的观念出现。前引沈约《宋书·谢灵运传论》中总结汉魏四百年间"文体三变"的例子,这"文体三变"就包含着整个文学风貌的变迁了。《文心雕龙·通变》篇亦曾以"黄唐淳而质,虞夏质而辨,商周丽而雅,楚汉侈而艳,魏晋浅而绮,宋初讹而新:从质及讹,弥近弥淡"几句话来概括作者所观察到的自上古以至近世文学演变的历程,而演变的内涵同样被提炼为文体的变化,可见文本体式作为文学研究的重要归结点,是确然无疑的。

　　这里有必要触及当前学界在文体问题上的一种流行看法,即以文体单纯归之于文本语言,强调从语言技巧的角度来探讨体式的构建。应该承认,这种主张有其合理的方面,因为文体作为文本形体确实离不开语言材料,从语言组合方式入手自亦是进入文本体式的必由门户,但决不可因此而将文体学还原为语用学,对文学文体说来尤其如此。我们知道,文学作品之不同于一般的文本,在于它有艺术生命。这艺术生命的内核乃是作品中蕴含着的人的诗性生命体验(审美意蕴),它的显现形态即为生命体验的意象化表现(文学意象),而文本语言又是营造意象的手段。所以,一种文学范型的建构,不仅在文本词句的组合或篇章的构造,尤在于通过语言组合能生成相关的意象组合,更由巧妙的意象组合而导入内在情意空间的充分展开,致使诗性生命流注无碍,这当然不单是语言技巧所能范围得了的。古人尽管很重视技巧,但没有停留在就语句关系看文体的水平上,而是深入一步探索文体内含的生命结构,力图将"言—象—意"作为文本体式的总体构架予以完整的确立,虽应用尚不成熟,其昭示的方向却值得我们深思。借鉴传统的经验,从文学诸因素的纽结点上来看待体式,更从形体结构与生命结构二重性能的整合上来把握体式,或许能促使我们的文体研究有一新的飞跃。

释"诗体正变"
——中国诗学之诗史观

诗作为人的诗性生命活动,不仅体现于一首诗的创作、传播以至接受的全过程,亦且流贯于诗歌这一艺术门类发展和演变的总进程之中。对后者的追踪与描述构成了诗史,而从理论上给予总结提炼的,便称之为诗史观。我们民族的诗学传统里也有其独特的诗史观,它是围绕着"诗体正变"的范畴而展开的。不过"诗体正变"观念的确立又有一个由隐而显的过程,大致说来,肇端于"风雅正变",拓宽于"质文代变",而归结于"诗体正变",乃其演化的基本线索。我们将循着这条轨迹来对中国诗学的诗史观作一探究。

一、"风雅正变"溯源

传统诗史观的最初形态为"风雅正变"之说,它所论述的范围虽只限于《诗经》,而涉及的理念实已包孕着后来"诗体正变"说的胚芽,我们的考察也就不能不从它做起。

"风雅正变"概念的正式提出是在汉代,在这之前的先秦时期,诗与乐尚未完全分离,故也不会有单纯从诗着眼来讨论"正变"的现象发生。但从《左传·襄公二十九年》有关季札观乐的记载及《礼记·乐记》所谓"治世之音"、"乱世之音"与"亡国之音"的区别之中,已可约略窥见由"正变"谈论乐音(当亦包括乐词)的影子,为"风雅正变"说的出现开了先河。至《毛诗序》,便公然揭示"变风变雅"的题旨。汉末郑玄撰《诗谱》,更将一部《诗经》明确区划为"诗之正经"和"变风变雅"两大块，就风、雅、颂各体排比分类，俨然形成一个统系，"风雅正变"之说亦由此而得到定型。

"风雅正变"说的内涵应该怎样来把握呢？须先从"正变"的涵义说起。按"正"字，许慎《说文解字》训作"是也，从止，一以止"，徐锴注云"守一以止也"，即守住正道而不偏邪的意思。《说文》又训"是"为"直也"，则"正"也便是正直、正当之意。正道、正直、正当都是和偏邪相对立的，所以"正"与"邪"经常对举，如《逸周书·王佩解》所云"亡正处邪，是弗能居"以及《乐记·乐论》篇讲到的"中正无邪，礼之质也"皆是。"变"之一词则有变更、变化之意，"变"与"正"相并提，初见于《庄子·逍遥游》中的"若夫乘天地之正而御六气之辩以游无穷者，彼且恶乎待哉"一句，其中的"辩"即为"变"①。什么叫作"乘天地之正而御六气之辩"呢？我们知道，古代的观念将天、地视以为阴阳二气的化身，而"六气"一般解作"阴阳风雨晦明"②，指气象上的种种变化，是阴阳二气屈伸交会的表现。这句话的意思是说：要顺应天地的本性以掌握物象的种种变化。"正"在这里代表事物的本性，"变"则构成其外在的变化形态，两者之间有点类似后人所谓的体用关系，这是"正变"对举的初始涵义。由此引申一步，便有以"正"为事物的正常状态而以"变"为非正常状态的理解产生。《素问·六节藏象论》说到："苍天之气，不得不常也。气之不袭，是谓非常，非常则变矣。"王冰注云："变谓变易天常。"③这里虽未直接以"正""变"对举，但所讲的"常"或"天常"实即指"正"，而"非常"乃至"反常"也就是"变"了。汉人喜欢讲"灾变"（即"天时不正"），用自然界的不正常现象来表示上天对人主失政的谴告，其"变"也是取的与"常"相对的涵义，诗学的"正变"观便是在这个意义的基础之上发展起来的。

值得注意的是，"正"与"变"虽然成为一对矛盾，但与"正""邪"

---

① 参见郭庆藩《庄子集释》："辩与正对文，辩读为变。《广雅》：'辩，变也'，辩、变古通用。"又《管子·戒篇》亦有"御正六气之变"一语，"变"与"辩"同。
② 见《国语·周语下》韦昭注。
③ 《四库全书》本《黄帝内经素问》卷三。

的关系并不相同。后者是事物质性上的对立,"正""邪"不相并容;前者则为事物形态上的差异,"正""变"或可融通。《穀梁传·僖公五年》述及鲁僖公与齐、宋、陈、卫、郑、许、曹各国诸侯会盟于首戴,王世子亦代表周王室莅会并受推尊,以为虽不合乎礼法(以王世子代表周天子),而仍属"变之正也"(仍体现尊重王室之意)。同书《襄公二十九年》和《昭公三十一年》叙及各国大夫发起为杞人乃至周王室筑城之事,亦称之为"变之正"(政令出自大夫为"变",扶恤弱国、捍卫王室为"正")。这"变之正"后人也有称"正变"的①,意谓"变而不失其正"甚或"变而复归于正"(从后一种涵义更可进一步引申出《易·系辞下》所云"穷则变,变则通,通则久"的思想来),可见"正"与"变"并非截然对立,而实有相互交渗与转化的余地。这一理念对"诗体正变"说亦有重要的影响。②

"正变"的涵义既已交代清楚,便可进而讨论"风雅正变"的内涵,有几个关节点需要把握:首先,"风雅正变"仅就"诗三百"的范围立论,它并不涉及《诗经》以外的作品(如楚辞),故也不能算作真正意义上的诗史观。但"诗三百"的写作时间从周初一直延续到春秋中叶,前后跨度有五六百年之久,对这段时期诗歌的发展变化用"正""变"来作标示,确也体现了"史"的意识,以之为诗史观的滥觞又未始不可。其次,"诗之正经"(包括《颂》诗全部、《大雅》大部和《小雅》、《国风》的小部)与"变风变雅"(《大雅》的一部分和《小雅》、《国风》的大部分)的划分,是以其所由产生的时代政治条件为依据的,一般说来,治世之音为"正",乱世、衰世之音为"变",这样一种由政教推断诗歌演变的模子构成传统诗史观的一个基本的方面,也跟"审乐以知政"③乃至"采诗观风"④等传统的诗学观相呼应。再者,"正""变"之分虽因

---

① 见郑樵《风有正变辨》:"必不得已,从先儒正变之说,则当如《谷梁》所谓'变之正'也",《四库全书》本《六经奥论》卷三。
② 以上对"正变"涵义的辨析,多方面吸取了朱自清先生《诗言志辨》中论"正变"一节的研究成果,特志明。
③ 见《乐记·乐本》。
④ 见《汉书·艺文志》:"古有采诗之官,王者所以观风俗,知得失,自考正也。"

其时,而亦体现于诗,"正"诗多颂美之声,"变"诗则"刺怨相寻"①,这跟《乐记》中讲到的"治世之音安以乐,其政和;乱世之音怨以怒,其政乖;亡国之音哀以思,其民困"②是一个套路。将政教的作用落实于诗、乐的风格,由诗歌音声形体的流变来折射时代政治与民情风俗的变迁,这是传统诗史观的一大精义,而"风雅正变"说已开其端绪。更可注意的是,毛诗与郑谱虽就《诗》之正变作了区分,却未曾像后世"正变"论者那样一味地"伸正诎变"。《毛诗序》对"变风变雅"的解说是"达于事变而怀其旧俗者也",意谓虽因时势变化而造成诗风变化,但写诗的目的是要返回旧俗旧政,这也就是"变而不失其正"或"变而复归于正"的意思了。正因为"变风变雅"的归趋乃在于"正",故论者不以其"变"而加贬绌,仍与"正"诗同列为"经",这跟后世"诗体正变"说常有的"伸正诎变"观念不相一致。不过"变"而要返归于"正",从根底上说仍寓有以"正"为常、以"变"为非常的理念在,这又是古代诗史观一贯的传统了。"风雅正变"说作为民族诗学传统中诗史观念的创始,其对后来"诗体正变"之说的酝酿与催化作用,即就上述四点,亦可概见一斑。

二、从"风雅正变"到"质文代变"

"风雅正变"属诗经学的命题,尚不具有普遍涵盖的意义,而在它形成的同时,人们已开始将历史探讨的眼光投向了其他文学领域。较早如西汉时的扬雄曾提出"诗人之赋丽以则,辞人之赋丽以淫"的说法③,对辞赋的古今演变加以初步归纳。而后班固在《汉书·艺文志·诗赋略》里,亦曾就先秦至两汉间诗赋流变的具体情况进行勾画。但真正将文学创作的历史过程予以展开的,还要数西晋挚虞所撰《文章流别论》,其中涉及诗、赋、颂、铭、箴、诔、哀辞、碑文各类文章,一一

---

① 见郑玄《诗谱序》,《十三经注疏》本《毛诗正义》。
② 见《乐记·乐本》。
③ 见《法言·吾子》。

就其源流升降作出提示,相当于一部最简要的分体文学小史。沿着这条道路继续开拓的,尚有李充《翰林论》、任昉《文章缘起》等著述,而以刘勰《文心雕龙》上编二十篇文体专论为大成。这二十篇专论对各类文体有多方面阐说,其"原始以表末"就是讲的文体流变[①],所以刘勰的文体论中亦包含分体文学史在内。不仅如此,《文心雕龙》一书另设有《通变》、《时序》诸篇,于文学发展的总体进程及共通性规律进行探索,尤其是《时序》篇里提出的"质文代变"一语,可说是对前此以往各家谈论文学流变的一个总括,有必要就其内涵作深一步的讨论。

什么叫作"质文代变"呢?文学观念上的"质""文"对举,往往包含两重相关的涵义:一指文学作品的内质与外形的关系,再一是指文学风貌上的质朴与文华的界分,两者之间又有一定的联系。重视内质而忽略外形的,易导致文风的质直无华;相反,致力于形体修饰而不顾及内容充实的,亦难免陷于浮华失实。于是,"质胜"与"文胜"的说法,便兼有重内容或重形式和尚质朴或尚文华这样双重涵义,而《文心雕龙》在使用"文""质"这对范畴时,也常是混而用之的。由此来看"质文代变"一语,便既可以理解为文学创作由重内质向重外形的推移,又可视以为时代风气由尚质实向尚文华的转变,前者为后者的根由,而后者乃前者的显现。《文心雕龙·通变》篇里对于上古以迄刘勰之前文学风貌的演变历程有一概括性的论断,叫作"黄唐淳而质,虞夏质而辨,商周丽而雅,楚汉侈而艳,魏晋浅而绮,宋初讹而新:从质及讹,弥近弥淡",这就是"质文代变"的具体展示了。汉魏六朝文学的发展,确是循着这样一条由质及文的路子展开的;而扬雄、班固、挚虞等人所讲的诗赋流变或文章流别,其核心内容也正是这个"质文代变"。

"质文代变"与"风雅正变"有所不同,不仅因为其应用的范围广,涉及的问题多,更在于其变化的取向较为复杂。在"风雅正变"的领域内,"正"诗与"变"诗虽表现作风不同,一主颂美而一主怨刺,但目标

[①] 见《文心雕龙·序志》。

取向是共同的,都是要促使政教风俗稳定或回归于社会正道(即太平盛世),归结点皆在"正",故不必意存轩轾。而在"质文代变"的情况下,古诗古赋古文与今诗今赋今文则不单在风格上有质朴与文华的区别,其价值取向上亦自形成反差,前者的以"质胜"是跟崇尚义理、重视文学的教化功能相联系的,后者的以"文胜"又同发扬才藻、讲求文章的审美和娱乐作用分不开。价值导向的各别造成了"质""文"的分流与"代变",这就迫使人们不能不从中加以选择,或崇"正",或尚"变",于是有了复古、新变和通变三种倾向的出现,构成文学史观上的三大派,其实都是围绕着"质文代变"的现象而展开的。

复古论在汉代扬雄与班固身上即已显露苗子,他们讲辞赋的古今对照或诗赋的古今流变,都带有厚古薄今的意味,虽未倡言复古,而气机已在。晋挚虞《文章流别论》则将这一意向充分展明了,文中叙及各类文体的古今演变,均持是古非今的立场。如论颂体,在肯定与阐发上古颂诗体制及功能的前提下,转而评论后世制作云:"昔班固为《安丰戴侯颂》,史岑为《出师颂》和《熹邓后颂》,与《鲁颂》体意相类,而文辞之异,古今之变也。扬雄《赵充国颂》,颂而似雅;傅毅《显宗颂》,文与《周颂》相似,而杂以《风》《雅》之意。若马融《广成》《上林》之属,纯为今赋之体而谓之颂,失之远矣。"这段话里对古今颂体的辨析虽较细致,而褒贬抑扬显然都是以《诗经》里的颂诗为依据的,古颂既然成为典范,后世的演变就只能是乍离乍合甚或"失之远矣"了。这一基本的立场亦反映于其他文类的论述中。如论赋,以为"古诗之赋,以情义为主,以事类为佐;今之赋,以事形为本,以义正为助。情义为主,则言省而文有例矣;事形为本,则言当(疑作"富")而辞无常矣。"论诗,以为"古诗率以四言为体……雅音之韵,四言为正,其余虽备曲折之体,而非音之正也。"又论铭,以为"古之铭至约,今之铭至繁……而文多秽病。"[①]处处以古今对比,虽寓有针砭时俗之用心,其执一不变的心态终嫌保守。后来梁裴子野作《雕虫论》,西魏柳虬作《文质论》,隋李谔

---

① 均见《文章流别论》,中华书局影印本《全晋文》卷七七。

有《上隋高帝革文华书》，以及隋末王通著《中说》，抨击当世文风更为激切，而以古衡今、伸正诎变的思想如出一辙，他们皆属于传统文学史观里的复古派。

与复古论针锋相对的，是六朝文坛上兴起的新变论。新变论者将文学的历史发展视作理所当然，反对因袭前人，赞成变革创新，反对厚古薄今，赞成今胜于古。其思想上的前驱乃东汉时的王充，他的反模拟、贵独创的文学主张，正是对复古思潮的有力冲击。到东晋葛洪提出今胜于古的理念，便建立起明确的历史观。《抱朴子·钧世》篇公开宣称："夫《尚书》者，政事之集也，然未若近代之优文诏策军书奏议之清富赡丽也。《毛诗》者，华彩之辞也，然不及《上林》《羽猎》《二京》《三都》之汪濊博富也。……若夫俱论宫室，而奚斯'路寝'之颂，何如王生之赋《灵光》乎？同说游猎，而《叔畋》《卢铃》之诗，何如相如之言《上林》乎？并美祭祀，而《清庙》《云汉》之辞，何如郭氏《南郊》之艳乎？等称征伐，而《出车》《六月》之作，何如陈琳《武军》之壮乎？……古者事事醇素，今则莫不彫饰，时移世改，理自然也。"①把时人奉为经典的《诗经》与《尚书》，皆认为比不上后代文章华美富赡，且以日趋雕饰为理势之必然，见解是很大胆的。葛洪以后，梁沈约在《宋书·谢灵运传论》中系回顾从古先到近世文学演进的历程，将创新的缘由归之于"赏好异情，故意制相诡"②，萧统《文选序》作出"踵其事而增华，变其本而加厉，物既有之，文亦宜然"的推断，萧子显《南齐书·文学传论》更喊出"在乎文章，弥患凡旧，若无新变，不能代雄"的口号③，从多方面补充和发挥了新变论的文学史观。这一崇"变"的观念与六朝文学创作不断变化出新的趋势相适应，在当时文坛上占据很大的势力，但它把文学的历史演变归结为由质直简朴向雕饰繁缛的直线式推进，则不仅是简单化和片面化的，也对六朝文风朝着文浮于质乃至以文溺质的方向愈演愈烈，起着不良的推波助澜作用。复古论者批评它逐末

---

① 《抱朴子》外篇卷三〇。
② 中华书局版《宋书》卷六七。
③ 中华书局版《南齐书》卷五二。

舍本、流而忘返,不能说没有切中病痛。

新变与复古既然各有偏颇,于是有第三种见解起来折衷调和,便是通变论的文学史观,代表人物即刘勰①,《文心雕龙·通变》篇专门讨论这个问题。按"通变"一词,出自《易·系辞》"通变之谓事"和"穷则变,变则通,通则久"等说法,"通"是通达的意思,与"穷"相对待,"通"与"变"并不构成矛盾。《文心雕龙》一书却将"通变"对举成文,"通"指会通,"变"指变易,"通"和"变"成为继承与革新的关系。在刘勰看来,这两个方面对于文学创作均不可少。通而无变,不免陈陈相因;竞今疏古,亦会风昧气衰。他希望将"会通"与"适变"有机地结合起来,以取得"文律运周,日新其业,变则其久,通则不乏"的最佳效果。用这个观点看待今古之争,他既不一味附和复古,也并不盲目追随新变,其理想是要综合吸取古今各代的长处,"望今制奇,参古定法","斟酌乎质文之间,而櫽括乎雅俗之际",将文学的发展推进到更高的境界。这样的历史观较之复古论与新变论,自然显得更为通达而全面。但须指出,刘勰对于"通"和"变"两个方面又并非平等看待的。他主张"体必穷于故实"、"数(术)必酌于新声",也就是说,变化创新只及于文辞风格之类表现形式,而文学的本体精神却不容许逾越传统限界。所以他给当世浮靡文风开出的药方,仍是"矫讹翻浅,还宗经诰"那一套②,而对楚辞以下的文学新变成果的借鉴,则严格要求"酌奇而不失其真(贞),玩华而不坠其实",做到执正以驭奇,才能行之久远③。看来他的调和折衷之中仍带有较为浓重的复古色彩,《文心雕龙》一书在齐梁间并未产生显著影响,这恐怕是重要的原因。

六朝文学史家的三派,到唐代得到了初步的整合。唐人有惩于六朝的流弊,切望改弦更张,重开一代雄风,故大多对文学新变的路线持批评态度。这种批评初起时还稍温和,往往归结到"文质因其宜,繁约

---

① 钟嵘与北朝颜之推等亦有类似倾向,兹不具论。
② 上引均见《文心雕龙·通变》。
③ 见《文心雕龙·辨骚》。

适其度,权衡轻重,斟酌古今"上来①,但不久便趋于严厉,表现为一笔抹倒六朝的业绩(甚至追溯浮华的源头于楚辞、汉赋),且一力高唱复古。不过唐人的复古并不等同于六朝的复古,他们只是要发扬传统的精神(如文以明道、诗歌讲风骨兴寄等),而不是要恢复古文学的体貌,"师其意,不师其辞"②,实在是唐代诗文复古的一个纲领。正由于此,他们在发扬传统的同时,亦很注意消化和运用六朝新变的成果。如殷璠编《河岳英灵集》,标榜的选诗原则便是"既闲新声,复晓古调;文质半取,风骚两挟;言气骨则建安为传,论宫商则太康不逮"③,不是很有点"斟酌乎质文之间"的味道吗?这跟刘勰的通变论实质上是很相近的。通变而要打复古的旗号,则又关涉到唐人与六朝通变论者所处的历史地位不同了。刘勰生当齐梁间文学新变进入高潮之际,他本人不能不受时代风气的影响,故一面鼓吹"明道"、"宗经",一面却采纳不少新变论的主张(如《丽辞》、《声律》诸篇均是),从而使他的通变说呈现出明显的折衷与改良的色调。唐人则不然。他们生活在六朝文学衰颓之后,亟需对旧的文体、文风来一番彻底改造,即不光要补偏救弊,更其要摧陷廓清,于是带有调和色彩的"通变"口号不能使他们满足,而"复古"倒成了文学革命的旗帜,这是一层因素。再一点原因是,刘勰在当时只能见到文学发展由质及文的演变过程,他是在"变"的趋势下力图弥补变中的偏差,故以"通变"来代替"新变"。唐人则深信自身负有中兴文运的使命,他们心目中的"质文代变",已不尽是六朝人认可的由"质胜"向"文胜"的简单推移,更要加上经他们大力翻造后的又一个反复,以进入"文质相炳焕"的新的历史阶段④。因此,不是简单的"正—变",而是"正—变—复"这样一个"否定之否定"的循环,构成了唐人文学史观的基本框架,这也是他们要把自己所做的事业称作"复古",以与六朝新变明确区别开来的理由。清人纪昀曾经称

---

① 见令狐德棻《周书·王褒庾信传论》,中华书局版《周书》卷四一。
② 见韩愈《答刘正夫书》,蟫隐庐影宋本《昌黎先生集》卷一八。
③ 见《河岳英灵集集论》,《唐人选唐诗新编》,陕西人民教育出版社1996年版,第108页。
④ 见李白《古风》(其一):"圣代复元古,垂衣贵清真。群才属休明,乘运共跃鳞。文质相炳焕,众星罗秋旻。"《四部丛刊》本《分类补注李太白诗》卷二。

刘勰的通变论为"以复古为通变"（意谓行复古而名曰通变），其实并不确切，若是改过来理解为行通变而名曰复古，倒非常切合唐人的做法。唐人正是以复古旗号下的通变实现了其革新文学的任务，不仅为前一阶段的三派之争画上一个句号，也为后世（宋元明清）各代诗文复古奠定了基本的路线。

从六朝以至唐人有关"质文代变"的争议中，可以得出什么样的结论来呢？其一，这场争议是紧密结合文学发展中的"正变"现象而展开的（虽未用"正变"的字样），且崇正（复古）与尚变（新变）形成了尖锐的对立，这是在"风雅正变"阶段尚不具备的态势。由此表明文学史观里的"变"的含义已开始越出"变之正"的范围，而在一定程度上起到了解构固有的"正变"说的效应。当然，这只是问题的一个方面，就另一方面情况看来，则通变论的提出又具有与新变论相对立，并将"变"的概念重新纳入"正变"框架（形态更有新的发展）的取向，这也对后世文学史观产生了深远的影响。其二，与"风雅正变"说相比较，"质文代变"视野中的正变之分，在显示时代风尚与文学风貌的相互关系上是互有同异的。前曾述及，"诗之正经"与"变风变雅"的区划首先来自时代政治，由于政教、风俗的变迁而造成诗歌功能上以颂美为主或怨刺为主的分别，更进而体现为作品风格上的种种差异，这是由时代来推论文学变化的一种思路。但在"质文代变"的现象中，"质胜"与"文胜"虽然隐含着推重政教与发扬才藻的不同取向，其具体表现乃是文学风貌的变化，而且这一演化的趋势常被归诸文学自身发展的需要，同时也不抹杀时代风尚的影响，这就使文体流变作为文学史载体的功能得到了凸现，而推动这一演变过程的内外因子的交会亦有了初步的展示。还有一点，便是"正—变—复"构架的出现，促使正变关系的互动提升到一个更高且更为复杂的阶段，文学的历史演进不再停留于由正而变的直线式推演，也不单纯归结为还原古先的循环论模式，而具有了能动的、可持续发展的辩证思维因素，这对传统文学史观的建构，意义十分重大，"质文代变"说因亦成为由"风雅正变"向"诗体正变"转化的必要桥梁。

三、"诗体正变"观念的确立与演进

"质文代变"所概括的由"质胜"向"文胜"以至"文质相炳焕"的文学变化历程,至唐代诗文复古告一段落(余波或可衍至北宋诗文复古),此后虽仍有就质文关系开展的讨论,而已不再与文学的历史演进紧相关联,文学史观的重心开始转移到"诗体正变"的探讨上来。与"质文代变"说相比较,"诗体正变"涉及的范围更集中(专就诗体或诗中某一体类立论),内涵也更丰富(不限于质文关系),它标志着传统诗史观的趋于成熟。

从"质文代变"向"诗体正变"的转移,是由一系列条件所促成的。一是诗文的分流与诗歌体派的广泛出现。唐以前,诗属于文章之一体,其地位并不十分突出。唐代诗歌创作高度繁荣,遂有"诗笔"、"诗文"对举的提法产生,诗俨然成了各类文章之外的一种独立的体式,而且诗歌内部也形成各种体类(如古体、律体、绝句等)与体派(如初唐体、大历体、元和体以及张为《诗人主客图》所显示的晚唐各派),这就为"诗体正变"的考察提供了依据。二是道统与文统的分立以及文统自身的分化。唐中叶,韩愈等人为倡扬古文,提出了"道统"之说,以振兴儒道来为诗文复古张目。至北宋,理学家以"道统"自居,摈斥诗文创作在外,于是古文家不得不另立"文统"与之抗衡。"文统"承"道统"而来,其中自包含"道"的成分,但"文统"欲与"道统"相抗衡,又必然要强化"文"的色彩而淡化"道"的影迹,渐渐地便走上多着眼于文辞体貌来谈论文学变迁的路子上去。特别是各种文类普遍发达之后,"文统"自身又起了分化,诗、词、曲、赋、古文、骈文各自成统,而专就某一体类看正变的习气也便牢不可破了。不过"诗体正变"说成立的最主要的因素,恐怕还在于人们的文学观念上的某种变化。自古以来,文学作为教化的手段是天经地义、不可改变的,文学创作如何为政教服务,构成了人们思考问题的基本出发点,从"风雅正变"到"质文代变"都反映出这种以政教功能为衡量标准的审美艺术观。然而,从宋人开始,人们对"道"的追求却逐渐转向了内省,以内在人格精神的自立为得"道"的主要表记,相应地,对文艺的要求也就更重在其于人的情性的熏陶和培养上。这并不违背传统的政教功能说,但着眼点自有区别,因为政教功能往往要先落实在文学作品的内容上,由内容再及于文学形体,而情性的色调却可以直接凭藉文学风貌以传达出来,诗性生命与诗歌形貌本自一体。这或许便是"诗体正变"之成为传统文学史观的归结点的根本原因所在了。

"诗体正变"说的建立亦有一个由微而著的过程。最早如北宋苏轼《书黄子思诗集后》所云:"余尝论书,以谓钟、王之迹,萧散简远,妙在笔墨之外。至唐颜、柳,始集古今笔法而尽发之,极书之变,天下翕然以为宗师,而钟、王之法益微。至于诗亦然。苏、李之天成,曹、刘之自得,陶、谢之超然,盖亦至矣。而李太白、杜子美以英玮绝世之姿,凌跨百代,古今诗人尽废,然魏晋以来高风绝尘亦少衰矣。"①这段话里包含的盛衰相倚伏的观点暂且不谈,即就其所勾画的文艺创作演化轨迹而言,自"天成"、"自得"、"超然"、"妙在笔墨之外"走向"凌跨百代"、"集古今笔法"而"极其变",分明系就艺术风貌(同时也是艺术情趣)的流变立论,与颂美、怨刺等政教功能显有不同,这是一个新的动向。南宋以后,这一动向渐趋明朗。如张戒《岁寒堂诗话》将古往今来的诗分为五等(大体相当于五个阶段)②,朱熹《答巩仲至第四书》述及"古今之诗,凡有三变"③,均较多着眼于体制、风格的辨析,而不涉及诗歌内容。宋末严羽《沧浪诗话》特设《诗体》一章论辨各家体制,并在系统考察自汉魏六朝以至唐宋各时期诗风变化的基础上,公然揭示其"入门须正,立志须高,以汉魏晋盛唐为师,不作开元、天宝以下人物"的诗学纲领④,为"诗体正变"奠定了理论基础。至元杨士弘编选

---

① 中华书局 1986 年版《苏轼文集》卷六七。
② 见《岁寒堂诗话》卷上:"国朝诸人诗为一等,唐人诗为一等,六朝诗为一等,陶、阮、建安七子、两汉为一等,《风》《骚》为一等,学者须以次参究,盈科而后进。"中华书局版《历代诗话续编》第 451 页。
③ 《四部丛刊》本《晦庵先生朱文公集》卷六四。
④ 见《沧浪诗话·诗辨》,《沧浪诗话校释》,人民文学出版社 1983 年版,第 1 页。

《唐音》,以"始音"、"正音"、"余响"分别部类,遂明确提出"审其音律之正变"的主张①。而明初高棅著《唐诗品汇》,按初、盛、中、晚四个时期和正始、正宗、大家、名家、羽翼、接武、正变、余响、旁流九个品目加以组织,则"诗体正变"之说更形成为完整的体系。明清两代诗学,在很大程度上便是围绕着"诗体正变"的议题而展开的;这种以"正变"论"体"的做法,也扩展到了词、曲、文、赋等其他文类领域。

然则,应该怎样来理解"诗体正变"之说呢?我们知道,"诗体正变"中的"正变"一词,系从"风雅正变"说套用过来的。"正变"论诗的要义在于以"正"为源,以"变"为流;同时即是以"正"为盛,以"变"为衰。源流、盛衰、正变各各相当,是"正变"说的宗旨所在,"诗体正变"也不能脱离这一基本的规范。但"诗体正变"与"风雅正变"在"正变"观上又自有不同,具体表现为如下几个方面:

首先,"风雅正变"立足于时,由时以论诗;而"诗体正变"立足于诗,由诗以观时。我们说过,"诗之正经"与"变风变雅"的区划是以其所由产生的时代政治为依据的,治世、盛世之音为"正",乱世、衰世之音为"变",正变盛衰的关键在政教风俗,而不在诗。诗当然也要随政教风俗的移易而有所变异(如从主颂美转向主怨刺),但变而不失其正,仍属好诗。所以"变风变雅"仅意味着反映时政的衰变,并不等同于诗自身的衰变。"诗体正变"则不然,它所论述的直接对象便是诗,"正"即诗之源、之盛,"变"即诗之流、之衰,这从苏轼致慨于"魏晋以来高风绝尘亦少衰矣"中已稍露端倪,而到严羽倡言"入门须正,立志须高"云云,便取得了明晰的定性。为什么"正"诗一定好,而"变"诗就一定不好呢?除了传统社会里固有的复古心态作祟外,也跟诗风的演变大抵由自然、浑成逐步移向精工造作有关,而诗风的这一变化又折射出人情风俗之由醇厚、质实逐步趋于虚浮与机巧。人心不古,世情叵测,这是站在正统思想立场上的士大夫们打量世界时所深怀的忧虑,他们从诗风的演变中看出了世风日下的迹象,怎不要大声疾呼地

---

① 见《唐音序》,明嘉靖刻本《唐音》卷首。

唤起人们的关注呢？这就叫由诗以观时，跟"风雅正变"说的由时以论诗，在视角上恰好形成对流。由此还可看出，"诗体正变"说虽然承袭了"风雅正变"中的"正变"概念，所取的具体内涵反倒比较接近于"质文代变"中"从质及讹，弥近弥淡"的解说，它实际上是将"风雅正变"与"质文代变"两大传统做了一个综合，而"诗体正变"作为传统文学史观的总结意义于此亦得到了昭示。

其次，正由于"诗体正变"说直接以"正变"论诗，其诗史观上的"伸正诎变"便不可避免，这同"风雅正变"说将"变风变雅"与"诗之正经"等列为"经"显有差异，而与"质文代变"观念下的复古论者属于同调。事实上，宋元以后特别是明清时期持"诗体正变"观者大多为复古论者，他们构成了古代社会后期诗坛的主流话语。最典型的当属"明七子"为代表的复古思潮，这派人士大力鼓吹"文必秦汉，诗必盛唐"，扬言"诗自中唐而下，一切吐弃"①，其坚守"伸正诎变"的原则，态度十分鲜明。但原则性过强，也就减少了灵活性，尤其是将传统的接受拘限在汉魏古诗与初盛唐歌行、近体这样一个狭窄的范围内，必然导致背离诗歌发展推陈出新的广阔大道，而走向模拟因袭的小天地里去。"七子"派的创作实践充分证明了这一点，这就逼着他们不得不尝试作出自我调整。"后七子"的领军人物王世贞早年亦是"诗必盛唐"的热诚信奉者，后期思想却有了一定的变化。其《刘侍御集序》中谈到："自西京以还，至于今千余载，体日益广而格则日以卑。前者毋以尽其变，而后者毋以返其始。"②他把文学演变的趋势归结为"体广"和"格卑"两个方面，主张"尽其变"以广其体，"返其始"以高其格。如果说，后者尚属于伸正诎变的老调门，那末，前者便显露出一种不墨守成规的新意向。将这种复古与尽变相结合的主张应用于诗歌传统的接受，在对待正变问题上就有了若干弹性，所谓"师匠宜高，捃拾宜博"③，正

---

① 《明史·文苑传序》述李梦阳、何景明语，中华书局版《明史》卷二八六。按此说稍嫌简略，其论诗宗趣当为古诗学汉魏，歌行、近体学初盛唐。
② 《四库全书》本《弇州山人续稿》卷四〇。
③ 见王世贞《艺苑卮言》卷一，《历代诗话续编》，中华书局1983年版，第960页。

是指在宗奉正格的前提下不妨广泛参用变调以求得开拓。当然,这样做是有条件的,那就是正、变的界限不容混淆,以正驭变的关系不能颠倒,用王世贞的话来说,叫作"以彼为我则可,以我为彼则不可"①。看来他们在对待诗歌流变中的"伸正"原则是不动摇的,只是从以往一味地"伸正诎变"转向"伸正用变"罢了,不过这已促使他们的基本立足点由复古论朝着通变论靠近了。

再一点须加注意的,便是明清时期的"诗体正变"论者对于诗歌演进中的正变互动有了更充分的体认,他们不再像汉人谈"风雅正变"或六朝人看"质文代变"那样仅仅视作由"正"及"变"的简单推移,而能从历史的长河中全面地观照正变相互转化与迭代的状况,尤其是在诗体代兴条件下正变的往复交流,从而使诗史演变的历程大为丰富和复杂化了。我们知道,诗歌体类乃至整个文学体类的变化出新,在唐宋以后进入一个迅速发展的阶段。唐有近体诗,宋有曲子词,元有散曲,明清也有多种俚歌小调。每一种新的体类初起时都具有勃发的生命力,形成格套之后亦或走向衰颓。故人们常以某一文学体类举为某一时代的代表样式,虽不尽科学,却不为无因。如金人刘祁便宣称:"唐以前,诗在诗;至宋,则多在长短句;今之诗在俗间俚曲也。"②元罗宗信亦曰:"世之共称唐诗、宋词、大元乐府,诚哉!"③这也就是今人常讲的唐诗、宋词、元曲相迭代了。另孔齐《至正直记》引虞集语云:"一代之兴,必有一代之绝艺足称于后世者。汉之文章,唐之律诗,宋之道学,国朝之今乐府,亦关于气数、音律之盛。"④这里的举证已轶出诗歌的范围,而文体代兴的观念表达得更为鲜明。明清复古论者尽管一心向往古调高格,但不能不正视诗体代兴的事实,何况"诗体正变"说本身就含有对各类诗体分别界定正变的要求,这也正是王世贞要将"尽其变"与"返其始"结合起来考虑的缘由。至胡应麟撰写《诗薮》,便明

---

① 见王世贞《宋诗选序》,《弇州山人续稿》卷四一。
② 见《归潜志》卷一三,《四库全书·子部·小说家类》。
③ 见《中原音韵序》,《四库全书》本《中原音韵》卷首。
④ 见《至正直记》卷三"虞邵庵论"条,《四库全书存目丛书·子部·小说家类》,齐鲁书社1997年版。

确标榜"体以代变"、"格以代降"八个字作为其论诗的总纲①。"体以代变",有如"四言不能不变而五言,古风不能不变而近体"②,是一个不断创新发展的过程。"格以代降",则如"骚盛于楚,衰于汉,而亡于魏;赋盛于汉,衰于魏,而亡于唐"③,又是自源及流、渐变渐衰的格局。自一种文体内部的进程而言,由兴盛至衰亡乃其基本趋势,但一类文学衰颓后,又会有另一类新兴的文学取而代之,于是整个文学史的流程便呈现为不断的起伏升降,构成正变盛衰的往返交替。这样一幅充满生机与变奏的历史图景,较之早期诗史观的直线式推演,自然要切近事理得多。不过胡应麟毕竟没有走出伸正绌变的框架。他虽然认识到各类诗歌皆有其胜长,如"国风雅颂,温厚和平;离骚九章,怆恻浓至;东西二京,神奇浑璞;建安诸子,雄瞻高华;六朝俳偶,靡曼精工;唐人律调,清圆秀朗","异曲同工,咸臻厥美",而从总体说,又作出了"国风雅颂,并列圣经……楚一变而为骚,汉再变而为《选》,唐三变而为律,体格日卑"的论断④,表明"正变"论诗必然要给人带来视野上的限制,"诗体正变"说的缺陷是无可回避的。

四、"诗体正变"说的质疑与改造

"诗体正变"说因其伸正绌变的主导观念而导致模拟、复古的不良倾向,明中叶以后遂不断有人起而矫之。用以质疑和挑战"正变"说的思想武器,便是对"变"的合理性的充分肯定,而这一主张又是建立在文学表现个人情性之真的基础上的。万历年间的李贽曾强调指出:"天下之至文,未有不出于童心焉者也。苟童心常存,则道理不行,闻见不立,无时不文,无人不文,无一样创制体格文字而非文者。诗何必古《选》?文何必先秦?降而为六朝,变而为近体,又变而为传奇,变而

---

① 见《诗薮》内编卷一,中华书局1958年版。
② 同上书内编卷二。
③ 同上书内编卷一。
④ 同上书内编卷一。

为院本,为杂剧,为《西厢曲》,为《水浒传》,为今之举子业,大贤言圣人之道皆古今至文,不可得而时势先后论也。"①他所谓的"童心"即人之本心、真心,天下至文皆出于"童心","童心常存"则任何人任何时间都有可能写出好文章,于是拘守前人规范、排斥变化创新便显得很荒唐了。这种以主"变"论文的理念,到公安派首领袁宏道手里更得到推进,其云:"文准秦汉矣,秦汉人曷尝字字学六经欤! 诗准盛唐矣,盛唐人曷尝字字学汉魏矣! 秦汉而学六经,岂复有秦汉之文? 盛唐而学汉魏,岂复有盛唐之诗? 唯夫代有升降,而法不相沿,各极其变,各穷其趣,所以可贵,原不可以优劣论也。"②好一个"代有升降,而法不相沿",不啻是对传统"正变"观的釜底抽薪! 既然不存在一成不变之法,则是古非今便失去了凭藉,连正变的区分亦属多此一举,不如径自走向"各极其变,各穷其趣"吧,这就是主变论文学观挑战传统"正变"说的思想逻辑。

"诗体正变"受到质疑,但文学的历史进程及其演化模式仍需要有人来加以概括,决非"各极其变"一句话便能打发了的。那末,从"变"的合理性上又能导引出什么样的文学史观念来呢? 检视晚明以下的史实,我们发现,有这样几条途径可供选择:

一是由论文主变而强化文体代兴的观念,这在上引李贽与袁宏道的论述中已有所反映,而到清人焦循提出"一代有一代之所胜"的命题,则已形成较完整的理论形态。其《易余籥录》中的一段文字对古今文学的流变作了通盘的考察,以"诗三百"、楚骚、汉赋、六朝五言诗、唐律诗与七言、宋词、元曲、明八股各作为一代文学之代表,历叙其源流升降、兴替转换之迹,而归总为"一代有一代之所胜",并谓"舍其所胜,以就其所不胜,皆寄人篱下者耳",给予模拟因袭的习气以尖锐的批评③。焦氏所论虽未轶出文体代兴的范围,所依据的理念也还是《易传》"穷则变,变则通"的传统变易哲学,而立论鲜明,阐释周详,俨

---

① 见《童心说》,明万历刻本《李氏焚书》卷三。
② 见《序小修诗》,上海古籍出版社1981年版《袁宏道集笺校》卷四。
③ 见《木犀轩丛书》本《易余籥录》卷一五。

然成为具有体系性的文学史构架,不仅较之前人的"若无新变,不能代雄"大有发展,亦足与长时期来居于统治地位的"诗体正变"说相颉颃。由此再往前一步,便引向了晚清王国维"一代有一代之文学"的主张①,不过王氏已不单纯局囿于固有的文体代兴说,同时还接受了西方进化论思想的影响,"一代有一代之文学"也就成了我国近代进化论文学史观的肇端。据此,则主变、代胜以至进化,构成了一条从根底上解构传统"正变"观的路线,这是一条由传统通往近代的途径,也是从"变"的合理性上开发出来的历史主干道。

另一条道路则显得有点迂曲,是由主变重新折回到正变往复交替的样式上去,当然具体内涵与原有"正变"说不尽相同。此说亦出自袁宏道,其《雪涛阁集序》一文畅论文体流变,提出了"法因于敝而成于过"的观点,并举证道:"矫六朝骈丽钉饾之习者,以流丽胜;钉饾者,固流丽之因也。然其过在轻纤,盛唐诸人以阔大矫之。已阔矣,又因阔而生莽,是故续盛唐者以情实矫之。已实矣,又因实而生俚,是故续中唐者以奇僻矫之。然奇则其境必狭,而僻则务为不根以相胜,故诗之道至晚唐而益小。有宋欧、苏辈出,大变晚习,于物无所不收,于法无所不有,于情无所不畅,于境无所不取,滔滔莽莽,有若江河。今之人徒见宋之不唐法,而不知宋因唐而有法者也,如淡非浓,而浓实因于淡。然其弊至以文为诗,流而为理学,流而为歌诀,流而为偈诵,诗之弊又有不可胜言者矣。"②这段话之值得注意,是它将诗体之变归因于对前一阶段诗风的拨正。换言之,正因为原先的诗风出现了弊端,才需要从事变革以矫正之,但变革后成立的新诗体又会带来新的流弊,于是又要有更新的变革来作矫正。因弊以变法,法立而弊生,文学的演变就在这一反一复的过程中行进着。这不仍然是一种正变交替转化的发展套路吗?它跟传统的"正变"观不同,在于不以伸正诎变为指导思想,不但不诎变,反倒以"变"为主要动力,由变方能去弊启正,即所谓"法因于弊而成于过"了。这种以"变"为核心理念、正变往返交

---

① 见《宋元戏曲史自序》,《宋元戏曲史》,上海古籍出版社1998年版,第1页。
② 《袁宏道集笺校》卷一八。

流的文学史模子,或许可称之为新型的"诗体正变"说。它只是改造而非消解固有的"正变"观,所以仍能得到传统文人学者吸纳,如清人纪昀在其《冶亭诗介序》以及朱庭珍在所撰《筱园诗话》中,均曾就此意而加申说①,虽然没有述及袁宏道的名字。

由袁氏的"因弊立法"再提升一步,便有清人叶燮有关"源流本末正变盛衰互为循环"的学说产生,成为"诗体正变"说的又一种型式。在叶燮看来,诗歌的生命历程有如一条流贯古今的历史长河,"未有一日不相续相禅而或息"。在此流转迁徙之中,创作风貌顺应时代需要和人的心智开发而不断变化出新,是不可避免的;也只有通过合理的变革,才能保持其生命力的旺盛不衰。为此他强调"不得谓正为源而长盛,变为流而始衰;唯正有渐衰,故变能启盛",并举盛唐人变革六朝诗风以开启唐诗之盛以及韩愈、苏轼等屡变衰风以启中唐、北宋诗歌之再盛为证。这种"唯变以救正之衰"的观点,跟"法因于敝而成于过"的说法极为相似。不过叶燮也并不纯然以变为尚,他清醒地看到"或有因变而得盛者,然亦不能无因变而益衰者"。什么原因造成"变而益衰"呢?关键在于能否正确把握诗歌发展中的源流本末关系,既不能"执其源而遗其流",更不能"得其流而弃其源"。前者指守正而不知变,后者则指求新求变而脱离了诗歌生命的大本大源,这正是"变而益衰"的根由。所以他对那种"抹倒体裁、声调、气象、格力诸说,独辟蹊径……而入于琐屑、滑稽、隐怪、荆棘之境,以矜其新异"的作风,亦深表不满,斥之为"益无本"。而他所认可的文学史运动,乃是一个自源及流而又循末返本的过程,"相禅"与"相续"不可分割,正变盛衰交相渗透,由此而形成"节节相生,如环之不断,如四时之序衰旺相循而生物而成物"的有机结构②。像这样来理解源流正变的关系,既不同于复古派的伸正诎变,亦有别于新变论者的一力主变,倒是跟通变论的精神相贯通,而所表

---

① 参看清嘉庆刻本《纪文达公遗集》卷九,又上海古籍出版社版《清诗话续编》本《筱园诗话》卷一。
② 以上均引自《原诗》内篇,中华书局 1963 年版《清诗话》下册。

述的"互为循环"的理念,较之刘勰当年之说,在内涵的丰富性与深刻性上自然又大大地前进了。

以上三种路向,除第一种对"诗体正变"说作了根本性的否定外,其余两种均为传统"正变"观的改造。改造其"伸正诎变"的信条,而又不破除"正变"论诗的格局,所以它们不像前者那样直接通往近代,却是停留于传统文学史观的大范畴中,起着总结历史经验并完善传统学理的作用。就当世的功利而言,第一种路向是最有实效的,它促成了近代进化论文学史学的兴起;但就长远而深层次的意义来看,则传统学理的完善化是否也能打开我们的思路,帮助我们更全面地看待和思考文学演变中的某些规律性的现象呢?这个问题且留待下一节探讨。

五、传统诗史观平议

我们这个民族有着源远流长的诗歌艺术传统,对诗歌历史进程的把握因亦成为民族诗学传统中的一个重要部分。传统的诗史观发端于汉人的"风雅正变"说,扩展于六朝以至唐代的"质文代变"说,而归总于宋元以后的"诗体正变"说,前后相承,脉络贯通,是一个完整的系统。这一颇具民族特色的理论形态,因其不适应于近世文学变革日新月异的发展形势,一个多世纪以来备受冷落,只能静静地躺在故纸堆里,无人关顾。但是,历史的经验值得注意,一种风行二千年之久的思想理论传统中,难道真的没有任何可供借鉴的东西吗?让我们在回顾历史之余,尝试做一点整体性的评估。

传统诗史观的一大特点,是将诗歌演变的历程归结为诗体流变,或者说,惯于从诗体流变的角度来展示诗歌演化的流程,这是一个很值得注意的经验。我们看到,最早的"风雅正变"之说虽着眼从时代政治状况来区分正变,而政教、风俗的变化必然要落实于诗风的改变。稍后的"质文代变"说就质文关系立论,而"质胜"向"文胜"推移的具体表现仍属文风的转移。至"诗体正变",则"体"作为注目的中心更不待言①。为什么前人要那么重视"体"的作用呢？因为"体"作为诗歌形体是诗歌作品中一切构成要素的落脚点，诗人的种种人生体验、审美情趣、个性气质、人格修养等，最终也都要在诗歌形体上显示出来，并常积淀为形体特有的组合方式及其规范，这就是风格、体式之所由来了。因此，诗体的构成不仅反映了诗歌文本的内在组合关系，还可藉以窥测诗人的情趣与才性，更可由作家个人的审美心灵进而探索时代心理与风尚，于是诗体流变也就成了时代精神变迁的一个缩影。试看《文心雕龙·通变》篇用"淳而质"、"质而辨"、"丽而雅"、"侈而艳"、"浅而绮"、"讹而新"这一系列文体风貌上的变化来说明自古及今的文学演变趋势，不也同时揭示了整个时代精神与审美风尚的转移吗？比之今人写文学史多从主题与题材的角度（如反映旧民主主义革命、反映新民主主义革命、写抗日战争、写三大改造等）定性，招致文学史成为以文学为载体的政治史、社会史，则诗体流变的考察能将诗歌艺术的发展与时代生活的变迁有机地结合起来，岂不是很有启发性的吗？当然，古人的论述不免直观、浑沦，今天要从事此项研究，必须采用科学分析的方法，对诗体流变的内在机理作出有效的剖解，而亦不能舍弃从整体把握的传统精神。

传统诗史观的又一个重点，是以"源流正变"作为诗体流变的核心内容。以"源流正变"论诗，往往导致伸正诎变，亦或起到张扬复古思潮的作用，成为"天不变，道亦不变"的传统哲学观和治乱盛衰相循的循环论历史观在文学史领域的显影，故为今人所不取。但"源流正变"说的丰富内容，又决非形而上学的天道观或循环论的历史观所能囊括得了的。像六朝通变论者有关斟酌古今、参用奇正的提示，以及唐代诗文家借复古的旗号实行文学革新的做法，都很有积极性。宋元以后，围绕着"诗体正变"的主旨，辨析愈益精微，议论也日趋圆到。苏轼所谓李杜诗、颜柳字集古今之大成而又不免造成原初风味衰减的现

---

① 按"体"在古代包含双重概念，既指文学体类，亦指文学风格，其共同处在于皆立足于一定的体制规范。故"诗体流变"也兼有这两方面的内容，前者如从四言到五言到七言，后者如从初唐体到盛唐体到晚唐体，其实质乃在诗歌文本内在体式的转换。

象,曾季狸《艇斋诗话》用"大抵一盛即一衰,后世以为盛,则古意必已衰,物物皆然"①来作归纳。据传苏轼还说过:"书之美者莫如颜鲁公,然书法之坏自鲁公始;诗之美者莫如韩退之,然诗格之变自退之始"②,亦为后人引申发挥。这种"一盛即一衰"、"有成必有坏"的思路,相当深刻地反映出文学演进中的辩证关系,恰恰是受进化史观支配下的今人所容易忽略的。明清两代多伸正诎变的论调,但处理正变现象并不简单化。高棅《唐诗品汇》列九品区划唐诗,其中"正变"一目即以收纳"正中之变"和"变中之正"的作品③,表明人们意识到由"正"而"变"的推移是一个相涵相摄的过程,不能一刀切开。王世贞《艺苑卮言》中专节论析六朝诗歌向唐诗的转化和盛唐诗作中流露中晚唐风气的情况,得出"衰中有盛,盛中有衰,各含机藏隙"的结论,并谓这"自是天地间阴阳剥复之妙"④。他的弟弟王世懋据以标举"逗"之一说,宣称"逗者,变之渐也;非逗,故无由变",进而肯定初、盛、中、晚各有所逗,修正了前人严守"四唐"分界的成见⑤。另如王世贞、胡应麟等人主张"伸正用变",延而及于明末许学夷在区别"正变"(变而不失其正)和"大变"(变而轶出正格)的基础上鼓吹"大变"胜过"正变"⑥,其正变互参的思想已开始突破伸正诎变的藩篱。而袁宏道的"法因于弊"和叶燮的"源流本末正变盛衰互为循环"之说,更是从根底上打破正变的限界,使两者之间的互补互动得到有力的昭显。特别是叶燮对"变而益衰"的危险倾向的提醒,告诫人们在求新求变时不能脱离诗歌生命的大本大源,则在今天看来仍未失去其重要指导意义,即此可见历史经验之值得借鉴。

末了,还要看一看诗体流变的动因,前人亦曾从各个不同的角度加以探究,而以胡应麟所讲的"势也,亦时也"⑦,概括较为周全。"时"

---

① 《历代诗话续编》,中华书局1983年版,第292页。
② 魏庆之《诗人玉屑》卷一五"韩文公"条引,中华书局1959年版,第320页。
③ 见《五言古诗叙目·正变》,《唐诗品汇》,上海古籍出版社1982年版,第51页。
④ 见《艺苑卮言》卷四,中华书局版《历代诗话续编》第1008页。
⑤ 见《艺圃撷余》,《历代诗话》,中华书局1981年版,第776—777页。
⑥ 见《诗源辩体》卷二四所论,人民文学出版社1987年版。
⑦ 见《诗薮》内编卷二所云:"四言不能不变而五言,古风不能变而近体,势也,亦时也。"

指时代环境,其中最受重视的自然是政教,包括治政的兴废和文教的隆替。一般多以治世盛世之音为尚,乱世衰世之调为戒,而亦不尽然。刘勰在讨论建安风骨的成因时,就归之于"良由世积乱离,风衰俗怨,并志深而笔长,故梗概而多气"①。后来朱熹分判不同世次的文章,也认为乱世之文"有英伟气",非衰世文章"委靡繁絮可比"②。至明清之交的钱谦益、归庄、黄宗羲诸人,更以穷厄危乱时局下激发出来的愤切不平之音为天下至文,这些均可视以为传统政教决定论的变奏。另外,前人论时政还常同风俗相结合,因为时政对文学的作用经常是通过社会风俗的中介以实现的,但风俗的范围远比时政广泛,也就不能与时政画上等号了。明李东阳谈到:"诗之为物也,大则关气运,小则因土俗,而实本乎人之心者。道同化洽,天下之为诗者皆无所与议;既其变也,世殊地异而人不同,故曹、豳、郑、卫各自为风。"③纪昀亦云:"三代以来,文章日变,其间有气运焉,有风尚焉。史莫善于班、马,而班、马不能为《尚书》《春秋》;诗莫善于李、杜,而李、杜不能为《三百篇》,此关乎气运者也。至风尚所趋,则人心为之矣,其间异同得失,缕数难穷。"④他们所谓的"气运",相当于总体时代精神;而所谓"土俗"、"风尚",则是指特定地域、人群中所形成的具体习俗风会。乡土习俗影响于文学创作,有如《诗经》十五国风,楚辞以及六朝时期的南北文风差异。至于时际、人群间的风会流转,则如王士禛晚年回顾自己一生所经历的诗歌风气的屡迁(由宗唐到倡宋再回归唐音)⑤。像这样用风尚来补充时政,让"时"与"俗"相结合,便使得时代环境对文学创作的推动显得更为切实而全面。

如果说,"时"代表诗体流变的外因,那末,"势"即标示文学发展的内因。文学自身有不得不变之"势",如萧子显所说"在乎文章,弥患凡旧,若无新变,不能代雄",以及萧统所云"踵其事而增华,变其本

---

① 见《文心雕龙·时序》。
② 见《朱子语类》卷一三九《论文上》。
③ 《赤城诗集序》,《李东阳集》,岳麓书社1984年版,卷四。
④ 见《纪文达公遗集》卷九。
⑤ 俞兆晟《渔阳诗话序》引王士禛语,《清诗话》,中华书局1963年版,第163页。

而加厉,物既有之,文亦宜然",就是指的这种必变的趋势。为什么文学自身必然要发生变化呢？解说也各各不同。一种意见是从人心的变化日新上来寻求文学发展的根源,它发端于前引梁沈约"赏好异情,故意制相诡"之说,而在清代学者中流行较为普遍,如钱谦益《题徐季白诗卷后》讲"天地之降才与人之灵心妙智,生生不穷,新新相续"①,王奕清《历代词话》谓"气运人心有日新而不能已者"②,叶燮《原诗》称"乾坤一日不息,则人之智慧心思必无尽与穷之日"③,都是说的这个道理。另一种意见从文学表达功能的拓展上看问题。如李东阳指出:"汉魏以前,诗格简古,世间一切细事长语皆著不得,其势必久而渐穷。赖杜诗一出,乃稍为开扩,庶几可尽天下之情事。韩一衍之,苏再衍之,于是情与事无不可尽,而其为格亦渐粗矣。"④胡震亨亦以为:"盛唐诗格极高,调极美,但不能多,不足以酬物而尽变,所以又有中、晚诗。"⑤再一种意见是从文章体式更新的角度构想,如顾炎武所谓"诗文之所以代变,有不得不变者。一代之文,沿袭已久,不容人人皆道此语。今且千数百年矣,而犹取古人之陈言,一一而摹仿之,以是为诗,可乎？"⑥后王国维谈到"盖文体通行既久,染指既多,自成习套。豪杰之士亦难于其中自出新意,故遁而作他体,以自解脱"⑦,把这层意思说得更透彻了。还有一种独特的意见则考虑到诗词合乐的需要,如王世贞所言:"《三百篇》亡而后有骚赋,骚赋难入乐而后有古乐府,古乐府不入俗而后以唐绝句为乐府,绝句少宛转而后有词,词不快北耳而后有北曲,北曲不谐南耳而后有南曲"⑧,这类见解在解释词曲起源时常被引用。各种意见中,最具理论深度的,仍属袁宏道"法因于弊而成于过"的主张和纪昀据以推演的"一变必有一弊,弊极而变又生

---

① 《四部丛刊》本《牧斋有学集》卷四七。
② 见《历代词话》卷一〇,中华书局1986年版《词话丛编》第二册。
③ 中华书局版《清诗话》第567页。
④ 见《麓堂诗话》,《历代诗话续编》第1386页。
⑤ 见《唐音癸签》卷一,上海古籍出版社1981年版。
⑥ 《日知录》卷二一"诗体代降"条,上海古籍出版社1985年版。
⑦ 见《人间词话》。
⑧ 见《艺苑卮言》附录一,《四库全书》本《弇州山人四部稿》卷一五二。

焉,互相激,互相救"的论断①,它能够从文学创作自身的内在矛盾着眼,将新旧文学现象间的相反相成关系予以综合、提炼,提升到规律性上来认识,是极有启发性的。而这众多方面的"势"更与"时"的各种因子相配合,诗体流变的动因也就不难追索了。

综上所述,传统的诗史观对诗歌发展、演变的把握,集中在"体"这个层面上,从诗体流变映射出外在的"时"与内在的"势"的交会与互动,更由诗体之间的正变关系勾画出诗歌运动的复杂而微妙的轨迹,其间凝聚着我们民族千年来的智慧与洞察。"体"作为诗歌形体的总括,同时便是诗性生命之所系,诗体流变因亦是诗性生命的承传与变化。在传统"正变"观的制约之下,我们的先辈可能更注重诗性生命的承传,对其变化出新的意义估计不足;但在当前各种新潮迭起,花样翻新层出不穷的情况下,或许又有必要回过头来重新认定诗性生命的大本大源(不局限在其古典的形态上),以求得源流本末的贯通畅达。变而不失其正,变而导致其通,这仍然可以作为今后文学创新发展的座右铭,传统中蕴含着面向未来的因子即此可证。

---

① 见《冶亭诗介序》,《纪文达公遗集》卷九。

结　语

"生命之树常青"
——论中国诗学精神之返本与开新

《中国诗学之现代观》一书，顾名思义，是要站在现时代的观照点上，就我们民族的诗学传统作一点阐释工作，这既是现代人有关古代传统的一种理解，而亦体现了现代化文明建设对于开发传统资源的特定的期待。因此，在经过方方面面的考察之后，似乎有必要从总体上来把握一下民族诗学的基本精神及其在当今时代条件下的承传与变异趋向，这自然又离不开对整个民族文化传统的历史估量。本书结语部分，让我们尝试就此作简要的讨论。

一

首先，我们要肯定，中国诗学在其两千多年的历史发展中，已经形成为自具特色、自成统系的诗学传统。这话听起来简单，仔细推敲推敲，便会有歧义产生。要说中国诗学有自己的个性或偏重在自我传承，大概不会有人坚持异议，而若将自成统系理解为自成体系，则必定异论蜂起，众说纷纭。实际上，这关涉到"体系"一词如何看待的问题，它可以显形为外在的理论构架，也可以表现为内在的逻辑关联。就前一种涵义来说，则不仅中国古代的诗学批评罕有以理论构架见长的，即便西方著名的批评家亦非个个都有完整的体系，更不用说全部西方诗学合成一个大系统了。但这只是体系的外在形态。而若就其自身的实质而言，"体系"无非是思想的内在逻辑，能够将这种逻辑性贯串于思想的主体部分,就可称之为有体系的思想。这样一来,不光许多重要诗论家们的理论思想有了一定的体系性,整个中国诗学的思想传统也具备了鲜明的逻辑结构,呈现为围绕着共同的话题而合逻辑地展开着的话语系统,这可以算是我们民族诗学传统的内在体系。

然则,什么是民族诗学传统的中心话题呢?诗学话语系统又是如何围绕着中心话题而逐步展开并走向深化的呢?

根据本书的考察,中国诗学的基本关注点不是别的,乃是诗性生命的建构,说得确切些,是指人的诗性生命体验如何由萌发、成形、超升并最终通过诗歌作品而得到适切的表达,这也正是民族诗学传统的生命论主旨之所在。所以,当蕴含着这一观念雏形的"诗言志"命题提出之时,诗学的中心话题便已初步揭开,而围绕着这一话题所展示的有关心志的发动(心物交感)、志意的规范("思无邪"与"中和"之美)、言志的政教功能("兴观群怨")、诗志的接受方式("知人论世"与"以意逆志")以及志的类别("风雅颂")、体式("赋比兴")、流变("正"与"变")等探讨,也就相互连接在一起,组合成诗学传统里最早的话语系统,"诗言志"遂当之无愧地被奉为中国诗学的"开山的纲领"。这一事实是谁也不能轻易否认的。

历史在不断进化之中,诗学传统的演进也必然要超越"诗言志"命题的初始限界,且愈到后来,涉及的范围愈广,其内涵也愈益丰富多彩,但并不因此而导致与中心话题脱节。我们看到,以"诗言志"为肇端的中国诗学,主要是向着这样几个方面来拓展其话语系统的:一是围绕着"志"这一诗性生命内核的界定,由"言志"转生出"缘情",更由"志""情"的复合及其内在张力而引发出各种情志与情性关系的论析,从而构成中国诗学的人学本原观。二是着眼于诗性生命的显现,即由"言不尽意"转向"立象尽意",再由"穷形尽相"提升为"境生象外",这一"情志→意象→意境"为主轴的诗歌生命流程的追溯,便构成了中国诗学的审美体性观。三是落实到诗歌语言文本的构造,由言说达意功能的认定,进而就文采、声律、体式、格调诸条件的讲求及其与诗性生命内在关联的推究,于是构成中国诗学的文学形体观。而总括以上三个方面,将诗性生命的本根、生命境象与生命形体组合成"意—象—言"的系统,加以诗兴的发动为贯串,更以气、韵、味、趣诸要素相穿插,则民族传统生命论诗学的总体构架便大致浮现出来,这也就是中国诗学的逻辑结构了。当然,事物的内在逻辑往往是复杂而多层次的,从不同角度去观照,常会呈现出不同的样式来,本书所持的观点只能是一种思路而已。我们欢迎就诗学"体系"提出不同的范型以资比较参照,但前提是承认中国诗学有自身的话语逻辑,且不能简单套用西方文论的既定模式。

为什么要如此重视诗学思想的逻辑结构呢?因为民族传统的诗学精神正含藏在其自身的话语逻辑之中,离开了这个话语系统,精神也就不复存在。有如我们反复强调过的,中国诗学的核心理念在于其生命本位意识,它从"大化流行"生生不已的天人观出发,将诗歌艺术审美活动视以为人的生命活动(既是个体生命,而亦是群体生命乃至宇宙生命)的有机组成,认诗歌创作与欣赏过程为诗性生命的流程,更把由此活动所产生的诗歌作品当作灌注生命的机体构造,这自是其精义之所存。但精义即寄寓于话语之中。试想:若是丢开了其以"情志"(人的诗性生命体验)作为诗歌艺术的本根,以"兴感"(天人合一下的心物交感)解说诗性生命的发动,以"意象"表达生命体验的对象化显现,以"意境"标志生命活动经自我超越所进入的"与道适往"的境界,以"气"、"韵"、"味"、"趣"、"骨"、"采"、"调"、"势"诸范畴概括诗性生命的各种性能与形态,乃至以"意—象—言"的总体构架来规范诗歌生命机体的基本合成,丢开这一切的话,生命意识又能从何处显示出来呢?当前比较文学界里有一种"阐发研究"的动向,每每喜欢借取西方文论的模子来整合中国传统的理论资源,如将"因物兴感"说成是反映论,将"诗言志"归结为表现论,将"意象"运作等同于形象思维,将诗歌"意境"拟之于典型情景,等等,而经过这一"阐发",则不仅民族独特的话语系统趋于消解,连同其原创性的话题亦因之而失落无余,这便是为什么我要特别关注从话语系统的内在逻辑来领会与掌握中国诗学精神的原因,也是本书之采取由具体范畴、命题的阐释以切入诗学精神的策略所在了。

二

中国诗学的生命论主旨已如上述,这一传统的诗学精神连同其话语系统,在当今全球化浪潮兴起的世界形势之下,是否还能长期延续下去呢？我这里所讲的不限于其个别的原理,个别性命题如"情景交融"、"虚实相生"等表现方法,今天还常为人引用,这只是诗学建构中的小部件而已。我指的是民族诗学的基本理念,也就是以生命为本原、为归趋、为内涵、为形态、为过程、为结构,一句话,贯串着生命意识的诗学主张和诗学路线,在当今世界究竟还有没有继承与发扬的价值？要回答这个问题,不能不适当联系其文化精神的渊源。

本书开篇即已谈到,中国诗学是在民族文化土壤中孕育出来的果实,受民族文化精神的滋养甚丰,而中国传统文化的精神特质恰恰也在于其对生命的爱尚与执着,这跟当今世界占据优势地位的西方主流文化传统有着相当的差异。众所周知,西方文明发源于地中海区域,是由多民族、多城邦之间的海洋商业贸易与殖民活动所促成的,这就决定了它是一种外向拓展的文明,表现为人向大自然索取资源,个人向社会伸张自己的权益,一民族、一城邦向另一民族、另一城邦收缴财富,等等,而生产、交往、航海、经商、军事、移民、技术、科学等亦皆成为其外向拓展的手段。与之相比照,古老的中国文明是在宗法式农业社会环境里培育出来的,农业经济重在顺应自然,宗法关系保持人际和同,这就产生了中国文明的内向谐调的情趣,以天人、群己、身心、内外相贯通为主导取向,而小农经济、血缘社会、政教一统、家族伦理以及"敬天法祖"的习俗信仰等,便作为实现其目标的保证。

两种不同的文明路向造就了各别的文化精神。追求外向开拓,必然要张扬主体的自觉性,严守主客二分,进而对事事物物都作出明晰的界分,其习惯性思维态势乃是按照主体利益和需求来攫取、利用、改造各种对象,以致整个世界的运行被归结为一个人工设计与制作的过程。基督教《圣经》里有关上帝以六天时间创造世界万物的神话,正体现了西方文明的"制作"模式;而古希腊以来的尊知识、尚理性、用测算、讲形式规范等传统,亦莫不与工艺制作的要求相适应。相形之下,讲求内向谐调的中国文明则不那么关注主客、天人、心物与物物之间的分畛,宁愿用一体化的构想来打通它们的隔阂,而在这一体化的世界之内,相互交会、相互感通才是事物变化的根本动因,这就形成了与人工制作很不一样的自然生成的模式。中国人以"气"为生命原质,天地万物均来自阴阳二气的交感会合,昼夜阴晴和四季变化亦皆源于二气的消长推移;尽管古老的信仰中仍保留有主宰者——"天"的痕迹,而从"天何言哉,四时行焉,百物生焉"的感喟中①,分明见出这"天"不过是世界秩序的管理者,并不等同于西方的"造物主",更不用说"谁挥鞭策驱四运,万物兴歇皆自然"之类自然主义的宣言了②。于此看来,"生成"在中国人的心目中乃是事物运行的常态,而中国文化的生命本位意识也就在这"生成"的模式里逐渐生成。

重人工制作与重自然生成,本只是古代中西文明的两种不同的倾向,各自应合其民族的生存状况,原无高下优劣之分。但进入近代社会以后,随着近现代工业文明的高度发达,人的外向开拓的需求与能力与时俱进,于是人工制作的理念便也日益抬头。循此为导引,西方的工业生产、商品经济、社会管理、法制政治、军事装备、技术力量、科学发明乃至文化设施诸方面的发展,均呈一日千里的速率,在全世界取得了压倒的优势,而西方的"话语霸权"遂亦显得不可动摇。这种情势之下,古代中国(某种意义上包括古代东方)的生命论传统之受冷落甚或遭遗弃,自是不足为奇的事。

然而,事物总有其利弊得失的不同侧面。现代化工业文明一味地强调外向开拓,无限制地按主体的需求来改造对象世界,其结果是破

---

① 见《论语·阳货》。
② 李白《日出入行》,《四部丛刊》本《分类补注李太白诗》卷三。

坏了人与自然、个人与社会、自我与他人之间的生态平衡,从根底上危及主体自身,这就有必要重新高扬自然生成的理念,让主客双方在相争相斗之时不要忽略其共生共荣的本性,此其一。再一方面来看,主体的需求又是多层次的,既有生存的需要(温饱、安全、活动、休息、繁殖等),亦有实践的需要(指自觉、能动地从事改造世界的活动),还有精神超越的需要(超越有限的自我与实用性功利关系,以寻求回归精神家园之路,实现终极关怀),这后一个层面上的需求更不能凭靠占有和利用外在资源来使其满足,只有借助生命与生命的感通,由感通以达成自我超越(跳出"小我",进入"大我")。回观西方文化传统,其"制作"型的建构原本就偏重在工具理性的一边,生命的感通全凭宗教信仰加以维系,而今科学昌明,宗教观念淡薄,内在生命的依托便变得无所着落,这正是当代西方人感受精神危机并热衷于寻找精神家园的缘由。长处与短处本就是紧相关联的,在承认西方文明对于现代化世界建设作出巨大贡献的同时,也必须清醒地估计到它的不足。

　　西方文化精神的不足之处,恰就是中国文化传统之胜长。重视生命,倡扬生命与生命的感通,特别是将物我、群己、天人之间的生命交渗与互动视为"大化流行"的本然状态,是我们民族的一贯信念。在此信念的支配之下,我们将诗歌艺术审美活动当作整个生命活动的一部分,由自我生命感发到与他人共相感发,更进以融入与人类群体生命乃至宇宙生命的交感共振之中,不正开辟了一条不凭藉"上帝"的信仰而能回归精神家园并实现自我超越的有效途径吗?这不是要宣扬"美育代宗教"说,实际上,审美与宗教信仰是不能相互替代的。我不过为了说明民族诗学传统乃至整个文化传统所蕴含的生命论的精髓并未成为过去,仍足以面向现实和未来,尤其在当前物欲横流、利权至上、天人失调、信仰坠落,人类理性与能力面临重大考验之际,生命本位意识的重新发扬有可能弥补现代化的缺略,进而为未来生态文明的开创提示方向。返本(返归生命本原)以求开新(开创人类生活新局面),自是历史前进的必由之路。

三

　　这样说，不等于我们主张将传统文化中的生命理念原封不动地承袭下来。一种文化形态总是在特定的历史条件下形成的，它身上不可避免地打有具体历史环境的烙印，包括其所存在的种种局限。古代中国人的生命意识是宗法式农业社会的产物，其对生命的理解处处要受到农业自然经济和宗法伦理关系的拘束，不给予一定的改造出新，是难以同现代化世界文明的演进步伐相协调的。

　　比如说，农业自然经济的一个重要特点是"靠天吃饭"，大自然在农作物的成长过程中扮演着举足轻重的角色，人的主观力量相对微弱，这就造成传统生命理念单纯倚重自然生成，而较为忽视主体的能动性，"听天由命"、"任运委化"讲的便是这样一种顺应自然的人生哲学。但人其实并非自然的奴隶（当然亦非自然的主宰），现代文明状态下的人对大自然的行程有着更为积极的参与作用。现代人往往滥用了自己的参与权，破坏了人与自然之间的本然和谐，值得我们警戒，却不应导致抹煞人作为自觉生命的存在。换言之，人类的诞生及其以自己的实践活动从事改造世界的开始，自然生命与自觉生命便有了分化。人既是自觉生命的代表，也是自然生命流转运行中的一个环节。如何在自然与自觉之间把握适度的张力，既利于主体自觉性的高度发挥，而又能保持整体生命机制运行的自然和谐，将成为现时代生命理念建构中的一个关节点，因亦是传统生命意识改造出新的基本方向了。

　　又比如，古代宗法社会属于一体化社会，君臣、父子、兄弟、师友间的诸种交往多被纳入家族血缘或拟血缘的关系之中，家族伦理普遍推行，家族网络无所不在，家长（或拟家长）代表家族群体共同利益的权威地位不容置疑，于是个体的人便失去了他的自主性，个体生命亦常遭受掩抑，这跟现代社会被称作公民社会，每个公民的个人权益均有保障，个性精神容许自由伸张，社会的多元化发展得到广泛承认，情况是很不一样的。社会结构的演变由一体趋向多元是一种进步,多元才能带来竞争,带来活力,但若由多元共生转为多元分割与对立,一定要拼个你死我活,吃掉对方才罢休,则又不免戕害生机,大煞风景。所以,合理的生存状况似应将"多元"与"一体"结合起来,在一体共生的背景下谋求多元发展,并以多元互涵互动来推动一体化的联系。生命作为有机体本就是多元一体,也正是多元一体的有机构成保证了它的活力。但在古代社会一体化规范的制约之下,以人合天、以己徇众的观念较为突出,个体生命终觉不够活跃。如何在坚持天人合一、群己互渗的大前提下,更多着眼于个体生命的自立与自强,或许也是更新传统生命理念的一个必不可少的方面。

与上述两方面的改造出新相配合,传统生命活动中的思维形态亦似有拓展与深化的余地。我们知道,古代中国人对生命的体认,主要凭自己的感性(感受),由感性提高一步,便进入悟性(领悟);无论感性或悟性均属直观的心理活动,具体、生动而不免于浑沦。应用这种思维方式于诗性生命的感发,固然有其特殊的优越性,便是利于保存生命的原发状态,且能示人以鲜活、真切的剪影,但理性层面上的观照与反思终嫌薄弱,亦是其无可讳言的短处。这个弱点不仅表现于诗学话语形态上的缺少理论阐释与逻辑构架,常只凭三言两语,任人捉摸与生发,更重要的,乃在于诗学精神上的理性思维成分的不足,多少影响了其理论的深度与广度。本书里,我们常将中国诗学与文化传统的重生命拿来同西方文论与文化传统的重理性相比较,其实严格说来,它们并非两码事,理性即容涵在生命之中,是人的精神活动的重要内容。生命的反思包括着理性的反思,生命的超越亦含有理性超越的要素在内。西方的智者喜欢将理性从生命中割裂出来,理性脱离了生命的感悟,便蜕变为形而上的思辨,成为由"此岸世界"眺望"彼岸世界"的不成功的工具。而中国的贤人们又往往只关心实际的人生感悟,削弱了理性独具的强大的超升力量与概括作用,致使传统的学术理念多停留在与具体经验相纠结的层面上,要使其转化、提升为普适性的理念,还须下一番剥离、分解与综合的工夫,这也是诗学革新所难以回避的问题。

总之,由纯任自然转向自然生命与自觉生命相谐调,由偏向群体转向群体生命与个体生命相谐调,由注重直观转向感性、理性与悟性诸生命活动形态相谐调,可算作中国生命论诗学与文化传统的几点改造意见。这是对传统理念的现代性改造,也是传统自身的推陈出新。有了这样的更新,传统才能适应时代的演变,传统的精髓才能存活于现代文明之中,并耀其光辉于未来。从返本中企求开新,在开新中实现返本,传统与当代原属交相为用、一体贯通的流程,切莫将其割裂为好。

愿我们民族的诗学传统发扬光大,愿我们民族文化的生命论精神万古长青!

附 录

生命体验的审美超越
——《人间词话》"出入"说索解①

研读《人间词话》的人,多关注其"境界"说,而相对忽略其"出入"说,偶有论及,也只是作为一个局部性问题来加以考虑,这是很不够的。"出入"说在王国维的诗歌美学理论中占有重要的位置。如果说,"境界"说构成其诗学的审美本体论,那末,"出入"说便是其诗学的审美活动论。诗歌的审美本体是在诗人的审美活动中建立起来的,从这个意义上说,不了解"出入"说,就不可能全面、透彻地把握王国维的"境界"说及其整个诗学理论体系,更难以充分、合理地估价他在中国诗学建设上的贡献。本文尝试就此作一点探索。

一

"出入"说正式见于《人间词话》,仅下面一则文字:"诗人对宇宙人生,须入乎其内,又须出乎其外。入乎其内,故能写之;出乎其外,故能观之。入乎其内,故有生气;出乎其外,故有高致。美成能入而不能出,白石以降,于此二事皆未梦见。"②为了理解这段话,人们常引《词话》中紧接的另一则用为参证:"诗人必有轻视外物之意,故能以奴仆命风月。又必有重视外物之意,故能与花鸟共忧乐。"③这两则文字谈

---

① 本文写成于2000年10月,原为参加复旦大学举办的"中国古代文论研究的回顾与前瞻"国际学术研讨会的发言稿,初刊于《文艺理论研究》2002年第1期。
② 《人间词话》第60则,周锡山编《王国维文学美学论著集》,北岳文艺出版社1987年版,第367页。
③ 《人间词话》第61则,上书同页。

的什么问题呢？有的论者认为是指创作者所当具之修养与态度①，自然并不错，尤其后一段话以"轻视外物"和"重视外物"对举，明显说的是诗人对所写事象的态度问题，这应该是"能入"和"能出"的前提所在。不过就"入"和"出"自身而言，则显然属于两种活动，而且是有先后联系的两种活动（从"美成能入而不能出，白石以降，于此二事皆未梦见"之语看来，当是"入"在先而"出"在后，故有"能入而不能出"者，却不会有未"入"而已"出"者）。我们把它看作为诗人面对宇宙人生从事审美和艺术创造的两个阶段（其间会有交叉互渗），大致是不离谱的。

"入"和"出"的具体内涵又是指的什么呢？依据上引两段文字的解说，"入乎其内"意味着"重视外物"，它要求诗人全身心地融入对象世界（"与花鸟共忧乐"），给予真切地表达（"能写之"），这才能使写出的作品具有活生生的情趣（"有生气"）；"出乎其外"则意味着"轻视外物"，即以超越的姿态对待所描写的事象（"以奴仆命风月"），通过凝神观照（"能观之"），以求得对宇宙人生更深一层的领会（"有高致"）。两者都是说的审美主体与审美客体之间的关系，不过一注重在生命的内在体验，一着眼于精神的超越性观照，于是有了"入"和"出"的分别，而又共同构成完整的审美活动所不可缺少的两个环节。

我们说过，作为审美活动的两个阶段，"入"与"出"相比，不能不具有领先的作用。未"入"何由得"出"？没有实在的生命体验，又哪来对这种体验的超越性反思？王国维深深懂得这个道理，这从他对诗歌"境界"的基本规定条件中即可反映出来。他说："境非独谓景物也，喜怒哀乐，亦人心中之一境界。故能写真景物、真感情者，谓之有境界。否则谓之无境界。"②诗歌的内容不离乎情与景，但有情景的诗歌不等于有"境界"，关键在于一个"真"字。"真"究竟指的什么？"真感情"，好理解，即不加伪饰的真切的感受。王氏提倡"感自己之感，言

---

① 见叶嘉莹《王国维及其文学批评》，广东人民出版社1982年版，第270—272页。
② 《人间词话》第6则，《王国维文学美学论著集》第350页。

自己之言",不赞成一班模仿者"但袭其貌而无真情以济之"①。他特别反对"游词"和"儇薄语",主张"艳词可作,唯万不可作儇薄语"②,甚至认为一些被目为"淫词"、"鄙词"的作品,由于感情真挚,读来"但觉其精力弥满","亲切动人"③。这些都是说的"真感情"。至于"真景物",并非实存的景物,而亦是指诗人感受中的物象,所谓"感情真者,其观物亦真"④,重点还是落在感受的真切上。王氏曾举例说明:"'红杏枝头春意闹',著一'闹'字而境界全出。'云破月来花弄影',著一'弄'字而境界全出矣。"⑤为什么会这样?那便是因为红杏开在枝头仅是实存的景象,著一"闹"字才能写出春意盎然的感受;云月蔽映下花影的时浓时淡也只是眼前物象,著一"弄"字才能传达出潇洒自如的情韵。"闹"和"弄"都不是客观事物固有的,乃是诗人面对外物时的内心感受,亦即他自身的生命体验。称之为"真",称之为"有境界",不就说明了"境界"来自人的实在的生命体验吗?

景物与感情之"真",另有一个别名,叫作"不隔"⑥。《人间词话》里多处谈到"隔"与"不隔"的问题,认为"语语都在目前,便是不隔"⑦,这同另一则文字所说的"其言情也必沁人心脾,其写景也必豁人耳目,其辞脱口而出,无矫揉妆束之态。以其所见者真,所知者深也"⑧,是一个意思。有的论者将"隔"与"不隔"的区别说成是诗歌艺术表达上的"隐"与"显"的差异,并指摘王氏主张"不隔"为偏重"显"的方面,带有一定的片面性⑨,这个说法未必妥当。王氏论词自有其偏

---

① 见《文学小言》第 10 则,《王国维文学美学论著集》第 27 页。
② 《人间词话未刊稿》第 44 则,同上书第 382 页。
③ 见《人间词话》第 62 则,同上书第 367 页。
④ 《文学小言》第 8 则,同上书第 27 页。
⑤ 《人间词话》第 7 则,同上书第 350 页。
⑥ 《人间词话》第 40 则"问'隔'与'不隔'之别"一句,王氏手稿原作"问'真'与'隔'之别",可见"真"即"不隔"。引自佛雏校辑《新订〈人间词话〉·广〈人间词话〉》第 87 页,华东师范大学出版社 1990 年版。
⑦ 《人间词话》第 40 则,《王国维文学美学论著集》第 359 页。
⑧ 《人间词话》第 56 则,同上书第 365 页。
⑨ 见朱光潜《诗的隐与显》,姚柯夫编《〈人间词话〉及评论汇编》,书目文献出版社 1983 年版,第 86 页。又施议对亦持此说,见所著《人间词话译注》,广西教育出版社 1990 年版,第 70 页。

爱(如喜好自然的风格,对于用典故、成语、代字之类手法否定太极端),无庸讳言。但倡扬"不隔",却是从美学原则出发,不能与个人嗜好混为一谈。所谓"语语都在目前",显系由"状难写之景,如在目前"脱化而出,它同"含不尽之意,见于言外"原本属有机的结合①,而非必然导致片面性的。《人间词话》曾引严羽论唐诗"言有尽而意无穷"的话,以为同调②,其批评姜夔时也说到他"不于意境上用力,故觉无言外之味,弦外之响"③,可见"境界"说本来就包含余味曲包的一面,并不一味主张显豁。那为什么要将"不隔"给予特别强调呢?在我看来,这正是同审美活动以"入乎其内"为先导相一致的。"入"就是要打破诗人与对象世界之间的阻隔,"入乎其内"才能拥抱对象世界,才能形成真切的人生体验,也才能做到写情写景"语语都在目前",所以"不隔"便成了"入乎其内"得以实现的标志,亦即诗歌境界有无的表征。我们看《人间词话》所举"不隔"的例句,皆为诗人富于生命体验的作品;而作者一再表示对姜夔等人词作的"隔"的不满④,也正好同他关于"白石以降,于此二事(按指'入'与'出')皆未梦见"⑤的说法相印证。且无论他对白石诸人的评价是否过苛,他这种以"入乎其内"为创造"境界"的首要步骤的见解,应该是很分明的。

现在来看另一个方面,即"出乎其外"的问题。如何确切地来把握这一提法呢?前曾述及,王国维并不以诗歌表现情景"语语如在目前"为极限,他还要求"言有尽而意无穷",就是要在有限的画面中含藏更为丰富的意蕴,这便属于超越性的追求。但若将超越具体物象即当成王氏论诗的旨归,那未免使其"出入"说大大降低了特色。在王国维那里,"入"并非意味着简单地摄取外在事象,更重要地是要融入自己的心灵,形成自己的独特感受,以与对象世界在生命的律动上交感共振,

---

① 此二句为欧阳修《六一诗话》引梅尧臣语,见《历代诗话》,中华书局1981年版,第267页。
② 见《人间词话》第9则,《王国维文学美学论著集》第350页。
③ 《人间词话》第42则,同上书第360页。
④ 参看《人间词话》第36、38、39各则。
⑤ 见前引《人间词话》第60则。

因此,"出"也不仅仅意味着超越所描写的事象,同时还意味着超越自己的具体感受,让个人的生命体验转移、升华到一个新的层面上来。而要做到这一点,就需要对自己的实际感受进行观照和反思,所谓"出乎其外,故能观之",说的便是这个意思。

我们知道,在王国维的美学思想体系中,"观"之一字实具有很重要的意义,他常用"观"来指称人的审美思维活动。在托名樊志厚所写的《人间词乙稿叙》中①,有一段较完整的表述:"文学之事,其内足以摅己而外足以感人者,意与境二者而已。上焉者意与境浑,其次或以境胜,或以意胜,苟缺其一,不足以言文学。原夫文学之所以有意境者,以其能观也。出于观我者,意余于境;而出于观物者,境多于意。然非物无以见我,而观我之时,又自有我在。"②这里所说的"意"与"境",约略相当于古人常讲的情与景;两者结合而成的"意境",则大体接近于《人间词话》里标举的"境界"。按照王氏的解说,"意境"的生成在于"能观",而由于不同的作品"或以境胜,或以意胜",其审美观照的侧重点也就有了"观物"与"观我"的差别。但正如"一切景语皆情语也"③,"观物"无非是"观我"的一种凭藉,即所谓"非物无以见我"。于是"我"成了审美观照的主要对象,而"观我之时,又自有我在"的命题便顺理成章地提了出来。这样一来,就有了两个"自我":一个是被观照的"我",也就是与对象世界融为一体,产生喜怒哀乐等情意活动的"我";另一个则是作为观照主体的"我",亦即站在对象世界之外,对各种事象及自身的情意活动进行审美静观的"我"。王氏以前者为"意志"的"我"(所谓"我之自身,意志也"),而称后者为"纯粹无欲之我"④。在诗人"入乎其内"地对宇宙人生作种种探索和体验时,前者(情意主体)起着活跃、能动的作用,后者(审美主体)则暂时

---

① 据今人推考,《人间词乙稿叙》实为王氏自作,借樊志厚名义发表之。参看《艺谭》1986年第1期所载陈鸿祥《关于王国维的人间词序》一文以及佛雏《新订〈人间词话〉·广〈人间词话〉》第256页上的补充考订。
② 《人间词话附录》第28则,《王国维文学美学论著集》397页。
③ 《人间词话删稿》第3则,同上书第385页。
④ 见《叔本华之哲学及其教育学说》,《王国维文学美学论著集》第77—79页。

隐伏不现。而当他"出乎其外"地观照、反思自己的人生感受时,情意的"我"因与所感受的事象相结合,转化成被观照的客体,观照者遂由审美主体来担任了。两个"自我"的区分以及审美观照阶段审美主体对情意主体的超越,是我们把握王氏"出乎其外"一语的关键,也是《人间词话》"出入"说的精义所在。

审美主体对情意主体的超越,会带来什么样的后果呢?依据王国维的思想逻辑,情意主体既然是"意志"的"我",他在体验人生时必然离不开个人的种种利害关系与欲求,所以才会有喜怒哀乐等感受,如果停留在这个层面,那还只能算个人的生命体验,够不上真正的艺术创造。只有经过审美主体的观照,以"纯粹无欲之我"取代"意志"的"我",进而排除原有生活感受中那些纯然属于主观、个人因亦带有偶然性和浮表性的成分,使之上升到具有普遍性和持久性的人生理念层面上来,这才算实现了由生命体验向审美体验的飞跃。所谓"诗歌之所写者,人生之实念"(按"实念"今译作"理念")①,以及真正之大诗人"不以发表自己之感情为满足,更进而欲发表人类全体之感情"②,讲的便是这个道理。《人间词话》提供了一个典型的例子,其 18 则曰:"尼采谓:'一切文章,余爱以血书者。'后主之词,真所谓以血书者也。宋道君皇帝《燕山亭》词亦略似之。然道君不过自道身世之戚,后主则俨有释迦、基督担荷人类罪恶之意,其大小固不同矣。"③李后主和宋徽宗都曾以词来抒写自己亡国后作俘囚生活的悲苦,沉痛绝人,这大概就是"以血书"的含义。但徽宗局限于一己身世之感,无多生发,后主的词如《词话》所引"自是人生长恨水长东"、"流水落花春去也,天上人间"之类,却能够将个人命运推扩而为整体人生的观照和哲理性反思,虽未必如王氏所说"有释迦、基督担荷人类罪恶之意",而"眼界始大,感慨始深"④,确是不刊之论。二者的区别即在于能否超越自

---

① 见《叔本华之哲学及其教育学说》,《王国维文学美学论著集》第 89 页。
② 《人间嗜好之研究》,同上书第 45 页。
③ 同上书第 353 页。
④ 《人间词话》第 15 则,《王国维文学美学论著集》第 352 页。

我。《词话》还谈到南唐中主词"菡萏香销翠叶残,西风愁起绿波间","大有'众芳芜秽','美人迟暮'之感",以为胜过专写实情实景的"细雨梦回鸡塞远,小楼吹彻玉笙寒"一联①;又举晏殊"昨夜西风凋碧树,独上高楼,望尽天涯路"之句,谓近于"诗人之忧生",举冯延巳"百草千花寒食路,香车系在谁家树"之句,谓近于"诗人之忧世"②,未必尽当,而致赏于这类容涵较大、易于生发哲理性联想和人生品味的词章,则用心皎然。这也应该就是"出乎其外,故有高致"一语的最好注脚。

于此可以论及王氏有关"诗人境界"和"常人境界"的划分,此说不见于《人间词话》,仅见于其晚两年写成的《清真先生遗事》,但实在是《词话》"境界"说的理论补充。他是这样说的:"境界有二:有诗人之境界,有常人之境界。诗人之境界,惟诗人能感之,而能写之,故读其诗者,亦高举远慕,有遗世之意,而亦有得有不得,且得之者亦各有深浅焉。若夫悲欢离合,羁旅行役之感,常人皆能感之,而惟诗人能写之。故其入于人者至深,而行于世也尤广。"③王国维在艺术创作问题上持"天才论",所以要将"诗人之境界"与"常人之境界"严格区别开来,以前者只能为少数天才所窥及,后者才能得到大众认同。撇开这一点暂且不谈,只就两种境界的内涵而言,则后者中那些"悲欢离合,羁旅行役"等常人皆能有的感受,实即我们前面所说的一己情意活动的领域,属个人的生命体验;而前者中的"高举远慕"、"遗世独立"的意念,当为实生活感受经审美观照与反思后所达到的境地,属自我超越的层面。后者主要靠"入乎其内"的工夫,前者还须有"出乎其外"的本领。王国维认定周清真词属于"常人境界"为多④,这固然同他评论周词"深远之致不及欧、秦,唯言情体物,穷极工巧"有关⑤,而若联系"美成能入而不能出"的断语来看⑥,则"出入"说与两种境界之间的

---

① 《人间词话》第13则,《王国维文学美学论著集》第351页。
② 《人间词话》第25则,同上书第355页。
③ 《清真先生遗事·尚论三》,同上书第425页。
④ 同上。
⑤ 《人间词话》第33则,同上书第357页。
⑥ 见前引《人间词话》第60则。

内在关联,不就昭然若揭了吗?

长期以来,人们对王氏"境界"说的诠解上有流于简单化、片面化的倾向。或仅抓住其"真景物"与"真感情"这一项指标,用"真切的感受"(至多加上表达)来概括其对诗歌境界的全部要求;或光突出其所引用的"言有尽而意无穷"一语,则"境界"说与严羽"兴趣"说、王士禛"神韵"说的差异便显示不出来;又或紧扣叔本华哲学、美学思想对王氏的影响,以超越实际利害关系和解脱人生欲求的宁静观照来设定"境界"的涵义。应该说,这些解说都有根据,但不全面。从构成王氏诗学重要理论基础的"出入"说来看,人的审美活动是一个由生命体验向自我超越不断发展和升华的过程,在这一活动中所建构起来的审美本体——"境界",便也有了多重复杂的规定性。它发端于"真景物"、"真感情",以饱含真切的人生体验为先决条件,但又不局限于一己身世之感,还要透过有限的生命时空以寻求更为丰富的人生意蕴,终于在审美的自我观照中实现了自我超越,而进入具有普遍性的人生理念的境域。这就是诗人感受中的艺术世界——"境界"的完整内涵。在其多层次的结构中,真切的生命体验乃是最基本的层面,故而王氏要以"真景物"、"真感情"作为境界有无的标志,且虽然批评周美成"能入而不能出",仍承认其"不失为第一流之作者"[1],"有意境也"[2]。不过王氏又将这种停留于个人"悲欢离合,羁旅行役之感"的境界称之为"常人境界",另设具有"高举远慕"之意趣的"诗人境界",尽管他未曾公开加以抑扬轩轾,但从"能入而不能出"、"深远之致不及欧、秦"等评语以及极力赞扬南唐二主、冯、晏、欧诸人有"忧生"、"忧世"情怀的作品来看,其以"诗人境界"为更高一级的境界(确切地说,当为诗歌审美境界之圆成),殆无疑义。可见对于"境界"说的较为全面的认识,是不能离开"出入"说的正确阐发的。

"出入"说还能够帮助我们加深对《词话》中其他一些论述的理解。比如说,王氏将"境界"区分为"有我之境"与"无我之境"两类,每

---

[1]《人间词话》第33则,《王国维文学美学论著集》第357页。
[2]《人间词话附录》第28则,同上书第398页。

易滋生后人疑窦,以为艺术创作不可无"我",王氏之说嫌不科学。其实"有我之境"与"无我之境"中的"我",都是指的情意的"我",并不涉及审美观照和艺术创造的主体。换句话说,当诗人以即世的态度去介入生活时,其情意的"我"相对活跃,遂使"物皆著我之色彩"①,而再加以审美观照,便成了"有我之境";但当诗人以超世的态度面对宇宙人生,其情意的"我"处在淡泊宁静的状态之中,遂与审美静观的"我"合而为一,而观照出来的境界便不见"我"之特别活动的痕迹,于是成了"无我之境"。看此则所举例句,属"无我之境"的"采菊东篱下,悠然见南山"、"寒波澹澹起,白鸟悠悠下",以与属"有我之境"的"泪眼问花花不语,乱红飞过秋千去"、"可堪孤馆闭春寒,杜鹃声里斜阳暮"相比较,其主要差别不正在于诗人对外界事象所持的情意态度吗?再看紧接一则文字所说的:"无我之境,人惟于静中得之;有我之境,于由动之静时得之。"②其"动"与"静"的提法,实际上相当于"入"与"出",即情意的发动和超越性的静观。据王氏之言,则"有我"与"无我"的歧异仅限于情意发动状态之不同(一动一静),而两种境界的最终成立均须归之于审美静观,不也是说得很明白了吗?又比如,王氏在词史观上崇尚南唐、北宋,贬抑南宋,众所周知。什么原因呢?这并非复古心态在作怪,仍是同他以"出入"(亦即以"境界")论词密切相关。在他看来,以温、韦为代表的"花间"词不逮南唐,"意境有深浅也"③,实在说来,便是因为"花间"词人专写一己之悲欢离合(属"常人境界"),"能入而不能出",缺少了"深远之致"(借用评周美成语),而南唐冯、李诸人(尤其是李后主)"变伶工之词而为士大夫之词"(有"诗人境界","出""入"相兼),不仅感慨深,亦且"堂庑特大,开北宋一代风气"④,后来的晏、欧、秦诸大家正是沿着这条路子走下来的。至于北宋中叶的苏轼和南宋的辛弃疾,进一步发扬了词中的士大夫传统,故

---

① 见《人间词话》第 3 则,《王国维文学美学论著集》第 348—349 页。
② 《人间词话》第 4 则,同上书第 349 页。
③ 《人间词乙稿叙》,见《人间词话附录》第 28 则,同上书第 398 页。按《人间词话》第 11、12、14、19 各则皆有比较"花间"与南唐词人之语,可参看。
④ 见《人间词话》第 15 与 19 则,同上书第 352—353 页。

王氏也盛赞他们二人的"胸襟"和"雅量"①,甚至称稼轩为南宋词人中"唯一""有意境者"②(又《人间词话》第43则亦称许辛词"有性情、有境界")。而他之所以深表不满于姜夔以下的南宋词人,则当如其所说,乃此际之词作已转化为"羔雁之具"③,既欠性情之真,又乏高远之趣,于"出"、"入"二事"皆未梦见"。所以整个说来,在王氏的观念中,曲子词由唐五代以至两宋的演变,实质上便是由"伶工之词"向"士大夫之词"再向"词匠之词"的转变④,其由"能入"之"常人境界"到"能出"之"诗人境界"再到徒具形式而缺略境界,总体上的发展轨迹是很清晰的。这样一种词史观的建立,显然不能脱离"出入"说的理论支撑,而王氏之特重南唐、北宋词,亦可得到合理的解释。以上二例仅足以显示"出入"说关系到王氏诗学理论体系之一斑,更详尽的考察和分析不是本文所能担负得了的。

二

《人间词话》"出入"说的提出,在中国诗学由传统向现代的演化过程中,亦有其深远的意义。这需要从"出入"说的理论渊源说起。

"出入"一语,见于词论,在先有周济"非寄托不入,专寄托不出"之说⑤,但这是指学词的途径当以有"寄托"为入门,而以脱化"寄托"的痕迹为出手,与王氏之论整个审美活动不是一回事。龚自珍在《尊史》一文中也曾谈到"善入"与"善出"的问题。前者谓治史者当深入了解"天下山川形势,人心风气,土所宜,姓所贵"以及"国之祖宗之令,下逮吏胥之所守",做到"言礼、言兵、言政、言狱、言掌故、言文体、言人贤否,如其言家事",这才够得上"实录";后者则谓对以上各个领

---

① 见《人间词话》第44、45则,《王国维文学美学论著集》第361页。
② 见《人间词话附录》第28则,同上书第398页。
③ 见《人间词话未刊稿》第2则,同上书第369页。
④ 稍后胡适亦持此说,"词匠的词"乃其所用语。见胡适《〈词选〉自序》,《胡适古典文学研究论集》,上海古籍出版社1988年版,第552页。
⑤ 见周济《宋四家词选目录序论》,清光绪刻本《宋四家词选》卷首。

域不能专陷于其中,而要从全局考虑给予"昳睐而指点",才会有"高情至论"①。表面看来,龚氏之说与《词话》所言"对宇宙人生,须入乎其内,又须出乎其外"十分接近,而究其实质,一是就史家对实际世务的考察立论,一是就诗人对自然、人生的体验着眼,前者属认知活动,后者属审美活动,前者归结于具体事象的超越,后者更要求得自我生命体验的升华,它们之间称得上"貌同而心异"。这就提醒我们不要光就"出"和"入"的字面上来推考《人间词话》"出入"说的理论来源,还应该从多方面打开思路。

然则,作为审美活动过程概括的"出入"说,究竟是怎样形成的呢?

自"入"的方面而言,我以为,它起自中国诗学的一个古老的传统——"物感"说,或者叫"因物兴感"。这个说法发端于《礼记·乐记》,兴盛于六朝,它将人的种种情意活动说成是由外界事物的感发而引起,并能在活动过程中同外在事象达到交流而融会的境地。所谓"人禀七情,应物斯感。感物吟志,莫非自然"②,以及"气之动物,物之感人,故摇荡性情,形诸舞吟"③,说的正是这种由感物而兴情的现象。情既已兴,便又投向外物,叫作"神与物游",于是"观山则情满于山,观海则意溢于海"④,这样一种"心物交融"的境界,不就是王氏《词话》中讲到的"与花鸟共忧乐"吗?相比较而言,传统的"物感"说似乎偏重在情兴受外物感发的一面,到唐人"取境"之说提出,人的主体能动性便得到了强调。王昌龄《诗格》中"诗有三思"条谈"取思"的方法是:"搜求于象,心入于境,神会于物,因心而得。"⑤皎然《诗式》论"取境"也说:"夫不入虎穴,焉得虎子?取境之时,须至难至险,始见奇句。"⑥他们都把"入"归之于诗人情思的主动投入,虽然在宣扬"苦思"、"精思"这一点上与王氏论诗旨趣或有不合,而"心入于境"的提

---

① 见《龚自珍全集》第一辑,上海人民出版社 1975 年版,第 80—81 页。
② 刘勰《文心雕龙·明诗》,范文澜《文心雕龙注》,人民文学出版社 1958 年版,第 65 页。
③ 钟嵘《诗品·总论》,陈延杰《诗品注》,人民文学出版社 1961 年版,第 1 页。
④ 刘勰《文心雕龙·神思》,范注本第 493—494 页。
⑤ 见《诗格》卷中,《全唐五代诗格校考》,陕西人民教育出版社 1996 年版,第 150 页。
⑥ 《诗式》卷一,李壮鹰《诗式校注》,齐鲁书社 1986 年版,第 30 页。

法已很接近于《词话》的"入乎其内"了。不过还要注意到关键性的一点，便是王氏的尚"真"。他以不加伪饰的真性情、真感受作为诗人直面宇宙人生的基本要求，也是其能否实现"入乎其内"的主要条件，这个主张尽管溯源甚久，而直接影响则来自晚明以降的个性思潮。诸如李贽倡扬的"童心"与"真心"①，徐渭鼓吹的"真我面目"和"出于己之所自得"②，汤显祖崇尚的"情之至"、"情之所必有"③，以及公安派标举的"独抒性灵，不拘格套"④，皆可以在王氏诗学理论中找到或深或浅的烙印，这正是后者的主情观念不同于传统伦理本位的"情性"说的缘由所在。要而言之，古代"物感"说的"心物交融"、唐人"取境"说的"心入于境"和晚明个性思潮中的重真情、贵自得，三者的交汇构成了《词话》"入乎其内"说的理论依据，也是王氏诗歌美学的重要的民族根基。

再就"出"的方面来看，在民族传统中亦自有其渊源。唐皎然所谓"采奇于象外"⑤、刘禹锡所谓"境生于象外"⑥，都已初步接触到诗歌创作中的超越性问题。后来司空图、严羽、王士禛循此方向前进，建构起他们各自的理论主张，在《人间词话》也得到了明确的反映。王国维虽然说"沧浪所谓兴趣，阮亭所谓神韵，犹不过道其面目，不若鄙人拈出'境界'二字为探其本也"⑦，但这种由枝叶上探根本的做法，不正好显示了他们之间一脉相承的关系吗？具体落实到"出乎其外"的提法上，则《二十四诗品·雄浑》中的"超以象外，得其环中"一语⑧，显系其脱胎所自。超脱于事物迹象之外，始能掌握"道"的枢机，这同王氏意图凭藉超越性观照以提升到人生理念的层面，其思路实在是很接近的⑨。

---

① 见李贽《童心说》，明万历刻本《李氏焚书》卷三。
② 见徐渭《书季子微所藏摹本兰亭》、《叶子肃诗序》，明万历刻本《徐文长集》卷二〇。
③ 见汤显祖《牡丹亭记题词》，《汤显祖集·诗文集》，上海人民出版社1961年版卷三三。
④ 袁宏道《序小修诗》，钟伯敬增定本《袁中郎全集》卷一。
⑤ 皎然《诗议》、《评论》，《诗式校注》第268页。
⑥ 刘禹锡《董氏武陵集纪》，《四部丛刊》本《刘梦得文集》卷二三。
⑦ 《人间词话》第9则，《王国维文学美学论著集》第350—351页。
⑧ 郭绍虞《诗品集解》，人民文学出版社1981年版，第3页。
⑨ 按"出乎其外，故有高致"后半句，王氏手稿原作"故元著超超"，更可见出其继承关系。引自佛雏《新订〈人间词话〉·广〈人间词话〉》第84页。

这说明不论是"入"还是"出",《人间词话》的审美活动论与古代诗学传统皆有很深的血缘关系,不能轻易略过。

但是,王国维的诗歌美学亦有另一种成分的存在,即来自西方哲学、美学,主要是叔本华思想的有力影响,在其"出入"说中也表现得很鲜明。王氏最喜欢用的一个"观"字,即诗人以宁静无欲之心对外界事象起审美观照,便直承自叔本华的理论。按照这位德国哲学家的见解,"意志"构成宇宙万物的本源,一切外在事象无非是"意志"的表象;人生而有"意志",故有一系列摆脱不了的烦恼与痛苦,只有当他将"意志"对象化为显形于具体事象中的"理念"并加审美观照时,他才能暂时地突破自我意志的束缚,而超升为"纯粹的、无意志的、无痛苦的、无时间的主体"[①],这就是审美活动的"解脱"功能。不难看出,王氏"出入"说中的要义,即两个"自我"("意志"的"我"与"纯粹无欲之我")的划分以及在审美观照中后者对前者的超越,正是以叔本华上述观念为蓝本的。《人间词话》一书的理论价值之不同于传统的诗话、词话,主要因素也就在于这类西方学说的引进。

叔本华学说的引进,对王氏承受的民族诗学传统起了某种改造的作用。中国古典诗歌美学基本上属于一种体验美学,它以心物之间的感通为审美活动的基础,以抒写实生活的感受为文学表现的内核,以情、景的交会为诗歌意象的生成,而以感动和感化人心为艺术功能的极致。总体说来,它没有脱离生命活动的感性层面,相对地也就缺少了一点理性的反思。传统诗学中亦有注重超越性的一面,如前引"境生于象外"或"言有尽而意无穷"等说法,但那多半是一种情趣和意象上的超越,即所谓情感空间与想像空间的拓展,并不必然蕴含有理性的内涵。宋人爱讲"理趣",诗作中时有明心见性之语,那也仅属于道德层面的提升,其反思的意义终竟有限。而今王氏引入西方哲理,将审美的超越理解为对个人生命体验的重新观照和品味,并借助这一反思式的观照以实现其由一己身世之感向"人生之理念"或"人类全体

[①] 见叔本华《作为意志和表象的世界》,商务印书馆1982年版,第250页。

之感情"的飞跃,这就有了传统诗学所不具备的近代人的意识,而"出入"说所概括的审美活动论因亦成为中国近代美学思想的肇端。不仅如此,更由于王氏审美活动论的终极指向是"人生的理念",他对这一活动的承担者——诗人感受之"真",也就产生了独特的要求,不但不同于传统以政教、伦理为本位的"情志"或"情性",亦且有别于一般"性灵"论者标举的那种带有随机触发性质的"性灵"。我们曾经引述过他有关"艳词可作,唯万不可作儇薄语"的说法,在这则文字内他举到龚自珍的诗句:"偶赋凌云偶倦飞,偶然闲慕遂初衣。偶逢锦瑟佳人问,便说寻春为汝归",以为"其人凉薄无行,跃然纸墨间",并谓读柳永、康与之词时"亦有此感"[1]。不管这一批评是否带有偏见,他之不以逢场作戏式的情意表达为"真感情",是可以断言的。这也是为什么他能够大胆肯定真切动人的"淫词"、"鄙词",而对于那种躲躲闪闪的偷情语,却斥之为"非淫与鄙之病,而游词之病也"[2]。据此看来,王氏标榜的"真感情",非仅限于诗人实有的情意活动,而当如他自己所说,是一种"胠挚之感情"[3]、"忠实之意"[4],他以之与"高尚伟大之人格"相联系[5],视以为诗人所必备的"内美"[6]。有时候,他又将这种性情之"真"称之为"赤子之心"[7]或"自然之眼"[8],用以表明其具有人之本性的涵义,则由此本性出发,经"入乎其内"与"出乎其外"而上升到"人生理念"的层面,便是顺理成章的事了。《词话》"出入"说所蕴含的这一"人性论",显然属于近代意义上的人本观念,这也是王氏借鉴西方学理以改造传统"义理性命"之说的表现。

不过我们决不能无限制夸大叔本华思想对王氏诗歌美学的影响,

---

[1] 见《人间词话未刊稿》第44则,《王国维文学美学论著集》第382页。
[2] 见《人间词话》第62则,同上书第367页。
[3] 见《屈子文学之精神》,同上书第33页。
[4] 《人间词话未刊稿》第45则,同上书第382页。
[5] 《文学小言》第6则,同上书第26页。按"高尚伟大之人格"与"胠挚之感情"均为评屈原语,有内在联系。
[6] 见《人间词话未刊稿》第49则,同上书第383页。
[7] 《人间词话》第16则,同上书第352页。
[8] 《人间词话》第52则,同上书第363页。

后者毕竟还有承受民族传统这一面,并因此而构成了对叔本华理论的限制与反改造。

首先,叔本华的审美观是一种重知性的观念,他把审美观照看作将"自我"从情感、意欲等束缚下解脱出来的手段,因而属于纯知性的静观,是不夹杂任何情意成分的。而中国诗学传统恰恰属于重情意的体验美学,于是不能不和叔氏的知性观念发生直接冲突。王国维有见于此,欲加调和而时或陷入矛盾。试看他在《文学小言》中的一段表述:"文学中有二原质焉:曰景,曰情。前者以描写自然及人生的事实为主,后者则吾人对此事实之精神的态度也。故前者客观的,后者主观的也;前者知识的,后者感情的也。自一方面言之,则必吾人之胸中洞然无物,而后其观物也深,而其体物也切;即客观的知识,实与主观的感情为反比例。自他方面言之,则激烈之感情,亦得为直观之对象、文学之材料,而观物与其描写之也,亦有无限之快乐伴之。要之,文学者,不外知识与感情交代之结果而已。"①此段话里虽然"知识"与"感情"并提,而重知性观照是很显然的,感情活动仅作为"直观之对象"被纳入知性观照的框架内,至于观物有得所带来的快感更只是伴随因子而已。它常被人举以为王氏追随叔本华的明证,是有道理的。但同一个王国维,在《屈子文学之精神》一文的结末却这样说:"诗歌者,感情的产物也。虽其中之想象的原质(即知力的原质),亦须有肫挚之感情,为之素地,而后此原质乃显。"②这不又是以感情为诗歌创作的原动力,而倒向中国传统的体验美学了吗?《文学小言》与《屈子文学之精神》同作于 1906 年,其于文学活动性质的认定却有侧重点之歧异,而且就在同一篇《小言》中,作者还说过"感情真者,其观物亦真"之类话语③,与前引"客观的知识,实与主观的感情成反比例"的说法判然有别,可见王氏思想中确实存在着由两种不同渊源所引起的矛盾。到他写《人间词话》时,这一矛盾也未曾全然消解,而由于其论述的对象

---

① 《文学小言》第 4 则,《王国维文学美学论著集》第 25 页。
② 同上书第 33 页。
③ 《文学小言》第 8 则,同上书第 27 页。

是古典诗歌中最富于抒情性的词,论者的立足点便自然而然地转移到主情的方面来,于是叔本华式的纯知性观照的空间遂不免大为收缩。

其次,与上述主情或主知的矛盾相联系,王国维在审美活动的"入"与"出"的问题上也作出了自己的创造。我们知道,叔本华的美学观中并没有明确出现"出入"说的字样,但确实包含这方面的精神。在他看来,审美观照便是让主体"浸沉于直观,并使全部意识为宁静地观审恰在眼前的自然对象所充满",或者叫作"自失于对象之中"①,这不是很近似于"入乎其内"吗?而当人们这样做的时候,他便"忘记了他的个体,忘记了他的意志",从而"摆脱了对意志的一切关系"②,则又属于"出乎其外"了。看来王国维之提出"出入"说,是受到叔本华思想启发的。但有一个重大的区别,那便是叔本华所理解的审美观照是纯知性的活动,其所观照的对象"不再是如此这般的个别事物,而是理念"③。因此,所谓"入",是凭藉知性的直观进入"理念";而所谓"出",则是在这同时摆脱对于自我"意志"的隶属。"入"和"出"仅仅是一件事的两个方面,与王氏视以为审美活动的两个阶段(先"入"后"出")不同。这里面的根本性差异还在于是否承认人的生命体验是审美活动的起点。叔本华视"意志"为痛苦的根源,他的全部美学主张不能不是反情感的,人的生命体验不但构不成其审美活动的内容,反倒要在其倡导的审美静观中加以排除和消灭。王氏虽然在理论上接受了其"意志哲学",却又在审美的直感上倾向于传统的体验美学,这就促使他将生命的体验与审美的超越结合起来,以建构其独具一格的"出入"说。这既是对传统体验美学的拓展与革新,而亦是对叔本华纯知性审美观的修正和改造。

再一点,正由于王国维的审美超越是建筑在生命体验的基础上的,超越也就不趋向于生命体验的否定,而是转化为它的升华。换言之,在叔本华那里,超越起着"解脱"的作用,即驱除人的情意活动,泯

---

① 见叔本华《作为意志和表象的世界》第249—250页。
② 同上书第250页。
③ 同上。

灭人的生存意志，让人在宁静的观照中忘怀一切，以进入"涅槃"的境界。而王氏虽也承袭着叔本华的"解脱"话头，却又不由自主地对这一"解脱"方式表示怀疑①。站在肯定人的生命活动和生命体验的基点上，他表同情于古代"不平则鸣"之说，以为"诗词者，物之不得其平而鸣者也。故欢愉之辞难工，愁苦之言易巧"②。他还大力发扬屈原的人格精神，以"廉贞"二字加以概括，谓其充分体现了北方人士的"坚忍之志，强毅之气，持其改作之理想，以与当日之社会争"，虽"一疏再放，而终不能易其志"③。这究竟是欣赏"解脱"呢，还是向往于"执着"？再看《人间词话》中举到的审美超越的境界，无论是"忧生"、"忧世"，或"众芳芜秽"、"美人迟暮"之感，乃至"有释迦、基督担荷人类罪恶之意"，都充满着一种"忧患意识"，与其说是"遗世独立"的旨趣，毋宁说是"悲天悯人"的情怀，这又哪里谈得上"解脱"呢？所以，王氏的审美超越，充其量是超越"小我"，以进入"大我"，即由一己身世之戚放大为"人类全体之感情"，是生命体验的升华而非其扬弃。这便构成了王氏"出入"说与叔本华审美观在归结点的重要分歧，也是前者对后者的另一重翻造变易。

王国维和叔本华在美学思想上可资比较之处尚多，兹不具论。需要强调指出的是，时下学界多关注于王氏受叔本华影响的一面，而相对忽略其自身的创造性。其实，不仅王氏自幼耳濡目染的古典诗歌美学传统制约着他对外来思想文化的接受，即以他身处的民族危亡的大背景和自身执着的人生信念探求而言，也不容许他一味地超然物外，高举逸尘。他之所以要紧握住人的生命体验作为审美活动的出发点，以及叔本华式的"解脱"到他身上终于转化为饱含"忧患意识"的生命反思，其根子皆在于他内心深藏着的民族情结。如果说，他曾借助于叔本华等西方学说促成了传统诗学的近代化，那末，他同时便也发挥

---

① 参看其所著《红楼梦评论》第4章及《叔本华与尼采》一文篇首，《王国维文学美学论著集》第17—19、60—61页。
② 《人间词话未刊稿》第11则，同上书第372页。
③ 见《屈子文学之精神》，同上书第31—33页。

了自己身上的民族基因(包括民族诗歌美学传统)而实现了外来观念的本土化。尽管作为先驱者,王氏的理论还有许多不成熟之处,其以"入"和"出"两种活动来对应两种境界,亦嫌不够圆通①。但他所创立的"生命体验的自我超越"的理念,用以解说审美活动的过程,则不仅在中国近现代美学史上有开创意义,且至今仍值得我们深思与借鉴。由此看来,在讨论王国维的美学思想时,与其争议于他的哪些观点属于传统,哪些观点属于外来,倒不如更多地致力于研究他如何将两者相融通,用以转变传统,转变外来。对于从事新时代美学观念的建设来说,这样的历史经验恰恰是十分需要的。

---

① 确切地说,任何境界的实现都须经过"入"和"出"两重功夫,即使是"常人境界",也有一个将纯属个人的生活感受加以提炼和普泛化的问题。

对话·交流·会通
——兼论中国诗学的现代诠释①

一

近年来,有关中西诗学对话的话题相当热门,学界人士就其必要性、可能性、发展方向、选择途径等展开多方面论述,发表了不少好的意见,但实际对话的成绩仍不显著。这自是由于从理论到实践需要一个过程,而亦反映出对话自身还存在某些内在的障碍有待跨越。

障碍究竟是什么呢?要回答这个问题,最好先稍稍回顾一下中西诗学自身的历史与现状。

中国诗学有着悠久、丰厚的传统,是人所共知的。它发达于中土,播扬于海外,在绵延不绝达数千年的进程中,长成为一株根深叶茂、风姿卓异的大树,庇荫了多少世代的诗歌爱好者,这段辉煌的历史不容抹杀。但是,进入20世纪以后,在时代风云遽变的情势下,昔日的光辉渐形黯淡,大树日趋萧条零落,亦属有目共睹。中国诗学传统的内涵与形式,似已不足以面对现代诗歌出新的潮流,更不用说拿来规范世界各民族的异质文化形态了;它只能龟缩在古典诗歌批评和古文论研究的狭小圈子里,争取发挥一点"余热",以免被世人彻底遗忘,其境况是十分可怜的。即便是在这个特定的领域内,它的作用也仍然有限。比如说,今天的学者研究《诗经》,决不会墨守旧有的经解、诗教那套观念体系和价值取向,而必然要引进历史学、考古学、民俗学、神话

---

① 本文写成于1994年8月,原为参加中国比较文学学会年会的发言稿,初刊于《中国比较文学》1995年第1期。

学、文化人类学等多种观照视野,这就要突破传统。今天的史家评论古代诗人诗作,也不能停留于沉郁、飘逸、错采镂金、初日芙蓉之类直观、含浑的审美印象,还须深入剖析产生这类印象的内在机制,这又要借助于新的研究方法。总之,传统诗学作为前人对他那个时代诗歌创作与批评的经验总结,无论在研究对象、理论格局、思维方式、价值规范各个方面,都已同当代生活拉开了差距,不再能无条件地适应现代人及现代诗歌发展的需要,它的受冷落似乎是不可避免的。

与此同时,西方诗学的影响却不断上升。西方诗学自亦有其古老的传统,但经过近世文艺复兴和启蒙理性的批判,老传统已被消纳、融化于新精神之中,20世纪又有种种更新的思路出现,这就是为什么它能够一直活跃于当代的缘故。不仅如此,由于上述中国诗学衰退的情况在东方各古老民族中间都有发生,于是西方诗学更呈现出向外扩张的势态。它本来应属西方诗歌专有经验的总结,而今却普泛地运用于西方以外的广大世界,包括中国诗歌的批评研究上来,而且不光用于中国现代诗歌评论,还闯入古典诗歌研究领域,树起了"霸权主义"的旗帜。短短数十年间,柏拉图与亚里士多德、康德与叔本华、克罗齐与毕达可夫,再有什么"新批评"、原型批评、结构主义、解构主义、现象学、诠释学等,纷纷驰骋于中国文坛,轮番地冲击并侵蚀着中国诗学的固有地盘,迫使后者的防线不断退缩。一句话,"西风压倒东风",确切地勾画出一个多世纪以来中西诗学力量消长的轨迹。在这样一种"敌强我弱"的形势下,又怎能谈得上认真、平等和富有成效的对话呢?

二

如此说来,中国诗学决然逃脱不了被取代的命运,或者只能悬挂在古玩店里供少数人观赏了?则又未必。作为几千年来华夏民族审美经验的结晶,其中蕴蓄着丰富的能源,是不会那么容易被耗尽的,关键在于如何合理地开发和利用。一般说来,特定理论形态乃是对于特定实践活动的概括,适用范围有其限界;传统的中国诗学盛行于古而式微于今,即受制于这一分限。但另一方面,事物的普遍性正寓于特殊性之中,只要我们能突破其殊相的束缚,把问题引申到共相的层面,传统又有可能走出自身的限界,生发出新的意义来。这叫作"传统的创造性转化",通常也称为"传统的现代诠释"。我们对于中国诗学,就是要来一番"转化"和"诠释",弥补其由固有形态限制而造成的文化视野狭窄、价值观念陈旧、思维方式混沌的不足,使之转变为能适合现代诗歌发展和现代中国人审美需要的新的诗学形态。这样的形态,在当今世界上是大有用武之地的。

首先,它将成为中国古典诗歌研究的必不可少的凭藉。中国诗学传统本来就奠基于古典诗歌的审美经验之上,在漫长的历史演进中,它形成了深厚的积淀,包括古代诗人诗作的审美品味、诗体诗法的细致辨析、诗歌流变的贯通观照以及有关历史文化氛围的具体把握,都有大量精微独到之旨,是任何其他诗学理论所无法替代的。例如杜甫和白居易的政治讽谕诗,用西方文论中的"现实主义"来标示,就不如传统诗学的"兴寄"说来得的当,因为讽谕的目的是通过诗篇"美刺"以改善政教,并不同于现实主义文学以"写真实"为第一义。同样,对李白和一部分盛唐诗人的诗风,称之为"浪漫主义",也不如"盛唐风骨"或"盛唐气象"较为切近,因为盛唐人主体精神昂扬往往同"大济苍生"的怀抱结合在一起,并不像西方浪漫主义诗人多趋向个人与群体的背离。这样的例子还可举出很多:像李贺式的感伤有异于颓废主义,李商隐的精丽有异于唯美主义,"诗言志"的命题区别于表现论,"比兴"、"兴喻"的内涵区别于隐喻、象征思维。中国诗学的缺陷在于未能对这类概念给予科学界定和逻辑演绎,致使人感到模糊、零散而不易掌握,但企图跳过其所积累的审美经验,拿另一种框架套加于古代诗歌之上,总不免有张冠李戴、削足适履之嫌。

其次,中国诗学的功能完全有可能延伸到现代诗歌理论建设上来。诚然,中国现代诗歌在内容和形体上有着与古典诗歌很不相同的风貌。古代讲"诗教",现代不讲"诗教";古人用雅言,今人改用白话;古诗贵含蓄,新诗不避放畅;古时行格律体,今时多自由体:两两相对，扞格难合，传统诗学之不得志于当世，良非偶然。但撇开这些表面的因素，往深里一层想：中国现代诗歌的发展，难道真的就同古典诗歌绝缘了吗？事实上，传统诗学里的一些范畴，如意境、格调、气势、韵味以及情景交融、兴会淋漓、白描传神、意在言外等，都已经自然地融入当前的诗歌批评之中，成为当代诗学的有机组成部分，这说明古今诗歌在原理上毕竟有相通之处，传统诗学也大有开发的余地。再拓开一步看，我们发现：中国新诗运动为适应时代变革的要求，在扩大其容涵、放畅其风格、散文化其语言、自由化其形体的过程中，又时时萌发着另一种冲动，即试图克服自身散文化、自由化过度的毛病，适当回归于那种讲求含蓄、凝炼、富于韵律感的审美情趣；从"现代格律诗"的倡导、象征派的引进、"民族形式"的论争、民歌体的实践直至晚近"朦胧诗"一类新诗潮的崛起，虽取径不一，皆着眼于探索如何把新诗写得更有诗味，则并无二致。在这个题目下面，我以为，古典诗歌的经验值得吸取，而中国诗学为沟通古今，是可以做一系列有意义的工作的。

再一点，中国诗学的作用能否扩展到本民族诗歌以外，也是需要探讨的课题。毫无疑问，我们不应该有"包打天下"的想法，也不必企图像西方诗学那样去建立"霸权"；对任一民族诗歌审美经验的总结，仍应以该民族自己的诗学眼光为"当行""本色"。但是，这里也有一个普遍性寓于特殊性的问题，正像西方理论可以用为建设中国诗学的借鉴，有什么理由断定反向观照必定行不通呢？拿当前世界讨论得甚为热烈的语言与思维的关系为例：这个问题过去一直是按照"语言是思维的直接现实"来理解的，语言表达思维，思维凭藉语言得到交流，成了人们的共识，致使西方各派诗学都把诗歌语言列为研究重点，到形式主义、结构主义、"新批评"而臻于顶峰。但后结构主义的兴起，却喊出"语言是思想的牢屋"的口号，认为正是语言的表达，造成"意义的破缺"，所以要努力提倡多元化的结构操作和诠释活动，以便保持意义的畅开与流动。显然，这还是在语言的层面上来求得思维与语言的某种协调。看一看中国诗学的传统，这个矛盾是用超越语言的办法来解决的，从"言不尽意"到"得意忘言"，还有什么"不涉理路，不落言筌"的"妙悟"、"神遇",尽管说得玄虚恍惚,分明提示了一条不同于西方理论的思考途径,以之与西方固有的说法相比照,不是很富于启发性吗?

据此而言,中国诗学除应用于中国诗歌自身的批评研究,对于其他诗歌样式乃至一般诗学原理的建构,都是有参考价值的。这一巨大的价值源泉迄今尚未被人们真正认识,是因为它基本上还处在一种潜能状态,没有得到充分的发挥。只有经过现代诠释,改变其传统形态,使它在价值取向、思维方式、理论格局、研究对象上有一个新的飞跃,巨大的能量才会释放出来,而中西诗学的对话交流也才能顺利地展开。

三

然则,应该如何来实行中国诗学的现代诠释呢?这又不能不涉及西方诗学的介入和中西诗学的关系问题,需要有一个正确的把握。

按道理说,一种诠释活动主要牵联到诠释对象和诠释主体两个方面,在这里,对象是中国诗学,主体是现代中国人(他的现代意识),本无须考虑第三方的插入。而问题的复杂性恰恰在于中国的现代化(扩大一点,东方各民族的现代化),都是在西方世界现代化浪潮先行的压迫和推动下进行的。现代中国人不仅大量采纳了西方世界的物质文明,精神上也莫不受到西方思想、文化的洗礼。在这种形势之下,要实行中国诗学的现代诠释,不以西方诗学为主要参照系,是难以设想的。

但是,用西方诗学为参照,不等于拿西方做模子来建构中国诗学,这一点必须指明。因为当前的比较文学界有一种"阐发研究"的主张(尤以台、港地区为盛),就是要援用西方的理论与方法来解释中国的文学现象(包括诗学批评),而由于这一解释活动采取的单向观照(以西观中)的方式,其结果必然是将中国的事象材料整合到西方的理论框架里去(移中就西),以证实西方思想的普遍有效性。在这样一种单向式阐发的作用下,中西双方表面上走到了一起,究其实质乃是你说我听,你呼我应,仍属一家"独白",算不上两家"对话"。它不仅坐实了西方的"霸权",扭曲了中方的"灵魂",终竟于诗学原理的拓展亦无所补益,所以是不足取的。

这里不妨捎带提及已故美籍华裔学者刘若愚撰写的《中国的文学理论》一书。在这部具有开创意义的综合研究中国文论的专著里,刘氏以其渊博的学识,对论题作了贯通中西的考察,有不少精辟的见解发人省悟。此书出版后,学术界激起重大反响,是完全合乎情理的。不过我也愿意指出,书中套用艾布拉姆斯有关艺术四要素的分析,来给中国文学理论进行分类(分六大类),这一尝试并不成功。艾布拉姆斯在《镜与灯》里所归纳的作品、艺术家、世界和欣赏者这四个要点,固然足以代表艺术活动涉及的各个基本方面,而用为分解艺术批评类型的坐标,则是依据西方文论诸流派各自分流、彼此对立的事实,跟中国文论的实际情形很有距离。在我们的传统里,艺术活动尽管也牵涉到上述四个方面,可是人们习惯于从相互联系的角度来看问题,并不导致理论系统的分割。比如说,中国诗学以"言志"说为根本,"志"存在于作者内心,由"志"及"言",似乎近于表现论的美学。但"志"的发动由于"兴感","兴感"的缘起在于外"物"(包括自然物色与社会人事),这虽然不等同于西方的模仿论,而理论坐标显然已由创作主体移向了外在世界。另外,"在心为志,发言为诗","诗"毕竟要凭附于"言"才能实现,这便有了作品相对独立的观念,但"言为心声"、"文如其人",绝对没有用"意图谬误"、"感受谬误"将主体排斥于作品之外的想法。至于倡导"知人论世"、"以意逆志",则又通过"志""意"的相应,沟通了作者与读者间的关联。可以说,"诗言志"是以"志"为核心,将作者、作品、读者、世界四个方面组合成一个整体,这同西方文论多元分割、各趋一端的格局形成鲜明对比,是怎样也无法纳入艾布拉姆斯的框架里去的。一定要用西方的模子来整合中国的事象,不免造成牵强。如刘氏书中"言志"与"缘情"两大派系并入表现理论,儒家的"原道"观与道家的"神悟"说统于形而上的理论,同属政教的文学观而剖为决定的理论和实用的理论,同样钻研命意修辞手法而分列技巧的理论和审美的理论，乃至一部《文心雕龙》切割于五处，而传统批评中很占势力的复古思潮却无从安置：种种跋前疐后、顾此失彼的现象，不正说明了单向式阐发之不足据吗？

合理的现代诠释，在对待中西诗学上，应该建立起双向交流、互为中介的关系，其前提是要坚持双重视野的观照方式。这就是说，在讨论某个问题时，既要借用西方诗学的眼光来加以估量，又要回归到中国诗学自身的视角进行反思，二者不可缺一；且只有通过这样不同角度的观察、比较、分析、综合，才有可能使两种看法逐渐接近，以形成新的认识，这就叫"视界融合"。拿刚才举到的"诗言志"的例子来说，由于这个命题我们已经耳熟能详，很容易将它理解得比较简单，而若借用艾布拉姆斯的理论作一参照，当能发现，中国诗学里的"志"实在具有相当多样化的存在形态：它蓄积于作者内心，萌动于心物交感，凭附语言以外现于作品，又借助作品的传媒而为读者所接受——这样一种复杂的分布关系，没有艾布拉姆斯式的提示，是不容易理清楚的。但是，艾布拉姆斯用的是多元分割的模子，单凭这个模子会把人导向误区，于是又要用中国诗学自身的视角来加以检验和矫正，也就是要把握住"诗言志"这个命题内涵的作者、世界、作品、读者四方面以"志"为核心的统一性，从而使它与西方表现论美学划清界线。经过这样一反一复的观照，我们对问题的认识，不是已经由原初朦胧的直观上升到理性反思的层面上了吗？在这过程中，西方诗学的借鉴确实起到了催化剂的作用，它构成诠释主体与诠释对象之间的必要的中介；反过来看，就中国诗学所作的诠释，也加深着我们对西方诗学的理解，故而从某种意义上说，后者转化为诠释对象，前者倒成了中介。这样一种在双重视野观照下的互为中介的关系，便是我们追求的中西诗学的对话；也只有采取这样的对话方式，中西诗学才能得到真正的交流，而中国诗学的现代诠释方得以在交流之中获得实现。

附带说一句，我们在这里碰上了一个怪圈：一方面，我们主张通过中国诗学的现代诠释以促进中西诗学的对话交流；另一方面，又认为现代诠释只能在双向交流、互为中介的前提下实现。这的确是个矛盾,套用一句行话,也算是"诠释学的循环"吧。看来这样的"循环"在文化转型与文化交流的过程中,恐怕是不可避免的;而跨越各民族文化之上的全人类的未来文明,也正是在这不断循环之中,才能找到自己的生长点。

四

末了,还要谈一谈诠释中的同异比较问题。

如上所述,诠释处理的是两种文化背景下的两种诗学体系的关系,它们之间的认同别异自是不可少的,比较诗学之以"比较"命名亦缘于此。可是,在单向式阐发的作用下,由于眼界的狭隘化和单一化,辨别事象同异也容易停留于浅表层次,经常是抓住一点,不及其余,甚或仅凭表面的某些相似大加发挥,许多"X"与"Y"式的搭题文章便是这样做出来的。我当然不是说写文章绝对不能用某某与某某相比较作题目,而是反对隐藏在这类题目下面的简单化、浮面化的类比手法,它只看到现象上的同异,而忽略了实质上的离合,只注意个体间的排比,而丢弃了整体间的联系,"比较"在它那里成了自身的目的,而非导向深层次揭示事物内涵的手段,于是,比较研究等同儿戏,比较诗学便失去了自己的生存意义。

为防止和克服这类庸俗化的倾向,我们的诠释工作必须突破事象的浅表层次,伸向诗歌美学的内部结构及其历史、文化的渊源,这不能不凭藉双重视野的观照方式和互为中介的诠释方法,因为有了这样的视角置换和对象互设,方有可能对两种诗学、两种文化的内在机制进行比较、鉴别,而不至于为表面的相似或不相似所蒙蔽。在这里,我想特别提请注意的,是两种文化形态间的简单的同和异,往往不能说明什么问题,只有透过外表的同异,探测到深一层次的"同中之异"和"异中之同",才算进入了认真的比较,这个问题有适当展开的必要。

所谓"同中之异"和"异中之同",并非指事象在同一层面上的有同有异或大同小异(这仍属简单的同异),而是指不同层次间的同异反差,或则表面相似而底里各异(貌同心异),或则外观不同而实质相通(貌异心同);由这种表里不一所带来的事物机体间的张力,正是我们揳入其内部从事比较研究的最佳通道。前者(貌同心异)的例子,有如我们多次提到的"诗言志"与西方表现论美学的比较。乍一看来,两者都属于由内及外的"表现",仔细辨析下来,异点甚多:表现论以主体的心灵为艺术本源,"言志"说把心志的萌动归因于外物兴感;表现论所要表达的是个人的情感,"言志"说抒写的是与政教伦理相结合的怀抱;表现论强调天才与灵感的创造,"言志"说重视道德人格的修养;表现论可以走到单凭直觉、不假修辞的极端地步(如克罗齐所主张的),"言志"说则并不废弃表情达意的辞采与技巧;表现论一般不顾及读者的反应和群众的接受,"言志"说始终要将诗歌的社会功能作为自己追求的目标。两两相比,在客体与主体、个人与社会、内容与形式等一系列原则问题上,它们的立场都是互相对立的,而且这种对立状态恰好反映出中西诗学在历史、文化根底上的深刻分歧,这不正是比较诗学所要关注的焦点吗?至于后一种情况(貌异心同),亦可以前文述及的语言与思维的关系为代表。在这个问题上,当前至少存在着语言可以表达思维("语言是思想的直接现实",在我们的传统里也有"言尽意"的一派)、语言会束缚思维("语言是思想的牢屋")和语言与思维有差距("言不尽意")这样三种不同的意见;后两者在处理语言与思维的矛盾上,更有从多元化语言解构与诠释入手和超越语言("得意忘言"、"不落言筌")这样不同的思路;甚至同属语言多元化的流派,也还有着眼于"意义的取消"(解构主义)或"意义的重构"(现代诠释学)之区别:真所谓"歧中有歧",令人莫执一是。但进一步的思考会使人看到,形形色色的构想其实皆汇聚于语言与思维的关系这一共同主旨之下,都是为了解答两者有无矛盾和如何协调矛盾的问题,而无论是言能尽意或言不尽意,超越语言或执守语言,意义解构或意义重建,亦皆能各从一个侧面触及并把握住语言与思维间的内在联系和矛盾运动。从这样一种"相反相成"的角度开掘下去,逐步求得视界融合,不又是通过比较研究以探讨一般诗学原理的基本途径吗?

要言之,中西诗学的对话与交流不应该局限于类比同异,而要特别注重由同及异和由异及同。前者有助于认识不同文化背景下的不同的诗学精神,后者有可能促成连结各民族诗学传统的共同诗学原理的建构。所谓共同诗学或一般诗学,目前不过是一种理想,我们现有的仅是中国诗学、西方诗学、印度诗学、阿拉伯诗学等各个具体、特殊的诗学样式,要综合成为具有某种一体化倾向的构造,还有相当遥远而艰巨的历程。但据我想来,如果最终确有建成一体化诗学的那一天,也绝不是将现有各种诗学取其同,舍其异,简单汇总一下所能达成的,用那样一种"做减法"的办法得来的"公约数",只能是高度抽象化、贫乏化以致什么问题也不能解决的老生常谈。而我们需要的恰恰应是能够会通、涵盖现有各种思想、文化差异的一般诗学原理,它包容了不同的历史传统与审美经验,又能让它们在相互参照、相互补充中实现交会融合,这才是集人类精神文明之大成的具有异常丰富内涵和广阔前景的诗歌美学。为建构这样的诗歌美学,比较诗学的沟通作用自不可少;而若从事比较研究的人自身缺乏那种双重乃至多重的文化视野,不善于从互为中介的诠释活动中去进行由同及异和由异及同的推考,那末,通过建设性的对话、交流以求得会通,也是难以预期的。愚者之虑,或有一得,愿有识之士思之。

"变则通,通则久"
——论中国古代文论的现代转换①

关心中国文化命运的人,面临着一个如何对待文化传统,特别是古代文化传统的问题。保守传统、扬弃传统、更新传统,构成了当代文化思想潮流分野的标志。我个人更感兴趣于如何"激活"传统,只有激活了传统,它才有保持、发扬和创新的余地。

这样说,并不意味着我认为古代传统在今天已经全然死去。传统作为过去时代的产物,在产生它的那个时代里是具有充分生命力的。但随着世道的转移,它自身也起了分化:其中一部分确已死去,不再能在现实生活中发挥积极的作用;有的因子依然活着,且被吸收、融入新文化的机体;还有一些成分表面看来缺乏活力,如能解除其原有的意义纠葛,投入新的组合关系之中,亦有可能重新焕发出强劲的生命力来。所谓"激活"传统,正是要改变这种新陈纠葛、"死的拖住活的"的现象,让传统中一切尚有生机的因素真正活跃起来,实际地参加到民族新文化乃至人类未来文明的建构中去。这是一个宏大的主题。当前大陆学界有关"中国古代文论的现代转换"问题的探讨,便是围绕这个主题而展开的。

一

"古代文论的现代转换",是在回顾和反思这一百年来中国文艺学

---

① 本文写成于1999年6月,为中国社科院文学研究所发起的"名家论坛"的发言稿,初刊于《文学遗产》2000年第1期。

发展道路的背景下提出来的。大家知道,20世纪以来,相对于古代文论的传统,我们有了一个现代文论的建构,它来自三方面的组合:一是引进外来文论,主要是西方文论(包括马列文论);二是吸收古代文论;三是将当代文学创作与批评的实践经验提升、总结为理论。三个方面的有机结合,当能造成一种具有中国特色而又体现时代精神的新的理论形态,以自列于世界民族之林。遗憾的是,时至今日,这个局面并未能形成。翻开今人编写的各种文艺理论专著或教科书,我们总能看到,外来文论占据着中国现代文论的主干部位,从当代文艺创作和批评实践中提炼出来的某些观念多属于方针、政策性的补充说明,而古文论的传统往往只摄取了个别的因子,甚或单纯用以为西方理论的调料和佐证。这就是为什么我们尽管言说着一套现代文论的"话语",仍常要感叹自己患了严重的"失语症"①,我们失去的不正是那种最具民族特色的语言思维表达方式及其内在的心灵素质吗?

再来看另一头的情况,即20世纪以来的古文论研究,这门学科通常是以"中国文学批评史"的名目出现的。称之为"批评史",应该包含这样两重涵义:一方面指以史的意识来概括和贯串历代文学批评,使零散的批评材料上升到完整的历史科学的水平;另一方面则又意味着将原本活生生的批评活动转化为已经完成了的历史过程,通过盘点、清理的方式把它们列入了遗产的范围。遗产自亦是可宝贵的,如能加以合理的开发、利用尤然。可惜的是,20世纪以来的古文论研究大多停留于清理阶段(这在学科建设初期有其必要性),尚无暇计及如何用活这笔资产。长此以往的负面作用,便是古文论的影响越来越见收缩,不仅不能有效地投入现代文化和文学批评的运作,连原先专属于自己的领地——古代文学批评研究也难以据守。它日渐沦落为古

---

① "失语症"的提法曾在学界引起轩然大波,质疑与否定的人占大多数。严格说来,这个提法确实不够周全,容易造成丢失了可以重新捡回的错觉。而实际上我们民族经历的是一场话语转型,原来的话语不能完全适应时代发展的需要,所以要大量吸收外来话语以充实和改造固有的传统。但在特殊历史条件的影响下,产生了急于引进而顾不上慢咽细嚼的情况,致使外来话语泛漫于整个社会文化环境之中,传统的精义反倒湮没不显了。从这个角度来看,"失语"一词对于揭示民族新文化建构中的失衡现象,还是有作用的,当然出路不在于"复语",而在于从传统与现代的会通中求得话语的更新。

文论学者专业圈子里的"行话",尽管可以在同行中间炒得火爆,而圈子以外的反响始终是淡漠的。

古文论的自我封闭和现代语境中民族话语的失落,两个方面的事实反映出同一个趋向,便是古代传统与现代生活的脱节。这自有其内在深刻的原因。正像任何一种理论都是人的特定的实践经验的总结与升华,古文论的传统也是建筑在古代文学创作与文化生活的基础上的。中国古代有高度发展的精神文明和绵延不绝的文学源流,从而产生了自成体系、自具特色的文论传统,其丰富的内涵至今尚未得到充分的揭示和运用。然而,作为一个已经完成了的、封闭的理论体系,古文论的传统显然又有与现实生活的演进不相适应的一面。20世纪以来,我们的文学语言由文言转成白话,文学样式由旧体变为新体,文学功能由抒情主导转向叙事大宗,文学材料由古代事象演化为当代生活,这还只是表层的变迁。更为深沉的,是人们的生命体验、价值目标、思维方式、审美情趣都已发生实质性的变异。面对这一巨大的历史反差,古文论兀自岿然不动,企图以不变应万变,能行得通吗?"转换"说的提出,正是要在民族传统和当代生活之间架起桥梁,促使古文论能动地参与现时代人类文化精神的建构,其积极意义无论如何也不能低估。

二

应该怎样来实现"古代文论的现代转换"呢?这里首先涉及对"转换"一词的确切把握问题,在这个问题上是有各种不同的看法的。

依我之见,古文论的现代转换,不等于将古代的文本注解、翻译成现代汉语。当然,用语的变置也是一种"转换",但那多半是浅表层次的,如果局限于这个层次,古文论与时代精神脱节的矛盾仍然无法解决。

古文论的现代转换,亦有别于一般所谓的"古为今用"。"古为今用"着眼于一个"用"字,它强调传统资源的可利用性,主张在应用的层面上会通古今;"转换"说则立足于古文论自身体性的转变,由"体"的发展生发出"用"的更新,才能从根底上杜绝那种生拉硬扯、比附造作的实用主义风气。

古文论的现代转换,更不同于拿现代文论或外来文论的形态来"改造"和"取代"古文论。比较文学中一度盛行的"移中就西"式的阐发研究,片面鼓吹借取西方文论的话语框架来规范古文论的义例,整合古文论的事象,只能导致民族特色的消解和西方理念普适性的张扬,最终湮没了自身的传统。

撇开以上诸种说法,要想给"转换"一词来个明确的界定,我们还必须回到"转换"说产生的背景上去。如上所述,"转换"说的兴起导源于文艺学上民族话语的"失落",而"失落"的一个重要表征便是古文论传统与现代生活的疏离,古文论愈益走向自我封闭。打破这样的格局,重新激发起传统中可能孕有的生机,只有让古文论走出自己的小圈子,面向时代,面向世界,在古今中外的双向观照和互为阐释中建立自己通向和进入外部世界的新生长点,以创造自身变革的条件。一句话,变原有的封闭体系为开放体系,在开放中逐步实现传统的推陈出新,这就是我对"现代转换"的基本解释,也是我所认定的古文论的现代转换所应采取的朝向。

三

原则既已确立,就可转入操作的层面,对"转换"的具体途径作一点探测。在我看来,比较、分解、综合构成了这一转换过程中的三个基本的环节,它们相互承接而又相互渗透。

先说比较,它指的是在古文论研究中引进现代文论和外国文论作为参照系,在古今与中外文论相沟通的大视野里来审视中国古代文论,寻求其与现代文论、外国文论进行对话、交流的契机,这是打破古文论封闭外壳的第一步,是实行其现代转换的前提。比较,需要有可比较点,这就是共同的话题;对于同一话题作出各自独特的陈述,这就是不同的话语。真正的比较必须涵盖这"同""异"两个方面("话题"和"话语"自身亦互有同异,须细心察别),以辨析"同中之异"和"异中之同"作为自己的职责,才能达到有效的对话交流;若只是一味简单地"认同"或"别异",则容易使比较流于表面化和形式化。

举例说,在美和形象的关系问题上,西方文论一贯持"美在形象"的观念,"美学"的名称即由"感性学"而来,艺术思维被称作"形象思维",就连黑格尔这样的唯理主义者也不得不承认"美是理念的感性显现"。看看我们古代的典籍中也自有这一路,如春秋时楚国大夫伍举讲到的"于目观则美"①,以及后来常为人称引的"诗赋欲丽"②、"文章者,非采而何"③,皆是。如果比较仅止于这一步,那就不具备任何意义,因为没有增添新的意见。而若将考察的视野转移到自身的立足点上来,我们将会发现,以"形象"为美远不足以概括民族审美的理念。在我们的传统中,最能引起美的感受的决非"采丽竞繁"之类,反倒是《老子》书所宣扬的"大象无形",从"大象无形"到司空图主张的"象外之象"、"景外之景",实际上包孕着一个新的命题,即"美在对形象的超越"。这并不意味着我们的先人看不见形象的美,而是说,在他们的观念中,美不单在于形象,或者说,在形象的美仅是次一级的美,必须超越形象,才能进入美的更深沉的境界。两种不同的见解,究竟孰是孰非呢?也许各有所当,最终能达成互补。但在这歧异的背后,恰恰隐藏着不同民族的不同文化精神、价值取向和思维方式。从这个角度深入地挖掘下去,不仅能找到古文论的精义所在,还能从中开发出它的现代意蕴,使它同当时代人接上话茬,从而参与到当代文论和文化的建构中去,这不就是古文论现代转换所迈出的坚实的一步吗?

次说分解,指的是对古文论的范畴、命题、推理论证、逻辑结构、局部以至全局性的理论体系加以意义层面上的分析解剖,区别其特殊意义和一般意义、表层意义和深层意义、整体意义和局部意义等。这些

---

① 见《国语·楚语上》。
② 曹丕《典论·论文》。
③ 刘勰《文心雕龙·文质》,范文澜《文心雕龙注》卷六。

意义层面通常是纠缠在一起的,纠缠的结果往往导致直接的、暂时性的意义层面掩抑了更为深刻而久远的意义层面,古文论传统中所孕育着的现代性能也就反映不出来了,这便是我要强调的"死的拖住了活的"的症结所在。只有经过分解,剥离和扬弃那些外在的、失去时效的意义层面,其潜在的、具有持久生命力的内核方足以充分显露出来。故分解构成了古文论由凝固、自足的体系变为对外开放的、持续发展的思想资源的决定性的一环,也是古文论现代转换的重要关节点。

不妨拿中国诗学的开山纲领——"诗言志"的命题来做一番演示。"诗言志"的含义是什么呢?依据朱自清先生的考证,"志"在古代中国特指与宗法社会的政教、伦理相关联的诗人怀抱[①],因而"言志"便意味着诗歌所表达的思想感情要合乎社会礼教规范,汉儒由此引申出"发乎情,止乎礼义"的道德标准和"经夫妇,成孝敬,厚人伦,美教化,移风俗"诸种社会功能[②],大体符合"诗言志"的原意。这应该是该命题的最特定、最直接的含义,从这个意义上说,"诗言志"的命题已经死了,今天的诗歌早已挣脱了宗法礼教的拘束。但是,我们也可以把此项命题理解得宽泛一点,不死扣住宗法社会的伦理、政教,而是用来表达诗人情意与一般社会生活及政治活动的内在联系,60年代毛泽东主席为《诗刊》题辞书写这句话,想来便是取的这层意思。就这个一般性的含义而言,"诗言志"的命题并未过时,它可以同现代文论中有关"文艺与社会"、"文艺与政治"等论题接上口、对上话,而古人围绕着"言志"、"明志"、"陈志"、"道志"、"一时"之"志"、"万古"之"志"、"发愤""不平"之"志"、"温柔敦厚"之"志"以及"志""情"关系、"志""气"关系的种种议论与实践,亦皆可用为今天思考这类问题的借鉴。更往深一层看,我们还能发现,"诗言志"的"志"(后人也称"情志")实在是一个非常独特的概念。它具有思想的导向,也包含情感的底质,且不属一般的思想情感,特指那种社会性的思想情感,那种积淀着社会政治伦理内涵,体现出社会群体与人际规范的思想情感,简言

---

① 见《诗言志辨》,载上海古籍出版社1981年版《朱自清古典文学论文集》。
② 见《毛诗序》。

之,是具有鲜明的社会义理指向的个人感受。这样一个范畴,在西方文论和我们的现代文论中似还找不到贴切的对应物。比较而言,黑格尔《美学》中的"pathos"一语有点近似。黑格尔反对用艺术作品来煽情,他所倡扬的"pathos"(英译"passion"),不同于一般表情感的"feeling"或"emotion",特指理念渗透和积淀下的情感生命活动(所谓"存在于人的自我中而充塞渗透到全部心情的那种基本的理性的内容"①),其"情""理"复合的内涵与"情志"约略相当②。不过"pathos"更关注于理念普遍性原则的制约作用,而"情志"则落脚在具体社会人伦的规范上,两相较量,差异犹自显然。如果说,"pathos"一语更多地体现出西方文论中的唯理主义与思辨哲学的倾向,那末,从"情志"的观念中或许能进一步开发出文艺创作与社会学、伦理学、心理学、美学交相共振的某种基因,那将是"诗言志"的命题对人类未来文明建设的特殊贡献。

经过比较,又经过分解,于是来到综合。综合指的是古文论传统中至今尚富于生命力的成分,在解脱了原有的意义纠葛,得到合理的阐发、拓展、深化其历史容量之后,开始进入新的文学实践与文化建构的领域,同现时代以及外来的理论因子相交融,共同组建起新的话语系统的过程。它标志着古文论现代转换的告成。由于这步工作远未能展开,目前要总结其经验,探讨其方法,尚觉为时过早。不过我这个推断并非空穴来风,从"意境"说的近代流变中或可找到它的某些踪迹。

"意境"(亦称"境"、"境界")一词出现在古代文论中,原本同"意象"的含义十分接近。王昌龄《诗格》中讲到"物境"、"情境"、"意境"(狭义的),就是指诗歌作品的三种意象类型。稍后皎然《诗式》也多以"境"、"象"混用。自刘禹锡提出"境生于象外"的命题,"意境"说才

---

① 见朱光潜译本黑格尔《美学》第一卷,商务印书馆 1979 年版,第 296 页。
② 按:朱光潜译本将"pathos"译作"情致","情致"一词在汉语中有"情趣"的意味,王元化先生曾指出其不妥,主张改译作古文论所用的"情志"一词以求近似(见王元化《读黑格尔》一书的序文),可见二者之间确存在某种对应性。

获得其超越具体形象的内涵。不过这方面的性能后来多为"韵味"、"兴趣"、"神韵"诸说所发展,"意境"的范畴则大体胶执于"意与境会",即诗歌形象中的情景相生和情景交融的关系上,它构成了传统"意境"说的主流。王国维是第一个对"意境"说予以近代意识改造的人。他谈"意境"(《人间词话》中多称"境界",兹不详加辨析),仍不离乎"情""景",但他把"景"扩大为文学描写对象的"自然及人生的事实",把"情"界说为"吾人对此种事实之精神的态度"①,实际上是用审美主客体的关系来转换了原来的情景关系。他还认为:"文学之所以有意境者,以其能观也。"②"观"就是审美观照及其感受,正是通过人的审美观照和感受,审美主客体双方才互相结合而形成了文学的意境。由此看来,王国维是从审美意识活动建构艺术世界的高度上来把握"意境"的,这就摆脱了单纯从情景关系立论的拘限,也是他能够从自己的"境界"说里引申出"有我"与"无我"、"主观"与"客观"、"造境"与"写境"、"理想"与"写实"乃至"优美"与"宏壮"、"能入"与"能出"、"诗人之境"与"常人之境"等古文论中罕所涉及的新鲜话语的缘故。《人间词话》一书尽管采用旧有的词话形式,而已经容涵了不少西方文论的观念和话头,它应该看作中西文论走向综合的一个实绩。"五四"以后,现代文论兴起,但没有放弃对"意境"的吸收。朱光潜力图用克罗齐的"形相直觉"和立普司的"移情作用"来解说意境构成过程中"情趣的意象化"和"意象的情趣化"的双向交流③。宗白华关于意境不是"单层的平面的自然的再现",而是一种"层深创构"的艺术想象空间的阐述④,发展了古代诗论画论中"境生象外"、"虚实相生"的理念。直到50—60年代间,李泽厚等人还曾尝试将"意境"说纳入文艺反映论的理论体系,以求与"典型"说相会通⑤。"意境"说的不断溶入各派现代文论之中,不正说明了综合的可行和古文论参加现时代

---

① 见《文学小言》,《王国维文学美学论著集》,北岳文艺出版社1987年版,第25页。
② 见托名樊志厚所作《人间词乙稿序》,同上书第397页。
③ 参见《诗论》第三章"诗的境界——情趣与意象"。
④ 见《中国艺术意境之诞生》,载上海人民出版社1981年版《美学散步》。
⑤ 见李泽厚《"意境"杂谈》,载上海文艺出版社1980年版《美学论集》。

文化建构的广阔前景吗?

四

　　比较、分解与综合,勾画出古文论由封闭走向开放、由完型走向新创、由民族走向世界的基本轨迹,这也就是古文论现代转换的轨迹。经过这样的转换,古文论消亡了没有呢? 没有。我们看到的,是原有传统里的生机的勃发、潜能的实现和一切尚有活力的因素的能动发展,这是决不能用"消亡"二字来加以概括的。但是,经过转换后的理论,亦已不再是原来意义上的古文论,它已接受了现代人的阐释和应用,渗入了现代的社会意识及思维习惯,参与着现代文化生活与学术思想的运作,还能把它心安理得地称之为"古文论"吗? 据此而言,"转换"确实是一种变革,是古文论传统的自我否定和更新,也是民族文论新形态在古今中外文化交流与汇通中的历史生成。

　　这种民族文论的新形态将会呈现出怎样的格局来呢? 很难作出预言,但我想,它未必是单一的模子,而很可能显现为多样化的范式。可以设想,像王国维那样以传统文论中的某个观念(如"意境")为核心,在此基础上生发出新的逻辑结构,不失为可行的路子。这样构筑起来的理念规范,将是一种具有浓烈的民族色彩的话语系统,或许更适用于中国古典文学及与之相近的文学现象的批评与阐发。也有另外的路子,就像朱光潜、李泽厚那样以西方理论(包括马列文论)为框架,更多地吸取中国传统文论中有用的成分,予以改造出新,丰富和充实其原有的话语系统,这样的理论形态当更适应于西方文学和一部分中国文学作品的研究。可能还有第三条路子,即立足于当代中国文艺运动的实践,侧重开发其独特的话题,总结其实际的经验教训,并以之与古代和外国类似的经验、问题相比照,逐步上升到原理高度,从而建立起一种有着较强的实践性而又不失其理论品格的新型话语。这方面的工作过去主要是政治家在做,落实于方针、政策的层面居多,理论的涵盖性和历史经验的概括尚嫌不足。若是作家、批评家、理论工作者都来从事此项建设,情况当会改观。19世纪俄罗斯文学中的别、车、杜等人,不就是在自己的文学批评实践中,发展出既切合民族传统而又富于时代新意的理论话语来的吗？我们为什么不可以仿效呢？

以上三条路子,只是就总的倾向而言,具体实行起来,各自又会有不同的方式;甚至还可以设想更加新型的路子,如中国文论传统与其他东方民族文化的结合,这大概是更为复杂的事。但不论取哪一条路,民族文论新形态的建构,都少不了古文论的参与,都需要以古文论的现代转换为凭借,而且这种转换工作并非一次能够完成。历史在持续演进之中,时代的需求日益更新,古文论作为独特而丰富的传统资源,其意义将不断得到新的阐发,并不断被重新整合到人类文明的最新形态和趋向里去,故而古文论的现代转换也是未有竟期的。

《易·系辞》云:"穷则变,变则通,通则久。"古文论从眼下遭遇的危机,经"现代转换",达到与现实世界的沟通,进而确立自己恒久的生命,这恰是一个"穷"、"变"、"通"、"久"的演化历程。中国文化传统的未来命运,也就寓于这"穷"、"变"、"通"、"久"之中了。

从古代文论到中国文论
——21世纪古文论研究的断想[①]

中国古代文论这门学科是由传统的诗文评发展而来的。20世纪以前没有"古文论"的称谓,有的只是"诗文评"(见《四库全书总目·集部》),顾名思义,它指的是存活于那个时代的一种文学批评。事实确乎如此,我们看到,不仅唐人评唐诗唐文、宋人评宋诗宋文属于当时代的批评,即便宋人评唐代诗文或明清人评唐宋诗文,亦皆是为自己时代的文学创作构建范型,亦属当代性文学批评。文学领域中的这一活生生的存在,自不能称之为"古文论"。20世纪以后,情况起了变化,中国文学批评史应运而兴,它拓展了传统诗文评的内涵(加进了小说、戏曲等评论),而又冠以"史"的名目,原本活生生的存在遂转形为历史的资料,成为今人钩考、清点与梳理的对象。这样一种由评入史的演变,当是与新旧文学之间的隔阂分不开的,故而在上个世纪的大部分时间内,"中国文学批评史"成了学科的定名。晚近一些年来,"古文论"之称又稍稍流行,较之"批评史",似乎更倾向于发扬传统诗文评的理论价值,但加上一个"古"字,终不免限定了其生存范围,很难摆脱历史学科的定位,以回复诗文评的活力。所以我想,面对新的世纪,我们这门学科在研究方向上还能不能有一个新的提升,即从古代文论朝向中国文论转变呢?也只有实现了这一转变,传统与当代方始能够接通,而民族与世界的交流融会亦才有了可能。

"古代文论"与"中国文论"的区别何在?打一个浅显的比方,有

[①] 本文写成于2005年6月,系由提交中国古代文论学会年会的发言提纲补充成稿,发表于《文学遗产》2006年第1期。

如中医，其植根于传统的中国医术是不言而喻的。但中医不称之谓"古医"，因为它不单存活于古代，即在当前的医疗系统里，也仍处于作诊疗、开处方的活跃状态；它是现代医学中与西医并列的一个派别，而非已经过去了的历史陈迹。相比之下，古文论的命运便有所不同。尽管目前高校的有关专业多设有古文论的课程，学术领域里的古文论研究亦仿佛搞得火旺，而究其实质，基本未越出清理历史遗产的层面，也就是不被或很少应用于当前文学理论批评的实践。不仅当代文学和外国文学的评论中罕见古文论应用的痕迹，就是今人从事中国古典文学的研究，亦未必常沿袭古文论的学理，反倒要时时参用现代文论乃至西方文论的理念。奇怪吗？是的，但不足为怪。因为生活在现时代的人们必然具有现代意识，即使是审视本民族的古代文学传统，也很难回归到原初的心理状况和话语系统中去，于是参用现代理念便不可避免。这正是为什么传统的诗文评在它那个时代能成为活生生的存在，进入20世纪以后却只能以古文论面目出现的缘由。要改变这一被动的局面，必须增强理论自身的活力，以适应时代的需求，一条明显的出路便是变古文论为中国文论。

古文论向着中国文论提升的根据，在于它不仅仅已成为过去，其中仍包含大量富于生命力的成分。诚然，特定的理论思维总是特定历史条件下人的实践经验的总结，所以会有其独一无二的个性，但任何一种思想形成了相当的规模，产生了足够的影响，又必然会具备某种普适性的功能，个性中因亦寓有共性。将传统诗文评里（小说、戏曲等批评同样）蕴藏着的普遍性意义发掘出来，给予合理的阐发，使之与现代人的文学活动、审美经验乃至生存智慧相连结，一句话，使传统面向现代而开放其自身，这便是古文论向着中国文论的转换生成，亦即众说纷纭的"古文论的现代转换"所要达成的中心目标。这样一种转变不光有理论构想上的可能性，且已成为直接的现实性。从整体上看，王国维便是近代史上第一个对古文论进行现代转换的学人，其以"境界"为核心的诗学观固然承自传统文论，却又吸收了大量西方近代哲学与美学的成分，单纯归之于古文论的范畴显然不妥，毋宁说，这恰是开了由古文论向中国文论转变之先声。王氏之后,这条路线续有衍申,如朱光潜所撰《诗论》,宗白华所倡"艺境",虽采取的文体形式不类《人间词话》,而力求在继承、发扬民族传统精神的基础上会通中西,推陈出新,其思路与王国维实相一致。据此,则中国文论的建设早已有了起步,只不过在"五四"以后大力移植西方文论、俄苏文论的形势下,它长期被排除在主流文坛之外,若沉若浮、若有若亡,一直不受人关注而已。将这个被冷落的统绪接续过来,予以光大,使之由边缘逐渐向中心推移,应该是当今古文论研究者义不容辞的职责。

实现古文论向中国文论的转变,关键在于改"照着讲"的研究方式为"接着讲",这原是冯友兰就中国哲学研究提出的命题,其实亦适用于其他理论学科的建设。"照着讲"与"接着讲"有什么不同呢?大致可以说,前者立足于还原,而后者着眼于创新;前者属"史"的清理,而后者属"论"的建构;前者偏重在学术的承传,而后者致力于学术的发展,各自取向有别。当然,这种差异只能是相对的,因为无论怎样严格地"照着讲",总杂有个人的阐释在内,不可能做到绝对的还原;而另一方面,真正的"接着讲"自不会脱离原有的传统,去作无中生有的面壁虚构。因此,"还原"与"重构"之间的张力,在两者内部都是存在着的,但既然取向各别,其侧重点当然有所不同。20 世纪的古文论研究大体上是在"批评史"的旗号下开展的,其侧重在"史"的清理与还原固不待言,这样的还原很有必要,它能为中国学术的承传打下坚实的基础。可是一味在还原上下功夫,就不免要限制学术的创新发展。试想:如果没有孔门弟子(包括孟、荀诸家)对孔子学说的"接着讲",再没有汉儒、宋儒乃至清儒各各对前代儒学的"接着讲",我们今天所能看到的也许只有孔子一家的学说,又何来源远流长、门派分立的儒家学术思想史呢?事实上,存留至今的古文论传统,也是一代又一代的文论家"接着讲"的产物,那为什么到 20 世纪以后就只允许"照着讲",而不能像王国维、朱光潜、宗白华那样去尝试"接着讲"呢?建设中国文论,正是要改变单一的"照着讲"为"照着"和"接着"双管齐下地"讲"。其间"史"的清理与还原自亦是不可少的,且仍有相当广阔的空间去作新的开拓,不过针对以往的不足和适应时代的需要,似更应大力倡扬"接着讲",以走向"论"的重建,这或许可视以为新世纪古文论研究的一项战略性任务。

那末,"接着讲"又该如何着手呢? 我以为: 一要阐释,二要应用,三要建构。为什么要将阐释放在头里? 因为我们与王国维的距离已有将近一百年之久。在王国维写《人间词话》的时代,尽管社会生活起了重大变化,西方新名词、新学理也开始输入,但传统的话语环境依然存在,传统的言说方式仍为有效,王国维只需在原有的话语系统中引进某些新的理念,便自然收到推陈出新的效果。这个条件如今已不复存在。在经历了西方文论(包括俄苏文论)的长期熏陶后,我们对自己的民族传统变得陌生起来,不单是语词概念,尤其在语词概念背后蕴藏着的义理精髓,当我们以惯用的西方文论框架加以整合时,不知不觉中便会将其丢失。要回归于原来的传统,必须通过阐释。但自另一方面而言,阐释总是现代人的阐释,不可能绝对地还原,而且阐释的目的是要抉发传统的精义,激活传统的生命力,使之与新的时代精神相贯通,乃至吸取新的思想成分以更新和发展传统自身,故亦不能以单纯的还原作限界。既要回归传统,又要面向现代,这就是古文论现代阐释中"一身而二任焉"的艰难处境。处理好这个矛盾,以我个人的体会,是要在"不即不离"之间掌握一个合适的度。与此相关联,在引进现代文论或外国文论以与古文论作参照时,当运用"同异互渗"的原则,即不做简单的认同与别异,而要致力于辨析话语系统之间的同中之异和异中之同,以领会其内在精神上的相对相隔与互通互融。这些具体操作上的技巧,本文不拟展开。

阐释是由古文论向着中国文论转换生成的第一步,在阐释工作的同时要考虑应用,古文论能否在今天重新存活,或者说,它能否真正转变为中国文论,其标志亦在于应用。应用当然会有个逐步推广的过程,首先似可考虑其在中国古典文学研究领域内的作用。在这方面,古文论的影响一直是保持着的,现在的问题是要越出个别命题(如"情景交融"、"虚实相生"等)的作用范围,让民族的生存智慧、审美情趣和文学理念(连同其于现时代的变化出新)整个地在古典文学传统的阐发中重新得到充分而生动的呈现,这应该是古文论最有用武之地的场所。在应用于古典文学研究并取得成功的基础之上,或可考虑将经过现代阐释后的古文论进一步推扩于现当代文学以及外国文学的研究领域,特别是那些与中国古典文学性质相接近的文艺现象上,以求得传统理念与当代理念、民族经验与外来经验的会通。这是中国文论建设上的更具有决定性的一步,也是中国文论能否建成的重大考验,所以这一步必须走得大胆而谨慎,要有比较充足的理论准备和实践探索,而且不要期望我们的文论传统能有"放之四海而皆准"的效应,因为任何理论都立足于特定经验的概括,其存在局限性是无法免除的。

阐释和应用为建构中国文论作好了准备,实际上,中国文论的建构也就在阐释与应用的过程中逐步生成。阐释和应用必然是多元化的,建构中的中国文论也将是丰富多彩的。阐释和应用又是无止境的,故中国文论的建设亦未有竟期,哪怕达成粗具规模,恐怕也需要好几代学人的不懈努力,作为21世纪的战略性任务不算夸大。而且即使实现了这一任务,初步建成能贯通古今的中国文论,仍不能以此来一统天下,还须与马列文论、西方文论以及其他东方民族的文论共生共荣、互补互动,并可在它们之间的相互碰撞与交流中,为人类审美经验的总结和提升打开新的更为诱人的前景,我们企盼这一天早日来临。

参考引用书目

十三经注疏　　阮元校刻,中华书局 1980 年影印本
清十三经注疏　　《四部备要》本。
四库全书总目　　纪昀等编,中华书局 1965 年影印本。
说文解字注　　许慎撰,段玉裁注,上海古籍出版社 1981 年版。
广雅疏证　　王念孙著,中华书局 1983 年影印本。
释名　　刘熙著,《四部丛刊》本。
甲骨文字集释　　李孝定编著,台湾中研院历史语言研究所 1960 年版。
卜辞通纂考释　　郭沫若编著,中国社会科学出版社 1983 年版。
甲骨文字典　　徐中舒主编,四川辞书出版社 1988 年版。
金文诂林　　周法高编著,香港中文大学 1974 年版。
积微居小学金石论丛(增订本)　　杨树达著,中华书局 1983 年版。

春秋左传集解　　杜预注,上海人民出版社 1977 年版。
国语　　上海古籍出版社 1982 年版。
史记　　司马迁著,中华书局 1959 年版。
汉书　　班固著,中华书局 1962 年版。
后汉书　　范晔著,中华书局 1965 年版。
三国志　　陈寿著,中华书局 1959 年版。
晋书　　房玄龄等著,中华书局 1977 年版。
宋书　　沈约著,中华书局 1974 年版。
南齐书　　萧子显著,中华书局 1976 年版。
梁书　　姚思廉著,中华书局 1973 年版。
陈书　　姚思廉著,中华书局 1972 年版。

魏书	魏收著,中华书局1974年版。
北齐书	李百药著,中华书局1972年版。
周书	令狐德棻等著,中华书局1971年版。
隋书	魏徵等著,中华书局1973年版。
南史	李延寿著,中华书局1975年版。
北史	李延寿著,中华书局1974年版。
旧唐书	刘昫等著,中华书局1975年版。
宋史	脱脱等著,中华书局1977年版。
明史	张廷玉等著,中华书局1974年版。
史通	刘知幾著,《四部丛刊》本。
文史通义	章学诚著,中华书局1956年版。
汉魏南北朝墓志汇编	赵超整理,天津古籍出版社1992年版。

诸子集成	中华书局1954年版。
大正新修大藏经	台北佛陀教育基金会1990年影印本。
中国佛教思想资料选编	中华书局1981—1983年版。
黄帝内经素问	《四库全书》本。
郭店楚墓竹简	荆门博物馆编,文物出版社1998年版。
论语译注	杨伯峻译注,中华书局1962年版。
孟子译注	杨伯峻译注,中华书局1960年版。
老子注	王弼注,中华书局1978年版。
庄子集释	郭庆藩集释,中华书局1961年版。
荀子集解	王先谦集解,中华书局1978年版。
韩非子集释	陈奇猷校注,上海人民出版社1974年版。
吕氏春秋校释	陈奇猷校释,学林出版社1984年版。
尹文子简注	厉时熙注,上海人民出版社1977年版。
孔子家语	上海古籍出版社1990年版。
淮南子	《四部丛刊》本。
春秋繁露	董仲舒著,上海古籍出版社1989年影印本。
说苑	刘向著,上海古籍出版社1990年影印本。

扬子法言　　扬雄著,上海古籍出版社 1989 年影印本。
论衡　　王充著,《四部丛刊》本。
人物志　　刘邵著,上海古籍出版社 1990 年影印本。
王弼集校释　　楼宇烈校释,中华书局 1980 年版。
抱朴子内外篇　　葛洪著,《四部丛刊》本。
世说新语　　刘义庆著,上海古籍出版社 1982 年影印本。
金楼子　　萧绎著,《知不足斋丛书》本。
颜氏家训　　颜之推著,《四部丛刊》本。
坛经校释　　郭朋校释,中华书局 1983 年版。
景德传灯录　　释道原著,《四部丛刊三编》本。
五灯会元　　释普济著,中华书局 1984 年版。
梦溪笔谈　　沈括著,中华书局 1957 年版。
张载集　　张载著,中华书局 1978 年版。
二程全书　　程颢、程颐著,《四部备要》本。
朱子语类　　朱熹著,黎靖德编,中华书局 1986 年版。
四书集注　　朱熹著,巴蜀书社 1986 年影印本。
水心先生集　　叶适著,《四部丛刊》本。
容斋随笔　　洪迈著,《四部丛刊》本。
荆溪林下偶谈　　吴子良著,《宝颜堂秘笈》本。
鹤林玉露　　罗大纲著,《四库全书》本。
归潜志　　刘祁著,《四库全书》本。
霏雪录　　刘绩著,《学海类编》本。
醉翁谈录　　罗烨著,古典文学出版社 1956 年版。
王阳明全集　　王守仁著,吴光等编校,上海古籍出版社 1992 年版。
李氏焚书　　李贽著,明万历刻本。
日知录　　顾炎武著,上海古籍出版社 1985 年版。
易余龠录　　焦循著,《木犀轩丛书》本。

四库全书·集部　　纪昀等编,台北商务印书馆 1986 年影印本。
四部丛刊·集部　　张元济主编,民国年间上海商务印书馆影印本。

全上古三代秦汉三国六朝文　　严可均编,中华书局1965年影印本。
先秦汉魏晋南北朝诗　　逯钦立编,中华书局1983年版。
诗集传　　朱熹集注,上海古籍出版社1958年版。
楚辞补注　　王逸注,洪兴祖补注,中华书局1958年版。
文选　　萧统编,李善注,中华书局1977年影印本。
艺文类聚　　欧阳询编,上海古籍出版社1982年版。
文苑英华　　李昉等编,中华书局1966年影印本。
古诗源　　沈德潜编,中华书局1984年版。
乐府诗集　　郭茂倩编,中华书局1979年版。
全唐诗　　彭定求等编,中华书局1960年版。
全唐文　　董诰等编,中华书局1983年影印本。
唐人选唐诗新编　　傅璇琮主编,陕西人民教育出版社1996年版。
瀛奎律髓汇评　　方回选评,李庆甲集评校点,上海古籍出版社1986年版。
唐音　　杨士弘编,明嘉靖刻本。
唐诗品汇　　高棅编,上海古籍出版社1982年版。
唐诗别裁　　沈德潜编,中华书局1964年版。
宋四家词选　　周济选编,清光绪刻本。
嵇康集校注　　戴明扬校注,人民文学出版社1962年版。
陶渊明集　　逯钦立校注,中华书局1979年版。
李太白全集　　王琦注,中华书局1977年版。
杜诗详注　　仇兆鳌注,中华书局1979年版。
昌黎先生集　　蟫影庐1937年影印宋世綵堂本。
刘禹锡集　　上海人民出版社1975年版。
白居易集　　中华书局1979年版。
李贺诗歌集注　　王琦等注,上海人民出版社1977年版。
樊川文集　　杜牧著,上海古籍出版社1978年版。
李商隐诗歌集解　　刘学锴、余恕诚集解,中华书局1988年版。
苏轼诗集　　中华书局1982年版。
苏轼文集　　中华书局1986年版。
栾城集　　苏辙著,上海古籍出版社1987年版。

山谷题跋　　黄庭坚著,《津逮秘书》本。
陆游集　　中华书局 1976 年版。
须溪集　　刘辰翁著,《豫章丛书》本。
怀麓堂全集　　李东阳著,清嘉庆刻本。
李空同全集　　李梦阳著,明万历刻本。
何大复先生全集　　何景明著,明赐第堂刻本。
王氏家藏集　　王廷相著,明嘉靖刻本。
李开先集　　中华书局上海编辑所 1959 年版。
徐渭集　　中华书局 1983 年版。
汤显祖诗文集　　上海古籍出版社 1982 年版。
冯梦龙全集　　魏同贤主编,江苏古籍出版社 1993 年版。
白苏斋类集　　袁宗道著,明刻本。
袁宏道集笺校　　钱伯城笺校,上海古籍出版社 1981 年版。
珂雪斋集　　袁中道著,上海古籍出版社 1959 年版。
雪涛阁集　　江盈科著,明万历刻本。
隐秀轩集　　钟惺著,明天启刻本。
王季重十种　　王思任著,《中国文学珍本丛书》本。
顾亭林诗文集　　顾炎武著,中华书局 1983 年版。
黄梨洲文集　　黄宗羲著,中华书局 1959 年版。
船山全书　　王夫之著,岳麓书社 1996 年版。
归庄集　　中华书局 1962 年版。
钝吟杂录　　冯班著,《常熟二冯先生集》本。
带经堂集　　王士禛著,清乾隆刻本。
小仓山房文集、续文集　　袁枚著,《四部备要》本。
纪文达公遗集　　纪昀著,清嘉庆刻本。
龚自珍全集　　上海人民出版社 1975 年版。
曾国藩全集　　岳麓书社 1985 年版。
人境庐诗草笺注　　黄遵宪著,钱仲联笺注,古典文学出版社 1957 年版。

中国美学史资料选编　　北京大学哲学系编,中华书局 1981 年版。

中国历代文论选　　郭绍虞主编,上海古籍出版社1980年版。
历代诗话　　何文焕编,中华书局1981年版。
历代诗话续编　　丁福保编,中华书局1983年版。
诗法萃编　　许印芳编,清光绪朴学斋刻本。
中国历代诗话选　　王大鹏等编选,岳麓书社1985年版。
全唐五代诗格校考　　张伯伟编校,陕西人民教育出版社1996年版。
宋诗话辑佚　　郭绍虞编,中华书局1980年版。
宋人诗话外编　　程毅中主编,国际文化出版公司1996年版。
宋代文艺理论集成　　蒋述卓等编,中国社会科学出版社2000年版。
元代诗法校考　　张健编校,北京大学出版社2001年版。
明诗话全编　　吴文治主编,江苏古籍出版社1997年版。
清诗话　　丁福保编,中华书局1963年版。
清诗话续编　　郭绍虞编,上海古籍出版社1983年版。
词话丛编　　唐圭璋编,中华书局1986年版。
文赋集释　　陆机撰,张少康集释,上海古籍出版社1984年版。
文心雕龙注　　刘勰撰,范文澜注,人民文学出版社1958年版。
文心雕龙注释　　刘勰撰,周振甫注,人民文学出版社1981年版
诗品注　　钟嵘撰,陈延杰注,人民文学出版社1958年版。
诗品集注　　曹旭集注,上海古籍出版社1994年版。
文镜秘府论校注　　弘法大师原撰,王利器校注,中国社会科学出版社1983年版。
诗式校注　　皎然撰,李壮鹰校注,齐鲁书社1986年版。
诗品集解　　司空图撰,郭绍虞集解,人民文学出版社1981年版。
六一诗话　　欧阳修撰,人民文学出版社1962年版。
东坡题跋　　苏轼撰,《丛书集成初编》本。
苕溪渔隐丛话　　胡仔编,人民文学出版社1962年版。
白石诗说　　姜夔撰,人民文学出版社1962年版。
后村诗话　　刘克庄撰,中华书局1983年版。
沧浪诗话校释　　严羽撰,郭绍虞校释,人民文学出版社1983年版。
诗人玉屑　　魏庆之编,中华书局1959年版。

滹南诗话　　　王若虚撰,人民文学出版社1962年版。
元好问论诗三十首小笺　　　郭绍虞笺释,人民文学出版社1978年版。
四溟诗话　　　谢榛撰,人民文学出版社1961年版。
诗薮　　胡应麟撰,中华书局1958年版。
文体明辨序说　　　徐师曾撰,人民文学出版社1962年版。
诗源辩体　　　许学夷撰,人民文学出版社1987年版。
唐音癸签　　　胡震亨撰,上海古籍出版社1981年版。
列朝诗集小传　　　钱谦益撰,上海古籍出版社1983年版。
姜斋诗话笺注　　　王夫之撰,戴鸿森笺注,人民文学出版社1981年版
原诗　　叶燮撰,霍松林校注,人民文学出版社1979年版。
带经堂诗话　　　王士禛撰,张宗柟编,人民文学出版社1963年版。
说诗晬语　　　沈德潜撰,霍松林校注,人民文学出版社1979年版。
一瓢诗话　　　薛雪撰,杜维沫校注,人民文学出版社1979年版。
论文偶记　　　刘大櫆撰,人民文学出版社1961年版。
随园诗话　　　袁枚撰,人民文学出版社1960年版。
瓯北诗话　　　赵翼撰,人民文学出版社1963年版。
石洲诗话　　　翁方纲撰,人民文学出版社1981年版。
艺概　　刘熙载撰,上海古籍出版社1978年版。
昭昧詹言　　　方东树撰,人民文学出版社1961年版。
饮冰室诗话　　　梁启超撰,人民文学出版社1959年版。
人间词话　　　王国维撰,人民文学出版社1962年版。
宋元戏曲史　　　王国维撰,上海古籍出版社1998年版。
王国维文学美学论著集　　　王国维撰,周锡山编校,北岳文艺出版社1987年版。
蕙风词话　　　况周颐撰,人民文学出版社1962年版。
画论丛刊　　　于安澜编,人民美术出版社1962年版。
历代论画名著汇编　　　沈子丞编,文物出版社1982年版。
续画品　　姚最撰,《四库全书》本。
续画品录　　　李嗣真撰,《丛书集成初编》本。
历代名画记　　　张彦远撰,《四库全书》本。

图画见闻志　　郭若虚撰,《四库全书》本。
法书要录　　张彦远撰,《四库全书》本。
书苑菁华　　陈思撰,《四库全书》本。
书史会要　　陶宗仪撰,《四库全书》本。
古今书评　　袁昂撰,《天都阁藏书》本。

汉文学史纲要　　鲁迅著,人民文学出版社1977年版。
胡适古典文学论集　　上海古籍出版社1988年版。
朱自清古典文学论文集　　上海古籍出版社1981年版。
闻一多论古典文学　　郑临川述评,重庆出版社1984年版。
诗论　　朱光潜著,三联书店1984年版。
美学散步　　宗白华著,上海人民出版社1981年版。
照隅室古典文学论集　　郭绍虞著,上海古籍出版社1983年版。
中国文学论集　　朱东润著,中华书局1983年版。
词曲概论　　龙榆生著,上海古籍出版社1980年版。
汉语诗律学　　王力著,上海教育出版社1979年版。
谈艺录　　钱钟书著,中华书局1984年版。
中国艺术精神　　徐复观著,台湾学生书局1984年版。
中国文学批评史　　郭绍虞著,新文艺出版社1955年版。
中国文学批评史　　罗根泽著,古典文学出版社1957—1961年版。
中国文学理论史　　蔡钟翔、黄保真、成复旺著,北京出版社1987年版。
中国文学批评通史　　王运熙、顾易生主编,上海古籍出版社1989—1996年版。
中国的文学理论　　刘若愚著,田守真、饶曙光译,四川人民出版社1987年版。
美的历程　　李泽厚著,中国社会科学出版社1984年版。
中国古代美学范畴　　曾祖荫著,华中工学院出版社1986年版。
神与物游　　成复旺著,中国人民大学出版社1989年版。
气化谐和　　于民著,东北师范大学出版社1990年版。
中国古代心理美学六论　　陶东风著,百花文艺出版社1990年版。

中国古代的人学与美学　　成复旺著,中国人民大学出版社1992年版。
经与纬的交结　　张海明著,云南人民出版社1994年版。
中国艺术的生命精神　　朱良志著,安徽教育出版社1995年版。
境生象外　　韩林德著,三联书店1995年版。
中国美学范畴与传统文化　　张晧著,湖北教育出版社1996年版。
中国古代文艺心理学　　朱恩彬、周波主编,山东文艺出版社1997年版。
现代美学体系　　叶朗主编,北京大学出版社1999年版。
中国古代文学理论体系　　王运熙、黄霖主编,复旦大学出版社1999年版。
呼唤民族性　　王齐洲著,中国社会科学出版社2000年版。
感应美学　　郁沅、倪进著,文化艺术出版社2001年版。
中国古代文论话语　　曹顺庆等著,巴蜀书社2001年版。
中国美学的文脉历程　　王振复著,四川人民出版社2002年版。
中国古代阐释学研究　　周裕锴著,上海人民出版社2003年版。
走向自然生命　　成复旺著,中国人民大学出版社2004年版。
中国艺术思维史　　金丹元著,上海文化出版社2005年版。
中国诗论史　　铃木虎雄著,许总译,广西人民出版社1989年版。
中国诗学　　叶维廉著,三联书店1992年版。
中国诗学之精神　　胡晓明著,江西人民出版社1990年版。
中国诗学体系论　　陈良运著,中国社会科学出版社1992年版。
中国诗学通论　　袁行霈、孟二冬、丁放著,安徽教育出版社1994年版。
中国诗学批评史　　陈良运著,江西人民出版社1995年版。
中国诗学思想史　　萧华荣著,华东师范大学出版社1996年版。
中国诗学的基本观念　　张方著,东方出版社1999年版。
中国诗学论稿　　刘怀荣著,中国文联出版社2000年版。
中国古代诗歌句法理论的发展　　王德明著,广西师范大学出版社2000年版。
中国诗学史　　陈伯海、蒋哲伦主编,鹭江出版社2002年版。
古典诗学的现代诠释　　蒋寅著,中华书局2003年版。
言意之间　　朱立元著,沈阳出版社1997年版。
中古文学理论范畴　　詹福瑞著,河北大学出版社1997年版。

中古文论要义十讲 　王运熙著,复旦大学出版社 2004 年版。
唐诗学引论 　陈伯海著,知识出版社 1988 年版。
唐诗学史稿 　陈伯海主编,河北人民出版社 2004 年版。
宋代诗学通论 　周裕锴著,巴蜀书社 1997 年版。
明代文学复古运动研究 　廖可斌著,上海古籍出版社 1994 年版。
清代诗学初探 　吴宏一著,台湾学生书局 1986 年版。
清代诗学研究 　张健著,北京大学出版社 1999 年版。
道·圣·文论 　林衡勋著,中国社会科学出版社 2001 年版。
诗可以兴 　彭锋著,安徽教育出版社 2003 年版。
文气论研究 　朱荣智著,台湾学生书局 1986 年版。
中国古典美学风骨论 　汪涌豪著,中国人民大学出版社 1994 年版。
势与中国艺术 　涂光社著,中国人民大学出版社 1990 年版。
意象探源 　汪裕雄著,安徽教育出版社 1996 年版。
意象文艺论 　郭外岑著,敦煌文艺出版社 1997 年版。
中国艺术意境论 　林衡勋著,新疆大学出版社 1993 年版。
中国艺术意境论 　蒲震元著,北京大学出版社 1999 年版。
诗味论 　陈应鸾著,巴蜀书社 1996 年版。
中国古典文学风格学 　吴承学著,花城出版社 1993 年版。
文心雕龙札记 　黄侃撰,周勋初导读,上海古籍出版社 2000 年版。
文心雕龙讲疏 　王元化著,上海古籍出版社 1992 年版。
严羽和沧浪诗话 　陈伯海著,上海古籍出版社 1987 年版。
王国维及其文学批评 　叶嘉莹著,广东人民出版社 1982 年版。
王国维诗学研究 　佛雏著,北京大学出版社 1987 年版。
明代格调论诗学研究 　查清华著,上海师范大学 2000 年博士学位论文。
宋代格韵说研究 　傅新营著,上海师范大学 2003 年博士学位论文。
中国古代文论"趣"范畴研究 　胡建次著,上海师范大学 2004 年博士学位论文。
清代格调论诗学研究 　王顺贵著,上海师范大学 2004 年博士学位论文。
皎然《诗式》研究 　许连军著,上海师范大学 2004 年博士学位论文。

马克思恩格斯论艺术　　曹葆华译,人民文学出版社 1960 年版。
西方文论选　　伍蠡甫主编,上海文艺出版社 1963 年版。
现代西方文论选　　伍蠡甫主编,上海译文出版社 1983 年版。
古代印度文艺理论文选　　金克木译,人民文学出版社 1980 年版。
东方文论选　　曹顺庆主编,四川人民出版社 1996 年版。
柏腊图文艺对话集　　朱光潜译,上海文艺联合出版社 1954 年版。
诗学　　亚里士多德著,陈中梅译注,商务印书馆 1996 年版。
布封文钞　　任典译,人民文学出版社 1958 年版。
新科学　　维柯著,朱光潜译,人民文学出版社 1986 年版。
判断力批判　　康德著,宗白华译,商务印书馆 1964 年版。
歌德谈话录　　朱光潜译,人民文学出版社 1978 年版。
审美教育书简　　席勒著,冯至、范大灿译,北京大学出版社 1985 年版。
美学　　黑格尔著,朱光潜译,商务印书馆 1979 年版。
作为意志和表象的世界　　叔本华著,石冲白译,杨一之校,商务印书馆 1982 年版。
别林斯基选集　　满涛译,时代出版社 1952 年版。
生活与美学　　车尔尼雪夫斯基著,周扬译,人民文学出版社 1957 年版。
杜勃罗留波夫选集　　辛未艾译,上海文艺出版社 1962 年版。
艺术哲学　　丹纳著,安徽文艺出版社 1991 年版。
没有地址的信　　普列汉诺夫著,人民文学出版社 1962 年版。
悲剧的诞生　　尼采著,刘崎译,作家出版社 1986 年版。
美学原理　　克罗齐著,朱光潜译,外国文学出版社 1983 年版。
情感与形式　　苏珊·朗格著,刘大基等译,中国社会科学出版社 1986 年版。
艺术问题　　苏珊·朗格著,滕守尧、朱疆源译,中国社会科学出版社 1983 年版。
俄国形式主义文论选　　什克洛夫斯基等著,方册等译,三联书店 1989 年版。
巴赫金文论选　　佟景韩译,中国社会科学出版社 1996 年版。
文学理论　　韦勒克、沃伦著,刘象愚等译,三联书店 1984 年版。

镜与灯　　艾布拉姆斯著,郦稚牛等译,王宁校,北京大学出版社1989年版。
海德格尔选集　　孙周兴选编,上海三联书店1996年版。
真理与方法　　伽达默尔著,王才勇译,辽宁人民出版社1987年版。
接受美学与接受理论　　姚斯、霍拉勃著,周宁、金元浦译,辽宁人民出版社1987年版。
普通语言学教程　　索绪尔著,商务印书馆1985年版。
逻辑哲学论　　维特根斯坦著,商务印书馆1996年版。
语言的牢笼　　詹姆逊著,钱佼汝译,百花洲文艺出版社1995年版。
论诗歌源流　　乔治·汤姆逊著,袁水拍译,作家出版社1955年版。
诗学的基本概念　　埃米尔·施塔格尔著,胡其鼎译,中国社会科学出版社1992年版。
比较诗学　　厄尔·迈纳著,王宇根、宋伟杰等译,中央编译出版社1998年版。
口头诗学：帕里-洛德理论　　约翰·迈尔斯·弗里著,朝戈金译,社会科学文献出版社2000年版。
诗学史　　让·贝西埃等主编,史忠义译,百花文艺出版社2002年版。
近代文学批评史　　韦勒克著,杨岂深、杨自伍译,上海译文出版社1987—2005年版。
西方美学史　　朱光潜著,人民文学出版社1963年版。
西方美学通史　　蒋孔阳、朱立元主编,上海文艺出版社1999年版。
印度古典诗学　　黄宝生著,北京大学出版社1993年版。
印度味论诗学　　倪培耕著,漓江出版社1997年版。
日本古代文学思潮史　　叶渭渠著,中国社会科学出版社1996年版。
中韩日诗话比较研究　　赵钟业著,台北学海出版社1984年版。
诗化哲学　　刘小枫著,山东文艺出版社1986年版。
意义的瞬间生成　　王一川著,山东文艺出版社1988年版。
艺术至境论　　顾祖钊著,百花文艺出版社1992年版。
艺术本体论　　王岳川著,上海三联书店1994年版。
道与逻各斯　　张隆溪著,冯川译,四川人民出版社1998年版。

后 记

这本书稿的酝酿有很长时间了。记得是二十年前,在一次古文论学会年会上,我作了个发言,建议古文论研究当从特定的理论范畴和命题入手,通过解析一系列带有关节性的范畴和命题,找出其内在的联系,便可进而把握文论的整体性逻辑结构,且亦不至于丢失其鲜明的民族特色。这一建议受到王运熙先生首肯,他鼓励我从事此项研究,但当时正忙于其他一些任务,萌发的一点观感只能暂时封存。

一晃眼七八年过去,原先在手的几项课题大致告一段落,我开始认真考虑下一步工作,有了以此为新的突破点的构想。古文论范围太大,个人比较熟悉的是诗歌理论批评,于是决定搞中国诗学,在1994年5月间写下第一个研究提纲,随后于1995、1996年间两次修订并给予细化。就在这逐渐深入思考和准备的过程中,发现自己于历史资料的掌握上还有不少脱略的环节,影响到对诗学传统的整体观照,遂又产生先梳理一下诗学史的演进脉络的想法。恰好此时我应聘于上海师大人文学院任兼职教授,帮着组织一些大型课题,便提出写多卷本《中国诗学史》的设想,得到了积极的回应。《中国诗学史》于"九五"期间在上海市社科规划办立项,共七卷,每卷都由熟悉这部分内容的专家学者执笔,本人主要承担全书导言及二万字的总纲。这个总纲原是为统一全书的基本思路、协调各卷之间的衔接关系而立,其中对诗学观念的历史流变有一个总体的考察,后作为全书总论发表出来了。为写好总纲,逼着我翻阅了大量资料,更与各卷撰写人反复商讨,前后花费近一年时间,算是对诗学史的脉络有了较清晰的印象。此后在各卷编写与通稿的进程中,还经常接触到一些新问题,不断加深着自己的理解。

正当《中国诗学史》紧锣密鼓地撰写进程之中,20世纪90年代后期的文论界开展了一场有关"古文论的现代转换"的学术争鸣,且很快走向白热化的思想交锋,这个提法甚至被一些人斥之为"伪命题"。我因忙于手头的事务,起初并未置意,争辩激烈后方引起关注。通观各家意见,除"现代转换"一语由于不同解说而造成歧义,加上一部分人对以往那种庸俗化和实用功利化的"古为今用"抱有反感外,这场讨论确也暴露出当前学界在如何对待思想文化传统上的不同认识,最核心的一条便是传统要不要推陈出新的问题。我是主张推陈出新的,所以在原则上赞同"现代转换",而且我认为这不是什么新奇的口号。海外学者如林毓生教授,早在20世纪80年代之初即已提出"传统的创造性转化"的命题;美籍华裔学者成中英教授1987年来沪讲学,亦曾以"中国哲学的现代化与世界化"作演讲题目。虽然对他们的具体阐述可能有这样或那样的意见,却从未听得哲学界和思想文化界人士就他们的话题大加讨伐,为什么到古文论领域就容不得"现代转换"呢?怀着这一困惑的心情,我也尝试撰写过一两篇文章参与讨论,但并不打算胶着于口舌之争。我想,在讲清道理之后,重要的是从事实践。如能切切实实地拿出一批成果,就传统文论中的某些专题进行合理的现代阐释,使传统的精义得以与现代意识相会通,传统存活于当代得到证实,则许多不必要的误解、猜疑和成见当会消解,而人们始能更平心静气因亦更深入细致地来对问题的实质加以探讨和评估,学术思想的进展也才有指望。这件事坚定了我投入中国诗学研究的决心,我感到此项研究的意义已不限于诗学本身,它关系到整个民族文化传统的未来命运的理解,也涉及中国新文化的建构中是否包含"传统的转化"这一战略性的任务。

新世纪伊始,我以"中国诗学之现代观"为题,向国家社科规划办申报立项并获得批准,几年来一直在做这个题目。工作的进展比原初的想象要费力得多,主要原因在于思考重心有了转移。原先想到的只是要清理中国的诗学传统,重在传统的复原;现在的着眼点则是怎样运用现代意识来观照与阐发传统,以求释放传统内蕴的生命活力。这两重考虑亦非截然分割,因为即使意在复原,还须经由现代人的手来做复原工作,总免不了现代意识的参与,而若意在阐发,又仍然是对传统自身的阐发,并不能脱离传统去任意生发。如何在复原与阐发之间保持适度的张力,做到不即不离,实在是对从事此项工作的人的艰巨考验。另外,既然把落脚点放在"现代观"上面,则除了对阐释对象(即中国诗学传统)要有真切的把握外,阐释者本人亦须具备相当的现代理论的修养,包括西方世界乃至东方其他民族的诗学与美学素养,这在我来说也是很欠缺的。上世纪90年代以来,曾有计划地抽出时间,做一点补课工作,重新阅读和补充阅读西方近现代以来各家各派的理论名著,而终觉底气不足,所以书稿中时有涉及中外文论比照之处,大多是点到为止,不敢尽情展开。要能真正综括古今、融贯中外,需要有比我更精通各方面传统且更具有识力的人来做才行,我只能算探探路子罢了。以我的年龄和精力,恐怕也只能做到这个程度了。

几年来的努力,写成十五个专题,大致贯彻了我所设定的方法论原则,即:从特定范畴与命题切入,通过追源溯流式的考察,弄清其本来涵义及演化脉络,再逐步提升到古今会通的理论观照点上来。这些专题虽远不足以包罗中国诗学的全部精粹,但多具有一定的代表性,能将方方面面的问题带动起来,且互相关联,有可能形成某种网络式结构。编排上,我把它们划为"情志"、"境象"、"言辞体式"三个层面,大体与中国诗歌艺术的"意—象—言"系统相应。当然,"意—象—言"作为一个整体,不容割裂,所以各篇之间亦常勾连交渗,难以厘清界限。各个专题之上有一篇总论,对中国诗学的精神特质作一鸟瞰式提挈;结语部分侧重在诗学传统推陈出新的估量,也是就传统与现代化关系的一点分疏。这便是书稿的基本构成。还须作交代的是,置于卷首的那篇文字,原是90年代中期我在中国比较文学学会研讨中的一次发言稿,较早地体现了我本人对传统诗学的现代阐释的原则性思考,以其具有方法论上的意义,借用为全书序说。其后我在不同场合下还曾从不同角度就这个问题发表过一些看法,与前文可相互补充发明,现收入本书附录。另一篇有关王国维诗学观的评论亦附载于此,是因为据我看来,王氏实乃近代中国从事诗学传统出新工作的第一人,他的经验至今仍值得我们借鉴。

  本书稿的撰写,得到国家"十五"社科基金的资助。成书过程中,参阅了大量近人及今人的研究成果,获益良多,包括我在指导博士论文时与同学们相互切磋,亦常从中得到启发,无法一一注明,均阑入参考书目,以志勿忘。上海古籍出版社赵昌平先生热心促成书稿问世,出版社同人们付出辛勤劳动,一并申谢。

  生也有涯,知也无涯。穷毕生之精力,果能稍有窥于学问之道也否,未敢期也,吁!

陈伯海
2005 岁末记于沪上

新 版 后 记

本书原稿竣工于 2005 年底,翌年得上海古籍出版社正式发行,印数 2 500 册,当年即已销罄,故市面上罕有见到。我自己在书店里亦仅遭逢一面,而学界朋友包括专业从事古文论研究的人士中,对此书出版毫无所知的也不在少数。我曾向出版社建议给予重印,出版社方面亦表示可以考虑,但由于事忙,一直延搁下来,到今天终于如愿了。

为什么要如此关切此书的重版呢? 一个原因是对书的期许比较高。我毕生从事学术工作,写过也编过好些书稿。编著出于众人之手,即使担任主编,对全书负有责任,毕竟不能算作一己的成果。此前也曾以个人名义出版过一些专书,如《唐诗学引论》、《中国文学史之宏观》等,在学界产生过一定影响,那还是 20 世纪 80 至 90 年代初之事。当时的主要精力被行政职务所羁绊,实在没有多少时间用于潜心写作,故而尽管在搦翰前亦曾努力抽空认真搜采资料并从事思想酝酿,到落笔时往往只考虑如何将思考所得以最经济、最快捷的笔触反映出来,但求理路清晰,能显示一得之见,却顾不上资料的详细排比与论说的尽情展开。这样便造成我前期书稿都写得很简略,难以充分体现既有心得的缺憾。着手《中国诗学之现代观》期间,我正好在办理退休手续,且此前即已从行政岗位抽身出来,能给出较充裕的时间系统搜采有关中国诗学的原始资料并将之与西方及现代人的诗学理论相参校,于是有可能钻研得比较细密,表述也稍见尽畅。当然,长期习惯于压缩、凝练的表达方式,在书稿写作上亦仍然打下印迹,不过相对于既往的习作而言,本书可算是我写得比较静心且尽兴的一本专著了,对其情有独钟,自属顺理成章。

看重本书的另一个原因是,它切实地开启并体现了我此后一阶段的研究路向。我的主要专业是中国古代文学,属传统文化范畴,但我对待传统,从来不把它当作已"死",总企望从中发掘出某些"活"的机能,藉以引入当代生活与文明的运作。20世纪80年代间,我曾倡扬文学史宏观研究,就是想要总结民族文学的普遍经验与规律性现象,用以为发展中国新文学的借鉴。经历90年代文学史观与史学的大讨论后,我逐渐懂得历史虽非"虚构",却也不能"还原",或者说,可供适当还原的只能是历史进程中的某些具体事象(这亦便是考据的目的所在),至于历史生活的整体联系及其交互、错杂的内在规律性是无法充分复现的,而其所具有的意义亦必将跟随历史生活的演进(也就是历史与现实关系的变化)而不断有所生发与更新,并不能胶执在某个定点之上。由此我还意识到,我们称之为"人文"的学科(如文史哲),其研究取向上与一般自然科学乃至社会科学可能有所差异。科学以外在世界为考察对象,它要把握的是事物固有的普遍属性与作用关系,最终必然要将问题提升到规律性层面上来加以总结;人文面对的则是人自身的生命活动(包括其精神生活),其主要作用不限于为主体提供某些客观知识,却更重在对人生意义的揭示和认可上,而"意义"所体现的人的需求恰恰要跟随时代生活步伐而不断变化出新,并不像客观事物及其规律那样具有定性。这也正是我从90年代后期开始将注意力逐渐转向"传统的创造性转化"之说,并于新世纪起手设立"诗学现代观"的议题,意图通过本书撰写,尝试将古典诗学引入当代语境,以"激活"其生机与潜能的原委所在。实践下来的结果自然是极其初步且难能成熟的,但我高自期许的是,有了这个样本,或许能为学界长时期来纷争不已的"古文论现代转换"的议题提供一个可加剖析的实例,便于总结经验教训并作进一步推进,而不必老是纠缠于"能否转换"或"需不需要转换"之类浮表的争议。至就个人而言,则通过这番诗学领域中的操演,也加深了我对民族传统精神及其于构建现代文明意义的理解。故而在结束本书撰写之后,我又用了十年时间尝试将所取得的经验推广、应用于哲思、审美和诗歌意象艺术诸领域,初步形成我的新生命哲学观、生命体验论审美观以及以"诗性生命体验"为出发点来把握古典诗歌意象艺术演变的诗史观。于此看来,此书的立题和结撰实构成自己学术生涯与思想历程中的一个重要关捩,冀其得到关注与扩大传播,实亦出自人之常情呵!

在这里,还需要对这次新版所做的加工予以简略交代。总的说来,较之于十年前的本子,新版除更正若干讹字及改动个别篇章与少量表述文句外,主要的变化在于增写了全书的"序引"(当然也包括这篇"新版后记")。这个引言是原初即已预设了的,打算开宗明义式地将书的题名、宗旨、方法论依据与结构原则等予以明确提示,便于读者一目了然并次第取览。但为课题结项所迫,在三年不到的时限内赶写出书稿正文后,我已深感心力劳瘁,难能操笔,便捡起有关中国诗学现代诠释的一篇旧文权充"代序"以塞责。为补过,2014年间在将书稿编入个人文集时,遂将"序引"补写出来,趁这次新版之机,正式列于卷首公布,而将原用的"代序"移入"附录"文章中作备考了。不过我现已年老笔衰,新增的引言并不能像早先设想那样洋洋洒洒地充分展开,一些关节性问题亦只能点到算数,"立此存照"而已,好在"附录"的几篇文字对我有关"传统的现代阐释"的主张与方法论原理多有具体解说,可供参照发明。至于这些建言是否得当妥帖,能不能为民族传统的推陈出新提示某种新的思考途径,则见仁见智,各取所宜,而质疑商榷,亦热忱欢迎。

末了,自应向出版社高克勤社长及其他领导人决策为此书新版、一编室同人们协力赞助,尤其是责任编辑黄亚卓女士的奔走张罗与精心编审,致以由衷谢忱,更要对最初敲定此书出版并给予大力促成的原总编辑赵昌平先生深致悼念!

陈伯海
2019年春日又记